셰익스피어 4대 비극

셰익스피어 4대 비극

FOUR GREAT TRAGEDIES OF SHAKESPEARE

다상출판

> 셰익스피어의 작품은 무대에서 보는 것보다
> 읽음으로써 더 많은 것을 배울 수 있다   -괴테

영국 공영방송 BBC의 '지난 천 년간 최고의 문학가는 누구인가?'라는 설문조사에서 셰익스피어가 1위로 꼽혔다. 수많은 작가들을 제치고 그가 최고로 꼽힌 이유가 무엇일까? 이는 그가 사망한 지 400여 년이 지난 지금도 지구촌 전역에서 가장 널리 읽힐 뿐 아니라 공연, 영화, TV 드라마, 심지어 만화 영화로도 끊임없이 재창조되고 있기 때문이다.

오늘날 셰익스피어는 세계에서 가장 막강한 영향력을 발휘하는 문화상품이다. 미국 영화사들은 거의 매년 셰익스피어 작품을 영화로 만들거나 각색본을 만드는데, 대부분의 영화들은 크게 흥행하거나 스테디셀러로 성공을 거두었다. 디즈니 영화 '라이언 킹'은 『햄릿』을, '웨스트사이드 스토리'는 『로미오와 줄리엣』을 각색한 영화라는 사실을 모르는 관객들도 여전히 셰익스피어의 작품을 차용한 영화들에 빠져든다. 게다가 셰익스피어 페스티벌은 그를 탄생시킨 영국이 아닌 미국과 캐나다, 호주에서 매년 여름 정기적으로 열릴 정도로 그의 인기는 식을 줄 모른다.

셰익스피어는 영국이 낳은 세계 최고의 극작가로서, 희 · 비극을 포함한 37편의 희곡과 2편의 장시, 154편의 소네트를 남겼다. 그는 대부분의 희곡에 약강 5보격 운문을 마법적으로 활용하여 극적 긴장감을 최고조로 끌어올렸다. 그래서 어떤 이는 그를 일러 '인간의 아들이라기보다 완전무결한 자연의 아들'이라고 주장하기도 했다.

괴테의 "셰익스피어의 작품은 무대에서 보는 것보다 읽음으로써 더 많은 것을 배울 수 있다"는 글에는 누구나 공감할 것이다. 그가 직조해내는 대사는 아름다운 상징적 표현과 재치 넘치는 유머, 시적 향기가 물씬 풍길 뿐 아니라 인간 삶의 구석구석에 대해 깊이 성찰하는 울림을 지니고 있기에 활자를 통해 음미할 때 더 깊이 빠져들게 된다.

그리고 좋은 문장을 수첩에 옮겨 적는 것이 취미라면, 장담컨대 이 한 권을 통째 옮겨 적고 싶어질 것이다. 그런 후 수첩을 보고 또 보며 마음의 파수꾼으로 삼게 될 것이다. 아무리 어려운 난제와 맞닥뜨려도 셰익스피어의 글을 읽고 있노라면 해결의 실마리를 찾을 수 있기 때문이다.

마지막으로 조지 버나드 쇼가 셰익스피어를 찬양한 말에 귀를 기울여보자.

"셰익스피어를 즐길 수 없는 사람은 불행하다.
 그는 수천 명의 유능한 사상가들을 제치고 살아남았으며,
 앞으로도 수천 명을 더 제칠 것이기에."

차례

햄릿 HAMLET

사느냐 죽느냐, 그것이 문제로다.
어느 쪽이 더 고결한가. 포악한 운명의 돌팔매와
화살을 마음으로 받아낼 것인가, 아니면 밀려드는
고해에 대항해 싸우다 끝장낼 것인가.

-'햄릿' 중에서

등장인물

햄릿 덴마크의 왕자

클로디어스 덴마크의 왕, 햄릿의 숙부

유령 햄릿의 아버지. 선왕의 혼령

거트루드 덴마크의 왕비이자 햄릿의 어머니

폴로니어스 재상

레어티즈 폴로니어스의 아들

오필리아 폴로니어스의 딸

호레이쇼 햄릿의 막역한 친구

로젠크란츠, 길든스턴 조신. 햄릿의 옛 학교 친구들

포틴브라스 노르웨이의 왕자

볼티먼드, 코닐리어스 덴마크의 중신. 노르웨이행 사신들

마셀러스, 바나도, 프란시스코 왕의 근위대원

오즈릭 궁정 신하

레이날도 폴로니어스의 하인

배우들, 신사, 사제, 두 광대, 포틴브라스 군대의 부대장, 영국에서 온 사신

그 밖에 나오는 사람들 신하, 귀부인, 군인, 전령, 시종들

※ 등장인물은 셰익스피어의 원문에는 없는 것을
〈아든 셰익스피어 : 햄릿〉의 편집자가 편의상 추가한 내용을
따랐음을 밝힌다.

1막 1장
(엘시노어 성의 망대)

두 보초, 바나도와 프란시스코 등장

바나도　누구냐?*

프란시스코　아니, 먼저 대답해. 서라, 누군지 밝혀라!

바나도　국왕 만세!

프란시스코　바나도?

바나도　나야.

프란시스코　정확하게 교대 시간에 맞춰 왔군.

바나도　금방 열두 시를 쳤어. 자러 가게, 프란시스코.

프란시스코　교대해 줘서 정말 고맙네. 매섭게 추워.

---

* 누구냐? : 이 말은 현재 경계 임무를 맡은 프란시스코가 물어야
할 말이나, 바나도가 유령의 출몰로 불안한 나머지 조심스레 묻고
있다.

그래서 난 마음마저 울적해.

바나도 경계 중 이상 없었나?

프란시스코 쥐죽은 듯했네.

바나도 그럼, 잘 가.

호레이쇼와 마셀러스를 만나거든

나와 같이 보초를 서기로 했으니 서두르라고 하게.

프란시스코 그 친구들 오는 소리가 들리는 것 같네.

호레이쇼와 마셀러스 등장

——정지! 누구냐?

호레이쇼 이 땅의 동지.

마셀러스 덴마크 왕의 충복이다.

프란시스코 수고들 하게.

마셀러스 오, 잘 가게, 프란시스코. 누가 교대했나?

프란시스코 바나도가 자릴 맡았네. 수고하게.　　　　(퇴장)

마셀러스 어이, 바나도.

바나도 그래, 어, 호레이쇼도 왔나?

호레이쇼 그의 일부*네.

바나도 잘 왔네, 호레이쇼. 자네도 마셀러스.

호레이쇼 그래, 그게 오늘 밤에도 다시 나타났는가?

---

* 그의 일부 : 어두워 몸 전체가 보이지 않아서 하는 말이다.

바나도　아직은 아무것도 못 봤네.

마셀러스　호레이쇼는 그게 우리의

　환상일 것이라며 믿으려 들지 않았네.

　우리가 두 번이나 본 무서운 모습을.

　그래서 같이 가자고 간청했네. 오늘 밤

　그 시각에 우리와 빈틈없이 지키고 있다가

　그 유령이 다시 오면 우리가 본 걸 확인하고

　말이라도 걸어주었으면 하고 말이네.

호레이쇼　참 나, 뭐가 나타날 거라고 그러나!

바나도　잠시 앉아

　우리 얘기에 높이 철벽 친 자네 귀에,

　연이틀 밤에 걸쳐 본 것으로 다시 공략해 보겠네.

호레이쇼　그럼 앉아볼까.

　일단 바나도의 말을 들어보겠네.

바나도　바로 어젯밤이었어.

　저 북극성 서쪽에 떠 있는 저 별이

　지금 불타고 있는 곳으로 길 따라 흘러가

　하늘 저 자리 밝힐 때 마셀러스와 나는,

　때마침 종이 한 시를 쳤고──

유령 등장

마셀러스　쉿, 그만. 저길 좀 봐. 그게 다시 왔어.

바나도   예전처럼 죽은 국왕 모습 그대로야.

마셀러스   자넨 학자* 잖아. 말을 걸어보게나, 호레이쇼.

바나도   선왕과 똑같지 않아? 잘 보게, 호레이쇼.

호레이쇼   똑같다. 놀랍고 두려워서 온몸이 후들거려.

바나도   말하고 싶어 해.

마셀러스   말 한번 걸어봐, 호레이쇼.

호레이쇼   너는 무엇이길래, 이 야심한 시각에,

　　돌아가신 덴마크 왕이 한때 행군하던

　　수려하고 늠름한 모습으로 나타났단 말이냐?

　　하늘에 걸고 명하니 대답하라!

마셀러스   기분이 상했나 봐.

바나도   봐, 의연하게 걸어가는걸.

호레이쇼   멈춰라, 말하라, 말해! 명령이다.

(유령 퇴장)

마셀러스   가버렸어. 대꾸하지 않으려 해.

바나도   어떤가, 호레이쇼? 떨고 있군. 창백한데.

　　이걸 두고 환영이라고 할 수 있겠어?

　　자네 생각은 어떤가?

호레이쇼   신에게 맹세코, 내 두 눈으로 직접 보고,

　　진실을 확인하지 않았다면 절대 믿지 못했을 거야.

---

* 자넨 학자 : 호레이쇼는 유령에게 말을 거는 방법을 알 정도로 박식한 사람이다.

마셀러스　그게 선왕 그대로 아닌가?

호레이쇼　자네가 자네인 것만큼이나.

　선왕께서 야심에 찬 노르웨이 왕과

　싸울 때 입었던 갑옷 그대로더군.

　얼음 위를 썰매로 다니는 폴란드인들을 대적해

　진노하여 빙판 위에 때려눕혔을 때도 저렇게 이맛살을

　찌푸리셨지. 기이한 일이야.

마셀러스　전에도 두 번이나, 정확히 이 흉흉한

　시각에 우리 앞을 지나갔어.

호레이쇼　무어라 콕 집어 말하기는

　어렵지만 대충 어림짐작해 보면

　나라에 무슨 변고가 일어나려는 징조네.

마셀러스　자, 그럼 앉자고. 아는 사람은 말해봐.

　왜 빈틈없고 철통같은 경계를 세워

　이 땅의 백성들을 밤마다 고생시키는지,

　왜 이렇게 날마다 청동대포를 주조하고,

　전쟁 물자 얻으려고 대외 무역을 하는지.

　왜 이렇게 조선공을 징발하며

　평일, 휴일 안 가리고 뼛골 부서지게 부려대는지.

　대체 무슨 일이 닥쳤길래 이리도 진땀 빼 가며

　밤낮없이 서둘러 일하게 만드는지,

　알려줄 사람 없는가?

호레이쇼　내가 말해 주겠네.

떠도는 소문은 이렇다네. 바로 조금 전에
우리 눈앞에 형상을 보이신 선왕께서는
자네들도 알다시피, 자만심에 부푼 노르웨이 왕
포틴브라스의 도전을 받았지. 용맹스러운 햄릿 왕께서는
(그의 용맹심이야 세상이 다 아니까)
포틴브라스의 목을 베어버렸지.
그는 기사도의 법에 따라 제대로 비준받은
계약 체결로 목숨과 함께 소유했던 영토까지 모조리
승리자에게 내주게 되었지.
우리의 선왕께서도 그에 상응하는 몫을 거셨으니,
만약 포틴브라스가 이겼다면, 그건 당연히
그의 소유로 넘어갔을 테지.
원래의 계약과 작성된 조문의 취지에 따라
그의 몫이 선왕인 햄릿에게 넘어갔듯이.
그런데 글쎄, 포틴브라스의 아들이
무절제한 성품에 열기로 가득 차올라,
노르웨이 변방 여기저기서 무뢰배 한 떼를
꿍꿍이 뱃속에 있는 모험의 먹잇감으로 써먹으려
상어가 포식하듯 마구 끌어모았는데,
그 목적은 다름이 아니라 우리나라 쪽에서
훤히 꿰고 있다시피, 아까 이야기한 아비가
잃은 영토를 강압적인 완력을 써서 되찾으려는
거지. 내 생각에는 이게 지금 우리가 전쟁을

준비하는 주요 원인이 아닐까 싶네.

우리가 이렇게 파수를 서고, 나라가 갑자기

부산스레 들끓는 주요 원인 말일세.

바나도 나도 그것 말고는 다른 이유가 없다고

보네. 그 불길한 형체가 전쟁의

당사자인 선왕과 꼭 같이 무장하고 우리의

경계를 뚫고 지나간 건 그 때문인 것 같네.

호레이쇼 이건 마음의 눈을 어지럽히는 티끌*일세.

최고로 번성했던 로마의 저 막강한

권력자였던 시저가 쓰러지기 전에도

묘지는 그 주인을 잃고, 수의 걸친 유령들이

로마 거리를 삐걱대면서 주절댔다네.

별들은 불꼬리를 매단 채 핏빛 이슬을 내렸고,

태양은 재난을 예고했다지. 그리고

바다의 신 넵튠** 제국의 흥망성쇠를

좌우하는 젖은 별***은 월식을 앓느라

최후의 심판 날****처럼 컴컴했다지.

---

* 티끌 : 육신의 눈이 쓰리면 앞을 잘 볼 수 없듯이 마음의 눈이 어
지러우면 상황을 명확하게 이해하기 어려울 수 있다는 의미.

** 넵튠 : 로마 신화에서 바다를 관장하는 신.

*** 젖은 별 : 달을 말함.

**** 최후의 심판 날 : 성경의 요한 묵시록에서 최후의 심판 날에 태
양은 검게 변하고 달은 핏빛이 되면서 예수가 재림한다.

그런 무서운 사건들의 비슷한 전조는, 운명보다
항상 앞서 찾아오는 전령사처럼, 앞으로
닥쳐올 재앙의 서막을 천지가 합심하여
이 나라 강토와 백성들에게 보여줬네.

유령 다시 등장

잠깐, 저길 봐. 그게 다시 나타났어.
급살을 맞더라도 맞서보겠다.   (유령, 두 팔을 벌린다)
서라, 환영아!
네가 기척을 내거나 음성을 낼 수 있다면
내게 말하라.
뭔가 좋은 일을 해서 너는 평안을 얻고,
나는 영예를 얻을 수 있다면,
내게 말하라.
네가 나라의 명운이 걸린 천기를 알려준다면,
미리 대비해 피할 수 있을 것이니,
오, 말하라.
혹은 생전에 네가 갈취한 보물들을
자궁 같은 땅속에 감췄다면, 그 때문에
혼령들이 돌아다닌다는 이야기는 자주 들어왔던 터.
그걸 말하라. 멈춰. 말하라.   (수탉 운다)
——마셀러스, 막게!

마셀러스 내 창으로 후려칠까?

호레이쇼 안 서거든 그렇게 하게.

바나도 여기다!

호레이쇼 여기다!   (유령 퇴장)

마셀러스 가버렸군.

우리가 잘못 응대했어. 위엄을 갖추고 있었는데,

폭력을 쓰려 했으니. 하긴 공기 같아서

손상을 입힐 수도 없었지.

우리의 헛손질은 해치려는 시늉만 했을 뿐.

바나도 막 말을 하려 했을 때 수탉이 울었어.

호레이쇼 그러자 두려운 소환장이라도 받아든

죄인처럼 소스라쳐 놀라던걸.

새벽을 알리는 나팔수인 수탉이

드높고 신랄하게 낮의 신을 깨우면 그 소리에

놀라 제 구역을 벗어나 헤매던 혼령들이

바다와 불, 땅, 대기, 어디가 되었건 서둘러

제 처소로 돌아갔단 얘기를 들은 적 있는데,

그것이 진실임을 여기서 본 물체가 입증해 주었어.

마셀러스 수탉이 울자마자 자취를 감춰버렸어.

우리 구주의 탄생을 기리는 계절이 다가오면

새벽을 여는 새가 밤새워 노래한다고 하잖아.

사람들 말이 그때는 어떤 혼령도 옴짝달싹 못 해

밤중에도 안전해서 행성의 급살 맞을 일 없고,

요정도 홀리지 못하고, 마녀의 마법도 힘을 못 쓰니

그 시절은 거룩하고 은총이 충만하다고 하지.

호레이쇼   나도 그런 얘길 들었고, 일부는 믿고 있네.

허나 보게. 아침 해가 붉은 망토를 걸치고

저 동녘의 높은 산마루를 이슬 밟으며

오는군. 이젠 경계를 끝내고,

내 의견대로 우리가 간밤에 본 일을

햄릿 저하께 알리세.

맹세코, 그 유령이 우리에겐 입을 닫고 있었지만,

저하께는 말을 할 것 같네.

자네들도 그걸 알리는 것이 우리 우정의

필수 요소이고, 직무상의 의무라는 데 동의하겠지?

마셀러스   그렇게 하자고. 난 오늘 아침 저하를

가장 쉽게 찾을 수 있는 곳을 알고 있어.   (모두 퇴장)

1막 2장
(엘시노어 성안의 회의실)

나팔소리 울리고, 덴마크 왕 클로디어스와 왕비 거트루드,

볼티먼드, 코닐리어스, 폴로니어스를 비롯한 중신들,

그리고 폴로니어스의 아들 레어티즈와 검은 옷을 입은

햄릿이 기타 인물들과 함께 등장

왕 친애하는 짐의 형님 햄릿 왕의 죽음의 기억이

여전히 새록거리는 지금, 우리 모두 슬픔에 잠기고

온 나라가 하나 되어 애통함으로 미간에 주름 짓는

것이 마땅하지만, 짐의 분별심이 우애심과

다툰 결과 현명한 슬픔으로 형님을 애도하되,

국왕으로서의 본분도 소홀하지 않았소.

해서 전에는 형수셨고, 지금은 왕비인

전운 감도는 이 나라의 왕권 분담자를

이를테면 쓰디쓴 기쁨으로,

한쪽 눈은 기쁨에, 다른 쪽 눈은 눈물 떨구며,

장례엔 축가를, 혼례에는 애가 부르듯,

환희와 비탄을 균일하게 저울질하여

아내로 맞았소. 짐은 이 일과 관련해 경들의

지혜로운 충언을 막지 않았고, 경들 또한 혼사를

기꺼이 반영했소. 이 모든 일 감사드리오.

다음은, 모두 잘 알고 있겠지만 포틴브라스 왕자가

짐의 힘을 얕잡아보았거나, 아니면 형님의 죽음으로

나라의 관절이 어긋나 혼란에 빠졌다고 생각했는지,

자기가 유리하다는 그따위 헛된 꿈과 결탁하여

일찍이 제 아비가 법적 구속력에 따라

용감무쌍한 짐의 형님에게 잃은 땅을 양도하라는

의미의 전갈을 보내와 짐을 심히 괴롭혔소.

그의 입장은 그렇고,

이제 짐은 오늘 회합에서 일 처리를
다음과 같이 할 것임을 밝히오.
포틴브라스 왕자의 숙부인 노르웨이 왕에게 ──
노약하여 자기 조카의 음모를 제대로 모르는
그에게 ── 짐은 조카의 모병
활동을 더는 진척시키지 말라고 했소.
왜냐하면 징발되고 모집된 모든 병력이 그의
백성들로 이루어졌기 때문이오.
따라서 짐은 그대 코닐리어스 경과
볼티먼드 경을 노르웨이 노왕께 보내는
친서 지참자로 지금 급파하니, 여기 명시된
조항 이외에 왕과 개인적으로 협상할 권한이
부여되지 않았음을 명심하고, 서둘러 떠나서
신속히 임무를 완수하도록 하시오.
코닐리어스·볼티먼드　서둘러 임무를 완수하겠나이다.
왕　믿어 의심치 않소. 잘 다녀오시길 진심으로 비오.

(볼티먼드와 코닐리어스 퇴장)

자, 이제 레어티즈, 그래 무슨 일이냐?
내게 청원할 것이 있다고 했는데, 무어냐, 레어티즈?
이 덴마크 왕에게 사리에 합당한 말을 했는데도
헛수고일 수는 없지. 네가 원하는 건
간청하지 않아도 들어줄 것이다, 레어티즈.
네 아버지와 덴마크 왕실의 인연은

머리와 심장처럼 유기적 관계에 있으니,
손이 입의 도구 역할을 한다지만 덴마크
왕가와 네 아버지와의 관계만 하겠느냐?*
그래, 너의 청이 무어냐, 레어티즈?

레어티즈   지엄하신 전하!
프랑스로 돌아가도 좋다는 윤허입니다.
전하의 대관식에 참관하려고 기꺼이
덴마크로 돌아왔으니, 고하건대 이제
의무를 다했으니 신의 생각과 소원은
다시 프랑스로 기우니, 부디 너그러운 관용으로
저의 출국을 허락하여 승인해 주시옵소서.

왕   부친의 허락은? 폴로니어스 경의 생각은 어떠시오?

폴로니어스   전하, 끈질긴 간청으로 제 허락을
천천히 쥐어짜내 결국 소신은 마지못해
동의를 표시해 주었나이다.
간청하오니 떠나도록 허락해 주시옵소서.

왕   좋은 때를 즐겨라, 레어티즈. 시간은 네 것이니.
너의 훌륭한 자질을 마음껏 펼쳐라.
자, 이제 내 조카이자 아들인 햄릿—

---

* 네 아버지와의~하겠느냐? : 당시 영국 사회에서는 국가를 몸에
  비유하는 중세적 정치관이 있었다. 여기에서 머리는 '왕', 심장은
  '폴로니어스'에 해당하고, 손은 백성들을 보살피는 왕을 상징한다.

햄릿 (방백) 조카보다야 가깝지만 부자라기엔 멀지.

왕 어째서 왕자는 아직도 먹구름에 덮여 있느냐?

햄릿 아닙니다, 전하. 태양 볕이 과분하옵니다.

왕비 착한 햄릿, 그 밤의 색깔을 버리고,
친구의 눈으로 덴마크 왕을 보려무나.
언제까지나 눈꺼풀을 내리깔고 흙 속에서
네 고결한 아버지를 찾으려 하느냐.
모든 생명은 죽음을 맞으며, 삶을 지나
영원계로 가는 건 흔한 일 아니냐.

햄릿 예, 마마, 흔한 일이지요.

왕비 그럼 왜 그것이 너에게는 그리도 유별나 보이느냐?

햄릿 보이느냐고요, 마마? 아뇨, 유별납니다.
저는 '보이는' 것 따위는 모릅니다. 어머니,
저를 진실로 나타내 보일 수 있는 건 이 검은 외투나
격식에 맞는 엄숙한 검은 상복,
억지로 토해내는 헛바람 같은 한숨만도 아니고,
강물처럼 흘러넘치는 눈물, 낙담한 표정, 그리고
슬픔을 나타내는 온갖 형식과 상태,
유형을 모두 더해도 제 속을 제대로 나타내
보이지 못합니다. 그런 건 그냥 보이는 것으로,
누구나 연기해 보일 수 있는 거니까요.
허나 제 속엔 내보일 수 없는 그 무엇이 있으니,
그런 것들은 단지 비통함의 옷이요,

치장일 뿐입니다.

왕 부친을 향한 추모의 정이 이리도 깊은 걸 보니

그 마음 어여쁘고 가상하구나.

허나 알아둬야 할 것은 왕자의 아버지도

아버지를 여의셨고, 그분의 아버지 또한 아버지를

여의셨다는 사실이야.—남은 유족은 얼마 동안

자식 된 도리로 상례에 어울리는 슬픔을 보이도록

되어 있다. 허나 끈질기고 집요한 비탄은 벌 받아

마땅한 옹고집이요, 사내답지 못한 비애다.

그건 하늘을 심히 거스르는 태도요, 약해빠진 심장,

조급하고 단순 무식한 이해력을 보여준다는 표시다.

필연적임을 누구나 알고, 흔해 빠진 것처럼

눈에 띄는 일을—왜 미련하게 반발하며 한사코

슬퍼하겠다는 거냐? 아서라, 그건 하늘을 거역하고,

망자를 거역하며, 자연을 거역하는 것이고, 이성에

비추어도 어리석은 짓이다. 아비의 죽음은 자연법칙의

일상 주제라, 인류 최초의 죽음에서부터 오늘

죽는 자에 이르기까지 자연은 늘 '이게 이치다'라고

말해 주지 않았더냐? 그러니 부질없는 애통함은

땅에 내던져버리고 짐을 아비로 여겨다오.

이 자리에서 천하에 알리거늘,

네가 이 왕좌의 최우선 계승자다. 하여 짐은

여느 아비 못지않은 극진한 부정을 네게 쏟을 것이다.

비텐베르크* 대학으로 돌아가고 싶다는 네 의향은
짐의 뜻에 심히 역행하니 마음을 돌려
이곳에 머무르며 짐의 격려와 위안 속에
중신의 우두머리요 조카이자 아들이 되어다오.

왕비 햄릿, 이 어미의 기도가 헛되게 하지 마라.
비텐베르크로 가지 말고, 우리와 함께 지내자.

햄릿 마마의 분부 충심으로 따르겠습니다.

왕 참으로 다정하고 갸륵한 대답이로다.
이제 덴마크에서 짐과 다름없이
누리거라.──왕비, 들어갑시다.
햄릿이 이리도 싹싹하고 순순히 따르니
내 마음이 흡족하오. 이를 축하하는 의미에서
오늘 덴마크 왕이 유쾌하게 축배를 올릴 때마다
대포를 쏘아 구름 높이 알려라. 그리하면
국왕의 건배 소리가 땅 위의 천둥 타고 온 하늘에
울려 퍼질 것이다. 자, 갑시다.

            (나팔소리 울리고, 햄릿을 제외한 사람들 모두 퇴장)

햄릿 오, 더럽고 더러운 이 육신,
허물어져 녹아 한 방울 이슬이 되어라.

---

* 비텐베르크 : 종교 개혁의 발상지로 유명한 독일의 도시다. 실제
  로 많은 덴마크인이 마르틴 루터가 신학 교수로 재직했던 비텐베
  르크 대학에서 공부를 했다.

영원하신 우리 주, 자살을 금하는 계명
정해놓지 않았다면! 오, 하느님! 하느님!
세상만사가 나에게는 어찌 이리 지겹고, 맥빠지고,
단조롭고, 부질없이 느껴질까.
역겹다, 역겨워. 세상엔 온갖 잡초 우거져
퇴락한 정원이 되었구나.
태생이 조잡하고 억센 것들이 차지하고 있구나.
이 지경이 되다니! 돌아가신 지 겨우 두 달 —
아니야, 아냐. 두 달도 채 안 됐어 — 참으로
출중한 왕이셨던 아버지, 이자에 비하면 짐승에
태양신 격이지. 어머니를 너무나 사랑하시어 행여
드센 바람 어머니 얼굴에 닿을까 염려하셨지.
천지신명이여, 내 이걸 기억해야겠습니까?
아니, 어머니는 먹을수록 더욱 탐하는
식욕처럼 아버지께 매달렸지. 한데 한 달도 못 되어 —
생각도 말자, — 약한 자여, 너의 이름은 여자이니라!
고작 한 달, 가엾은 아버지의 시신을 따르던 저 신발이
닳기도 전에, 니오베*처럼 눈물범벅이 되어 —
아니, 그녀가 — 오, 하느님, 이성 없는

---

* 니오베 : 슬퍼하는 여신의 전형. 일곱 아들과 일곱 딸을 가진 행복
을 오만하게 뽐내다 신들의 분노를 사 불시에 열네 명의 자식을
잃고 울다가 돌로 변신했으나 눈물이 계속 흘러나왔다고 한다.

짐승이라도 조금은 더 애도했으련만.

헤라클레스*와 내가 다르듯이,

아버지와 천양지차인 숙부——

아버지의 동생과 결혼하다니.

한 달 안에. 짓물러 부풀어 오른 그녀 눈에서

저 거짓 눈물의 소금기가 마르기도 전에 결혼이라니.

——오, 최악의 속도로다. 그다지도 날렵하게 상피붙을**

이부자리 속으로 뛰어들다니!

이건 좋지 않고, 좋게 될 수가 없어.

허나 가슴아 터져라, 입을 닫아야겠으니.

호레이쇼, 마셀러스, 바나도 등장

호레이쇼 문안 인사드립니다, 저하.

햄릿 무사하니 기쁘군.

호레이쇼?*** 아니, 내가 정신이 나갔었나?

---

* 헤라클레스 : 그리스 신화 속 최고의 영웅이다. 제우스의 아들인
그는, 질투에 사로잡힌 헤라 여신의 집요한 박해를 받는 동안 용
맹과 지혜를 겸비한 위대한 영웅으로 성장한다.

** 상피붙을 : 형수와의 결혼은 당시 교회가 분명하게 금지한 근친
상간이었다.

*** 호레이쇼? : 햄릿은 앞 대사에서 호레이쇼를 알아보지 못하다가
지금에야 그를 확인한다.

호레이쇼   맞습니다, 저하. 변함없는 충복입니다.

햄릿   여보게, 친구라네. 내가 종이 되겠네.

　　호레이쇼, 비텐베르크에서 여긴 웬일인가?

　　──어이, 마셀러스.

마셀러스   저하!

햄릿   만나서 정말 반갑네──(바나도에게) 자네도 별일 없

　　지.──그런데 비텐베르크에서 여긴 웬일인가?

호레이쇼   천성이 게으른 탓이지요, 저하.

햄릿   자네 원수가 그런다고 해도 듣고 있지

　　않았을 거야. 하물며 자네가 내 귀를 윽박질러

　　자기 자신이 자길 비방하는 말을 믿게 하겠다고?

　　자네가 게으름뱅이가 아닌 걸 내 다 안다네.

　　그건 그렇고, 엘시노어에는 무슨 용건인가?

　　떠나기 전에 술고래가 되게 해주겠네.

호레이쇼   저하, 선왕 전하의 장례식을 보려고요.

햄릿   제발 놀리지 말게, 학우여.

　　내 어머니의 혼례식을 보러 온 거겠지.

호레이쇼   하긴 잇달아 열리긴 했지요, 저하.

햄릿   그게 다 절약 아닌가, 호레이쇼.

　　장례식 때 구웠던 식은 고기를 혼례식

　　잔칫상에 차려냈으니.

　　호레이쇼, 그런 날을 맞느니 차라리

　　천국에서 철천지원수를 만나는 게 나았겠어.

아버님——내 아버님이 보이는 것 같아——

호레이쇼 어디서요, 저하?

햄릿 마음의 눈에서지.

호레이쇼 저도 뵌 적이 있는데, 훌륭한 왕이셨지요.

햄릿 어느 모로 보나 완벽한 사람,

　세상에 다시없는 분이셨지.

호레이쇼 저하, 실은 지난밤에 그분을 뵌 듯합니다.

햄릿 보다니? 누구를?

호레이쇼 저하의 부왕 전하를요.

햄릿 부왕 전하?

호레이쇼 놀란 마음 잠시 진정하시고

　제가 이 사람들의 증언을 토대로

　기이한 일을 아뢰겠사오니

　제 이야기에 귀를 기울여주십시오.

햄릿 제발, 어서 말하게.

호레이쇼 연거푸 이틀 밤을 여기 있는 마셀러스와

　바나도가 죽은 듯 황막한 한밤중에 보초를

　서던 중 맞닥뜨린 일입니다.

　저하의 부친 같은 형체가 머리끝에서 발끝까지

　갑옷과 투구로 완벽하게 무장하고 그들 앞에 나타나

　근엄하고 위엄 있게 천천히 지나갔다 합니다.

　그들의 압도당해 겁에 질린 눈앞을 손에 쥔

　지휘봉 간격의 닿을 듯한 거리에서 세 번이나

지나쳤답니다. 그러자 그들은 공포심에
사로잡혀 촛농처럼 녹아버렸고, 결국
벙어리가 되어 아무 말도 못 했다고 합니다.
이 사실을 두려워하며 제게 극비로 알리기에
사흘째 되던 날, 제가 함께 나가 경계를 섰는데,
그때, 시각이나 형체가 한마디도 어김없는
그 혼령이 나타났습니다.
저는 저하의 선친을 압니다.
이 두 손이 닮은 만큼 닮았더군요.

햄릿 한데 그게 어디였나?

마셀러스 저하, 보초를 서는 망대 위였습니다.

햄릿 자네가 말을 걸어보지 못했나?

호레이쇼 저하, 건넸습니다만 대꾸가 없었습니다.
제 생각입니다만, 한번은 고개를 들어
뭔가 말을 할 것 같은 기색을 보였습니다.
하지만 때마침 새벽 수탉이 요란하게 울자,
황급히 뒷걸음질치더니 시야에서 사라졌습니다.

햄릿 너무나 기이하다.

호레이쇼 저하, 제가 살아 있는 것만큼이나
틀림없는 사실이기에 이 일을 아뢰는 것이
저희에게 부과된 의무라고 생각했습니다.

햄릿 아무렴. 허나 듣고 보니 심란하구나.
오늘 밤에도 보초를 서는가?

호레이쇼·마셀러스·바나도 섭니다, 저하.

햄릿 무장했더란 말이지?

호레이쇼·마셀러스·바나도 예, 그렇습니다.

햄릿 위에서 아래까지?

호레이쇼·마셀러스·바나도 머리끝에서 발끝까지요.

햄릿 그럼 얼굴은 보지 못했겠군?

호레이쇼 보았습니다, 저하. 투구 면갑을 올리고 있었거
든요.

햄릿 모습은 어땠나? 찌푸렸던가?

호레이쇼 화났다기보다 슬픈 모습이었습니다.

햄릿 창백했나, 붉었나?

호레이쇼 매우 창백했습니다.

햄릿 자네를 응시하던가?

호레이쇼 뚫어지게요.

햄릿 내가 그 자리에 있어야 했는데.

호레이쇼 무척 놀라셨을 겁니다.

햄릿 그랬을 테지.

　오래 머물렀나?

호레이쇼 족히 백은 헤아릴 정도의 시간이었지요.

마셀러스·바나도 더 길었어, 더 길었어.

호레이쇼 내 보기엔 아니었어.

햄릿 수염이 반백이었나?

호레이쇼 생전에 제가 뵈었을 때처럼 은빛 띤

담비 색이었습니다.

햄릿   오늘 밤엔 나도 보초를 서야겠다.

　아마 다시 나타나겠지.

호레이쇼   장담컨대 나타날 겁니다.

햄릿   그것이 고귀한 아버지의 몸을 취했다면,

　설사 지옥이 아가리를 벌리고

　침묵하라고 해도 난 말을 걸 테다.

　바라건대, 이번에 본 것을 지금까지 감췄다면

　그 일은 언제나 침묵 속에 가둬두게.

　그리고 오늘 밤, 무슨 일이 벌어지더라도

　알고만 있고 발설하지는 말아주게.

　자네들의 우정은 내 보답하겠네.

　자, 그럼 잘들 가게. 밤 열한 시에서

　열두 시 사이에 망대로 찾아가겠네.

호레이쇼·마셀러스·바나도   저하께 충성을.

햄릿   우정이네. 내가 아끼니. 그럼 잘 가게.

　　　　　　　　　　　　(햄릿만 남고 모두 퇴장)

　아버님의 혼령이 ——무장을 했다니! 심상찮아.

　무슨 추악한 음모*라도 있나? 밤이 기다려진다.

　그때까지 진정하자, 내 영혼아. 악행은

　지구로 눌러 덮는다 해도 사람 눈에 발각되는 법.

　　　　　　　　　　　　　　　　　(퇴장)

1막 3장
(성안. 폴로니어스의 저택)

레어티즈와 그의 누이동생 오필리아 등장

레어티즈 필요한 물품은 모두 배에 실었다. 잘 있어라.
그리고 오필리아, 순풍이 불어 배편이 있거든
잠만 자지 말고 소식 전해라.

오필리아 그걸 의심해요?

레어티즈 햄릿 왕자 말인데, 그의 너절한
호의는 유행이자 젊음의 객기라고 생각해라.
청춘의 꽃송이는 빨리 피나 영원하지 못하고,
달콤하지만 오래 가지 못해. 순간의 향기로 잠깐 기쁨을
주는 것뿐이라 생각하렴.

오필리아 그저 그뿐인가요?

레어티즈 그렇다고 생각해라.
사람은 성장하면서 근육과 몸집만
오롯이 커지는 게 아니라, 그 신전이 커지면서
속에 깃든 마음과 영혼의 내적 봉사 의무도 함께 자라지.

---

* 추악한 음모 : 당시 영국 사람들은 유령이 나타나는 중요한 이유
가 감춰진 범죄를 폭로하기 위해서라고 믿었다. 영국의 신파극은
대부분 세네카의 복수 비극에 고정적으로 등장했던 유령을 차용
해 만든 것이다.

지금은 그가 너를 사랑할 거야.
아직은 순결한 그의 뜻이 세상 때며 계략,
술수에 더럽혀지지 않았으니까.
하지만 신분상 그의 뜻은 그의 것이 아니야.
왜냐하면 햄릿 왕자는 출생에 매여 있기에,
일개 평민처럼 마음대로 할 수 없다는 거지.
이 나라 전체의 안녕과 번영이 본인의 선택에
달려 있기 때문이야. 따라서 왕비 선택은 자신이
머리이긴 하나 덴마크라는 몸뚱이*의
지지와 동의를 얻어야만 하는 거야.
그러니 그가 너를 사랑한다 말하더라도
넌 그 말을 그가 각별한 위치에서 행동으로 행할
만큼만 믿어주는 분별력이 필요해. 즉, 전 덴마크
사람 대다수가 동의하는 딱 그만큼이지.
그러니 네 평판이 어떤 손해를 입을지 숙고해봐.
혹여 그가 부르는 달콤한 사랑 노래에 솔깃해서
듣거나, 마음을 빼앗겨 네 귀한 보물함을 그의
무절제한 간청에 열어준다면, 두려워해라 오필리아,
두려워해라 누이야. 그리고 네 몸을 욕망의 포격과
위험이 닿지 않게 애정의 후방에 두어라.
조신한 처녀는 자신의 아름다움을 달에게

---

* 덴마크라는 몸뚱이 : 이는 덴마크 국민들을 의미한다.

내보이는 것조차 방탕한 처사라고 하잖아.

미덕의 화신도 중상모략의 타격은 못 피해.

봄철의 새싹은 봉오리를 열기도 전에

자벌레가 파고들고, 청춘이라는 영롱한 아침 이슬에는

전염성 마름병이 언제라도 발생할 수 있단다.

그러니 조심해라. 조심하는 게 상책이다.

물론 젊은 시절에는 곁에 누가 없어도[*]

자신을 배반하니까.

오필리아　이렇게 훌륭한 교훈의 골자를 제 마음의

파수꾼으로 삼을게요. 하지만 오라버니,

은총 잃은 몇몇 목사들이 그러하듯

나에게는 천국 가는 험한 가시밭길을 알려주고,

자기는 무모한 허풍선이 탕아처럼 환락의 길을

거닐며, 자기의 충고를 저버리지는 마세요.

레어티즈　오, 내 걱정은 마라.

너무 지체했다.

폴로니어스 등장

저기 아버지가 오시는군.

---

[*] 젊은~없어도 : 젊은이는 외부 자극이 없어도 충동을 자제하지 못
해 비이성적 행동을 일삼는다는 의미.

축복이 두 번이면 은총도 두 배겠지.

운이 미소 지으니 인사를 또 드리는구나.

폴로니어스 여태 있었어, 레어티즈? 어서 배에 올라라.

원, 창피하게, 순풍이 돛의 어깨에 앉았고,

다들 널 기다린다. 자, 축복해 주마.

그리고 몇 마디 교훈을 네 기억에 새겨둬라.

네 생각을 발설하지 마라.

경솔한 생각을 행동에 옮기지도 말고,

친절하되 절대 값싸게 굴어서는 안 되고,

일단 사귄 친구는 겪어보고 괜찮으면

영혼에 사슬을 묶어서라도 붙들어라.

그렇다고 철없는 애송이 허세꾼을 일일이 환대하느라

손바닥이 무뎌지면 안 된다.

싸움판에 끼어드는 걸 조심해라. 허나 일단 끼어들면

상대가 널 알아서 모시도록 만들어라.

귀는 모두에게, 입은 소수에게만 열고,

모든 의견을 수용하되 판단은 보류해라.

옷은 지갑의 두께만큼 값진 것을 고르되

허식은 피하고, 고급스러우나 야해서는 안 된다.

의복이란 사람의 인품을 드러내는 잣대니까.

지체 높은 프랑스 사람들이 그 방면에서는

단연 으뜸가게 세련된 사람들이지.

돈은 꾸지도 말고 꾸어주지도 말아라.

꾸어주다 보면 돈과 친구 모두를 잃기 쉽고,

빚을 지게 되면 절약 정신이 무뎌진단다.

무엇보다도 너 자신에게 진실해라.

그러면 밤이 낮을 따르듯 너 스스로는 물론 남에게도

진실해질 것이다. 잘 가라.

축원컨대 내 말이 네 안에서 여물기를.

레어티즈　소자, 이만 하직 인사 드립니다, 아버님.

폴로니어스　시간이 널 재촉한다. 가라, 하인들이 기다린다.

레어티즈　잘 있어, 오필리아.

내가 한 말 명심하고.

오필리아　그건 내 기억 속에 가뒀으니

열쇠는 오빠가 맡아요.

레어티즈　잘 있어라.　　　　　　　　　　　(레어티즈 퇴장)

폴로니어스　오필리아, 네 오라비가 뭐라고 하더냐?

오필리아　그건 저, 햄릿 왕자님에 관한 것이에요.

폴로니어스　마침 생각났다.

듣자 하니 요즘 그분이 널 자주 찾으시고,

너 또한 그를 스스럼없이 만난다면서?

그게 사실이라면──누가 조심하라는 식으로

귀띔을 하더군. ── 내 네게 말해

두는데, 네가 내 딸로서, 명예에 걸맞게

너 자신을 분명히 알지 못한다는 거야.

둘 사이가 어떠냐? 사실대로 털어놓아라.

오필리아   아버님, 그분이 요즘 저에게 애정을

　여러 번 표시하셨어요.

폴로니어스   애정? 허 참! 철부지 계집 같기는.

　허긴 위태로운 상황을 겪어봤어야지.

　그래, 그 애정 표시라는 것을 믿느냐?

오필리아   어떻게 생각해야 할지 모르겠어요, 아버님.

폴로니어스   옳거니, 내가 알려주마. 그 애정 표현을

　순정이 아닌데 진정이라 여겼으니,

　넌 아직 철부지라고 생각해라.

　좀더 비싸게 굴었어야지. 안 그러면—

　말을 너무 빙빙 돌려 엇나갈라—

　네가 내게 바보를 하나 건네게 될 거다.

오필리아   아버지, 그분은 명예로운 방식으로

　사랑을 구걸하셨어요.

폴로니어스   뭐라? '병법'이라고? 됐다. 듣기 싫다.

오필리아   그리고 아버지, 그분은 진심임을 다짐하며

　경건한 맹세로 자기 말을 확인했어요.

폴로니어스   그게 바보새*를 잡는 덫이란 거야. 내 잘 알지.

　피가 끓어오르면 영혼은 혀에게 헤프게

　맹세하게 한단다. 애야, 잘 들어라.

　그 불꽃은 열보다 더 빛을 뿜는데,

---

* 바보새 : 도욧과의 수렵조로 멍청함의 상징.

뜨겁게 빛나리라 약속한 그 순간,
열도 빛도 스러지니까, 그걸 불꽃이라 생각해선
안 된다. 너는 처녀의 몸이니, 지금부터
좀 뜸하게 모습을 드러내고, 담판에 응할 때는
바로 협상에 들어가지 말아라.
햄릿 왕자는 아직 젊고, 매인 몸이긴 하지만
행동반경이 너보다 더 넓으니,
그를 믿더라도 그 점 감안해야 한다.
오필리아, 아무튼 그의 맹세를 믿지 마라.
사내의 맹세란 뚜쟁이와 같아서
차림새는 번듯해도 본색은 딴판이고,
불경한 속셈 채우려 애원할 수 있으니. 단언컨대
신성하고 경건한 계약인 양 졸라대는 건
그럴듯하게 속이기 위해서일 뿐이다.
이제 결론을 말하마. 분명히 말하는데,
이 순간부터 햄릿 왕자와 언약의 말을
하느라 욕되게 보내지 마라.
명심해라, 명령이니. 자, 가자.

오필리아   분부 따르겠어요, 아버지.   (두 사람 퇴장)

1막 4장
(엘시노어 성의 망대)

햄릿, 호레이쇼, 마셀러스 등장

햄릿 바람이 살을 깨무는구나. 몹시 춥다.

호레이쇼 뼈가 시릴 정도로 바람이 매섭네요.

햄릿 몇 시냐?

호레이쇼 아직 자정이 안 됐습니다.

마셀러스 아냐. 자정을 쳤어.

호레이쇼 그래? 난 못 들었는걸. 그렇다면

유령이 습관 따라 나다니던 시각이 다가왔습니다.

(나팔소리 울리고, 대포 두 발이 발사된다)

저건 무슨 소립니까, 저하?

햄릿 왕이 오늘 밤늦도록 주연을 베풀어

진탕 마시고 광란의 춤을 춘다네.

그가 라인산 포도주를 비울 때마다

북과 나팔로 자신의 축배를

온 세상에 떠벌리는 거지.

호레이쇼 그게 관례인가요?

햄릿 그렇긴 해.

나도 이곳 태생이라 저런 풍습에 젖었지만,

이런 관행은 지키기보다 깨는 게 좋다고 생각하네.

이렇게 멍청하게 퍼마시니 사방에서
우리를 비방하고, 딴 나라에서도 욕을 하지——
우릴 술고래라 부르는 건 예사고, 야비한 말로
우리의 명망에 흙칠을 한다네.
그러니 우리가 아무리 업적을 높이 쌓는다 해도,
그 때문에 명성의 알맹이를 잃고 마는 거지.
이런 일은 개인에게도 흔하게 일어나는데,
가령 태어날 때 천성에 박힌 사마귀처럼
제 잘못이라 할 수 없는 결함 때문에
(출생을 선택할 순 없으니까)
또는 어떤 기질이 과하거나 아니면 보기 좋은 예절을
아주 망쳐버리는 악습 때문에,
——이런 이들은, 보게,
그게 자연의 조화든 운명의 장난이든
단 한 가지 결함의 딱지를 지님으로써, 그들의 미덕이
은총처럼 지순하고 인간이 감당할 수 없을 만큼
한이 없을지라도, 그 한 가지 결함으로 말미암아
타락했다는 세간의 평을 듣는다네.
한 방울의 악이 종종 고귀한 본질을
모조리 말살시키고 치욕을 불러온단 말일세.

유령 등장

호레이쇼　보십시오, 저하, 그게 나타났습니다.

햄릿　구원의 천사들이여, 저희를 지켜주소서!

네가 천상의 정령이든 저주받은 악령이든

천국의 바람 타고 왔든 지옥의 돌풍 몰아 왔든

너의 의도가 선한지 사악한지는 모르겠다만,

질문이 가능한 모습으로 나타났으니 묻겠다.

나는 너를 햄릿, 국왕이자 아버지,

덴마크의 왕이라 부를 테니 말하라.

오, 대답하라. 몰라서 내 가슴이

터질 것 같으니 대답해다오.

죽어서 예를 갖춰 입관한 시신이 어찌하여

수의를 찢고 나왔으며, 우리가 조용히

묻히는 걸 보았는데, 어째서 안치해 둔

묘지가 육중한 대리석 아가리를 벌리고

널 다시 토해냈단 말이냐? 도대체 무슨

이유로 죽은 너의 시신이 강철 갑옷으로

완전히 무장하고 흘깃거리는 달빛 아래 찾아와

이 밤을 공포에 떨게 만들고,

대자연의 어릿광대*인 우리의 마음을 영혼이

---

* 대자연의 어릿광대 : 인간은 자연의 울타리 안에서, 자연 현상에 매여 살아가는 까닭에 초자연적 현상에 두려움을 느낄 수밖에 없는 존재라는 의미다.

범접할 수 없는 생각들로 이토록

진저리나게 뒤흔들어 놓는단 말이냐?

뭣 때문이냐? 이유가 무엇이냐? 어쩌라는 거냐?

(유령이 햄릿에게 손짓한다)

호레이쇼 그게 함께 가자고 손짓합니다.

마치 저하께만 무얼 전해 주고

싶은 것이 있는 것처럼.

마셀러스 보세요, 몹시 정중하게

외진 곳으로 가자고 손짓하는군요.

하지만 가지 마십시오.

호레이쇼 절대로 안 됩니다.

햄릿 말할 것 같지 않아. 그러니 따라가겠다.

호레이쇼 안 됩니다, 저하.

햄릿 두려울 것이 무어냐?

내 목숨은 바늘 끝만큼도 가치가 없고,

내 영혼도 저 유령처럼 불멸인데,

저것이 무슨 짓을 할 수 있겠느냐?

다시 손짓하는구나. 따라가 봐야겠다.

호레이쇼 저것이 저하를 꾀어 바닷물로,

혹은 짙은 눈썹처럼 바다에서 솟아오른

아찔한 절벽 꼭대기로 유인한 후,

거기서 무슨 끔찍한 형태로 둔갑하여,

이성의 통치권을 빼앗아 광증으로 몰아가면

어찌하시렵니까? 생각해 보십시오. 그 자리에

서기만 해도, 천 길 아래 바다를 내려다보고

울부짖는 파도 소릴 들으면 다른 동기 없어도

누구나 극단적 충동을 느낄 수 있습니다.

햄릿 여전히 손짓하는구나.

앞장서라. 널 따라가겠다.

마셀러스 안 됩니다. 저하.

햄릿 손 놓아라.

호레이쇼 진정하십시오. 안 됩니다.

햄릿 내 운명이 절규한다.

내 몸의 자잘한 동맥들이

저 네메아의 사자*의 힘줄처럼 단단해지는구나.

아직도 날 부른다. 여보게, 손을 놓게!

맹세코 날 막는 자는 유령을 만들어줄 테다.

비켜라! ─ 앞서거라, 뒤따를 테니.

(유령과 햄릿 퇴장)

호레이쇼 저하께서 망상에 빠져 막무가내시네.

마셀러스 따라가세. 분부대로 해선 안 될 것 같네.

호레이쇼 뒤따르지. 장차 이 일이 어찌 될까?

---

* 네메아의 사자 : 그리스 신화에 나오는 괴물이다. 영웅 헤라클레스
에게 부과된 12과업 중 첫 번째 과업은 펠로폰네소스 지방의 네메
아 골짜기에 사는 이 괴물 사자를 죽이는 것이었다.

마셀러스   이 덴마크란 나라, 뭔가가 썩어 있어.

호레이쇼   그건 하늘에 맡기는 수밖에.

마셀러스   아니야. 어서 따라가 보세.　　　　　(모두 퇴장)

1막 5장
(성 위의 흉벽)

유령과 햄릿 등장

햄릿   어디로 데려가느냐? 말하라. 더는 가지 않겠다.

유령   잘 들어라.

햄릿   그러겠다.

유령   시간이 거의 다 됐다.

　　내가 유황 끓는 고통스러운 불길에

　　몸을 맡겨야 할 시간 말이다.

햄릿   오, 가련한 유령.

유령   나를 동정하는 건 그만두고

　　내가 밝히는 것을 정신 차려 들어라.

햄릿   말하라. 들을 테니.

유령   듣고 나면 복수하지 않을 수 없을 거다.

햄릿   뭐라고?

유령   나는 네 아비의 혼령,

밤에는 일정 시간 지상에 나다니지만, 낮에는
불에 갇혀 굶어야 할 운명에 처했다.
살아생전 저지른 죄악이 다 타서 없어질 때까지.
내가 갇힌 감옥의 비밀을 누설하는 것이 금지되지
않았다면 내가 밝히는 소소한 한마디로도 네 영혼은
갈가리 찢기고, 젊은 피는 얼어붙을 것이며,
네 두 눈은 궤도를 이탈한 유성처럼 튀어나오고,
땋아 묶은 머리채는 풀어져
성난 고슴도치의 바늘처럼 올올이 곤두설 것이다.
허나 이 저승의 비밀은 피와 살을 가진
인간의 귀에 공표해선 안 되는 법.
듣거라, 오, 듣거라!
네가 진정 이 아비를 사랑한 적이 있다면 ―

햄릿   오, 신이시여!

유령   그 흉악한 살인자에게 복수하라.

햄릿   살인!

유령   참으로 흉악한 살인이지. 최선이라 할지라도.
　　　허나 그건 가장 흉악하고 해괴하고 무도했다.

햄릿   서둘러 알려주면 상념처럼,
　　　아니면 임 그리는 마음처럼 빠르게 날아올라
　　　복수하겠습니다.

유령   반응이 빠르구나.
　　　네가 이 일에 꼼짝하지 않는다면

황천을 흐르는 망각의 강*에 뿌리 내린

무성한 잡초보다 더 우둔하다 해야겠지.

자, 햄릿, 듣거라. 내가 정원에서

낮잠을 자던 중 독사에게 물렸다고 발표되었다.

── 그래서 덴마크의 온 백성은 조작된 이야기에

감쪽같이 속고 있지. ──그러나 알아두어라,

내 귀한 아들아! 네 아비를 물어 죽인

그 독사는 지금 왕관을 쓰고 있다는 것을.

햄릿 아, 내 예감이 맞았다! 숙부가!

유령 그렇다, 저 상피붙어 간통한 짐승이,

마술 같은 간계와 반역적 재주로──

오, 사악한 기지와 재주로다!

비할 데 없이 정숙해 보이던 내 왕비의 욕망 얻어

수치스럽게 제 욕정을 채웠구나.

오, 햄릿! 이 무슨 타락이란 말이냐? 혼례 때

바친 서약에 걸맞게 기품 있게 사랑한 날 버리고,

나에 비하면 그 천품 비열하고 보잘것없는

철면피 같은 놈의 품으로 떨어지다니.

허나 순결은 색정이 성자 같은 모습으로 유혹해도

절대 동하지 않지만, 욕정은 찬란한 천사와

---

* 망각의 강 : 그리스 신화 속의 지옥에 있는 강으로, 그 물을 마시
  면 과거를 잊어버린다고 한다.

짝을 이루어도 천상의 침상에서 물리도록
포식한 뒤 쓰레기를 파먹는 법이지.
그런데 가만, 벌써 새벽 공기 냄새를 맡은 듯하다.
간단히 말하마. 오후면 늘 하던 습관처럼,
그날도 정원에서 곤히 낮잠에 빠져 방심하고 있을 때,
네 숙부가 저주받을 독약을 몰래 갖고 다가와
문둥병 일으키는 독즙을 내 귓속에 들이부었다.
그 독약의 효력은 사람의 피와는 상극이라 수은처럼
빠르게 온몸의 정상 통로와 샛길을 내달린 뒤,
마치 우유에 식초 방울을 떨어뜨린 듯 갑자기 힘을
써서 맑고 건강한 피를 뻣뻣하게 굳힌단다. 내 피도
그렇게 되었고, 순식간에 온몸에 발진이 문둥병처럼
돋아 불쾌하고 진저리나는 딱지로 뒤덮였다. 매끈한
내 몸을 온통. 이렇게 해서 나는 잠결에, 동생의
손에 생명과 왕비와 왕관까지 모조리 빼앗겼을 뿐
아니라, 죄가 한창 만발하던 시기에 잘렸으니
성찬식도 도유식도 고해성사도 참회도 못 하고,
이승에서 저지른 온갖 과오를 이마에 붙인 채
심판장으로 끌려 나오게 되었다.
아, 무섭다, 아, 무섭다! 참으로 무서운 일이다!
네가 천륜을 안다면 묵과해서는 안 된다.
덴마크 왕의 침상이 음욕과 저주받을
근친상간의 소굴이 되게 해서는 안 된다.

허나 네가 어떤 방식으로 이 일을 추진하든
네 마음을 더럽히거나 네 어머니를 해치려는
계략을 꾸며서는 안 된다.
어머니는 하늘의 심판에 맡겨
마음속에 박혀 자기를 쑤시고 찌르는 가시바늘에
아픔을 겪도록 두어라.
자, 이제 작별을 고해야겠다.
반딧불이가 힘을 잃어 창백해진 걸 보니
신새벽이 가까워진 모양이다.
잘 있거라, 잘 있거라, 날 기억해라.[*]   (퇴장)

햄릿   오, 세상의 천사들이여! 오, 대지여! 그리고 또?
지옥을 불러낼까? 아서라! 버텨라 심장이여!
그리고 너 근육아, 천천히 삭아 날 꼿꼿이
지탱케 해다오. 기억하라고? 아무렴, 가엾은 유령이여,
이 얼빠진 지구[**]에 기억력이 자리 잡고 있는 한.
기억하라고? 아무렴. 온갖 소소하고
유치한 기록들, 젊은 시절 유심히 보고

---

[*] 날 기억해라 : 유령이 뱉은 작별 인사 '날 기억해라(Remember me)'는 부탁은 햄릿의 좌우명이 된다. 이후 과거의 모든 기억을 지우고 아버지의 이 말만 기억하기로 한다.

[**] 지구Globe : 햄릿 자신의 머리를 뜻하는 것으로 보이나 세상 자체를 의미할 수도 있다. 당시 셰익스피어가 소속된 극단의 공연장 이름도 글로브Globe 극장이었다.

적어둔 책 속의 온갖 명언, 온갖 명구, 온갖
옛 인상을 기억의 수첩에서 지우고 오직 네 명령만
내 뇌리의 서책 안에서 고고히 살게 하리.
삿된 것은 섞지 않겠다.
그러고말고. 하늘에 맹세코!
오, 참으로 악독한 여자!
오, 악당, 악당, 미소 띤 저주받을 악당!
내 수첩에 이걸 적어야겠다.
미소 띤 악당도 있다는 걸——
아무렴, 이 덴마크에선 그런 일이 확실히 있지.   (쓴다)
자, 숙부, 이게 당신이오. 이번엔 내 언약,
그건 '잘 있거라, 날 기억해라'이다.
그러기로 맹세했다.

호레이쇼와 마셀러스가 외치면서 등장

호레이쇼   저하, 저하.

마셀러스   햄릿, 저하.

호레이쇼   하늘이여, 보호하소서!

햄릿   (방백) 부디 그러소서!

마셀러스   휘이, 휘, 휘이 저하.

햄릿   휘이, 휘, 휘, 이봐, 여기다, 여기!

마셀러스   괜찮으신가요, 저하?

호레이쇼　어떻게 된 일입니까, 저하?

햄릿　아, 놀라운 일이야!

호레이쇼　제발이지 저하, 말씀해 주십시오.

햄릿　안 돼. 말이 새 나가면 안 되니까.

호레이쇼　아뇨, 저하. 하늘에 맹세코.

마셀러스　저도요, 저하.

햄릿　나, 참, 사람이 그런 걸
　　생각이나 했겠나── 허나 비밀은 지킬 거지?

호레이쇼·마셀러스　예, 맹세코.

햄릿　온 덴마크에 사는 악당치고
　　극악무도하지 않은 놈은 없다더군.

호레이쇼　그 말을 하려고 유령이 굳이 무덤에서
　　나왔을 리는 없습니다, 저하.

햄릿　흠, 옳아, 자네 말이 옳아.
　　그러니까 여러 말 할 것 없이
　　악수나 하고 헤어지세.
　　자네들의 용무와 소망을 쫓아──
　　왜냐하면 누구나 용무와 소망이 있을 테니까.
　　그게 무엇이든──불쌍한 소생은 그냥
　　기도나 드릴 테다.

호레이쇼　저하, 어째 횡설수설하시네요.

햄릿　내 말에 화가 났다면 미안하네. 진심으로──
　　정말, 진심이네.

호레이쇼　화나지 않았습니다, 저하.

햄릿　아냐, 성 패트릭에 맹세코 마음 상했을 걸세,
　　　호레이쇼. 그것도 아주 많이. 아까 그 유령은
　　　믿을 만한 유령이었네. 그것만 알아두게.
　　　둘 사이에 무슨 일이 있었는지 궁금하다면
　　　자네들 능력껏 해소하게. 그나저나 친구들,
　　　자네들은 친구이자 학자요, 군인이니
　　　내 조그만 청 하나 들어주게.

호레이쇼　무언가요, 저하? 들어드려야지요.

햄릿　오늘 밤 본 일을 비밀에 부쳐주게.

호레이쇼·마셀러스　저하, 비밀에 부치겠습니다.

햄릿　그러지 말고, 맹세해 주게.

호레이쇼　맹세코 저하, 비밀에 부치겠습니다.

마셀러스　저도 마찬가지입니다, 저하. 정말.

햄릿　내 칼*에 맹세해.

마셀러스　우린 이미 했습니다, 저하.

햄릿　확실히 내 칼에 걸고. 확실히.

유령　(무대 밑에서 소리친다) 맹세하라.

햄릿　아하! 그런 거야? 거기 있었네. 정직한 양반?
　　　──자네들, 땅 밑에 있는 친구 말 들었겠지?

---

* 칼 : 칼의 형태가 십자가와 닮았기 때문에 칼을 걸고 맹세하는 것
　이다.

맹세한다고 승낙하게.

호레이쇼 맹세할 내용을 부르시지요.

햄릿 자네들이 본 것을 절대 말해선 안 되네.

내 칼에 걸고 맹세하게.

유령 맹세하라.   (두 사람 맹세한다)

햄릿 무소부재?* 그럼 우리 자리를 옮겨볼까?

이리로 오게나, 자네들. 내 칼에

다시 손을 얹게. 내 칼에 걸고 맹세하게,

자네들이 들은 것은 비밀에 부치겠다고.

유령 그의 칼에 걸고 맹세하라.   (두 사람 맹세한다)

햄릿 지당하오, 두더지 영감, 잽싸기도 하시네.

훌륭한 공병이야. 친구들, 다시 한번 옮겨보자고.

호레이쇼 오, 맙소사, 이런 놀랍고 괴이한 실체가 있다니.

햄릿 그러니 그를 나그네로 잘 맞아주게.

이 천지간에는 인간의 철학으로는 꿈도 꾸지

못할 것들이 얼마든지 있다네, 호레이쇼.

그건 그렇고, 이리들 오게.

여기서, 아까처럼, 비밀에 부치기로, 제발,

내 행동이 아무리 괴상하더라도——

---

* 무소부재無所不在 : 하나님의 초월성과 편재성을 강조할 때 사용되는 표현으로, 신이 존재하지 않는 곳이 없다는 의미다. 물론 하나님은 모든 시공간에 머물지만 조금도 구속받지 않으신다. 그러므로 만물 속에 신이 존재한다는 범신론汎神論과는 구별된다.

내가 앞으로 이상야릇한 짓을 하는 게

좋겠다고 생각될 때——

그럴 때 나를 보고, 이렇게 팔짱을 낀다든지,

혹은 머리를 이렇게 흔들면서,

"뭐, 우린 알지"라든가, "알려면 알 수도 있지"라든가,

"말할 마음만 먹으면" "말할 사람이야 있지"와

같은 수상쩍은 말을 발설하거나

나에 대해 무언가 알고 있다는 걸

드러내려고, 비슷한 암시를 주는 말을

절대로 내비치지 말게. —— 이걸 맹세하게.

그러면 꼭 필요할 때 은총과 자비가 따를 테니.

유령 맹세하라.   (두 사람 맹세한다)

햄릿 쉬게나, 쉬어. 가련한 영혼이여! 여보게들,

내 넘치는 사랑으로 자네들에게 날 맡기네.

이 햄릿은 비록 변변치 못한 인간이지만

신이 허락하는 한 자네들의 사랑과

우정에 보답할 날이 있을 걸세.

같이 들어가지.

그리고 손가락은 언제나 입술이네. 부탁하네.

뒤틀린 세월, 오, 저주받을 악연,

그걸 바로잡기 위해 내가 태어나다니.

아니, 자, 같이 가세.   (모두 퇴장)

2막 1장
(궁성 안의 폴로니어스의 거처)

폴로니어스와 하인 레이날도 등장

폴로니어스　이 돈과 편지를 전해 주거라, 레이날도.

레이날도　그럽죠, 나리.

폴로니어스　레이날도, 그 애를 찾아가기 전에
　품행부터 조사하면 기차게 똑똑하게 굴었단
　얘길 들을 거야.

레이날도　나리, 그럴 참이었죠.

폴로니어스　내 말이 그 말이다. 정말 좋았어. 이봐,
　우선 파리에 어떤 덴마크인이 와 있는지,
　그 사람들 생활 방식이며 신분과 재력,
　거처, 친구 관계, 씀씀이를 탐문해 보는 거야.
　그런 것들을 빙빙 돌려 떠보다가 그들이 아들 녀석을
　정말로 알거든 그때는 가타부타 따질 것 없이

핵심을 찌르는 거야. 아들놈을 어렴풋이 아는 체하며,
'제가 그 사람 부친과 친구들, 본인도 조금은
압니다'라고. 듣고 있나?

레이날도 잘 듣고 있습죠, 나리.

폴로니어스 "본인을 조금. 하지만.' 정도로 말해놓고, '잘은
아니고요. 그런데 내가 아는 그 사람이라면
난잡하고 이런저런 데 빠져 있죠' 하고 덧붙여라.
── 이쯤에서 아무거나 날조해낸 거짓말을 적당히
꾸며서 덮어씌워.──허나 명예를 해칠 정도여선
안 돼. ──그 점을 주의해야 해. ──헌데 이봐,
혈기 왕성한 젊은이에게 따르는, 다들 아는
질탕하고, 거칠고 흔한 실수는 말해도 무방해.

레이날도 도박 같은 것 말씀입니까?

폴로니어스 그렇지. 거기에 음주, 결투, 욕설,
싸움질, 계집질──까지는 해도 돼.

레이날도 나리, 그런 짓은 불명예일 텐데요.

폴로니어스 상관없어. 험담을 조절하면 돼.
하지만 그 이상의 구설거리를 보태서는 안 돼.
'계집질하는 게 특기'라는 말 같은 것──
내 의도는 그게 아니야. 말하자면 녀석의 결점을
교묘하게 내비치어 그게 마치 방종의 얼룩,
불같은 성질이 터뜨리는 섬광, 거친 혈기에
저지르는 야수성 정도로 보이게 만들라는 거지.

레이날도   하지만 나리——

폴로니어스   왜 그래야 하느냐고?

레이날도   예, 나리, 그게 궁금합니다.

폴로니어스   이봐, 내 목적을 말해 주지.

　이건 정당한 계책이라고 믿어.

　네가 그 애의 이런 사소한 오점을 헐뜯으면서 그걸

　자라면서 들러붙은 때처럼 말해놓으면,

　잘 들어봐.

　대화의 상대방, 즉 네가 의중을 떠보려는

　그 사람은, 앞서 언급된 죄를 네가 입에 올린

　젊은이가 범하는 걸 목격했다면 분명히

　이렇게 속내를 보일 거야. '선생' 혹은 '친구' 혹은

　'양반'이라는 식의 호칭을 붙이며. 그건 지역이나

　신분에 따라 달라지겠지만.

레이날도   예, 잘 알겠습니다요, 나리.

폴로니어스   그다음, 이봐, 그는 어——그는 어——내가 무슨

말을 하려고 했지? 분명 무슨 말을 하려고 했는데, 어디

서 중단했더라?

레이날도   '이렇게 속내를 보일 거야' 하시고 '친구'라느니

'선생'까지요.

폴로니어스   '이렇게 속내를 보일 거야'에서, 그렇지.

　이런 식으로 말이야. '제가 그분을 압니다. 어제 봤죠'

　혹은 '그저께' 또는, 여차여차한 때 이러저러한

사람과 함께, 그리고 '말씀대로 노름을 하던걸요'
'술독에 빠졌던데요' '정구 경기중에 싸움이 났어요'
그도 아니면 '그분이 홍등가에 들어가는 것을
봤어요'──즉 색싯집으로, 혹은 이러저러한.
뭔지 알겠나?
너의 거짓 미끼로 진짜 잉어를 낚으란 말이지.
우리처럼 선견지명이 있는 사람들은 변죽을 울린 뒤
옆구리를 찔러, 간접 수단으로 직접 목적을 달성하지.
내 아들에게도 그렇게 해보는 거야.
앞서 내가 준 충고와 교훈으로.
알았지? 알아들었나?

레이날도   나리, 알아들었습니다.

폴로니어스   그럼, 잘 다녀오거라.

레이날도   예, 나리.

폴로니어스   그의 취향을 직접 살피는 거다.

레이날도   그럽죠, 나리.

폴로니어스   음악 공부도 하라고 해.

레이날도   예, 나리.   (레이날도 퇴장)

오필리아 등장

폴로니어스   잘 가게.──아니 오필리아, 무슨 일이냐?

오필리아   오, 아버지, 아버지, 너무 겁나요!

폴로니어스   대체 왜 그러느냐?

오필리아   아버지, 제 방에서 바느질을 하는데,

    햄릿 왕자님이 조끼 단추를 온통 풀어헤치고,

    모자도 안 쓰고,* 더러운 긴 양말은 대님이 풀려

    발목에 차꼬처럼 걸고, 속옷처럼 창백한 얼굴로

    두 무릎을 와들와들 떨었는데,

    마치 지옥에서 막 풀려나 그 참담함을

    얘기해 주려는 표정으로 제 앞에 나타났어요.

폴로니어스   네 사랑 때문에 미친 게 아니냐?

오필리아   모르겠어요, 아버지.

    사실 그런 것 같아 두려워요.

폴로니어스   뭐라고 했는데?

오필리아   제 손목을 잡더니 절 꽉 껴안았어요.

    그런 뒤 팔을 뻗은 만큼 뒤로 물러서서

    한쪽 손을 이렇게 이마에 올리고는,

    제 얼굴을 요모조모 뜯어보셨어요.

    마치 절 그리려는 듯이 한참을 그러고 있었어요.

    이윽고 제 팔을 살짝 흔들고

    자기 머리를 이렇게 아래위로 세 번 끄덕이고는,

    어찌나 가련하게 한숨을 토해내는지,

---

* 모자도 안 쓰고 : 엘리자베스 시대 사람들은 실내에서도 모자를 썼다.

온몸이 부서져 숨이 끊어질 듯했어요.

그러고는 저를 놓아준 뒤 어깨 너머로 머리를 돌린 채

걸었는데, 안 보고도 길을 아는 눈치였어요.

왜냐하면 끝까지 제게서 시선을 떼지 않고

문밖으로 나갔거든요.

폴로니어스 자, 같이 가자. 전하께 아뢰어야겠다.

이게 바로 상사병으로 넋이 나갔다는 것인데,

그 병의 속성이 격정적이어서 저 자신을 망치고,

의지를 자칫 극단적 행동으로 몰아가지.

하늘 아래 우리를 괴롭히는

모든 격정이 그렇듯 말이다. 안됐구나——

혹 근래에 심한 말을 한 적이 있느냐?

오필리아 아뇨, 아버님.

그렇지만 분부대로 그의 편지를 돌려보내고,

제게 접근하지 못하게 했습니다.

폴로니어스 그 일 때문에 미쳤구먼.

안됐구나. 내가 좀 더 주의 깊고 분별 있게

살펴봤어야 하는데. 난 그저 그가 너를

희롱하다가 망치지나 않을까 두려웠다.

허 참, 미련하게 의심하다니! 젊은층은 지각이

모자라듯 우리 또래는 원체 생각이 앞서거든.

자, 전하를 뵈러 가자. 이건 알려야 해.

덮어두면, 사랑을 발설하여 살 미움보다

감춰야 할 슬픔이 더 클 수 있으니. 자, 가자.   (모두 퇴장)

2막 2장
(궁성 안)

나팔소리가 요란하게 울리고, 왕과 왕비,
로젠크란츠, 길든스턴, 시종들과 함께 등장

왕   어서 오게. 로젠크란츠, 길든스턴.
  짐이 간절히 보고 싶던 차에 긴히
  시킬 일이 있어서 급히 불렀네.
  자네들도 무슨 이야기를 들어 알 것이네.
  햄릿이 딴사람이 된 것 말이네.
  사람이 겉모습은 물론 정신까지도 예전의 그가 아니니,
  딴사람이라고 할 수밖에.
  선왕의 별세 외에는 그를 저토록 변하게 한
  이유를 나로서는 상상을 못 하겠네. 부탁하건대,
  너희 둘은 어릴 때부터 햄릿과 함께 자랐고,
  청년이 된 그의 품행도 아주 가까이서 봤으니,
  잠시 궁정에 머물며 벗이 되어, 즐길 만한
  것도 권해 보고, 눈치껏 기회 닿는 대로 탐색해서
  최대한 알아내 보게. 짐이 모르고 있는 무슨 병이

그를 이토록 괴롭히는지 밝혀진다면

치료 방법도 찾을 수 있을 테니 말이네.

왕비 여보게들, 그가 자네들 이야기를 여러 번 했네.

난 자네들 둘보다 그와 마음이 맞는 사람은 없다고

확신하네. 자네들이 잠시나마 이곳에 우리와

머물면서 우리의 소망을 이루는 데 도움을 준다면

이번 방문을 전하께서 기억하셨다가

그에 합당한 보답을 내릴 것이네.

로젠크란츠 두 분 마마께서는 저희에 대한 왕권으로

지엄하신 뜻을 간청하기보다 명령을 내리시옵소서.

길든스턴 하오면 저희는

신명을 다해 복종의 의무를 전하의 발아래

기꺼이 바치겠사오니 명령만 내리소서.

왕 고맙네. 로젠크란츠, 길든스턴.

왕비 고맙소. 길든스턴, 로젠크란츠.

부탁이니 두 사람은 몰라보게 변한 내 아들을

즉시 만나보게. ── 너희 중 누가 이분들을

햄릿 왕자에게 안내하라.

길든스턴 하늘이여, 저희의 임무 수행이 그에게

기쁨과 도움이 되게 해주시옵소서.

왕비 동감이네.

(로젠크란츠와 길든스턴, 시종들과 함께 퇴장)

폴로니어스　전하, 노르웨이로 갔던 사신들이
희소식을 갖고 돌아왔나이다.

왕　경은 언제나 희소식의 근원이구려.

폴로니어스　그러하옵니까, 전하? 전하께 분명히
말씀드리는데, 신은 제 영혼을 보호하듯 하느님과
은혜로운 전하께 제 의무를 다합니다.
감히 신이 장담컨대── 그것이 혹여 틀렸다면,
이제 늙어 국정 흐름을 정확히 읽지 못한다고
봐야 할 테지만── 햄릿 왕자가 실성하게 된
원인을 찾아냈습니다.

왕　오, 말해 보시오. 그걸 몹시 듣고 싶소.

폴로니어스　먼저 사신들을 접견하시지요.
신의 보고는 성대한 정찬의 후식이 될 것입니다.

왕　경이 친히 그들을 영접하여 들이시오.

　　　　　　　　　　　　　　　　　　(폴로니어스 퇴장)

거트루드, 그가 당신 아들의
실성 원인을 찾아냈다고 하오.

왕비　그 주된 원인은 아비의 죽음과
우리들의 성급한 결혼 아니겠습니까.

왕　하여간 함께 캐물어 봅시다.

폴로니어스, 볼티먼드, 코닐리어스 등장

어서 오시오, 경들. 자, 볼티먼드 경,

그래, 우리의 형제 노르웨이 왕께서 뭐라 하셨나?

볼티먼드　저하가 보낸 친서의 요망 사항에 대해

지극히 우호적인 답변을 하셨습니다.

저희가 운을 떼자마자 왕은 조카의

모병을 중지시켰습니다.

왕은 그 일이 폴란드를 치려는 줄 아셨다가

자세히 조사해 본 결과 실은 전하가 그

상대임을 알았습니다. 이에 자신이 노쇠하여

조카에게 속았음을 통탄한 왕은 포틴브라스에게

모병 금지령을 내렸지요. 짧게 정리하면, 그는 긴

말 없이 복종했고, 왕의 엄한 질책을 들은 뒤 다시는

전하에 맞서 무력 도발을 않겠노라고 숙부 앞에서

맹세했습니다. 그러자 노르웨이 왕은 크게 기뻐하며,

그에게 연 수입 삼 천 크라운*의 토지를 내렸고,

기왕에 징집한 병사는 폴란드 공략에 쓰도록 권한을

부여했습니다. 자세한 사항은 이 문서에 적혀 있습니다.

(문서를 왕에게 바치며)

이번 출정을 위해 거기에 적어놓은 안보의 조건으로

---

* 크라운 : 1크라운은 5실링임.

그의 군대가 전하의 영토를 무사히 통과하도록
윤허해 주십사 요청했습니다.

왕 거참 흡족하구려. 이 문제는 짐이 틈을 보아
읽고 답하며 잘 숙고해 보겠소.
아무튼 일을 성사한 노고에 감사하오.
가서 쉬고, 밤에 있을 축하연에서 먹고 마십시다.
귀국을 축하하오.   (볼티먼드와 코닐리어스 퇴장)

폴로니어스 이번 일은 잘 마무리되었습니다.
전하, 마마, 국왕의 권한은 무엇이며
신하의 임무는 무엇인지, 또 어찌하여 낮은 낮이요,
밤은 밤이며, 시간은 시간인지 규명해 보는 것은
필경 낮과 밤과 시간을 허비할 뿐이지요.
그런즉, 간결함은 기지의 영혼이요
장황함은 수족이자 단지 포장일 뿐이므로
짧게 아뢰겠나이다. 왕자는 광증입니다.
감히 광증이라 아뢰는 것은, 진정한 광증을
정의하자면, 그런 상태를 광증이라고 할 수밖에
없지 않겠습니까? 그건 그렇고.

왕비 말재주는 그만 부리고 요점을 말하오.

폴로니어스 마마, 말재주를 일절 부리지 않았사옵니다.
왕자가 광증인 건 사실, 그것이 사실이라 애석합니다.
애석하지만 사실입니다. 엉터리 수사법이오니—
이만 접지요, 말재주는 그만할 작정입니다.

그럼 왕자께서 광증이라고 인정하면 남는 일은
그 결과의 원인, 이를테면 그 결함의 원인을 찾는
것입니다. 결함의 결과는 원인에서 발생하니까요.
그리하여 나머지는 이러하니,* 숙고해 주시옵소서.
신에게는 여식이 하나 있사온데,
　──슬하에 있는 동안이지만,
여식이 순종의 도리를 지켰는데, 자, 이걸 보십시오.
이걸 저에게 건넸사옵니다. 자, 헤아려 보십시오.
(읽는다) "천사 같은 내 영혼의 우상,
지극히 미화된 오필리아에게"
　──이런 표현은 어쩐지 좀 졸렬합니다.
'미화된'이라니, 졸렬합니다. 허나 읽겠습니다.──
"이 글을, 그대 찬란한 흰 가슴에 이 글을 운운."
왕비　햄릿이 그녀에게 보냈소?
폴로니어스　잠깐만요, 마마. 찬찬히 읽어 드리겠나이다.
　　　　　"별들이 타오를까 의심하고
　　　　　　태양이 움직일까 의심하고
　　　　　　진실이 거짓일까 의심해도
　　　　　　행여 내 사랑만은 의심 마오.
　　오, 그대 오필리아, 나는 시에 서툴다오.

---

* 그리하여~이러하니 : 무슨 말을 하려고 했는지 흐름을 놓친 채 두
　서없이 되풀이하는 말.

내 신음에 운을 맞춰 시를 읊을 재주가 없소.

그러나 내 그댈 지극히 사랑한다는

사실만은 믿어주오. 안녕히.

　사모하는 그대여, 이 육신이라는 기계가 내 것인 한

　　　　영원히 그대 것인 햄릿 올림."

제 여식은 이 편지를 순순히 보여줬고,

아울러 왕자가 언제, 어디서, 어떻게 간청했는지

자초지종을 순서대로 모조리 제 귀에 들려주었나이다.

왕　그래, 경의 딸은 그의 사랑을 어떻게 받아들였는가?

폴로니어스　전하께서는 소신을 어떻게 생각하십니까?

왕　충직하고 고결한 양반이지.

폴로니어스　그런 인물이고 싶습니다. 하오나 전하께선

저를 어떻게 생각하실까요?

제가 이 끓어오르는 사랑을 봤을 때—

사실인즉 제 여식이 실토하기 전에 이미

감지하고 있었습니다. 그 사실을 아뢰겠나이다.—

전하나 마마께서는 저를 어떻게 생각하실까요?

만약 신이 책상이나 공책처럼 굴었거나* 마음의 눈을 감고

귀머거리나 벙어리 행세를 했거나, 이 사랑을 보고도

무심히 방관했다면 소신을 어떻게 생각하실까요?

---

* 책상이나 공책처럼 굴었거나 : 기록만 할 뿐 말을 하지 않는다는
   의미.

당연히 아니 될 일이지요! 소신은 단호히 나서서,
어린 제 여식을 불러 타일렀습니다.
'그분은 왕자의 신분이니 네 분수로 올려다봐서는
안 될 일'이라고요. 그런 다음 지시를 내렸습니다.
문을 걸어 잠가 왕자님을 맞이하지 말고,
심부름꾼도 들이지 말고, 정표도 받지 말라고요.
그 결과 딸아이는 제 훈계의 결실을 얻었고,
퇴짜 맞은 그분은──간단히 말씀드리지요.──
비탄에 빠져 금식에 돌입하셨고, 뒤이어 불면증과
어지럼증에 이어 신경쇠약에 실성기를 보이는 등
차츰 악화되더니 급기야 광증에 빠져 헤매고 계시니
다들 슬퍼하고 계십니다.

왕   당신 생각도 그러하오?

왕비   그럴지도. 꽤 그럴싸합니다.

폴로니어스   제가 단호히 "그렇습니다"라고 확언한 것
  중에──진정 알고 싶습니다만──신의 생각과
  다르게 밝혀진 것이 단 한 번이라도 있었습니까?

왕   내가 아는 한은 없었소.

폴로니어스   이 일이 달리 결판나면 이걸 여기서 떼어내 버려
  주십시오.   (자기의 머리와 어깨를 가리키며)
  단서가 잡힌다면 신은 그것을 비록 지구 중심*에
  감췄다 하더라도 진실을 찾아내고야 말겠습니다.

왕   좀더 알아볼 도리는 없겠는가?

폴로니어스   아시다시피 그는 가끔 복도를

여러 시간 거닙니다.

왕비   그건 그렇소.

폴로니어스   그럴 때 제가 여식을 풀어놓겠습니다.

전하와 저는 휘장 뒤에 숨어서 두 사람이

만나는 것을 지켜보면 되나이다. 만약 그가

제 여식을 사랑하는 것이 아니라면,

그 때문에 이성을 잃은 것이 아니라면,

소신은 국사를 보필하는 자리에서 물러나

시골로 내려가 농사짓고 수레꾼이나 부리겠나이다.

왕   그럼 해봅시다.

햄릿, 책을 읽으며 등장

왕비   저길 봐요. 가련하게도 우울하게 책을 읽으면서 오는

걸.

폴로니어스   자리를 피하옵소서, 두 분 마마. 어서요.

곧 제가 말을 걸지요. 제게 맡기십시오.

(왕과 왕비, 시종들 퇴장)

햄릿 저하, 어떻게 지내십니까?

---

* 지구 중심 : 전통적으로 가장 접근하기 힘들고 빛으로부터 가장
먼 지점이다.

햄릿 뭐, 별 탈 없이 지내네.

폴로니어스 저를 알아보시겠습니까, 저하?

햄릿 알고말고. 자넨 생선 장수*가 아닌가?

폴로니어스 아닙니다, 저하.

햄릿 아니라면 그만큼이라도 정직하길 바라네.

폴로니어스 정직하라고요, 저하?

햄릿 그래, 요즘 세상엔 정직한

　사람이 만에 하나나 있을까 말까니까.

폴로니어스 지당하신 말씀입니다, 저하.

햄릿 태양이 죽은 개에게 구더기를 슬게 할 수 있다면,

입에 맞는 고기니까**——자네한테 딸이 있다고 했나?

폴로니어스 있습니다, 저하!

햄릿 딸이 태양 아래 걷지 못하게 하게. 머릿속 착상은

　축복이네만, 자네 딸 몸속의 착상은——친구여, 조심하

　게나.

폴로니어스 (방백) 내 뭐랬어. 여전히 딸아이 타령이잖아.

　그런데 처음엔 나를 몰라보고 생선 장수라 했었지. 맛이

　갔어. 사실 나도 젊어 한땐 사랑 때문에 혹독한 시련을

　겪었지. 저 양반 못지않았어. 어디 한 번 더 말을 건네보

---

* 생선 장수 : 생선 장수라는 말에는 포주, 호색한이라는 의미가
　있다.

** 태양이~고기니까 : 태양이 죽은 물체에 빛을 쬐면 새로운 생명이
　만들어진다는 생각은 오래전부터 있어왔다.

자.──무얼 읽고 계십니까, 저하?

햄릿   말, 말, 말.

폴로니어스   무슨 내용입니까, 저하?

햄릿   무슨 내연이냐고?

폴로니어스   읽고 계시는 내용 말씀입니다, 저하.

햄릿   험담이지. 여기 빈정대기 좋아하는 놈이 이렇게 질러
놓았네. 늙은이들은 허연 수염에 주름살투성이 얼굴, 두
눈에선 송진 같은 눈곱이 흐르고, 팔푼이처럼 정신이 오
락가락하는 데다, 허벅지는 약하다는 거야.──이봐, 이
모든 걸 나도 강력하게 동감하는 바이지만, 이렇게까지
세세히 적는 건 예의가 아니지. 왜냐하면 자네도 나처럼
늙을 테니까──만일 자네가 게처럼 뒷걸음질칠 수 있다
면 말일세.

폴로니어스   (방백) 광증이 있지만, 말에 조리는 있단 말씀이
야.──바람 없는 곳으로 가시렵니까, 저하?

햄릿   무덤 속으로?

폴로니어스   정말, 거긴 바람이 없는 곳이죠. (방백) 가끔 의
미심장한 말씀이 잉태된단 말이지. 광증이 불쑥 던진 기
발한 응답인데, 제정신으로는 저런 근사한 걸 낳지 못하
지. 그와 헤어진 다음 곧장 그와 딸을 마주치게 할 방법
을 궁리해 봐야겠어.──저하, 소신을 물러가게 허락하옵
소서.

햄릿   이보게, 자네가 물러가는 것보다 내가 기꺼이 허락해

주고 싶은 것도 없네.──내 목숨, 내 목숨, 내 목숨만은 제
외하고.

폴로니어스 안녕히 계십시오, 저하.

햄릿 따분한 늙다리 바보 같으니라고!

로젠크란츠와 길든스턴 등장

폴로니어스 햄릿 저하를 찾으러 가는군. 저기 계시네.

로젠크란츠 안녕히 가십시오, 대감님.

(폴로니어스 퇴장)

길든스턴 저하, 문안 여쭙니다.

로젠크란츠 저하, 정말 뵙고 싶었습니다.

햄릿 내 둘도 없는 친구들. 어떤가, 길든스턴? 오, 로젠크란
츠도. 이봐 둘 다 어떻게들 지냈나?

로젠크란츠 별스러운 것 없이 그럭저럭 지냈습니다.

길든스턴 행복이 달려들지 않아서 복으로 여기며 살지요.
저희야 행운의 여신이 쓴 모자 꼭대기에 달린 단추*까지
간 건 아니고요.

햄릿 그렇다고 그녀의 신발 밑창은 아니잖나?

로젠크란츠 둘 다 아닙니다, 저하.

햄릿 그럼 자네들은 여신의 허리께쯤, 아니면 그 한복판

---

* 모자~단추 : 운명의 여신에게 받는 최고의 총애를 가리킨다.

에서* 산다는 건가?

길든스턴 실은 여신의 허리 조금 아래에 삽니다.

햄릿 여신의 은밀한 곳 말인가? 오, 그건 사실이야. 행운의 여신은 창녀니까. 새로운 소식이라도 있나?

로젠크란츠 없습니다, 저하. 다만 세상이 정직해졌다는 것 외에는.

햄릿 그렇다면 심판 날이 가까워진 거지. 헌데 자네들 소식은 믿을 수 없어. 좀더 구체적으로 묻고 싶네. 자네들은 행운의 여신에게 뭘 잘못했기에 그녀가 자네들을 이런 감옥으로 보낸 건가?

길든스턴 감옥이라고요, 저하?

햄릿 덴마크는 감옥이네.

로젠크란츠 그렇다면 이 세상도 감옥이겠죠.

햄릿 훌륭한 감옥이지. 거기에는 수많은 구치소와 감방과 동굴이 있는데, 그중 덴마크는 최악이네.

로젠크란츠 저희는 그렇게 생각하지 않습니다.

햄릿 자네들에겐 아닌 게로군. 원래 좋고 나쁜 것은 없는데, 생각이 그렇게 만들 뿐이니까. 내겐 여기가 감옥이야.

로젠크란츠 그렇다면 저하의 원대한 야망이 그렇게 만든 것입니다. 이 나라가 저하의 마음을 담기엔 너무 좁아서죠.

---

* 여신의~한복판에서 : 여성의 은밀한 부위를 의미한다.

햄릿 맙소사, 난 호두알 속에 갇혀 있다 해도 나 자신을 무한한 영토의 왕이라고 자처할 수 있네—악몽을 꾸지만 않는다면.

길든스턴 그 꿈이란 게 실은 야망이죠. 야망가의 본질은 꿈의 그림자일 뿐이니까요.*

햄릿 그 꿈 자체도 그림자일 뿐이지.

로젠크란츠 지당한 말씀. 그리고 야망의 속성은 공기처럼 덧없어서 그야말로 그림자의 그림자일 뿐이라는 생각이 듭니다.

햄릿 그렇다면 거지가 실체고, 왕이며 거들먹거리는 영웅들은 거지의 그림자에 불과하다는 말이군. 자, 궁정으로 들까? 솔직히 말하네만, 난 논리적인 것에 약하다네.

로젠크란츠·길든스턴 저희가 모시겠습니다.

햄릿 무슨 말씀을. 자네들을 내 시종 취급해서야 되겠는가? 자네들에게만 솔직히 털어놓네만, 난 어마어마한 시중을 받고 있다네. 친구니 터놓고 묻겠는데, 도대체 이 엘시노어에서 무얼 하고 있는가?

로젠크란츠 저하를 뵈러 왔지, 다른 일은 없습니다.

햄릿 내가 거지 신세라서 고마움을 표시하기도 궁색하네

---

* 야망가의~뿐이니까요 : 야망가는 자신이 꿈꾸었던 것을 결국 성취하는 사람이므로 꿈을 모방하는 자, 즉 꿈의 그림자라고 할 수 있다.

만 아무튼 고맙네. 내 감사의 표시란 고작 반푼의 값어치
도 안 되네. 자네들 혹시 소환되어 온 건가? 본인들 의향
인가? 제 발로 찾은 게 맞는가? 자, 자, 솔직히 읊어보게.
자, 어서 읊어봐.

길든스턴 글쎄, 뭐라고 말씀드려야 할까요, 저하!

햄릿 본론만 빼고 뭐든. 자네들 소환되어 왔군. 얼굴이 자
백하고 있네. 자네들처럼 염치 있는 사람들이 어떻게 그
걸 감추겠나. 내 다 알지. 왕과 왕비께서 부르셨다는걸.

로젠크란츠 무엇 때문에요, 저하?

햄릿 자네들이 그걸 내게 일러주게. 우정의 당연한 권리와
젊음의 의기투합, 영원히 보존될 우리들 사랑의 의무와
그 밖에 내가 언변이 좋았다면 들이댈 만한 좀더 소중한
무엇을 걸고 자네들에게 엄숙하게 묻노니, 소환되어 왔는
지 아닌지 사실대로 말해 주게.

로젠크란츠 (길든스턴을 보고) 어떡해?

햄릿 (방백) 어림없지. 내가 지켜보고 있는데.
——자네들이 나를 아낀다면 말을 사려서는 안 되네.

길든스턴 저하, 실은 부름을 받았습니다.

햄릿 그 이유를 내가 말해 주지. 내가 넘겨짚었으니 자네
들은 발각되지 않은 거고, 왕과 왕비에 대한 은밀한 맹세
도 털끝 하나 건드리지 않은 거네. 난 최근 들어 왠지 모
르겠지만, 매사에 심드렁해져서 평소 해오던 수련 활동도
집어치웠네. 마음이 무겁다 보니 이 아름다운 구조물인

지구가 그저 불모의 땅덩어리로밖에 보이지 않고, 이 지극히 빼어난 덮개인 저 대기, 보게나. 우리 위에 걸린 이 멋들어진 창공, 황금 불꽃으로 아로새겨진 장엄한 지붕, 글쎄, 저것도 내게는 독기 서린 안개더미로밖에 보이지 않네. 그리고 인간, 이 얼마나 대단한 걸작인가! 고결한 이성에 무한한 능력, 생김새며 움직임은 놀라울 정도로 깔끔하고, 행동은 천사 같고, 이해력은 신의 경지야. 그야말로 지상의 꽃이요, 동물들의 귀감이지.──헌데, 내게는 티끌 중의 티끌로밖에 보이지 않네. 난 인간이 시들해졌어.──여자도 마찬가지야. 아니, 웃는 걸 보니 자네들은 그렇지 않은가 보군.

로젠크란츠 저하, 그런 생각 전혀 없습니다.

햄릿 그럼 내가 인간이 시들하다고 했을 때 왜 웃었나.

로젠크란츠 저하가 인간에게서 기쁨을 얻지 못한다면 문득 배우들이 푸대접을 받을 것 같다는 생각이 들었거든요. 저하를 뵈러 오는 길에 그들 일행을 앞질러 왔는데, 저하께 봉사하려고 오는 중이랍니다.

햄릿 왕 역할을 맡은 배우를 환영할 테다.──전하께서는 나의 감사 표시를 받을 것이고, 모험에 나선 기사는 창과 방패를 실컷 휘두르게 할 것이고, 연인 역은 헛되이 한숨 쉬게 하지는 않을 것이고, 괴팍한 인물을 맡은 역에는 무사히 제 역할을 끝내도록 해줄 것이고, 광대 역에는 건드리기만 해도 허파에 바람 들게 웃음보를 터지게 해줄 거고, 마나님 역은 마음대로 지껄이게 내버려둘 테야.─안 그러면 운율이 절름거릴 테니까. 어떤 배우들인가?

로젠크란츠 저하께서 그리도 좋아하시던 바로 그 수도의 배우들입니다.

햄릿 어째서 지방 순회에 나섰나? 수도에 머물러 있는 게 명성이며 수입 면에서 나을 텐데.

로젠크란츠 제 생각에 그들의 공연이 금지된 건 최근의 정치적 소요[*] 때문인 것 같습니다.

햄릿 내가 수도에 있을 때처럼 그들의 평판은 여전한가? 지금도 구경꾼은 많이 오고?

로젠크란츠 아니요. 사실 그렇질 못합니다.

햄릿 어째서 그런가? 연기력이 녹슬었다는 건가?

로젠크란츠 아뇨. 여전히 열심히들 하고 있습니다. 허나 저하, 새끼 매 같은 어린 배우 패거리가 찢어지는 목소리로 경쟁을 벌이면서 열렬한 박수갈채를 받고 있습니다. 최근 이런 애들이 대세라서, '대중' 극장을─다들 그렇게 부릅니다만─얼마나 헐뜯는지 허리에 칼 찬 나리들도 거위 깃펜이 무서워 그쪽엔 얼씬도 않는 형편입니다.

---

[*] 정치적 소요 : 1601년 2월에 있었던 엘리자베스 여왕의 총신 에식스 백작이 런던에서 대중 봉기를 시도하다 실패하고 사형당한 사건이 있었다. 그 일로 도시에서 공연이 금지되었고, 그 결과 극단은 지방 순회공연을 나서야 했다. 소년 극단이 폭발적인 인기를 끈 것도 '대중 극단'을 지방으로 내몬 요인 중 하나였다.

햄릿　뭐, 어린애들이라고? 누가 걔들을 데리고 있는가? 대우는 괜찮고? 그 애들은 변성기가 되기 전까지만 배우 노릇을 하는가? 후에 나이 들어 성인 연기자가 되면——달리 생계가 마련되지 않는 한 그럴 게 뻔한데——자기네가 이어받을 직업을 규탄하게 했다고 극작가들을 얼마나 원망하겠는가!

로젠크란츠　실제로 양쪽에서 요란했습니다. 세상 사람들도 그들을 자극하여 시비를 걸게 만드는 건 죄가 아니라고 여긴다니까요. 한동안 애들 극작가와 일반 배우가 줄거리를 놓고 주먹다짐하는 장면이 안 나오는 대본은 돈이 되질 않을 지경이었어요.

햄릿　그럴 수가?

길든스턴　아무렴요. 머리싸움이 대단했지요.

햄릿　그래, 아이들 쪽이 이겼나?

로젠츠란츠　이겼죠. 헤라클레스와 그 짐*까지 다 가져갔습니다.

햄릿　그리 이상할 것도 없지. 내 숙부가 덴마크 왕이 됐으니까. 아버지가 살아 계셨을 때는 숙부를 본 체도 않던 자들이 이젠 왕의 초상화라면 한 점에 이십, 사십, 오십, 백

---

* 헤라클레스와 그 짐 : 온 세상을 통째. 셰익스피어가 주주이자 전속극작가로 있었던 글로브 극장의 상징물은 지구를 어깨 위에 지고 있는 헤라클레스였다고 한다.

더컷을 주고서라도 소형 초상화를 사겠다고 난리를 피우는 판이니. 허, 참, 이건 자연스럽지 못해. 철학자라면 뭔지 알아내려나? (나팔소리)

길든스턴 배우들이 도착했나 봅니다.

햄릿 여보게들, 엘시노어에 온 걸 환영하네. 자, 손을 이리 주게. 사람을 환영하는 데는 격식과 절차가 필요한 법! 이런 식으로 예의를 갖추겠네.──왜냐하면 배우들을 대하는 내 행동이 겉으로 공평하게 드러나야 된다고 생각하는데, 혹 자네들보다 그들을 더 환대하는 것처럼 보여선 안 되니까. 하지만 내 아버지가 된 숙부와 숙모가 된 어머니는 내 계략에 속고 있어.

길든스턴 어째서요, 저하?

햄릿 나는 북북서로만 미쳤을 뿐이야.* 남풍이 불면 나도 뭐가 발인지 톱인지는 분간할 수 있으니까.

폴로니어스 등장

폴로니어스 여러분, 안녕하십니까.

햄릿 잘 듣게, 길든스턴, 그리고 자네도──귀를 쫑긋 세우

---

* 나는~뿐이야 : 정신이 정북 방향을 유지하는 것을 정상으로 치면 북북서는 정북에서 조금 어긋난 것이므로 조금 미쳤다는 뜻이 된다. 즉 전방위적으로 혹은 시간상으로 언제나 미쳐 있는 것은 아니란 말이다.

고. 저기 보이는 저 커다란 갓난아기는 아직도 기저귀 신
세를 면치 못하고 있네.

로젠크란츠 아마 두 번째 기저귀를 차게 된 것 같군요. 나이
를 먹으면 두 배나 더 어린아이 같아진다잖아요.

햄릿 내 예언하는데, 저 친구는 배우들 얘기를 하러 왔어.
잘 봐.─그래, 자네 말이 맞네. 그게 월요일 아침이었지,
바로 그때였어.

폴로니어스 저하, 전할 소식이 있습니다.

햄릿 나리, 전할 소식이 있습니다.

로시우스가 로마의 배우로 이름을 날릴 때──

폴로니어스 배우들이 여기에 왔습니다, 저하.

햄릿 됐어, 됐네.

폴로니어스 소신의 명예를 걸고──

햄릿 그때 배우들은 각자 나귀를 타고 왔도다──

폴로니어스 천하의 명배우들입니다. 비극, 희극, 역사극, 목
가극, 목가희극, 역사 목가극, 역사비극, 목가적 역사 희비
극, 장소에 통일성이 있는 극이나 무시하는 극 등 못하는
것 없이 할 수 있습니다. 세네카의 비극이 아무리 묵직하
고, 플라우투스*의 희극이 아무리 가벼워도 경박스럽지
않게 해냅니다. 극본대로든 따르지 않은 것이든 어느 것
을 막론하고 이만한 배우는 없지요.

햄릿 오, 젭사여,** 이스라엘의 명재판관이시여! 그대는 얼
마나 값진 보물을 가졌는가?

폴로니어스 그가 무슨 보물을 가졌습니까, 저하?

햄릿 있잖소.

> "고작 어여쁜 딸 하나라
>
> 끔찍이 그 아일 사랑했네."

폴로니어스 (방백) 여전히 내 딸 타령이군.

햄릿 내 말 맞잖아요, 젭사 영감?

폴로니어스 저를 젭사라고 부르신다면,

저에게도 끔찍이 사랑하는 딸이 하나 있답니다.

햄릿 아니, 그건 앞뒤가 안 맞네.

폴로니어스 그럼 어떻게 받아야 하나요, 저하?

햄릿 있잖소.

> "신만 아는 운명인 듯"

그다음은 아시지?

> "그 일이 터졌네. 그럴 것 같았는데."

더 알고 싶거든 성가곡 첫 소절을 보면 된다네. 내 노래를

---

* 플라우투스 : 로마의 2대 희극 작가 가운데 한 사람으로, 운율의 극적 효과를 탐구하고 사랑의 고백이나 욕설, 임기응변적 대답 등에 라틴어 표현의 새로운 분야를 개척하였다. 셰익스피어에게 많은 영향을 주었다.

** 젭사 : 구약성서에 의하면 젭사는 암몬 사람들과 싸워 이기면 개선 중에 첫 번째로 눈에 띄는 생명을 제물로 바치겠다고 맹세했다. 그런데 젭사가 처음 본 것은 자기 딸이었고, 그녀는 산으로 가서 처녀의 몸으로 죽게 되었음을 한탄하며 제물이 되었다.

잘라먹은 사람들이 오는군.

배우들 등장

자네들, 어서 오게. 모두 잘 왔어.──자네가 건강하니 기쁘구먼.──잘 왔네, 친구들.──아, 옛 친구, 아니, 자네, 못본 사이 턱에 휘장을 달았군. 덴마크에서 수염으로 날 겁주겠다는 건가?──어이, 이거 우리 작은 아가씨! 헌데 지난번 봤을 때보다 구두 뒤축만큼 천당에 더 가까이 가셨군. 부디 아가씨 목소리가 못 쓰게 된 금화*처럼 금 가지 않았기를 바랍니다.──자네들, 모두 잘 왔네. 우리 프랑스 매사냥꾼들처럼 닥치는 대로 매를 날려보자고! 당장 대사 하나를 듣고 싶군. 자네들 솜씨를 한번 맛보게 해주게나. 자, 격정적인 대목을 하나 읊어보게.

배우1 어떤 대사로 할까요, 저하?

햄릿 자네가 언젠가 한 대목 읊어주는 걸 들었는데, 공연된 적은 없었을 거야. 아니, 됐더라도 한 번 정도 하고 말았을 거야.──내 기억에 그 극은 대중에게 인기를 얻지는 못했으니까. 아마 대중에겐 캐비어** 같은 거였을 테니. 하

---

* 못 쓰게 된 금화 : 표면에 찍힌 왕의 얼굴 주위의 원이 손상된 금화는 사용할 수 없었다.
** 캐비어 : 철갑상어의 알로 대단히 비싼 진미라 서민이 먹을 수 없

지만 내가 볼 때는──그런 문제에는 나보다는 훨씬 비평적 안목이 뛰어나다고 인정한 친구들 생각에도── 훌륭했다네. 장면의 짜임새가 깔끔하고, 문체도 적당한 절제와 기교를 갖추었더군. 누군가 평했던 것이 지금도 기억나는데, 대사에 잡스러운 양념을 쳐서 내용의 맛을 돋우려 들지 않았다, 문구에는 가식이라고 비난받을 만한 점이 없다, 게다가 구성이 정직해서 달콤하면서 건전하고, 기교를 부리지 않아 자연스럽고 우아하다고 했네. 그 극에서 내가 정말 좋아했던 대목이 있는데──그건 아이네아스가 디도*에게 건네는 대사였지.──특히 무참히 살해당한 프리아모스 왕의 살해 장면이라네. 아직도 그 대목을 자네가 기억하고 있다면 그 행에서 시작해 주게. 어디보자, 어디 보자──

"험상궂은 피로스**가 히르카니아의 호랑이처럼."

그게 아니야. 피로스부터 시작하는데──

"험상궂은 피로스, 불길한 목마 속에
웅크리고 앉았는데, 칠흑 같은 갑옷은
그의 의도 드러내듯 흉측한 검은 밤을 닮았으니,

는 음식이었다.

* 아이네아스와 디도 : 로마 시인 베르길리우스의 서사시 『아이네아스』에 나오는 인물들로, 아이네아스는 트로이의 영웅이며 디도는 그를 사랑하는 카르타고의 여왕이다.
** 피로스 : 트로이아 전쟁의 영웅 아킬레우스의 아들이다.

이제 그 무섭고 검은 형상은 더욱 살벌한 빛으로
물들었네. 그는 머리끝부터 발끝까지 온통
시뻘겋게 붉은빛! 우리의 어미 아비들, 그리고
아들, 딸들의 피를 뒤집어쓴 끔찍한 모습.
화염의 열기로 몸에 바짝 들러붙은 피,
거리는 왕의 참살 장면에 포학하고 흉측한
빛을 비추는구나. 분노의 불길에 딱딱해진
피 껍질을 온몸에 덮어쓰고, 석류석 같은
눈을 번뜩이는 지옥 같은 피로스가
노왕 프리아모스를 찾았노라."
자, 자네가 받아주게.

폴로니어스 정말이지, 저하, 잘 읊으셨습니다. 억양도 좋고,
표현도 좋으십니다.

배우1 "이내 찾아낸 프리아모스 왕, 노왕은 그리스군을
향해 낡은 칼을 휘둘렀으나, 자기 팔에
반역하듯 명령에 불복하고 떨어져 누웠도다.
적수가 되지 않는 싸움이었으나 피로스가 돌진하여
노왕 향해 분노의 일격 가하자 칼이 빗나가며
휙 하고 칼바람을 일으키니,
그 바람에 노쇠한 왕 쓰러지고 말았는데,
무심한 일리움 궁전도 일순 당황했는지,
불타는 성루가 바닥으로 무너지며 낸
오싹한 굉음이 피로스의 두 귀를 포로로 잡았구나.

보라, 그의 칼이 노왕 프리아모스의 백발 노두 향해
떨어지나 했는데, 얼어붙은 듯 허공중에 멈추었도다.
그렇듯 그림 속 폭군처럼 멈춰 선 피로스,
뜻과 실행 사이에 엉거주춤 끼인 채
꼼짝할 수 없었더라.
폭풍 전의 하늘이 그렇듯 고요하고,
먹구름은 미동도 없고, 불손한 바람은 말을 잃어
대지는 죽은 듯 숨죽이다 갑자기
끔찍한 천둥이 대기를 찢는 것처럼
멈췄다 되살아난 피로스, 치받던 복수심을 불태우니
영원히 깨지지 않게 벼려 만든 군신 마르스*의
갑옷을 내리치던 키클롭스**의 철퇴도
프리아모스를 내리치는 피 듣는
칼처럼 무자비하지는 않았으리!
꺼져라, 꺼져. 그대 화냥년 같은 운명의 여신아!
함께 모인 제신들은 그녀 권능 빼앗고,
여신의 수레바퀴에서 살과 테를 부순 뒤
그 축을 하늘 언덕 저 아래로 굴려
악마가 들끓는 지옥으로 떨어지게 하라!”

폴로니어스 이건 좀 기네요.

---

* 마르스 : 로마 신화의 전쟁의 신.
** 키클롭스 :『오디세이아』에 나오는 외눈박이 거인 부족이다.

햄릿　이발소로 가서 경의 수염과 함께 밀어버리게.

계속하게. 이 노인은 흥겨운 춤이나 야한 이야기가 안 나
오면 잠들 테니까. 그럼 헤카베[*]의 장면을 읊어보게.

배우1　"허나 누가――아 슬프다! 베일로 감싼 왕비 헤카베
를 봤다면――"

햄릿　베일로 감싼 왕비?

폴로니어스　이건 좋습니다.

배우1　"맨발로 이리저리 뛰면서

억수 같은 눈물로 불길을 위협하고,

보관 얹었던 머리엔 천조각을 썼고,

다산[**]으로 깡마른 허리엔 경종 소리에 놀라

황망히 걸친 누더기 한 장이 전부였네――

이 모습 누가 봤다면 혀끝에 독을 적셔

운명의 여신의 통치에 반역을 선포했으리.

허나 만약 신들이 피로스가 칼로 자기 남편

사지를 짓궂게 저미며 장난하는 모습을 보는

순간 즉시 터진 그녀의 통곡을 들었다면,

신들이 인간사에 아예 무심치 않을진대

불타는 천상의 별들에게 눈물 젖 흘리게 하고

---

[*] 헤카베 : 트로이아의 왕 프리아모스의 아내.

[**] 다산 : 헤카베의 자식 수는 열일곱이나 열아홉, 그 이상으로 일정
치 않다.

여러 신들도 격정에 휩싸였으리."

폴로니어스　보십시오, 저자의 얼굴색이 변해 눈물까지 글썽이지 않습니까. 제발 그만하게나.

햄릿　잘했네. 곧 나머지 대목도 읊으라 하겠네.──경께선 이 배우들을 편히 쉬게 해주겠소? 알아들으셨소? 그들에게 잘 대접하라고요. 왜냐하면 배우는 시대의 축소판이요, 짧은 연대기니까. 살았을 때 저들의 악평을 듣느니 죽은 뒤 나쁜 묘비명을 얻는 편이 나을 것이오.

폴로니어스　저하, 그들의 값어치에 맞게 접대하겠습니다.

햄릿　무슨 말씀, 훨씬 낮게 대접해줘야지. 모든 사람이 각자의 값어치에 맞는 대접을 받는다면 이 세상에 채찍질*면할 사람이 어디 있겠소? 경의 명예와 체신에 걸맞게 대접하시오. 그들에게 그만한 가치가 없다면 이쪽의 선심은 더욱 빛날 것이오. 안으로 데려가시오.

폴로니어스　여보게들, 갑시다.

햄릿　친구들, 그를 따라가게. 내일 연극 한 편 볼 생각이네.
　　(배우1을 붙들고) 이보게, 할 이야기가 있네.
　　자네 '곤자고 살인'을 할 수 있겠나?

배우1　예, 저하.

햄릿　내일 밤에 올려주게. 필요해서 그러니 열두어 줄이나

---

* 채찍질 : 당시 인가받지 못한 배우들은 떠돌이 취급을 받았고, 채찍질을 당했다고 한다.

열여섯 줄가량의 대사를 외울 수 있겠나? 내가 써서 끼울 생각인데, 할 수 있겠지?

배우1   예, 저하.

햄릿   그럼 좋아. (모든 배우에게) 저 영감님을 따라가게. 그를 너무 놀리지 말고!   (폴로니어스와 배우들 퇴장)
(로젠크란츠와 길든스턴에게) 여보게들, 이따 밤에 만나세. 엘시노어에 잘 왔네.

로젠크란츠   그럼, 저하.   (로젠크란츠와 길든스턴 퇴장)

햄릿   어, 그래, 잘들 가게. 이제야 혼자가 되었구나.
오, 나는 얼마나 못돼먹고 천박한 괴물인가!
방금 저 배우는 한낱 허구 이야기에도 격정적
꿈에 취해, 제 영혼을 상상 속에 머물게 한
끝에 얼굴은 온통 창백해지고, 두 눈에 눈물
글썽이며, 산란한 눈빛에 목이 메고, 온몸이
상상 따라 갖가지 형상을 재현해내니!
이 모든 걸 있지도 않은 것 때문에!
헤카베 때문에!
헤카베는 그에게, 그는 헤카베에게 무엇이기에,
그녀 때문에 그가 우는가? 만일 내가 지닌 격정의 동기와
명분이 주어졌다면 그는 어땠을까?
무대를 눈물로 흠뻑 적시고, 소름 끼치는 대사로
관객들의 고막을 찢어놓아, 죄지은 자는 미치게 하고,
결백한 자는 공포에 떨게 하고, 무지한 자는 혼란에

빠지게 하여 결국 귀와 눈을 마비시키고 말았으리라.

하지만 난,

이 우둔한 잡놈은 백일몽에 취한 얼간이처럼 아무 말도

못 한다, 아무 말도. 왕권과 귀중한 생명을 흉측하게

파멸당한 선왕을 위해서도. 나는 겁쟁이인가?

누가 나를 악당이라고 부르며 머리통을 후려갈기고,

수염을 뽑아내 얼굴에 훅 불어 날리고, 코를

비틀면서 목구멍에서 허파까지 거짓말이 들어찼다고

욕할 자 누구냐? —— 그럴 자 누구냐?

하!

제기랄, 이런 모욕을 달게 받을 수밖에.

난 비둘기 간*에 탄압을 쓰게 느낄

쓸개마저 빠진 게 분명해.

아니라면, 진작에 그 뒈질 놈의

창자로 공중의 솔개 떼를 살찌워야 했어.

잔인하고 음탕한 악당! 냉혹하고 음흉하고 추잡하고

비정한 악당! 아니, 이 무슨 얼간이 짓인가!

거 참 장하구나.

고귀한 부왕께서 살해당했는데, 그 아들인 나는,

천국과 지옥이 함께 복수를 재촉하고 있음에도

---

* 비둘기 간 : 햄릿은 자신의 비굴함이 비둘기 간과 맞먹는다고 믿
는다. 이 쓸개 없는 비둘기 간에서는 분노가 생성되지 않는다.

마치 창부처럼 입만 나불대며 가슴을 비우고,

잡것들처럼 저주나 퍼붙고 있으니!

역겹다, 퉤!

머리를 굴려보는 거다. 흠──내가 듣기로

죄지은 인간이 연극을 보던 중에

교묘하게 꾸민 극적 표현에

영혼을 얻어맞고 바로 죄상을 공표했다지.

왜냐하면 살인은 혀가 없어도

기적 같은 수단으로 죄를 토하게 마련이거든.

그 배우들에게 아버지의 살해와 비슷한 내용의 연극을

숙부 앞에서 하라고 하는 거다.

그때 눈치를 살폈다가 급소를 찔러,

만약 움찔하면 내가 할 일은 분명해진다.

허나 내가 본 망령이 악귀일지도 모른다.

악귀는 제 모습을 원하는 대로 변신하는 힘이 있으니.

그래, 어쩌면 내 나약함과 우울증을 파고들었을지도

모르지. 심기가 그럴 때 악귀는 더 큰

힘을 쓰니까 나를 지옥에 빠뜨리려고 속이는

건지도 몰라. 그러니 좀 더 미더운 근거가 필요해.

연극이라는 덫으로 왕의 양심을 포획하리.　　　　(퇴장)

3막 1장
(궁정 안)

왕과 왕비, 폴로니어스, 오필리아, 로젠크란츠, 길든스턴 등장

왕 그래, 아무리 탐색해 봐도 그가 왜 이리

  어지럽게 부산 떨어 평온한 날들을

  난폭하고 위험한 광기로 거칠게

  할퀴어대는지 알아낼 수가 없단 말이지?

로젠크란츠 실성했음을 스스로 실토했지만,

  그 까닭은 절대 말하려 들지 않으십니다.

길든스턴 게다가 저희가 마음을 떠보려고

  유도하면 속마음을 고백하는 대신

  교묘하게 광기를 부려 거리를 유지합니다.

왕비 자네들에게 잘 대해 주던가?

로젠크란츠 매우 신사답게요.

길든스턴 허나 내키지 않는데 억지로 맞춰주는 듯했습

니다.

로젠크란츠   질문은 뜸했으나 저희가

　묻는 말에는 거침없이 대답해 주셨습니다.

왕비   그가 무슨 오락거리에 흥미를 보이던가?

로젠크란츠   마마, 저희가 이리로 오던 중에 우연히

　배우들을 지나치게 되었습니다. 그에게

　그 이야기를 전해드렸더니, 듣고 나서 다소

　기뻐하시는 것 같았습니다. 그들은 궁정에

　와 있는데, 오늘 밤 왕자 앞에서 공연을 하도록

　이미 명을 받은 걸로 알고 있습니다.

폴로니어스   사실이 그렇습니다.

　두 분 마마께서 연극을 관람하도록

　간청해 달라고 제게 부탁했습니다.

왕   기꺼이 가겠소. 게다가 그의 의지가

　그쪽으로 움직였다니 대만족이오.

　자네들은 그의 기분을 한층 부추겨

　그가 그런 유흥을 즐기도록 몰아가게.

로젠크란츠   명심하겠습니다, 전하.

(로젠크란츠와 길든스턴 퇴장)

왕   거트루드, 당신 잠시 자리를 비켜주시오.

　실은 은밀히 햄릿을 이리로 불러 여기에서

　오필리아와 우연히 마주치게 할 생각이오.

　애 아비와 나는 합법적으로 염탐할 자격이 있으니,

몸을 감춰 엿볼 수 있는 곳에 자릴 잡고
두 사람의 대면을 자유롭게 지켜보다가
그 애가 앓고 있는 병이 사랑의 괴로움인지
아닌지, 그 애 행동에 비추어 알아낼 참이오.

왕비   당신 분부를 따르겠어요.
그리고 오필리아, 햄릿의 광기 원인이
너의 자색 때문이길 기꺼이 바라고 싶구나.
그래서 너의 미덕이 그가 가던 길을 되돌려
두 사람 모두 영광되길 희망해 본다.

오필리아   마마, 저도 그리되기를 바랍니다.

(왕비 퇴장)

폴로니어스   오필리아, 여기서 걷고 있어라.──전하,
괜찮다면 저와 함께 몸을 숨기시지요.
──이 책을 읽으려무나. 그런 구도의 모습은
홀로 있는 걸 그럴싸해 보이게 할
테니──이런 죄는 흔히들 범하지.
모두 겪어봐서 알다시피, 경건한 외모와
신성한 행동으로 사람들이 악마조차
달콤하게 만드는 건 입증된 사실이니까.

왕   (방백) 아, 진실로 옳은 말이다.
그 말이 내 양심을 아프게 채찍질한다.
덕지덕지 처발라 고와진 창녀 뺨의 본색도
그럴싸한 말로 위장한 내 말보다 추하진 않으리.

오, 무거운 마음의 짐*이로다!

폴로니어스   소리가 들립니다. 물러나시지요, 전하.

(왕과 폴로니어스 퇴장)

햄릿 등장

햄릿   사느냐 죽느냐, 그것이 문제로다.**

어느 쪽이 더 고결한가. 포악한 운명의

돌팔매와 화살을 마음으로 받아낼 것인가,

아니면 밀려드는 고해에 대항해 싸우다 끝장낼 것인가.

죽는 건──잠드는 것, 그뿐이니,

잠이 들어 육신이 상속받은 가슴앓이와

수천 가지 타고난 고통도 한번에 끝난다면,

그건 간절히 원할 만한 결말이다.

죽는 건 잠드는 것.──잠들어 혹

꿈이라도 꾸면──아, 그게 걸리는구나.

우리가 이 삶의 뒤엉킨 결박 풀었을 때,

저 죽음의 잠 속에 찾아들 꿈을

떠올리면, 우린 망설일 수밖에.──

---

* 무거운 마음의 짐 : 양심이 느끼는 죄의 무게.

** 사느냐~문제로다 : 원문의 to be or not to be는 통상 널리 쓰이
는 대로 번역했다.

그런 까닭에 이리도 긴 인생이란 재앙이 빚어지는 것.

그렇지 않으면 누가 이 세상의 채찍과 조롱,

압제자의 횡포, 세도가의 불손함,

경멸당한 사랑의 아픔, 법관의 늑장,

관리들의 무례함, 덕망 있는 자에게 불손하게 대하는

소인배들의 능멸을 견디겠는가?

단 한 자루의 단검이면 자신을 청산할 수 있는데,

누가 무거운 짐 지고 지루한 한세상을

투덜거리며 땀 흘린단 말인가?

'국경'에서 그 어떤 나그네도 못 돌아온

미지의 세계, 죽음 후의 저 세계가 두렵기에,

의지력을 교란당해 우리가 모르는 재난으로

달아나느니 차라리 아는 고초를 견딜 뿐이다.

그런 식의 심사숙고가 우리 모두를

겁쟁이로 만들고, 그리하여 결단의 혈색 위로

사념의 병색 드리워 천하의 웅대한 계획도

흐름이 끊기면서 행동이란 이름을 잃게 된다.

가만, 어여쁜 오필리아! 요정이여,

그대 기도할 때 이 몸의 죄도 잊지 말고 빌어주오.

오필리아 왕자님, 여러 날 만에 뵙는데, 어떻게 지내셨
어요?

햄릿 황송하오나 잘 지냈소.

오필리아 왕자님, 오래전부터

돌려드리고 싶었던 정표들이 있습니다.

이제 이것들을 받아주세요.

햄릿 아니, 난 안 받겠소.

난 그대에게 아무것도 준 것이 없소.

오필리아 왕자님, 주었다는 걸 잘 알고

계실 텐데요. 그것들을 더욱 값지게 하는

달콤한 말씀까지 얹어주셨지요.

향기를 잃었으니 도로 가져가세요.

고결한 마음으로 준 값진 선물이라 해도

주는 이 무정해지면 선물도 초라해집니다.

왕자님, 여기요.

햄릿 하, 하! 당신 정숙하오?

오필리아 네?

햄릿 그대는 아름답소?

오필리아 무슨 말씀인지요, 왕자님?

햄릿 당신이 정숙하고 아름답다면, 정숙이 아름다움에게
말을 걸지 못하게 하시오.

오필리아 왕자님, 아름다움과 정숙의 관계만큼 좋은 게 있
단 말입니까?

햄릿 있지요. 정말로. 왜냐하면 정숙의 힘이 미모를 정숙하
게 바꿔놓기 전에 미모의 능력이 정숙을 뚜쟁이 꼴로 바
꿔버릴 테니까. 이것이 전에는 궤변이었으나 지금은 세
상이 그걸 증명하고 있지요. 한때 난 그대를 정말로 사랑

했소.

오필리아 왕자님, 제가 그렇게 믿게 하셨지요.

햄릿 날 믿지 말았다면 좋았을 텐데. 왜냐하면 우리 천성의 묵은 그루터기에 미덕의 싹을 아무리 접붙여봤자 본색은 드러날 수밖에 없거든. 나는 당신을 사랑하지 않소.

오필리아 제가 더욱 속은 꼴이네요.

햄릿 수녀원으로 가시오. 아니면 그대는 죄인을 낳고 싶단 말이오? 나 스스로는 꽤 덕을 갖춘 인간이라 여기지만, 욕먹을 거리도 만만찮으니 어머니가 날 낳지 않았으면 좋을 뻔했소. 나는 지독히 오만하고, 복수심에 차 있으며, 야심만만한 데다 내 명을 받든 죄악이 하도 많아, 생각에 일일이 담을 수도, 상상으로 형체를 부여할 수도, 시간을 내서 행동으로 옮길 수도 없을 지경이오. 뭣 하러 나 같은 인간이 천지간을 기어다녀야 한단 말인가? 우린 너나없이 악당들이니 아무도 믿지 마시오. 수녀원으로 가시오. 당신 아버지는 어디 있소?

오필리아 집에 계십니다, 왕자님.

햄릿 문을 모두 닫아걸고 있으라 하시오. 집 안에서나 바보짓을 하게. 잘 가시오.

오필리아 오, 하늘이시여, 이분을 보살피소서.

햄릿 당신이 결혼하겠다면 지참금으로 나의 저주를 주겠어. 당신이 얼음같이 정숙하고 눈처럼 순결하다 해도 비방은 피할 수 없을 것이오. 수녀원으로 가시오. 잘 가. 그래도 결혼해야겠다면 바보하고나 해. 똑똑한 녀석들은 여자들이 자기네를 어떤 괴물로 만들지 익히 알거든. 수녀원으로 가라고——어서 빨리 가.

오필리아 천사들이여!

이분이 제정신을 찾도록 해주소서.

햄릿 당신네의 화장에 대해서도 익히 들었어. 신은 당신네에게 얼굴 하나를 주었는데, 여자들은 얼굴 하나를 또 만들었다지. 삐딱삐딱 씰룩씰룩 이상한 걸음걸이에 혀짤배기소리를 하고, 하느님의 창조물에게 엉뚱한 이름 갖다붙이고, 바람기를 순진함이라 둘러댄다지. 젠장, 관두겠어. 그 때문에 내가 미쳤으니까. 단언컨대 결혼은 없는 거야. 이미 결혼한 사람들은——한 사람*만 빼놓고는——그대로 두겠지만, 나머지는 지금처럼 지내야 해. 가버려, 수녀원으로.   (퇴장)

오필리아 아, 그토록 고귀한 정신이 무너지다니!

조신, 군인, 학자의, 눈, 혀, 칼이요,

아름다운 이 나라의 희망이자 꽃이며 수신의

거울이자 행실의 모범으로 만인의 귀감이었던

분이 완전히 무너지고 말았어! 그리고 난

여인들 중 가장 초라하고 비참한 여인,

음률 띤 그분 맹세의 꿀을 마셨는데,

---

* 한 사람 : 클로디어스.

지금은, 고귀한 군주요 상쾌한 종소리 같던
이성이 어긋난 음정으로 거칠게 쨍그랑대고,
활짝 핀 청춘의 비할 데 없던 형체가
광기로 결딴난 꼴을 보는구나. 아, 내 신세,
옛 모습 보고 나서 이런 꼴을 보다니.

왕과 폴로니어스 등장

왕 사랑? 왕자의 마음은 그쪽에 있지 않소.
그의 말 또한 형식을 갖추진 못했으나
광기는 없소. 그의 심중에 무언가가 있어
우울증이 그걸 품고 앉아 있는데,
그것이 알을 까고 나온다면 적잖게
위험해질 것 같소. 그걸 미리 막기 위해
나는 급히 다음의 결정을 내렸소.
속히 그를 영국으로 보내 밀린 조공을
바치라고 독촉해야겠소. 그러면 바다와
낯선 땅, 색다른 풍물 덕에 가슴에 웅크리고
끊임없이 그를 신경 쓰게 하며
정상 행동과 멀어지게 만든 그 무언가를
쫓아내지 않겠소. 어떻게 생각하오?
폴로니어스 잘될 것입니다. 하지만 소신은 아직도
비탄의 근원과 시작은 무시당한 사랑이라고

믿어집니다. 괜찮니, 오필리아?

햄릿 왕자님이 한 말은 보고할 필요 없다.

죄다 들었으니까. 전하, 원하시는 대로 하시지요.

허나 괜찮으시면 연극이 끝난 뒤 그의

모친인 왕비께서 왕자를 따로 만나 고뇌를

털어놓도록 간청하되 말씀은 직설적으로 하게

하십시오. 저는 원하시면 모든 대화가 귀에

닿는 곳에 몸을 숨기겠나이다. 왕비께서 왕자의

심중을 못 알아내면 영국으로 보내시거나

지혜롭게 생각하신 적당한 장소에 감금하시지요.

왕 그리할 거요.

지체 높은 자의 광기를 방치해선 안 되니까. (모두 퇴장)

3막 2장
(궁정 안)

햄릿과 세 명의 배우 등장

햄릿 대사는, 부탁인데, 내가 자네에게 암송해 보인 것처럼, 혀를 구르듯 유창하게 읊어주게. 그러지 않고 여느 배우들처럼 냅다 소리나 내지를 양이면 차라리 거리의 포고꾼*에게 내 대사를 읊게 하겠네. 또 손으로 이렇게 허공을 너무 자주 휘두르지 말고, 모든 것을 적당히 하게나. 예컨대 감정의 격류, 폭풍, 소용돌이 한가운데서도 자네는 매끈하게 처리해야 하니 자제력을 연마해 표출하게. 오, 목청만 큰 가발 쓴 녀석이 고막이 터지도록 격정을 찢어발겨 대사를 넝마처럼 만들어놓는 걸 들으면 영혼 속까지 불쾌해져. 입석 관객이란 불가해한 무언극이나 시끌벅적한 대목만 알아듣거든. 터머건트** 찜쪄먹는 그런 녀석은 채찍으로 후려갈기고 싶어. 해롯***은 저리 가라거든. 제발 그런 건 피하게.

배우1 명심하겠습니다, 저하.

햄릿 너무 맥이 빠져도 안 되니까, 자신의 분별력을 스승으로 삼게나. 동작은 대사에, 대사는 동작에다 맞추되 자연스럽게, 절도를 잃지 않게 해야 하네. 이 점을 특히 유념해 주게. 뭐든지 지나치면 연극의 목적에서 멀어지거든. 그것은 처음이나 지금이나, 과거나 현재나 말하자면 본성의 거울에 들이대는 것이네. 미덕에겐 자기의 이목구

---

* 포고꾼 : 통신 수단이 발달하기 전에 목소리로 공지 사항을 알리던 사람을 말한다. 이들은 의미 전달보다 소리를 멀리 보내는 데 더 신경을 썼다.

** 터머건트 : 중세 영국에 유행했던 종교극에 나오는 요란하고 격정적인 인물.

*** 해롯 : 성경에 나오는 폭군으로, 종교극에서 격정적인 역할을 한 인물.

비를, 경멸에겐 자기의 꼴을, 예컨대 그 시대와 세태의 참
모습을 찍어낸 듯 보여주라는 말이네. 그런데 그것이 과
하거나 부족할 경우 분별없는 관객들이야 웃겠지만, 식견
있는 관객은 통탄할 수밖에 없다네. 자네들은 식견 있는
관객 한 사람의 평가를 극장을 가득 메운 분별없는 관객
들의 평가보다 무겁게 받아들여야 하네. 오, 언젠가 어떤
배우들의 연극을 본 적이 있는데―사람들이 그들에게 칭
찬을, 그것도 극찬하는 걸 들었지―불경스럽게 들릴지 몰
라도, 말본새가 기독교도 같지 않고, 걸음걸이는 기독교도
는커녕 이교도도, 아니 아예 인간 같지 않았어. 무대에서 어
찌나 거들먹거리며 고함을 질러대는지, 난 창조의 수습공
중 몇 명이 사람들을 대충 얼렁뚱땅 빚어냈다고 생각했지
뭔가. 그들은 인간성을 지나치게 흉측하게 모방하는 경향
이 있어.

배우1 저희는 그 점을 어느 정도 바로잡았다고 생각합
니다.

햄릿 아, 그걸 철저하게 고쳐야 하네. 그리고 광대역을 맡
은 배우들은 주어진 대사 외에는 못 치게 하게.―개중에
는 일부 우둔한 관객을 웃기겠다며 자기가 먼저 웃어대는
자들도 있더군. 그사이 극에 필수적인 문제를 고찰해야 하
는데 말이지. 그렇게 되면 고약하게도 그걸 써먹는 광대의
애처로운 야심만 드러낼 뿐이라네. 자, 가서 연극 준비를
하게.   (배우들 퇴장)

폴로니어스, 로젠크란츠, 길든스턴 등장

어찌 됐소, 대감? 전하께서도 이 연극을 보신다고 했소?

폴로니어스 예, 마마께서도요. 곧 나오실 것입니다.

햄릿 배우들에게 서두르라고 하시오.   (폴로니어스 퇴장)

자네들 두 사람도 서둘도록 돕겠나?

로젠크란츠 예, 저하.   (로젠크란츠와 길든스턴 퇴장)

햄릿 여보게, 호레이쇼!

호레이쇼 등장

호레이쇼 여기 대령했습니다, 저하.

햄릿 호레이쇼, 내 숱한 사람을 만나봤지만,

자네만큼 반듯한 사람도 없었네.

호레이쇼 오, 저하!

햄릿 아냐, 아첨이라고 생각 말게.

먹고 입을 방도라곤 늠름한 기상밖에

없는 자네에게서 내가 무슨 영달을 바라겠나.

가련한 사람에게 아첨이라니? 일없네.

사탕 바른 혓바닥으로 맛없는 권력 핥고,

알랑대면 벌이가 생기는 곳에서 나긋나긋

무릎이나 굽히라지. 듣고 있는가?

저 깊은 내 영혼이 선택의 주체가 되어

사람 고르는 안목을 갖게 된 때부터 난 자네를
내 사람으로 점찍었네. 왜냐하면 자네는 숱한
일을 겪고도 아무 일도 없는 듯했고,
운명이 내린 시련과 보답을 한결같이 고맙게
받아들이지 않았는가. 덕분에 혈기와 분별력이
조화롭게 배합되었네. 운명의 여신 입맛 따라,
손끝이 누르는 대로 연주하는 피리가 아닌
이들은 복 받은 걸세. 격정의 노예가
되지 않은 이 있다면 알려주게. 그럼 난 그를
자네처럼 내 심중에, 암, 이 마음에 소중히
간직하겠네. 말이 좀 많았군.
오늘 밤 국왕 앞에서 연극이 있을 걸세.
그중 한 장면*이 언젠가 자네에게 말해 준
선왕의 죽음 당시의 정황과 비슷하네.
부탁인데, 그 행위가 시작되면 바로
온 정신을 모아 내 숙부의 거동을 살펴보게.
만약 어떤 대사에서도 그의 숨은 죄악이
드러나지 않는다면, 우리가 본 그 유령은
저주받을 놈이었고, 내 망상은 불카누스**의
대장간처럼 시커멓다고 봐야지.

---

* 한 장면 : 햄릿이 〈곤자고의 살인〉에 끼워 넣은 대사를 말함.
** 불카누스 : 로마 신화에 나오는 불과 대장장이의 신.

그를 유심히 지켜보게. 나도 두 눈을 떼지 않고
그자의 기색을 살필 테니까.
나중에 우리 둘의 견해를 종합해 평가해 보자고.
호레이쇼   좋습니다, 저하.
공연 중에 그가 뭔가를 훔치고도 안 들키면,
도둑맞은 책임은 이 몸이 물지요.

나팔수와 고수 등장하고 나팔소리가 들린다.

햄릿   연극을 보러 오는군. 난 반편이 짓을 해야겠어.
자네는 자리를 잡게나.

왕과 왕비, 폴로니어스, 오필리아, 로젠크란츠, 길든스턴
및 시종들, 횃불을 든 근위병들과 함께 등장

왕   나의 조카 햄릿, 어떻게 지냈느냐.
햄릿   기막힙니다, 실로, 카멜레온 요리*를 먹는 재미가요.
공기를 먹는데, 약속으로 꽉 찼군요. 하긴 거세한 수탉도
이렇게 먹여서는 기를 수가 없습니다.
왕   영문 모를 소릴 하는구나. 햄릿, 그건 내 질문에 맞는

---

* 카멜레온 요리 : 전설의 동물인 카멜레온의 먹이는 공기라고 여겨
졌다.

답이 아니다.

햄릿 예, 이젠 제 말도 아닙니다. (폴로니어스에게) ──
대감께선 대학생 때 연극을 하셨다면서요, 맞지요?

폴로니어스 그렇습니다, 저하. 괜찮은 배우라고들 했지요.

햄릿 무슨 역을 했는가?

폴로니어스 줄리어스 시저 역을 맡았습니다. 로마의 카피톨
신전에서 살해당했습니다. 브루투스가 저를 살해했지요.

햄릿 대감 같은 싱싱한 송아지*를 살해하다니, 브루투스가
짐승** 역을 했군. ──배우들은 준비됐는가?

로젠크란츠 예. 저하의 분부를 기다리고 있습니다.

왕비 내 아들 햄릿, 이리 와 내 곁에 앉거라.

햄릿 아뇨, 어머니. 이쪽 자석이 저를 끌어당기는군요.

(오필리아에게 몸을 돌린다)

폴로니어스 (왕에게 방백) 오호! 저 말 들으셨지요?

햄릿 (오필리아 발치에 누우며) 아가씨, 그대 무릎 사이로 들
어가도 될까요?

오필리아 안 됩니다, 왕자님.

햄릿 무릎에 머릴 얹겠다는 거요.

오필리아 그러셔요, 왕자님.

햄릿 뭘 생각한 거요? 내가 음흉한 마음이라도 품은 줄 알

---

* 송아지 : 송아지를 지칭하는 calf는 어리석다는 뜻도 있다.
** 짐승 : 영어의 짐승(brute)은 브루투스와 비슷하게 발음한다.

았소?

오필리아 아무 생각 안 했습니다, 왕자님.

햄릿 처녀 가랑이 사이로 들어간다는 생각은 즐겁지.

오필리아 예?

햄릿 빈집이니까.

오필리아 즐거우세요, 왕자님?

햄릿 누가, 내가?

오필리아 예, 왕자님.

햄릿 당연하지. 당신의 유일한 어릿광대 아니오. 즐거워하
는 것 말고 인간에게 달리 할 일이 뭐가 있겠소? 보라고,
우리 어머니가 얼마나 유쾌해 보이는지. 아버지가 돌아가
신 지 두 시간도 안 됐는데.

오필리아 아닙니다, 두 달의 갑절이나 되었는걸요.

햄릿 그렇게 오래되었나? 그럼, 악마더러 검은 상복을 걸치
라고 해. 난 흑담비로 입을 테니. 오, 맙소사! 돌아가신 지
두 달인데, 아직도 안 잊히니! 그렇다면 위인의 기억은 죽
고 나서 반년 이상은 살아남겠는걸. 그러자면 교회를 여
러 채 지어야겠어. 안 그러면 잊힐 테니까, 춤추는 목마*처
럼. 왜냐하면 그 말의 묘비명은 '오, 오, 목마는 잊혔다'이
니까.

---

* 춤추는 목마 : 모리스 춤이나 오월제에 전통적으로 등장하는 인물
로, 이유는 정확히 알 수 없지만 잊힌 사물의 전형이 되었다.

나팔소리. 무언극이 시작된다.

왕과 왕비 등장. 왕비가 왕을, 왕이 왕비를 포옹한다. 왕비가 무릎을 꿇고 그에게 맹세하는 몸짓을 한다. 왕이 왕비를 일으킨 뒤 머리를 숙여 왕비의 목에 기댄다. 왕이 꽃이 핀 들판에 눕고, 왕비는 왕이 잠든 것을 보고 자리를 뜬다. 이어 한 사내가 들어와 왕의 왕관을 벗기고, 거기에 키스한 뒤 왕의 귓속에 독약을 붓고 퇴장한다. 왕비가 돌아와 왕이 죽은 것을 보고 격렬한 몸짓을 한다. 독살자가 서너 명을 데리고 다시 들어온다. 그들은 그녀를 위로하는 척한다. 시체가 옮겨지고 독살자는 선물을 들고 와서 왕비에게 구애한다. 왕비는 한동안 차갑게 굴다가 결국 그의 사랑을 받아들인다.   (배우들 퇴장)

오필리아   이게 무슨 뜻입니까, 왕자님?

햄릿   글쎄, 이건 '미칭 말리코'라고 하는데, 은밀한 악행이라는 뜻이오.

오필리아   이 무언극이 연극의 줄거리를 뜻하나 보네요.

서두 역을 맡은 배우 등장

햄릿   이 친구를 통해 알게 될 거요. 배우란 비밀을 못 지키거든. 죄다 털어놓겠지.

오필리아 이 무언극의 의미도 알려주겠지요?

햄릿 당연하오. 무슨 볼거리*를 보여주든 다 말할 거요.

그대가 부끄럼 없이 보여주면 저 친구도

부끄러움 없이 그게 무슨 뜻인지 떠벌리고 다닐걸.

오필리아 나쁜 분이셔요, 나빠요. 저는 연극이나 보겠습

니다.

서두역 "우리 극단과 비극 공연을 대표하여

관대하신 여러분께 허리 굽혀 간청하오니,

끝까지 참고 봐주시기를 바랍니다."   (퇴장)

햄릿 저게 서두인가, 아니면 반지에 새긴 글인가?**

오필리아 짧네요, 왕자님.

햄릿 여자의 사랑처럼.

왕과 왕비로 분한 두 배우 등장

극중 왕 "그간 태양신의 불마차가 해신의 거친

바다와 대지 신의 둥근 땅덩어리 돌기를

열두 달씩 삼십 년. 달님도 해님의 광휘 빌려

세상을 돈 것이 열두 달씩 서른 번을 비춰주었소.

---

* 볼거리 : 볼거리의 'show'는 구두를 의미하는 영어 'shoe'와 발음
  이 비슷하고, 구두는 여성의 성기를 뜻하는 은어로, 언어유희다.
** 반지에 새긴 글 : 반지의 안쪽에 새겨넣는 짧은 글.

사랑의 신께서 우리 마음 하나로 합쳐주시고
우리의 손을 신성한 서약으로 맺어주신 이래로.”

극중 왕비 “우리 사랑 끝나기 전

해와 달은 그 횟수만큼 다시 여행하시길.

하옵지만 슬프게도 요즘 들어 당신의

병색 더욱 짙어져 평소와는 딴판이니

걱정입니다. 허나 이 몸이 걱정한다 해서

전하께서 언짢아하진 마세요.

여자의 사랑과 두려움은 비례하니,

둘 다 모두 비었거나 극단으로 치닫지요.

이 몸 사랑의 크기 증명되어 아실 테니,

제 사랑이 큰 만큼 두려움도 큽니다.

사랑이 크면 작은 근심도 두려움 되고

작은 두려움 크게 자라는 곳에 큰 사랑도

함께 자라지요”——

극중 왕 “여보, 내 진정 그대를 떠나야 하오.

이제 곧 이 몸의 기능들이 작동을 멈추오.

당신은 아름다운 이 세상에 살아남아

존경과 사랑받으며 사시오. 혹시 우연히 부드러운

사람 만나거든 남편으로.”——

극중 왕비 “오, 나머지 말은 거두소서.

그런 사랑은 제 마음의 반역임이 틀림없으니.

두 번째 남편 맞느니 천벌을 내리소서.

첫째 남편 안 죽이곤 둘째 결혼 못 하오니."

햄릿　(방백) 쑥*처럼 쓸 거다.

극중 왕비　"재혼의 동기는 이기적이고 천한

욕심이지 사랑이 아니지요.

둘째 남편이 이 몸에 입맞추는 순간

죽은 남편 두 번 죽이는 셈이거든요."

극중 왕　"당신이 지금 한 그 말을 진심이라 믿소.

허나 우린 결심한 그것을 자주 깨뜨린다오.

결심이란 기껏 기억의 노예에 불과해서

태어날 땐 강렬하나 배겨내는 힘 약해

그 열매 풋풋할 때는 가지에 매달려 있지만

익으면 그냥 둬도 떨어지는 법이라오.

우리는 자신의 마음에 진 부채 쉽게 망각해

못 갚는 것은 정말이지 피할 수 없는 거요.

하물며 격정에 사로잡혀 자신에게 한 제안은

격정이 사라지면 결심조차 그 힘 잃는다오.

슬픔이건 기쁨이건 지나치게 격렬하면

그 열정 사라질 때 실행 의지도 무너지오.

기쁨이 가장 흥청대는 곳에 슬픈 마음 통탄하고,

별것 아닌 일로 슬픔이 기쁨 되고, 기쁨이 슬픔 되지.

이 세상 영원하지 않으니, 운명 따라

---

* 쑥 : 고통스러운 죄악을 의미한다.

사랑이 변한다 할지라도 이상해할 것 없다오.
사랑이 운명을 이끄느냐, 운명이 사랑을 이끄느냐는
아직 우리가 풀지 못한 문제라오.
권력자가 몰락하면 측근 먼저 달아나고,
미천한 자가 벼슬하면 적조차 친구 된다오.
그러니 지금까진 사랑이 운명의 시중을 드는 셈.
넉넉할 때야 친구 부족함 없지만,
허울뿐인 친구를 궁할 때 맛보면,
그 친구 익어서 바로 원수 된다오.
다시 출발점에서 시작해 매듭을 짓는다면
우리의 운명은 의도와는 정반대로 가는지라,
우리의 계획은 쉼 없이 뒤집히는 법이라오.
그래서 생각은 내 것이나 결과는 아니라오.
지금은 둘째 남편 얻지 않겠노라 생각하지만,
첫째 남편 죽고 나면 그 생각도 죽을 것이오."

극중 왕비 "대지는 먹을 것을, 하늘은 빛을 앗아가고,
낮의 즐거움과 밤의 휴식 금하고, 내 믿음과
내 희망은 절망으로 바뀌고, 옥중 은자의 식사를
최고 진미로 삼게 하고, 내가 진심으로 원하는
일은 기쁜 얼굴 구겨놓는 정반대의 결과 만나
엉망이 되고, 끝없는 불화가 현세에서 저승까지
악착같이 날 쫓게 하소서. 일단 과부가
되었는데 다시 다른 사내의 아내가 된다면."

햄릿 만약 저 맹세를 깬다면?

극중 왕 "대단한 맹세요. 잠시 혼자 있고 싶소.

심신이 고단하니 지루한 낮을

낮잠으로 달랠까 하오."

극중 왕비 "잠으로 피로를 푸세요.

어떤 재앙도 우리에게 닥치지 말기를!" (퇴장. 왕은 잔다)

햄릿 마마, 이 연극이 마음에 드십니까?

왕비 저 왕비의 맹세가 너무 지나치구나.

햄릿 오, 하지만 약속을 지킬 겁니다.

왕 줄거리를 들었느냐? 거슬리는 내용은 없더냐?

햄릿 예, 예, 농지거리일 뿐입니다.──독이 든 농담이라고나 할까요? 절대 악의는 없습니다.

왕 극의 제목이 무엇이냐?

햄릿 '쥐덫'입니다. 거참, 비유가 기막힙니다. 비엔나에서 실제 있었던 살인 사건을 그대로 갖다 쓴 것인데──공작의 이름은 곤자고, 그의 부인은 밥티스타인데──곧 보시게 될 겁니다. 참 지독한 이야기지요. 하지만 무슨 상관입니까? 그것이 전하나 저희처럼 죄 없는 영혼은 건드리지 못할 것이니. 찔리는 게 있는 놈이야 가슴을 졸이겠지만 우린 떳떳하니까요.

루시아너스 등장

저건 루시아너스라는 자로, 왕의 조카입니다.

오필리아   해설가나 다름없네요, 저하.

햄릿   난 당신과 당신 애인 사이를 설명할 수 있어.

인형극처럼 두 사람이 농탕질하는 수작만 봐도.

오필리아   잔인하세요, 저하. 말씀에 날이 섰어요.

햄릿   내 칼날이 나가면 신음깨나 낼걸.*

오필리아   점점 나아지면서 나빠지십니다.

햄릿   그런 식으로 여자들은 남편을 속이고 받아들여.

——어이, 시작해, 살인자야.

그 저주스러운 인상 그만 쓰고 어서 시작해!

'까마귀가 깍깍대며 복수하라고 외치는 소리가 들리는

군'부터 시작해.

루시아너스   "시커먼 속내에 능숙한

손길, 독약 효력 빈틈없고, 시간까지

공모해서 보는 이조차 없구나.

한밤중에 캐낸 독초로 삶은 극약이여,

마녀 헤카테**의 저주 세 번 불러 독기 쐰 너,

원래의 마력에 끔찍한 독성 더해

건강한 생명체를 당장에 뺏어라."

---

* 칼날이~낼걸 : 성기를 의미하고 신음은 여자가 처녀성을 잃을 때
  내는 소리를 말한다.
** 헤카테 : 그리스 신화의 정령과 주술의 신.

(잠자는 왕의 귓속에 독약을 붓는다)

햄릿 저놈은 왕위가 탐나 정원에서 왕을 독살한 겁니다. 그 이름은 곤자고, 실제 있었던 이야기고, 아주 고상한 이탈리아어로 씌어 있어요. 저 살인자가 어떻게 곤자고 부인의 사랑을 얻게 되는지 보게 될 겁니다.

오필리아 전하께서 일어나시네요.

햄릿 뭐야, 공포탄에 겁먹었나?

왕비 편찮으십니까, 전하?

폴로니어스 연극을 중단하라.

왕 불을 가져오너라. 가자.

폴로니어스 불, 불, 불!

(햄릿과 호레이쇼를 남겨두고 모두 퇴장)

햄릿   그래, 울어라, 화살 맞은 사슴아,

　　　　　　성한 수사슴은 놀 테니.

　　　　누군가 깨어 있을 때 누군가는 잠자니

　　　　　　세상만사 그렇고 그런 것

여보게, 남은 내 운명 사나워지면 모자에 새털 한 뭉치 달고, 구멍 숭숭한 구두에 프로방스 장미꽃 몇 송이 꽂으면 극단 패에 끼일 수 있지 않을까?

호레이쇼 반 자리 몫은요.

햄릿 난 제대로 한 사람 몫일세.

　　　　　　그대는 알겠지. 오, 다몬*이여!

　　　　　허물어진 이 나라도 한때는 조브**의

것이었는데, 지금 군림하는 자는 파락호라네.

호레이쇼　운을 맞추시지 그래요?

햄릿　오, 호레이쇼, 난 유령의 말을 만금을 주고서라도 사고 싶네. 자네, 봤나?

호레이쇼　아주 똑똑히요, 저하.

햄릿　독살 얘기가 나왔을 때?

호레이쇼　아주 똑똑히 봤습니다.

햄릿　하, 하! 자, 풍악을 울리고 피리를 연주하라.

전하께서 희극이 싫으시다면,

그래, 정말 싫으신 모양이니 할 수 없지, 젠장.

자, 풍악을 울려라.

로젠크란츠와 길든스턴 등장

길든스턴　저하, 한말씀 올릴까 합니다.

햄릿　이봐, 역사를 깡그리 읊어라.

길든스턴　실은 전하께서──

햄릿　이봐, 왕이 어쨌다고?

길든스턴　물러나신 후 몹시 불편해하십니다.

햄릿　술 때문인가?

---

* 다몬 : 전원시에 등장하는 목동의 이름.

** 조브 : 로마 신화에서 최고의 신인 주피터를 가리킨다.

길든스턴 아닙니다, 저하! 울화인 듯합니다.

햄릿 그 일은 의사한테 알리는 것이 자네 지혜를 돋보이게
 할 텐데. 내가 그의 울화통에 섣불리 참견했다가는 울화
 통이 더 깊이 치밀 걸세.

길든스턴 저하, 제발 좀 조리 있게 말씀하십시오.
 제가 올리는 말씀에 거칠게 회피하지 마십시오.

햄릿 여보게, 난 양순하다네. 말해 보게.

길든스턴 모친인 왕비께서 마음이 몹시 상하셔서 저희를
 보내셨사옵니다.

햄릿 환영하네.

길든스턴 아니, 세자 저하, 그런 예법은 경우에 맞지 않습니
 다. 이치에 맞는 대답을 하실 의향이시면 제가 모친의 명
 을 수행할 것이고, 그렇지 않겠다면 이만 용무를 끝내겠
 습니다.

햄릿 이봐, 그건 난 못 해.

로젠크란츠 무얼요, 저하?

햄릿 이치에 맞는 대답을 못 한다네. 내 정신이 병들었
 거든. 허나 이보게, 내가 할 수 있는 대답이라면 자네
 가—아니, 자네 말마따나 어머니의 분부를 따르겠네. 그
 건 그쯤하고 본론으로 돌아가서, 자네 말은 어머니가—

로젠크란츠 그럼 말씀 전하겠습니다.
 저하의 처신에 매우 놀라셨다 합니다.

햄릿 오, 어머니를 놀라게 하다니, 대단한 아들이로다. 놀

라신 어머니의 발꿈치를 바싹 따라붙는 속편은 없는가?
말해 주게.

로젠크란츠 왕비께서 취침 전에 저하와 내실에서 말씀을
나누고 싶다고 하십니다.

햄릿 짐은 복종하겠네. 지금보다 열 곱절 더한 어머니라
하더라도. 짐과 더 거래할 일 있나?

로젠크란츠 세자 저하, 저하께서 전에는 절 무척 총애하셨
습니다.

햄릿 아직도 그래. 버릇없는 이 두 손모가지에 걸고 맹세
하지.

로젠크란츠 세자 저하, 심기가 불편한 이유가 무엇입니까?
친구한테조차 슬픔을 털어놓지 못한다면 그건 분명 저하
자신의 자유에 빗장을 거는 일이옵니다.

햄릿 출세를 못 해서 그러네.

로젠크란츠 당치 않습니다. 저하가 덴마크의 왕위를 계승할
것이라는 전하의 발언이 있었는데.

햄릿 그건 그런데, '풀이 자라기를 기다리다'*라는──속담
이 케케묵었군.

배우들이 피리를 들고 등장

---

* 이 속담의 뒷부분은 '말이 굶어 죽었다'이다.

아, 피리! 하나만 좀 보세!

——우리끼리 얘기지만, 자넨 왜 나를

사냥감 몰 듯해? 덫에 몰아넣을 것처럼?

길든스턴   오, 저하, 제 직무 수행이 당돌했다면 그건 저하에

대한 충정이 예법을 모른 탓입니다.

햄릿   그건 이해가 잘 안 가네. 이 피리를 좀 불어보겠나?

길든스턴   저하, 불 줄 모릅니다.

햄릿   부탁이야.

길든스턴   정말 불 줄 모릅니다.

햄릿   간곡히 청하네.

길든스턴   만질 줄 모릅니다, 저하!

햄릿   거짓말처럼 쉽다니까. 엄지와 나머지 손가락들로 바

람구멍들을 막고 숨을 불어넣으면 유려한 음악을 들려줄

것이네. 보라고, 이곳을 누르는 거야.

길든스턴   글쎄, 그것들을 다루어 화음을 만들어낼 수가 없

습니다. 그런 기술이 없거든요.

햄릿   아니, 이보게나, 자넨 날 아주 하찮게 여기고 있잖은

가. 날 악기처럼 다뤄볼 참인 거야. 내게서 소리 나는 구

멍을 찾고 싶은 거지. 자넨 내 심금을 울려 비밀을 알아낼

심산인 거야. 내 속내를 최저음에서 최고음까지 짚어보려

는 거지. 그러시는 분이 여기, 이 조그만 악기 속엔 음악

이, 빼어난 소리가 들어 있는데도, 이 악기의 말문조차 열

지 못한다고? 제기랄! 자넨 나를 피리보다 다루기 쉬울

거로 생각했나? 자넨 나를 무슨 악기로 봐도 좋아. 나를 만지작거리는 건 가능하지만 연주하긴 힘들걸.

폴로니어스 등장

축복을 빕니다, 대감님.

폴로니어스 저하, 왕비 마마께서 하실 말씀이 있다고 하십니다. 지금 바로 말입니다.

햄릿 저기 낙타 형상을 한 구름이 보이시오?

폴로니어스 세상에, 저럴 수가──낙타가 틀림없군요.

햄릿 내 생각엔 족제비 같은걸.

폴로니어스 등이 족제비같이 생겼네요.

햄릿 아니, 고래 같기도.

폴로니어스 정말 고래 같네요.

햄릿 그럼 곧 어머니한테 가겠다고 아뢰시오.──(방백) 이들이 더는 못 버틸 지경으로 나를 우롱하는군.──내 곧 가겠다고 하시오.

폴로니어스 그리 말씀드리겠습니다. (퇴장)

햄릿 '곧 가겠다?' 말은 쉽지.──친구들, 물러가게.

(햄릿만 남고 모두 퇴장)

지금은 마녀들이 한창 설치는 밤,

교회의 묘지는 입을 벌리고, 지옥이 직접 이 세상에

독기를 내뿜을 때. 난 지금 뜨거운 피를 들이켜고,

낮이라면 몸서리칠 섬뜩한 짓도 해낼 수가 있다.

가만, 이제 어머니께 가자. 오, 마음아,

자식 된 도리를 잊지 마라. 굳건한 이 가슴에

네로*의 영혼이 침범케 해선 안 되니.

냉혹하되 불효는 말아야 해.

칼같이 말은 하되 칼은 쓰진 않을 거야.

내 혀와 영혼은 이 일에선 위선자일지니,

말로는 어머니를 엄하게 꾸짖어도

내 영혼은 그 말에 결코 승인 도장 찍지 말기를.　　(퇴장)

3막 3장
(궁정 안)

왕과 로젠크란츠, 길든스턴 등장

왕　나는 그가 싫고, 그의 광기를 방치하는 것도

불안하다. 그러니 준비하라.

내 너희들 임명장을 급히 조처할 테고,

그자도 너희와 함께 영국으로 보내겠다.

짐의 지위를 봐서도 그의 이마 속에서 시시각각

---

* 네로 : 로마를 불태우고 자기 어머니를 죽인 악명 높은 로마 황제.

자라나는 위험을 가까이 둘 수 없는 노릇.

길든스턴 채비를 갖추겠습니다.

전하께 목숨과 끼니를 의존하고 살아가는

뭇 백성의 안전을 지키는 일은 가장

거룩하고 신성한 근심이옵니다.

로젠크란츠 일개 사사로운 생명도 마땅히

온 정신을 무장하여 몸에 해 입지 않게

지켜야 하거늘, 하물며 무수한 목숨이

의지하고 머무는 전하의 옥체야 일러 무엇하옵니까.

국왕의 서거는 단지 옥체에만 국한된 것이

아니라 마치 소용돌이처럼 주위 것들을

끌어들이니까요. 다시 말해 군왕은 드높은 꼭대기에

고정된 육중한 바퀴와 같고, 거대한 바큇살에는

오만가지 부속물이 아귀 맞춰 연결되었으니,

그것이 떨어질 땐 거기 속한 작은 부속품들이며

하찮은 것들이 요란하게 파멸하게 되겠지요.

국왕이 홀로 탄식할 때 만백성도 함께

신음을 낸답니다.

왕 자, 속히 여행 채비를 해라.

짐은 곧 제멋대로 활보하는 우환덩어리에

족쇄를 채워야겠다.

로젠크란츠 서두르겠습니다. (로젠크란츠와 길든스턴 퇴장)

폴로니어스 등장

폴로니어스　전하, 왕자가 왕비 마마의 내실로 갑니다.
　　저는 휘장 뒤에 숨어 대화의 과정을 엿들을까 합니다.
　　왕비께서 틀림없이 그를 호되게 질책하실 거고,
　　이는 전하의 말씀처럼 ─지혜로운 말씀이겠지요.
　　─어머니 말고 제삼자가 둘의 대화를
　　엿듣는다는 것은, 그들은 모자지간이라
　　자연히 편파적일 수 있으니 합당합니다.
　　전하께서 침전에 드시기 전에 들러
　　아는 바를 아뢰겠나이다.

왕　고맙소, 경.　　　　　　　　　　　　(폴로니어스 퇴장)
　　아, 내 죄의 악취가 하늘을 찌르는구나.
　　난 인류 최초의, 가장 오래된 저주를 받았다.
　　─형제 살해!* 허나 난 기도할 수 없다.
　　물론 기도하고픈 욕구와 의지는 확고하나, 그보다
　　더 강한 죄의식이 내 강력한 의지를 꺾어 누르는구나.
　　난 한꺼번에 두 가지 일을 하려는 사람처럼
　　어느 쪽을 먼저 할까 망설이며 서 있다가
　　둘 다 하지 못한다. 저주받은 이 손에
　　형의 피가 겹겹이 묻었다 한들,

---

* 형제 살해 : 카인이 아우 아벨을 살해한 사건.

저 자비로운 하늘에는 그걸 눈처럼 희게
씻어줄 빗물이 넉넉하지 않을까?
자비의 역할은 죄와 마주 보게 돕는 것 아닌가.
기도에는 이중의 힘이 있어,
타락 전엔 우릴 막아주고, 죄지은 후에는
그걸 사하는 힘이 있다고 하지 않던가?
그러니 난 하늘을 우러르겠다.
죄는 이미 돌이킬 수 없는 것.—아, 그렇다면
어떤 기도를 드려야 할까? '흉측한 나의
살인을 용서하소서?' 그럴 수는 없다. 나는 여전히
살인으로 얻은 것들—내 왕관과 내 야망, 그리고
내 왕비를 소유하고 있다. 그런데 용서도 받고
죄의 열매도 지킬 수 있을까? 이런 부패한
세태에서는 금칠한 죄의 손이 정의를 밀칠 수 있고,
사악한 장물이 국법도 매수하기 일쑤지.
허나 저 하늘에서는 다르다. 거기에는 속임수가
안 통하니, 행동에 가려진 본색이 샅샅이 드러나
꼼짝없이 과오의 이빨에서 이마까지
증거를 대야 한다. 이제 어떡한담? 뭐가 남았나?
참회해 볼까? 그걸로 안 될 일이 있을까?
하지만 어찌하면 좋을까? 참회할 수 없는데.
오, 비참한 내 신세! 오, 죽음처럼 검은 가슴이여!
오, 끈끈이에 걸린 내 영혼은 빠져나오려

몸부림칠수록 그게 더 달라붙는구나.

천사들이여, 도와주소서! 힘을 주소서!

뻣뻣한 무릎아, 꿇어라. 강철 같은 심장아,

갓난아기의 힘줄처럼 부드러워져라.

그러면 잘 될 수도 있겠지.　　　　　　(무릎을 꿇는다)

햄릿 등장

햄릿　지금이 딱 좋겠어. 기도 중이니.

그래, 지금 하는 거야.　　　　　　　　(칼을 뽑는다)

그러면 놈은 천당 보내고,

나는 복수하는 거다. 허나 이건 따져볼 일이다.

이 악당이 내 아버지를 죽였는데, 그 대가로 내가,

아버지의 외아들이, 이 악당을 천당에 보낸다고?

아니다, 이건 품삯 받을 짓이지 복수가 아니다.

놈은 아버지가 육욕에 빠져 온갖

죄악이 오월의 꽃처럼 싱싱하게

피어올랐을 때 죽였다. 아버지의 공과의 셈이

어떨지는 하늘만 아는 일. 허나 이승의 사리와

판단으로 분별해도 아버지의 죄가 가볍지 않다.

그런데 놈이 영혼을 씻고 있을 때, 하직할

채비가 되었을 때 죽이는 게 복수야?

아니지.

아서라, 칼이여! 더 끔찍한 때를 기다려야 한다.

놈이 만취해서 곯아떨어졌을 때나 광란에

빠졌을 때, 침대에서 상피붙어 쾌락을 즐길 때,

폭언하며 노름하거나 구원받을 기미가 전혀 없을

바로 그때, 놈의 다리는 거는 거야.

그러면 놈의 발꿈치는 하늘을 박차고,

저주받은 영혼은 시커매지겠지.

제가 갈 지옥처럼.

어머니가 기다린다.

이 약*은 네 병고의 날만 연장할 뿐이다.　　　　　(퇴장)

왕　내 말은 날아오르고, 생각만 남았구나.

생각이 담기지 않는 빈말은 하늘에 닿지 못한다.　　(퇴장)

3막 4장
(왕비의 내실)

왕비와 폴로니어스 등장

폴로니어스　그가 곧 올 것입니다. 엄하게 꾸짖으십시오.

장난이 참고 봐줄 수 없을 정도로 방자해서,

---

* 이 약 : 클로디어스의 기도.

전하께서 불같이 역정을 내시는 걸 마마께서
가로막았다고 하십시오. 저는 잠자코 여기 있지요.
부디 직설적으로 하십시오.

왕비　걱정 마시오. 내 장담하니.

물러나시오. 그가 오는 소리가 들리오.

(폴로니어스, 커튼 뒤에 숨는다)

햄릿 등장

햄릿　자, 어머니, 무슨 일이십니까?

왕비　햄릿, 네가 네 아버지를 몹시 화나게 했다.

햄릿　어머니는 제 아버지를 몹시 화나게 하셨어요.

왕비　저런저런, 경박한 혀로 답하는구나.

햄릿　이런이런, 간악한 혀로 질문하는군요.

왕비　아니, 왜 그러느냐, 햄릿?

햄릿　뭐가 문젠데요?

왕비　나를 모르겠느냐?

햄릿　아뇨, 천만에요, 그럴 리가요.

어머니는 왕비이자 시동생의 부인이시고,

아니라면 좋겠지만, 저의 어머니 되십니다.

왕비　자꾸 이러면 말이 통하는 사람을 불러오겠다.

햄릿　자, 자, 이리 앉으세요. 꼼짝 마시고요.

제가 거울을 드릴 테니. 어머니가 자신의

가장 깊은 속내를 비쳐보기 전에는 못 갑니다.

왕비 어쩔 셈이냐? 날 죽이려는 건 아니겠지?

사람 살려, 사람!

폴로니어스 (휘장 뒤에서) 여봐라! 사람 살려!

햄릿 이건 뭐냐! 쥐새끼다! 죽어 싸다. 죽어버려.

(휘장 속을 칼로 찌른다)

폴로니어스 (휘장 뒤에서) 오, 난 죽는구나.

왕비 맙소사! 무슨 짓을 저지른 거냐?

햄릿 글쎄요, 전 몰라요.

왕인가요?   (휘장을 젖히고 폴로니어스가 죽은 걸 안다)

왕비 이 무슨 경솔하고 피비린 짓이냐?

햄릿 피비린 짓이긴 하죠. 선하신 어머니.

왕을 죽이고 그 동생과 결혼한 것만큼이나 잔혹하지요.

왕비 왕을 죽이다니?

햄릿 예, 마님, 신이 그랬습니다──

한심하고 성급하고 주제넘은 어릿광대야, 잘 가라.

난 네 상전인 줄 알았다. 운명으로 받아들여라.

지나치게 끼어드는 건 위험하다는 걸 이제 아시겠지.──

그 손 그만 쥐어짜시고 가만히 좀 앉아 계세요.

제가 그 심장을 쥐어짜 드릴 테니. 그렇게 할 겁니다.

그 마음 파고들 수 없는 목석이 아니라면요.

그 마음에 악습의 놋쇠 두껍게 입혀져

감정이 못 뚫을 철옹성이 아니라면요.

왕비 내가 무얼 했다고,

　네가 그리도 무엄하게 혓바닥을 놀리느냐?

햄릿 정숙함이 지닌 품위와 염치를 흐려놓고,

　정절을 위선이라 부르고, 순수한 사랑의 고운 이마에서

　장미꽃을 떼어내고, 그 자리에 창부의 낙인 찍었으며,

　혼인 서약을 노름꾼의 거짓 맹세로 만든

　행위 —— 오, 계약이라는 몸체에서 혼을 뽑아버리고,

　경건한 의식을 한낱 말장난으로 만든

　행위 말입니다. 하늘도 얼굴을 붉히고,

　이 단단한 지구를 종말 맞은 듯 내려다보며

　그 짓에 가슴 아파합니다.

왕비 아니, 무슨 일인데, 서두부터 그렇게

　요란한 천둥을 쳐대느냐?

햄릿 보세요. 여기 이 그림과, 이 그림을.

　두 형제의 초상화입니다.

　이분의 이마 위에 서린 기품을 보세요.

　태양신의 곱슬머리와 주피터의 이마,

　군신 같은 위엄과 호령하는 눈매,

　하늘에 닿을 듯한 산마루에 막 내려선

　전령신 머큐리*와 같은 자태를 보시라고요.

---

* 머큐리 : 그리스 신화의 헤르메스에 해당하며, 상업과 예언의 신
이다.

모든 신이 다투어 인장을 찍어놓은 듯

참인간임을 증명해 주려고 만든 진정한 융합체를.

이분이 어머니의 남편이셨습니다.

그런데 다음을 보세요.

건강한 형을 곰팡이 슨 밀 이삭처럼

썩게 한 여기 이 남편을. 대체 눈이 있습니까?

어떻게 이 아름다운 초원에서 풀을 뜯다 말고

이 황무지에서 뭘 먹고 살을 찌우려 했습니까?

하, 대체 눈이 있습니까?

이걸 사랑이라 부를 순 없지요.

당신 나이에는 불꽃같던 욕정도 길들고 순해져

바른 판단에 순응하는 법인데, 분별을 어디 두고

여기에서 이리로 옮겨갔단 말입니까?

물론 감각이야 있겠죠. 없으면 동작이 어려우니까.

허나 분명 졸중 걸린 감각이겠지요.

아무리 미쳐서 실수를 저지르고

감각이 환각의 노예가 됐다 할지라도

이 정도 천양지차를 구별할 약간의

식별력은 남아 있을 테니까요.

대체 어떤 악마에게 홀렸기에

이렇게 눈뜬장님이 되었나요?

촉각이 없으면 눈으로, 눈이 없으면 촉각으로,

손이나 눈이 없으면 귀가 있고,

그 모든 것이 없어도 냄새 맡을 수만 있다면,
아니 쓸 만한 감각 중 병든 일부만 있어도 그렇게
우둔한 짓은 하진 않았을 겁니다.
수치심아, 네 낯 붉힐 뺨은 어디 있느냐?
반란을 일삼는 지옥 같은 욕정아,
중년 부인의 뼛속에서 그런 반역을 일으켰으니,
타오르는 청춘의 정조는 양초처럼
제 불길에 녹게 하리.
가눌 수 없는 욕정이 돌격해 오더라도 부끄러워 마라.
왜냐하면 서리 내린 나이에도 거침없이 타올라
이성이 욕망의 뚜쟁이 노릇을 하니까.

왕비 오, 햄릿, 그만해라.
네 말을 듣고 눈을 돌려 내 영혼을 들여다보니
거기에는 씻어도 지워지지 않는
얼룩이 보이는구나.

햄릿 아니, 어쩌자고
개기름 찌든 침대에서 악취 진동하는 줄도 모르고
타락에 찌들어 살아가고 있습니까?
역겨운 돼지에게 아양 떨며 구애하시다니!

왕비 오, 그만, 그만해라.
네 말이 비수처럼 내 귀를 찌르는구나.
그만해라, 햄릿.

햄릿 살인자에 악당.

당신 전남편의 백 분의 일도 못 되는 종놈.

사악한 왕의 본보기. 선반 위에 올려놓은

귀중한 왕관을 훔쳐 자기 호주머니 속에

쏙싹한 왕국과 통치권의 소매치기 ──

왕비 그만해.

햄릿 넝마와 누더기로 기운 놈의 왕 ──

유령 등장

하늘의 천사들이여, 이 몸 위에 나래 펴고

절 구원하소서! 어인 일입니까?

왕비 아, 얘가 미쳤구나.

햄릿 느려터진 당신 아들*을 꾸짖으러 오셨습니까?

시간을 놓치고 열정은 식어,

당신의 엄명을 급히 실행 못 한 소자를?

말씀을 하소서!

유령 잊지 마라. 이번 방문은 오로지

무디어진 네 결심의 칼날을 벼리려 함이니.

헌데 보아라, 네 어머니가 매우 놀랐구나.

---

* 느려터진~아들 : 유령이 처음 나타난 후 명령을 받은 사람이 임무
를 소홀히 하거나 실행하지 않을 경우 유령은 계속해서 나타난다
고 한다.

오, 자기 영혼과 고투하는 그녀를 말리려무나.

망상은 약한 몸일수록 강력하게 괴롭히지.

어머니에게 말을 건네주어라, 햄릿.

햄릿　마님, 괜찮으세요?

왕비　맙소사! 너야말로 괜찮으냐?

허공에 유심히 눈길 두고

형체 없는 공기와 대담하지 않았느냐?

두 눈에는 사납게 정기가 번들거리고,

누웠던 머리카락은 생명의 부산물일 뿐인데도

생명이 있는 양 곤두서 있구나. 오, 내 아들,

끓어오르는 마음의 불길을 차가운 평정심으로

식히려무나. 어딜 그렇게 보고 있느냐?

햄릿　저분, 저분을! 저 퀭한 눈초리를 보세요!

저 사람의 모습, 저분 사연 들으면 목석조차

반응할 겁니다.──절 그렇게 보지 마세요.

애처롭게 행동하여 단호한 제 결심이

꺾이지 않도록. 그렇게 되면

저는 본분을 잊어버려──피 대신 눈물을

흘리게 될 것 같습니다.

왕비　누구한테 하는 말이냐?

햄릿　저기 아무것도 보이지 않으세요?

왕비　전혀 아무것도. 허나 있는 건 다 보인다.

햄릿　아무것도 들리지 않으세요?

왕비   그래. 우리 둘 외에는 아무것도.

햄릿   아니, 봐요. 저길 보세요. 그게 빠져나가고 있어요.

아버님이 살아 계실 때의 옷차림을 하고!

지금 막 문밖으로 나가고 있어요.   (유령 퇴장)

왕비   그건 단지 네 머리가 조작해낸 거야.

실체 없는 형상은 광증이 부린 재주의 결과지.

햄릿   광증이라고요?

제 맥은 어머니의 맥박처럼 차분히 박자

맞춰 건강한 음률을 냅니다.

제 말은 실성해서 하는 소리가 아닙니다.

시험해 보세요. 제가 했던 말을 다시 읊을 테니.

미쳤다면 엉뚱한 데로 튈 테죠.

은총에 맹세코, 어머니 죄는 조용한데 제 광기가

떠든다며 아첨 같은 연고를 영혼에 바르지 마세요.

그건 단지 곪은 상처에 막을 씌울 뿐이니,

썩은 고름이 피부 속을 온통 파먹어 들어

모르는 새 퍼질 겁니다. 하늘에 고백하세요.

지난 일은 뉘우치고 앞으로는 조신하게 사세요.

잡초들에 거름 퍼주어 그것들이 더 무성하게

자라지 않도록 하십시오.

어머니를 질책하는 절 용서하세요.

바람 들어 뚱뚱해진 요즘 세태엔 미덕이

악덕에게 용서를 비는 것도 모자라, 선행을

허락해 달라고 간청해야 할 판입니다.

왕비 오, 햄릿! 넌 내 가슴을 이미 두 동강냈다.

햄릿 오, 나쁜 쪽은 버리시고, 나머지 반쪽으로
좀더 깨끗하게 살아가세요. 안녕히 주무세요.
그러나 숙부의 잠자리로는 가지 마십시오.
덕이 없다면 있는 체라도 하세요.
습관이란 저 괴물은 악습을 느끼는 감각을
몽땅 먹어 치우지만 천사 같은 면이 있답니다.
곱고 선한 행동이 버릇되면 새로 맞춘
옷처럼 몸에 배게 마련이거든요.
오늘 밤만 참아보십시오.
그러면 내일 밤은 자제하기가 더 쉬워질 것이고
그다음은 더더욱 쉬워질 것입니다.
알고 보면 습관이란 가히 타고난 천성도 바꿀 수 있고
경이로운 힘으로 악마를 눌러
몰아낼 수도 있거든요. 다시 한번,
안녕히 주무세요. 어머니가 신의 축복을 갈구하실 때
저는 어머니께 축복을 청할게요.
이 영감 일은 진정 참회합니다.
그러나 하늘의 뜻이 이자를 통해 저를 벌하고,
저를 통해 이자를 벌하심이니,
저는 하늘의 채찍 든 집행관이 될 수밖에요.
이 시체는 제가 처리하고, 죽인 죄는 달게

받겠습니다. 그럼 다시, 안녕히 주무십시오.

제 말이 잔인했다면 그것은 오직 자식다워지려는

일념에서일 뿐입니다. 이 일은 앞으로 벌어질 불행의

서곡일 뿐, 더 끔찍한 일이 아직 남았습니다.

마마, 한 마디만 더 드리지요.

왕비 난 어떡하면 좋으냐?

햄릿 제 다음 지시는, 이것만은 절대 하지 마세요.

그 불어터진 왕이 침대로 또 꼬드겨

음탕하게 뺨을 꼬집으며 나의 생쥐라고 부르고,

역겨운 키스 두어 번에 그 염병할 손가락으로

당신 목덜미를 애무한다면, 그 대가로 이 일을 죄다

불어버리세요. 사실 저는 멀쩡한데, 미친 척하는

것이라고 알려주는 건 잘하는 일이죠.

어여쁘고 정숙하고 현명한 왕비가 아니고서야

누가 이런 중대사를 두꺼비, 박쥐, 수고양이*에게

숨기려 들겠습니까? 누가 그러겠어요? 안 감추지요.

분별력이며 비밀 따윈 잊어버리시고

지붕 꼭대기에서 새장을 열어 새들을 날려 보낸 뒤

저 유명한 원숭이**처럼 결과를 시험하려고

---

* 두꺼비, 박쥐, 수고양이 : 이 모두가 마귀를 돕는 정령들이다.

** 유명한 원숭이 : 원숭이와 관련된 속담은 기록에 남아 있지 않다.
그러나 그 줄거리는 다음과 같다. 한 원숭이가 새장을 지붕 위로

새장 속에 기어들어가 뛰어내리다 목을
부러뜨리는 겁니다.

왕비 안심해라. 말은 숨을 쉬어야 나오고,
숨이 생명에서 나온다면 네가 한 말을
입 밖에 낼 생명이 내겐 없다.

햄릿 저는 영국으로 가야 합니다. 그건 아시지요?

왕비 아 참, 잊었구나. 그렇게 결정됐어.

햄릿 왕의 국서는 봉해졌고, 제 학교 동창 두 놈이
왕명을 받드는데, 독니 달린 독사만큼이나
믿음직한 자들이죠──
그들이 제 앞길 쓸며 저를 왕명 받들어 함정으로
몰아넣을 수작인데, 어디 한번 해보라지요.
폭약수*가 자기 폭탄에 날아가게 만드는 건
흥미로운 구경거리니까요. 하지만 이쪽에서는
놈들이 파고 들어간 구멍보다 한 자 더 깊이
파고 들어가 놈들을 달나라로 보내버릴 겁니다.
오, 두 간계가 한 곳에서 정면으로
마주치면 정말 멋들어지지 않겠습니까.
이 영감 때문에 저는 서둘러야겠습니다.

가져가다 새를 날려 보내고, 자기도 그 흉내를 내려고 새장 속에
기어들어간 후 뛰어내리지만 날지 못하고 땅바닥에 떨어진다.
* 폭약수 : 폭탄을 제조하고 장치하는 사람.

이 똥자루는 옆방으로 옮기지요.

어머님, 안녕히 주무세요. 이 고문관께선

지금이 가장 조용, 은밀, 엄숙해지셨네.

생전엔 멍청한 떠버리였는데.

자, 영감, 이제 이 면담을 끝냅시다.

안녕히 주무세요, 어머니.

　　　　(햄릿, 시체를 끌고 퇴장하고 왕비는 무대에 남는다)

4막 1장
(왕비의 내실)

앞 장면에서 무대에 남아 있던 왕비를 향해
왕이 로젠크란츠, 길든스턴과 함께 등장

왕   이 한숨과 장탄식에는 무슨 곡절이 있을 테니
설명해 보오. 짐이 알아야겠소. 당신 아들은 어디 있소?

왕비   잠시 자리를 비켜주게.

(로젠크란츠와 길든스턴 퇴장)

아, 저하, 오늘 밤 못 볼 걸 봤나이다.

왕   왜 그러오, 거트루드. 햄릿은 어떻소?

왕비   미쳤어요. 파도와 바람이 누가 힘이 더 센지
겨루기라도 하듯, 발작을 가누지 못하다가
휘장 뒤에서 인기척이 들리자 칼을 뽑아 들고는,
"쥐새끼다, 쥐새끼"라고 외치며 망상에 휩싸여
숨어 있던 노인을 죽였어요.

왕 오, 이런 변괴가!

짐이 그 자리에 있었다면 변을 당할 뻔했군.

그를 그대로 뒀다간 모두가 위험해지오──

당신도, 짐도, 모두가 말이오.

대체 이 피비린 참사를 뭐라고 해명한단 말이오.

책임은 그 미치광이 젊은이를 선견으로

붙잡아 격리하지 않은 짐에게 돌아올 것이오.

허나 짐은 그 애를 너무나 사랑하여,

마땅한 처방을 묵과한 채 몹쓸 병에 걸린 환자를

감추듯 누설되는 걸 막으려다 생명의 진수마저

파먹게 했구려. 그 애는 어디 있소?

왕비 제가 죽인 시체를 치우러 갔어요.

시신을 보며──잡석 속의 순금처럼

실성한 와중에도 맑은 정신 내비치며──

저지른 일 때문에 울더군요.

왕 오, 거트루드, 여기서 나갑시다.

아침 해가 산마루에 닿자마자* 짐은

그를 배에 태워 떠나보내고, 이 흉측한

불상사는 짐의 왕권과 모든 책략 동원하여

적당히 얼버무릴 것이오.──여봐라, 길든스턴!

───────────

* 아침~닿자마자 : 엘시노어 성은 바닷가에 있어서 아침 해는 바다
  에서 뜨고, 햇살은 맨 먼저 산을 비춘다.

자네 둘은 가서 몇몇 도와줄 사람을 구하거라.
햄릿이 실성해서 폴로니어스를 살해하고
시신을 왕비의 내전에서 끌고 나갔다.
빨리 그를 찾아——잘 타일러——
시신을 예배당으로 옮겨라. 부탁이다, 서두르라.

(로젠크란츠와 길든스턴 퇴장)

자, 거트루드, 짐은 현명한 중신들을 불러 짐의
계획과 때아니게 저질러진 이 일도 알리겠소.
중상모략의 수군거림이, 과녁을 조준한 대포가 직격탄을
날리듯 세상 끝에서 끝까지 독포탄을 날릴지라도
짐은 그 비방을 살짝 비켜 허공만 때리도록 하리다.
오, 갑시다. 내 영혼은 두려움과 불안으로 가득하오.

(모두 퇴장)

4막 2장
(궁정 안)

햄릿 등장

햄릿 안전하게 챙겨뒀어.　　　　(안에서 부르는 소리)

가만, 저 소리는? 누가 햄릿을 부르지? 음, 저기 오는군.

로젠크란츠와 길든스턴 외 몇 사람 등장

로젠크란츠   저하, 시신을 어떻게 하셨습니까?

햄릿   흙이랑 섞었네. 서로 친척이잖나.

로젠크란츠   어디 있는지 말씀해 주세요.
 저희가 들어내 예배당으로 옮겨야 하니까요.

햄릿   그걸 믿어서는 안 되네.

로젠크란츠   무얼요?

햄릿   내 너희 비밀은 지켜주고 내 비밀은 다 털어놓을 것
 같은가. 게다가 해면 같은 인간의 요구에 국왕의 아들이
 무슨 답변을 내놓을 것 같나?

로젠크란츠   제가 해면처럼 보인다고요, 저하?

햄릿   그래. 왕의 총애와 보상과 권능을 빨아들이는 해면
 말이야. 하긴 이런 하수인들이 끝내는 왕에게 아주 요긴
 하게 쓰이지. 왕은 원숭이처럼 그걸 아가리 한구석에 간
 직하다가——처음엔 머금고 있겠지만 결국은 꿀꺽 삼켜
 버릴 걸세. 그는 너희들이 긁어모은 것이 필요해지면 쭉
 짜낼지도 몰라. 그러면 너희는 해면이니까 다시 바짝 말
 라버릴 테지.

로젠크란츠   무슨 말씀이신지 이해가 안 가는군요.

햄릿   잘된 일이야.

머저리 귀엔 모욕적 언사도 잠을 자고 있을 테니.

로젠크란츠   저하, 시신 있는 곳을 알려주시고 저희와 함께
전하게 가셔야 합니다.

햄릿   시신은 왕과 함께 있지만, 왕은 시신과 함께 있지 않
아.* 왕이란 것은 말이야──

길든스턴   것이라니요, 저하?

햄릿   아무것도 아니네. 나를 왕에게 데려가다오.

(모두 퇴장)

4막 3장
(궁정 안)

왕이 두세 명의 신하들과 함께 등장

왕   그를 찾고 시신도 찾으라고 사람을 보냈소.
그를 활보하게 둔다는 것이 얼마나 위험한지!
그렇다고 법으로 엄히 다스릴 수도 없는 노릇.
그는 얼빠진 대중들의 사랑을 받고 있는데,
그들은 보이는 것으로만 판단을 하니,

────────

* 시신은~않아 : 폴로니어스의 시신은 궁정 안에 왕과 함께 있으나
왕은 죽지 않았으므로 그 시체와 함께 있지 않다는 의미.

눈에만 들면 죄의 무게는 고려하지 않은 채
처벌만 생각한다오. 만사를 매끈하게 처리하려면
그를 급히 내보내는 것을 심사숙고한 끝에
내린 결정처럼 보여야 하오. 독한 병은 처방
또한 독하지 않으면 절대 못 고치니.

로젠크란츠, 길든스턴 외 몇 명 등장

그래, 어떻게 되었나?

로젠크란츠   전하, 시신을 어디에 숨겼는지
말씀을 안 하십니다.

왕   그렇다면 그는 어디 있느냐?

로젠크란츠   바깥입니다, 전하. 감시받으며 분부를 기다립
니다.

왕   짐 앞으로 데려오너라.

로젠크란츠   이봐, 저하를 모셔라.   (호출한다)

호위병과 함께 햄릿 등장

왕   자, 햄릿, 폴로니어스는 어디 있느냐?

햄릿   식사 중입니다.

왕   식사? 어디서?

햄릿   먹고 있는 곳이 아니라 먹히고 있는 곳입니다. 정치

꾼 같은 구더기 한 무리가 회동해 지금 그를 한창 파먹는 중입니다. 구더기란 놈은 먹는 일에는 유일한 제왕이거든요. 인간은 자기를 살찌우려고 다른 동물들을 살찌우고, 그렇게 찌운 살을 구더기한테 바칩니다. 살찐 왕이나 야윈 거지나 같은 식탁에 오른 두 가지 요리일 뿐이지요. 그렇게 끝납니다.

왕 저런, 저런.

햄릿 누군가는 왕을 집어삼킨 구더기로 물고기를 낚을 수도 있고, 그 구더기를 삼킨 물고기를 먹을 수도 있습니다.

왕 그건 무슨 뜻이냐?

햄릿 왕도 때로는 거지 창자 속으로 행차할 수 있다 이거지요.

왕 폴로니어스는 어디에 있느냐?

햄릿 천국에요. 그리로 사람을 보내보세요. 그곳에 없으면 전하가 친히 가보실 곳이 한 군데 있습니다. 만약 이달 안에 못 찾으시면 복도로 통하는 계단을 올라갈 때 그 양반 냄새를 맡을 겁니다.

왕 (시종들에게) 거길 찾아봐라.

햄릿 그 양반, 당신들이 올 때까지 기다릴 겁니다.

(시종들 퇴장)

왕 햄릿, 이번 사건으로 인해——네가 저지른
    그 일로 짐은 몹시 상심해 있고, 네 안전도 걱정이다.
    ——너를 급히 보내야겠다. 발등에 불 끄듯이.

그러니 채비를 서둘러다오. 범선은 떠 있고
순풍이 도와주며, 일행은 대기 중이니, 모든 태세가
갖추어졌다. 영국행이다.

햄릿 영국행이요?

왕 그렇다, 햄릿.

햄릿 좋습니다.

왕 아무렴. 네가 내 진의를 안다면.

햄릿 그걸 아는 천사 한 분을 제가 알지요. 하지만 가자, 영
국으로. 사랑하는 어머니 안녕히 계십시오.*

왕 사랑하는 아버지다, 햄릿.

햄릿 어머니지요. 아버지와 어머니는 남편과 아내, 남편과
아내는 한몸이니, 따라서 어머니지요. 가자, 영국으로!

(퇴장)

왕 바싹 뒤따르라. 배에 타도록 잘 구슬려.
지체하지 마라──오늘 밤에 출발시키겠어.
가라. 이 일에 대한 모든 절차는 빠짐없이 재가하여
조처했다. 부탁이니 서둘러라.　(왕만 남기고 모두 퇴장)
영국 왕이여, 그대가 내 후의를 중히 여긴다면──
우리 덴마크의 검이 남긴 상흔 아직 생생히 붉으니,

---

* 그걸~계십시오 : 이 대사에서 햄릿은 자신이 클로디어스의 음모
를 알고 있다는 암시를 주는 것과 동시에 하늘이 클로디어스를 지
켜보고 있음을 경고한다.

두려움에서라도 자진하여 짐에게 예를 바칠 터.
내 위력에 비추어 내 후의의 중함도 알 것이니,
짐이 내린 왕명 소홀히 취급하진 못하리. 국서에
취지 적어 상세히 밝힌 뜻은 햄릿을 즉각
죽이라는 것. 영국의 왕이여, 시행하라.
내 핏속에서 그자가 열병처럼 날뛰고 있으니,
그대가 내 병을 고쳐야 하리. 이 일의 성사를
확인할 때까지는 어떤 행운이 온다 해도
짐은 기뻐할 수 없노라.   (퇴장)

4막 4장
(성에 가까운 덴마크 해안)

포틴브라스가 그의 군대를 이끌고 등장

포틴브라스 부대장, 덴마크 왕에게 가서 안부를 여쭤라.
  전하가 허락한 대로 포틴브라스 군대가
  덴마크를 거쳐 행군하길 간청한다고 말이다.
  집결지는 알고 있을 테지.
  만약 전하께서 나를 보시길 원하면
  어전에서 경의를 표할 것이다.
  그리 아뢰어라.

부대장 알겠습니다, 저하.

포틴브라스 조용히 전진하라.　　　(부대장만 남고 모두 퇴장)

　　　　햄릿, 로젠크란츠, 길든스턴 외 몇 명 등장

햄릿 여보게, 이건 어느 나라 군대인가?

부대장 노르웨이군입니다.

햄릿 실례지만 출정 목적이 뭐요?

부대장 폴란드의 한 지역을 치려고 왔습니다.

햄릿 사령관은 누구신가?

부대장 노르웨이 노왕의 조카인 포틴브라스입니다.

햄릿 폴란드 본토를 공격하는 거요,

　　아니면 변방 어디요?

부대장 있는 그대로 말씀드리면

　　우리는 명분 말고는 아무런 이득도 없는

　　땅 한 뙈기를 얻으러 갑니다.

　　저라면 소작료로 5더컷 ─딱 5더컷─에도

　　농사짓지 않겠습니다. 노르웨이 왕이나

　　폴란드 왕이 팔아도 그 돈 이상은 못 받을걸요.

햄릿 그렇다면 폴란드 쪽에서도 방어하지 않겠군.

부대장 아닙니다. 이미 주둔군이 있습니다.

햄릿 이천 명의 목숨과 이만 더컷의 금화로도

　　이런 하찮은 문제를 해결하지 못하는구나.

이건 태평성대가 낳은 종기로,

내부는 곪아터져도 밖으로는 안 드러나

왜 사람이 죽는지 알 수 없는 거지. 참으로 고맙소.

부대장　안녕히 가십시오.　　　　　　　　　　(퇴장)

로젠크란츠　가실까요, 저하?

햄릿　곧 합류할 것이니 먼저들 가라.

　　　　　　　　　　　　　　(햄릿만 남고 모두 퇴장)

모든 것이 사사건건 나를 꾸짖으며

무딘 복수심을 찌르지 않는가.

인간이란 무엇인가? 시간을 처분한 소득으로

먹고 잘 뿐이라면, 짐승이나 다름없다.

신이 우리에게 크나큰 이해력을 주시어

앞뒤 살필 수 있게 한 것은 가진 능력과

신과 같은 이성을 쓰지 않아 녹슬게 하려는

것은 아니다. 그런데도 이 무슨 짐승 같은

망각인지, 아니면 결과를 너무 빈틈없이 생각해서 생긴

비겁한 망설임인지 ─

그 생각이란 걸 넷으로 쪼개면 그중 하나만 지혜고

나머지는 비겁함이겠지만 ─ 난 내가 왜 여태 살아

이걸* 해야 돼, 라고 말하는지 알 수가 없다. 내겐

결행할 명분과 의지, 힘, 수단이 있는데도 말이다.

───────────

* 이걸 : 복수.

흙처럼 흔한 사례가 날 훈계하는구나.
섬세하고 앳된 왕자가 통솔하는 대규모 호화판
군대를 보라. 신성한 야심에 부푼 기백은 예측 못 할
결과 따위 코웃음 치며, 불확실한 운명을 계딱지만 한
땅덩어리를 위해 한 번 죽으면 그만인 목숨을
내맡긴다. 진정 위대하다는 것은 큰 명분이 있어
행동하는 것이 아니라, 명예가 걸린 문제라면
지푸라기 하나에도 큰 싸움의 명분을 삼는 것이다.
그런데 나는 어떤가? 아버지는 살해되고 어머니는
더럽혀져 내 이성과 혈기가 들끓어야 함에도
모든 것을 잠재운 채 부끄럽게도 저 이만*의 병사의
임박한 죽음을 지켜보고 있지 않는가?
그들은 명성이라는 환상과 속임수를
쫓아 잠자리로 가듯 무덤을 향해 가고,
양 군대가 자웅을 겨루기에도 좁고,
전사자 묻을 묘지로도 부족한 작은 땅덩어리를
위해 싸우지 않는가? 오, 이제부터
내 생각이 피비리지 아니하면 무의미하다.　　　　(퇴장)

---

* 이만 : 앞에서 햄릿은 포틴브라스의 군대 숫자를 '이천'이라 했다.

4막 5장
(궁정 안)

왕비와 호레이쇼, 신사 한 사람 등장

왕비   그 애와 말하지 않겠네.

신사   막무가내입니다.

   정신이 나갔는지 애처로울 지경입니다.

왕비   그 애가 무얼 원하는 것 같소?

신사   아비 이야기만 하고 있습니다.

   이 세상은 흉계투성이라며 에헴, 하고

   가슴을 치고, 별 문제도 아닌데 독하게

   화를 내고, 절반만 알아들을 수 있는 애매한

   얘길 합니다. 모호한 말투는 듣는 이로 하여금

   아귀를 맞춰보고 싶게 만듭니다. 그래서 사람들은

   자기 생각에 맞게 짜깁는데, 눈짓, 고갯짓,

   몸짓을 할 때마다 확실치는 않으나

   심상찮은 뭔가를 생각하게 합니다.

호레이쇼   말씀을 나눔이 좋겠습니다.

   악심 품은 사람들이 위험한 억측을 퍼뜨릴지 모르니

   까요.

왕비   들라 하라.   (신사 퇴장)

   (방백) 죄의 본질이 그렇듯, 병든 내 영혼에겐

사소한 일 하나하나가 크나큰 재앙의 서곡 같구나.

죄의식은 어리석은 의심으로 가득차서 파멸할까* 겁내다가

결국은 파멸의 고통 속으로 빠져들지.

실성한 오필리아 등장

오필리아   덴마크의 아름다운 왕비 마마는 어디 계시나요?

왕비   어쩐 일이냐, 오필리아?

오필리아   (노래한다)   "그대 진정

　　　　　　　참사랑 임을 어찌 아느냐고 물으면,

　　　　　　　　조가비 모자에 지팡이 짚고

　　　　　　가죽신 신은 순례자 차림이기 때문이죠."

왕비   저런, 가엾어라. 그 노래는 무슨 뜻이냐?

오필리아   뭐냐고요? 아니, 잘 들어보세요.

　(노래한다)   "그분은 가셨어요, 아씨.

　　　　　　　　죽어 영영 없어졌어요.

　　　　　　　　　머리맡엔 푸른 떼,

　　　　　　　　　발치에는 비석 하나."

　오오!

왕비   아니, 애, 오필리아──

---

* 죄의식은~파멸할까 : 죄책감이 가득 찬 사람의 심리상태와 행동
　에 대해 말한다.

오필리아   좀 들어보세요.

　　　　　(노래한다) "그분의 수의 자락

　　　　　　　산중의 눈처럼 희구나——"

　　　　　　　　　왕 등장

왕비   오, 저 앨 좀 보세요, 전하.

오필리아   (노래한다) "향긋한 꽃송이는

　　　　　　아니 젖어* 무덤으로 갔다네.

　　　　　　　참사랑 소나기 눈물."

왕   어여쁜 애야, 잘 지냈느냐?

오필리아   감사합니다. 올빼미도 원래는 빵집 딸이었대요.**

　　주님, 우린 지금의 우린 알아도 내일은 알 수 없어요. 신

　　께서 함께하시길!

왕   죽은 아비 생각을 하는구나.

오필리아   그 얘긴 그만하세요.

　　하지만 누군가 까닭을 묻거들랑 이렇게 말해 주세요.

---

* 아니 젖어 : 꽃송이가 사랑하는 사람의 눈물에 젖어 무덤으로 가
　야 하는데, 폴로니어스의 장례를 졸속으로 치르는 바람에 젖지 않
　고 무덤으로 갔다는 의미.

** 올빼미도 ~딸이었대요 : 민간 설화로, 한 거지가 빵장수 딸에게
　빵을 구걸하였으나 그녀는 거절하였다. 그런데 그 거지는 예수였
　고, 예수는 그 벌로 그녀를 부엉이로 변신시켰다고 한다.

(노래한다) "내일은 밸런타인데이,[*]

다들 잠든 이른 새벽에

나는 그대 방 창 밑에 선 처녀,

그대 눈에 처음 띄어 애인 되려 서 있네.

임은 일어나 옷을 걸치고

방문을 열었으니,

들어갈 적엔 처녀지만 나올 땐

처녀 아니라네."

왕 어여쁜 오필리아——

오필리아 오, 정말이지 상스러운 말은 빼고 끝맺어야겠어요.

(노래한다) "그리스도와 자비로운 성자여, 망측하게도

젊은 사내 틈만 나면 덤벼들어요——

그건 모두 수탉들의 잘못."

그녀가 말하길, "옷고름 풀기 전에

백년가약 맹세했죠."

그가 말하기를,

"그럴 작정이었지, 해님께 맹세코,

그대가 내 잠자리로 오지만 않았다면."

왕 언제부터 저 애가 저리됐소?

오필리아 다 잘될 거예요. 우린 참을 수밖에요. 하지만 사람

---

[*] 밸런타인데이 : 이날은 처음 보는 이성을 애인으로 삼는다는 오래
된 관습이 있다.

들이 그를 차디찬 땅속에 묻는다 생각하니 안 울 수 없어
요. 오빠에게도 알려야겠지요. 친절한 말씀, 고마워요. 자,
내 마차를! 안녕히 주무세요. 숙녀분들, 안녕. 어여쁜 숙
녀분들, 안녕, 안녕히 주무세요.   (퇴장)

왕   바짝 따라가게. 눈을 떼지 말고. 부탁이네.

(호레이쇼 퇴장)

아, 깊은 슬픔의 독소 때문에 저리되었어.
모든 건 아비의 죽음에서 비롯된 것. 자, 봐요.──
오, 거트루드, 거트루드,
슬픔이란 척후병은 한 명씩 오는 게 아니라
떼를 지어 오는구려. 먼저 저 애 아비 살해되고,
다음엔 격한 난동으로 당연한 추방 자초한
당신 아들이 떠났소. 폴로니어스의 죽음을
두고 백성들의 억측과 소문이 난무해 진흙탕처럼
혼탁한 판에──쉬쉬, 허겁지겁 매장한 일도
짐의 실수였소. 가련한 오필리아는
실성해 맑은 분별력을 잃었는데,
사람이 분별력을 잃으면 그림이며 짐승이나
매한가지지. 마지막으로 이에 못잖게 큰일은
그 아이 오라비가 남몰래 프랑스에서 돌아와
의혹을 끼니 삼으며 의심 구름에 휩싸였으니,
아비의 죽음에 대한 역병 같은 독설로 그의
귀 오염시킬 험담꾼이야 부족하지 않을 테니, 그자들은

사실이 궁하기에 이 사람 저 사람 귀에

주저 없이 짐을 고발할 것이오. 오, 거트루드,

모략이 산탄포처럼 날 여러 군데 상처 입혀

죽이고 또 죽이는구려.   (안에서 소란)

여봐라, 스위스 근위병은?

문을 단단히 지키도록 하라.

전령 등장

무슨 일이냐?

전령　어서 몸을 피하소서, 전하!

경계를 넘보며 솟구쳐 평지를 삼키는 해일인들

젊은 레어티즈가 폭도들을 이끌고

전하의 관리들을 을러대는 것보다는 못할 것입니다.

폭도들은 그를 왕이라고 부르며 천지개벽이라도

난 듯──모든 말씀을 인준하고 받쳐주는

옛 관습을 잊었는지 모르는지 ── 이렇게 외칩니다.

"우리는 선택했다, 레어티즈를 왕으로!"

그들은 모자를 던져올리고 손뼉을 치며 구름에

닿을 듯 떠들어댑니다.

"레어티즈를 왕으로, 레어티즈는 왕이다."

왕비　냄새를 잘못 맡고 기세 좋게 짖어대는구나.

오, 방향이 틀렸다. 엉터리 덴마크 개들아!

(안에서 요란한 소리가 들린다)

왕 문이 부서졌다.

레어티즈가 추종자들과 함께 등장

레어티즈 왕은 어디 있느냐?──여러분은 잠시 밖에 계십시오.

추종자들 아니오. 우리도 들어가겠소.

레어티즈 제발 내 말을 들어주시오.

추종자들 그러겠소, 그리하오.

레어티즈 고맙소. 문을 지키시오.　　　(추종자들 모두 퇴장)

　　──오, 이 사악한 왕아, 내 아버지를 내놔라.

왕비 (레어티즈를 잡고) 진정해라, 레어티즈.

레어티즈 내게 진정할 피가 한 방울이라도 남아 있다면

　　난 사생아고, 내 아버지는 오쟁이 진 남편이며,

　　내 어머니의 순결무구한 이마에는

　　창부 낙인이 찍혔을 것이다.

왕 레어티즈,

　　무슨 이유로 무례한 반역의 모습을 보이느냐?

　　──그를 놓아주시오, 거트루드.

　　짐은 염려할 것 없소. 국왕의 주위에는

　　두터운 신성이 울타리처럼 둘러싸여 있어서,

　　역적이 혹 기웃거려 살필 수는 있을지언정,

제 뜻대로는 못 하는 법──얘기해라,

레어티즈, 무슨 일로 그렇게 격분했는지.

── 놔두시오, 거트루드──

남자답게 말하라.

레어티즈 내 아버지는 어디 있소?

왕 죽었다.

왕비 허나 전하 때문은 아니다.

왕 마음껏 물어보게 두시오.

레어티즈 어떻게 돌아가셨소? 허튼수작 마시오.

충성 따위는 지옥으로나 가라고 해!

맹세* 따위는 흑마왕에게나 줘버려. 양심이나

은총 따윈 저 끝없이 깊은 구덩이**에 처박아버려.

저주받아도 좋으니 내 입장을 밝히겠어.

이승 저승 상관없어, 무슨 일이 닥치든.

허나 아버지의 원수만은 철저히 갚을 테야.

왕 누가 너를 막는단 말이냐?

레어티즈 내 뜻 말고는 누구도 날 못 막아.

그리고 내 무슨 수단을 써서라도,

비록 부족하다 해도, 기어이 해낼 거야.

왕 레어티즈.

---

* 맹세 : 군주와 신하 간의 충성과 보호의 맹세를 말한다.

** 구덩이 : 지옥.

네 사랑하는 아버지에 대해 확실한 걸

알려고 원하면서 친구고 원수고 승자고 패자고

무차별하게 싹쓸이하듯 칼을 들이대는 게

네 복수의 철칙이냐?

레어티즈   목표는 원수다.

왕   그럼, 그게 누군지 알고 싶으냐?

레어티즈   친구라면 제가 두 팔 벌려 맞이하여

자기 피로 새끼를 기른다는 펠리컨*처럼

제 피를 먹이겠소.

왕   으흠, 이제야 장한 아들, 진짜 신사로다.

난 네 선친의 죽음에 무죄이며 마음으로

통탄하고 있다는 사실을 너의 판단에 햇빛이 네 눈을

찌르듯, 거침없이 드러내 보일 것이다.

(소란스러운 소리와 함께 오필리아의 노래가 들린다)

그녀를 들게 하라.

레어티즈   무슨 일입니까? 이건 또 무슨 소리냐?

오필리아 등장

오, 열기여, 나의 뇌수를 말려다오.

---

* 펠리컨 : 펠리컨은 자기 가슴을 부리로 쪼아 나오는 피를 새끼에
게 먹인다고 한다.

일곱 배나 짠 눈물아, 내 눈의 기능을 태워다오.
맹세코, 네 광기에 대한 복수를 저울대가
확 기울도록 무겁게 갚아주마. 오, 오월의 장미여!
고귀한 처녀──다정한 누이──고운 오필리아──
오, 하늘이시여, 젊은 처녀의 정신이 노인의
목숨처럼 시들어버리다니, 이럴 수 있단 말입니까?
사람의 본성은 사랑으로 맑아지고,
본성이 맑은 이는 그 귀한 일부를
사랑하는 이에게 딸려 보내는 법이지.[*]

오필리아 (노래한다) "맨얼굴로 관에 실려 갔었지.
　　　　　　무덤 속엔 눈물비 한없이 빗발치고."──
소중한 내 사랑, 안녕!

레어티즈 네가 맨정신으로 복수를 재촉했다면
이처럼 날 움직이진 못했을 것이다.

오필리아 당신은 "애고, 애고," 하고
또 당신은 "그 사람 부르며 애달프다"고 노래하세요.
아, 후렴도 잘도 들어맞네. 나리 댁 딸을 훔쳐간 건
바로 그 고얀 놈 집사였다죠.

레어티즈 횡설수설 내뱉는 소리가 참말보다 뼈아프네.

---

* 사람의~법이지 : 레어티즈는 오필리아가 실성한 이유를 그녀가
맑은 본성의 일부를 아버지 폴로니어스의 죽음과 함께 딸려 보냈
다고 해석한다.

오필리아 이건 로즈메리, 기억하라는 말이에요.——제발
  기억해줘요. 이건 팬지, 생각해 달라는 뜻이에요.

레어티즈 실성해서 하는 말에도 교훈이 있구나.
  생각과 기억이 맞아떨어지니까.

오필리아 회향꽃 여기 있어요. 그리고 매발톱꽃도요.
  당신에겐 운향초를, 그리고 저도 좀 가질래요.
  안식일엔 그것을 '은혜초'라고도 불러요.
  참, 당신은 운향초를 색다르게 달아야 해요.
  들국화도 여기 있어요. 당신에겐 오랑캐꽃을
  드리고 싶지만, 아버님이 돌아가시고 나서
  죄다 시들어버렸어요.[*] 그분은 끝이 좋았다고들 해요.
    (노래한다) "귀여운 그 사람, 내 모든 기쁨이어라!"

레어티즈 슬픔도 번민도 지옥까지도
  누이는 매력과 멋으로 바꾸는구나.

오필리아 (노래한다) "그분 다신 안 오실까?
          그분 다신 안 오실까?
        아니야, 아니야. 가신 그분,
          무덤으로 가신 그분,
          다신 오지 않으리.

---

[*] 꽃들의 의미 : 회향꽃은 아첨, 매발톱꽃은 배덕, 운향초는 참회를
  상징한다. 오필리아는 회향꽃과 운향초를 분명 레어티즈에게 주
  는 것처럼 보인다. 물론 그녀의 마음속 레어티즈는 햄릿과 겹쳐서
  나타난다.

흰 눈 같은 그분 수염

　　　호호백발 그분 머리,

　　　그분은 가셨으니, 가셨으니,

　　　한탄한들 무엇하리.

　　　신이시여, 그분에게 자비를."

또 모든 기독교도 여러분의 영혼도 안녕히.　　　　(퇴장)

레어티즈　오, 하느님, 이게 보이십니까?

왕　레어티즈, 너의 슬픔에 동참하겠다.

　짐의 권리를 거절하지 않겠다면

　물러가서 가장 현명한 친구들을 선택해라.

　그들이 우리 둘의 이야기를 듣고 판정할 것이다.

　만약 짐이 직접적으로든 간접적으로든 연루된

　것이 밝혀진다면 이 나라와 왕관, 아니 내

　목숨조차도, 내 것이라 불리는 모든 것으로

　네 억울함을 보상하겠다. 허나 아닐 경우

　부디 진정하고 짐의 말 들어다오. 네 영혼이

　충분히 만족하도록 너의 일에 힘쓸 것이니.

레어티즈　그러겠습니다.

　아버지의 사망 경위와 초라한 장례식 ──

　유해 위에 위패며 칼, 문장도 없고,

　격식에 맞는 공식 의례도 없었던 ──

　이 모든 걸 온 천지에 외쳐 기필코

문제 삼도록 하겠습니다.

왕 그렇게 해야겠지.

그래서 죄 있는 곳에는 단죄의 철퇴를 내리쳐야지.

자, 함께 가자.   (모두 퇴장)

4막 6장
(궁정 안)

호레이쇼와 하인 한 사람 등장

호레이쇼 나와 이야기하고 싶다는 사람이 누구냐?

하인 뱃사람들입니다, 나리. 편지를 가져왔습니다.

호레이쇼 오라 해라.   (하인 퇴장)

햄릿 저하 말고 이 세상천지

어디에서 인사를 전해 오리.

선원들 등장

선원1 나리께 행운이 깃드시길.

호레이쇼 자네에게도 행운이 있기를.

선원1 하느님 뜻이라면요. 여기 나리께 보내는 편지가 있

습니다. 영국으로 가던 사신이 주셨지요.──나리 성함이

호레이쇼라면 말입니다. 그렇다고 알고 있습니다만.

호레이쇼 (편지를 읽는다) "호레이쇼, 이 편지를 훑어보거든
이 친구들이 왕을 만날 수 있도록 주선해 주게. 왕에게 전
할 편지를 가지고 있네. 바다로 나간 지 이틀이 안 되어
단단히 무장한 해적선이 우리를 추격했네. 우리 배가 너
무 느려 어쩔 수 없이 용기를 내 그들과 싸웠는데, 싸우는
와중에 나는 그들의 배에 올랐네. 한순간 그들의 배는 우
리 배와 멀어졌고, 나는 홀로 포로가 됐네. 그들은 의적인
양 나에게 친절을 베풀었네. 허나 속셈이 있어 그랬을 테
니, 이젠 내가 베풀 차례라네. 그건 그렇고, 보낸 편지를
왕이 받아보도록 주선해 주고, 자네는 사지에서 도망치듯
빨리 내게로 와주게. 내 이야길 자네 귀가 듣는다면 놀라
말문이 막힐 걸세. 사실 가벼운 말로 전하기엔 사안이 너
무 중대하네. 이 친구들이 자네를 내가 있는 곳으로 안내
할 걸세. 로젠크란츠와 길든스턴은 영국으로 직행했는데,
그들에 관해서도 할 말이 많네. 잘 있게.

                                친구임을 자임하는 햄릿."
자, 자네들 편지를 전할 방도를 주선하리다.
일을 서둘겠소. 그래야 자네들이
편지를 받은 분에게 나를 안내할 테니.   (모두 퇴장)

4막 7장
(궁정 안)

왕과 레어티즈 등장

왕   이제는 네 양심이 나의 무죄를 확정하고

나를 마음의 친구로 맞이해야 할 것이다.

네 총명한 귀로 직접 듣지 않았느냐. 네 부친을

살해한 자가 내 목숨까지 노렸다는 사실을.

레어티즈   분명히 알았습니다.

그러나 왜 이런 만행을 조처하지 않았는지

말씀해 주십시오. 죄질이 극악하고 극형감이라

전하의 안전과 권위, 그 밖의 무엇으로

보나 크게 진노하셨을 터인데.

왕   아, 거기에는 특별한 이유가 둘 있다.

네겐 대단찮아 보일지 모르나

내게는 매우 강력한 이유다. 그 애 어미인 왕비는

거의 아들만 보고 산다. 그리고 그것이

나에게는——행운인지 불행인지 모르겠으나——

내 생명, 내 영혼이 왕비와 별자리가 같아,

별이 궤도를 벗어나 움직일 수 없듯이

나 또한 왕비 없인 못 산다. 내가 그자를

공공연히 처벌 못 하는 또 다른 이유는
그에 대한 뭇 백성의 크나큰 사랑 때문인데,
그들은 그의 온갖 잘못을 애정에 담아 놓았기에
흡사 나무를 돌로 바꾸는 샘물처럼
그의 발에 족쇄를 채우면 도리어
명예로 바꾼다. 그러니 내가 쏘는 화살이
그러한 강풍에는 살대가 너무 약해 목적지로
날아가지도 못하고 활을 쏜 쪽으로 되돌아온다.

레어티즈   그래서 저는 고귀한 아버지를 여의고,
제 누이는 절망적인 상황에 몰렸군요.
누이의 가치는 지난날로 되돌아가 칭찬하자면,
저 높은 산의 정상에 올라 그녀의 완벽성을
영원히 수호하게 할 정도입니다.
내 기어이 복수하고 말 것입니다.

왕   그 때문에 밤잠을 설쳐서는 안 된다.
위험이 닥쳐 내 수염이 쥐어뜯기는데도
내가 그걸 장난이라 여기며 유야무야할 정도로
둔한 사람이 아니다. 곧 더 알게 될 거다.
난 네 아버지는 물론 나 자신도 아끼니,
이만하면 너도 내 생각을 짐작——

편지를 가진 전령 등장

전령 이건 전하께, 이런 왕비 마마께.

왕 햄릿에게서 왔다니? 누가 갖고 왔느냐?

전령 전하, 선원들이라고 합니다. 저는 못 봤습니다.
클로디오가 줬는데, 그걸 가져온 자에게서
직접 받았다고 합니다.

왕 레어티즈, 들어보게.

　　──물러가거라.　　　　　　　　　　　　(전령 퇴장)

(읽는다) "지엄하신 전하, 소신이 맨몸으로 전하의
땅에 올랐음을 알립니다. 내일 전하를 뵙도록
허락해 주옵시면, 그때 전하의 허락을 얻은 뒤 소신의
기이하고 급작스러운 귀국 경위를 아뢰겠습니다.

　　　　　　　　　　　　　　　　　　햄릿 올림."

이게 대체 무슨 뜻이냐? 일행도 함께 왔느냐?
아니면 속임수나 뭐 그런 거냐?

레어티즈 필적을 알아보시겠습니까?

왕 햄릿의 필체야.
'맨몸으로'──. 또 여기 추신에
'홀로'라고도 적혀 있어. 설명할 수 있겠나?

레어티즈 난감합니다, 전하. 허나 올 테면 오라죠!
그 이빨에 맞서서 "넌 이렇게 죽어"라고
소리 지를 생각하니 가슴 속 응어리가
풀리는 듯합니다.

왕 그렇다면 레어티즈──

어째서 그렇게 됐을까? 그러지 않고서야?──

내가 권하는 대로 하겠는가?

레어티즈 네, 전하.

적과의 평화를 명령하지만 않는다면요.

왕 네 마음의 평화다. 지금 그가 항해를

중단하고 돌아왔는데, 다시 떠날 생각이 없다면,

완전히 무르익은 계략에 놈이 걸려들어

쓰러지지 않을 수 없게 하겠어.

누구도 놈의 죽음에 대해 입도 벙긋 못할

것이며, 제 어미조차 음모에 혐의를 거두고

사고라고 여겨 체념할 만한 거야.

레어티즈 전하, 분부를 따르겠나이다.

특히 계략을 꾸미실 때 저를

그 수단이 되게 해주십시오.

왕 기막히게 맞아떨어진다.

네가 여행을 떠난 뒤, 네 특출한 재주에 관한

소문이 대단했지. 그것도 햄릿이 듣는 데서 말이다.

네 모든 장기 중에서 그것만큼 그의 시샘을

산 건 없을 것이다. 헌데 그 재주란

내 보기엔 하찮은 것이다.

레어티즈 그 재주가 뭡니까, 전하?

왕 청년의 모자에 달린 장식에 불과해.──

허나 꼭 필요한 재주이긴 하지. 노인의 위엄을

살리기엔 모피 예복만큼 어울리는 것도 없지만,

청년은 아무렇게나 걸친 듯해야 멋스럽지.

실은 두 달 전에 한 신사가 노르망디에서 왔는데—

나도 프랑스인을 겪어보고 겨루기도 하여

승마에 능한 건 알았지만,

그 양반 승마 솜씨는 거의 마술을 부리는

수준이었네. 안장에 착 붙어 짐승과 한몸을 이루어

반인반마가 된 것처럼 말에게 묘기를 부리게 했지.

그의 재주는 내 상상을 초월하는 수준이어서

자세나 재주를 흉내 낸다고 해서 그의 실제

모습에 근접할 순 없을 걸세.

레어티즈   노르망디 사람이라고요?

왕   노르망디 사람.

레어티즈   분명 라모르*일 겁니다.

왕   그 사람이다.

레어티즈   저도 잘 압니다. 그야말로

프랑스의 보배요, 보물입니다.

왕   그 사람이 너에 대해 증언하길,

검술의 이론과 실제 모두에 통달해 있고,

특히 세장검 솜씨는 고수의 경지라고

---

* 라모르 : 프랑스어 La mort는 죽음을 의미하는데, 라모르의 철자
  Lamode와 유사하다.

극찬하며 누가 너와 맞붙을 수 있다면 대단한
구경거리가 될 거라고 했다. 네가 만일 대적하면
자기 나라 검객들은 운신과 방어는 물론 시선
유지도 못 할 거라고 했어. 이런 칭찬에 시샘이 난
햄릿은 몹시 독이 올라 네가 귀국하는 대로
한판 겨루기를 바라고 있다. 그걸 핑계로——

레어티즈　핑계로 무얼요, 전하?

왕　레어티즈, 네 부친은 네게 진정 소중했겠지?
아니면 그저 그림 속의 슬픔처럼
마음 없는 얼굴이었냐?

레어티즈　왜 그런 말씀을 하십니까?

왕　네가 부친을 사랑하지 않았다는 게 아니라,
사랑이 시간의 소산임을 알고 있어서 하는 말이다.
입증된 사례로 보면 사랑의 불꽃과 열기도 시간이
지나면 잦아들지 않더냐. 사랑의 불꽃 한가운데
그 불꽃을 스러지게 할 심지와 검댕이 자리를
잡았으니 불길이 지속되지 못하는 거지.
그 무엇도 한결같이 좋은 상태를 유지할 수는 없어.
좋은 일도 과하면 병이 되어 제풀에 죽게 돼.
그러니 해야겠다고 마음먹었을 때 해치우는
게 좋아. 왜냐하면 하고 싶은 마음은 쉬이
변해 방해받는 일에, 손에, 사건이 많은 만큼
변하고, 줄어들고, 지연되며, 결국 이 '해야

한다'는 생각은 피 말리는 탄식이 되어
내뱉으면 위안은 되지만 몸을 상하게 하지.
허나 궤양 같은 골칫거리가 가장 아픈 데를
찌르면─햄릿이 돌아온다. 진정 선친의
자식임을 보여주기 위해 넌 뭘 하겠느냐?

레어티즈   교회 안에서라도 그의 목을 치고 말 것입니다.

왕   살인에 성역이 있어서도 안 되고,
복수심에 한계가 있어서도 안 돼. 허나 레어티즈,
그 일을 하려거든 꼼짝 말고 집에 있거라.
햄릿이 돌아오면 너의 귀국을 알리는 것은 물론
너의 재주를 칭찬하는 이들을 지목하여
그 프랑스인이 너에게 준 명성에 더욱 광을 내어
너희 둘이 시합으로 승부를 가리도록 하마.
그는 뭐든 쉽게 믿는 데다, 관대하고 술수 따윈 모르니,
수련검을 뜯어보지는 않을 것인즉,
스리슬쩍─혹은 약간의 속임수로─
농간 부려 끝이 날카로운 검으로 고의로 찔러
부친의 원한을 갚도록 해주겠다.

레어티즈   그러겠습니다. 그걸 위해 제 칼끝에
독약을 바를 겁니다. 실은 돌팔이 의사한테서
산 독약이 있는데, 너무나 치명적이라 칼을
잠깐 거기에 담근 뒤 그 칼로 피를 내면,
제아무리 용한 고약도, 달밤에 채취해 효력이

센 약초로 달였다 해도 죽음에서 구해낼
수 없습니다. 그 극약을 칼끝에 살짝
스치기만 해도 죽음입니다.

왕   그 일은 조금 더 신중히 생각해 보고,
우리의 역할에 맞는 편리한 시기와
방법을 저울질해 보자.
만에 하나 실수라도 해 음모가 탄로 날 경우
시도하지 않느니만 못하니까.
그래서 그 계획이 무산될 경우를 대비해
차선책을 강구해 놓아야 하는 거지. 잠깐, 어디 보자,
내가 둘의 기량에 공식 내기를 걸고—
이거야!
격렬하게 움직여 열나고 갈증 날 때—
그렇게 되게끔 맹렬히 찔러야겠지—
그가 마실 걸 찾으면, 이때다 하고 준비해 두었던
술잔에 입술을 대면, 독검의 일격을 우연히
피한다 해도 우리의 목적이 달성되는 거지.
그런데 웬 소동이냐?

왕비 등장

왕비   재앙이 꼬리에 꼬리를 물고
급박하게 몰아닥치는구나. 네 누이가

익사했다, 레어티즈.

레어티즈 익사해요? 오, 어디서요?

왕비 거울 같은 수면 위에 수양버들이

흰 잎 비추며 비스듬히 서 있는 냇가에서야.

오필리아는 미나리아재비, 쐐기풀, 들국화

그리고 입이 건 목동들이 상스러운 이름*으로 부르지만

얌전한 아가씨들은 '시체의 손가락'이라는

야생란과 엮어 기막힌 화환을 만들었지.

늘어진 버들가지에 풀꽃 화관을 걸려고 올라가다가

실가지가 짓궂게 부러지는 바람에 풀꽃 화관과 함께

네 누이는 흐느껴 우는 시냇물 속에 빠지고 말았다.

그녀의 옷자락이 활짝 펴져 잠시 인어처럼

물에 뜬 채 옛 찬송가 몇 구절을 불렀는데,

마치 자신의 위기에 무감각한 사람처럼,

아니, 물에서 태어나 자라는 생명체 같았다고 했어.

그러나 그것도 잠시, 옷자락이 물을 머금어

무거워지면서 가엾은 그 애의 노래는

물밑 진흙 속으로 빨려 들어가고 말았지.**

레어티즈 아, 가엾게도, 누이가 익사한 거군요.

---

* 상스러운 이름 : 난과 식물은 뿌리 윗부분이 고환처럼 생겼기 때문에 '개불알'과 같은 상스러운 명칭으로 불리기도 한다.

** 그러나~말았지 : 현대의 독자들은 거트루드가 오필리아의 익사 장면을 지켜보고도 왜 아무런 행동을 취하지 않았는지 의문이 들

왕비　익사라네, 익사했어.

레어티즈　가여운 오필리아, 넌 이제 물이 버거울 테니

　　내 눈물은 보태지 않으마. 하지만 인간이니,

　　울 수밖에. 민망함이야 잠시 접자,

　　본성이 지닌 습관을 버릴 수 없으니.　　　（눈물을 흘린다）

　　이 눈물 다하면 여자 같은 마음 사라지겠지.

　　──전하, 소신은 이만 물러갑니다.

　　하고 싶은 말이 불길같이 타려 하나

　　이런 바보 짓이 불을 꺼버립니다.　　　　　　（퇴장）

왕　뒤쫓아가 봅시다, 거트루드.

　　격분한 그를 진정시키느라 얼마나 힘들었는데,

　　이 일로 다시 격분할까 두렵소.

　　그리로 따라가 봅시다.　　　　　　　　　（모두 퇴장）

것이다. 그러나 셰익스피어는 사실주의 소설이 탄생하기 이전의
관객을 위하여 작품을 썼다. 따라서 오필리아의 죽음을 읊는 거
트루드의 대사는 인물의 성격과 상관없는 일반적인 설명을 하고
있다.

5막 1장
(묘지)

두 명의 광대 등장

광대 이 여자를 기독교식으로 장사 지낸다고?
  여자가 제멋대로 천당으로 내려갔는데도?

동료 그렇다고 했잖은가. 그러니 곧바로 그 여자 무덤을
  파게나. 검시관 나리가 자초지종을 조사하고 기독교식으
  로 매장하기로 결정 봤어.

광대 어찌 그럴 수가 있남? 그 여자는 자기를 방어하다가
  물에 빠져 죽은 게 아닌데 말씀이여?

동료 글쎄, 그렇게 정해졌다니까 그러네.

광대 그럼 정당 공격이 분명해. 다른 건 아니여. 내 말의 요
  점은 여차여차하거들랑. 만약에 내가 작정하고 물에 빠져
  죽었다, 그건 행동임을 입증하고, 이 행동에는 세 가지 가
  닥이 있단 말씀이지—그건 행하고, 동하고, 실행하는 것

이여. 그런 까닭에 그 여자는 알면서 빠져 죽은 거여.

동료 아니, 들어봐. 묘 파는 양반——

광대 내 말 좀 들어보라니까. 여기 물이 있어——좋았어. 여
긴 사람이 서 있고——좋았어. 만약 이 사람이 물을 향해
가서 스스로 몸을 던져 저승으로 갔다면, 그건 싫건 좋건
간에 자기가 간 거여. 그 점을 주목하게. 그러나 만약 물
이 이 사람에게 와서 덮쳐 죽였다면, 이 사람은 스스로 빠
져 죽은 게 아닌 거여. 그러니까, 자신의 죽음에 죄가 없
는 사람은 자기의 명 단축을 하지 않았다는 거여.

동료 법에 그렇게 되어 있다고?

광대 당연하지, 그렇고말고. 검시관의 검시법이지.

동료 이 일의 실상을 말해 줄까? 만약 이 여자가 귀족 가
문의 규수가 아니었다면, 기독교식으로 묻히진 못했을
거여.

광대 허, 그 말 한번 시원하네그려. 유감인 건 높으신 양반
들은 서민들보다는 좀더 편리하게 목매 죽거나 물에 빠
져 죽는단 말씀이여. 저, 삽 좀 주게. 유서 깊은 가문의 양
반치고 정원사, 도랑일꾼, 산역꾼 아닌 사람이 없지——그
들은 아담의 직업을 물려받았으니까. (땅을 판다)

동료 그 아담도 양반이었남?

광대 그야말로 수족을 거느린 최초의 양반이었지.

동료 웬걸. 그에겐 아무도 없었어.

광대 아니, 자넨 이교도란 말인가? 성경도 이해 못 하나?

성경에 가라사대, '아담이 땅을 팠다'라고 돼 있잖아. 그런데 수족 없이 어떻게 땅을 팔 수 있었겠나? 한 가지만 더 물어보겠네. 똑바로 대답 못 하겠거든 자백하시고.

동료 말혀봐.

광대 석공이나 조선공이나 목공보다 훨씬 튼튼한 물건을 만드는 사람이 누군 줄 아는가?

동료 교수대 만드는 사람이지. 왜냐하면 그놈의 틀은 목숨 수만 개를 해치워도 끄떡없으니까.

광대 자네 기지는 알아줘야 한다니까. 교수대라, 딱 맞는 말이네. 헌데 누구한테 딱 맞을까? 그야 잘못한 놈들에게 딱 맞지. 그렇다면 교수대를 성당보다 튼튼하게 지었다고 하는 자네는 나쁜 거여. 그런고로 자넨 교수형 감일지도 몰라. 자, 다시 해봐.

동료 석공이나 조선공이나 목수도 못 당하게 튼튼한 물건을 만드는 사람이 누구냐고?

광대 그래, 대답하고 푹 쉬지 그래.

동료 알았어, 이제 말할 수 있네.

광대 말해 보라니까.

동료 염병, 모르겠는걸.

광대 그 일로 그놈의 머리 더는 쥐어짜지 말라고. 미련한 당나귀 조진다고 걸음 빨라지는가? 이다음에 누가 그걸 물으면 우리 같은 '묘파기꾼'이라고 대답허게나. 우리가 지은 유택은 최후의 심판 날까지 끄떡없을 테니까. 자네요한네 주막에 가서 술이나 한 통 받아오게.

(동료 퇴장하고 광대 계속 땅을 판다)

(노래한다) "젊은 시절 사랑하고 사랑을 했네.

참으로 달디달다 생각했었지.

내 뜻대로 시간을——오, 오——보냈었다네.

사랑만큼 좋은 건——오——없다 여겼지."

그가 노래를 부르는 동안 햄릿과 호레이쇼 등장

햄릿 저자는 제가 하는 일에 무덤덤한가 보군.

무덤을 파면서도 노래를 부르는 걸 보면.

호레이쇼 습관이 되어 무덤덤해졌나 봅니다.

햄릿 하긴 그래, 쓰지 않는 손의 감각이 더 예민한 법이니.

광대 (노래한다) "하지만 도둑발로 다가온 노년,

억센 손으로 이 몸을 움켜쥐고는

땅 속 깊이 내동댕이치니

청춘이 언제였던가, 세월만 덧없네."

(해골을 던진다)

햄릿 저 해골도 한때는 혀가 있어 노래를 불렀겠지. 저 녀
석이 해골을 땅바닥에 내동댕이치는 것 좀 봐. 마치 인류
최초의 살인자 카인의 턱뼈라도 다루는 것처럼. 지금 저
바보가 호령하는 저건 모사꾼의 머리통일지도 몰라. 하느
님까지 따돌리려 했던. 안 그런가?

호레이쇼   그럴지도 모르죠, 저하.

햄릿   어쩌면 '나리, 밤새 안녕하셨사옵니까?' 하고 아첨 떨었던 궁중 귀족이었을지도 모르지. 아니면 아무개 나리의 말이 탐나 그걸 달라고 할 심산으로 그 나리에게 알랑방귀 뀐 궁정 중신일 수도 있고. 안 그런가?

호레이쇼   예, 저하.

햄릿   허, 그렇지. 하지만 지금은 턱뼈도 날아가 버리고 구더기 마님의 밥이 되어 묘파기꾼들의 삽에 머리통을 얻어맞고 있군. 알아볼 재주가 있다면 돌고 도는 세상 이치가 한눈에 보이겠구먼. 저 뼈다귀를 키우기 위해 들인 노고가 겨우 저걸 던지며 노는 노리갯감밖에 안 된다고? 생각하니 뼈가 쑤셔오는군.

광대   (노래) "곡괭이에 삽 한 자루, 삽 한 자루에
              수의 삼아 덮을 헝겊 한 장 보태면
              땅 파 진흙으로 구덩이 만들면
              손님 맞기엔 안성맞춤이지."

                                                    (또 하나의 해골을 던진다)

햄릿   저기 또 하나. 아니, 이번 것은 어느 변호사의 해골일 수도 있잖은가? 그의 고상한 궤변과 요설, 여러 사건이며 소유권 소송을 다루던 잔재주는 어디로 갔단 말인가? 왜 저 친구는 망나니가 삽으로 골통을 갈겨도 녀석을 폭행죄로 고소하겠다는 말도 못 할까. 흠, 저 사람은 한창때 토지담보증서, 차용증서, 최종합의소송, 이중 증인 소환,

토지반환소송 따위를 남발하며 땅깨나 쟁여놨을지 몰라. 담보물로 가득하던 그 머릿속이 고운 흙먼지로 가득 찼으니, 이게 그의 최종합의소송의 최종 결과요, 양도 반환소송으로 얻은 반환물인가? 증인들이 그의 토지 매입을 증언하고 또 이중증언까지 한 결과가 기껏 가로세로 계약서 한 장 크기밖에 안 된단 말인가? 저 관 속은 자기 땅의 땅문서만으로 차고 넘칠 판이니, 정작 토지 매수자는 이것밖에 못 갖는다는 건가?

호레이쇼 한 치도 더는 안 됩니다, 저하.

햄릿 양피지는 양가죽으로 만드는 게 아닌가?

호레이쇼 예, 저하. 송아지 가죽으로도 만듭니다.

햄릿 하긴 거기에서 소유권을 찾는 자들은 양이나 송아지나 다름없지. 어디, 이 친구에게 말 좀 걸어볼까.──여봐라, 누구의 무덤인가?

광대 제 겁니다요, 나리.

(노래한다) "땅 파서 진흙으로 구덩이 만들어."──

햄릿 정말 네 것이구나. 네가 안에 들어가 있으니.

광대 나리는 밖에 서 계시니, 분명 나리 것은 아닙죠. 소인이야 이 속에 눕지는 않았지만, 제 것입죠.

햄릿 그 안에 있으면서 네 무덤이라니, 넌 진정 거기에 누운 거야. 그렇지만 이 무덤은 산 사람 것이 아니고 죽은 자를 위한 게 아니냐. 고로 네 말은 거짓이야.

광대 그건 살아 있는 거짓말입니다, 나리. 자, 나리, 제 말을 받으세요.

햄릿　어떤 사내 무덤을 파느냐?

광대　사내 것이 아닙니다, 나리.

햄릿　그럼, 여자인가?

광대　여자도 아닙니다.

햄릿　그 안에 누구를 묻을 것이냐?

광대　여자였습니다, 나리. 하지만 혼백이 되었습니다.

햄릿　얼마나 까다로운 녀석인가! 정신 차리고 말해야지 허투루 했다가는 본전도 못 찾겠네. 정말이지 호레이쇼, 지난 삼 년 동안 유심히 지켜봤는데 세상이 얼마나 변했는지, 농사꾼 발가락 끝이 귀족 발뒤꿈치에 바싹 따라붙었다니까.──그래, 네가 묘파기꾼으로 일한 지 얼마나 되느냐?

광대　일 년 열두 달 많고 많은 날 중 제가 이 일을 시작한 날은 돌아가신 햄릿 왕께서 포틴브라스 군대를 무찌르던 날이었습죠.

햄릿　그게 얼마나 됐느냐?

광대　그걸 모르세요? 바보도 다 아는데. 바로 햄릿 저하께서 태어나신 날입죠.*──미쳐서 영국으로 추방된 그분 말

---

* 햄릿~날입죠 : 광대는 뒤에 자신이 묘파기꾼 노릇을 한 지 삼십 년이 되었다고 말한다. 따라서 독자는 햄릿의 나이가 서른이라는 사실을 알 수 있다.

입니다.

햄릿 응, 그렇구나. 왜 영국으로 추방됐느냐?

광대 그야 미쳤으니까요. 거기 가면 정신을 차릴 겁니다 요. 설사 병이 낫지 않는다고 해도 거기서야 무슨 상관이 있겠습니까?

햄릿 어째서인가?

광대 그곳 사람들 눈에는 안 뜨일 테니까요. 거기 사는 사 람들은 다들 그분만큼 미쳤으니까요.

햄릿 그가 어쩌다 미쳤다던가?

광대 참 이상하게 미쳤다고들 합디다.

햄릿 어떻게 이상하다던가?

광대 글쎄, 정신을 잃어버렸기 때문입죠.

햄릿 그걸 어디에 뒀는데?

광대 글쎄, 이 덴마크 땅이겠죠. 저는 이곳에서 30년 동안 교회 머슴살이를 하기 때문에 잘 알지요.

햄릿 사람이 무덤 속에서 얼마나 지나면 썩나?

광대 죽기 전에 썩지 않았으면—요즘은 내려놓을 겨를도 없이 썩어 문드러지는 매독 걸린 송장이 많거든요—한 팔구 년쯤은 갑니다요. 가죽장사는 구 년까지 갑죠.

햄릿 어째서 다른 사람보다 더 오래 가나?

광대 글쎄요, 나리. 그게 직업이다 보니 살가죽이 반질반질 해져 물기가 스며들지 않기 때문이죠. 우라질 물이란 건 독하게 시체를 썩게 한다니까요. 이 해골바가지는 이십

년하고도 삼 년을 땅속에 있었습지요.

햄릿 누구의 것이냐?

광대 빌어먹을 미친 녀석의 것이외다. 누구일 것 같습
니까?

햄릿 글쎄, 내가 어찌 알겠나.

광대 이 미친 새끼, 염병에나 걸려라! 이 자식이 언젠가 내
머리에다 포도주를 병째 부었습죠. 이 해골은 나리, 바로
왕의 어릿광대 요릭입니다.

햄릿 이게?   (해골을 집는다)

광대 틀림없다니까요.

햄릿 어디 보자……. 오, 가련한 요릭! 이자를 내 안다네.
호레이쇼. 이자는 끝없는 익살에, 탁월한 상상력의 소유
자였네. 날 수천 번은 등에 업고 다녔는데―지금 그걸
생각하니 소름이 돋는구먼. 구역질이 나려 해. 내가 수없
이 입맞춤했던 입술은 여기쯤이겠군. 그대의 그 야유, 그
익살, 그 노래, 반짝이던 재담은 어디로 갔는가? 좌중을
뒤집어놓곤 했었지. 지금은 이빨 드러낸 그대를 놀려줄
이 아무도 없는가? 턱이 아예 빠져버렸나? 그 면상으로
마님 내실로 달려가 전하지 그래. 화장을 아무리 두껍게
해도 이 꼴이라고 말이네.―여보게, 호레이쇼, 한 가지
만 말해 보게.

호레이쇼 무얼 말입니까, 저하.

햄릿 알렉산더 대왕도 흙 속에선 이런 꼴이 되었을까?

호레이쇼 물론이지요.

햄릿 이렇게 썩은 악취도 풍기고? 퉤!   (해골을 놓는다)

호레이쇼 그렇겠지요, 저하.

햄릿 우린 죽어 얼마나 천한 쓰임새가 되는가, 호레이쇼! 상상으로 추적해 보면 알렉산더 대왕의 고귀한 유골도 결국 술통 마개가 되었을 수 있지 않겠나?

호레이쇼 그렇게까지 생각하는 건 지나치게 기발합니다.

햄릿 아니야, 정말 아니야. 충분히 합리적으로, 개연성을 상상력의 길잡이 삼아 따라가다 보면 거기까지 갈 수 있네. 알렉산더는 죽었다, 알렉산더는 묻혔다, 알렉산더는 티끌로 돌아갔다, 티끌은 흙이고, 그 흙으로 회반죽을 만든다면 그의 변신인 회반죽으로 술통 마개를 왜 못 만들겠나?

천하의 시저도 죽어 흙으로 돌아가면

바람구멍을 막을 수 있지.

오, 천하를 호령하던 그 흙덩어리 몸뚱이가

설한풍이나 막게 되다니!

허나 잠깐, 잠깐, 왕과 왕비와 조신들이 오는군.

관을 멘 사람들, 사제, 왕, 왕비, 레어티즈 및 조신들 등장

누구 장례식일까?

이렇게 조촐한 의례를?

보아하니 이건 저들이 따르는 저 시신이

될 대로 되라며 난폭하게 목숨을 끊었음을 의미해.

지위는 상당했을 것 같은데.

잠시 숨어서 지켜보자고.

레어티즈 의식이 더는 없소?

햄릿 저건 레어티즈네. 대단한 귀공자야. 잘 보라고.

레어티즈 의식이 더는 없소?

사제 이 여자의 장례는 인가받은 한도에서 최고로

치렀소. 사인이 의심스러웠으나 왕명으로 관례를 깼기에

망정이지, 그렇지 않았다면 고인은 축성 없이

땅속에 머물며 최후의 나팔소리를 기다렸을

것이오. 자비의 기도 대신 사금파리,

부싯돌, 돌멩이를 맞았겠지요.

하지만 그녀는 처녀의 격에 어울리는

화환과 조화, 조종까지 울려서

정중히 유택에 묻히는 의례가 허용되었소.

레어티즈 더는 안 된다는 거요?

사제 더는 안 됩니다.

평화롭게 세상을 떠난 영혼처럼

엄숙한 진혼가를 부른다면

장의 예배를 모독하는 일입니다.

레어티즈 이 아이를 묻어라.

이 곱고 정결한 아이의 몸에서

오랑캐꽃이 피리라. 무정한 사제여,

당신이 지옥에서 울부짖고 있을 때

내 누이는 구원의 천사 되어 있으리.

햄릿 뭐라고, 아름다운 오필리아가!

왕비 (꽃을 뿌리면서) 꽃 위의 꽃이로구나! 잘 가거라.

난 네가 햄릿의 색시였으면 했다.

신방을 꾸며 주려던 꽃을

무덤에 뿌릴 줄이야.

레어티즈 오, 세 곱의 재앙아,

저주받을 그 대가리에 서른 곱으로 쏟아져라.

사악한 짓 저질러 네 빼어난 총기 앗아간

그 대가리에──잠깐만, 그 흙 끼얹지 마라.

한 번만 더 내 품에 안아보자.   (무덤 속으로 뛰어든다)

자, 이제 그 흙을 산 자, 죽은 자 모두에게 쌓아

평지가 산이 되어 그 옛날의 펠리온산,* 아니

하늘을 찌를 듯한 푸른 올림포스산 정상보다

더 높이 쌓아 올려라.

햄릿 누구냐, 비통한 심정을 저리도

극성스럽게 표하는 자가. 슬픔의 수사법에

---

* 펠리온산 : 그리스 신화에서 신들과 전쟁을 벌이던 거인들이 신들
  의 거처인 올림포스산을 공략하기 위해 올림포스 남쪽 오사산 위
  에 덧쌓아 올린 산이다.

배회하는 별들조차 홀려, 경탄하며

멈춰 서 듣게 하겠구나. 여기, 나요.

덴마크 사람, 햄릿.

레어티즈 (그를 붙잡으며) 이 악귀가 물어갈 놈아!

햄릿 기도치곤 좋지 않아.

부탁이다, 내 목에서 네 손가락을 치워라.

비록 내가 성마르거나 무모하지는 않지만,

내 몸엔 위험한 무엇이 도사리고 있다.

지혜롭게 굴어야지. 손을 놓아라.

왕 저 둘을 뜯어말려라.

왕비 햄릿! 햄릿!

모두 자, 두 분.

호레이쇼 저하, 진정하십시오.

햄릿 아니야, 이 문제로 내 저자와 한판 붙어야겠다.

눈꺼풀 깜박일 힘이 다할 때까지.

왕비 오, 아들아, 무슨 문제냐?

햄릿 난 오필리아를 사랑했다. 사만의 오라비

사랑을 모조리 합쳐서 덤벼도 내 사랑에는

못 당할 것이다. 넌 그녀를 위해 뭘 할 테냐?

왕 오, 그는 미쳤다, 레어티즈.

왕비 제발 그 애를 내버려두게.

햄릿 제기랄, 뭘 할 수 있는지 보여봐.

울 테냐, 싸울 테냐, 굶을 테냐, 네 몸을 찢을 테냐.

식초라도 마실 테냐, 악어라도 뜯어먹을 테냐?

나도 그러겠다. 하소연하려고 왔어?

무덤 속으로 뛰어들어 날 면목 없이 만들려 왔어?

산 채로 묻히고 싶다면 나도 그러지.

산이 어쩌고 떠벌리는데, 우리 위에

수억 톤의 흙을 덮으라고 해.

이 흙덩이의 꼭대기가 태양에 그을릴 만큼 높고,

오사산의 봉우리가 사마귀처럼 보일 때까지.

그래, 네가 큰소리쳤는데, 나도 너 못지않다.

울부짖을 수 있다고.

왕비　이건 순전히 광기일 뿐이야.

잠시 저렇게 격해지다가 금방

암비둘기가 금빛 병아리 한 쌍을 까놓을 때처럼

조용히 풀죽어 있을 것이네.

햄릿　내 말 좀 들어봐.

어째서 내게 이런 대접을 하는 건가?

난 항상 널 좋아했어. 허나 상관없다.

천하장사 헤라클레스가 무슨 짓을 하든,

고양이는 야옹거리고, 개는 멋대로 짖는 법.　　　(퇴장)

왕　부탁이다, 호레이쇼. 그를 다독여라.　　(호레이쇼 퇴장)

(레어티즈에게)──간밤에 했던 말 명심하고 좀 침착해라.

내 조속히 그 일을 결행할 것이다.

──여보, 거트루드, 아들을 감시해야겠소.

이 무덤에 살아 있는 기념비*를 세우리라.

머잖아 우리는 평온을 찾을 것이고,

그때까지는 신중히 일을 진행할 것이오.　　　(모두 퇴장)

5막 2장
(궁정 안)

햄릿과 호레이쇼 등장

햄릿　그건 이쯤하고, 다른 얘길 들어보게.

　자넨 모든 정황을 분명히 기억하겠지?

호레이쇼　물론입니다, 저하!

햄릿　마음속에서 일어나는 모종의 싸움으로

　난 잠을 못 이뤘네. 생각하니 내 신세가

　족쇄를 찬 폭도만도 못하다고 생각했지. 성급히

　──때로는 성급한 행동이 칭찬받을 일이라네.

　왜냐하면 심사숙고한 계획이 수포가 될 땐

　무모함이 상책이라는 걸 명심하게 되니까.

　그래서 배우게 되지. 일은 우리가 벌이지만

---

* 살아 있는 기념비 : 불멸의 기념비란 뜻과 아울러, 살아 있는 햄릿
이 희생물이 될 것이라는 암시도 있다.

마무리하는 것은 신의 섭리라는 것을.*

호레이쇼　그건 분명합니다.

햄릿　선실에서 일어나 선원복을 대충 걸치고

　　그들을 찾아 어둠 속을 더듬다가

　　그들**의 짐꾸러미에서 원하는 걸 쓱싹해

　　내 방으로 돌아왔다네. 두려움에 싸인 나는

　　법도도 잊은 채 대담하게 국서의 봉인을 뜯어보았네.

　　거기에 담긴 건 호레이쇼—

　　오, 간악한 왕의 흉계! —단호한 명령이었네.

　　덴마크 및 영국 왕의 만수무강 어쩌고 하는

　　잡다한 사설을 늘어놓더니,

　　호오! 날 살려두면 악귀며 도깨비가 날뛰어

　　위험하다는 이유를 덕지덕지 발라대다, 국서를

　　보는 즉시 지체 없이, 아니 도끼날을 세울

　　것도 없이, 내 목을 치라는 엄명이었네.

호레이쇼　그럴 수가!

햄릿　이게 지령이네. 짬이 나면 읽어보게.

　　헌데 내가 어떻게 대처했는지 들어보겠나?

호레이쇼　간청드립니다.

---

* 일은~것을 : 우리 인간이 돌이나 나무를 깎아 형체를 만들듯이 우
　리가 목적하는 바를 아무리 엉성하게 다듬는다 해도 결국은 하느
　님의 뜻에 따라 완성된다는 의미.
** 그들 : 로젠크란츠와 길든스턴.

햄릿 그처럼 꼼짝없이 덫에 걸렸을 때—

내가 각본을 짜기도 전에 내 머릿속은

이미 연극을 시작했더군— 난 앉아서

새 지령을 구상해서 반듯하게 그걸 썼지.—

나도 한때는 이 나라 정객들처럼

반듯한 정체를 천히 여겨*

익힌 걸 잊어버리려고 애쓴 적도 있었네만

그것이 대단히 도움이 되었네.

어떤 내용인지 알고 싶은가?

호레이쇼 물론입니다, 저하.

햄릿 왕이 보내는 간곡한 청이라고 한 뒤

영국은 우리의 충실한 속국이므로,

양국 간의 유대가 종려나무처럼 번창하길 원하니

평화가 늘 풍요의 화관을 쓰고,

양국의 친목에 징검다리가 되어야 한다는 둥

그 비슷한 의미심장한 말을 쭉 늘어놓은 다음,

이 내용물을 이해한 즉시, 논의의 여지없이

이 글을 지참한 자들에게 참회할 틈도 주지 말고

급히 처형하라고 썼네.

---

* 반듯한 정체를 천히 여겨 : 흔히 공문서 등에 쓰이는 정자체는 신
  분이 낮은 서기들이 부리는 재간이라 하여 경시되는 경향이 있
  었다.

호레이쇼 봉인은 어떻게?

햄릿 글쎄, 그것도 하늘이 보살폈네.

마침 선왕의 옥새가 내 지갑 속에 있었네.

지금 왕의 옥새는 그걸 본뜬 걸세.

나는 그 서찰을 국서와 똑같은 모습으로 접은 뒤

서명하고 옥새를 눌러 감쪽같이 갖다 놓았네.

확실히 바꿔치기한 거지. 그다음 날,

해적의 습격을 받았고, 그 이후에 일어난

일은 자네도 이미 알고 있는 바네.

호레이쇼 그럼 길든스턴과 로젠크란츠는 가버렸군요.

햄릿 그거야 그 친구들이 자청한 걸세.

나는 전혀 양심에 거리낄 게 없네. 그들의 파멸은

스스로가 참견해 일어난 자업자득이니까.

하찮은 놈이 막강한 적수들의 분기탱천한

칼부림에 끼어드는 건 위험한 일이지.

호레이쇼 허, 그따위 왕이 있다니!

햄릿 자네가 생각해도 이것이 내 임무 아닌가—

내 아버지를 살해하고, 어머니를 농락했으며,

내가 희망했던 국왕 선출권에 불쑥 끼어들고,

내 목숨을 노리고 그따위 속임수로 낚시를

던졌으니—이 손으로 처리한 건 양심에 충실히

따랐다고 할 수 있겠지?

게다가 이런 암적인 존재가 몹쓸 짓을 계속

하도록 내버려둔다면 저주받을 죄악 아닌가?

호레이쇼 그쪽 일*이 어떻게 마무리되었는지

영국에서 왕에게 곧 보고할 것입니다.

햄릿 곧 하겠지. 그때까지 시간은 내 편이네.

어차피 삶이란 '하나'를 셈하는 것보다 길지 않아.

한데 호레이쇼, 내가 이성을 잃고

레어티즈를 대했던 건 정말 유감이네.

내 처지에 비춰봐도 그 심정 아니까.

용서를 구하겠네. 한데 요란하게 토해내는

탄식을 듣다 보니 울화통이 치밀지 뭔가.

호레이쇼 잠깐만요, 저기 오는 게 누구지요?

조신 오즈릭 등장

오즈릭 저하의 덴마크 귀국을 진심으로 환영합니다.

햄릿 참으로 고맙소.──자네, 이 똥파리를 아나?

호레이쇼 모릅니다, 저하.

햄릿 그건 축복받은 거네. 저놈을 안다는 게 죄가 되니까.

저놈은 비옥한 땅을 제법 가졌어. 가축 수만 많으면 제 여

물통을 왕의 식탁에 올려놓을 수 있지. 저 녀석은 말이네,

수다스러운 촌놈이지만, 소유한 흙은 엄청나다네.

---

* 그쪽 일 : 로젠크란츠와 길든스턴의 죽음.

오즈릭   저하, 저하께서 한가로우시다면 주상 전하의 말씀을 전할까 하옵니다.

햄릿   들어주지. 정신을 바짝 차리고 말이오.

모자는 용도에 맞게 쓰시오. 그건 머리 위에 얹어놓는 거 잖소.

오즈릭   감사합니다, 저하. 하도 더워서요.

햄릿   아니, 몹시 추운걸. 북풍이 불고 있잖소.

오즈릭   사실은 꽤 춥군요, 저하.

햄릿   아니, 난 체질 탓인지 후텁지근하니 덥구려.

오즈릭   굉장히 후텁지근하군요. 저하——예컨대——이걸 뭐라고 말씀드려야 할지 모르겠습니다. 저하, 주상께서 저하 쪽에 큰 내기를 걸었으니 통보드리라는 분부이십니다. 그 내용인즉슨······.

햄릿   (모자를 쓰라고 손짓하며) 부탁하건대 잊지 마시고——

오즈릭   아닙니다, 저하. 제게는 진정 이것이 편합니다. 저, 최근 레어티즈 공이 궁으로 돌아왔는데——한마디로 그는 완벽한 신사에다, 아주 빼어난 자질을 두루 갖추었으며, 깍듯한 예의범절에 매우 온유하시고 풍채도 당당합니다. 사실 좀 더 실감나게 평하자면 신사도의 모범, 또는 전형입니다. 왜냐하면 신사의 소양을 모조리 갖춘 대륙 같은 존재니까요.

햄릿   이보게, 공은 빠뜨린 것 없이 그를 설명했소. 물론 그의 장점을 재고 조사하듯 낱낱이 들여다보려면 산술 능

력에 혼란이 올 거요. 그래 봐야 그의 쾌속선을 따라잡기
는커녕 항로 이탈이 고작이니. 그러나 사실대로 격찬하자
면, 그는 최상품에 희귀한 품질을 지녀, 참된 언어로 표현
하자면 그와 닮은 자는 눈앞의 거울일 것이고, 그의 뒤를
밟을 자는 그의 그림자밖에 없을 것이오.

오즈릭 저하 말씀에 전혀 오류가 없습니다.

햄릿 무슨 취지요? 우리가 왜 이 신사를 우리같이 조잡한
입에 오르내리게 해야 하는지요?

오즈릭 예?

호레이쇼 좀 쉬운 말로 그를 이해시킬 순 없을까요?
쉽게 설명하는 게 나을 겁니다.

햄릿 그 양반을 거명하는 저의가 뭐요?

오즈릭 레어티즈 공 말씀인가요?

호레이쇼 저 양반의 말주머니가 비었어요. 황금 언어를 모
조리 써버렸나 봅니다.

햄릿 그렇네.

오즈릭 저하께서 모르시진 않으리라고 아옵니다만—

햄릿 자네가 알아준다면 좋지. 허나 그렇다 한들 대단한
자랑거리는 못 되네. 그래서?

오즈릭 레어티즈 공이 얼마나 출중한지 저하께서 모르지
는 않으실 줄—

햄릿 그걸 어찌 감히 안다고 하겠소. 그 양반의 출중한 실
력과 겨루는 격이 될 테니. 허나 다른 사람을 잘 알려면

저 자신부터 알아야 해.

오즈릭 그 사람의 무예 말씀입니다, 저하. 아무튼 사람들의 평가에 의하면 그분은 무적입니다.

햄릿 무슨 검을 다루는가?

오즈릭 세장검과 단검입니다.

햄릿 흠, 그의 무기가 두 가지라. 그래서?──

오즈릭 저하, 주상께서는 그와의 내기에 바바리산 말* 여섯 필을 거시고, 거기에 맞서 그는 프랑스제 세장검과 단검 각 여섯 자루, 혁대와, 검고리 등 부속품 일체를 거셨습니다. 그중에서도 수송틀 세 개는 알뜰하게 취향을 살려 칼자루와도 썩 어울리는 것으로 아름답고 정교하게 세공되었다고 합니다.

햄릿 대체 수송틀이라는 건 무얼 말하는가?

호레이쇼 주석을 붙이지 않고는 저 사람의 말을 이해할 수 없을 겁니다.

오즈릭 수송틀이란 저하, 칼걸이를 말합니다.

햄릿 허리춤에 대포라도 차고 운반한다면 그 말이 대상에 부합하겠네.──그때까지는 그냥 '칼걸이' 정도로 해 두시게. 그건 그렇고, 바바리산 말 여섯 필에 대해 프랑스제 검 여섯 자루와 부속품 및 의장도 교묘한 칼걸이 세 개라──이건 그야말로 덴마크식 대 프랑스식 내기로군. 왜

---

* 바바리산 말 : 당시 높게 평가되었던 아라비아의 말이다.

이런 걸 공의 말마따나——잡힌 건가?

오즈릭 주상께서는 저하가 레어티즈와 십이 회전을 싸울 경우, 레어티즈 경이 저하를 석 점 이상 이기지 못할 것이라는 데 거셨습니다. 레어티즈 경은 십이 대 구로 이기는 데 거셨습니다. 저하께서 응하시겠다면 시합은 곧 시작됩니다.

햄릿 내가 못 하겠다고 하면 어떻게 성사돼?*

오즈릭 저하, 제 말은, 몸소 시합에 대적해 주십사 하는 것입니다.

햄릿 보시오. 나는 여기 복도 안을 걷고 있겠소. 전하의 뜻이 그렇다면 마침 지금이 내 연습 시간이니 수련검을 가져오시오. 그 신사분이 원하고, 전하의 의향도 그러하다니 전하를 위해 이기도록 해보겠소. 만일 시합에 지더라도 창피나 좀 당하고, 몇 대 얻어맞으면 그뿐이겠지.

오즈릭 그대로 전달해 올릴까요?

햄릿 그런 취지로 전하게나. 미사여구야 공이 원하는 대로 장식해서 말이오.

오즈릭 저하의 충복 되길 청하며 물러가겠습니다.

햄릿 소자가 그대 충복 되길.　　　　　　(오즈릭 퇴장)

자기 스스로 청하는 건 잘하는 걸세. 저자를 위해 청을 넣어줄 사람은 아무도 없을 테니 말이네.

---

* 내가~성사돼 : 여기서 햄릿은 오즈릭의 제의를 오해하는 척한다.

호레이쇼 저 댕기물떼새*가 알껍데기를 뒤집어쓴 채 도망
가고 있습니다.

햄릿 저 친구는 분명 젖을 빨기 전에 젖꼭지에 인사부터
했을 친구야. 아니 저자는——조잡한 이 시대 사람들이 넋
을 놓고 섬기는 저런 새대가리를 내 여럿 알지——유행 따
라 말본새나 익히고, 습관적으로 사교판을 들락거리며 얻
어들은 거품 같은 미사여구를 주워 모은 덕분에, 엄선되
고 정선된 의견들 사이를 요리조리 잘도 뚫고 다니지. 한
번 시험 삼아 불어보기만 해도 저런 부풀린 교양은 훅 날
아가 버릴 것이네.

귀족 한 사람 등장

귀족 저하, 폐하께서 젊은 오즈릭을 통해 전갈을 보내셨
고, 그가 돌아와 저하가 복도에서 기다리신다 했습니다.
폐하께서는 저를 보내시어 저하께서 레어티즈 공과 시합
을 하실 의향이 있으신지 아니면 잠시 연기하실 것인지
알아보라고 하셨습니다.

햄릿 내 의향 변함없으니 주상의 뜻을 따르겠소. 주상께서

---

* 댕기물떼새 : 댕기물떼새는 특이하게도 알에서 깨어난 지 채 몇
시간도 지나지 않아 둥지 밖으로 나간다고 한다. 댕기물떼새처럼
알껍데기를 뒤집어쓴 채 도망간다는 것은 설익은 젊은이의 전형
을 의미한다.

문제가 없으시다면 난 준비가 되었소. 단, 지금이든 어느 때든 내 몸이 지금처럼 거뜬하다면.

귀족 폐하와 왕비, 그 밖의 많은 분이 오십니다.

햄릿 잘됐군그래.

귀족 왕비께서는 시합 전에 레어티즈 경께 화해를 청하라는 분부가 있었습니다.

햄릿 마땅한 충고요.   (귀족 퇴장)

호레이쇼 저하, 질 것 같습니다.

햄릿 난 그렇게 생각지 않아. 그가 프랑스로 간 이후 줄곧 연습해왔으니까. 더구나 석 점 접어줬으니 이기겠지. 자넨 내 이곳 심장 부근에서 얼마나 불길한 느낌을 보내는지 이해 못 할 걸세. 허나 그건 상관없어.

호레이쇼 하지만 저하.

햄릿 어리석은 생각이네. 여자들이라면 신경 쓸지 모를 그런 종류의 걱정거리 아닌가.

호레이쇼 조금이라도 마음에 걸리면 하지 마십시오. 제가 가서 일행의 행차를 막고, 저하께서 준비가 안 됐다고 하겠습니다.

햄릿 그럴 필요 전혀 없네. 전조 따위는 난 무시해. 참새 한 마리가 떨어져 죽는 데도 각별한 섭리가 있는 법. 죽음이 지금 오면 장차 오지 않을 것이고, 장차 오지 않을 것이면 지금이 그때일 것이네. 때가 지금이 아닐지라도 오기는 할 것이니, 마음의 준비가 최고지. 누구도 자기가 무얼 남

기고 떠날지 모르니, 일찍 떠난들 무슨 상관이겠나? 섭리
에 맡길밖에.

탁자가 준비되어 있고, 나팔수, 고수, 등받이 쿠션을 든 관리
들이 보인다. 왕과 왕비, 레어티즈, 오즈릭, 그 밖에 수련검과
단검을 든 시종들 등장

왕　자, 햄릿, 와서 이 손을 잡아라.

　　　　　　　　　　　　(레어티즈의 손을 햄릿 손에 쥐여준다)

햄릿　여보게, 날 용서해 주게. 내 자네에게 무례했네.

　　허나 자넨 신사니, 신사답게 용서해 주게.

　　내가 심한 광기로 어떻게 벌을 받는지

　　여기 계시는 분들도 알고, 자네도 필시 들었겠지.

　　내가 한 짓, 자네의 효성과 명예와 결기를 거칠게

　　일깨웠으리라 짐작하네, 내 여기서 공언하건대

　　그건 광증 탓이네. 햄릿이 레어티즈에게 잘못을 해?

　　그것은 절대 햄릿이 한 게 아니네.

　　햄릿이 자기 자신에게서 떨어져 나가

　　그가 아닐 때 레어티즈에게 잘못했다면,

　　그건 햄릿의 소행이 아니네. 햄릿은 그걸 인정 못 하네.

　　그럼, 누구의 소행일까? 그의 광기의 소행이네.

　　따지고 보면 햄릿도 그 피해자라네.

　　그의 광기는 햄릿의 적이네. 자, 여러분 앞에서

내 악행이 의도된 것이 아니었음을 밝히니

관대한 마음으로 나를 풀어 놓아 주게.

내가 지붕 너머로 쏜 화살이 어쩌다

자기 형제를 다치게 했다고 생각해 주게.

레어티즈 이런 경우 복수심을 가장 자극하는 건 효성인데,

그 말을 들으니 제 마음이 풀렸습니다.

허나 명예에 관해서만큼은 타협할 수가 없습니다.

화해도 않겠습니다. 몇몇 덕망 높으신

원로들께서 화해해도 제 이름이 욕되지 않는다는

전례에 입각한 유권 해석을 주시지 않는 한.

그러니 그때까지는 호의를 호의로 받아들일 뿐,

그 뜻을 욕되게 하지는 않겠습니다.

햄릿 그 제안 기꺼이 받아들이겠네.

그럼 이 형제간의 시합을 맘 편히 겨뤄보세.──

자, 수련검을 가져오너라.

레어티즈 자, 나도 하나.

햄릿 레어티즈, 내 자네를 빛내주겠네.

무딘 내 솜씨는 자네 실력을

어두운 밤의 별처럼 타오르게 할 것이네.

레어티즈 놀리시는군요.

햄릿 아냐, 이 손에 맹세코.

왕 두 사람에게 수련검을 주어라, 오즈릭.

조카 햄릿은 내기라는 걸 알고 있느냐?

햄릿 알고 있습니다, 전하.

전하께서 약한 쪽에 점수 차를 주셨더군요.

왕 걱정은 안 해. 너희 둘을 봐 왔으니까.

다만 저편이 낫다고 하니 조금 점수 차를 주었을 뿐이다.

레어티즈 이건 너무 무겁군. 다른 걸 좀 봅시다.

햄릿 난 좋은걸. 이 검들의 길이는 같겠지?

오즈릭 예, 저하.   (두 사람이 시합 준비를 한다)

하인들이 포도주병과 잔을 들고 등장

왕 포도주 잔을 저 탁자 위에 올려놓아라.

햄릿이 일회전이나 이회전에서 득점하면,

혹은 삼회전에서 만회하면,

흉벽에서 일제히 축포를 터뜨려라.

국왕은 햄릿의 분발을 위해 건배할 터인즉,

잔 속에는 덴마크 역대 네 왕의 왕관에 박힌 것보다

더 값비싼 합진주*를 떨어뜨리겠다. ──잔을 내게 다오.

──그리고 고수는 북을 쳐서 나팔수에게 알리고,

나팔수는 밖에 있는 포수에게 알리고,

또 대포는 온 하늘에, 하늘은 땅에 고하라.

'국왕이 햄릿을 위해 건배한다.'

---

* 합진주 : 원문은 Union이다. 왕관에 박을 만큼 큰 진주를 말한다.

자, 시작하라. 심판들은 한눈팔지 말고

똑바로 지켜보도록.

햄릿 자, 덤벼라.

레어티즈 자, 덤비세요.   (두 사람 겨룬다)

햄릿 한 점.

레어티즈 아닙니다.

햄릿 판정은?

오즈릭 한 점, 정통으로 한 점 맞혔습니다.

레어티즈 자, 다시.

왕 잠깐, 술을 다오. 햄릿, 이 진주는 네 몫이다.

여기, 네 건강을 위해.

                    (북소리, 나팔소리에 이어 축포가 울린다)

왕자에게 잔을 주어라.

햄릿 이 회전을 치르고 나서요. 잠시 거기 두시지요.

덤벼라.   (이 회전이 시작된다)

또 한 점. 아니냐?

레어티즈 솔직히 인정합니다.

왕 우리 아들이 이길 것 같군.

왕비 땀투성이에 숨이 가빠 보여요.

자, 햄릿, 내 손수건을 받아 이마를 닦아라.

네 행운을 빌며 마시겠다, 햄릿.

햄릿 고맙습니다.

왕 거트루드, 마시면 안 되오.

왕비　마실 겁니다, 전하. 미안합니다.

　　　　　　　　　　　　　(술을 마시고 잔을 햄릿에게 건넨다)

왕　(방백) 독이 든 잔인데, 너무 늦었다.

햄릿　아직 안 마시렵니다, 마마──잠시 후에.

왕비　자, 네 얼굴을 닦아주마.

레어티즈　전하, 이제 그를 찌를 겁니다.

왕　그리 될까?

레어티즈　(방백) 한데 정말 양심에 찔린다.

햄릿　삼회전이다, 레어티즈. 놀리는 거냐.

　부탁이니, 최대한 세게 찔러봐.

　나를 애송이 취급할까 염려돼.

레어티즈　그래요? 덤비세요.　　　　　(두 사람 경기한다)

오즈릭　양쪽 무득점.

레어티즈　이제 받아라.　　　　　　　(레어티즈가 햄릿에게

　　　　　　　상처를 입히고, 난투 중 그들은 서로 칼을 바꿔 쥔다)

왕　뜯어말려라. 너무 흥분했다.

햄릿　아니, 다시 덤벼라!

　　　　(햄릿이 레어티즈에게 상처를 입힌다. 왕비가 쓰러진다)

오즈릭　저기 왕비님을 보살펴세요. 그만!

호레이쇼　두 분 다 피를 흘립니다. 괜찮으십니까, 저하?

오즈릭　괜찮으십니까, 레어티즈 공?

레어티즈　허, 도요새처럼 내가 친 덫에 걸렸소,* 오즈릭.

　내 꾀에 내가 걸려들었으니 죽어 마땅하오.

햄릿   왕비는 어떻게 되신 거요?

왕   피를 보고 기절하신 거다.

왕비   아니다, 아니야. 저 술, 저 술이! 오, 내 아들 햄릿!

저 술이다, 저 술! 난 독을 마셨다.   (죽는다)

햄릿   오, 극악하다! 여봐라, 문을 잠가라.

흉계다, 찾아내라!   (오즈릭 퇴장)

레어티즈   여기 있습니다, 햄릿. 저하도 죽습니다.

이 세상 어떤 명약도 소용없습니다.

그 몸 안에는 반시간의 생명도 안 남았습니다.

반역의 흉기가 바로 당신의 손에 있어요.

그 뾰족한 칼끝에 독이 묻은 채.

비열한 흉계가 되돌아와 절 덮친 겁니다.

보십시오. 저는 쓰러져 다시는 못 일어나요.

모친께선 독살되셨고. 이젠 저는 더는

못 일어납니다. 왕, ── 모두가 왕의 짓입니다.

햄릿   칼끝에 독을? 그렇다면 독이여, 퍼져라.

(칼로 왕을 찌른다)

모두   반역이다! 반역이다!

왕   오, 여봐라! 우선 나를 좀 지켜다오.

---

* 도요새처럼~걸렸소 : 여기에는 두 가지 의미가 있다. 하나는 자기
가 친 덫에 자기가 걸려든 어리석은 사람을 의미하고, 다른 하나
는 도요새처럼 쉽게 잡힌다는 뜻이다.

상처를 입었을 뿐이오.

햄릿   옛다, 이 상피붙은 살인자, 저주받은 덴마크 왕아!

독배를 비워라. 이것이 네 합진주냐?

어머니를 따르거라.   (왕이 죽는다)

레어티즈   그는 죽어 마땅합니다.

자기가 탄 독약을 마셨으니.

서로 용서합시다, 고결한 햄릿.

저와 제 아버지의 죽음, 당신 탓이 아니고,

그리고 저하의 죽음 또한 제 탓이 아니기를!   (죽는다)

햄릿   하늘이 용서할 것이다! 나도 그대 뒤를 따르리라.

호레이쇼, 나는 이제 떠나네. 가련한 마마, 안녕.

이 참극 앞에 하얗게 떨고 있는 여러분,

이 장면의 대사 없는 배우며 관객 여러분,

시간만 있다면─허나 죽음이란 냉혹한 저승사자가

가차없이 잡아가니─ 오, 드릴 말씀 있지만─

관두지요. 호레이쇼, 나는 떠나네.

하지만 자네는 살아남아서 영문 모르는

백성들에게 나와 내 명분을

올바로 전하게.

호레이쇼   그렇게는 못 합니다.

저는 덴마크인이라기보다 고대 로마인*입니다.

여기 아직 독액이 좀 남아 있군요.

햄릿   자네는 사나이니

그 잔을 내게 주게. 에잇! 이리 달라니까!

오, 하느님, 호레이쇼, 사태를 묻어둔 채

이대로 끝나면 난 크나큰 오명을 남길 것이네.

자네가 날 마음에 품은 적이 있다면,

천상의 지복 잠시 접고,

이 험한 세상의 고통 속에 숨을 쉬며

내 사연 전해 주게.

(멀리서 행군 소리에 이어 포성이 들린다)

저 포성은 뭔가?

오즈릭 등장

오즈릭　젊은 포틴브라스가 폴란드에서 개선하여

영국 사신을 만나 예포를 쏘는 중입니다.

햄릿　오, 난 죽네, 호레이쇼.

강력한 독기가 내 기를 완전히 꺾어놨네.

살아서 영국 소식을 듣지는 못하나

분명히 예언하건대 국왕 선출에서 왕위는

포틴브라스에게 갈 것이네.

내 유언으로 그를 지명하네.

---

* 고대 로마인 : 옛 로마 사람들은 가치 없는 삶을 사느니 자살을 택
하는 것을 고귀한 행위로 여겼다.

그에게 그리 전하게. 그간 있었던 크고 작은

사정들과 함께─남은 건 침묵뿐.　　　　　　　　(죽는다)

호레이쇼　고귀한 심장이 터지고 말았구나.

어지신 저하, 고이 잠드소서.

천사들의 합창 들으시며 안식처로 가소서.

　　　　　　　　　　　　　　　　　　(안에서 행군 소리)

왜 고수들이 이리로 오지?

　　　　　포틴브라스, 영국 사신들,

　　　　그리고 북과 군기를 든 군인들 등장

포틴브라스　어디서 참변이 벌어졌소?

호레이쇼　무얼 보고 싶으십니까?

비통하고 비참한 것이라면 찾을 것도 없습니다.

포틴브라스　이 무참한 시쳇더미가

대참살을 말해 주고 있구나.

오, 오만한 죽음이여! 그대의 영원한 암실에서

무슨 연회를 열었기에 이 많은 왕족을

단칼에 이리도 처참히 쓰러뜨렸느냐?

사신1　무서운 광경입니다.

영국 소식은 너무 늦었군요.

어명이 집행되어 로젠크란츠와 길든스턴이

처형되었다는 보고를 들어주실 그분 귀는

이미 감각을 잃고 말았으니까요.

치하의 말은 어디서 들어야 할까요?

호레이쇼　치하의 말을 할 생명이 있다 해도

그의 입으로는 들을 수 없을 것이오.

그는 결코 그들의 죽음을 명하지 않았소.

허나 이 피비린내 나는 사건에 시의도 적절하게

왕자님은 폴란드 전쟁에서, 또 사신들은

영국에서 당도하셨으니,

명을 내려 이 시신들을 사람들이

잘 볼 수 있는 단상에 높이 올려놓으시면,

저는 내막을 모르는 세상 사람들에게 어째서

이런 일이 일어났는지 이야기하겠습니다.

간음과 피비린 짓과 반인륜적 행위에 대해,

우연 같은 천벌과 우발적 살인에 대해,

간계와 술책으로 빚어진 죽음, 빗나간

음모가 장본인들 머리에 떨어지게 된

이 모든 경위를 남김없이 전하겠습니다.

포틴브라스　어서 들어봅시다.

중신들도 불러서 같이 듣게 합시다.

나는 슬픔으로 내게 찾아온 행운을 받아들이겠소.

내겐 이 왕국에 잊지 못할 권리가 조금 있는데

이 기회에 주장해 볼까 하오.

호레이쇼　그 일에 대해서 드릴 말씀이 있습니다.

많은 이의 지지를 끌어올 수 있는 분의

입에서 나온 말입니다. 허나 사람들

마음이 격앙되어 있으니 그 일*부터

실천에 옮길 수 있게 해주십시오.

모략과 착오로 더 많은 불상사가 생기지 않도록.

포틴브라스　네 명의 부대장은

햄릿을 무사답게 단상으로 운반하라.

만일 그가 보위에 올랐더라면

참다운 군주가 되었을 테니까.

군악을 울리고 조포를 쏘아 그분의 서거를

소리 높여 세상에 알려라.

시신을 들어라.

이러한 광경은 전쟁터에서나 어울리지,

여기서는 흉하구나.

가서 병사들에게 조포를 쏘게 하라.

(시신을 메고 행군하며 모두 퇴장한 후

여러 발의 조포가 울린다)

---

* 그 일 : 시신들을 단상 높이 올려 사람들이 볼 수 있게 하는 일.

오셀로 OTHELLO

오, 질투심을 조심하세요.
그것은 자신의 먹잇감을 비웃으며 조롱하는
푸른 눈을 가진 괴물이랍니다.
-'오셀로' 중에서

등장인물

오셀로 베니스 정부에 고용된 무어인 장군

브라반시오 베니스 의회 의원이자 데스데모나의 아버지

카시오 오셀로의 부관

이아고 오셀로의 기수

로도리고 베니스의 신사

베니스의 공작

원로원 의원들

몬타노 키프로스 행정부의 오셀로 전임자

로도비코 브라반시오의 친척

그라시아노 브라반시오의 동생

광대 오셀로의 하인

데스데모나 브라반시오의 딸이자 오셀로의 아내

에밀리아 이아고의 아내

비앙카 매춘부

선원, 전령, 장교들, 신사들, 악사 및 시종들.

장소

제1막 : 베니스

제2막~제5막 키프로스

1막 1장
(베니스의 거리)

이아고와 로도리고 등장

로도리고 쳇, 그만해. 정말이지 섭섭해, 이아고.
　내 지갑을 제 것처럼 마음대로 써온 자네는
　이 일*을 알았을 것 아닌가.
이아고 정말이지 제 말을 믿지 못하시는군요.
　제가 그런 일을 꿈에라도 생각했다면
　절 욕하십시오.
로도리고 자네 입으로 그놈이 싫다고 했잖아.
이아고 사실이 아니면 저를 멸시해도 좋아요.
　이 도시에서 힘깨나 쓴다는 양반 세 명이
　저를 그의 부관으로 천거하면서

---

* 이 일 : 오셀로의 결혼을 가리키는 것 같지만 확실치는 않다.

그에게 여러 번 깍듯이 인사를 했습니다.

남자로서 맹세컨대 제 가치는 제가 안다고요,

그만한 자격이 충분하다는걸. 헌데 자부심에

가득 찬 그는 자기 목적만 좇으며 전쟁 냄새 팍팍

풍기는 어투로 에둘러 허풍 떨며 확답을 피하다가

결론적으로 그분들을 퇴짜 놨지요.

"실은 내 부관은 이미 내정되었소"라고 했다고요.

제 중재자들의 소청을 거절한 그가

글쎄, 누굴 내정했는지 아세요?

탁상공론에만 능한 피렌체 출신의

마이클 카시오라는 작자라니까요. 얼굴 번지르르한

계집 만나 신세 조질 녀석으로, 전장에서 기갑

부대를 배치해 본 경험도 없으며 전술에

대해 아는 거라곤 실 잣는 아낙보다 나을 게 없는

작자라고요. 그런 거라면 토가 걸친 의원들도

그자만큼은 번지르르하게 말할 수 있을

것입니다. 실전 경험도 없는 그 작자의

유일한 자질은 재잘거리는 거지요. 그런데 보십쇼,

그자는 발탁됐고, 로도스와 키프로스, 그 밖에

기독교 지역이며 이교도 지역의 전투 할 것 없이 수많은

전장에서 오셀로가 보는 앞에서 무공을 세워온

저는 회계 따위 주판알이나 굴리는 작자에게 밀려

이렇게 앞길이 막혔다고요. 그 약삭빠른 놈은

적시에 부관 자리를 꿰찼는데, 저는 빌어먹을

그 어른의 기수 노릇이나 하게 생겼단 말입니다.

로도리고　차라리 그 어른의 목을 베는 망나니가 낫겠네.

이아고　이제 어쩌겠어요. 이게 군복무의 저주니.

후임이 선임의 자리를 이어받는 전통 방식의

연공제가 아니라 추천이나 총애에 의해 승진을 하니.

자, 이제 생각 좀 해보세요.

제가 무어인을 사랑할 타당한 이유가 있겠는지.

로도리고　나 같아도 따르지 않겠어.

이아고　아, 진정하세요.

제가 그자를 따르는 건 필요에 의해서니까요.

우리가 모두 상전이 될 수 없고,

모두가 충성을 다해 그들을 섬길 수도 없습니다.

앞으로 당신도 눈여겨보면 알 테지만,

공손하게 굽실거리는 수많은 작자가

자신이 열망하는 속박에 푹 빠져서

주인의 노새나 다름없이 먹이만 주면

비굴하게 의무를 다하며 세월을 보내다가,

늙어 해고당하는 수순을 밟는단 말입니다.

그따위 정직한 놈들은 엿이나 먹어라 그래요.

하지만 그들과는 다른 부류가 있는데,

이들은 겉으로는 복종하는 안색을 보이지만,

실상은 자기 실속 챙기기에 바쁜 자들이죠.

높으신 분들에게 봉사하는 척하지만,

그들을 이용하여 착실히 번성해서

그 덕에 실속을 두둑하게 차렸을 때는,

자기 자신을 위해 충성을 맹세하지요.

그런 자들은 대체로 기백이 살아 있는데,

저는 저 자신이 바로 그런 작자라고 공언합니다……

나리께서 로도리고 나리인 게 분명하다면

분명히 말하건대, 제가 무어인이라면 이아고 노릇은

못할 것입니다.[*] 그 작자를

따르는 것은 바로 저를 따르는 것입니다.

하늘은 아실 겁니다. 제가 사랑과 충심에서가 아니라,

그것을 가장한 제 목적을 달성하기 위해서라는걸.

만약 제 행동에 마음속의 의도가 그대로

드러난다면 머지않아 제 심장을 옷소매에

매달아 놓고 갈까마귀더러 쪼아 먹으라고 할 겁니다.

저는 보이는 것이 다는 아닙니다.

로도리고   그 입술 두꺼운 자의 일이 성공하면

   그 인간 운수 대통하는 거지.

이아고   그녀 아버지를 소리 내어 깨우세요.

   그리고 놈의 뒤를 쫓아가서, 그자의 기쁨에

---

[*] 제가~것입니다 : 제가 만일 오셀로의 입장이라면 이기적인 하인
에게 농락당하지 않을 것이라는 의미임.

독을 뿌리고, 길거리에서 공공연히 그자의 행실을
떠벌려 여자 친척들 열받게 하고, 그자가 기름진
땅을 차지했을 즈음, 파리떼에 시달리게 하자고요.
그의 열락이 참된 것이라고 해도 신경 돋우어
김새게 하는 거죠

로도리고   여기가 그녀 부친의 저택인데
큰 소리로 불러야겠어.

이아고   아무렴요. 한밤중에 사람들로 북적이는
시가지에 불이라도 난 것처럼 얼어붙은
목소리로 절박하게 소릴 지르세요.

로도리고   여보세요! 브라반시오, 브라반시오 의원님!

이아고   일어나세요! 브라반시오! 도둑이에요, 도둑!
집 안을 둘러보세요. 따님과 돈 궤짝이 있는지.
도둑이야, 도둑!

브라반시오 2층 창가에 등장

브라반시오   이렇게 살벌하게 소릴 지르는 이유가
뭔가? 거, 무슨 일 있는가?

로도리고   의원님, 가족이 모두 집 안에 있습니까?

이아고   문은 다 잠겼습니까?

브라반시오   그런 건 무엇 때문에 묻느냐?

이아고   나리, 도둑입니다. 남사스러우니 옷이나 입으세요.

속 터지게 생겼네요, 영혼의 반쪽을 잃게 생겼으니.

지금, 바로 지금 늙고 시커먼 숫양*이 귀공의 흰

암양** 위에 올라탄다고요. 일어나세요, 일어나!

종을 쳐서 코 골고 자는 시민들을 깨우세요.

안 그러면 악마가 의원님을 할아버지로

만들 테니까요. 빨리 일어나세요.

브라반시오   아니, 이 무슨 미친 소리야?

로도리고   존경하는 나리, 제 목소리를 아시지요?

브라반시오   모른다. 네가 누구냐?

로도리고   제 이름은 로도리고입니다.

브라반시오   잘못 왔어.

내 집 근처엔 얼씬도 말라고 했잖아.

솔직하고 분명하게 내 입장을 밝혔을 텐데,

내 딸을 네게 줄 수 없다고. 그런데 완전히

미쳐서 저녁밥에 한잔 걸치고 허황된 심사로

여길 찾다니, 내 단잠을 깨우려고?

로도리고   저, 저, 의원님 —

브라반시오   분명히 알아둬.

이번 일로 넌 쓴맛 좀 보게 될 거다.

난 결단력 있고 힘깨나 쓴다는 걸 알 텐데.

---

* 시커먼 숫양 : 오셀로를 가리키며, 악마는 검다는 속설이 있다.
** 흰 암양 : 데스데모나를 가리킨다.

로도리고 참으십시오, 나리.

브라반시오 뭐? 내가 도둑을 맞았다고?

　여긴 베니스다. 외딴 시골 농가가 아니야.

로도리고 브라반시오 의원님,

　저는 순수한 마음으로 여길 찾았습니다.

이아고 저런, 의원님께서는 악마가 권하면 하느님도 섬기
지 않을 분이군요. 우리는 의원님께 도움을 드리려고 왔
는데, 저희를 불한당 취급하시다니요. 그러다가 바바리산
수말*이 당신 따님을 덮쳐 교접하는 일이 생길 겁니다. 그
러면 당신 손자들은 히힝거리며 말처럼 울어뗄 것이고,
조랑말을 조카로, 청색 말들을 친척으로 둘 것입니다.

브라반시오 이리도 상스럽게 입을 놀리는 넌 누구냐?

이아고 나리, 저는 당신 딸과 무어인이 지금

　서로 배를 맞추고 있다고 귀띔해 주러 온 사람입니다.

브라반시오 네놈은 악당이다!

이아고 나리는 의원님이시고요.

브라반시오 이 일을 책임져, 로도리고. 내 너를 안다.

로도리고 의원님, 어떤 책임이라도 지지요.

　다만 간청컨대 당신의 아름다운 따님이

　당신의 충분한 이해와 동의를 얻고 나서,

　―어느 정도 그러신 것 같긴 합니다만―

---

* 바바리산 수말 : 북아프리카 지역을 가리키며, 오셀로를 의미함.

모두가 잠든 한산한 이 밤중에 싸구려

천한 일꾼 곤돌라 사공의 받으나마나 한

호의를 받으며 음탕한 무어인의 천한 품으로

운반된 거라면, 아니, 그 사실을 알고 허락한 거라면,

저희가 주제넘게 나선 게 맞습니다.

허나 만약 모르고 계셨다면, 제가 알고 있는

예법으로는 저희가 억울하게 꾸지람을 들었습니다.

제가 근본도 없는 놈처럼 의원님을

우롱하고 있다는 생각은 거두어주십시오.

의원님 따님은 (다시 말하건대, 의원님 허락이 없었다면)

지식 된 도리는 물론이고 미모와 지성과

운명을 천지사방 배회하는 떠돌이 이방인에게

맡기는 엄청난 반역을 일으킨 것입니다.

당장 확인해 보십시오.

만약 따님이 자기 방이나 집 안에 있다면 저희는

나리를 속인 게 확실하니 저희를

국법에 따라 처벌을 받게 하십시오.

브라반시오　　여봐라, 불을 켜라.

촛불을 가져오고, 하인들을 모두 불러라.

이 일은 내 꿈과 다르지 않아.

일어난 일을 믿자니 가슴이 미어지는구나.

불을 켜라. 어서 불을!　　　　　　　　　(2층에서 퇴장)

이아고　　전 이제 가봐야겠습니다.

여기 머물면 무어인에게 불리한 증언을
하게 될 터인데. 그것은 제 처지에 당치도
않거니와 이로울 것도 없거든요.
제 생각에 이번 일로 그자를 견책하여 부아를
돋울 수는 있지만, 베니스 정부는 안보 때문에라도
해임할 수는 없을 것입니다. 왜냐하면
지금 치르고 있는 키프로스 전쟁에 만장일치로
그를 출전시키기로 했기 때문이거든요.
의원들이 아무리 머리를 짜내도
그자만큼 역량 있는 인물을 찾기 힘들 것입니다.
그런 점을 고려할 때, 제가 비록 그자를 지옥의
고통처럼 증오하더라도 당장 살아야 하기에
겉모습일 뿐이지만 좋아하는 척해 보여야 합니다.
소집된 수색대를 이끌고 새지터리*로 가면
틀림없이 그를 찾아낼 것이고, 저는 거기에
그자와 함께 있을 겁니다. 그럼 안녕히.   (퇴장)

     잠옷 바람의 브라반시오와 횃불을 든 하인들 등장

브라반시오   이건 정말 끔찍한 일이다. 애는 사라졌고,
     내 역겨운 인생에서 남아 있는 건

---

* 새지터리 : Sagittaty. 여관 또는 개인 주택의 명칭.

쓰라림뿐이구나. 이보게, 로도리고! 그 애를
어디서 봤나?──오, 가엾은 내 딸!──무어인과
같이 있다고?──애비 노릇 한번 힘들군.
그게 내 딸이라는 걸 어떻게 알았나? 오, 네가
날 감쪽같이 속일 줄은 상상도 못 했다!──
뭐라고 말하던가? 촛불을 더 가져와라.
친척을 모두 깨워라. 그들이 결혼한 것 같더냐?

로도리고 분명 그런 것 같았습니다.

브라반시오 맙소사, 어떻게 여길 빠져나갔지?
오, 핏줄에게 배신당하다니! 지금부터
아비들은 딸들의 행동 보고 마음마저
믿어선 안 돼. 젊은 처녀의 심성을 나쁜 길로
빠뜨리는 마법이 있다 하지 않던가?
로도리고, 자네 그런 걸 들어본 적이 있는가?

로도리고 의원님, 들은 적이 있습니다.

브라반시오 내 아우를 불러오너라.
오, 자네에게 그 앨 줄걸.
몇 명은 이쪽 길로, 다른 몇몇은 저쪽으로 가.
어디로 가야 그 애와 무어인을 체포할 수 있겠나?

로도리고 든든한 호위병을 데리고 저와 함께 가시면
그자를 찾을 수 있을 것입니다.

브라반시오 날 안내해 주게. 집집마다 뒤져야겠다.
다들 내 명에 따를 것이네. 여봐라!

무기를 지참하라! 야경들도 깨워라.

가세, 로도리고! 내 자네 노고는 꼭 갚겠네.   (모두 퇴장)

1막 2장
(새지터리 여관 앞)

오셀로, 이아고, 횃불을 든 시종들 등장

이아고   제가 비록 실전에선 사람을 죽여보긴 했으나,

계획적인 살인은 않는 것이 양심적이라 생각했습니다.

잇속을 채우려면 모질기도 해야 하는데 말입니다.

한 열 번쯤 그자*의 여기, 갈빗대 밑을

찔러버릴까 생각했습니다.

오셀로   그냥 두는 게 좋아.

이아고   그렇긴 하나, 놈은 장군님에 대해 어찌나 비열하고

도발적인 언사를 내뱉는지 성인군자가 아닌

저는 그걸 참느라 애를 먹었습니다. 그나저나 장군님,

결혼은 확실히 하셨습니까? 그 귀인**께서는 사람들에게

두루 사랑을 받는 데다가 공작 둘을 합친 것만큼

---

* 그자 : 로도리고를 가리킴.

** 귀인 : 브라반시오를 가리킴.

영향력을 행사하거든요. 그분은 법이 허용하는 한
──자신의 모든 집행력을 총동원해──당신을
이혼시키거나 제재를 가해 괴롭힐 것입니다.

오셀로　심술을 부려보라지,
그런 불평 정도야 내가 원로원에 공헌한 공로로
잠재울 수 있다네. 아직 알리지는 않았지만──
이런 자랑이 명예스러울 때 공식적으로 발표할
예정이네만,──나는 왕족의 후예이며, 내가 얻게 된
행운만큼이나 자랑스러운 공적도 있다네.
이아고, 자네니까 말하네만, 온화한 데스데모나를
사랑하지 않았다면, 거칠 것 없는 자유를 울타리 속에
가두어 속박받는 이런 짓을 내가 왜 했겠나.
바닷속 보물을 다 준다 해도 하지 않았을 걸세.
그런데, 저쪽에 불빛이 오고 있군.

이아고　저건 잠에서 깬 그녀 아버지와 그분 친구들이니,
들어가시는 것이 좋겠습니다.

오셀로　아니야. 난 저들을 만나겠네. 나의 사람됨과
천품, 권리와 양심에 거리낄 게 없는데,
못 나설 이유가 뭐겠나? 그 사람들인가?

이아고　야누스 신*에 맹세코 아닌 것 같습니다.

카시오, 횃불 든 병사들과 함께 등장

오셀로 공작의 하인들과 내 부관 아닌가.

　이 밤에 별일 없는가, 여보게!

　무슨 일 있나?

카시오 장군님, 공작님께서 인사 전하시며,

　부리나케 출두하라는 분부십니다.

　지금 당장 말입니다.

오셀로 무슨 일인 것 같은가?

카시오 좀 긴박한 사안 같은데,

　키프로스 건이라고 추측됩니다.

　여러 군함에서 십여 명의 전령이 줄줄이

　잇달아 왔습니다. 그래서 의원들이 소집을 통보받고

　이미 공작님 댁에 회동하였습니다.

　장군님을 급히 모셔 오라는 명을 내렸으나

　숙소에 안 계신다는 것을 알고 원로원에서는

　장군님을 찾으러 수색대를 세 무리로 나누어

　여기저기로 보냈습니다.

오셀로 자네를 만나서 다행이군.

　내 집 안으로 들어가서 한마디만 전하고

　자네와 함께 가겠네.　　　　　　　　　　(퇴장)

---

* 야누스 신 : 로마 신화에 나오는 문門의 수호신. 두 개의 얼굴을
　가졌는데, 두 얼굴이 서로 반대 방향을 보고 있다. 표리부동한 이
　아고의 성격을 비유적으로 나타낸다.

카시오 이봐, 기수! 장군께선 여기에

　무슨 일로 오셨는가?

이아고 장군께서는 오늘 밤 지상의 보물선*을 덮쳤습니다.

　만약 합법적으로 덮친 거라면 평생 팔자 고친 거지요.

카시오 무슨 소리냐?

이아고 결혼하셨단 말입니다.

카시오 누구랑?

오셀로 등장

이아고 누군고 하니……자, 장군님 가실까요?

오셀로 그러지.

카시오 저기 또 다른 수색대가 오는군요.

브라반시오와 로도리고, 횃불과 무기를 든 호위병들 등장

이아고 장군님, 브라반시오입니다. 조심하십시오.

　어쩐지 불길해 보여요.

오셀로 여봐라, 멈추어라!

로도리고 의원님, 무어인입니다.

브라반시오 저 도둑놈을 잡아라!　　(양쪽에서 칼을 뽑는다)

---

* 보물선 : 데스데모나를 가리킴.

이아고   자, 로도리고, 덤벼. 내가 상대하겠다.

오셀로   번쩍이는 칼은 집어넣으시오.

밤이슬에 녹슬지 않도록.

존경하는 의원님께서는 무기보다는 연륜으로

명령을 내리시는 게 낫지 않겠습니까.

브라반시오   오, 더러운 도둑놈아,

내 딸을 어디다 감췄느냐?

저주받을 네놈이 내 딸의 혼을 빼앗았구나.

아무리 생각해 봐도 마법의 사슬에

묶이지 않고서야 그럴 리 없어.

더없이 온순하고, 예쁘고, 행복했던 아이가,

혼인을 한사코 거부해, 나라 안의 유복하고

잘생긴 귀공자들을 죄다 떠나보냈던 아이가,

──세상천지의 비웃음을 사려고── 부모 슬하를

떠나 네놈 같은 시커먼 가슴으로 달려들었겠느냐.

그건 기뻐 그랬다기보다 겁이 나서였어.

내 세상 사람들에게 판단하게 하겠다.

네놈이 그 애에게 흉악한 마법을 걸고,

판단을 흐리게 하는 약이나 광물질로 어린 것의

정신을 약화시킨 게 아닌지 조사하게 하겠다.

그건 있을 법한 일이고, 자명하기까지 하니까.

고로 나는 너를 세상을 더럽히고

금지된 마법을 이용한 자로 체포하고 구속한다.

저자를 붙잡아라. 만약 저항하면
무력으로라도 굴복시켜라.

오셀로　멈춰라. 우리 편은 물론이고
나머지 사람도 모두 다. 싸워야 한다면 굳이
귀띔해 주지 않아도 알아챘을 것이다.
제가 어디로 가서 당신이 제기한
고소에 답변하길 원하십니까?

브라반시오　감옥으로 가야지. 법이 정한 때와
올바른 절차가 준비되면 출두 명령을 내리겠다.

오셀로　제가 따른다면요? 공작님께서는
이 일을 납득하실까요? 그분의 전령들이
급박한 국정 문제로 저를 데려가려고
바로 제 옆에 있는데 말입니다.

장교　사실입니다, 존경하는 의원님.
공작님께선 지금 회의 중이시고, 의원님께도
사람을 보냈을 것입니다.

브라반시오　뭐라고? 공작께서 회의 중이라고?
이런 야밤에? 저자를 호송하라.
내 문제도 결코 소홀히 다룰 일이 아니다.
공작이나 내 동료 의원들도 이런 일을 당하면
치욕을 안 느낄 수 없을 거다. 이런 일을 그냥 보아
넘기면 노예나 이교도가 정사를 맡게 될 것이다.

(모두 퇴장)

1막 3장
(회의실)

공작과 의원들 등장. 불을 밝히고
시종들이 둘러선 탁자에 앉는다.

공작   여기 이 소식은 일관성이 없어서
　신뢰할 수가 없소이다.

의원1   정말이지 앞뒤가 안 맞습니다.
　이 보고서에는 군함이 백칠 척입니다.

공작   내 편지에는 이백 척이군요.
　보고서의 숫자는 종종 차이가 납니다.
　비록 숫자가 차이가 나긴 하지만,
　모든 편지에서 튀르키예 함대가
　키프로스로 향한다는 건 일치하오.

공작   그렇소. 사태를 판단하기에 부족함이
　없는 내용이오. 일관성이 없어 보고서의
　신뢰성은 떨어지지만, 핵심 사항은
　염려스러운 마음으로 인정해야겠소.

선원   (안에서) 여보세요, 여보세요!

장교   함대에서 전령이 왔습니다.

선원 등장

공작 그래, 용건은?

선원 안젤로*각하께서 이곳 정부에 튀르키예 함대가

로도스섬**을 향해 움직이고 있다고 보고하라는

명령을 받았습니다.   (선원 퇴장)

공작 어째서 항로를 변경했다고 생각하시오?

의원1 상식적으로는 도저히 있을 수 없는 일입니다……

우리를 속이려는 계책이 아닐까요? 튀르키예 입장에서

키프로스가 중요하다는 사실을 고려할 때 말입니다.

튀르키예는 로도스보다 키프로스에 더 관심이

많으며, 규모가 적은 싸움으로도 그곳을

공략할 수 있다는 사실을 우리는 알아야

합니다. 왜냐하면 그곳은 전쟁 준비가 허술해

로도스가 갖춘 전쟁 수행 능력도 없습니다.

이를 염두에 둔다면, 튀르키예가 최대의 관심사를

막판에 저버리고,──이득이 큰 작전을 포기하면서

──위험하기만 한 싸움을 도발할 정도로

판단력이 미숙하다고 생각되진 않거든요.

공작 내 생각도 그렇소. 로도스가 목표는 아닐 거요.

───────────────

* 안젤로 : 전함의 지휘자인 것처럼 보인다.

** 로도스섬 : 에게해 남동부의 그리스령 동쪽 끝에 있는 섬.

장교 또 다른 보고가 있습니다.

전령 등장

전령 존경하는 의원님들, 오토만 튀르키예인들이
  로도스 섬 쪽을 향해 가다가 뒤따르던
  후속 함대와 합류했다고 합니다.
의원1 그러면 그렇지, 추정하는 숫자는?
전령 서른 척쯤 됩니다. 현재 그들은 뱃머리를
  반대 방향으로 돌려 키프로스 쪽으로
  접근하고 있습니다. 믿음직한 용장이자
  충복인 몬타노 어른께서 이 사실을 전하시며
  본인을 믿어달라고 했습니다.
공작 그렇다면 키프로스가 분명하군.
  그런데 마커스 루치코스*는 베니스에 안 계시오?
의원1 지금 피렌체에 있습니다.
공작 서둘러 서한을 쓰고, 급파하라.
의원1 브라반시오와 용맹한 무어인이 오는군요.

브라반시오, 오셀로, 카시오, 이아고,

---

* 마커스 루치코스 : 극에 단 한 번 언급되는 인물로, 오셀로가 급박
 한 상황임을 부각시키기 위해 설정된 듯하다.

로도리고 및 장교들 등장

공작　용감한 오셀로, 지금 당장 우리 공동의 적*인
　　오토만을 물리치는 임무를 맡으시오.
　　(브라반시오에게) 오신 것을 못 봤군요.
　　의원님, 잘 오셨소. 오늘 저녁 의원님의
　　지혜로운 고견을 듣고 싶었던 참이오.

브라반시오　저 역시 그렇소이다. 공작께선 용서하시오.
　　내가 잠에서 깨어난 것은 나의 지위 때문도,
　　업무와 관련해서도, 시민의 안위를 걱정해서도
　　아닙니다. 순전히 내 개인적 슬픔이 나를
　　봇물 터지듯 압도하여 집어삼켰기 때문입니다.

공작　아니, 무슨 일인데 그러오.

브라반시오　내 딸, 오 내 딸이!

의원들　죽었소?

브라반시오　내게는 마찬가지라오.
　　그 아이는 돌팔이 약장사한테서 산 약물에
　　정신을 잃고 납치되어 욕보임을 당했소.
　　어디가 모자라거나 눈이 먼 것도, 감각이 무딘 것도
　　아닌데 그토록 터무니없이 본성에서 빗나간 건

---

* 공동의 적 : 같은 기독교 국가들과 기독교인들의 입장이란 의미
이다.

마법 없이는 불가능하기 때문이오.

공작 그런 흉측한 방식으로 당신 딸의 넋을 빼앗고

아비를 속이게 한 자는 그가 누구든

살벌한 법전의 원래의 뜻에 따라 조목조목

가혹하게 해석할 수 있도록 해드리겠소.

비록 내 아들이 그 소송의 대상이라도 말이오.

브라반시오 황공하옵니다, 공작님. 범인은 여기

이 무어인입니다. 나랏일 때문에 각하의

특명을 받고 온 것 같긴 합니다만.

의원들 거 참 유감스럽게 됐구려.

공작 (오셀로에게) 당신은 거기에 대해 할 말이 있소?

브라반시오 모든 게 사실인데, 할 말이 있겠소.

오셀로 최고의 존엄을 표하고 싶은 의원님들,

그리고 존경하옵는 제 주인 어르신,

제가 이 어른의 따님을 데리고 간 것은

틀림없는 사실입니다. 사실 저는 그녀와 혼인했고,

제 죄의 골자는 이것이 전부입니다.

제 말투가 좀 투박한 것은 평화 시에 쓰는 매끄러운

말버릇을 배우질 못해 그렇습니다. 일곱 살 때,

제 두 팔뚝에 힘이 붙은 뒤부터 지금까지

약 아홉 달가량을 제외하고는 천막 친 전쟁터에서

기력을 쏟았기에, 무공이며 싸움과 관련된

것 말고는 이 드넓은 세상에 대해 할 말이 없습니다.

그러니 제 명분을 내세우기 위해 그럴싸하게
꾸며 말하진 않겠습니다. 그러나 감히 허락해 주신다면
제 사랑의 전 과정을 꾸밈없고 솔직하게
말씀드리겠습니다. 저분 따님의 마음을
얻기 위해 무슨 약물이나 주문, 부적, 강력한
마술을 썼다고 기소했는데, 제가 이분 따님의
마음을 어떻게 얻어냈는지 말씀드리겠습니다.

브라반시오   전혀 대담하지 않았고,
너무도 고요한 정신을 지녀, 작은 동요에도 얼굴을
붉히던 아이였지요. 그런 아이가 천성이며 나이, 나라,
평판, 그 모든 것을 뒤로 한 채 쳐다보는 것도 겁이
나는 위인과 사랑에 빠진단 말이오?
아무것도 부족함이 없는 딸아이가
순리를 거스르고 그처럼 빗나간 것은
불구가 된 미숙한 판단력 때문입니다.
우리는 이 간교한 악마의 농간에 대한
진상을 밝혀야 합니다. 다시 한번 단언컨대,
이자는 강한 욕정을 일으키는 모종의 합성 약물이나
비슷한 효능의 마법이란 극약을 개한테 썼습니다.

공작   주장이 증거는 못 되오.
보다 확실하고 명백한 증거가 있어야 할 것 같소.
경이 장군을 상대로 내놓은 것은 진부한 추측에
근거한 부실한 내용과 희박한 가능성뿐이오.

의원1　그렇다면 오셀로 장군, 말해 보시오.

　귀관은 사악하고 무리한 방법으로

　어린 아가씨를 굴복시켜 사랑을 얻었소?

　아니면 간청하여 영혼이 영혼에게 건네는

　순수한 대화로 사랑을 얻은 거요?

오셀로　간청하옵건대 새지터리로 사람을 보내 그녀더러

　아버지 앞에서 저에 대한 모든 걸 털어놓게 하십시오.

　만약 그녀의 말에서 제가 사악한 수단을 썼음이

　확인되면 제게 주신 여러분의 신임과 직위를

　거두시고 제 목숨에 사형을 언도하셔도 좋습니다.

공작　데스데모나를 데려오라.

(두세 명의 시종이 문 쪽으로 간다)

오셀로　(이아고에게) 기수, 자네가 그곳을 잘 알고 있으니

　안내하게.　　　　　　　　　(이아고와 시종들 퇴장)

　저는 그녀가 올 때까지, 하늘에 고하듯이

　제 혈관 속의 악덕을 사실대로 고백하고,

　제가 어떻게 그 아름다운 숙녀의 사랑을 얻게 되었고,

　그녀는 어떻게 제 사랑을 키웠는지 존엄하신 여러분께

　최대한 정직하게 말씀드리겠습니다.

공작　말해 보시오, 오셀로.

오셀로　그녀 부친께서는 저를 아껴주시어 자주 집으로

　초대하셨고, 제게 그동안 살아온 인생 이야기를

　연도별로 물어보셨습니다. 제가 겪었던 여러

전투며 포위 공격, 승패의 운에 대해서도요.
저는 소년 시절의 이야기부터 그분과 만나기
전까지의 일을 빠뜨리지 않고 모두 해드렸습니다.
위험천만한 사건들과 바다와 육지에서 겪은 감동적인
모험, 성벽이 눈앞에서 무섭게 무너졌을 때
가까스로 몸을 피했던 일, 잔인무도한 적에게
잡혀 노예로 팔려 갔다가 탈출했던 일 등
제 인생 역정의 모든 과정을 말입니다.
그뿐만 아니라 거대한 동굴과 메마른 사막,
거친 암벽과 하늘에 닿을 듯한 기암절벽에
대해서도 이야기했지요. 그 일은 제게 주어진
다시없는 기회였기에, 계속 말씀드렸지요.
뒤이어 서로를 잡아먹는 식인종이며
어깨 아래에서 머리가 자라는 사람들에 관한
이야기도 했는데, 데스데모나는 진지하게
제 이야기에 귀를 기울였습니다.
그러나 자주 집안일 때문에 물러났고,
해야 할 일을 급히 마치자마자 되돌아와
굶주린 듯 제 이야기를 경청했지요.
그런 그녀를 보며 한번은 적절한 때를 택해서
그녀가 그때까지 부분적인 것은 들었으나
연속해서 못 들은 제 방랑의 모험담을 마저
들려달라고 간청하게끔 유도했지요. 저는 물론

이에 동의했고, 제가 젊은 시절 겪은 고달픈
시련담은 그녀를 눈물짓게 했습니다.
제 이야기가 끝나자 그녀는 제 고난에 대한
응답으로 한숨을 연거푸 내쉬면서,
"정말 이상해요, 참으로 이상해요. 측은해요,
너무나 측은해요"라고 말했습니다. 차라리 듣지
말았다면 좋았겠다고 했다가, 하늘이 자기를
그런 남자로 태어나게 했다면 좋겠다고도 하더군요.
그녀는 제게 고마워하며 말하기를, 만약 제 친구
가운데 자신을 흠모하는 사람이 있다면, 그에게
제 이야기를 하는 법을 가르쳐주는 것만으로도
구애가 될 것이라고 했습니다. 이 암시의 말을
듣고 나서 저는 제 마음을 털어놓았습니다.
그녀는 제가 겪은 위험들에 끌려 저를 사랑했고,
저는 그녀가 제가 겪은 위험에 연민을 보였기에
그녀를 사랑했던 것입니다.
저에게 마술은 바로 이것입니다.
그녀가 지금 왔으니 스스로 증인이 되게 해주십시오.

데스데모나, 이아고, 시종들 등장

공작   이런 이야기라면 내 딸이라도 마음이 흔들리겠군.
브라반시오 의원, 이왕 일어난 일이니, 좋은 쪽으로

생각하십시오. 맨주먹보다는 망가진 칼이라도
있는 게 낫지 않겠소?

브라반시오   저 애 말을 들어 주십시오.
구애의 책임이 자기에게도 있다고 고백한다면
제 머리에 벼락이 떨어지게 하소서. 제가 무고한
사람을 비난했으니까요. 자, 애야, 이리 오너라.
사랑하는 딸아, 넌 여기 계시는 귀족 중 누구에게 가장
복종해야 하는지 아느냐?

데스데모나   존경하는 아버님, 제 순종의 의무는
양 갈래로 나뉘었음을 느낍니다: 아버님께서는
제게 생명을 주시고 교육을 해주셨습니다.
저는 생명을 얻어 교육을 받았고, 존경의 의무를
배웠습니다. 아버님은 제 의무의 주인이셨고,
지금껏 저는 아버님의 딸이었습니다.
그런데 여기 제 남편이 있습니다. 과거에 어머님이
외할아버님 앞에서 아버님을 남편으로 택하며
보이신 의무, 바로 그것이 제 낭군인 무어인의
몫이라고 주장하고 바치겠습니다.

브라반시오   됐으니, 잘 가거라. 공작님, 이제 국사를
논하시지요. 자식을 낳느니 차라리 입양이 낫겠소.
이리 오게, 장군. 자네가 이미 갖지 않았다면
전력을 다해 막았을 보배 같은 애라네. 애야,
네 행실을 보고 있자니 다른 자식이 없다는 게

큰 위안이 되는구나. 너의 도피로 말미암아

독재를 배운 난 그들에게 족쇄를 채웠을 테니까.

이제 됐습니다, 각하.

공작   내 귀공의 입장에서 한마디 하겠소.

연인들을 어여삐 여길 만한 교훈이오.

치유책이 없을 때는 최악의 사태를 봄으로써

희망 뒤에 매달린 슬픔도 끝이 나지요.

끝이 난 불행을 슬퍼하는 것은

더 많은 불행을 불러오는 지름길이오.

운명의 여신이 앗아가는 걸 지킬 수 없을 땐

인내하면서 그녀가 준 상처를 조롱하며

웃는다면 도둑이 손해 보는 거고,

무익한 슬픔에 빠져 한탄한다면 스스로를

강탈한다고 봐야지요.

브라반시오   그러니까 튀르키예에 키프로스를

빼앗기고도 웃고 있다면 잃은 게 아니라는

말씀이군요. 뻔한 위로밖에 기댈 것이 없는 자는

그 금언을 고이 간직하겠지만,

소중한 것을 잃은 저로서는 빈약한

인내심으로 큰 비탄을 삭여야겠군요.

각하의 달콤하면서 씁쓰레한 이런 금언은

어떻게 작용하든 효과는 있겠지요.

그러나 위로는 위로일 뿐, 상처 입은 심장이

귀를 통해 치료됐단 얘긴 못 들었습니다.

부디 청컨대 이제 국사를 논의하시지요.

공작 튀르키예군이 막강한 군함을 이끌고 키프로스로 향하고 있소. 오셀로 장군, 그곳의 병력은 당신이 누구보다 잘 알 것이오. 비록 그곳에 최고로 인정받는 대리인을 두긴 했지만, 사태 해결의 절대 권위자인 여론에 따라 장군이 가는 것이 더 좋은 결과를 얻을 것이란 결론을 내렸소. 그러니 그대가 새롭게 얻은 빛나는 행운이 험난하고 난폭한 원정으로 빛을 잃더라도 그 임무를 맡아주셔야겠소.

오셀로 존경하는 의원님들, 폭군 같은 습관은

제게 전쟁터에 깔린 돌과 강철 침대도 세 번 날려

가려낸 부드러운 솜털 침상처럼 느끼게 합니다.

역경에 처했을 때는 타고난 순발력을 발휘하는 것이

저의 천성임을 상기하고 오토만과의 이번 전쟁을

치르겠습니다. 머리 숙여 청하건대 제 아내에게도

적절한 대책을 마련해 주십시오. 그녀의

사회적 신분에 어울리는 거처와 하인들, 수입원을

조치해 주시기 바랍니다.

공작 당신이 괜찮다면

그녀의 친정집은 어떻소?

브라반시오 그건 사양하겠소.

오셀로 저도 그건 원치 않습니다.

데스데모나 저도 아버님 댁에는 머무르지 않겠습니다.

제가 그곳에 머물면 아버님은 저를 보실 때마다
심기가 불편해질 것입니다.
자비로우신 공작님, 저의 해명에
귀 기울여 주시어 저의 청이 다소
우매하더라도 허락하여 주십시오.

공작 원하는 것이 무언지 말해 보아라.

데스데모나 저는 이 무어인을 사랑하여
함께 살고자 했기에 철저히 규범을 깨뜨리는
파격적 행동으로 운명의 여신을 조롱한 사실을
온 세상에 알립니다. 제 가슴은 제 주인님께
최고의 기쁨을 드릴 만큼 정복당했습니다.
저는 오셀로의 얼굴을 그의 마음에서 보았고,
그의 명성과 용맹스러운 자질에 제 영혼과 운명을
헌납했습니다. 그러니 의원님들, 남편이 전장에
나갔는데, 제가 한가로운 나방처럼 뒤에 남는다면,
저는 그와 나눌 사랑의 권리를 빼앗기게 되기에
그의 부재로 인해 힘든 시간을 견뎌야 할 것입니다.
그러니 그와 함께 떠날 수 있게 해주십시오.

오셀로 의원님들, 간청컨대 아내의 바람을
들어주십시오. 제가 이렇게 부탁드리는
것은 욕망의 미각을 즐기기 위함이거나
이미 퇴화한 젊음의 열정을 채우기 위해서가
아니라 그녀에게 관대해지기 위해서입니다.

아내와 동행한다고 해서 지금의 중차대한 임무를
소홀히 할 거라고는 생각지 마십시오.
만약 날개 돋친 큐피드의 경박한 희롱으로,
사고하고 활동하는 제 몸의 기관들이 방탕 끝에
둔해져서 제 기능을 잃는다면, 그래서 쾌락에 빠져
임무를 그르친다면 제 투구를 여자들에게 주어
냄비로 쓰게 하시고, 제 명예에 부끄럽고 추잡한
오명을 던져 주셔도 좋습니다.

공작 동행하든 안 하든 그건 알아서 결정하시오.
어쨌든 사태가 급박하게 돌아가고 있으니,
신속히 여길 떠나야 하오.

의원1 오늘 밤 당장 출발해야만 하오.

데스데모나 오늘 밤에요?

공작 그렇소.

오셀로 기꺼이 그리하지요.

공작 우린 아침 아홉 시에 여기서 다시 회의합시다.
오셀로 장군, 장교 한 사람을 남겨두고 떠나시오.
그자 편에 위임장을 보내겠소. 그대의 직급에
부여된 소임을 알리고 경의를 표하게 할 것이오.

오셀로 각하, 괜찮으시다면 믿음직하고 정직한
제 기수에게 아내의 호위를 맡기려 합니다.
그 밖에 공작님이 필요하다고 생각하시는 것들을
함께 보내주십시오.

공작 그럽시다. 모두 편히 쉬시오.

브라반시오 의원, 기쁨을 주는 것이 진정한 미덕이라면,

귀공의 사위는 피부만 검다 뿐이지 훌륭한 미덕의 소유

자요.

의원1 잘 가시오, 무어. 데스데모나에게 잘하시오.

브라반시오 이 애를 조심하게, 무어. 눈여겨보게나.

저 아이는 아비를 속였는데 남편인들 못 속이겠나.

(공작, 의원들 및 장교들 퇴장)

오셀로 그녀의 정절에 이 목숨 바치리! 정직한 이아고,

데스데모나를 자네에게 부탁하네.

자네 처에게 그녀를 시중들게 해준다면 좋겠네.

그리고 때를 보아 함께 오게나.

자, 데스데모나, 갑시다. 사랑도 나누고,

잡다한 지시 내리는 일을 한 시간 안에 해야만 하오.

시간을 엄수해야 하거든.   (오셀로와 데스데모나 퇴장)

로도리고 이아고!

이아고 무슨 일이신가요, 귀공자님?

로도리고 이제 난 어떡하면 좋겠는가?

이아고 가서 주무셔야죠.

로도리고 당장 물에 빠져 죽어버리겠어.

이아고 글쎄, 그러시면 전 다신 당신을 좋아하지 않을 겁니

다. 실없기는! 왜 그러세요?

로도리고 사는 게 고문일 땐 사는 게 어리석게 느껴져. 죽음

만이 우리를 치유할 수 있는 의사라면 죽는 것이 유일한 처방이네.

이아고 별 고약한 소리를 다 하시네! 제가 칠 년씩 네 번을 이 세상을 사는 동안 이해득실을 구분할 수 있게 된 이후로, 자기 자신을 아낄 줄 아는 사람을 단 한 명도 못 봤다니까요. 저라면 어떤 암탉을 사랑한다는 이유로 물에 빠져 죽겠다고 말하기 전에 제 인간성을 성성이와 바꿔버리겠습니다.

로도리고 난 어떻게 해야 할까? 이렇게 사랑에 빠지는 게 수치라는 건 알지만, 내 품성이 이러니 고칠 수가 없군.

이아고 품성이라고요? 말도 안 되는 소리! 우리가 이러저러한 사람이 되는 것은 마음먹기에 달렸어요. 우리의 몸뚱이가 정원이라면 우리의 의지는 정원사지요. 그러니 우리가 쐐기풀을 심든, 상추씨를 뿌리든, 히숍을 심고 백리향을 뽑아내든, 아니면 한 가지 약초만 심든 여러 종자를 심든, 게으름을 피워서 불모지로 만들든, 부지런히 거름을 주어 가꾸든지 간에, 글쎄, 이것을 좌지우지할 수 있는 권한과 힘은 우리 의지에 달렸다는 겁니다. 우리의 삶이라는 저울대에서 욕정의 추가 반대쪽에 있는 이성의 추와 균형을 이루지 않는다면, 우리는 저급한 본능 때문에 정말 어처구니없는 실수를 저지를 수 있단 말이죠. 다행히 우리에게는 이성이란 게 있어서 불끈거리는 충동도, 참을 수 없는 욕정도 식혀주는 거라고요. 그러니 당신이 사랑이라고 부르는 것도 이런 것들과 같은 가지나 줄기라고 생각합니다.

로도리고 그렇지 않아.

이아고 그건 왕성한 혈기로 몸이 달아올라 의지력에 굴복한 결과라고요. 자, 남자답게 구세요. 물에 빠져 죽겠다고요? 고양이나 눈먼 강아지나 익사시키세요. 저는 당신의 친구임을 공언했으니, 당신 몫을 챙기는 일이라면, 이 몸을 당신과 끊어지지 않는 밧줄로 동여매겠습니다. 지금이야말로 저의 도움이 절실히 필요한 때입니다. 지갑에 돈을 넣고 이번 전쟁터로 따라가세요. 가짜 수염으로 얼굴을 변신하고, 지갑에 돈을 채워 두란 말씀이에요. 데스데모나가 그 무어인을 언제까지나 사랑할 거로 생각하세요——지갑에 돈이나 챙기세요——무어인도 마찬가지입니다. 출발이 격정적이었으니 그에 어울리는 결별을 맞게되겠지요. 지갑에 돈이나 챙기세요. 원래 무어인들은 변덕이 심하거든요. 지갑에 돈이나 두둑이 넣어두세요. 지금은 천도처럼 달콤한 과일도 오래지 않아 콜로신스*처럼쓸 것입니다. 그녀가 그자의 몸에 물리게 되면, 자신의 선택이 잘못되었다는 걸 알게 되겠지요. 그러면 사람을 바꿀 겁니다. 틀림없어요. 그러니까 지갑에 돈이나 넣어 두

---

* 콜로신스 : 오이과에 속하며, 둥글고 황갈색을 띤 오렌지만 한 열매가 열린다. 맛은 매우 쓰고 먹으면 복통과 신경통을 일으킨다.

세요. 만약 나리가 자신을 파멸시키고 싶다면 물에 빠지는 것보다는 세련된 방식을 택하세요. 당신이 모을 수 있는 한 최대한의 돈을 모으세요. 만약 떠돌이 야만인과 간교한 베니스 여인 사이의 성스러운 혼례와 덧없는 맹세를 저의 재주로도 못 깨고, 지옥의 모든 족속들도 못 깰 만큼 굳은 게 아니라면 나리는 그녀를 즐길 수 있을 것입니다. 그러니까 돈을 마련하시라고요. 물에 빠져 죽겠단 소릴랑 집어치워요. 깨끗이 잊어버리라고요. 그녀를 포기하고 물에 빠져 죽느니 환락을 성취하는 중에 교수형 당하는 편이 낫지요.

로도리고 내 희망을 꼭 이루게 해줄 텐가?

이아고 절 믿어도 됩니다──가서 돈이나 마련하세요──제가 여러 번 말했고, 그리고 다시 되풀이하는데, 전 그 무어인을 증오합니다. 그 증오는 뼈에 사무친 겁니다. 당신도 그에 못지않은 이유가 있을 터이니 우리 합심하여 복수합시다. 당신이 그자를 오쟁이 진 남편으로 만든다면 당신은 쾌락을 얻을 거고, 저는 오락을 즐기게 되겠지요. 시간이란 자궁 속에는 앞으로 탄생할 수많은 사건이 들어 있겠지요. 자, 가세요. 가서 돈이나 마련하세요. 이 일은 동이 트면 그때 더 이야기하자고요. 안녕히 가세요.

로도리고 내일 아침 어디로 갈까?

이아고 제 숙소로 오세요.

로도리고 일찍 가지.

이아고 안녕히 가세요. 제 말 잘 알아들으셨죠, 로도리고
　나리?

로도리고 무슨 말?

이아고 빠져 죽는다는 소리 따윈 집어치우라는 거요.

로도리고 마음이 바뀌었네.

이아고 어서, 잘 가요. 지갑에 돈을 충분히 넣어 두시고요.

　　　　　　　　　　　　　　　　　　(로도리고 퇴장)

　난 이렇게 항상 바보를 내 지갑으로 만들지.
　딱히 재미도 없고 이득도 안 되는 저런 멍청이와
　시간을 허비하면서 돈과 재미를 얻지 못한다면
　내 애써 얻은 지식과 경험을 모독하는 셈이야.
　난 무어인을 미워해. 소문을 듣자 하니 그자가
　내 침대에서 내가 해야 할 일을 했다던데,
　그것이 사실인지도 모른다.
　하지만 난 그 일을 단지 의심이 가는 것만으로도
　확실한 일인 양 행동할 거야. 그자는 날 좋게 보고 있어.
　그러니 내 의도가 더 잘 먹혀드는 거지.
　카시오는 멋쟁이야. 자, 어디 보자.
　그 녀석 자리도 빼앗고 내 뜻도 이루는
　이중의 악행이라……어떡할까?……가만,
　조금 기다렸다 오셀로의 귀를 더럽혀 볼까.
　카시오가 그의 아내와 무람없이 지낸다고?
　그는 근사한 외모에 신사라서

여자들이 혹하니 탈선하기 쉬워.
무어인은 관대하고 탁 트인 성품이라서
외양이 정직해 보이면 그런 줄 알더라고.
그러니 손쉽게 코뚜레로 끌 수 있지…….
당나귀처럼 말이야.
그래, 감 잡았다. 지옥과 밤이 둘이서
이 끔찍한 계획이 빛을 보게 해야 한다.   (퇴장)

2막 1장
(키프로스의 항구. 부둣가의 공터)

몬타노와 두 신사 함께 등장

몬타노　저 갑 건너 바다에 보이는 거라도 있소?

신사1　아무것도 보이지 않습니다.

　풍랑이 심해서 하늘과 대양 사이에

　단 한 척의 배도 보이지 않습니다.

몬타노　내륙에서도 바람이 심하게 울부짖는 것 같군.

　요새의 흉벽을 저렇게 흔들어놓는 강풍은 없었어.

　바다에 저런 강풍이 몰아치면 아무리 참나무 늑재로

　만든 배라도 무사하겠소? 무슨 소식 들은 것 없소?

신사2　튀르키예 함대가 뿔뿔이 흩어졌다는 소식입니다.

　험상궂은 바닷가에 서 있어보십시오.

　겁먹은 파도는 구름을 향해 맹렬히 치솟고

　바람에 흔들리는 말갈기 같은 물결은

반짝이는 작은곰자리에 찬물을 끼얹어
영원불변하는 북극성을 지키는 별빛을
꺼버릴 것 같습니다. 이처럼 광포하게
휘몰아치는 격랑은 난생처음입니다.

몬타노 튀르키예 함대가 대피처나
만으로 돌아가지 못했다면 수장됐을 거요.
이런 태풍은 견뎌낼 수가 없을 테니.

신사3 등장

신사3 여러분, 새로운 소식입니다. 전쟁이 끝났습니다.
거센 태풍이 튀르키예 함대를 강타해서 그들의 야욕이
요절났습니다. 그들의 함대 대부분이 처참하게
파손당한 것을 베니스에서 온 배가 보았다고 합니다.

몬타노 뭐, 그게 사실이오?

신사3 그 배가 항구에 입항했습니다.
베로나에서 온 배를 타고 오셀로의 부관인 늠름한
마이클 카시오가 뭍에 올랐습니다.
무어인 장군께서는 아직 항해 중이시며
이곳 키프로스의 전권을 위임받았다고 합니다.

몬타노 기쁜 소식이군. 훌륭한 총독이지.

신사3 카시오 부관께서는 튀르키예 함대의 패배
소식에는 안도했지만, 무어인의 안전이

걱정되는지 슬픈 얼굴로 기도했습니다. 두 사람은

사납게 몰아치는 폭풍우 속에서 헤어졌다고 합니다.

몬타노 하늘에 비는 수밖에.

나도 그분을 모신 적이 있는데, 통솔력이

뛰어났지요. 자, 우리 바닷가로 가봅시다.

입항한 배들도 보고, 눈이 아려 대양과 푸른 하늘을

분간 못 할 때까지 용감한 오셀로를 찾아봅시다.

신사3 그럽시다.

배들이 속속 입항하기를 기대해 봅시다.

카시오 등장

카시오 이 섬을 지키시는 용맹한 여러분,

오셀로 장군을 예우해 주셔서 고맙습니다.

험난한 바다에서 그분을 잃었으니

하느님은 비바람 막아서 그분을 보호해 주소서!

몬타노 그분의 배는 안전한가?

카시오 그분의 배는 단단한 목재로 만들어졌고,

선장은 유능하다고 정평 난 사람입니다.

제 희망이 지나치게 부풀지는 않았지만,

좋은 결과를 확신하고 있습니다.

(안에서 "배다, 배! 배가 들어온다!"라는 고함이 들린다)

전령 등장

카시오 무슨 소립니까?

전령 시가지는 텅 비었고, 해안가로
  사람들이 모여 "배다"라고 소리칩니다.

카시오 장군님의 배 같군요.

(대포 소리가 들린다)

신사2 저들이 예포를 쏘는 걸 보니
  어쨌든, 아군입니다.

카시오 그리로 가서
  누가 도착했는지 확인해 주시오.

신사2 그러겠습니다.   (퇴장)

몬타노 헌데 부관, 장군께선 결혼하셨소?

카시오 운 좋게도 웬만한 미사여구로는 표현하기
  어려운 규수를 맞았지요. 어떤 찬사로도
  부족할 만큼 빼어난 그녀의 자질은 창조된
  본래의 모습을 온전히 보전하고 계십니다.

신사2 등장

  그래, 누가 입항했소?

신사2 무어인 장군의 기수인 이아고입니다.

카시오 그 사람, 운 좋게 빨리도 왔군요.

드높게 치솟는 파도와 울부짖는 바람도,

바다 밑에 매복한 채 죄 없는 배의 용골을 붙잡는

암초며 쌓여 있는 모래 더미도 마치 미인을

알아본 것처럼 자신들이 지닌 잔인한

본성을 버리고 천상의 여인인 데스데모나를

무사히 지나가게 해주었군요.

몬타노　누굴 말하는 거요?

카시오　제가 말한 그분은 우리 위대한 대장님의 대장으로

용감한 이아고가 수행해 온 분이지요.

그녀는 우리의 예상보다 일주일이나 빨리

이곳에 상륙했습니다. 위대하신 조브* 신이시여!

오셀로를 보살펴 주시고,

그대의 강력한 숨결로 돛을 부풀려서

그분이 우람한 배를 이끌고 이 만에 신속히

도착하여 데스데모나의 품 안에 안기게 하소서.

　　　데스데모나, 에밀리아, 이아고 및 로도리고 등장

또 침체된 우리의 정신에 새 활력을 불어넣어 주시고,

온 키프로스에 위안을 주시옵소서…….

---

* 조브 : 로마 신화의 주피터. 그리스 신화의 제우스를 가리키며, 천
상계를 지배하는 최고의 신이다.

오, 보시오,

배 안의 보물이 육지로 올라오는 것을!

키프로스 주민들이시여, 부인께 경의를 표하세요.

환영합니다, 부인! 하느님의 은총이

부인의 앞과 뒤 그리고 사방에서 감싸주시기를!

데스데모나 고마워요, 용맹한 카시오.

저의 주인 소식은 못 들었나요?

카시오 아직 도착하지 않으셨지만,

무사히 이곳에 당도하실 겁니다.

데스데모나 오, 하지만 두려워요.…… 어쩌다 서로 헤어진

건가요? (안에서 "배다, 배가 보인다!")

카시오 하늘과 바다가 일대 격전을 벌이는 바람에

장군님과 저는 헤어졌습니다. 그런데 저 소리는! 배군요.

(예포 소리 들린다)

신사2 요새를 향해 예포를 쏘는군요. 이번에도

아군인 것 같습니다.

카시오 가서 알아보시오. (신사 2 퇴장)

어서 오게, 기수. (에밀리아에게) 잘 오셨습니다, 부인.

여보게, 이아고, 내 예가 넘친다고 해서

화내진 말게. 배운 예절대로

과감히 예를 표하는 것뿐이니.

(에밀리아에게 키스한다)

이아고 제 여편네가 제게 혀를 놀려댄 것처럼

부관님께 입술을 드린다면 싫증 나실 것입니다.

데스데모나   저런, 여자는 말이 없네.

이아고   실은 너무 많지요.

말해 뭣해요. 제가 자려 하면——

참, 마님 앞에서 밝히는데, 저 사람은

혓바닥을 가슴속에 묻어두고

바가지 긁을 생각만 한답니다.

에밀리아   그런 말을 하는 이유를 모르겠네.

이아고   말이야 바른말이지, 당신은 문밖에선 그림 같고

현관에선 종처럼 시끄럽잖아. 부엌에선 들고양이고,

남 해칠 땐 성자 같고, 화나면 악마처럼 굴지.

집안일엔 빈둥거리고, 잠자리는 밝히지.

데스데모나   오, 이런 험담꾼을 봤나.

이아고   아니, 사실이 아니면 전 튀르키에 놈입니다.

당신은 일어나서는 놀고, 자러 가서는 일하잖아.

에밀리아   칭찬은 하지 않겠지요.

이아고   안 하지.

데스데모나   나를 칭찬해야 한다면 뭐라고 하겠는가?

이아고   오, 고귀하신 부인, 거참, 난처하군요.

혹평을 안 한다면 이아고가 아니니까요.

데스데모나   어서 해보세요……. 항구에는 누가 나갔나요?

이아고   예, 부인.

데스데모나   (방백) 유쾌하지는 않지만, 그런 척

내 마음을 딴 데로 돌려봐야겠어.

자, 날 뭐라고 칭찬하겠어요?

이아고　해보겠습니다. 제 작품은 골통에서 나올 때

　　종이에 끈끈이를 붙인 것처럼 뇌수까지 모조리

　　달고 나옵니다. 오, 저의 뮤즈가 산고 끝에

　　탄생했습니다. 만일 여자가 아름답고 지혜롭다면,

　　미모를 써먹어야 하니 재치가 미모를 활용할 겁니다.

데스데모나　좋았어요! 검지만 재치가 있다면?

이아고　여자가 검은데 재치가 있다면,

　　자신의 추함을 날려버릴 멋진 남자를 찾겠죠.

데스데모나　갈수록 가관이야.

에밀리아　예쁘기는 한데 멍청하면 어떨까?

이아고　얼굴이 반반한 여자들은 멍청하지 않아.

　　멍청함조차 후사를 보는 데는 도움을 주니까.

데스데모나　뭐, 이건 선술집에서 얼간이들을 웃기려고

　　지어낸 낡아빠진 농담이잖아. 못생기고 어리석은 여자에

　　겐 어떤 고약한 찬사를 해줄 텐가?

이아고　아무리 못생기고 어리석어도

　　예쁘고 재치 있는 여자들처럼 재미 볼 건 본다고요.

데스데모나　오, 한심하기는. 최악을 최선이라 칭찬하다니!

　　그렇다면 진짜 훌륭한 여자한테는 어떤 칭찬을 하겠나?

　　악담을 해주고 싶어도 결국 그 가치 때문에 칭찬할 수밖

　　에 없는 그런 여자라면.

이아고 아름답지만 자만하지 않고,

뜻을 펼치지만 시끄럽지 않고,

부자가 아닌 적이 없지만 결코 사치하지 않고,

욕망을 피했으면서도 '그럴 수도 있지요'라고 말하고,

화를 당해 복수할 수 있어도 앙갚음하지 않고

분노를 털어내는 여자, 대구 머리를 연어 꼬리와

바꿔 먹지 않을 정도로 지혜롭고,[*]

모든 걸 생각하지만 결코 자기 마음을 드러내지 않고,

구혼자들이 따라도 돌아보지 않는 여자,

만약에 그런 사람이 있다면, 그런 여자는——

데스데모나 무슨 일을 할까?

이아고 바보 자식 젖먹이고, 시시한 가계부나 적겠죠.

데스데모나 오, 정말이지 허술하고 무기력한 결론이야!

에밀리아, 저 사람이 네 남편이라는 이유로 말을 들어주
지 마. 카시오, 당신 생각은 어때요? 아주 저속하고 방자
한 떠버리 아닌가요?

카시오 사실 직설적인 면이 있습니다만, 부인.

그는 학자라기보다 군인이라고 평가하는 게 옳습니다.

이아고 (방백) 저 자식이 부인의 손을 잡는군. 좋아. 잘했어.

얼른 속삭이라고. 이런 조그만 거미줄로 카시오라는 큼직

---

[*] 대구~지혜롭고 : 대구 대가리는 남성의 성기를, 연어 꼬리는 여성
의 성기를 의미한다. 말장난이다.

한 파리를 낚아챌 테니. 그래, 부인에게 미소를 지어야지. 그렇게 해. 너의 그 예절을 미끼로 네놈을 낚아챌 테니까. 옳다구나, 바로 이거야. 그런 궁정 예절이 네놈의 부관직을 박탈할 수 있으니, 너의 세 손가락에 그렇게 자주 키스하지 않는 게 좋을 텐데. 멋쟁이 신사 흉내내느라고 폼 한번 잘 잡으시네. 아주 좋아. 키스 한번 잘했다. 예절 만점이야! 참말로 그래! 그런데 다시 그 손가락을 네 입술에? 그 손가락으로 관장이나 하지 그래. (안에서 나팔소리 울린다)──무어인입니다. 제가 나팔소리를 압니다.

카시오 맞습니다.

데스데모나 가서 그분을 영접하세요.

오셀로와 수행원들 등장

카시오 보십시오, 저기 오십니다!

오셀로 오, 아름다운 나의 무사여!

데스데모나 사랑하는 오셀로!

오셀로 내 앞에 있는 당신을 보고 있으니,
놀랍고도 좋소. 오, 내 영혼의 기쁨이여!
모든 폭풍 후에 이 같은 평온 온다면,
바람이 죽은 자를 일깨울 때까지 불어도 좋아.
고군분투하는 배가 올림포스산만큼 높은 파도 꼭대기에
올랐다가 천국에서 지옥으로 떨어지듯

내리박아도 두렵지 않을 것 같소.

지금 죽는다 해도 여한이 없을 만큼 행복하오.

내 영혼은 절대 만족을 맛보았으므로,

미지의 운명에서는 이 같은 행복이

따라오지 않을까 두렵소.

데스데모나 맙소사!

세월이 흐를수록 사랑과 행복 더욱 커지도록

하늘이 우릴 도울 거예요.

오셀로 신이시여, 그리하소서!

이 충만함을 말로는 표현할 수가 없구려.

북받치는 기쁨에 가슴이 먹먹해지는구려.

이 입맞춤과 또 한 번의 입맞춤이   (키스한다)

우리들 사이에 생겨날 가장 큰 불화였으면!

이아고 (방백) 오, 지금은 잘 조율된 악기 같다만

내가 그 줄을 풀어 음률을 망쳐버릴 테다.

내 믿음에 대한 보상으로.

오셀로 자, 성으로 갑시다.

여러분, 전쟁은 끝났고, 튀르키예 놈들은 수장되었소.

이 섬의 옛 친구들, 어떻게 지냈소?

여보, 당신은 키프로스에서 환대받을 것이오.

이 섬사람들은 그지없이 인정스럽다오.

오, 내가 왜 이리 지껄이는 걸까?

행복에 겨워 제정신이 아니오. 친절한 이아고,

만으로 내려가서 내 짐들을 부려주게.

그리고 선장을 요새로 안내하게!

그는 실력 있는 사람으로, 크게 존경받을 만하지.

자, 데스데모나, 다시 말하지만

키프로스에서 당신을 만나 정말 기쁘오.

(오셀로, 데스데모나, 수행원과 함께 퇴장)

이아고 (퇴장하는 수행원에게) 이봐요, 자넨 항구에서 나랑 만나자고. (로도리고에게) 이리 좀 와봐요. 당신이 용맹하다면——아무리 못난 사람도 사랑에 빠지면 타고난 본성과는 달리 조금은 고결해진다고들 하는데, ——내 이야기 좀 들어보세요. 오늘 밤 부관이 초소에서 경비를 서기로 했어요. 내 분명히 밝혀두는데, 데스데모나는 그 녀석한테 완전히 빠졌어요.

로도리고 그놈한테? 아니, 그게 가능하기나 해?

이아고 쉿, 입 다물어요. 당신 영혼을 교육해야 하니까. 잘 봐요. 무어인이 자랑삼아 황당한 거짓말을 한 것뿐인데, 그녀가 얼마나 격렬하게 사랑했는지 생각해 보세요. 그런데 데스데모나가 그런 허풍쟁이를 언제까지나 사랑할까요? 분별력 있는 사람이라면 거기에 동의하진 않겠지요. 눈으로 만족해야 하는데, 그런 시커먼 악마를 바라보며 무슨 기쁨을 얻겠습니까? 재미를 보고 격정이 가라앉았을 때 그것에 다시 불을 지피고, 물린 정욕에 새로운 육욕을 불사르려면 모름지기 매력적인 외모, 비슷한 나이,

기품 있는 아름다움이 있어야 하는데, 무어인에게는 그런 게 하나도 없잖아요. 자, 그에겐 이런 필요조건들이 결여되었으니 그녀의 예민한 감수성은 자신이 속았음을 깨닫고 무어인에게 역겨움을 느낀 끝에 그를 혐오하고 증오하게 되겠지요. 그건 본능이 주는 가르침일 테니, 그녀는 제2의 선택을 강요받을 겁니다. 자, 사태가 이렇게 굴러가면—아주 확실하고 무리 없는 주장인데—행운을 차지할 수 있는 인물로 카시오만큼 유력한 인물이 어디 있겠습니까? 그는 입심 좋고, 점잖고 인간적으로 보이지만, 그건 겉치레일 뿐, 음흉한 욕정을 충족시키기 위해서라면 양심에 반하는 일도 거리낌없이 해치울 인간이지요. 그는 세련되고 유들유들한 데다 기회만 노리고 있는데, 기회가 없다 해도 그걸 날조해낼 정도의 수완이 있는 위인이지요. 게다가 그는 젊고 잘생겨서 풋내 풀풀 풍기는 한심한 여자애들이 반할 만한 조건을 두루 갖추었다고요. 정말 봐줄 수 없을 정도로 철저한 악당이지요. 그런데 그 여자가 벌써 그자에게 눈독을 들였단 말입니다.

로도리고 그녀가 그렇다는 걸 나는 믿을 수 없어. 축복받은 자질을 타고난 여자 아닌가.

이아고 축복은 얼어 죽을 축복! 그녀가 마시는 포도주도 포도로 만든 겁니다. 진정 축복을 받았다면, 그녀는 결코 무어 녀석을 사랑하진 않았겠지요. 그녀가 그자의 손바닥을 어루만지는 걸 못 봤어요?

로도리고 그거야 나도 봤지. 하지만 그건 예의상 그럴 뿐이지.

이아고 이 손에 걸고 맹세하는데, 음란한 행위였어요. 그건 욕정의 역사이자 사악한 정념을 여는 색인*과 서문이에요. 얼마나 가까이서 인사를 하는지 입술이 서로 맞닿아 그들의 숨소리가 포옹할 지경이었다니까요. 그렇게 주거니 받거니 수작을 시작하면 몸을 섞는 건 시간 문제죠. 그러니 나리는 제가 시키는 대로 하면 됩니다. 나리를 베니스에서 데려온 사람은 저니까요. 오늘 밤 보초를 서세요. 제가 배치해 주겠어요. 카시오는 당신을 몰라요. 제가 멀지 않은 곳에 있을 테니, 카시오의 비위를 건드리란 말이에요. 큰 소리로 떠들거나 그의 군사교련 방식을 비방하는 등 적당한 빌미를 찾아내란 말입니다. 그런 건 때가 되면 적절하게 마련될 것입니다.

로도리고 글쎄.

이아고 이보세요, 그자는 경솔해서 벌컥 화를 잘 내니까, 혹시 곤봉으로 당신을 칠지도 몰라요. 그러도록 화를 돋우라고요. 일이 그렇게 굴러가면, 제가 키프로스 사람들에게 소동을 벌이게 하겠어요. 그걸 진정시키고, 다시 신뢰를 회복하려면 카시오를 파면하는 수밖에 없게 만들겠

---

* 색인 : 당시의 책에는 색인이 지금처럼 맨 뒤가 아니라 맨 앞에 있었다.

다고요. 그렇게 되면 제가 마련한 수단을 통해 장애물이
제거된 상황에서, 당신은 욕심을 채울 수 있을 거예요. 안
그러면 우리는 절대 성공을 기대할 수 없어요.

로도리고 그렇게 해보겠어. 호기를 잡을 수 있다면야.

이아고 그건 제가 장담하지요. 이따 요새에서 만나요. 저는
그의* 물건들을 해안으로 옮겨야 합니다. 잘 가요.

로도리고 잘 가게나!   (퇴장)

이아고 카시오가 그녀를 사랑하는 걸 난 믿어.
  그녀가 그자를 사랑하는 것도 확실하고.
  무어 놈은, 내 비록 그가 견딜 수 없이 싫지만,
  변함없고, 고결하고, 사랑이 많은 성품이야.
  그리고 그는 데스데모나에게 나무랄 데 없는 남편이지.
  그런데 나 역시 그녀에게 반해 있어.
  순전히 욕정 때문만은 아니야.──물론 나라고
  그런 큰 죄를 품지 말란 법은 없지만──
  어느 정도는 내 복수심을 채우기 위해서지.
  문제는 그 음탕한 무어 놈이 내 안장에 올라탔다는
  의심이 든단 말이야. 그 생각은 독약처럼 내 속을
  갉아먹고 있어. 마누라엔 마누라로 되갚아주기 전에는
  무엇으로도 내 영혼은 만족을 못 느낄 것 같단
  말씀이야. 만약 그렇게 못한다면, 최소한 무어 놈에게

---

* 그의 : 오셀로를 말한다.

분별력으로는 막을 수 없는 아주 강렬한 질투심을
유발시키겠어. 그 일을 성사시키려면
——조속한 사냥을 위해 쓰레기통을 뒤져 찾은——
그 형편없는 베니스인*을 들쑤셔놓아야 해.
내가 부추기는 대로만 따라준다면 마이클 카시오를
마음대로 주무를 수 있어. 카시오 놈도
내 잠옷을 입었단 의심이 드니까.
그리고 무어 놈에겐 카시오에 대한 극심한
중상모략을 하는 거야. 그렇게 무어란 놈을
구제 불능의 얼간이로 만들어, 그의 평화롭고
고요한 마음이 미칠 지경에 이를 때까지 교란한
대가로 내게 감사와 사랑을 보답하도록 만드는 거지.
묘안은 여기 있지만, 아직은 흐릿해.
악행의 참모습은 범행 전엔 못 보니까.   (퇴장)

2막 2장
(같은 장소)

한 전령이 포고문을 읽으면서 등장

---

* 형편없는 베니스인 : 로도리고를 지칭함.

전령 다음은 고귀하고 용맹한 오셀로 장군의 전언이다. 장군께서는 튀르키예 함대의 전멸을 전하는, 방금 도착한 확실한 통지를 받으시고, 모두에게 축제를 즐기라고 하셨다. 춤을 추고 싶은 이는 춤을 추고, 모닥불을 피우고 싶은 사람은 모닥불을 피우고, 각자 하고 싶은 대로 먹고 마시고 놀라고 하셨다. 이런 반가운 소식 외에도 장군님의 혼인을 축하하는 의미도 있으니, 넘치는 기쁨으로 이를 공포하는 바이다. 모든 식료품 창고를 개방하여, 현재 시각인 다섯 시부터 열한 시 종이 칠 때까지 마음껏 즐기도록 하라. 신이시여, 키프로스 섬과 오셀로 장군님께 축복을 내리소서!

(퇴장)

2막 3장
(성 안의 한 방)

오셀로, 카시오, 데스데모나 등장

오셀로 이보게 마이클, 오늘 밤 보초를 잘 서주게.

　즐기되 선을 넘는 무분별함을 보이지 말고

　절제해 명예를 지키게 하게나.

카시오 이아고에게 지시를 내렸습니다만,

　저도 두 눈 부릅뜨고 살피겠습니다.

오셀로 이아고야 아주 정직하지.

마이클, 좋은 밤 되길 비네!

가능한 한 아침 일찍 이야기 좀 했으면 하네.

(데스데모나에게) 여보, 이리 와요.

당신을 얻었으니 그에 따른 결실이 있어야 하는데,

당신과 나는 그 결실을 아직 얻지 못했잖소.

좋은 밤 되게나!　　　　　　　　(오셀로, 데스데모나 퇴장)

이아고 등장

카시오 어서 오게, 이아고. 같이 보초를 서야 하네.

이아고 아직은 아닙니다, 부관님. 아직 열 시가 채 안 된걸
요. 우리 장군님께서 데스데모나와 사랑을 나누시려고 우
릴 일찍 풀어주신 거예요. 그렇다고 섭섭해하지는 말아야
죠. 아직 그녀와 밤을 희롱하진 못했으니까요. 그녀는 조
브 신이 데리고 놀 만한 여자 아닙니까?

카시오 더할 나위 없는 숙녀시지.

이아고 장담컨대 밤일도 빼어날 겁니다.

카시오 몹시 신선하고 우아한 분이지.

이아고 그 눈은 어떻고요! 육욕을 도발하려 담판에 나선 것
같던걸요.

카시오 매혹적이지만, 매우 정숙한 눈이지.

이아고 그분의 목소리는 사랑을 일깨우는 경종이지요.

카시오 흠잡을 데 없는 분이지.

이아고 어쨌거나 그분들의 잠자리에 행복이 깃들기를! 자, 부관님, 여기 포도주 한 통이 있습니다. 그리고 밖에는 키 프로스 용사 두 명이 와 있는데, 흑인 장군 오셀로의 건강을 위해 축배를 들고 싶다고 합니다.

카시오 이아고, 오늘 밤은 안 돼. 나는 술에 약해 조금만 마셔도 실수를 하거든. 다른 접대 방식으로 예의를 표할 수 있다면 좋으련만.

이아고 아, 저들은 우리 친구들입니다. 딱 한 잔만. 제가 부관님 대신 마시면 되죠.

카시오 난 오늘 밤 한 잔 마셨는걸. 그것도 요령을 부려 물을 타서 마셨는데도 내게 일어난 격변을 보라고. 난 불행히도 이런 취약점이 있어서 내 약점을 더는 시험해 보고 싶지 않네.

이아고 뭘 그러세요. 축제의 밤이고, 그 한량들이 원하는걸요.

카시오 그들은 어디 있나?

이아고 저기 문밖에요. 제발 들어오라고 하세요.

카시오 그러지. 하지만 내키진 않는걸.　　　　　　(퇴장)

이아고 내가 저자에게 딱 한 잔만 더 안기면
　　　오늘 밤 이미 마신 것도 있으니, 철없는 아가씨의
　　　제멋대로인 강아지처럼 좌충우돌 덤빌 테지.
　　　게다가 상사병에 걸린 얼간이 로도리고는

사랑 때문에 앞뒤 분간을 못 하고
이미 반 갤런*의 술로 데스데모나를
위한 축배를 들었는데, 그자도
오늘 밤 보초를 서게 되어 있다.
난 기품 있고 자존심 강한 키프로스 청년
세 명을——전운 감도는 이 섬의 정예 요원인 그들은
자신들의 명예와 관련된 문제와 맞닥뜨리면 대단히
민감해지지——넘치는 술잔으로 흥분시켜놓았어.
자, 술 취한 이 패거리들 사이에서 카시오도 함께
보초를 서니까, 그에게 이 섬을 욕보이는 짓을
하도록 부추기는 거다.

　　　　　　카시오, 몬타노 및 다른 사람들 등장

　저들이 오는군.
　일의 결과가 내 꿈대로 된다면
　내 배는 순풍에 돛을 달고 물길 따라 내달릴 테지.
카시오　어이구, 전 이미 넘치게 받아 마셨습니다.
몬타노　뭘 한 홉도 안 되는 작은 잔이었겠지.
　뻔하다고.

———————————

* 반 갤런 : 1갤런이 약 3.785리터이므로, 반 갤런이면 2리터에 약간
못 미치는 양이다.

이아고　이봐, 포도주를 가져와.

　　　　(노래한다) "술잔을 울려라, 쩽그랑 쩽

　　　　　　　술잔을 울려라, 쩽그랑 쩽

　　　　　　　　군인도 인간인데,

　　　　　　　인간의 일생 한순간이니

　　　　　　　군인이라고 어찌 마시지 않으리."

　이보게, 술 더 가져와!

카시오　거참, 노래 한번 그럴싸하네.

이아고　이건 영국에서 배웠습니다. 거기야말로 마시는 실
력이 장난 아닙니다. 덴마크, 독일, 그리고 배불뚝이 네덜
란드 사람도——자, 듭시다!——영국 사람은 못 당하죠. 자,
마셔요.

카시오　아니, 영국 사람들이 그렇게 마셔대나?

이아고　그럼요, 영국 사람들은 어찌나 술고랜지 덴마크 사
람들이 뻗을 때까지 마신다니까요. 독일 놈들 넘어뜨리는
데는 땀 한 방울 안 흘리고, 두 번째 잔을 채우기도 전에
네덜란드 사람은 토하고 있죠.

카시오　우리 장군님을 위해 건배!

몬타노　나도 건배하지. 부관, 내가 상대해 주지.

이아고　오, 아름다운 영국이여!

　　　　(노래한다) "스티븐 왕은 멋진 분이셨지.

　　　　　금화 한 닢으로 바지를 해 입고는

　　　　　그것이 수월찮게 비싸다는 생각에

양복쟁이를 사기꾼으로 몰아세웠지.
높으신 분도 그렇거늘
지체 낮은 우리들이야 말해 무엇해.
사치로 나라 망치느니 당신도
헌옷 입고 그냥 견디게나."

이봐, 술을 가져와, 술을!

카시오 거참, 아까 것보다 더 그럴싸한 노래군.

이아고 다시 들으시겠습니까?

카시오 아니. 난 그따위 짓을 하는 자는 높은 자리에 앉을 자격도 없다고 생각해. 글쎄, 하느님이 알아서 하시겠지만, 구원받아야 할 사람도 있고, 구원받아서는 안 될 사람도 있는 법이지.

이아고 맞는 말씀입니다, 부관님.

카시오 그런데 나는, 장군님이나 여타 지위 높은 분들에겐 죄송하지만, 구원받고 싶네.

이아고 그거야 저도 그렇습죠.

카시오 그래, 미안하지만 나보다 앞서진 말게. 부관이 기수보다는 먼저 구원받아야 할 것 아닌가. 우리 이런 얘기 그만하고 임무에 충실하자고. 하느님, 우리 죄를 용서하소서! 여러분, 각자 맡은 임무를 수행합시다. 내가 취했다고 생각진 마십시오. 이 사람은 내 기수, 이것은 내 오른손, 이것은 왼손이오. 난 아직 취하지 않았어. 몸을 가눌 수도 있고, 말도 제대로 할 수 있으니까.

신사들   예, 아주 훌륭하십니다.

카시오   그럼, 좋습니다. 내가 취했다고 오해해선 안 되오.

(퇴장)

몬타노   여러분, 포대로 갑시다. 자, 보초를 세웁시다.

(신사들 모두 퇴장)

이아고   (몬타노에게) 앞서 나간 양반 보셨지요?
　　보통 때는 시저 옆에 있어도 손색없는
　　군인이죠. 그러나 그의 악덕을 눈여겨보면
　　그것이 밤낮의 길이가 똑같은 춘추분처럼
　　미덕과 대칭을 이루니 참으로 딱한 노릇입니다.
　　오셀로 장군이 저자를 철석같이 믿고 계시는데
　　생각도 못 한 곳에서 그의 결함이 드러나
　　이 섬을 흔들어놓지나 않을까 걱정되는군요.

몬타노   종종 저러는가?

이아고   저게 항상 수면의 전주곡입니다.
　　술을 마시지 않으면 시곗바늘이 두 바퀴를 돌아도
　　끄떡하지 않고 서 있을 양반이죠.

몬타노   이 사실을 장군께서 미리 알고 계시는 게 좋겠네.
　　아직 그분이 저자의 이런 점을 보지 못했거나,
　　선량해서 카시오의 미덕만을 높이 평가하시고
　　그의 결점에 무관심한 거네. 안 그런가?

로도리고 등장

이아고   (로도리고에게 방백) 이보세요, 로도리고!

제발 부관 뒤를 쫓아가세요.   (로도리고 퇴장)

몬타노   게다가 애석한 건 고귀한 무어인이 위험하게

저런 고질병을 앓고 있는 자에게 부관 자리를

맡기는 모험을 했다는 걸세. 무어인에게 이 사실을

알리는 것은 바람직한 행동이네.

이아고   저는 말 못 합니다.

설사 이 아름다운 섬을 다 준다 해도요.

저는 카시오 부관님을 진심으로 아끼고 좋아하니

그의 악습을 고쳐드리려고 애쓸 것입니다.

                    (안에서 "사람 살려!" 외치는 소리 들린다)

그런데 쉿, 무슨 소리죠?

카시오가 로도리고를 뒤쫓으며 등장

카시오   제기랄, 못돼먹은 깡패 같으니라고!

몬타노   부관, 무슨 일이오?

카시오   네놈이 나에게 한수 가르치겠다고? 흠씬 두들겨 패

서 고리버들 광주리*로 만들어놓겠다.

로도리고   뭐, 패시겠다?

카시오   이놈, 누구 앞에서 그따위로 주둥아릴 놀려?

                    (로도리고를 친다)

몬타노   도대체 왜 이러는 거요, 부관!

부탁이니 제발 그 손 좀 내리시오.

카시오   이거 놔. 안 그러면 당신 골통을 부술 수도 있어.

몬타노   자, 자, 당신은 취했소.

카시오   취했다고? (두 사람 싸운다)

이아고   (로도리고에게 방백) 어서 나가서

폭동이 일어났다고 외쳐요.   (로도리고 퇴장)

참으세요, 부관님. 세상에, 이보세요,

사람 살려! 부관님, 저, 몬타노 경,

사람 살려. 이보세요, 정말 보초 한번 잘 선다.

(종소리 들린다)

어떤 놈이 경종을 울리는 거야? 악마구나!

온 마을이 다 깨겠어. 부관님, 참으세요.

이러시면 평생 후회하실 겁니다.

오셀로와 무기를 든 신사들 등장

오셀로   이 무슨 일이냐?

몬타노   제기랄, 피가 계속 나는군.

치명상을 입었어요.

오셀로   목숨이 아깝다면 멈춰라.

---

* 고리버들 광주리 : 종횡으로 매질을 당하면 고리버들 광주리 모양
의 자국이 생기게 될 거라는 의미.

이아고 그만들 하세요, 부관님, 몬타노 어른도.

　　모두 체통도 예의도 의무도 버리셨어요?

　　그만들 하세요. 장군님 명령이십니다.

　　나 참, 낯부끄럽네!

오셀로 아니, 도대체 어쩌다 이런 일이 벌어진 거냐?

　　이교도 튀르키예 놈으로 둔갑이라도 한 거냐?

　　하늘이 튀르키예 놈들에게 금한 일을 하겠다는 거냐?

　　야만인처럼 싸우다니, 기독교인의 수치다.

　　이제부터 분을 풀겠다고 날뛰는 자는

　　자기 영혼을 하찮게 여긴다고 생각할 테다.

　　움직이면 죽는다. 평온한 이 섬을 공포에

　　떨게 하는 저 섬뜩한 경종을 멈추게 해라.

　　두 양반, 대체 어찌 된 일인가? 정직한 이아고,

　　비통해 죽을 것 같은 표정인데 말하라. 누가 먼저

　　시비를 걸었느냐? 너의 충성심에 걸고 명한다.

이아고 저도 모릅니다. 조금 전까지도

　　모두 친구였고, 사이 좋은 신랑 신부처럼

　　옷 벗고 잠자리에 들려는 것 같았습니다.

　　그런데 조금 전, 혹성이 이들의 혼을 빼놓은 듯

　　칼을 빼 들고 피의 대결을 벌이며

　　서로의 가슴을 찔렀습니다.

　　이 치졸한 싸움이 시작된 경위는 말할 수 없습니다.

　　이 싸움판에 저를 데려온 이 두 다리를

명예로운 전투에서 잃었더라면 좋았으련만.

오셀로 어찌 된 노릇인가, 마이클? 이렇듯 정신을 잃다니!

카시오 용서해 주십시오. 드릴 말씀이 없습니다.

오셀로 몬타노, 아직 새파랗게 젊은 당신은 언제나
예의 바르고, 과묵하고 진중하기까지 해서
날카로운 독설가조차 그 사실을 인정했었소.
그런데 명망의 전대를 이런 식으로 풀어놓고,
야밤의 깡패라는 이름을 얻으려 하다니
대체 어찌 된 일이오? 대답해 보시오.

몬타노 오셀로 장군, 난 심하게 다쳤습니다.
장군의 부하인 이아고가 내게 일어난 모든 것을
말씀드릴 것입니다. 지금은 말할
기분이 아니니 말을 삼가겠어요. 그리고 오늘 밤
내 언동에 잘못이 없었다는 사실을 확신합니다.
자애심이 때로는 악덕이 된다거나
폭력을 당했을 때 정당방위가
죄가 되지 않는다면 말입니다.

오셀로 원 세상에! 치미는 화가 이성의 방어벽을
뚫고 날 지배하기 시작하고, 격정이 판단력을
흐리게 하고는 앞장서려 하는구나. 빌어먹을!
내가 움직여 이 팔을 들어올리기라도 하면
제아무리 고귀한 자일지라도 요절나고 말 것이다.
일이 어떻게 시작되었고, 누가 벌인 건지 보고하라.

이 싸움에 죄가 있는 자는 그가 누구든,

비록 내 쌍둥이 형제라 할지라도 나를 잃게 될 것이다.

아니, 아직 혼란스럽고 불안한 주둔지에서

어떻게 동료끼리 싸움을 벌인단 말이냐? 야밤에,

초소에서, 경계 중에 말이다. 한심하기 그지없구나.

이아고, 누가 싸움을 시작했나?

몬타노 자네가 동료애에 얽매여 편파적으로

진실을 늘이거나 줄인다면 군인이 아니네.

이아고 그렇게 윽박지르지 마세요.

제 입으로 마이클 카시오 부관님을 욕되게 하느니

차라리 제 입에서 혓바닥을 자르겠습니다.

하지만 진실을 말하는 게 그분께 해가 되지 않을

것이라고 저 자신을 설득해 봅니다. 실은 이렇습니다.

장군님, 몬타노 님과 제가 이야기하고 있는데,

도움을 외치며 한 녀석이 나타났고, 뒤이어 카시오가

그자를 처형하려고 작심한 듯 칼을 빼 들고 뒤쫓았죠.

그러자 이분이 카시오를 막아서며 멈추라고 간청했고,

저는 고함치는 그 녀석 뒤를 쫓아갔습니다.

(그자의 외침에 온 마을 사람들이 공포에 빠질까 봐

염려되었기 때문이지요) 저는 계속 추적했습니다만,

따라잡지 못하고 급히 되돌아왔습니다. 그 이유는

칼이 위아래로 부딪히는 소리와 함께 카시오 부관님이

큰 소리로 욕을 해대는 걸 들었기 때문입니다.

전에는 한 번도 들어본 적 없는 소리였지요.
되돌아와 보니 아주 잠깐 사이에 두 사람이 맞붙어
싸우고 있었지요. 장군님이 둘을 떼어놓았을 때는
또다시 그런 상황이 벌어졌을 때였습니다.
더는 아뢸 수 없습니다. 우리는 한낱 인간인지라
화가 나면 아무리 훌륭한 사람이라 해도
자제력을 잃는 수가 있으니까요.
비록 카시오 부관님이 이분께 실수하긴 했지만,
사람은 화가 나면 자기를 위해 주는 사람도
칠 수 있는 법입니다. 하지만 부관님은 분명히
도망친 작자한테서 인내심으로는 견뎌낼
수 없는 모욕을 당했음이 분명합니다.

오셀로　알았다, 이아고.
자넨 정직함과 사랑으로 이 일을 축소해서
카시오를 두둔하는군. 카시오,* 나는 자넬 누구보다
아꼈지만 더는 내 부관으로 둘 수 없겠네.

데스데모나, 시종을 데리고 등장

저런, 집사람까지 잠자리에서 일어났잖아.
자넬 본보기로 삼아야겠네.

---

* 카시오 : 오셀로는 이전까지 그를 마이클이라고 불렀다.

데스데모나   무슨 일이에요?

오셀로   이젠 다 해결됐소, 침실로 갑시다.

(몬타노에게) 그대의 상처는 내가 돌봐드리겠소.

이분을 모셔 가라.   (몬타노, 부축을 받으며 퇴장)

이아고, 주의 깊게 마을을 살피고,

이 고약한 싸움으로 놀란 이들을 진정시키게.

갑시다, 데스데모나. 싸움질 때문에

향기로운 단잠에서 깨는 게 군인의 일상이오.

(이아고와 카시오만 남고 모두 퇴장)

이아고   아니, 부관님, 다치셨어요?

카시오   음, 수술로도 어찌 못할 지경이야.

이아고   저런, 하느님 맙소사!

카시오   명성이네, 명성! 난 명성을 잃었어! 오, 난 나 자신
의 불멸의 부분을 잃어버렸네. 나머지는 짐승 같은 것뿐
인데. 내 명성, 이아고, 내 명성을!

이아고   정직한 사람으로서 한말씀 드리는데, 당신은 몸에
약간의 상처를 입었습니다. 명성보다는 상처가 더 아플 거
라고 생각됩니다만. 명성이라는 건 공허하고 헛된 짐일 뿐
입니다. 공로 없이도 얻었다가 까닭 없이 잃는 것이지요.
그러니 스스로 잃었다고 자처하지 않으면 잃었다고 할 수
없습니다. 자, 기운을 내세요. 장군님의 신임을 회복할 방
법이 있습니다. 지금은 그분의 기분 때문에 파면됐지만,
그건 미워서가 아니라 정책상 처벌을 내리신 거예요. 마치

우쭐대는 사자를 혼내주기 위해 죄 없는 자기 개를 패는 것처럼요. 다시 청을 넣으면 반드시 들어주실 겁니다.

카시오 난 차라리 경멸해 달라고 청하고 싶네. 이렇게 경박한 술주정뱅이 장교가 그런 훌륭한 지휘관을 속이려 했으니. 취했다고? 앵무새같이 조잘거리고? 말다툼하고? 허풍 떨고? 악담하고? 그리고 자기 그림자를 상대로 헛소리까지 주고받았다고? 오, 보이지 않는 술귀신아, 너한테 아직 이름이 없다면 악마라고 불러주마!

이아고 당신이 칼을 들고 따라간 작자는 어떤 놈이었습니까? 당신한테 무슨 짓을 했습니까?

카시오 모르겠어.

이아고 그럴 수가!

카시오 많은 것들이 기억나지만 하나도 분명하지 않아. 싸웠는데 왜 싸웠는지도 모르겠어. 오, 사람들은 왜 자신의 원수를 입에 잔뜩 퍼 넣고 정신을 잃는지 모르겠어. 희희낙락 기뻐서 좋아라 박수치며 스스로가 짐승으로 변신하니 말일세!

이아고 아니, 그런데 지금은 아주 말짱하잖아요. 어떻게 그렇게 회복이 됐습니까?

카시오 주정뱅이 악마가 분노의 악마에게 자리를 내준 거라네. 한 가지 결함이 다른 결함을 잇달아 들춰내 나 자신을 철저히 경멸하게 만들고 있네.

이아고 됐어요. 부관님은 지나치게 고지식합니다. 시기로 보나 장소로 보나 이 나라 정세로 보나 저는 진심으로 이런 일이 일어나지 않기를 바랐지만, 이미 일어난 일이니 자신에게 유리하도록 수습해야지요.

카시오 다시 자리를 달라고 하면 그분은 날 주정뱅이라고 하시겠지. 그런 말을 들으면 내가 히드라*처럼 많은 입을 가졌다 해도 한마디도 못 할 거야. 조금 전까지도 멀쩡하게 사리를 분별하던 사람이 바보가 되고, 곧이어 짐승으로 변하다니! 무절제한 술잔은 저주받은 것이고, 그 안에 든 것은 악마야.

이아고 자, 자, 적당히 마시면 술은 좋은 벗이 됩니다. 그러니 술에게 욕은 그만하세요. 부관님, 제가 부관님을 사랑한다는 건 아시죠?

카시오 그야 잘 알고 있지. ……내가 취하다니!

이아고 당신을 비롯해 살아 있는 사람이라면 누구나 취할 수 있어요. 이제 어떻게 해야 할지 알려드리지요. 우리 장군님 부인이 이제는 장군님이십니다. 이렇게 말하는 것은 다음과 같은 이유 때문인데, 즉 그분은 지금 부인의 자질과 매력에 빠져, 그걸 주시하고 칭송하느라 정신이 없으세요. 부인께 모든 것을 솔직히 고백하고, 복직을 도와달라고 간청하세요. 그녀는 너무나 너그럽고, 친절하고,

---

* 히드라 : 그리스 신화에 나오는 아홉 개의 머리를 가진 괴물 뱀을 말한다.

마음이 여리고, 은혜로운 성품을 지닌 분이어서 부탁받은 것 이상으로 베푸는 걸 미덕으로 여기지요. 부관님과 그녀 남편 사이의 어긋난 관절을 맞춰달라고 간청해 보십시오. 그러면 저의 전 재산을 판돈으로 걸고 말씀드리는데, 두 분 사이의 우의에 생긴 균열은 오히려 전보다 더 단단하게 접합될 것입니다.

카시오   충고 고맙네.

이아고   아, 네. 진실한 사랑과 정직한 마음으로 단언합니다.

카시오   나도 그 말을 충심으로 믿네. 내일 아침 일찍이 고결한 데스데모나에게 날 좀 도와달라고 간청하겠네. 운명의 여신들이 나를 제지한다면 절망적이야.

이아고   그러실 테죠. 편히 주무세요, 부관님. 저는 보초를 서러 가야 합니다.

카시오   수고하게, 정직한 이아고.   (카시오 퇴장)

이아고   이런데도 날 악당 노릇을 한다고 할 텐가?
내가 주는 이 충고가 너그럽고 정직하고
그럴듯하며, 무어인의 마음을 다시 얻을 수 있는
확실한 길인데도? 정직한 간청으로 데스데모나를
설득하는 일보다 쉬운 건 없어.
그녀의 성품은 자연의 조화처럼 자유롭고 관대하니까.
사실 그녀가 무어를 설득하는 일은 어렵지 않아.
그의 영혼은 이제 그녀의 사랑에 묶여 있기 때문에
세례를 반납하거나 온갖 면죄부를 포기한다 해도

그녀를 향한 욕망으로 본능의 노예가 되었으니,
그녀는 그에게 신처럼 군림하는 거지. 그러니 그를
살리든 죽이든 원하는 대로 할 수 있어.
그런데 왜 날 악당이라는 거야?
카시오에게 이익이 되면서 그것과 함께 진행될[*]
방법을 자문해 주는데도?
이게 바로 지옥의 신학이야!
악마가 인간에게 흉악한 죄를 씌우려고 할 때,
지금의 나처럼 처음에는 천사의 가면을
쓰겠지. 그 정직한 바보가 행운을 되찾기 위해
데스데모나에게 간청하고, 데스데모나는 그를 위해서
무어인에게 열심히 탄원하는 동안
나는 무어인의 귓속에 독을 부어 넣어 주는
거다. 부인이 카시오를 복직시키려는 건
욕정 때문이라고. 그러니 그녀가 그를
도와주려고 애쓰면 애쓸수록 점점 더
무어인의 신뢰를 잃게 되는 거지.
이렇게 난 그녀의 미덕에 먹칠하고,
그녀의 선행으로 그들 모두를
옭아매는 그물을 만드는 거지.

---

* 카시오에게~진행될 : 카시오를 위하는 충고가 실은 자신의 책략
  임을 나타낸다는 의미.

로도리고 등장

웬일이세요, 로도리고?

로도리고 난 이번 사냥에서 뛰지도 못하고, 그저 무리를 채워주려고 따라다닌 개 신세였지 뭐야. 돈은 바닥났고, 오늘 밤에는 흠씬 얻어터지기까지 했어. 그래서 결론은 아픈 만큼 경험을 얻었다는 것뿐이야. 덕분에 약간의 분별력을 얻었지만, 빈털터리가 됐으니 베니스로 돌아가야겠어.

이아고 참을성 없는 사람은 정말 딱하다니까요!

단번에 치유되는 상처가 있던가요?

나리도 알다시피 우린 마술이 아닌 꾀로 일을 해요.

꾀는 느리디느린 시간에 의존한다는 걸 알아야지요.

잘되고 있지 않습니까? 카시오가 당신을 팼어요.

당신은 그 작은 상처 덕에 카시오를 파면시켰습니다.

다른 일들도 서서히 빛을 보게 되겠지만,

꽃을 먼저 피운 나무가 먼저 열매를 맺지요.

조금만 더 참아봐요. 저런, 벌써 아침이군.

뭐든 즐기면서 하다 보면 시간이 빨리 흐른다니까요.

자러 가요. 잡아놓은 숙소로 돌아가세요.

어서 가시라니까요. 앞으로 더 많은 걸 알려드릴게요.

글쎄, 가보라니까요.   (로도리고 퇴장)

몇 가지 더 할 일이 있어.

그중 하나는 집사람을 시켜 카시오를
마님에게 데려다주어 탄원하게 하는 거야.
그동안 나는 무어인을 불러내 카시오가
데스데모나한테 하소연하는 바로 그 순간에
서로 맞닥뜨리게 하는 거야. 그래, 바로 그거야.
괜히 지체하다 좋은 계략을
망치지 말자. (퇴장)

3막 1장

(키프로스 섬의 성 앞)

카시오, 악사들 및 광대 등장

카시오 여기서 연주 좀 해주게. 수고는 내 보답하겠네.
짧은 걸로 "장군님, 안녕히 주무셨습니까"라고
인사드려주게.   (악사들, 연주한다)

광대 악사 양반들, 악기가 나폴리 뒷골목에 갔다
왔는가? 왜 그렇게 코 썩는 소리를 내는가?

악사1 무슨 말을 그렇게 합니까?

광대 이것들이 저, 바람으로 소리를 내는 악기요?

악사1 예, 그렇습니다.

광대 아, 거기에 꼬리*가 달려 있나 보군.

---

* 꼬리 : 광대가 말하는 꼬리는 남성의 성기를 의미하고, 악사들은
꼬리(tail)라는 발음과 같은 이야기(tale)라고 알아들었다.

악사1 어디에 꼬리가 달렸다고요?

광대 거참, 바람으로 소리 내는 기구들은 꼬리가 달린 게 많아요. 악사님들, 여기 수고비 있소. 장군님께선 여러분의 연주를 너무도 좋아하시니, 제발 그 잡소리 그만 냈으면 하십니다요.

악사1 그러지요, 선생.

광대 혹 들리지 않는 음악이 있다면 더 해도 좋아요. 한데 말했다시피, 장군님께선 영 음악을 들을 기분이 아니거든요.

악사1 안 들리는 음악은 없습니다.

광대 그렇담 나팔은 가방에 넣으시지. 난 갈 테니까. 댁도 가슈. 공기 중으로 썩 꺼지라고!   (악사들 모두 퇴장)

카시오 정직한 친구여, 내 말 좀 들어주게.

광대 난 정직한 친구는 아니지만, 당신 말은 듣지요.

카시오 제발 말꼬리 잡는 건 그만두게. 여기 적지만 금화 한 닢이 있네. 장군님 부인을 모시는 시녀가 일어났으면 카시오라는 사람이 할 말이 있다고 전해 주게. 그래 줄 수 있겠나?

광대 그녀는 일어날 테죠. 만약 그녀가 이쪽으로 오면 말을 전하지요.

이아고 등장

카시오 그렇게 해주게나.　　　　　　　　　　（광대 퇴장）

마침 잘 만났군, 이아고.

이아고 그럼, 한잠도 못 주무신 건가요?

카시오 음, 그래. 우리가 헤어지기 전에 날이 새버렸지.

이아고, 실례를 무릅쓰고 자네 부인을 부르러 보냈네.

……내 청은 정숙한 데스데모나를 만날 수 있도록

부탁하려는 것이었네.

이아고 집사람을 곧 보내드리겠습니다.

그리고 당신이 무어인의 방해를 받지 않고

자유롭게 일을 보도록 방도를 강구해 보겠습니다.

카시오 참으로 고맙네. (이아고 퇴장) 피렌체 출신 중에 저

렇게 친절하고 정직한 사람이 있었던가?

에밀리아 등장

에밀리아 안녕하세요, 부관님. 장군님의 감정을 사서

속상하겠지만, 모든 일이 잘 풀릴 거예요.

장군님과 마님이 그 일을 얘기하고 계시는데,

마님은 당신을 적극적으로 옹호하세요. 무어인은

당신이 상처 입힌 그분이 키프로스에서 매우

명망이 높고, 고관들과도 가까이 지내기 때문에

여러 정황상 부관님을 파면할 수밖에 없었나 봐요.

하지만 여전히 당신을 아낀다고 단언하시면서,

따로 청원을 드리지 않아도 기회의 앞머리를

최적기에 붙잡아 다시 부르실 거랍니다.

카시오   하지만 부탁이니,

적절하다고, 아니 가능하다고 생각되면,

잠시 데스데모나와 단둘이 대화할 수 있도록

편의를 봐주시오.

에밀리아   어서 들어오세요. 시간을 갖고 당신 속내를

털어놓을 수 있는 곳으로 모실게요.

카시오   참으로 신세가 많소.   (모두 퇴장)

3막 2장
(같은 장소)

오셀로, 이아고, 신사들 등장

오셀로   이아고, 이 편지 묶음을 선장에게 전하고,

본국의 의원님들께 내 대신 경의를 표하라고 해주게.

그런 다음, 난 성곽을 둘러볼 터이니 그리로 오게.

이아고   예, 장군님, 알겠습니다.

오셀로   여러분, 이 요새를 한 바퀴 둘러보시겠소?

신사들   예, 장군님 뜻대로 하시지요.   (모두 퇴장)

3막 3장
(같은 장소)

데스데모나, 카시오, 에밀리아 등장

데스데모나   장담할게요, 카시오. 당신을 위해
　할 수 있는 모든 걸 다 해볼게요.
에밀리아   마님, 그래 주세요. 제 남편도 이번 일을
　자기 일이라도 되는 양 슬퍼하고 계세요.
데스데모나   오, 참으로 정직한 사람이야……
　믿으세요, 카시오. 제가 남편과 당신 사이를
　전처럼 잘 지내게 만들어드릴 테니까요.
카시오   인정 많은 마님,
　이 마이클 카시오가 어떻게 되든 간에
　그는 언제나 당신의 충실한 종이옵니다.
데스데모나   오, 고마워요. 당신은 제 남편을 아끼고
　오래 알고 지냈으니, 장담컨대 남편이 당신에게
　아무리 서먹하게 대한다 해도 정책적인 거리
　이상으로 멀어지지는 않을 거예요.
카시오   예, 하지만 마님, 정책적인 것도 너무
　길어지거나, 하찮고 빈약한 것만 먹고 유지되다가
　불리한 여건이 계속 조성될 경우 저는 안 보이고
　제 자리는 채워져 있을 테니, 끝내 장군님은

제 사랑과 봉사를 잊으실 겁니다.

데스데모나 그런 걱정 마세요. 에밀리아 앞에서

당신 자리를 보장할 테니까, 절 믿으세요.

맹세한 우정은 철저하게 지킵니다.

제 주인을 잠시도 못 쉬게 하고,

인내심이 바닥날 때까지

계속 들들 볶겠어요.

그의 침대는 학교로, 식탁은 고해실이 될 거예요.

모든 일에 당신의 청원을 섞어놓겠어요.

그러니 기운 내세요, 카시오.

당신의 변호인은 간청을 포기하느니

차라리 죽는 편이 낫다고 여길 테니까요.

오셀로와 이아고 등장

에밀리아 마님, 주인님이 오십니다.

카시오 부인, 그럼 저는 가보겠습니다.

데스데모나 왜요? 남아서 제 얘기 끝까지 들어보세요.

카시오 부인, 지금은 아닙니다. 마음이 심란해서

제 뜻을 추진하기가 어려울 것 같습니다.

데스데모나 그럼 알아서 하세요.　　　　　　　(카시오 퇴장)

이아고 하, 저건 좋지 않아.

오셀로 뭐라고 했나?

이아고   아무것도 아닙니다, 장군님. 혹시—됐어요.

오셀로   내 아내와 헤어진 게 카시오 아닌가?

이아고   카시오라고요, 장군님? 분명히 아닙니다.
   당신이 오는 것을 보고 저분이 저렇게 죄지은
   사람처럼 몰래 도망쳤다고는 생각할 수 없으니까요.

오셀로   틀림없이 그였어.

데스데모나   여보, 좀 어떠세요?
   저는 여기서 당신이 냉대해서 시들어가는
   탄원자와 이야기하고 있었어요.

오셀로   누구 말이오?

데스데모나   당신 부관인 카시오 말이에요, 여보.
   제가 당신의 호의로, 제게 능력 있어 당신을
   움직일 수 있다면, 그분의 화해를 받아주세요.
   그분이 당신을 진정으로 위하는 게 아니고,
   무지가 아닌 고의적 실수였다면,
   제가 정직한 얼굴을 식별 못한 것이겠지요.
   제발 그를 다시 부르세요.

오셀로   방금 밖으로 나간 자가 그요?

데스데모나   그래요. 너무나 풀이 죽어
   슬픔의 일부를 남겨놓고 떠나는 바람에
   저도 마음이 아파요. 여보, 다시 부르세요.

오셀로   데스데모나, 지금은 안 되오. 나중에.

데스데모나   하지만 곧 그러실 거죠?

오셀로 당신을 위해 빨리 처리하리다.

데스데모나 오늘 저녁 식사 때요?

오셀로 오늘 저녁은 안 되오.

데스데모나 그럼, 내일 점심때는요?

오셀로 밖에서 먹을 거요.

요새에서 대장들과 만나기로 했소.

데스데모나 그러시다면 내일 저녁이나 화요일 아침,

화요일 낮이나 밤, 또는 수요일 아침도 괜찮아요.

제발 시간을 정하세요. 그러나 사흘을 넘기진

마세요. 그분은 진실로 뉘우치고 있어요.

하지만 그의 죄는——전쟁에선 최고참이 본보기를

보여야 한다는 사실을 제외하고는——상식선에서 볼 때

개인적인 책망을 받을 만한 것도 아니잖아요.

언제 그를 부르겠어요? 말해 주세요. 오셀로,

정말이지 궁금한데, 당신이 제게 요청한 일을

거부하거나 고민하느라 머뭇거리는 일이

있었나요? 아니? 당신이 제게 구애하러 오실 때,

함께 오신 분, 제가 여러 차례 당신을 못마땅해할

때 당신 편을 들었던 마이클 카시오를

도와주는 것이 그렇게 문제가 많다고요?

아이, 저라면 어떻게 해서라도——

오셀로 제발 그만. 언제든 오라고 해요.

당신 말을 내가 어떻게 거절할 수 있겠소.

데스데모나   아니, 이건 청탁이 아니에요. 이건 당신께

장갑을 끼라거나 좋은 음식을 드시라거나

따뜻하게 지내라고 간청하는 것과 같은

거예요. 만약 제가 당신의 사랑을

시험하려는 소청이라면 대단히 중대한 문제라서

허락하기가 어려웠을 거예요.

오셀로   하나만 부탁하오.

그러면 당신 말을 들어줄 테니까.

잠시만 날 혼자 있게 해주시오.

데스데모나   제가 거절할 것 같으세요?

안 해요. 여보, 안녕.

오셀로   안녕, 데스데모나. 내 곧 당신한테 가겠소.

데스데모나   에밀리아, 가자.──당신 뜻대로 하세요.

저는 그저 따를 테니까요.

(데스데모나, 에밀리아 퇴장)

오셀로   대단한 여자야! 내 그댈 사랑하지 않는다면

내 영혼 파멸하고, 내 그대를 사랑하지 않을 때

다시 혼돈에 빠지리라.

이아고   고결하신 장군님 ──

오셀로   무슨 일인가, 이아고?

이아고   당신이 부인께 구애할 때 카시오가

두 분 관계를 알고 있었습니까?

오셀로   물론이지. 처음부터 끝까지…… 그건 왜 묻느냐?

이아고   단지 제 생각을 좀 확인해 보기 위해서지
    나쁜 뜻은 없습니다.

오셀로   자네 생각이 어떤데?

이아고   저는 그가 부인과 아는 사이였다는 걸 몰랐습니다.

오셀로   아, 알고말고. 종종 우리의 중재 역할을 했는걸.

이아고   정말요?

오셀로   정말이냐고? 그렇다니까! 뭐 잘못되기라도 했나?
    그가 정직하지 않느냐?

이아고   정직해요, 장군님?

오셀로   정직해요? 그럼 정직하고말고.

이아고   장군님, 제가 알기로는.

오셀로   자넨 어떻게 생각하나?

이아고   생각요, 장군님?

오셀로   생각요, 장군님? 나 참, 내 말을 따라 하네?
    마치 자기 생각 속에 못 보여줄 흉측한 괴물이라도
    있다는 듯이. 자네 말엔 뭔가 내막이 있어.
    방금 카시오가 내 아내 곁을 떠날 때,
    "저건 좋지 않아"라고 말하지 않았느냐?
    뭐가 안 좋다는 건가? 그리고 구애 과정에서
    그가 중재 역할을 했다고 하니까, 넌 "정말요?"라고
    외쳤어. 그러고는 머릿속에 무슨 흉측한 생각을 가둬둔
    것처럼 눈썹을 모아서 잔뜩 찌푸리더군.
    진정 날 생각한다면 자네 생각을 보여주게.

이아고　장군님, 제가 당신께 충성한다는

　　　사실은 알고 계시죠?

오셀로　그렇다고 생각하네.

　　　자넨 사랑과 정직함으로 꽉 차 있으니까.

　　　자넨 말의 무게를 가늠해 보고 발언한다는 걸 알기에,

　　　자네가 말을 멈춰 더욱더 놀랐네.

　　　그런 짓은 간교한 무리가 흔히 쓰는 속임수지만,

　　　정의로운 사람이 행할 때는 진심에서 우러나온

　　　감정을 통제할 수 없음을 나타내는 은밀한 암시니까.

이아고　감히 추측건대 마이클 카시오는

　　　정직하다고 생각합니다.

오셀로　나도 그렇게 생각하네.

이아고　인간은 겉과 속이 같아야죠.

　　　그렇지 않다면 사람으로 안 보였으면 좋겠습니다.

오셀로　맞아. 사람은 겉과 속이 같아야지.

이아고　그런 의미에서 카시오는 정직하다고 생각합니다.

오셀로　아니, 여기에 뭔가가 있어.

　　　제발 자네가 생각하는 걸 말해 보게.

　　　되새겨 본 끝에 최악이라고 생각되는 걸

　　　최악의 단어로 표현해 봐.

이아고　장군님, 용서하십시오.

　　　직무상의 일은 무엇이든 말할 의무가 있지만,

　　　노예들도 누리는 자유*를 구속할 수는

없습니다. 제 생각을 말하라고요?

글쎄요, 그것이 추악하고 거짓되다고 하자고요.

궁궐이라 해도 가끔은 더러운 것이 침범하지

않습니까? 제아무리 순결한 마음을 가진

사람에게도 불순한 관념들이 합법적인 생각과

나란히 앉아 재판하지 않습니까?

오셀로   이아고, 친구가 모욕을 당했다고

생각하면서도 언질을 주지 않는다면

자넨 친구를 배반하는 거야.

이아고   청컨대, 제 추측이 잘못되었다 하더라도——

잘못을 염탐하는 것은 솔직히 저의 고질병이고,

경계심 때문에 종종 있지도 않은 결함을

만들어내니까——장군님은 설익은 제 추측의 말을

듣지도 마시고, 모호한 제 관찰을 토대로

걱정거리를 만들지도 마십시오.

제 솔직한 심정을 말씀드리면 장군님의 마음만

뒤숭숭해질 뿐이고, 제 인간성과 정직성,

분별력에도 부정적 영향을 미칠 것입니다.

오셀로   제기랄!

이아고   장군님, 남녀 할 것 없이 평판은 소중하죠,

우리 영혼과 직결된 보물이니까요.

---

* 노예들도 누리는 자유 : 생각의 자유를 가리킨다.

제 지갑을 훔친 자는 쓰레기를 훔치는 셈입니다.

그것은 있다가도 없어지고, 나에게서

그자에게로, 다시 수많은 사람의 손을 옮겨

다니니까요. 그러나 제 평판을 도둑질해 간 자는

부자가 되진 못하지만, 그것 없는 저를

가난하게 만드는 것을 훔치는 셈입니다.

오셀로   네 생각을 알아내고 말겠다.

이아고   그러실 수는 없습니다. 비록 제 마음을

가지신다 해도 제가 꼭꼭 품고 있는 한은 안 됩니다.

오셀로   하!

이아고   오, 질투심을 조심하세요.

그것은 자신의 먹잇감을 비웃으며 조롱하는

푸른 눈의 괴물입니다. 오쟁이 진 자가

운명을 달게 받아들이고 죄인을 사랑하지 않으면

축복 속에서 살 수 있습니다. 그러나 오,

푹 빠져 의심하고 수상쩍어하며 여전히 열렬히

사랑하는 자는 매 순간이 얼마나 지옥 같겠습니까?

오셀로   오, 비참하다!

이아고   가난하지만 만족하면 부자라고 할 수 있습니다.

그러나 가난해질 것을 늘 두려워하는 자는

아무리 부자여도 겨울처럼 가난하답니다.

선하신 하느님, 우리 종족의 모든 영혼을

질투로부터 지켜주소서!

오셀로   어째서 그런 소릴?

자넨 내가 질투에 사로잡혀 살 거로 생각하느냐?

변화하는 달처럼 늘 새로운 의심을 하는?

아니야. 일단 의심이 생기면 난 단번에 해결할 거야.

자네가 상상하는 것과 같은 허무맹랑한 억측을

내 영혼의 본분으로 삼는다면 날 염소라 불러도 좋아.

내 아내가 예쁘고 잘 먹고 남들과 어울리기 좋아하고

거리낌 없이 말하고, 노래며 연주, 춤 등 뭐든 잘한다는

말 따위로 날 질투하게 만들지 못해.

그런 점들은 정숙한 아내에겐 미덕이니까.

또 내 약점 때문에 아내가 배반하지 않을까

두려워하거나 염려하지 않아.

아내는 두 눈을 뜨고 나를 선택했어. 아니, 이아고,

나는 의심하기 전에 잘 살펴볼 거야. 허나 의심이 들면

증거를 찾아야겠지. 증거를 찾으면 방법은 단 하나!

사랑을 버리든지 질투심을 버리든지 해야겠지.

이아고   좋습니다. 그렇게 말씀하시니 제가 장군님께

품고 있는 사랑과 경의를 보다 솔직한 심정으로

보여드릴 이유가 생겼으니까요. 의무감에서

드리는 말씀이니 잘 들어주십시오. 아직 증거를

갖고 드리는 말씀은 아닙니다.

부인을, 카시오와 함께 있을 때 잘 관찰하십시오.

그 눈빛을, 과신도 질투도 하지 마시고요.

저는 당신의 순수하고 고결한 품성이 타고난
관대함 때문에 기만당하는 걸 원치 않습니다.
그 점 유의하세요. 저는 우리나라 사람의
기질을 잘 압니다. 베니스인은 음란한 장난을
친 뒤 하느님께는 고백해도, 남편에게는
침묵하지요. 그들 최고의 도덕관은 안 하는
게 아니라, 들키지 않는 것이지요.

오셀로 정말로 그러냐?

이아고 그녀는 아버지를 속이며 당신과 결혼했고,
당신 모습에 무서워 떨고 있는 것처럼 보였을 때도
사실은 몹시 좋아했습니다.

오셀로 그랬었지.

이아고 거 보세요.
나이 어린 여자가 그렇게 시치미를 뚝 떼고
자기 아버지의 눈을 까맣게 속이는 바람에
그분은 그게 마법인 걸로 착각했습니다.
하지만 제가 크게 잘못했습니다.
모든 건 제가 장군님을 너무 사랑하기 때문이니
겸허하게 용서를 구합니다.

오셀로 너한테 영원한 빚을 졌구나.

이아고 이 일로 적잖게 낙담하신 것 같군요.

오셀로 아니, 전혀 아니야.

이아고 분명히 기분이 상하셨을 것입니다.

모두 장군님을 아끼는 제 충정에서 나온 것임을

고려해 주세요. 그건 그렇고,

몹시 심란해 보이십니다. 제 말을 곡해하거나

더 넓은 범위로 확대하여 해석하지는

마시기를 바랍니다.

오셀로   그러지 않겠네.

이아고   만약 그러시면 장군님,

제 말은 제 의도와는 달리 고약한 결과를

가져올 수 있습니다. 카시오는 제가 신뢰하는 친구입니다.

장군님, 심란해 보이는군요.

오셀로   아니, 그렇지 않아.

난 데스데모나가 정숙하다고 생각하니까.

이아고   그런 그녀와 그렇게 생각하는 당신의 믿음이 영원

하길!

오셀로   하지만 본성이 빗나갈 수도 있으니—

이아고   예, 바로 그거예요. 감히 말씀드리자면,

그녀는 모든 면에서 자연의 순리라고 여겨지는,

즉 같은 나라, 같은 피부색, 같은 신분의

수많은 청혼자를 외면했단 말입니다.

참 나, 우린 그런 사람들의 욕망에서

매우 부패하고 불순한 낌새와 비정상적인

생각의 냄새를 맡을 수 있다니까요.

허나 용서해 주십시오. 제가 그녀에 대해

구체적인 견해를 밝힐 입장은 못 되니까요.

단지 부인께서 판단력을 회복하여

동족의 남자들과 당신을 비교해 보고

후회할 것이 염려되기 때문입니다.

오셀로   잘 가게, 잘 가.

혹여 더 알아낸 것이 있으면 알려주고.

자네 처더러 감시하라고 해주게. 가보게.

이아고   (가면서) 장군님, 저는 물러가겠습니다.

오셀로   내가 왜 결혼했을까? 저 정직한 녀석은 필시

털어놓은 것보다 감추고 있는 게 훨씬 많을 거야.

이아고   (되돌아와) 장군님, 이 일을 더는 캐지 마시고,

그저 흐르는 시간에 맡기라고 부탁드리고 싶습니다.

카시오 부관님은 직무를 원활히 수행할 것이니,

복직시키는 것이 마땅합니다.

허나 잠시라도 그를 멀리서 지켜보신다면

그의 됨됨이와 감춰진 의도를 감지할 것입니다.

부인께서 그자의 복직을 열심히, 또는 격렬하게

조르면서 지나친 환대를 하지 않는지 살펴보십시오.

거기에서 많은 것을 깨닫게 될 겁니다.

그동안은 저를 걱정거리나 파헤치기 좋아하는

그런 부류로 생각하십시오. 물론 걱정할 만한

충분한 이유가 있었습니다.

청컨대 그녀는 결백하다고 믿어주십시오.

오셀로　내 처신에 대해선 걱정 말게.

이아고　그러면 다시 한번 하직 인사를 드립니다.　　　(퇴장)

오셀로　저 친구는 대단히 정직한 데다

인간관계의 다각적인 측면을 훤히 꿰뚫고 있어.

만일 그녀가 길들지 않은 야생의 매임이 밝혀지면,

비록 그 발목 줄이 내 소중한 심장의 끈이라 해도,

나는 그녀를 바람 따라 휙 날려버리고,

제 운명대로 살게 할 테다.

아마도 내가 검고, 궁정의 한량들처럼 능란한

사교술이 없고, 나이는 황혼에 접어들어—

아직 깊이 들어간 것은 아니다만—그녀는 떠났어.

나는 속았고, 이제 그녀를 증오하는 것에서 위안을 얻을 뿐.

오, 결혼의 저주여! 이 연약한 창조물들을 우리 것이라

부르지만, 그들의 정욕은 우리 것이 아니구나.

사랑하는 것을 한쪽만 갖고 남들에게 사용하게 할 바에야

난 차라리 한 마리 두꺼비로 변해 깊고 어두운

동굴 속에서 이슬을 먹고 살아가련다.

허나 이건 우리 비범한 인간들에게 내린 재앙이다,

비천한 자들보다 특전이 적으니까.

이건 죽음처럼 피할 수 없는 운명이다.

우리는 뱃속에서 꿈틀거릴 때부터 이마에 뿔이

돋는* 저주받을 운명을 타고났어.

데스데모나가 오는군. 그녀가 부정하다면

하늘은 스스로를 조롱하는 것,

난 그것을 믿지 않을 거야.

데스데모나와 에밀리아 등장

데스데모나 여보, 어찌 된 일이세요?

저녁 식사가 준비됐고, 초대를 받은 이 섬의

귀빈들이 당신이 오기만을 기다리고 있어요.

오셀로 내 잘못이야.

데스데모나 왜 그렇게 목소리에 기운이 없으세요?

편찮으세요?

오셀로 이마의 통증** 때문에 그래.

데스데모나 저런, 밤잠을 못 주무셔서 그러니, 곧 괜찮아질

거예요. 머리를 싸매 드릴게요. 한 시간도 못 돼 좋아질

거예요.

오셀로 손수건이 너무 작아.   (손수건이 떨어진다)

내버려두시오. 자, 함께 들어갑시다.

데스데모나 당신이 편찮으시다니 정말 속상해요.

(오셀로와 데스데모나 퇴장)

---

* 이마에 뿔이 돋는 : 예로부터 서구에서는 부정한 아내를 둔 남편
은 이마에 뿔이 돋는다고 생각했다.

** 이마의 통증 : 단순히 머리가 아프다는 의미 외에도 머리에 뿔이
난 오쟁이 진 남편이라는 의미도 담겨 있다.

에밀리아   이 손수건을 줍다니 기뻐.

　이건 무어인이 마님한테 준 첫 번째 선물인데,

　남편은 별나게 이걸 훔쳐 오라고 골백번도

　넘게 애걸했어. 허나 마님은 이 정표를 무던히 아꼈지.

　항상 이걸 지녀야 한다는 엄명이 있었어.

　그래서 언제나 몸에 지니고 다니며

　입을 맞추고 말을 걸었어.

　이 자수 문양을 베껴 이아고에게 줘야지.

　어디에 쓸 것인지는 하늘이나 아시지 난 몰라.

　난 단지 그의 기분이나 맞춰줄 뿐.

이아고 등장

이아고   웬일이야? 여기 혼자서 뭘 해?

에밀리아   책망하지 마요. 당신에게 줄 게 있으니까.

이아고   나한테 줄 게 있다니? 시시한 뭐겠지 —

에밀리아   하?

이아고   멍청한 여편네 같으니라고.

에밀리아   말 다했어요? 이 손수건을 주는 대가로

　뭘 줄 건데요?

이아고   무슨 손수건 말이야?

에밀리아   무슨 손수건이오?

　글쎄, 무어인이 데스데모나에게 처음으로 준,

당신이 그렇게 훔쳐 오라고 채근한 거요.

이아고 그걸 훔쳐냈단 말이야?

에밀리아 아뇨, 그녀가 무심코 떨어뜨린 거예요.

운 좋게도 내가 여기 있다가 주웠어요.

봐요, 여깄어요.

이아고 좋았어. 이리 줘.

에밀리아 이걸 어디 쓰려고 그렇게

애걸복걸했어요?

이아고 (가로채며) 왜, 그걸 알아서 뭘 하게?

에밀리아 중요한 목적이 있는 게 아니라면,

도로 줘요. 가련한 마님이 미칠 거예요,

이게 없어진 걸 알면.

이아고 모르는 척해. 쓸 데가 있으니까.

자, 가봐.   (에밀리아 퇴장)

이 손수건을 카시오 숙소에 떨어뜨려 놓고, 그가

발견하도록 해야지. 질투하는 사람에겐 공기처럼

가볍고 하찮은 것도 성경 말씀처럼 강력한 확증이 되지.

이게 뭔가 해낼 거야.

무어인은 내가 준 독약을 먹고 이미 변하기

시작했어. 위험한 상상은 그 본질이 독약이라서

처음에는 맛이 고약한 걸 모르다가 서서히

피를 타고 퍼지기 시작하면 온몸이 유황불처럼

타오르게 되어 있지. 그렇다고 했잖아.

오셀로 등장

저길 보라고! 양귀비꽃도 맨드레이크도[*]

아니, 이 세상의 그 어떤 수면 효과를 지닌 물약이라 해도

지난밤의 그 달콤했던 잠을 다시는 누리지 못할 거야.

오셀로 하, 하! 나를, 나를 배반해?

이아고 왜 이러십니까, 장군님? 그 얘긴 그만하라고요.

오셀로 꺼져, 꺼져버려!

넌 나를 고문대에 올려놨어.

어설프게 아느니 크게 속는 편이 나아.

이아고 왜 이러십니까, 장군님!

오셀로 그녀가 훔쳐 누린 욕정의 시간을

내 어찌 알겠어? 난 그걸 보지도 못했고,

생각해 본 적도 없고, 날 해치지도 않았어.

다음 날 저녁에도 잘 잤고, 편안하고 즐거웠어.

그녀의 입술에서 카시오의 키스는 못 찾았어.

도둑을 맞아도 그걸 눈치채지 못했다면

도둑맞지 않은 것과 같아.

이아고 이런 말을 듣게 되다니 송구합니다.

---

[*] 양귀비도 맨드레이크도 : 양귀비나 맨드레이크mandrake나 모두 마
취 효능을 가진 식물이다. 양귀비는 '앵속', '약담배', '아편꽃'이라
고도 하며, 지중해 연안 또는 소아시아가 원산지이다.

오셀로 부대원 전부가, 공병들을 포함한 모두가

그녀의 달콤한 육체를 맛보았다 해도,

아무것도 몰랐다면 행복했을 거야.

오, 고요한 마음이여, 영원히 안녕!

만족이여, 영원히 가라!

투구에 깃털 꽂은 부대, 야망을 미덕으로 바꿔주는

대규모 전투도 안녕! 오, 울부짖는 군마며

날카로운 나팔소리, 투혼을 일깨우는 북소리,

귀청 때리는 고적이여, 모두 안녕히!

장엄한 깃발과 명예로운 전쟁의 상징인

보란 듯 과시하는 행렬이여!

넓게 벌린 아가리로 불멸의 신 조브가 토해내는

무시무시한 천둥소리에 버금가는 너희들

죽음을 부르는 대포 소리도 이제 안녕!

오셀로의 할 일은 없어지고 말았구나.

이아고 장군님, 이게 뭡니까?

오셀로 이놈, 내 아내가 창녀라는 걸 증명해라.

확실히 증명해. 눈으로 볼 수 있는 증거를

내놓지 않으면 불멸하는 영혼에 걸고 맹세컨대

넌 깨어난 내 격분에 답하느니 차라리 개로

태어나는 편이 나았다고 생각할 것이다.

이아고 이렇게까지 되다니요?

오셀로 내게 보여줘 봐. 아니면 적어도

의심 품을 틈새 하나 없을 정도의 증거를 내놔.

그러지 못하면 비통한 삶을 각오해라.

이아고 고결하신 장군님 ——

오셀로 만약 네놈이 아내를 중상하고 나를

고문한 거라면 기도도 필요 없다. 회개 따윈

포기해라. 가공할 악행을 높이 쌓아 올려봐라.

하늘이 슬피 울고 온 세상이 경악할 짓을

저지른다 해도, 이로 인해 받는 저주보다

더한 것을 보태진 못할 테니까.

이아고 오, 맙소사!

은총이여, 하늘이여, 저를 보호해 주소서!

장군님도 남자입니까? 영혼과 분별력이 있습니까?

안녕히 계십시오. 제 직위를 반납하겠습니다.

오, 이런 비참한 바보를 보았나!

네 정직함이 약점이 될 때까지 살다니!

오, 끔찍한 세상이여! 잘 봐라, 잘 봐!

오, 세상이여, 솔직하고 정직하면 안전하지

못하다. 그런 교훈을 가르쳐 주셔서 고맙습니다.

이제부터 그 누구도 사랑하지 않겠습니다.

사랑이 그런 위험을 불러오니까요.

오셀로 아니, 기다려. 넌 정직해야 해.

이아고 현명해야 했습니다. 정직하다는 건

바보짓이고, 위해 준 사람을 잃게 되니까요.

오셀로　세상을 두고 맹세하지만,

난 내 아내가 정숙하다는 생각이 들다가도 아닌 듯하고,

네놈이 옳다고 생각되다가도 아닌 듯해.

뭔가 증거를 확보해야겠어. 디아나*의

안색처럼 깨끗했던 내 이름이 이제는 더러워져

시커멓게 변했다. 내 얼굴처럼 말이다.

밧줄이나 칼, 독이나 불 또는

격류가 있다면 난 참지 않고 죽으리라.

확신할 수 있다면 좋으련만.

이아고　장군님, 격정에 휩싸였군요.

그 일을 말씀드린 것이 후회됩니다.

확신을 갖고 싶다고요?

오셀로　싶은 게 아니라, 그럴 거야.

이아고　그럴 수도 있지만, 어떻게 확신하죠?

장군님이 구경꾼이 되어 멍하게

밑에 깔린 그녀를 보시려고요?

입을 딱 벌리고요?

오셀로　이런 빌어먹을 것들!…… 오!

이아고　그들의 그 짓거리를 보는 건

꽤나 주선하기 어려운 일입니다.

만약 그들이 몸 섞는 걸 보시게 되면

---

* 디아나 : 그리스 신화에 나오는 순결과 달의 여신이다.

──천벌 받을 것들!──그때 난장을 쳐야겠죠.
한데 무얼 어쩌죠? 어떻게요?
어디서 확신을 찾아내죠? 설사 그들이
염소 같은 정력에 원숭이처럼 몸이 달아 있어도,
발정한 늑대처럼 음란하더라도, 아니면,
취해서 세상 모르는 멍청이가 되어도
그 꼴을 보실 가능성은 희박합니다.
하지만 만약, 뚜렷한 정황으로 보아
곧장 진실의 문으로 통하는 강력한
확신을 얻으시겠다면, 그건 가능하지요.

오셀로   그녀가 부정하다는 뚜렷한 근거를 대봐!

이아고   저는 그런 소임을 좋아하지 않습니다.
하지만 제가 이 일에 여기까지 관여해 왔으니,
우직할 정도의 정직함과 경애심으로 계속하지요.
제가 최근 카시오와 함께 잠자리에 들었는데,
심한 치통 때문에 잠을 이룰 수 없었습니다.
사람에 따라 마음 단속이 허술해 수면 중에
자기 정사 이야기를 뇌까리는 인간들이 있는데,
카시오도 이런 부류였지요.
그가 자다가, "아름다운 데스데모나, 서로
조심하고, 우리 사랑을 비밀로 해야 해요."
하고 말하는 걸 들었어요. 그러고 나서 장군님,
그가 제 손을 꼭 움켜쥐며, "오, 내 사랑!"이라고

외치고는 키스했습니다. 마치 제 입술에서 자라는
키스의 뿌리를 뽑을 듯이 거칠게 키스하고는
자기 다리를 제 허벅지 위에 척 걸치더니,
한숨짓고 또 키스하더니 "잔인한 운명이여,
널 무어인에게 주다니!"라고 외쳤습니다.

오셀로 오, 끔찍하다, 끔찍해!

이아고 꿈꾼 걸 가지고 뭘 그러세요.

오셀로 하지만 그것은 이미 일이 있었다는 의미잖아.

이아고 꿈이긴 하나 고약한 의심을 일으켜,
빈약한 증거를 구체화하는 데
도움을 줄 수는 있겠지요.

오셀로 그년을 갈가리 찢어놓아야겠어.

이아고 안 됩니다. 현명하게 구세요. 아직 우리는
어떤 수작도 보지도 못했으니 부인은 어쩌면
순결할지도 모릅니다. 이것만 대답해 주십시오.
가끔 딸기 무늬 손수건을 부인이 쥐고
계신 걸 보신 적 있나요?

오셀로 내가 그걸 아내에게 줬어. 첫 선물로.

이아고 그 사실은 몰랐지만, 그런 손수건으로—
부인 것이 확실한 것 같은데—오늘 카시오가
수염을 닦는 걸 봤습니다.

오셀로 만약 그거라면—.

이아고 바로 그 손수건이든 부인의 다른 손수건이든

그걸 앞의 증거와 함께 놓고 볼 때

그녀를 불리하게 만듭니다.

오셀로   오, 그놈의 모가지가 수만 개라면!

복수하기엔 하나로는 너무 적고 약해.

이제야 그게 사실임을 깨달았다.

자, 이아고, 내 어리석은 사랑을 모두

이렇게 하늘로 날려 보낼 테니, 보게나.

……가버렸다.

검은 복수의 신이여! 텅 빈 동굴에서 나오너라.

오, 사랑이여, 그대의 왕관과 가슴속 옥좌를

폭군 같은 증오심에게 넘겨라!

가슴아, 번민으로 부풀어라.

그것은 독사의 혀에서 나온 독이니.   (무릎을 꿇는다)

이아고   진정하십시오.

오셀로   오, 피, 피를 보고 말 거야, 이아고!

이아고   고정하십시오. 마음이 바뀔지도 모르니까요.

오셀로   절대로 바뀌지 않을 거다, 이아고.

결코 되돌아 흐르는 일 없이,

곧바로 프로폰티스해*를 향해,

또 헬레스폰트 해협**을 향해,

그 바다의 얼음처럼 차고 격동적인 조류를 흘려보내는

폰토스해***처럼 잔인한 내 생각들도

거센 발걸음으로 결코 돌아보지 않고

마음껏 복수하여 그들을 끝장낼 때까지 사랑에

어울리는 경건한 마음으로 돌아가진 않을 것이다.

이제, 저 대리석 같은 하늘에 걸고

성스러운 맹세를 하련다.

이아고 아직 일어나지 마세요.   (이아고, 무릎을 꿇으며)

천상의 하늘에서 언제나 불타는 별들과

우리를 둘러싼 대기여, 증인이 되어주소서.

이 이아고의 지략, 손, 가슴의 모든 역량을

배신당한 오셀로를 돕기 위해 바치노니,

그가 명령하면 천하의 피비린 일이라도

제 의무로 받아들여 복종할 것입니다. (두 사람 일어선다)

오셀로 이아고, 자네의 충성심을

입에 발린 소리가 아닌 진심이라 받아들이고,

즉각 시험하겠다. 앞으로 사흘 안으로 카시오가

살아 있지 않다는 말을 내게 들려주게.

이아고 제 친구는 죽습니다.

그건 요청대로 행하겠지만, 그녀는 살리십시오.

---

* 프로폰티스해 : 튀르키예 서북부, 유럽과 아시아 사이에 있는 바
다로, 현재 이름은 마르마라해이다.

** 헬레스폰트 해협 : 마르마라해와 에게해를 잇는 유라시아 대륙
간의 해협인 다르다넬스 해협의 옛 그리스 이름.

*** 폰토스해 : 유럽 남동부와 아시아 사이에 있는 내해인 흑해의
이름.

오셀로 망할 년, 음탕한 년, 오, 망할 년!

　자, 이제 헤어지세. 난 물러나서

　그 아름다운 악마를 재빨리 죽일

　수단을 강구하겠다. 이제는 자네가 내 부관이네.

이아고 저야 장군님의 영원한 부하지요.　　　　(모두 퇴장)

3막 4장
(같은 곳)

데스데모나, 에밀리아, 광대 등장

데스데모나 이보게, 카시오 부관이 묵는 곳을 아는가?

광대 그분이 어디서 주무시는지는 감히 말씀 못 드리지요.

데스데모나 왜 그러는데?

광대 그분은 군인이신데, 군인의 거취를 말씀드리면 칼 맞
　을 일이지요.

데스데모나 원 참, 숙소가 어디냐니까?

광대 그분 숙소를 말씀드린자면, 바로 제가 만드는 것이나
　다름없습니다.

데스데모나 도대체 무슨 말을 하는 거지?

광대 저는 그분이 어디에 사는지 모릅니다. 그런데 숙소를
　하나 꾸며내 이곳에 머무르고 있다거나, 또는 저곳에 머

물고 있다고 하면, 그건 제 입속에서 거짓말을 만드는 일이지요.

데스데모나 혹시 사람들에게 물어서 그분의 행방을 알아낼 수는 없는가?

광대 세상 사람들과 교리 문답을 해보겠습니다요. 즉, 질문을 하고 나서 그에 대해 대답하겠다는 겁니다.

데스데모나 그분을 찾아내 이리 오시라고 해주게. 내가 그를 위해 남편에게 호소했으니, 다 잘될 거라고 말해.

광대 그런 일은 사람의 능력 안의 일이니까 제가 시도해보겠습니다.   (퇴장)

데스데모나 에밀리아, 그 손수건을 어디서 잃었을까?

에밀리아 전 모릅니다, 마님.

데스데모나 차라리 금화가 가득 찬 돈주머니를
잃어버렸다면 좋겠어. 나의 고귀한 무어 낭군님은
진실되고, 질투에 사로잡혀 천박하게 행동하지
않으시니 망정이지, 안 그러면 그분이 나쁜
생각을 하도록 만들기에 충분한 사건이야.

에밀리아 나리가 질투하지 않으신다고요?

데스데모나 누가, 그이가? 그분이 태어난 나라의 태양
때문에 그런 체액은 다 말랐을 거로 생각해.

오셀로 등장

에밀리아　저기 오시는군요.

데스데모나　이제 저이를 떠나지 않겠어. 카시오더러

이리 오라 해줘. 당신 기분이 어떠세요?

오셀로　괜찮소, 부인. (방백) 오, 꾸며대기도 힘들구나.

당신은 어떻소, 데스데모나?

데스데모나　좋아요, 여보.

오셀로　손 좀 주시오. 손이 촉촉하구려.

데스데모나　뭘요, 아직 세월도 슬픔도 겪지 않은 손인걸요.

오셀로　이건 풍요와 너그러운 마음을 나타내오.

따뜻하고 축축한 당신의 손은

방종을 멀리하고 금식과 기도,

고행과 종교적 수련이 필요하오.

여기엔 땀에 젖은 젊고 반항적인 악마

한 놈이 있으니까. 친절하고 관대한 손이오.

데스데모나　맞는 말씀일 거예요.

제 마음을 드린 건 바로 이 손이니까요.

오셀로　방종한 손이지.

예전에는 마음이 허락할 때만 손을 내밀었건만,

요즘은 마음도 없이 손을 내준다더군.

데스데모나　그런 얘긴 그만해요. 자, 당신 약속요.

오셀로　무슨 약속을 말하오?

데스데모나　당신께 말씀드리라고 카시오를 불렀어요.

오셀로　성가시게 콧물이 나오는군.

당신 손수건 좀 빌려주시오.

데스데모나 여기 있어요, 여보.

오셀로 내가 준 것 말이오.

데스데모나 지금은 없는걸요.

오셀로 없다고?

데스데모나 예, 정말이에요, 여보.

오셀로 그렇다면 곤란해.

그 손수건은 이집트의 한 마술사가 어머니께 준 거요.

그녀는 사람들의 생각을 읽을 수 있었지.

그 여자가 어머니께 이르기를 그걸 지니는 동안은

사랑스러워 아버지의 사랑을 굴복시킬 수 있지만,

만약 그것을 잃어버리거나 남에게 선물한다면,

어머니를 보는 아버지의 눈이 증오로 바뀌고,

새로운 연정을 좇을 것이라고 했소.

어머니는 돌아가실 때 그걸 내게 주면서 이르길,

운명에 이끌려 아내를 맞이하면 주라고 했소.

난 그리했으니, 그 말을 염두에 두고 소중히 하시오.

당신의 보배 같은 눈처럼 말이오.

잃거나 선물을 하면 그 무엇도 필적 못 할

재앙이 올 것이오.

데스데모나 그럴 수가?

오셀로 사실이오. 마법으로 짠 것이니.

이 세상에서 이백 번이나 태양의 공전을 셈해왔던

한 무녀가 예언적 광기 상태에서 수를 놓았소.

　비단실은 신성한 누에를 쳐서 뽑은 것이고,

　　염색은 전문가 처녀 미라의 심장에서 뽑은

　　진액을 사용했다 하오.

데스데모나　그게 사실이에요?

오셀로　틀림없는 사실이니 잘 보관하시오.

데스데모나　아, 그걸 차라리 보지 않았다면 좋았을걸.

오셀로　하, 무엇 때문이오?

데스데모나　왜 그렇게 떠듬거리며 급하게 말씀하세요?

오셀로　잃어버렸소? 사라졌소? 없어졌단 말이오?

데스데모나　어머나, 세상에!

오셀로　그렇소?

데스데모나　잃어버린 건 아니지만 만약 그렇다면요?

오셀로　하!

데스데모나　잃어버리지는 않았다고요.

오셀로　갖고 와요. 봐야겠소.

데스데모나　글쎄요, 그럴 순 있지만, 지금은 싫어요.

　이건 제 청을 따돌리려는 계책 같은데,

　부탁이니 제발 카시오를 복직시켜주세요.

오셀로　손수건을 갖고 와요. 왠지 불안해.

데스데모나　아이, 참!

　그보다 능력 있는 사람은 절대 없을 거예요.

오셀로　손수건!

데스데모나 　카시오 얘기 좀 해봐요.

오셀로 　손수건!

데스데모나 　평생 자신의 운명을

당신의 사랑에 걸고

당신과 위험을 나누었던—

오셀로 　손수건!

데스데모나 　정말이지 너무하세요.

오셀로 　빌어먹을! 　　　　　　　　　　　　　(퇴장)

에밀리아 　저분이 질투심이 없다고요?

데스데모나 　결코 이랬던 적이 없었어.

그 손수건에는 이상한 힘이 있나 봐.

그걸 잃어버렸으니 힘들게 생겼어.

에밀리아 　한두 해 살아서는 남자를 몰라요.

그들이 위장이라면 우리 여자들은 음식에 불과해요.

그들은 우릴 게걸스럽게 먹어 치우고는, 배가 차면

우릴 내뱉어요.

카시오와 이아고 등장

카시오 님과 제 남편이 오는군요.

이아고 　달리 방법이 없습니다. 그녀가 해야만 되는데,

오, 마침 저기 계시는군요. 가서 조르세요.

데스데모나 　안녕하세요, 카시오? 무슨 소식 있나요?

카시오 마님, 지난번에 말씀드린 부탁 말입니다.
  마님의 자비로우신 도움으로 제가 다시
  존경하는 장군님께 인정받는 부하가 될 수
  있도록 도와주십사 간청드립니다.
  더는 지체되어선 안 됩니다. 제 죄가 너무나
  치명적이라서 과거의 공로나 현재의 비애,
  앞으로 헌신하겠다는 약속으로도 그분의 마음을
  돌릴 수 없다면, 그런 사실을 확인하는
  것만으로도 감사히 여기겠습니다. 그러면 저는
  억지로라도 만족한 기색 띠고, 운명 따라
  다른 길을 찾아보겠습니다.

데스데모나 어쩌죠, 착한 카시오 부관님.
  지금은 저의 청이 먹히질 않아요.
  제 주인님이 제 주인님이 아니거든요.
  그이의 외양이 기분처럼 바뀌었다면
  저는 그이가 누군지도 몰라볼 거예요.
  모든 성스러운 영혼들이여, 저를 도우소서!
  당신을 위해 최선을 다했는데,
  오히려 거침없는 발언 때문에 불쾌감의
  표적이 됐으니까요. 좀 기다려주세요.
  제가 할 수 있는 건 다 해볼 거예요. 나 자신을
  위한 변명보다 더 마음 쓸 테니 그걸로 만족해 주세요.

이아고 장군님이 화가 났다고요?

에밀리아　막 이곳을 떠나셨는데,

　　분명히 그분은 이상할 정도로 동요한 것 같았어요.

이아고　그분도 화를 낼 줄 아십니까?

　　대포가 자기 부하들을 공중으로 분해하고,

　　팔에 안은 자기 형제를 빼앗아 악마처럼

　　훅 불어 날려 보내는 걸 봤는데── 화났다고요?

　　그렇다면 중대한 일이 있나 봅니다.

　　제가 좀 만나 봬야겠군요.

　　그분이 화났다면 문제가 있습니다.　　　　　(이아고 퇴장)

데스데모나　제발 그래 주게. 분명 나랏일이,

　　베니스의 일이거나 이곳 키프로스 현지에서

　　감췄던 음모가 그이에게 발각되어 맑은

　　그이 정신을 흐려놨어. 그럴 때 인간의 포부는

　　원대해도 저급한 것들과 씨름해야 하거든.

　　바로 그거야. 우리가 손가락이 아프면,

　　건강한 다른 부위에도 통증이 유발되잖아. 아니지,

　　우린 남자들이 신이라고 생각해선 안 돼. 그들에게서

　　신혼에나 어울리는 자상한 마음씨를 기대해서도 안 돼.

　　날 많이 꾸짖어줘, 에밀리아. 난 무사의 자격도 없으면서

　　내 영혼과 둘이서 그이의 불친절을 비난했으니까.

　　하지만 이제 나는 증인에게 거짓 맹세하게 해

　　그이를 부당하게 기소했다는 것을 알게 됐어.

에밀리아　마님 생각대로 그것이 나랏일이고,

마님에 대한 억측이나 질투가 아니었길 빌어요.

데스데모나　어쩌지, 난 결코 원인 제공을 한 적이 없어.

에밀리아　질투하는 이들에게 그것은 답이 아니에요.

그들은 이유가 있어서 질투하는 게 아니라,

질투하기 때문에 질투하는 거라고요.

그것은 스스로 생겨서 스스로 태어나는

한 마리 괴물이니까요.

데스데모나　하늘이시여!

괴물이 오셀로의 마음에서 멀어지게 해주소서!

에밀리아　당연하죠, 마님!

데스데모나　카시오, 그이를 찾을 테니 근처에 계세요.

그이 기분이 괜찮아 보이면 당신 청을 해볼게요.

최선을 다해 간청해 볼게요.

카시오　진심으로 감사드립니다.

(데스데모나와 에밀리아 퇴장)

비앙카 등장

비앙카　안녕, 카시오!

카시오　집에 있지, 왜 나왔어?

아름다운 비앙카, 어떻게 지냈어?

난 사실 당신 집으로 가려던 참이었어.

비앙카　저도 당신 숙소로 가려던 길이었어요, 카시오.

어쩜 일주일 동안이나 안 나타나요? 이레 낮 이레 밤을?

연인을 못 만나는 일백육십여덟 시간은

일백육십 배나 더 지루하다는 걸 몰라요?

오, 헤아리는 것도 따분해!

카시오 용서해, 비앙카.

난 요즘 마음이 납덩이처럼 무거워.

하지만 여유가 생기면, 오래 찾지 못한 빚

다 갚아주겠어.　　　　　　(데스데모나의 손수건을 건넨다)

내 사랑, 이 자수를 본 좀 떠줘.

비앙카 오, 카시오! 이건 어디서 났어요?

새로운 애인이 준 선물인가 보군요.

이제야 나를 멀리한 이유를 알았네요.

그렇게 된 거군요?

카시오 엉뚱한 소리 작작 해, 이 여자야!

그런 지저분한 억측은 악마 아가리에나 처넣으라고!

그곳에서 나왔을 테니. 당신 지금 이걸

정부가 줬다 생각하고 질투하고 있군.

비앙카, 절대로 그런 게 아니니까 날 믿어.

비앙카 그럼 대체 누구 건데요?

카시오 나도 몰라. 내 방에서 주운 거야.

자수가 마음에 들어. 주인이 찾으러 오기 전에 ─

분명 그렇게 될 거니까 ─자수 본을 떠 놓고 싶어.

이걸 가져가서 본을 떠줘.

그리고 지금은 그만 물러가 줘.

비앙카 물러가라고요? 어째서요?

카시오 난 여기서 장군님을 기다리는 중인데,

내가 여자를 데리고 있다는 걸 그분이 보시면

내 위신이 떨어지니 안 돼. 또 그러고 싶지도 않아.

비앙카 왜 그런지 말해 봐요?

카시오 널 사랑 안 해서가 아니라니까.

비앙카 날 사랑하지 않기 때문이야.

부탁인데, 날 조금만 바래다줘요.

밤에 곧 자기를 보게 될 거라고 말해 줘.

카시오 조금밖에 바래다줄 수가 없어.

난 여기서 기다려야 하니까. 하지만 곧 갈게.

비앙카 좋아요. 상황이 그러니 할 수 없죠.　　　(모두 퇴장)

4막 1장
(같은 장소)

오셀로와 이아고 등장

이아고 어떻게 생각하세요?

오셀로 어떻게 생각하냐니?

이아고 말하자면 도둑 키스하는 것요?

오셀로 용납될 수 없는 키스지.

이아고 만약 남자와 알몸으로 침대에서

  나쁜 뜻 없이 한 시간 넘게 있었다면요?

오셀로 알몸으로, 침대에서, 이아고, 아무 일 없이?

  그건 악마를 속여먹는 위선이야.

  그 의도가 고결하다 해도 악마가 그들의 미덕을

  유혹할 것이고, 그들 자신은 하늘을 유혹하는 셈이지.

이아고 아무 짓도 안 저지른다면 가벼운 실수지요.

  허나 제가 마누라에게 손수건을 줬는데—.

오셀로 그런데?

이아고 그러면 아내 게 되죠. 장군님, 그러니까,

어떤 남자에게나 선물해도 상관없겠지요.

오셀로 아내의 정조는 자기 것인데,

그걸 누구에게 준다고?

이아고 정절이란 것은 보이지 않는 것이고,

그게 없는 여자들일수록 그걸 가진 체하지요.

하지만 손수건은—

오셀로 정말이지 그놈의 손수건은 흔쾌히 잊어버리고

싶었는데. 자네가 얘길 하니.—

오, 기억이 되살아났어.

마치 까마귀가 와서 불운을 예고하며

역병 옮은 집 위로 날아오르듯 말이네.—

그가 내 손수건을 가졌다고 했었지.

이아고 예, 그게 어때서요?

오셀로 지금으로선 좋지 않아.

이아고 그가 장군님을 모욕하는 걸 봤다거나

그런 말을 하는 걸 들었다면요?—

세상에는 자기가 끈덕지게 추근거려 여자를

차지했든 여자가 자발적으로 몸을 바쳤든

그 사실을 지껄이지 않고는 못 배기는

인간들이 여기저기 있잖습니까?—

오셀로 그가 말을 했는가?

이아고　했습니다, 장군님. 그러나 아셔야 할 건

　　잡아떼면 그만이라는 겁니다.

오셀로　뭐라고 했는가?

이아고　실은, 했다고요……뭘 했는지 모르지만.

오셀로　무슨 말이냐?

이아고　잤답니다.

오셀로　아내와?

이아고　부인하고든 부인 위에서든 마음대로 생각하세요.

오셀로　아내와 잤다고, 그녀 위에 올라타?―사람들이 여
　　자를 모함할 때는 같이 자지도 않았으면서 잤다고 하지.
　　―위에서 잤다고! 빌어먹을, 역겹구나. 손수건―고백
　　―손수건! 고백을 들은 다음, 그 수고의 대가로 놈을 교
　　수형 시키자. 아니, 먼저 교수형에 처하고 나중에 고백을
　　들을까. 치가 떨린다. 아무 곡절도 없는데, 내 본성이 이
　　렇게 어두운 격정에 휘말리진 않을 거야. 나를 이렇게 뒤
　　흔드는 것은 그깟 말 때문은 아닐 거야. 흥! 둘이서 코와
　　귀와 입술을*. 그럴 수가?―고백해?―손수건을?―오,
　　악마여!　　　　　　　　　　　　　　　　　　　(쓰러진다)

이아고　듣는구나.

　　드디어 약효가 듣는구나. 쉽게 속아 넘어가는

　　바보들이 이렇게 붙잡히고, 정숙한 귀부인들이 이런

---

* 코와 귀와 입술 : 모두 대리 성기의 이미지다.

식으로 죄 없이 치욕을 당한단 말씀이지.

보십시오, 장군님, 보시라니까요!

장군님, 오셀로!……

카시오 등장

카시오, 어쩐 일이십니까?

카시오 거 무슨 일인가?

이아고 장군님께서 발작을 일으켰습니다.

이게 두 번째 발작인데, 어제도 이랬거든요.

카시오 관자놀이를 문질러드려.

이아고 아뇨,

혼수상태일 때는 가만히 지나가게 해야지,

안 그러면 입에 게거품을 물면서

사나운 광기가 터져 나오거든요. 아, 움직여요.

부탁이니 잠시 자리를 비켜주십시오.

장군님이 회복되어 떠나신 다음에

중대한 일로 드릴 말씀이 있습니다.   (카시오 퇴장)

장군님, 괜찮으세요? 머리*는 안 다쳤습니까?

오셀로 나를 놀리는 거냐?

---

* 머리 : 오쟁이 진 남편의 이마에 돋는다고 생각했던 뿔을 빗대어
  서 하는 말이다.

이아고 놀리다니요? 아뇨, 천만에요.

사나이답게 불운을 견뎌내시기 바랍니다.

오셀로 뿔 달린 남자는 괴물이자 짐승이야.

이아고 그렇다면 큰 도시에는 수많은 짐승과

괴물 같은 시민들로 득실거리겠군요.

오셀로 놈이 고백했나?

이아고 장군님, 사나이답게 구세요.

결혼의 멍에 진 수염 난 양반들이

함께 당한다고 생각하십시오. 지금도 밤마다

수백만의 남자들이 자신이 독점했다고 장담하지만,

실은 그렇지 않은 침대로 잠자러 갑니다.

그나마 장군님은 나아요. 근심 없는 침상에서

탕녀와 입맞추면서도 아내가 순결하다고

믿는 것, 그건 아아, 지옥의 분풀이요,

악마의 최고 조롱이지요. 예, 그건 아니지요.

저라면 알아내겠어요. 저는 제 본질을 아니까

그녀가 어떻게 될지도 압니다.

오셀로 자넨 정말 현명하네. 그건 확실해.

이아고 잠시 숨어 계십시오.

가능한 한 자제력을 발휘하고 말입니다.

장군님께서 조금 전 비탄에 빠져 계실 때—

그건 정말 어울리지 않는 격정이었지만—

카시오가 왔었습니다. 제가 그를 따돌리기 위해

장군님이 쓰러진 이유를 적당히 둘러대면서
곧 다시 돌아와 저와 이야기하기로 약속했습니다.
그가 그러겠다고 했으니 몸을 숨기시고,
잘 살펴보십시오. 그의 얼굴 구석구석에 퍼져 있는
비웃음과 조롱과 한눈에 드러나는 경멸을요.
그가 다시 이야기하게 만들겠습니다.
부인을 어디서, 어떻게, 얼마나
자주 만나며, 얼마 전에 만났고, 그리고
언제 다시 만날 것인지 말하게 하겠어요.
그의 몸짓을 지켜보십시오. 저런, 참으세요.
안 그러면 격정에 사로잡힌 졸장부일 뿐
남자다운 기질은 없다고 말씀드리겠습니다.

오셀로   알았나, 이아고?
난 극도로 교활하게 참겠네.
──알겠지?── 아주 잔인해질 테다.

이아고   나쁘다고 할 순 없지만,
제발 인내하셔야 해요. 잠시 물러나 계세요.

(오셀로, 숨는다)

이제 카시오한테 비앙카 얘기를 물어야지.
그 계집은 자신의 욕망을 팔아서 빵과 옷을 사는데,
그것이 카시오에게 완전히 반해 있단 말씀이야.
많은 사람을 속이지만, 한 사람에게는 속을
수밖에 없는 것이 그 잡년의 팔자지.

그가 그녀 애길 들으면 터지는 웃음을

참지 못할 테지. 저기 오는군.

그자가 미소를 지으면 오셀로는 미칠 거야.

질투심을 견디는 것에 미숙하다 보니 별것 아닌

카시오의 미소와 몸짓, 가벼운 행동도 전혀

엉뚱하게 해석하겠지.─좀 어떻습니까, 부관님?

카시오 그 칭호는 쓰지 말게, 괴로우니까.

이렇게 되니 죽을 맛이네.

이아고 데스데모나를 조르면 확보하실 거예요.

그런데 그 일이 비앙카의 손에 달렸다면,

단숨에 성사되겠지요?

카시오 아, 불쌍한 계집이 무슨!

오셀로 저런, 놈이 벌써 웃고 있네!

이아고 남자를 그토록 사랑하는 여자는 못 봤어요.

카시오 오, 불쌍한 것, 정말로 나를 사랑하나 봐.

오셀로 이제 그걸 부인하는 척하며 웃어넘기는군.

이아고 그런데 말이지요, 부관님?

오셀로 이제 이아고가 그 이야길 해달라고

조르는군. 그래, 잘한다, 잘해.

이아고 그 여잔 당신이 자기와 결혼할 거라고 하던데,

그럴 생각입니까?

카시오　하! 하! 하!

오셀로　승리했다, 이 로마 놈아, 승리했다 이거냐?

카시오　그녀와 결혼할 거냐고? 매춘부하고!

　내 판단력을 좀 너그럽게 봐주게.

　그 정도로 엉망은 아니라네. 하! 하! 하!

오셀로　그래, 그렇지. 승리한 자는 웃는 법이지.

이아고　사실, 소문에 결혼할 거라던데요.

카시오　제발 사실을 말하게.

이아고　사실이 아니면 제가 악당입니다.

오셀로　그래, 네놈이 날 능멸하겠다? 좋아.

카시오　그건 그 원숭이가 하는 허튼소리야. 내가 자기와 결
　혼할 거라고 믿는 모양인데, 좋아하는 마음에 우쭐해서
　그런 거지, 내가 약속한 건 아니야.

오셀로　이아고의 신호군. 놈이 그 얘길 시작하려나 봐.

카시오　그녀는 조금 전에도 여길 왔었네. 어딜 가나 나를
　쫓아와. 한번은 해변에서 베니스 사람들과 얘기하고 있는
　데, 그곳까지 나를 따라오지 않겠어. 그 계집이 이렇게 내
　목을 끌어안고─

오셀로　말하자면, "오, 사랑하는 카시오!"라고 외친 모양이
　군. 놈의 몸짓에는 그런 뜻이 담겨 있어.

카시오　이렇게 매달려 축 늘어져서 기대고 울었네. 그러고
　는 날 이렇게 끌어당겼어. 하! 하! 하!

오셀로　이제 놈은 그녀가 어떻게 자신을 침실로 끌고 갔는

지 얘기하려는 모양이야. 네놈 코는 보이지만 그걸 던져
줄 개는 안 보인다.[*]

카시오 하지만 난 그녀와 관계를 끊어야겠어.

비앙카 등장

이아고 이런! 그녀가 오는걸요.

카시오 족제비[**] 같으니라고! 흠, 향수 냄새가 풍기는군! 무
슨 생각으로 날 이렇게 뒤쫓지?

비앙카 악마 떨거지나 당신을 쫓아다니라지. 조금 전에 그
손수건은 무슨 생각으로 준 거야? 그런 걸 받다니, 난 지
지리도 못난 멍청이야. 자수를 전부 베끼라고! 방에서 우
연히 발견했는데 누가 놓고 갔는지 모른다고! 그럴듯한
핑계네요. 그건 어떤 음탕한 년의 정표야. 그런데 내게 그
걸로 수본을 뜨라고? 자, 가져가. 누구한테 받았는지는 모
르지만, 그 화냥년한테 이걸 돌려줘요. 당신이 그걸 어디
서 주웠든 간에 난 자수 베끼는 짓은 안 해.

카시오 왜 이래, 귀여운 비앙카! 대체 무슨 일이야?

오셀로 맙소사! 저건 틀림없는 내 손수건이야!

---

[*] 네놈~안 보인다 : 전통적으로 상대의 코를 베는 것은 처벌이나 복
수의 한 형태이다.

[**] 족제비 : 족제비는 음탕하고 정욕이 강한 짐승의 상징이다.

비앙카 오늘 밤에 저녁 먹으러 올 테면 오고,

　안 올 거면 다음에는 올 생각도 마.　　　　　　　(퇴장)

이아고 따라가세요, 따라가!

카시오 그래야겠다. 내버려두면 거리에서 독설을 퍼부어댈

　테니까.

이아고 거기서 저녁 할 거예요?

카시오 그럴 생각이네.

이아고 그러면 뵐 기회가 있겠네요. 긴히 드릴 말씀이 있어

　서요.

카시오 와주면 좋겠는데. 그럴 테지?

이아고 어서 가 보세요. 말씀은 그만하시고.　(카시오 퇴장)

오셀로 (나오면서) 저놈을 어떻게 죽이지, 이아고?

이아고 보셨지요. 그가 악행을 얼마나 웃으며 즐기는지?

오셀로 오, 이아고!

이아고 그리고 그 손수건도 보셨지요?

오셀로 그게 내 건가?

이아고 예, 이 손에 맹세코요! 게다가 그가 부인을 어떻게

　바보 취급하는지도 보셨지요? 부인이 그걸 그에게 줬고,

　그는 그걸 자기 창녀한테 줬단 말입니다.

오셀로 그놈을 구 년에 걸쳐서 죽였으면 싶다!

　우아한 여자, 아름다운 여자, 감미로운 여자가!

이아고 이제 아니죠. 그러니까 잊어버리세요.

오셀로 그래. 오늘 밤에 썩어 문드러지게 지옥으로 떨어뜨

리겠어. 도저히 살려둘 수가 없어. 그래, 내 가슴은 돌처럼 굳었고, 거길 치니 내 손이 아프구나. 오, 이 세상에 그토록 감미로운 여자는 없을 거야. 황제 곁에 누워서도 그에게 임무를 부여했을 여자야.

이아고　아뇨, 그쪽으로 가시면 안 됩니다.

오셀로　목을 달아매야겠어! 난 그녀의 실체를 말했을 뿐이야. 바느질 솜씨는 그만이고, 음악에도 뛰어난 사람이지. 오, 그녀가 노래를 부르면 곰도 야수성을 잊을 정도지. 뛰어난 두뇌에 창의력은 또 얼마나 풍부한지!

이아고　그러니까 더욱 나쁘죠.

오셀로　천 배, 만 배나 더 나쁘지. 게다가 성품은 얼마나 온순한가.

이아고　예, 지나치게 온순하죠.

오셀로　그래, 그건 분명해. 하지만 참으로 안됐어, 이아고. 오, 이아고, 참으로 불쌍해.

이아고　그녀의 간악한 행동이 그렇게 마음에 드시면 이참에 죄를 허락하는 면허장을 내주시지요. 당신만 괜찮으면 누구도 상관하지 않을 테니까요.

오셀로　그년을 갈가리 찢어버리고 싶어! 날 오쟁이 진 남자로 만들다니!

이아고　오, 너무나 추잡한 일입니다.

오셀로　그것도 내 부관하고!

이아고　그러니 더욱 불결하죠.

오셀로　오늘 밤 독약 좀 구해와, 이아고. 그녀와 길게 논쟁
하진 않겠어. 그녀의 아름다운 자태를 보고 결심이 무너
질지도 모르니까. 이아고, 오늘 밤이야.

이아고　독약으로 하지 마십시오. 그냥 침대에서 목을 조르
세요. 그녀가 더럽힌 그 침대에서요.

오셀로　좋아, 좋아! 그것의 정당성이 마음에 들어. 아주
좋아!

이아고　카시오는 제가 처치하게 해주십시오. 자정쯤 되면
소식 전하겠습니다.

오셀로　아주 좋았어. (안에서 나팔소리) 저 나팔소린 뭐지?

로도비코, 데스데모나, 수행원들 등장

이아고　베니스에서 뭔가 일이, 확실합니다.
　공작님이 보낸 로도비코인데,
　보십시오. 부인도 그와 함께 있습니다.

로도비코　장군께 신의 가호가 있기를!

오셀로　진심으로 고맙소.

로도비코　베니스의 공작님과 의원들이 안부 전하셨소.

　　　　　　　　　　　　　　　　　　　(편지를 준다)

오셀로　그분들 뜻이 담긴 문서에 입맞춤하겠습니다.

　　　　　　　　　　　　　　　　　(편지를 열고 읽는다)

데스데모나　로도비코 오라버니, 무슨 소식인가요?

이아고   어른을 뵙게 되어 대단히 반갑습니다······
　　키프로스에 오신 것을 환영합니다.

로도비코   고맙네. 카시오 부관은 어떻게 지내시오?

이아고   살아 계십니다, 나리.

데스데모나   오라버니, 그분과 제 남편 사이에 불화가 있어
　　요. 오라버니가 나서면 잘 해결될 거예요.

오셀로   그걸 확신하오?

데스데모나   예?

오셀로   (읽는다) "이 일을 틀림없이 수행하시오. 그럼
　　이만······."

로도비코   부르신 게 아니야. 문서를 보느라 바쁘셔.
　　남편과 카시오 사이에 불화라고?

데스데모나   정말이지 안타까워요. 둘을 화해시키기 위해 최
　　선을 다하고 싶어요. 카시오를 아끼니까요.

오셀로   에잇, 지옥불에 타버려!

데스데모나   예?

오셀로   당신 제정신이야?

데스데모나   아니, 저이가 화났어요?

로도비코   편지 때문일 거야.
　　내 생각에는 그들이 그에게 귀국을 명하고
　　통수권을 카시오에게 위임한 것 같거든.

데스데모나   그건 정말이지 기쁜 소식이에요.

오셀로   설마!

데스데모나 예?

오셀로 당신이 제정신이 아니어서 좋아.

데스데모나 무슨 소리예요?

오셀로 이 악마 같은 년! (데스데모나를 때린다)

데스데모나 어떻게 제게 이렇게 막 대하세요?

로도비코 이런 일은 베니스의 누구도 믿지 못할 거요.
 내가 봤다고 맹세해도 말이오. 너무 심했으니
 위로해 주시오. 부인이 울고 있잖소.

오셀로 오, 악마, 악마여!
 만약 대지가 여자의 눈물로 잉태할 수 있다면
 저년이 흘리는 눈물은 방울방울 악어가 될 거요.
 내 눈앞에서 꺼져버려!

데스데모나 기분 상하게 여기 있지 않겠어요. (퇴장)

로도비코 참으로 유순한 여자야.
 장군, 부탁이니 제발 그녀를 다시 부르시오.

오셀로 부인! (데스데모나 다시 온다)

데스데모나 네, 여보?

오셀로 이 여자를 어찌하려고요?

로도비코 누구, 저 말입니까, 장군?

오셀로 그렇소. 다시 부르라고 했잖소!
 보시오, 저 여자는 돌고 돌다가, 또 가다가,
 또다시 돌아서, 울고 또 울어요.
 게다가 당신 말대로 유순, 유순하지요.

아주 유순하지요. 당신 계속 울어봐.

이 일에 관해서는── 오, 감정을 잘도 꾸미는군! ──

그 서찰에 대해 말씀드리자면……저리 가,

곧 부를 테니까……저는 지령에 순종하고

곧 베니스로 돌아가겠소.

……썩 꺼져버려!　　　　　　　　　(데스데모나 퇴장)

카시오가 제 지위를 넘겨받을 것입니다.

그리고 저녁은 저와 함께하시지요.

키프로스에 온 걸 환영하오. ──달아오른 염소, 원숭이

같은 것들!　　　　　　　　　　　　　(퇴장)

로도비코　이 사람이 우리 상원 전체가 모든 면에서

자격을 갖췄다고 말한 그분이란 말인가?

어떤 격정에도 끄떡없는 고결한 성품을 지닌?

우발적인 충격이나 난데없는 화살로는 그 단단한

덕성을 긁지도 뚫지도 못한다는?

이아고　많이 변했습니다.

로도비코　제정신이긴 한가? 머리가 돈 건 아니고?

이아고　보시는 대로입니다. 저분이 어떻게 될지는

추정할 수 없습니다. 한결같다고 여겼지만──

그렇지 않다면──하늘에 맹세코

한결같은 분이길 빌어야지요.

로도비코　뭐, 아내를 때려?

이아고　예, 께름칙하긴 하지만, 이번의 구타가 최악이었으

면 좋겠군요.

로도비코 그것이 그의 습관인가?

아니면 편지가 그의 혈기를 자극해서

새로이 드러난 결함인가?

이아고 참으로 슬픈 일이다!

제가 이제껏 봐온 걸 말씀드리는 건

명예로운 일이 아닙니다. 그분을 관찰하시면

행실이 그분을 말해 줄 것이므로,

저는 말을 아끼겠습니다. 뒤따라가서

어떡하는지 지켜보십시오.

로도비코 내가 사람을 잘못 알고 있었다니, 유감이네.

(모두 퇴장)

4막 2장
(성안의 방)

오셀로와 에밀리아 등장

오셀로 아무것도 못 봤단 말이지?

에밀리아 들은 적도 없고, 의심해 본 적도 없어요.

오셀로 봤잖아. 카시오가 그녀와 함께 있는 걸 봤잖아?

에밀리아 그래요. 두 분이 하는 말은 빠짐없이 들었지만, 나쁜 짓 하는 건 못 봤어요.

오셀로 뭐라고, 둘이 속삭인 적도 없다고?

에밀리아 맹세코, 주인님.

오셀로 널 밖으로 내보낸 적도 없었다고?

에밀리아 맹세코, 주인님.

오셀로 부채나 장갑 따위를 가져오라고도?

에밀리아 없었어요, 주인님.

오셀로 거참, 이상하군.

에밀리아 주인님, 마님이 정숙하다는 걸 맹세합니다.
　제 영혼을 걸고 말입니다.
　의심했다면 그런 생각을 버리세요.
　마음의 치욕이니까요. 어떤 인간이 장군님 머릿속에
　넣어준 거라면 하늘이여, 그놈에게 뱀의 저주를
　내리소서! 마님이 정숙하고 순결하고 진실하지 않다면
　이 세상 모든 남자는 불행하고, 그들의 가장 순결한
　여자들조차 험담의 대상이 될 테니까요.

오셀로 가서 그녀를 불러줘.　　　　　　　(에밀리아 퇴장)
　말은 그럴듯하지만, 그 정도도 못 하면
　멍청한 뚜쟁이지. 그녀*는 교활한 창녀야.
　자물쇠와 열쇠를 갖춘 사악한 비밀금고지.
　그런데도 무릎을 꿇고 기도해. 난 그걸 봤어.

---

* 그녀 : 데스데모나를 말함.

데스데모나와 에밀리아 등장

데스데모나 여보, 무슨 일 있어요?

오셀로 이리 좀 와보오.

데스데모나 왜 그래요?

오셀로 당신 눈 좀 봅시다. 자, 내 얼굴을 똑바로 봐.

데스데모나 무슨 끔찍한 생각을 하시는 거예요?

오셀로 (에밀리아에게) 이봐, 자넨 맡은 일이나 해.
　　우린 관계할 거니까 문은 닫도록 하고.
　　누가 오면 헛기침을 하거나 에헴 소리를 내.
　　네 직업, 네 직업에 충실해. 자, 얼른.　　　　(에밀리아 퇴장)

데스데모나 무릎을 꿇고 여쭐게요. 무슨 말씀이세요?
　　당신 말씀에 분노가 서려 있다는 건 알겠지만,
　　왜 그러는지 모르겠어요.

오셀로 넌 대체 누구냐?

데스데모나 당신의 아내. 진실하고 충성스러운 아내예요.

오셀로 자, 그렇게 맹세하고 지옥으로 떨어져라.
　　허나 넌 천사처럼 보이니 악마조차
　　잡아가길 두려워하겠지. 그러니까 이중으로
　　저주받아라. 정숙하다고 맹세해 보시지.

데스데모나 하늘은 진실을 아세요.

오셀로 하늘은 진실을 아시지. 지옥 같은 네 부정행위를.

데스데모나 누구에게? 누구와? 뭘 배반해요?

오셀로　오, 데스데모나! 저리 가! 저리 가! 저리 가!

데스데모나　아, 비통해요. 왜 우세요?

여보, 저 때문에 우시는 건가요?

혹시라도 당신을 소환하는 장본인이

아버지일 것이라는 의심이 든다 해도

절 원망하진 마세요. 당신이 그분을 버린다면

저도 그분과 인연을 끊을 테니까요.

오셀로　그것이 하늘의 뜻이라면,

무방비 상태의 머리 위로 온갖 아픔과

수치를 쏟아붓는 고난 주어 날 시험한다 해도,

나를 뼛속 깊은 가난에 빠뜨린다 해도,

나와 내 희망을 포로에게 넘겨줬다 해도,

난 내 영혼 어딘가에서 한 방울

인내심을 찾아냈을 것이다. 허나 나를

세상 사람들로부터 두고두고 손가락질받는

고정된 표적이 되게 한 건……

아, 아, 그것도 나는 기필코, 기필코 견딜 것이다.

하지만 내 마음을 갈무리해 둔 곳,

내가 살거나 죽어야 할 곳,

내 생명의 근원이 흐르거나 말라버릴 수 있는 샘,

그곳에서 추방당하거나

그곳을 더러운 두꺼비들이 짝짓기하며 알을 까는

웅덩이로 만들어놓는다면,

그렇다면 네 얼굴빛을 바꾸어라.

그대 앳된 장밋빛 입술의 어린 천사 인내심이여!

맞아, 지옥처럼 추악하게 보이거라!

데스데모나　고결한 당신, 제 결백을 믿어주세요.

오셀로　암, 도살장에서 알을 까기가 무섭게

짝짓기하는 여름 파리만큼이나 정숙하지.

오, 사악한 잡초여! 넌 어찌 이리도 아름답냐?

냄새 또한 달콤해서 내 감각이 아플 지경이다.

넌 아예 태어나지 말았다면 좋았을걸!

데스데모나　아아, 저도 모르는 무슨 죄를 범했나요?

오셀로　이토록 고운 종이로 만든 수려한 이 책에

'창녀'라고 적힐 운명이었던가?

무슨 죄를 저질렀냐고? 저질렀지!

오, 온갖 잡놈의 노리개여! 혹시라도 네 행실을

입에 올린다면 난 내 뺨을 용광로로 만들고,

예절은 깡그리 태워버려야 할 것이다.

범했다고! 하늘도 그걸 보고 코를 막고,

달은 눈을 감고, 만나는 이마다 입을 맞추는

음탕한 바람조차 깊은 동굴 속에서 숨죽이며 그 일을

들으려 하지 않을 거다. 무얼 범했느냐고?

파렴치한 화냥년아!

데스데모나　맹세코, 제게 잘못하시는 거예요.

오셀로　창녀가 아니란 말이냐?

데스데모나　아니에요. 저는 기독교인이니까요.

　남편을 위해 더럽고 가증스러운 나쁜 손으로부터

　이 몸을 깨끗하게 지켜왔는데,

　창녀라고 하시다니, 전 아니에요.

오셀로　뭐, 창녀가 아니라고?

데스데모나　예, 전 구원받을 테니까요.

오셀로　이럴 수가?

데스데모나　오, 하느님, 도와주세요.

오셀로　그렇다면 내 용서를 빌어야겠군.

　나는 당신이 오셀로와 결혼한 베니스의 간교한

　창녀라고 생각했소.

에밀리아 등장

　이봐, 성 베드로*와는 정반대의 임무를 띠고

　지옥문을 지키는 너! 그래, 너, 너, 너!

　우린 용무를 끝냈다. 여기, 수고비를 줄 테니

　문 좀 열어주고, 비밀은 지켜주게.　　　　　　(퇴장)

에밀리아　아아, 저분이 무슨 상상을 하신 걸까요?

　마님, 괜찮으세요? 괜찮으세요, 착한 마님?

데스데모나　혼이 나간 사람 같아.

---

* 성 베드로 : 성 베드로는 예수로부터 천국의 열쇠를 받았다.

에밀리아 마님, 주인님께 무슨 일 있으세요?

데스데모나 누구 말이냐?

에밀리아 주인님 말이에요, 마님.

데스데모나 누가 네 주인인데?

에밀리아 마님의 주인이시죠.

데스데모나 난 주인이 없어. 그런 말 마, 에밀리아.
  난 울 수도, 대답할 말도 잃었어. 눈물만 나.
  부탁인데, 오늘 저녁엔 결혼식 날 덮었던 이불을
  준비해 줘. 잊지 말고.
  그리고 자네 남편 좀 불러줘.

에밀리아 저렇게 변하다니!   (퇴장)

데스데모나 내가 이런 취급 받는 건 당연해.
  내 행실이 어땠길래, 사소한 잘못을
  저토록 따지시며 책망하는 걸까!

이아고와 에밀리아 등장

이아고 마님, 왜 부르셨어요? 괜찮으세요?

데스데모나 알 수가 없네. 아이를 가르치는 사람은
  온건한 방식으로 알아듣게 가르치지.
  그이도 날 그런 식으로 꾸짖어야 했는데.
  사실 난 꾸중 들을 때는 어린애나 마찬가지거든.

이아고 무슨 일입니까, 마님?

에밀리아   아, 글쎄, 주인님이 마님더러 창녀라 욕하고,
    진실한 사람이라면 도저히 참을 수 없는
    악담과 독설을 퍼붓지 뭐예요.

데스데모나   이아고, 그게 내 이름인가?

이아고   마님의 이름이라니요?

데스데모나   그이가 나를 칭한 이름 말이네.

에밀리아   마님을 창녀라고 불렀어요. 술 취한 거지도
    자기 계집에게 그렇게 부르지는 않을 거예요.

이아고   왜 그러신 것 같아요?

데스데모나   난 몰라. 나는 분명 그런 여자가 아니니까.

이아고   울지 마세요, 울지 마세요, 이 일을 어떡하나?

에밀리아   우리 마님이 창녀 소리나 들으려고
    그 좋은 귀족 댁 혼처며 아버지와
    조국, 그리고 친구까지 버렸답니까?
    이러니 눈물이 안 날 수 있겠어요?

데스데모나   내가 박복해서 그래.

이아고   이런 딱한 양반을 봤나!
    어쩌다 그런 오해를 하셨을까?

데스데모나   도대체 알 수가 없네.

에밀리아   제 목을 매달라고요. 어떤 흉악한 악당,
    쓸데없이 참견하고 알랑거리며 비위나 맞추는
    놈이, 남을 속이고 사기 치는 천박한 놈이,
    한자리 얻으려고 그따위 중상모략을 꾸며내지

않았다면 제 목을 매달라고 그래요.

이아고   아니, 그런 사람이 어디 있다고. 말도 안 돼.

데스데모나   만일 있다면 하늘이여, 용서해 주소서!

에밀리아   목매다는 밧줄이 그를 용서하고,

지옥이 그놈 뼈를 갉아먹기를.

무슨 이유로 마님을 창녀라 부른대요?

누구랑 사귄다는 거예요? 언제? 어디에서?

어떻게? 어떤 방식으로요? 무어인은 어떤

사악한 사기꾼에게 속고 계신 거예요. 천박하고

악명 높은 건달에게 말이에요. 오, 하늘이시여,

그런 놈을 적발해서, 모든 정직한 사람 손에

채찍 쥐여, 세상 끝에서 끝까지 돌면서

발가벗겨 매질하게 해주소서!

이아고   밖에 안 들리게 말해.

에밀리아   오, 빌어먹을 악당들! 그놈들 중의 하나가

당신의 분별력을 흐려놓아 나와 무어인 사이를

의심하게 했다고요.

이아고   바보 같은 소리 작작 해.

데스데모나   오, 사람 좋은 이아고,

어떻게 해야 그분의 마음을 돌릴 수 있을까?

이보게나, 그이에게 가보게. 해님께 맹세하지만

난 어떡하다 그이 마음을 잃었는지 모르겠어.

여기서 무릎을 꿇고 말하겠네.

내가 생각의 과정이나 실제 행동에서 그이 사랑

배반한 적 있다면, 내 눈이나 귀, 또는 다른 감각이

그이 아닌 다른 것에서 기쁨을 취했다면, 그리고──

아니, 그이가 날 버려 초라한 이혼녀가 된다 해도

──언제나, 이전도 그렇고 앞으로도 그이를

사랑하지 않는다면 내게 안락은 없을 거야!

무정함은 큰 타격을 주겠지. 허나 그이의 무정함이

내 삶을 파멸시킬 순 있어도 내 사랑을 더럽힐

순 없어. 나는 '창녀'라는 단어를 말할 수 없네.

그 말을 하는 순간 진저리가 쳐지니까. 이 세상

자랑거리 다 뭉쳐준다 해도, 그런 이름으로

불릴 만한 행동은 안 할 거야.

이아고   제발 안심하세요. 기분 때문일 겁니다.

국정 문제로 그분의 기분이 상해서

마님을 꾸중했을 겁니다.

데스데모나   그것 때문이라면──

이아고   틀림없이 그럴 거예요.   (안에서 나팔소리)

들어보세요. 저녁 식사 나팔소리군요.

베니스에서 온 손님들이 식사를 기다리고 계세요.

들어가세요. 울지 말고. 다 잘될 거예요.

                (데스데모나와 에밀리아 퇴장)

로도리고 등장

여긴 웬일입니까, 로도리고?

로도리고 자네가 날 사람대접 안 하잖아.

이아고 뭐가 잘못됐습니까?

로도리고 자넨 날마다 꼼수를 부려 나를 따돌리고 있어. 나
에게 최소한의 소망을 가질 기회도 안 만들어주고, 오히
려 내게서 모든 기회를 뺏고 있어. 나도 이제 더는 참지
않을 거야. 그리고 내가 바보처럼 당한 일들을 조용히 덮
어둘 마음도 없어.

이아고 로도리고, 제 말 좀 들어보시겠어요?

로도리고 귀가 닳도록 들었잖아. 자네 말과 행동이 형제지
간이 아니어서 탈이지.

이아고 당신의 비난은 정말 부당합니다.

로도리고 사실을 말했을 뿐이네. 난 이제 빈털터리야. 자
네가 데스데모나에게 주겠다고 내게서 가져간 보석들이
면 수녀라도 반쯤 타락시켰을 거야. 자네가 말하기를, 그
녀는 그것들을 받았고, 나에게 즉각적인 호의를 보이며
기대와 격려를 보여줄 거라고 했는데, 아무것도 받은 게
없네.

이아고 좋습니다. 자, 아주 좋아요.

로도리고 아주 좋긴 뭐가? 이봐, 난 뭘 해본 적도 없고, 아주
좋지도 않아. 아니, 난 이 일이 비열한 짓이라고 생각해.
그래서 내가 속았다는 사실을 깨닫기 시작했다고.

이아고 아주 좋습니다.

로도리고 아주 좋지 않다니까. 직접 데스데모나에게 알리겠어. 만약 그녀가 내 보석들을 돌려주면 내 청을 포기하고, 이 떳떳지 못한 구애를 뉘우칠 거야. 허나 만약에 돌려주지 않는다면, 난 자네한테 상환을 요구할 거야.

이아고 이제야 속마음을 털어놓으시는군요.

로도리고 그래, 난 행동할 의도가 있다는 걸 밝힌 거야.

이아고 그래요. 이제야 당신에게도 기개가 있다는 걸 알았습니다. 지금부터 당신을 전보다 훨씬 더 높게 평가할 작정입니다. 우리 악수합시다, 로도리고. 당신은 저에게 아주 정당한 반론을 제기했습니다. 허나 저는 당신 일을 아주 똑바르게 처리했음을 주장합니다.

로도리고 그래 보이지 않네.

이아고 겉으로 그래 보이지 않다는 것은 인정합니다. 그리고 당신은 의혹을 품을 만하고, 기지와 분별력도 결여되어 있지 않습니다. 그러니 로도리고, 만약 당신 내면에 목표, 용기, 기백이 있다면 오늘 밤 그것을 보여주십시오. 저는 어느 때보다 당신이 그것을 가졌다고 믿거든요. 만약 당신이 내일 저녁에 데스데모나와 즐기지 못한다면, 절 배신하고, 이 세상에서 제 목숨을 앗아갈 계략을 꾸미셔도 좋아요.

로도리고 글쎄, 그 일이 이치에 맞고 내 능력으로 소화할 일인가?

이아고 보십시오, 베니스에서 특명이 왔는데, 오셀로의 자리에 카시오를 임명하라는 명입니다.

로도리고 그게 정말인가? 아니, 그렇다면 오셀로와 데스데모나는 베니스로 돌아가잖아?

이아고 천만에요. 그는 모리타니아*로 가는데, 아름다운 데스데모나와 함께 갈 겁니다. 만약 사고로 그의 체류가 연장되지 않는다면 말이지요. 그렇게 하려면 카시오를 제거하는 것보다 더 결정적인 사건도 없지요.

로도리고 제거하다니, 그게 무슨 뜻인가?

이아고 그야 놈이 오셀로 자리에 못 앉게 그놈의 대갈통을 부숴버리는 거죠.

로도리고 그 일을 나더러 하라는 건가?

이아고 그렇지요. 만약 당신에게 이득이 있으면서도 정당한 일을 감행하시겠다면요. 그는 오늘 밤 한 창녀와 식사하러 갑니다. 저도 그리로 갈 겁니다. ……놈은 아직 자신에게 온 행운을 모르고 있습니다. 카시오가 여길 지나가는 걸 지켜보고 있다가—열두 시에서 한 시 사이가 되도록 해놓겠습니다.—당신 마음대로 그를 처치할 수 있습니다. 저도 근처에 있다가 당신을 도울 겁니다. 그렇게 우리 둘이서 놈을 해치우는 겁니다. 자, 그렇게 놀라 서 있지 말고 저와 같이 가십시다. 그의 죽음이 당신한테 얼마나 필수적인지 말씀드리면 죽이지 않을 수 없을 겁니다.

---

* 모리타니아 : 북아프리카에 있는 무어인의 고향이다.

이제 저녁때가 다 되었고, 밤은 헛되이 지나가고 있습니다. 시작합시다.

로도리고 그 이유를 좀 더 구체적으로 들어야겠네.

이아고 들으시면 충분히 이해하실 겁니다.   (두 사람 퇴장)

4막 3장
(성안의 다른 방)

오셀로, 로도비코, 데스데모나, 에밀리아, 수행원들 등장

로도비코 장군, 인제 더는 폐 끼치고 싶지 않소.

오셀로 원 별말씀을! 나는 걷는 것이 좋습니다.

로도비코 데스데모나, 잘 있어라. 정말 고마웠다.

데스데모나 천만의 말씀을요.

오셀로 그럼 가실까요?

오, 데스데모나—

데스데모나 예?

오셀로 먼저 잠자리에 드시오. 내 곧 돌아오리다.

시녀들은 내보내고. 그래야 하오.

데스데모나 그럴게요.   (오셀로, 로도비코, 수행원들 퇴장)

에밀리아 웬일일까요? 전보다 조금 누그러져 보이네요.

데스데모나 그이가 말하길 바로 돌아온다고 했어.

나더러 잠자리에 들라고 하고. 자넨 보내라고 했어.

에밀리아　절 내보내라고요?

데스데모나　에밀리아, 그게 그이의 명령이야.

내 잠옷 꺼내주고 우리 안녕해.

그이 비위를 거스르고 싶지 않아.

에밀리아　마님이 그분을 몰랐다면 좋았을걸.

데스데모나　난 그렇지 않아. 그이를 정말 사랑하니까.

거친 성격, 질책, 찡그린 얼굴조차—

이 핀 좀 뽑아줘—멋지고 매력적으로 보여.

에밀리아　말씀하신 시트를 침대에 깔아놓았습니다.

데스데모나　시트는 매한가지니 상관없어.

인간의 마음은 참으로 어리석어.

내가 혹시 너보다 먼저 죽게 되면 부탁할게.

그 시트로 내 몸을 감싸줘.

에밀리아　에구머니, 무슨 그런 말씀을!

데스데모나　엄마한테 바버리라는 하녀가 있었어.

그 애가 사랑에 빠졌는데, 사랑하던 남자가 미쳐서

그 애를 버렸어. 그 애는 '버드나무'[*]

라는 옛 노래를 알고 있었는데,

오래된 그 가사는 그 애의 운명을 예고했고,

그 노래를 부르면서 죽어갔지.

---

[*] 버드나무 : 보상받지 못한 사랑이나 실연을 상징하는 나무다.

오늘 밤은 그 노래가 마음에서 떠나질 않아……

나도 고개를 한쪽으로 푹 떨구고 불쌍한 바버리처럼

노랠 부를래. 자, 어서 서둘러줘.

에밀리아　가서 실내복을 꺼내 올까요?

데스데모나　아니, 이 핀만 좀 뽑아줘.

로도비코 님은 참 멋진 분이지?

에밀리아　네. 정말 멋진 분이지요.

데스데모나　말씀을 잘하셔.

에밀리아　제가 아는 베니스 아가씨가 있는데, 그분의 아랫
입술에 한 번만 입맞출 수 있다면 맨발로 팔레스타인까
지 걸어가겠다고 했는걸요.

데스데모나　(노래한다)

"가련한 아가씨, 무화과 옆에 앉아서 한숨 지으며

애오라지 푸른 버들을 노래했네.

가슴에 손 얹고 무릎에 머릴 올려

버들, 버들, 버들 노래했네.

맑은 시내 흐르며 그녀 설움 읊조리고

버들, 버들, 버들 노래했네.

짜디짠 그녀 눈물은 바윗돌도 녹일 정도

버들, 버들, 버들 노래했네."

이것 좀 치워줘—

(노래한다) "버들, 버들, 버들 노래했네."

(에밀리아에게) 제발 서둘러. 그이가 곧 올 테니.—

"푸른 버들이 내 화관이 되어야 한다고.

　　그이를 비난 마세요. 난 그이가 멸시해도 괜찮으니까."

　어, 가사가 틀렸네. 쉿 누가 문을 두드리지?

에밀리아　　바람 소리예요.

데스데모나　　(노래한다)

　　　　"난 애인에게 배신자라고 했어요.

　　　그랬더니 그이가 뭐랬는지 아세요?

　　　　버들, 버들, 버들 노래했네.

　　　　자기가 구애하는 여자가 늘수록

　　　　난 더 많은 남자와 동침할 거래요!"

　이제 가봐. 잘 자, 눈이 가려워.

　눈물 흘릴 일이 생기려나?

에밀리아　　전혀 관계없어요.

데스데모나　　난 그렇다고 들었어. 오, 남자들, 남자들이란!

　자기네 남편을——말해줘, 에밀리아——

　그렇게 못된 짓거리로 남편을 욕보이는

　여자들이 있다고 생각해?

에밀리아　　그야 분명히 있지요.

데스데모나　　이 세상을 몽땅 준다면 너도 그런 짓 할 거야?

에밀리아　　그럼 안 하겠어요?

데스데모나　　절대. 저 달님께 맹세코.

에밀리아　　저도 달님이 보는 데서는 안 해요.

　어두운 데서라면 할지 몰라도요.

데스데모나　세상을 다 준다면 그렇게 하겠어?

에밀리아　세상은 거대해요. 작은 죄의 대가로는
　　너무나 큰 보상이거든요.

데스데모나　정말이지, 자넨 하지 않을 거로 생각해.

에밀리아　실은 할 것 같아요. 일을 끝낸 다음에 취소해 버리
　　죠, 뭐. 물론, 쌍가락지 한 개라든가, 고급 리넨이나 멋진
　　드레스, 속치마, 모자 같은 작은 선물을 준다면 그런 일을
　　하지는 않을 거예요. 하지만 이 세상 전부를 준다면? 맙
　　소사! 자기 남편을 왕으로 만드는데 서방질 마다할 여자
　　가 어디 있겠어요. 그런 목적이라면 저는 연옥이라도 갈
　　수 있어요.

데스데모나　이 세상 전부를 바라고 그런 비행 저지른다면
　　제게 저주를 내리소서!

에밀리아　글쎄요, 비행이라고 해봤자 이 세상 안의 비행일
　　뿐이잖아요. 그리고 수고한 대가로 이 세상을 얻는다면,
　　그 비행은 자기 세상 안에 있으니까, 재빨리 바로잡으면
　　되잖아요.

데스데모나　그런 여자가 있을 거라고는 믿어지지 않아.

에밀리아　있어요. 그것도 수십 명은 될걸요.
　　그들이 놀아나서 낳은 자식으로 이 세상을 채울 만큼요.
　　하지만 우리 아내들이 타락했다면 그건
　　남편들 잘못이라고 생각해요. 예를 들면
　　그들이 의무를 저버리고 아내에게 주어야 할 보물을

다른 계집 허벅지에 쏟아버린다든지,

아니면 유치한 질투심으로 분통을 터뜨리며 우리를

구속한다든지, 손찌검한다든지, 평소 주던 용돈 액수를

악의로 줄이면 그땐 우리 아내들은 성질이 나지요.

물론 우린 덕이 있지만 앙갚음할 줄도 안다고요.

남편들은 아내도 자신들과 꼭 같은

감각을 지니고 있다는 걸 알아야 해요.

아내들도 자기네들처럼 보고 듣고 냄새 맡고,

시고 단 것을 맛보는 혓바닥이 있다는 것을요.

그들이 왜 우리를 두고 다른 여자로

갈아치울까요? 재미 보려고요?

그렇겠죠. 욕정 때문에 그런 짓을 할까요?

뭐, 그럴 수 있죠. 나약해서 그런 실수를 할까요?

그것 역시 그럴만해요. 그럼 우리는 욕망 없어요?

놀고픈 욕망도, 나약한 마음도 남자들처럼

없다고 생각해요? 그러니까 그들은 우리를 잘

대접해야 한다고요. 우리가 잘못했다면

그건 그들이 잘못을 가르쳤기 때문이에요.

데스데모나 잘 가, 어서. 신이여, 제게 내려오소서.

제발 악행 보고 악행 취하지 않고, 선행할 수 있기를!

(모두 퇴장)

5막 1장
(키프로스의 거리)

이아고와 로도리고 등장

이아고 이 가게 뒤에 서 계세요. 놈이 곧 올 거예요.
 잘 드는 단도를 빼 들고 기다렸다가 푹 찌르세요.
 즉시, 즉시요. 제가 곁에 있을 테니 겁먹지 마시고요.
 이 일에 우리의 흥망이 달렸다 생각하고
 각오를 단단히 다지세요.

로도리고 가까이 있어 줘. 실패할지 모르니까.

이아고 가까이 있잖아요. 용기를 내 칼을 뽑으세요.

(물러간다)

로도리고 별로 내키지는 않지만, 저 친구 말에도
 일리는 있어. 이건 그냥 사람 하나
 보내는 거야. 칼을 뽑아 죽이자.

이아고 저 어린 뾰루지를 문질러 화를 돋우었더니

이제야 성을 내는군. 저놈이 카시오를 해치우든,
카시오가 저놈을 해치우든, 아니면 서로를
해치우든 간에 모두가 내겐 이득이다.
로도리고가 살아남으면 데스데모나에게 준 금이며
보석을 내놓으라고 할 테지. 그건 안 돼.
만약 카시오가 살아남으면, 그는 존재 자체가
매력으로 뭉쳐 있으니 내 꼴은 갈수록 누추해져.
게다가 무어인이 내가 한 말을 카시오에게 폭로하면
난 위험해져. 그것도 안 돼. 그러니 그는 죽어야 해.
그래야만 해. 그가 오는 소리가 들린다.

카시오 등장

로도리고 귀에 익은 발소리다. 놈이다.

   넌 죽었다!   (카시오를 찌른다)

카시오 적이 아니면 공격할 리 없어.

   허나 내 조끼는 생각보다 두껍지. 어디 네놈 것도

   시험해 보자.   (칼을 뽑아 로도리고를 찌른다)

로도리고 억, 내가 죽는구나!

         (이아고가 뒤에서 카시오의 다리를 찌르고 퇴장)

카시오 난 영영 불구다. 횃불! 살인, 살인이다!

                              (쓰러진다)

오셀로 등장

오셀로 카시오 목소리다. 이아고가 약속을 지켰군.

로도리고 오, 정말이지 난 악당이다.

오셀로 그야 당연하지.[*]

카시오 사람 살려! 이봐! 횃불 좀 밝혀! 의사를 불러줘!

오셀로 놈이다. 오, 용감한 이아고, 정직하고 정의로워

친구의 불행을 숭고하게 자기 일처럼 느낀다!

네가 나를 가르치는구나. ……못된 계집!

네 애인은 죽어 넘어졌고, 네 운명도 서두른다.

매춘부여, 내가 간다. 매혹적인 네 눈이 부리는 마법을

내 마음에서 지웠으니, 욕정으로 물든 네 침대는

피로 얼룩질 것이다.   (퇴장)

로도비코와 그라시아노 등장

카시오 아니, 보초도 통행인도 없소? 살인이다, 살인!

그라시아노 사고가 난 건가. 급박하게 외쳤어.

카시오 오, 사람 살려!

로도비코 가만!

---

[*] 그야 당연하지 : 오셀로는 로도리고의 자백을 카시오의 자백으로
오인한다.

로도리고   오, 불운한 악당이여.

로도비코   두세 명의 신음소리가 들리는군.

    캄캄한 밤이라 속임수일지도 모르니 무방비하게

    소리가 나는 곳으로 가는 것은 불안합니다.

로도리고   아무도 안 온다. 이렇게 피 흘리며 죽겠구나.

이아고가 횃불을 들고 등장

로도비코   쉿!

그라시아노   누군가가 잠옷 바람에 횃불과 무기를 들고 오

    는군.

이아고   거기 누구요? 살인이라고 소리친 자는 누구요?.

로도비코   우리도 모르오.

이아고   외치는 소리 못 들었소?

카시오   여기다, 여기! 제발 살려주시오!

이아고   무슨 일이오?

그라시아노   저 사람은 오셀로의 기수야, 내가 알기로.

로도비코   맞아요. 아주 용맹한 친구죠.

이아고   누가 저렇게 처절한 비명을 지르는 겁니까?

카시오   이아고! 악당들 때문에 죽게 됐네.

    좀 도와주게.

이아고   이런, 부관님! 어떤 놈이 이랬습니까?

카시오   아마 한 놈은 저기 뻗어 있을 걸세,

도망치지 못하고.

이아고 오, 간악한 악당들!

거긴 뭐요? 여기 와서 좀 도와주세요.

(로도비코와 그라시아노에게)

로도리고 오, 여기 나 좀 살려줘.

카시오 한 놈이 저기 있군.

이아고 오, 흉악한 놈! 오, 악당! (로도리고를 찌른다)

로도리고 오, 괘씸한 이아고 자식! 이 잔인한 개자식아!

……오 오 오!

이아고 어둠 속에서 살인을? 잔인한 도둑놈들은 어디로

도망쳤지? 마을은 왜 이렇게 고요한 거야? 살인이야!

당신들은 누구요? 무고한 시민이오, 악당이오?

로도비코 우리를 알아볼 테니, 논평해 보시지.

이아고 로도비코 어른?

로도비코 그렇네.

이아고 죄송합니다. 카시오가 악당에게 당했어요.

그라시아노 카시오가?

이아고 부관님, 좀 어떻습니까?

카시오 다리가 두 동강 났네.

이아고 하느님 맙소사!

신사분들, 횃불 좀 들어 주십시오. 제 셔츠로 우선 싸매야

겠어요.

비앙카 등장

비앙카 무슨 일이에요? 크게 소리친 게 누구예요?

이아고 소리친 게 누구예요?

비앙카 오, 자기! 내 사랑 카시오! 카시오, 카시오!

이아고 과연 뜨르르한 매춘부로군! 카시오, 누가 당신을
난도질했는지 짐작 가는 사람이 있습니까?

카시오 모르겠어.

그라시아노 이런 일을 겪다니, 속상하군. 내 찾던 참이었소.

이아고 대님 좀 주십시오. 자,—오, 들것이 있다면
안전하게 운반할 텐데.

비앙카 아, 기절했어! 카시오, 카시오, 카시오!

이아고 신사분들, 저는 이 쓰레기 같은 여자가
이 일과 관련 있을 거라는 의심이 듭니다.
카시오, 잠시만 참으세요. 여기 불 좀 비춰보세요.
이건 우리가 아는 얼굴인가, 아닌가?
이런, 나의 동향 로도리고 나리 아냐?
아냐.—아니, 확실해. 그래, 로도리고야.

그라시아노 뭐, 베니스 사람?

이아고 그 사람입니다. 이 사람 아십니까?

그라시아노 아느냐고? 당연하지.

이아고 그라시아노 어르신, 제발 용서해 주십시오.
이 잔혹한 사건 때문에 어르신을 몰라뵙는

무례를 저질렀군요.

그라시아노　만나서 반갑네만.

이아고　카시오, 괜찮으세요?──오, 들것을 가져와!

그라시아노　로도리고야!

이아고　예, 맞습니다.　　　　　(시종들이 들것을 가지고 온다)

오, 다행이야. 들것이 와서.

몇 사람 와서 조심해서 운반하게.

나는 장군님의 군의를 모셔 올 테니까.

(비앙카에게) 아가씨까지 수고할 것 없는데.──

카시오, 여기서 살해당한 사람은 제 절친한 친군데,

두 사람 사이에 무슨 원한이라도 있습니까?

카시오　전혀 없어. 난 모르는 사람이야.

이아고　(비앙카에게) 뭐야, 왜 이렇게 창백해 보이지?──

오, 그에게 찬바람 쐬지 마.

　　　　　　　　　(카시오와 로도리고, 들것에 실려 나간다)

숙녀분은 멈추시지.──아가씨, 창백해 보이는군.

두 분, 이 여자의 눈동자가 보이세요?──그렇게

노려봐도 소용없어. 곧 모든 게 밝혀질 테니.

──이 여자를 보십시오. 부디 눈여겨보십시오.

보이십니까, 신사분들? 아니, 죄는 혀를 놀리지

않아도 죄의식은 소리를 내는 법이니까.

에밀리아 등장

에밀리아 어찌 된 일인가요? 무슨 일이에요, 여보?

이아고 카시오가 어둠 속에서 습격당했어.

　로도리고와 함께 도망친 놈들이 그랬나 봐.

　카시오는 죽을 뻔했고, 로도리고는 죽었어.

에밀리아 신사분을 어쩌나! 카시오 님은 어쩌나?

이아고 창녀랑 놀아날 때 알아봤어. 에밀리아,

　가서 카시오가 어디서 저녁을 먹었는지 알아봐.

　뭐야, 내 말에 왜 몸을 떠는 거야?

비앙카 우리 집에서 드셨어요.

　하지만 그래서 떠는 건 아니에요.

이아고 오호, 그러셨다고? 나와 함께 가자.

에밀리아 쳇! 더럽고 추잡한 매춘부야!

비앙카 난 매춘부가 아니야. 내게 욕하는 당신만큼

　나도 정숙한 여자라고.

에밀리아 나만큼이라니? 빌어먹을 년이네.

이아고 신사분들, 가련한 카시오가 치료받는 곳으로

　가보시지요. 아가씨도 가자고! 가서 모조리

　털어놔 봐! 에밀리아, 당신은 요새로 급히 가서

　장군님과 마님께 이 사건을 말씀드려.

　자, 앞장서시겠습니까? (방백) 흥하느냐 망하느냐는

　오늘 밤 결판난다.　　　　　　　　　　　　(모두 퇴장)

5막 2장
(성안의 침실)

데스데모나가 자는 침대 곁으로
오셀로가 촛불을 들고 등장

오셀로   이건 이유가 있단다, 이유가, 내 영혼아,
　　저 순결한 별들에게 밝히진 않겠지만,
　　이건 다 이유가 있단다. 허나 그녀를 피 흘리게
　　하여 눈보다 희고 묘비의 대리석처럼 매끄러운
　　피부에 상처를 내지는 않으리.
　　어쨌든 그녀는 죽어야만 해. 그러지 않으면
　　더 많은 남자를 농락할 테니까.
　　먼저 촛불을 끄자. 그런 다음 저 빛도 끄자.
　　그대 타오르는 촛불아, 내 너를 끈다 해도
　　마음을 돌이켜 다시 불 밝힐 수 있단다. 하지만
　　너의 빛은, 자연의 빼어난 걸작인 그대 생명의 불길은
　　한번 끄면 다시 불붙여 줄 프로메테우스*의
　　불이 어디 있는지 나는 모른다. 장미를 꺾으면

---

* 프로메테우스 : 이름은 '먼저 생각하는 사람'이란 뜻이다. 제우스
가 감추어둔 불을 훔쳐 인간에게 내줌으로써 인간에게 맨 처음 문
명을 가르친 장본인으로 알려져 있다. 불을 도둑맞은 제우스는 복
수를 결심하고, 판도라라는 여성을 만들어 프로메테우스에게 보

내가 생장의 힘 다시 줄 수 없으니 시들 수밖에 없지.

살아 있을 때 냄새를 맡아보자.　　　　(그녀에게 키스한다)

아, 향기로운 이 숨결! 정의의 여신조차 설득당해

칼을 꺾을 정도다. 한 번만 더.

죽어서도 이리 아름답다면, 널 죽인 뒤 사랑하련다.

이제 마지막으로 한 번만 더.

이리도 향기로운데 그토록 치명적이라니!

난 울어야 마땅하지만, 내 눈물은 매정하다.

이 슬픔은 천상의 것! 하늘은 사랑하는 자를

내치신다. 그녀가 깨어난다.

데스데모나　거기 누구세요? 오셀로?

오셀로　그렇소, 데스데모나.

데스데모나　여보, 잠자리에 드시겠어요?

오셀로　데스데모나, 오늘 밤 기도는 했소?

데스데모나　그럼요, 여보.

오셀로　하늘의 자비를 구하지 못한 죄가

　　남았다는 생각이 들면 당장 기도하여

　　용서를 구하시오.

데스데모나　아, 여보, 대체 무슨 말씀이세요?

냈다. 이때 '나중에 생각하는 사람'이라는 뜻을 가진 동생 에피메테우스가 형의 제지에도 불구하고 그녀를 아내로 삼았는데, 이에 따라 '판도라의 상자' 사건이 일어나고, 인류의 불행이 비롯되었다고 한다.

오셀로 글쎄, 어서 하라니까. 짧게. 난 근처에 있겠소.

마음의 준비가 안 된 영혼을 죽이고 싶진 않아.

안 되지. 절대! 당신 영혼을 죽이고 싶지는 않소.

데스데모나 죽인다고 하셨나요?

오셀로 그렇소.

데스데모나 그렇다면 하늘이여,

저에게 자비를 베푸소서!

오셀로 충심으로 그러길.

데스데모나 그렇게 말씀하시니 절 죽이지는 않겠지요.

오셀로 흠!

데스데모나 하지만 두려워요.

눈을 그렇게 굴릴 때면 살기가 느껴지니까요.

왜 제가 두려워해야 하는지 모르겠어요.

죄를 짓지 않았으니까요. 하지만 겁이 나요.

오셀로 네 죄를 생각해 봐.

데스데모나 당신을 사랑한 죄밖에 없어요.

오셀로 그 때문에 죽이는 거야.

데스데모나 사랑하기 때문에 죽이다니 말도 안 돼요.

아니, 아랫입술을 왜 그렇게 깨무세요?

잔인한 격정이 당신을 뒤흔드는군요. 이건 그 징후예요.

하지만 그것이 제 미래를 암시하는 것이 아니길

바라고 또 바랄 뿐이에요.

오셀로 조용히 해. 잠자코 있어.

데스데모나   그럴게요. 한데 뭐가 문제인가요?

오셀로   넌 내가 그리도 소중하게 여기던 손수건을

　카시오에게 줬어.

데스데모나   아니에요.

　제 목숨과 영혼을 걸고 맹세해요.

　그분을 불러 물어보세요.

오셀로   이봐, 위증을 조심해.

　넌 임종의 침상 위에 있으니까.

데스데모나   예, 하지만 아직 죽지는 않았어요.

오셀로   곧 그럴 거야.

　그러니까 네 죄를 솔직히 고백해.

　죄를 조목조목 맹세하며 부인해도 그것들 때문에

　고통스럽게 신음하는 내 강력한 확신을

　없애거나 누를 수는 없어. 넌 죽어야 해.

데스데모나   오, 주님, 제게 자비를 베푸소서!

오셀로   아멘!

데스데모나   그리고 당신에게도 자비를 베푸시기를!

　저는 지금껏 당신한테 죄를 지은 적이 없어요.

　카시오를 절대 사랑하지 않았어요.

　하늘이 모두에게 허용한 만큼만 사랑했어요.

　그에게 정표 같은 건 준 적도 없어요.

오셀로   맹세코, 내 손수건이 그자 손에 있는 걸 봤어.

　오, 위증하다니, 넌 돌 같은 심장으로

내가 하려는 일을 살인으로 만들려 하는구나.

난 그걸 희생이라고 여기고 있었는데.

그 손수건을 봤어.

데스데모나 그렇다면 그가 주운 것이지,

저는 결코 준 적이 없어요. 그 사람을 이리로 불러와서

진실을 고백하게 하세요.

오셀로 그가 고백했소.

데스데모나 무얼요, 여보?

오셀로 그가, 죽일 놈이……너를 가졌다고.

데스데모나 어떻게요? 부정하게요?

오셀로 그래.

데스데모나 그렇게 말했을 리가 없어요.

오셀로 못 하지. 그의 입이 봉해졌으니.

정직한 이아고가 처리했어.

데스데모나 오, 불길한 예감대로……

그가 죽었단 말이에요?

오셀로 그놈의 목숨이 머리카락만큼 많다 해도

내 거대한 복수심이 모두 먹어 치웠을 거요.

데스데모나 아아, 그는 배신을, 나는 파멸당하는구나.

오셀로 닥쳐, 매춘부야! 내 앞에서 그놈 일로 눈물을 흘려?

데스데모나 오, 저를 내쫓아줘요, 죽이진 말고.

오셀로 꿇어, 이 매춘부야!

데스데모나 내일 죽이세요. 오늘 밤은 살려주세요!

오셀로 안 돼. 만약 저항하면─

데스데모나 반시간만이라도. 기도 한 번 할 틈만!

오셀로 이젠 멈출 수가 없어.   (그녀의 목을 조른다)

데스데모나 오, 주님, 주님, 주님!

에밀리아 (안쪽에서) 주인님, 주인님! 여보세요, 주인님!

오셀로 무슨 소리지? 안 죽었나? 완전히 안 죽었나?

난 잔인하지만 자비로워.

그러니 고통 속에 널 머물게는 않겠어.⋯⋯

그래, 그래.

에밀리아 (안쪽에서) 여보세요, 주인님, 주인님!

오셀로 누구냐?

에밀리아 (안쪽에서) 오, 여보세요, 주인님. 드릴 말씀이 있

어요.

오셀로 그래, 에밀리아로군. 곧 가마. 그녀는 죽었다.

카시오의 죽음을 알리러 온 거군.

소리가 났는데. 하! 더는 움직임이 없네.

무덤처럼 고요하다. 불러들여? 괜찮을까?

다시 움직이는 것 같군. 아니야. 어떻게 해야 최선일까?

들어오면 필시 아내한테 말을 걸겠지.

내 아내, 내 아내, 내 아내. 내겐 아내가 없다.

오, 견딜 수가 없어! 오, 비통하다!

이제 일식과 월식이 일어나 암흑천지가 되고

그 변화에 크게 놀란 지구가 입을 떡 벌릴 것 같구나.

에밀리아   (안쪽에서) 한말씀만 드리겠어요.

　……제발요, 주인님!

오셀로   너를 잊고 있었다. 들어와, 에밀리아.

　잠깐, 곧 가지. 침대 커튼을 쳐놓아야겠다.

　어디 있느냐?　　　　　　　　　　　　　　　(문을 연다)

에밀리아 등장

　그래, 이 시각에 무슨 일이냐?

에밀리아   오, 주인님, 저쪽에서 끔찍한 살인이 났어요.

오셀로   뭐라고, 지금?

에밀리아   방금이요, 주인님.

오셀로   그건 달이 제 궤도를 이탈했기 때문이야.

　달이 다른 때보다 지구 가까이 접근하면

　사람들을 미치게 만들어.

에밀리아   주인님, 카시오가 젊은 베니스인을 죽였습니다.

　이름이 로도리고라고 했습니다.

오셀로   로도리고가 죽고,

　카시오도 죽었다고?

에밀리아   카시오는 죽지 않았습니다.

오셀로   카시오가 안 죽었다고?

　그럼 살인은 불협화음을 내고,

　감미로운 복수는 음 이탈을 했구나.

데스데모나 아, 억울하게, 억울하게 살해됐다!

에밀리아 어, 저게 무슨 소리죠?

오셀로 저것이라니? 무엇 말이냐?

에밀리아 에구머니나, 이건 마님 목소리야.

  사람 살려, 사람 살려, 오, 마님, 다시 말씀해 보세요!

  어지신 데스데모나! 오, 좋으신 분, 말씀해 보세요!

데스데모나 난 무고하게 죽어.

에밀리아 오, 누가 이런 짓을 했어요?

데스데모나 아무도 안 그랬어. 내가 한 짓이야. 안녕.

  친절한 주인님에게 인사 전해 줘. 오, 잘 있어.   (죽는다)

오셀로 살해당하다니, 어떻게 된 거지?

에밀리아 오, 누가 알겠어요?

오셀로 스스로 했다고 들었잖아. 난 아냐.

에밀리아 그렇게 말씀하셨어요. 진실을 보고해야겠어요.

오셀로 지옥불에 떨어질 거짓말쟁이 같으니,

  저 여자를 죽인 건 나야.

에밀리아 오, 마님은 더욱 천사이시고,

  당신은 더욱 시커먼 악마군요!

오셀로 저 여자는 부정한 짓을 했어. 창녀였다고.

에밀리아 거짓말을 하는 당신이야말로 악마예요.

오셀로 저 여자는 물처럼 지조가 없었어.

에밀리아 그렇게 말하는 당신은 불처럼 광포해요.

  오, 마님은 성스러울 정도로 정숙했는데.

오셀로 카시오가 올라탔어.

못 믿겠으면 네 남편한테 물어봐.

오, 만일 정당한 근거도 없이 이런 짓을 저질렀다면.

난 지옥의 불구덩이에서 저주받을 거야.

네 남편이 다 알고 있어.

에밀리아 제 남편이요?

오셀로 네 남편이.

에밀리아 마님이 정조를 깨뜨렸다고요?

오셀로 그래, 카시오랑. 그녀가 정숙하다면

하늘이 내게 또 하나의 세상을, 순수하고 완벽한

황옥으로 된 세상을 만들어 주었다 해도

그걸 얻으려고 아내를 버리지는 않았을 거야.

에밀리아 제 남편이요?

오셀로 그래, 그가 처음 말해 줬어.

사람이 정직해서 추잡하게 들러붙은

진창 같은 죄악을 싫어하지.

에밀리아 제 남편이라고요?

오셀로 이 여자야, 왜 자꾸 같은 말을 해? 네 남편이라고.

에밀리아 오, 마님! 사악한 인간이 사랑을 농락했군요.

내 남편이 마님에게 지조 없단 말을 했다고?

오셀로 그랬다고! 네 남편이라고 했어. 알아듣겠어?

내 친구이자 네 남편인 정직한 이아고가 그랬어.

에밀리아 그 인간이 그랬다면, 그 사악한 영혼은 날마다 조금씩 썩어 문드러져라. 순전히 거짓말이야.

마님은 이 추악한 혼약을 너무나 좋아하셨어.

오셀로　하!

에밀리아　맘대로 해보세요.

이런 짓을 저지른 당신에겐 마님이 분에 넘치듯

하느님의 용서는 당치 않아요.

오셀로　입 닥치는 게 좋을걸.

에밀리아　당신이 내게 어떤 고통을 준다 해도

난 견딜 수 있어.

오, 이런 얼간이, 이런 멍텅구리 바보를 보았나!

먼지만도 못한 무지렁이 자식! 당신이 한 짓은······

칼을 써도 좋아요. 스무 번을 죽는 한이 있어도

당신이 한 짓을 폭로하겠어. 사람 살려! 사람 살려!

무어인이 마님을 죽였어요! 살인이요, 살인!

몬타노, 그라시아노, 이아고 및 다른 사람들 등장

몬타노　무슨 일이냐? 무슨 일입니까, 장군?

에밀리아　오, 이아고, 왔군요, 아주 잘하고 다녔더군요.

다른 사람이 저지른 살인죄를 덮어쓰게 생겼으니.

모두　무슨 일인가?

에밀리아　당신이 남자라면,

이 악당의 거짓말을 논박해 봐.

마님이 지조가 없다고 했다면서요?

그랬을 리가 없어.

당신은 그런 악당이 아니니까요. 말해 봐요.

심장이 터질 것 같으니까.

이아고 난 내 생각을 말했을 뿐이야. 장군님이

그럴 만하다고 생각하는 것 이상을

말씀드리지는 않았어.

에밀리아 마님이 지조가 없다고 말한 적은요?

이아고 있지.

에밀리아 거짓말이야! 그따위 가증스럽고 저주받을

거짓말을 하다니! 맹세컨대 그건 사악한 거짓말이야.

마님이 카시오하고 내통했다고? 카시오하고 그랬다고?

이아고 그래, 카시오와. 넌 입 닥치고 있어.

에밀리아 입 닥치지 못하겠어. 말할 거야.

마님이 자기 침대에서 살해당해 쓰러져 계시잖아.

모두 오, 하느님, 맙소사!

에밀리아 이 살인은 당신의 말 때문에 일어났어요.

오셀로 여러분, 놀라지 마시오. 그건 사실입니다.

그라시아노 정말 끔찍한 일이군.

몬타노 그런 극악무도한 짓을 하다니!

에밀리아 이런 사악한 짓을, 사악한 짓을.

생각해 보니 짐작이 간다. 사악하다.

그때도 그런 생각이 들었어. 비통하다.

오, 사악하다, 사악한 짓을 했어!

이아고 아니, 당신 미쳤어? 당장 집으로 가! 명령이야.

에밀리아 여러분, 제 말 좀 들어주세요.

남편 말에 복종해야겠지만, 지금은 아니에요.

이아고, 난 영원히 집으로 가지 않을 거야.

오셀로 오, 오, 오!   (침대에 쓰러진다)

에밀리아 그래요, 엎어져 통곡을 하세요.

하늘을 우러러 가장 순결한 분을

당신이 죽였으니까.

오셀로 (일어나면서) 오, 그녀는 더러워.

처삼촌, 몰라뵈었군요. 저기 조카딸이 누워 있습니다.

저 사람 숨통을 이 손으로 끊은 건 사실이고

저도 이 범행이 끔찍하고 잔인하다는 걸 압니다.

그라시아노 불쌍한 데스데모나!

네 아비가 작고해서 다행이다.

네가 맺은 가약이 네 아비에겐 치명적이었다.

비탄에 잠긴 나머지 명줄이 두 동강나 버렸으니.

혹여 살아서 이런 꼴을 봤다면 절망적인 행동을

했을 것이고, 자신의 수호신마저 저주하며 곁에서

몰아내 영벌을 받았을 거다.

오셀로 애석한 일입니다만, 이아고는 알아요.

그녀가 카시오와 추잡한 짓을 천 번도

넘게 저질렀다는 것을. 카시오도 그걸 자백했고요.

저 여자는 사랑의 정표로 제가 처음 준 물건을

녀석에게 줘버렸어요. 자신의 정욕을 만족시켜준

대가로. 저는 그가 그걸 손에 쥔 것을 보았는데,

그것은 바로 손수건입니다.

저의 부친이 모친에게 정표로 준 것이지요.

에밀리아   오, 하느님! 오, 하느님!

이아고   제기랄, 조용히 하라니까.

에밀리아   다 밝힐 거예요. 조용히 하라고요?

아뇨, 난 공기처럼 자유롭게 말할 거예요.

하늘과 인간과 악마들 모두가, 모두가,

나에게 창피를 준다 해도 말할 거야.

이아고   정신 차리고, 얼른 집으로 가!

에밀리아   가지 않을 거야.

                              (이아고, 칼을 빼 아내를 찌르려고 한다)

그라시아노   저런, 여자에게 칼을 쓰다니!

에밀리아   오, 어리석은 무어인아! 당신이 말한 손수건은

내가 우연히 주워 남편에게 줬던 거야.

남편은 그런 하찮은 물건에 어울리지 않게

거듭해서 진지하고 위압적으로

훔쳐 오라고 졸라댔으니까.

이아고   이 악독한 화냥년!

에밀리아   마님이 카시오에게 줬다고?

그게 아니야. 내가 주워 남편에게 준 거야!

이아고   쌍년아, 거짓말 마.

에밀리아   맹세코 거짓말이 아닙니다, 신사분들.

  오, 덜떨어진 살인마! 어째서 저런 바보가

  저처럼 훌륭한 마님을 아내로 얻었을까?

오셀로   저 하늘에는 천둥벼락 말고는 내리칠 게 없습니까?

  이 간악무도한 악당아!

  (이아고에게 달려들자, 이아고가 뒤에서 에밀리아를 찌른다)

그라시아노   여자가 쓰러졌소. 기어코 제 아내를 죽였어!

에밀리아   그래요. 오, 저를 마님 곁에 뉘어주세요.

                              (이아고, 퇴장)

그라시아노   놈은 도망치고, 아내는 죽었어!

몬타노   천하의 악당이오. 자, 이 무기를 받으시오.

  이것은 이 무어인에게서 내가 뺏은 거요.

  자, 문밖을 지키시오. 그를 죽이는 한이 있어도

  나가지 못하게 하시오. 난 악당 뒤를 쫓을 테니.

  이 천벌 받을 종놈아.   (몬타노와 그라시아노 퇴장)

오셀로   난 이제 용기를 잃었다.

  하찮은 애송이가 내 칼을 잡아채 가는구나.

  이름뿐인 명예가 무슨 소용이란 말인가?

  다 놓아버리자.

에밀리아   마님, 그 노래는 무얼 예언했나요?

  쉿, 제 목소리 들리나요? 저도 백조처럼

  노래하며 죽을래요.   (노래한다) "버들, 버들, 버들아."

무어인아, 순결한 아씨는 당신을 사랑했어. 잔인한

무어인아, 진실을 말했으니 내 영혼은 축복받을 거야.

내 마음을 밝혔으니 이제 나는 간다, 나는 가.   (죽는다)

오셀로   이 방에는 또 하나의 무기가 있다.

얼음물로 담금질한 스페인제 명검*이지.

오, 여기 있구나. 숙부님, 전 나가야만 합니다.

그라시아노   (안에서) 그렇게 한다면 대가가 클 것이다.

무기도 없으니 참아야지, 별수 있나.

오셀로   그럼, 저를 좀 보시고 얘기하시지요.

안 그러시면 맨몸으로라도 공격할 겁니다.

그라시아노 등장

그라시아노   왜 그러는가?

오셀로   보십시오. 여기 칼 한 자루가 있습니다.

어떤 군인도 이보다 더 좋은 칼을 차진 못했지요.

이 짧은 팔과 이 명검으로 숙부님이 막는 것보다

스무 배가 넘는 장애물도 뚫고 나간 적이 있지요.

허나 오, 그게 다 무슨 소용이란 말입니까!

그 누가 자신의 운명을 지배할 수 있단 말입니까?

---

* 스페인제 명검 : 빙하가 녹아내린 스페인의 차가운 강은 명검을
만들어내는 최적의 조건이 되었다.

이제는 돌이킬 수가 없어요.

내 비록 무기를 가졌다 하나 두려워 마십시오.

여기가 제 여정의 끝이고 목표이며,

머나먼 항해의 마지막 종착지입니다.

겁이 나 뒷걸음질쳐요? 부질없는 두려움입니다.

갈대로 오셀로의 가슴을 찔러보시지요. 넘어질 겁니다.

오셀로는 이제 어디로 가야 합니까?

한데 넌 이게 뭐냐? 오, 불운한 것,

얼굴이 네 속옷처럼 창백하구나. 우리가 저승의

심판대에서 만나면 너의 이런 모습이 내 영혼을

천국에서 내동댕이칠 거고, 악마들은 그걸

가로채 갈 것이다. 오, 너의 정절만큼이나 차디찬 임아,

오, 저주받을 종놈! 악마들아, 날 쫓아내라.

이 천상의 모습 간직하지 못하도록.

나를 바람으로 휘감아 유황불에 태워다오.

저 불바다의 심연*속으로 휩쓸어 보내다오!

오, 데스데모나! 데스데모나가 죽었구나.

오, 오, 오.

로도비코, 몬타노, 죄수 이아고를 호송하는 병사들,

---

* 불바다의 심연 : 이는 단테의 『신곡』과 같은 중세 혹은 르네상스
  문학에서 흔히 그렸던 지옥의 광경들이다.

들것에 실린 카시오 등장

로도비코　성말라 불행을 자초한 사람은 어디 있소?

오셀로　그는 오셀로라 불렸던 자로, 여기 있습니다.

로도비코　그 독사놈은 어디 있소? 그 악당을 끌어내라.

오셀로　어디 놈의 발을 내려다보자. 전설처럼 만약
　네놈이 악마라면,* 내 너를 죽일 순 없겠지.

(이아고를 찌른다)

로도비코　칼을 빼앗아라.

이아고　피는 흐르지만 죽이지는 못했소.

오셀로　아쉬운 것 없어. 네놈을 살려두고 싶으니까.
　내 생각에 넌 죽는 게 행복이야.

로도비코　오, 한때 그토록 빛났던 오셀로가
　이 저주받을 종놈의 간계에 빠지다니,
　내 그대에게 무슨 말을 하리.

오셀로　뭐, 아무렇게나.
　괜찮으시다면 명예로운 살인범이라고 해주십시오.
　증오심이 아니라 명예를 지키기 위해서였소.

로도비코　이 철면피한 놈이 범행 일부를 자백했소.
　놈과 짜고 카시오를 죽이는 데 동의했소?

오셀로　그렇소.

---

* 악마라면 : 악마는 발굽이 갈라져 있다는 전설이 있다.

카시오   존경하는 장군님, 저는 어떤 원인도 제공하지 않았
  습니다.

오셀로   날 용서해 주게, 나도 그걸 믿으니.

  저 악마에게 물어봐 주겠나?

  왜 내 영혼과 육체를 덫에 빠뜨렸는지.

이아고   나에게 아무것도 묻지 마시오. 당신도

  아실 만큼 알 테니까요. 지금부터 난

  아무 말 안 할 거요.

로도비코   아니, 기도도 하지 않겠다는 거냐?

그라시아노   고문을 해서 네놈 입을 열게 할 것이다.

오셀로   흠, 그러는 게 상책이겠지.

로도비코   장군, 아직 모르고 계신 것 같으니 그동안

  일어났던 일을 얘기하겠소. 여기 편지 한 통이 있소.

  살해당한 로도리고의 주머니에서 발견한 거요.

  여기 또 한 통이 있소. 이 중 한 곳에

  로도리고에게 카시오를 살해하라고 적혀 있소.

오셀로   오, 이 악당!

카시오   참으로 야만적이고 극악무도하다!

로도비코   불만에 찬 편지가 또 한 통 있는데,

  이 역시 로도리고의 주머니에서 나왔습니다.

  보아하니 그가 이 저주받을 악한에게 보내려

  했던 것 같소. 그런데 때마침

  이아고가 중간에 개입해 설득함으로써

그의 불평불만을 잠재운 것 같습니다.

오셀로　오, 이 간악한 악당아!

　　카시오, 자네는 내 아내의 손수건을

　　어떻게 갖게 되었나?

카시오　제 방에서 주웠습니다.

　　저놈이 방금 실토하기를

　　계략적으로 그걸 거기에 떨어뜨렸고,

　　원하는 대로 되었다고 합니다.

오셀로　오, 이렇게 어리석다니!

카시오　그 외에 로도리고의 편지에는 이아고가

　　로도리고를 시켜 경계를 서고 있는 저를 약 올리게

　　만든 일을 비난한 내용도 있었습니다. 그 때문에 제가

　　파면되었습니다. 로도리고가 죽은 것처럼 보였지만,

　　방금 깨어나 자백했습니다. 이아고가 자기를

　　찔렀으며, 저를 죽이라고 했다고요.

로도비코　(오셀로에게) 당신은 이 방에서 나가

　　우리와 함께 가십시다. 당신은 권한과 지휘권을

　　박탈당했으며, 키프로스는 카시오가 통치할 것이오.

　　이놈에게는 고통을 오래 겪게 하는 교묘하고

　　잔인한 고문 장치가 있다면 사용하게 할 것이고,

　　당신은 베니스가 죄상을 보고할 때까지

　　죄수로 구금될 것이오. 자, 장군을 데려가라.

오셀로　잠깐만, 한두 마디 해야겠소.

나는 정부에 얼마간의 공헌을 했고,

그들도 알고 계시오. 그 이야기는 그쯤 하지요.

한데 당신이 편지로 이 불행한 사건을

보고할 때, 사태를 있는 그대로 전하시오.

감싸거나 악의적으로 폄훼하지 마시고요.

이렇게만 기록해 주십시오. 현명하게 사랑하진

못했으나 지극하게 사랑했던 한 사람을, 쉬이

질투하진 않지만 한번 부추김을 받으면 통제되지

않는 사람을, 자기 손으로 자기네 종족 모두보다

더 값진 진주를 버린 비천한 인디언 같은 사람을,

마음을 녹이는 감정에 쉬이 사로잡히진 않지만,

아라비아의 고무나무가 수액을 흘리듯 펑펑 눈물을

쏟은 사람에 대해 적어주시오.

그리고 이렇게 덧붙여주시오. 한번은 알레포*에서

터번을 두른 악의에 찬 튀르키예 놈이

베니스 사람을 때리고, 이 나라를 모욕했을 때

내가 그 할례 받은 개자식의 멱살을 잡고

찔렀노라고 기록해 주십시오.──이렇게 말이오.

(칼로 자신을 찌른다)

---

* 알레포 : 이곳에서 기독교인이 튀르키예인을 폭행하는 것은 사형
받을 수 있는 범죄였다. 또한 베니스처럼 동서 간 무역의 중요한
거점이었다.

로도비코   오, 피비린내 나는 결말이다!

그라시아노   전해 들은 모든 말이 헛되구나.

오셀로   당신을 죽이기 전에도 키스했었지.

   이 길밖에. 자살하고, 키스하며

   죽는 수밖에 없구려.   (데스데모나 위에 쓰러져 죽는다)

카시오   고결한 심성을 지닌 분이라 이런 일을 염려했지만,

   무기를 갖고 계시리라고는 생각 못 했습니다.

로도비코   (이아고에게) 오, 피에 굶주린

   스파르타의 개 같은 놈아!

   그 어떤 고뇌와 굶주림, 성난 바다보다 잔인하구나.

   저 침대 위의 비극적 참상을 보아라.

   바로 네놈이 저지른 짓이다.

   차마 눈 뜨고 볼 수 없는 광경이다. 가리십시오.

   그라시아노 경, 이 집을 지키시고,

   무어인의 재산을 압수하시지요.

   어른께 상속될 재산입니다. 카시오 총독에겐

   이 가증할 악당의 심판을 맡기겠소.

   시간과 장소와 고문 방법을 결정한 후에

   꼭 시행해 주시오.

   나는 즉시 배에 올라, 무거운 마음으로

   당국에 이 비참한 사건을 보고하겠소.   (모두 퇴장)

리어 왕 KING LEAR

그렇다면 그 거지 녀석이 개를 피해 도망치는 것도?
넌 거기에서 권력의 위대한 형상을 볼 수 있었을 거야.
지위가 있는 개에겐 사람도 복종하니까.

－'리어 왕' 중에서

등장인물

리어　브리튼의 왕

고너릴, 리건, 코딜리아　리어의 딸들

올버니 공작　고너릴의 남편

콘월 공작　리건의 남편

프랑스 왕

버건디 공작

글로스터 백작

에드거　글로스터의 아들

에드먼드　글로스터의 서자

켄트 백작

광대　리어의 수행원

오스왈드　고너릴의 집사장

큐란　글로스터의 오랜 시종

노인　글로스터의 소작인

전령, 대장, 장교, 기사, 신사, 시종, 하인 및 사자들

장소

브리튼

1막 1장
(리어의 왕궁)

켄트, 글로스터, 에드먼드 등장

켄트 저는 전하께서 콘월 공작보다 올버니 공작을 더 총애한다고 생각했습니다.

글로스터 우리에겐 항상 그렇게 보였지요. 하지만 왕국을 분할하려는 요사이 보니 어느 공작을 더 높게 평가하는지 모르겠소이다. 양쪽의 자질이 무게로 단 것처럼 공평해서 소소한 항목에서조차 우열을 가리기 어려우니 말입니다.

켄트 저 젊은이가 백작의 자제분이신가요?

글로스터 저 녀석을 내가 길렀지요. 허나 종종 내 자식임을 인정하는 게 부끄러웠는데, 이제는 제법 익숙해졌습니다.

켄트 무슨 말씀이신지 도통 모르겠군요.

글로스터　저 녀석의 어미와 정을 통했단 말씀이지요. 그 일이 있고 여자의 배가 불러왔고, 침대에서 남편을 맞기도 전에 요람 속에 눕힐 아들을 갖게 됐다는 겁니다. 이제 뭐가 잘못됐는지 아시겠습니까?

켄트　이리도 훌륭한 아들을 얻었으니 나라면 그 잘못을 되돌리고 싶지 않겠습니다.

글로스터　허나 내겐 적법하게 얻은 아들이 한 명 있습니다. 이 녀석보다 한 살 위지요. 뭐, 그렇다고 해서 어느 쪽을 더 귀애하는 것은 아닙니다. 이 녀석은 부르기도 전에 주제넘게 나오긴 했지만, 녀석의 어미가 대단한 미인이었고, 녀석을 만들 때 꽤 애틋했거든요. 서출이라도 인정 안 할 수가 없지요. 에드먼드, 이 고결하신 어른을 아느냐?

에드먼드　모릅니다, 아버지.

글로스터　켄트 백작이시다. 내가 존경하는 친구니 잘 기억해 둬라.

에드먼드　앞으로 잘 모시겠습니다.

켄트　자넬 아낌세. 앞으로 더 많은 걸 알게 되길 바라네.

에드먼드　노력하겠습니다, 백작님.

글로스터　이 아이는 구 년 동안 외국에 나가 있었는데, 또다시 나갈 겁니다. 아, 저기 전하께서 오시는군요.

　　　나팔소리. 왕관을 든 사람에 이어 리어 왕, 콘월, 올버니,
　　　　　고너릴, 리건, 코딜리아 및 시종들 등장

리어　글로스터, 프랑스 왕과 버건디 공작을 들라 하라.

글로스터　예, 전하!　　　　　　(글로스터와 에드먼드 퇴장)

리어　그동안 짐이 은밀히 품고 있던 계획을 밝히겠노라.

지도를 이리 다오. 짐은 이 왕국을 셋으로 나누었고,

확고한 결의로 근심과 정무를 이 노구에서 덜어내,

활력 넘치는 젊은이들에게 넘겨주고, 느긋하고

홀가분하게 죽음을 향해 가기로 굳혔노라.

짐의 사위 콘월과 그에 못지않게 사랑하는

사위 올버니어, 짐은 앞날의 분쟁을 막기 위해

딸들에게 나눠줄 지참금을 지금 공표하기로

결정했노라. 물론 오랜 기간 이 궁정에

체류하는 사랑하는 짐의 막내딸의 두 연적인

프랑스 왕과 버건디 공작*도 이 자리에서 확답을

얻을 것이다. 딸들아, 말해 봐라.——

이제 짐은 이 나라의 통치권 및 영토 소유권,

국정과 관련된 근심을 벗어던지려 하는데,

누가 짐을 가장 사랑한다고 하겠느냐?

그에게는 부녀간의 정이 허락하는

최고상을 내리겠다. 자, 맏딸 고너릴,

---

* 프랑스~공작 : 이 극을 쓸 당시 프랑스가 통일된 왕국이 아니었
  다. 그래서 버건디 공작은 프랑스 왕과 같은 지위를 누리는 것으
  로 설정되어 있다.

너부터 말해 보아라.

고너릴　　전하, 제 사랑은 말로 표현 못 할 정도입니다.

전하는 시력보다, 공간보다, 자유보다

소중하십니다. 값지다거나 희귀하다는 식으로

가치를 매길 수 있는 것을 넘어선 것입니다.

은총과 건강, 아름다움과 명예로 충만한

제 삶만큼 사랑하며, 일찍이 자식이 보인,

또는 아버지가 받은 어떤 사랑 못지않게

사랑합니다. 숨쉬기가 힘들고, 말문이

닫힐 만큼 사랑합니다. 모든 한계를

초월할 만큼 아버지를 사랑합니다.

코딜리아　　(방백) 코딜리아는 뭐라고 하지? 그저 사랑할 뿐

잠자코 있어야지.

리어　　이 모든 영토 중 여기에서 저쪽까지,

그늘진 숲과 비옥한 평야, 풍부한 강과 드넓은

목초지를 네게 주마. 너와 올버니의 자손들에게

영원토록 상속될 것이다. 그럼 짐의 둘째인 콘월 부인,

사랑스러운 리건은 뭐라 말할 거냐?

리건　　저는 타고난 자질이 언니와 같으니, 저 역시 언니만

큼 자격이 있습니다. 언니가 밝힌 사랑은 모두

제 마음속에 있습니다. 다만 놓친 부분은, 저는 인간의

감각이 가장 민감하게 누리는 모든 기쁨을 적이라

공언하고, 오직 전하의 사랑에서 행복을 찾겠습니다.

코딜리아   (방백) 불쌍한 코딜리아!

아니, 꼭 그런 것은 아냐! 내 사랑은

혀보다는 무거우니까.

리어   너와 네 자손에게 이 아름다운 왕국의 비옥한 영토

삼분의 일을 영구히 하사하마. 이 땅은 넓이나

가치, 그것이 주는 기쁨으로 볼 때 고너릴의

영토와 견주어도 손색이 없다.

자, 이제 가장 어리고 작지만 과인의 기쁨 덩어리여,

너의 사랑을 얻으러 프랑스 왕은 포도로,

버건디 공은 우유로 경쟁하는구나.

언니들의 영토 못지않게 비옥한 삼분의 일의

영토를 갖기 위해 너는 무어라 말하겠느냐? 말하라.

코딜리아   할 말이 없습니다, 전하.

리어   할 말이 없다고?

코딜리아   없습니다.

리어   없다면 얻는 것도 없다! 다시 말해 보아라.

코딜리아   불행하게도 저는 제 마음을

입에 담진 못하겠습니다. 저는 전하를 사랑합니다만,

딸의 도리를 다할 뿐 그 이상도 이하도 아닙니다.

리어   뭐, 뭐라고 코딜리아? 말을 좀 고쳐 보아라.

그러지 않으면 네 운을 그르치게 된다.

코딜리아   전하, 전하께서는

저를 낳아주시고 길러주시고, 사랑해 주셨습니다.

그 은혜에 합당한 보답을 하고자 전하께 복종과
사랑과 더없는 공경을 바칩니다. 언니들은
전하만을 사랑한다면서 왜 남편을 맞이한 걸까요?
제가 만약 운이 닿아 결혼한다면, 저와 혼인
서약을 맺은 남편은 제 사랑과 걱정과 임무의
절반을 가져갈 것입니다. 아버지만을 사랑한다면
저는 언니들처럼 절대 결혼하지 않을 겁니다.

리어　그 말이 진심이냐?

코딜리아　예, 전하.

리어　어린 것이 그리도 무정하냐?

코딜리아　어리지만 마음만은 진실합니다.

리어　좋다. 그렇다면 네 진실이 네 지참금이다.
태양의 성스러운 광채와 헤카테의 비밀 의식과 밤에
맹세코, 인간 존재의 생성과 소멸을 관장하는 천체의
운행에 걸고 나는 네 아버지로서의 책임을 거부하겠다.
핏줄도, 천륜도 반납하고 지금부터 내 마음은 영원히
너를 이방인으로 여기겠다. 스키타이 야만인*이나
식욕을 채우려고 제 새끼 먹는다는 놈조차도
지난날의 딸자식인 너보다는 가까워서

---

* 스키타이 야만인 : 기원전 6세기부터 3세기 경 중앙아시아에서
러시아 남부 지방으로 이주하였던 유목 민족. 그리스 지역까지 세
력을 넓혔던 이들의 활동은 그리스의 역사가 헤로도토스에 의해
야만적 유목민족으로 기록되었다.

내 동정과 위로를 얻으리라.

켄트 주상 전하——

리어 입 다물라, 켄트! 분노한 용의 일에 끼어들지 마라.
짐은 저 애를 누구보다 사랑했기에, 저 애의 보살핌에
여생을 맡기려 했다.
(코딜리아를 향해) 가라. 내 눈에 띄지 마라. 이렇게
아비의 정을 거뒀으니, 내 무덤만이 내 안식처로다.
프랑스 왕을 불러라. 뭣들 하느냐?
버건디 공작을 불러라.   (시종들 뛰어나간다)
콘월과 올버니에게는 내 두 딸의 지참금에
셋째의 몫도 얹어주마. 저 애는 스스로가
솔직함이라고 부르는 오만과 결혼시켜라.
난 너희 둘에게 내 권력과 최고 직위, 왕권에 따르는
모든 권리를 넘겨주겠다. 짐은 그대들 부담으로,
백 명의 기사를 대동하고, 다달이 번갈아가며
그대들 집에 머물겠다. 짐은 왕이라는 직함과 명예는
유지하되 통치권, 조세권, 그 밖의 실권은
사랑하는 사위인 그대들 몫으로 줄 것이며,
그 증거로 이 왕관을 두 쪽으로 나누노라.

켄트 리어 왕이시여,
소신이 지금껏 국왕으로서 존경했고,
어버이같이 사랑하고, 주인으로 섬겼습니다.
제 기도 속의 관대한 후원자로 생각한 ——

리어   활은 이미 휘어 당겨졌다. 화살을 피하라.

켄트   차라리 화살을 제게 쏘소서. 갈라진 화살촉이

제 심장을 관통한다고 해도. 리어가 제정신이 아니니

이 켄트도 무례하게 굴겠나이다.

노인 양반, 어쩌려고 그러오?

권력자가 아첨에 굴복할 때, 충신이 두려워서 말 못 할

줄 아십니까? 주상이 우둔하면 직언은 명예로운 법.

옥좌를 지키시고 최대한 숙고하여 무모하고

경솔한 조치를 철회하십시오. 목숨 걸고

말씀드리는데, 막내 따님의 사랑은 절대 적지 않습니다.

낮은 목소리로 공허한 말을 하지 않는다고 해서

인정이 없는 것은 아닙니다.

리어   목숨이 아깝거든 입을 닥쳐라.

켄트   제 목숨은 전하의 적과 싸울 담보물일 뿐이니

당신 안전이 걸린 문제라면 잃는다 해도

두렵지 않사옵니다.

리어   내 눈앞에서 꺼져.

켄트   눈을 뜨고 잘 보십시오, 리어. 저를 항상 곁에 두고

당신 눈의 참된 과녁으로 삼으십시오.

리어   아폴로 신께 맹세코──

켄트   아폴로 신께 맹세코,

전하의 맹세는 헛된 것입니다.

리어   이 종놈이! 발칙하다!   (칼자루에 손을 댄다)

올버니·콘월 전하, 참으십시오.

켄트 전하께서는 치료하는 의사를 죽이고 역겨운
　　병에게 진료비를 내시려는군요. 상속을 거두십시오.
　　제 목구멍에서 소리가 나오는 한
　　전하의 과오를 질타하겠습니다.

리어 들어라, 이 비열한 놈아! 충성심이 있다면 들어라.
　　너는 짐이 절대 깨서는 안 될 언약을 깨게 하고,
　　억지스러운 오만함으로 짐의 말과 행동 사이에
　　끼어들려 하는데, 짐의 기질로 보나 지위로 보나
　　못 참을 일이니, 국왕의 권능을 발휘하여 네가
　　응분의 대가를 치르도록 닷새간의 말미를 주겠다.
　　그동안 세상 재난 막아줄 채비를 하라.
　　그리고 엿새째 되는 날에는 네 밉살스러운 등을 돌려
　　짐의 왕국을 떠나거라. 만약 그다음 날
　　추방된 네 몸뚱이가 짐의 영토에서 발견된다면
　　그 순간 넌 죽은 목숨이다. 꺼져라! 주피터 신께
　　맹세코 이 명령이 철회되는 일은 없을 것이다.

켄트 전하의 뜻이 그러하다면 안녕히 계십시오!
　　이제 이 나라에는 자유란 없고 추방만이 있군요.
　　(코딜리아에게) 신이여, 바르고 온당하게
　　말씀하신 공주님을 보호해 주소서!
　　(고너릴과 리건에게) 두 분 공주님의 거창한 말씀
　　행동으로 입증되어, 사랑한단 말씀 따라 좋은 결과

있기를 빕니다. 이제 켄트는 경들께 작별을 고하고,
새로운 나라에서도 한결같이 살아가겠습니다.　　(퇴장)

나팔소리. 글로스터가 프랑스 왕과 버건디 공작을
대동하고 시종들과 함께 등장

글로스터　전하, 프랑스 왕과 버건디 공이 오셨습니다.

리어　버건디 공작, 짐의 딸을 얻으려고
프랑스 왕과 경쟁을 벌인 그대에게 먼저 묻겠소,
즉석에서 요구하는 최소한의 지참금은 얼마요?
아니면 구애를 포기하겠소?

버건디　높으신 국왕 전하,
전하께서 하사하시는 것 이상을 바라지는 않사오나
그보다 적지는 않으리라 믿습니다.

리어　버건디 공, 짐에게 저 애가 소중했을 때는 그랬으나
이제 저 애의 가치는 떨어졌소. 여자는 저기 서 있소.
저 꾸밀 줄 모르는 하찮은 물건의 일부,
아니, 전부가 경의 마음에 든다면, 추가로 오로지
짐의 노기만 붙어 있는 저 애는 당신 거요.

버건디　드릴 말씀이 없군요.

리어　결점밖에 없는 저 애는 친구도 없는데, 새로이
이 아비의 미움과 저주라는 지참금에
더하여 의절만이 남았는데,

그래도 데려가겠소, 아니면 그만두겠소?

버건디   송구하오나 그런 조건이라면 선택할 수 없습니다.

리어   그렇다면 그만두시오. 국왕의 권능에 맹세코 저 애의
재산은 그게 다요. (프랑스 왕에게) 고매한 왕이여,
내 그대의 호의를 저버리고 내게 미움받는 딸을
그대와 짝지어주고 싶진 않구려. 청컨대 자연이
자신의 것으로 인정하기조차 부끄러워하는
보잘것없는 저 애보다 나은 신붓감을 찾길 바라오.

프랑스 왕   참으로 이상한 일이군요.
조금 전까지만 해도 당신이 최고로 아꼈고,
칭찬의 주제이자 노년의 위안이며, 가장 크고 귀한
사랑을 받았던 분이 한순간에 끔찍한 죄를 저질러
겹겹의 총애를 잃다니요. 이는 분명 공주의 죄가
천륜에 어긋나는 추악한 것이거나 당신께서
앞서 맹세하셨던 애정에 변고가 생긴 모양인데,
그 같은 죄를 그녀가 저질렀다고 믿는다는 것은
기적 없이 단순한 이성으로 받아들이기는 불가능합니다.

코딜리아   전하께 청컨대, —— 저는 입에 발린 말을
번지르르 내뱉는 기술이 없기에 의도한 바를
말하기에 앞서 실천하는 성격인지라
—— 이것만은 알아주세요. 제가 아버지의 은총과
호의를 잃은 건 지울 수 없는 오점이 있거나
살인, 정숙하지 못한 행동, 또는 불명예스러운

짓을 해서가 아니라, 없어서 다행인 어떤

부족함 때문이라는 것을요. 끊임없이 간청하는

눈빛과 혓바닥을 갖지 못해 자랑스럽습니다.

비록 그것이 없어 아버지의 마음을 잃었지만.

리어 짐을 기쁘게 해주지 못했으니

년 애당초 태어나지도 말았어야 했다.

프랑스 왕 고작 그것이 이유입니까? 타고나길

과묵해 속내를 얘기하지 않는 그런 성향이

이유란 말입니까? 버건디 공작께선

어찌하렵니까? 본질에서 벗어나 이러저러한

계산에 얽혔다면 사랑이 아닙니다.

공작은 공주를 아내로 맞이하겠소?

공주는 그 자체가 지참금이오.

버건디 국왕 전하,

당초 제의하신 몫만이라도 주십시오.

그러면 이 자리에서 코딜리아 공주의 손을 잡아

버건디 공작부인으로 맞겠습니다.

리어 아무것도 못 주오. 이미 맹세한 건 확고하오.

버건디 (코딜리아에게) 유감스럽지만,

부친과 함께 남편까지 잃었군요.

코딜리아 버건디 공작, 염려 마세요.

공작은 세속적인 지위와 부를 사랑하는 사람이니

난 당신의 아내가 되진 않겠어요.

프랑스 왕　아름다운 코딜리아, 가난하나 가장 부유하고,

　　버려졌기에 최상의 선택이며, 멸시받았기에

　　가장 사랑받는 그대와 그대 미덕을 내가 취하겠소.

　　버려진 것을 취했으니 법적 문제는 없겠지요.

　　신들이시여! 저들이 차갑게 멸시할수록 내 사랑은

　　더욱 존경심으로 불타오르니 이상도 하구려.

　　국왕 전하! 우연히 내게 던져진 무일푼의 공주는

　　짐의 백성이자 프랑스의 왕비입니다.

　　물 많은 버건디* 고장의 모든 공작 다 합쳐도

　　소중한 공주를 내게서 빼앗지는 못할 거요.

　　코딜리아, 이 박정한 사람들과 작별 인사를 하시오.

　　그대는 더 좋은 곳을 찾으려고 이곳을 잃었소.

리어　그대가 그 애를 얻었소, 프랑스 왕.

　　이제 그 애는 당신 것이오. 짐에게는 그런 딸이 없으며,

　　그 애 얼굴을 다시 보는 일도 없을 것이오.

　　그러니 짐의 은총이나 사랑, 축복도 없소.

　　자, 갑시다, 버건디 공작.

　　　　　　　　　　(팡파르. 리어와 버건디, 콘월, 올버니,

　　　　　　　　　　글로스터, 에드먼드 및 시종들 함께 퇴장)

프랑스 왕　언니들과 작별을 고하시오.

─────────

* 버건디 : 버건디 지방은 개울과 강이 많다. 물이 많다는 것은 버
　건디 공작의 나약함, 즉 의지박약을 의미한다.

코딜리아 아버지의 보물인 언니들, 이 코딜리아는

눈물지으며 떠납니다. 난 언니들의 정체를 알지만,

동생으로서 차마 그 결함을 꼬집어 말할 순 없군요.

공표한 그 가슴에 아버지를 맡기니 잘 보살펴 드리세요.

그러나 아, 아버지의 사랑을 잃지만 않았어도

아버지를 좀 더 좋은 곳으로 모실 텐데.

언니들, 안녕히 계세요.

리건 우리 임무를 네가 지시하진 마.

고너릴 네가 할 일은 네 남편을 섬기는 일이다.

운명이 자선을 베풀어 주었으나 순종할 줄 모르니

이런 푸대접을 받아도 싸.

코딜리아 시간이 흐르면 겹겹의 흉계가 드러나고,

감춰두었던 결함도 밝혀져 조롱당하겠지요.

잘들 해보세요.

프랑스 왕 갑시다, 아름다운 나의 코딜리아.

(프랑스 왕과 코딜리아 퇴장)

고너릴 동생, 우리 둘과 관련된 일로 할 말이 많아. 내 생각

에 아버지가 오늘 저녁 여길 떠날 것 같아.

리건 그건 분명해요. 오늘 언니와 함께 가서,

다음 달에는 우리에게로 오시겠죠.

고너릴 노인네가 변덕이 얼마나 심한지 봤지.

우리가 목격한 것만 해도 적지 않잖아.

아버지는 막내를 제일 예뻐했어. 그런데 이젠

미숙한 판단력으로 그 앨 냉혹하게 내치시는 것 좀 봐.

리건 늙어서 노망이 든 거죠. 하긴 전에도 아버지는 자신에 대해선 잘 모르셨어요.

고너릴 혈기 왕성했을 때도 아버지는 성급했어. 그러니 우리는 늙은 아버지의 오랫동안 몸에 밴 기질적 결함에, 약해진 기력, 노여움까지 더해지면서 생긴 완고한 고집까지 감수해야 해.

리건 켄트 경을 내쫓을 때 보였던 급작스러운 발작 증세를 우리가 겪을 가능성이 커요.

고너릴 아버지와 프랑스 왕 사이에 작별 인사가 남아 있을 거야. 부탁인데 우리 서로 협력하자. 아버지가 지금과 같은 성미대로 권한을 행사한다면, 최근 그걸 포기한 건 우리에게 해가 될 뿐이야.

리건 그건 좀 더 생각해 보기로 해요.

고너릴 당장 뭔가 수를 써야겠어. 가능한 한 빨리.

(두 사람 퇴장)

1막 2장
(글로스터 백작의 저택)

에드먼드, 편지를 들고 등장

에드먼드　자연이여, 그대는 나의 여신이니, 내 행동은
그대의 법칙에 따를 것이다. 허나 왜 내가 고질적인
관습에 묶여 내 것을 뺏는 까다로운 국법을 참아야
한단 말인가? 형님보다 열두 달에서 열네 달쯤 늦게
나왔다는 이유로? 왜, 천출이라서? 그래서 비천하다는
거야? 정실 자식 못지않게 잘빠진 체격에, 고귀한 기상,
외모도 아버지를 빼닮았는데도?
그런데 왜 우릴 천출로 낙인찍어?
천하디천해? 자연의 은밀한 욕정에 힘입어
생겨난 우리가 지루하고 맥빠진 잠자리에서 잉태된
멍청한 족속들보다 더 많은 역량과 기운찬 정기를
부여받았는데도? 그렇다면 적출인 에드거,
내가 네 땅을 차지하겠어. 아버지는 적출이나
천출 에드먼드를 똑같이 사랑해. '적출'이라,
참으로 그럴듯하다! 자, 나의 적출이여, 이 편지가 효력을
발휘하고 내 계략이 먹혀들면 이 천출
에드먼드는 적출 위에 올라설 것이다.
나는 점점 커지며 번성할 거야.
신들이여, 천출을 위해 일어나소서!*

글로스터 등장

글로스터　켄트가 추방돼? 프랑스 왕은 격노해 떠나고?

전하께서 이 밤에 떠나셨다고? 왕권은 제한되고,

수당만 받는 명목상의 왕으로 남겠다? 이 모든 일이

졸지에 벌어졌다고? 에드먼드, 무슨 소식 있냐?

에드먼드　(편지를 숨긴다) 죄송합니다만 아버지, 없습니다.

글로스터　왜 황급히 편지를 감추느냐?

에드먼드　소식이 없습니다, 아버지.

글로스터　네가 읽고 있던 종이는 무어냐?

에드먼드　아무것도 아닙니다, 아버지.

글로스터　아니라? 그럼 뭣 때문에 그렇게 황급히 편지를 호
주머니에 숨기느냐? 아무것도 아니라면 숨길 이유가 없
는 법. 어디 보자, 자, 아무것도 아니라면 안경을 쓸 필요
도 없을 테지.

에드먼드　용서하십시오, 아버지. 이건 형님한테서 온 편진
데, 다 읽지 못했습니다. 제가 정독한 데까지만 봐도 아버
님이 보시기에 부적절해 보입니다.

글로스터　그 편지를 이리 내놔라.

에드먼드　드리든 안 드리든 화를 내실 것입니다.

내용을 제가 부분적으로 이해한 바에 의하면

크게 비난할 만합니다.

글로스터 어디 보자, 어디 봐.

에드먼드 형님을 두둔하는 것은 아니지만 아버님, 바라건
대, 형의 마음이 이 내용에 담겨 있지 않기를 바랍니다.

글로스터 (읽는다) "노인을 존중하라고 강요하는 정책은 한
창때인 우리 젊은이들에게는 너무 가혹해. 우리의 재산
은 늙어서 즐길 수 없을 때까지 묶여 있어. 나는 억압적인
노인의 독재에서 나태하고 어리석은 예속을 보기 시작했
어. 그들이 우리를 지배하는 것은 힘이 있어서가 아니라
우리가 참아주고 있기 때문이야. 이 문제로 너와 더 얘기
를 나누고 싶으니 이곳으로 와줘. 만일 내가 깨울 때까지
우리의 아버지가 주무신다면, 너는 아버지 수입의 절반
을 영원히 차지하고, 형님에게 사랑받는 동생으로 살 거
야.—에드거." 흠! 음모다! "내가 깨울 때까지 아버지가
주무신다면 너는 아버지 수입의 절반을 영원히 차지하
고"라니. 내 아들 에드거가! 그놈이 제 손으로 이걸 썼다
고? 이걸 그놈 심장과 머리로 꾸몄다고? 편지를 언제 받
았느냐? 누가 가져왔어?

에드먼드 누가 배달한 게 아닙니다, 아버지.
그게 교활하다는 거죠. 제 방 창 안으로
던져 넣은 걸 제가 발견했어요.

글로스터 네 형의 필체라는 걸 너도 알겠지?

에드먼드 내용이 좋았다면 아버지, 당연히 형님 필체라고
단언했겠지만, 내용을 고려할 때 형님 필체라고 생각하

기 싫습니다.

글로스터 네 형의 필체지?

에드먼드 형님 것은 맞지만, 아버지, 형님의 마음은 그 내용에 있지 않기를 바랍니다.

글로스터 이 일로 네 형이 너를 슬쩍 떠본 적은 없었느냐?

에드먼드 단연코요, 아버지. 하지만 형님의 그러한 주장을 여러 차례 들었습니다. 즉 자식이 성년이 되고, 아버지가 노쇠하면 아버지는 아들의 보호를 받고, 아들이 아버지의 재산을 관리해야 한다고 했습니다.

글로스터 오, 악당, 악당이구나! 이 편지의 내용이 바로 그놈 생각이렷다! 끔찍한 악당! 몰인정하고 고약한 짐승 같은 놈! 짐승만도 못한 놈! 얘야, 가서 그놈을 찾아오너라. 그놈을 체포해야겠다. 가증스러운 악당은 어디 있느냐?

에드먼드 잘 모르겠습니다. 형님의 진짜 의도를 밝힐 증거를 얻어내려면 아버지가 진노를 멈추시고 좀 더 확실한 절차를 밟으셔야 합니다. 그러지 않고 형님의 뜻을 오해하여 폭력적으로 행동하시면 아버지 명예에 큰 흠을 남길 뿐 아니라, 형님의 복종심은 조각나고 말 것입니다. 목숨을 저당 잡히고 감히 말씀드리자면, 형님은 아버지에 대한 제 효심을 떠보려고 이 편지를 쓴 것이지, 다른 위험한 의도는 없다고 봅니다.

글로스터 그렇게 생각한다고?

에드먼드 적절하다고 판단하신다면, 저희 형제가 이 문제를 상의하는 장소로 아버지를 모실 테니, 직접 듣고 의문을 푸시지요. 더 지체할 것도 없이 오늘 저녁에요.

글로스터 그놈이 그런 괴물일 리가 없어.

에드먼드 분명히 말하자면, 아닌 것도 아니지요.

글로스터 그렇게도 다정하게, 자기를 위해준 아비에게. 천지신명이여! 놈을 찾아, 에드먼드. 어서 찾아 그 속내를 파봐라. 부탁이다. 네 재주껏 일을 꾸며라. 이 의혹을 풀기 위해서라면 내 지위와 재산도 내놓겠다.

에드먼드 곧바로 형님을 찾아보겠습니다, 아버지. 방법을 찾는 대로 일을 처리하고 바로 알려드리지요.

글로스터 요사이 일어난 일식과 월식은 우리에게 좋은 징조가 아니야. 자연과학으로 이런 현상을 이러저러하다고 설명할 순 있겠지만, 뒤따르는 여파로 인간계는 홍역을 치르거든. 애정은 식고, 식구가 배신하여 형제가 갈라서고, 도시에는 폭동이, 시골엔 불화가, 궁중에서는 반역이 일어나고, 부자간의 연이 끊어졌어. 내 못된 자식 놈의 반항도 예언 따라 나타난 거야. 아비를 거역하는 자식의 경우지. 전하께선 자연의 본능에서 어긋나셨어. 자식과 적대하는 아비의 경우지. 우리의 좋은 시절은 다 지나갔어. 술책과 가식, 배신 그리고 온갖 파괴적 불화가 무덤까지 기승을 부리며 우릴 쫓을 거다. 그 악당을 찾아라, 에드먼드. 네가 잃을 건 아무것도 없다. 신중하게 행동해라.──그런데 고귀하고 참된 켄트 백작이 추방당하다니!

그것도 정직하다는 죄목으로 말이야! 참으로 이상해.

(퇴장)

에드먼드 그것이야말로 세상 사람들의 기막힌 어리석음이다. 우리가 불운에 처하는 게——그건 우리의 행동이 지나쳐서 그리된 것인데도——해나 달, 별 때문이라고 생각하다니! 마치 우리가 불가항력의 힘으로 악당이 되고, 하늘의 뜻으로 바보가 되고, 천체의 영향으로 불한당, 도둑, 반역자가 되고, 행성의 영향력에 굴복해 술주정꾼, 거짓말쟁이, 간통범이 된다는 거잖아. 나아가 우리가 사악해진 건 죄다 신의 강요 때문이라고? 호색한 기질을 별의 탓으로 돌리다니, 참으로 경탄할 만한 책임 회피 아닌가! 내 아버지는 용의 꼬리 자리 아래에서 어머니와 합궁했고, 그래서 내가 큰곰자리 별 아래에서 태어났으니 난폭하고 음탕하다고! 쳇, 천출 자식 만들 때 가장 순결한 처녀 별이 하늘에서 빛났다고 해도 나는 지금의 나였을걸.

에드거 등장

때맞춰 나오는군, 옛 희극의 기다리던 대단원*처럼. 나에게 배정된 역할은 지독하게 우울한 표정을 짓고 미친 거지 톰**처럼 한숨짓는 거다. 아, 이번 월식과 일식은 그 모든 불화의 징조였던 거야. (노래한다) 파. 솔. 라. 미.

에드거 무슨 일이냐, 에드먼드? 무슨 생각을 그렇게 골똘히 하는 거냐?

에드먼드　전에 봤던 예언에 대해 생각했어요, 형님. 이번 월식과 일식 뒤에 무슨 일이 일어날지에 관한 것이지요.

에드거　그깟 일에 뭘 그리 신경을 쓰니?

에드먼드　장담컨대, 불행히도 그가 써놓은 결과가 일어날 거라고 약속드립니다. 부모님과 자식 간의 패륜, 죽음, 기근, 오래된 우호 관계의 와해, 국가의 분열, 왕과 귀족에 대한 위협과 저주, 근거 없는 불신, 지지자 추방, 군대 해산, 파혼, 그리고 제가 모르는 일까지도요.

에드거　언제부터 점성술 추종자가 되었니?

에드먼드　아버지를 마지막으로 만난 게 언제예요?

에드거　어젯밤이야.

에드먼드　대화를 나눴나요?

에드거　그럼. 두 시간이나.

에드먼드　기분 좋게 헤어지셨어요? 말씀이나 안색으로 보아 아버지가 불쾌해 보이지는 않았어요?

에드거　전혀 그렇지 않았어.

에드먼드　아버지의 심기를 불편하게 해드린 일이 없었는지

---

* 옛 희극의 기다리던 대단원 : 옛 희극은 지나치게 기계적으로 쓰여 우연의 일치가 필요할 때마다 일어난다는 것을 의미한다.

** 톰 : 당시 영국에서 미친 거지들에게 일반적으로 쓰이던 이름이다.

잘 생각해 봐요. 그리고 저의 간청대로 아버지의 불쾌한 열기가 식을 때까지 잠시 만나지 않는 게 좋겠어요. 지금은 그 불쾌감이 아버지 안에서 몹시 사납게 날뛰어 형님 몸이 상한다고 해도 진정되지 않을 거예요.

에드거　어떤 악당이 나를 모함한 거구나.

에드먼드　저도 그게 두려워요. 아버지의 노여움이 가라앉을 때까지 참고 피하세요. 우선 제 숙소로 물러나 계시면, 적당한 때를 보아 아버지의 말씀을 엿들을 수 있는 곳으로 안내해드릴게요. 제발 가요. 형님, 이게 제 열쇠예요. 외출하실 일이 있으면 무장을 하십시오.

에드거　무장하라고!

에드먼드　형님, 그건 최상의 충고예요. 지금 상황이 형님에게 우호적이라고 말한다면, 전 정직한 인간이 아닙니다. 제가 보고 들은 걸 얘기한 거라고요. 하지만 아직은 모호한 것일 뿐, 실상은 훨씬 끔찍해요. 제발, 어서 가세요.

에드거　금방 소식 전해 줄 테냐?

에드먼드　이번 일에 저는 형님 편이에요.　　　(에드거 퇴장)
남의 말을 쉬이 믿는 아버지나 고결한 성품의 형님은
천성적으로 남을 해칠 줄 몰라 누구도 의심 안 해.
내 계략이 바보 같은 올곧음에 편안히 올라탔어.
해야 할 일이 분명해졌다.
태생으로 불리하면 지략으로
땅을 차지하는 거다.

목적에만 부합하면 무슨 상관이람.   (퇴장)

1막 3장
(올버니 공작의 저택)

고너릴과 집사 오스왈드 등장

고너릴 자기 광대를 꾸짖었다고 아버지가 내 신하를 때렸
단 말이지?

오스왈드 예, 마님.

고너릴 밤낮으로 내 속을 썩이고, 매시간 이런저런
야비한 수작을 부리는 바람에 우리 모두를 다투게 해.
더는 못 참겠어. 아버지의 수하 기사들은 소란을
피우고, 그 자신도 사사건건 우릴 꾸짖어대니 말이다.
사냥에서 돌아오더라도 그와는 말 않겠어.
아프다고 얘기해. 네가 예전보다 임무에
소홀히 하는 것도 방법이야. 책임은 내가 질게.

(안에서 뿔나팔 소리)

오스왈드 오십니다, 마님. 나팔소리가 들려요.

고너릴 너와 네 동료들이 역겨울 정도로
게으름을 피우려무나. 그걸 문제 삼도록 말이야.
그게 못마땅하면 동생한테 가라지, 뭐.

하지만 난 알아. 그 애 마음과 내 마음은 하나라는걸.
지배 당하지 않겠다는 거지. 멍청한 노인네, 아직도
자기가 넘겨줘 버린 권력을 휘두르려고 하다니!
맹세컨대 바보 늙은이는 도로 어린애가 된다니까.
그러니 그들이 망상에 빠졌을 땐 추어주며 눌러야 해.
내 말 잘 기억해야 해.

오스왈드   그럼요, 마님.

고너릴   또 그의 기사들한텐 차갑게 대해. 뒤탈이 생겨도 괜
찮으니까, 네 동료에게도 그렇게 전해. 기회를 봐서 내 이
야기를 하고야 말 거야. 동생에게 편지를 보내 내 방식을
좇으라고 일러둬야겠어. 저녁을 준비해.   (모두 퇴장)

1막 4장[*]
(올버니 공작의 저택)

변장한 켄트 등장

켄트   만약 다른 사람의 말투를 흉내내

---

[*] 1막 4장 : 1막 1장에서 암시되고 1막 3장에서 준비된 갈등이 이
번 장에서 폭발한다. 신분을 숨긴 켄트의 솔직함과 광대의 잔소리
같은 진실은 고너릴과 그녀의 계산된 무례에 대한 리어의 격렬한
거부로 이어진다.

내 말투를 감출 수 있다면, 내 외관을 망가뜨려 가며
이루려는 내 좋은 의도를 완벽히 살릴 텐데.
자, 추방당한 켄트여,*
네가 저주받았던 곳에서 그분을 다시 섬길 수 있다면,
언젠가는 너의 사랑하는 주인님이 네가
노고가 많았음을 알아주실 거야.

안에서 뿔나팔 소리. 리어, 네댓 명의 시중드는 기사들과 등장

리어 당장 저녁상을 대령하라. 어서 가서 준비해.

(기사1 퇴장)

(켄트에게) 여봐라, 너는 뭐냐?

켄트 사람입죠, 나리.

리어 어떤 업종에 종사하는 놈이냐? 짐에게 무슨 용건이
라도 있다는 거냐?

켄트 보시는 대로입죠. 저를 믿어주시는 분께는 참되게 봉
사하고, 정직한 분을 사랑하고, 현명하고 말수 적은 분과
어울리고, 심판을 두려워하고, 부득이한 경우에는 싸우
는데, 생선은 안 먹습니다.

리어 넌 뭣하는 놈이냐?

———————————

* 켄트여 : 관객이 그의 목소리를 알아듣지 못할 것에 대비해 자신
의 정체를 밝히고 있다.

켄트 지극히 정직한 마음을 가졌으며, 왕만큼이나 가난한 사람입죠.

리어 신하가 왕에 비해 가난한 만큼 네가 신하에 비해 가난하다면 넌 정말 가난한 거다. 뭘 원하느냐?

켄트 섬기고 싶습니다.

리어 누굴 섬기고 싶단 말이냐?

켄트 당신을요.

리어 네가 나를 아느냐?

켄트 모릅니다. 하지만 당신 얼굴에는 제가 기꺼이 주인어른으로 모시고 싶은 무엇이 있습니다.

리어 그것이 뭐냐?

켄트 위엄입니다.

리어 나를 어떻게 섬길 것이냐?

켄트 충언을 드릴 수 있고, 말을 타고 달릴 수 있으며, 멋들어진 이야기를 하다 망치기도 하겠지만, 단순한 전갈은 온전히 전하며, 보통 사람에게 적합한 일이라면 저도 합니다. 소인의 가장 큰 장점은 근면함입죠.

리어 나이는 몇이냐?

켄트 노래 잘하는 여자를 사랑할 만큼 어리지 않고, 여자라면 무조건 좋아할 만큼 늙지도 않았습죠. 제 등에 마흔 여덟 해의 세월을 짊어지고 있습지요.

리어 따라오너라. 나를 섬기도록 해주마. 저녁 식사 후에도 지금만큼 네가 마음에 든다면 너를 내치지 않겠다. 저녁 식사는 어떻게 된 거냐? 저녁 식사! 내 광대는 어딨느냐?
가서 광대를 불러오너라. (기사2 퇴장)

집사 오스왈드 등장

여봐라! 네 이놈, 내 딸은 어디 있느냐?
오스왈드 실례합니다만.── (퇴장)
리어 저놈이 뭐라고 했지? 저 멍청이를 다시 불러라.
(기사3 퇴장)
내 광대 어디 갔느냐? 여봐라, 온 세상이 잠든 것 같구나.

기사3 등장

그래, 그 잡놈은 어디 갔느냐?
기사3 전하, 그자 말이 따님 몸이 편찮으시다고 합니다.
리어 그 종놈은 내가 불렀는데도 왜 안 오느냐?
기사3 전하, 그자가 단호하게 오기 싫다고 답했습니다.
리어 오기 싫다고?
기사3 전하, 이유가 뭔지는 모르겠습니다만, 제 판단으로
는 전하께서 늘 받으시던 격식을 갖춘 애정 어린 대접을
받지 못하고 계십니다. 또한 전하의 따님과 공작은 물론
이고 이 댁 시종들에게서 전반적으로 친절함을 찾기가
어렵습니다.

리어 하? 그렇게 생각한단 말이지?

기사3 제가 만약 틀렸다면 용서해 주십시오, 전하. 하지만 전하께서 냉대받으신다고 생각될 땐 입을 다물 수 없는 것이 제 의무입니다.

리어 넌 단지 내가 마음속으로 생각하는 바를 깨우쳐 줬을 뿐이다. 나 역시 요즘 들어 어렴풋이 이들의 무관심을 감지했지만, 난 그걸 의도적인 불친절이라기보다 짐이 과민한 탓이라고 생각했다. 내 그 문제를 좀 더 깊이 들여다보겠다. 헌데 내 광대는 어디 갔느냐? 요 이틀 동안 보이지 않으니 말이다.

기사3 전하, 막내 아가씨께서 프랑스로 떠나신 후 광대는 몹시 여위었습니다.*

리어 그 이야기를 더는 하지 마라. 나도 이미 알고 있으니. 넌 딸에게 가서 내가 할 말이 있다고 전해라. (기사3 퇴장)

너는 가서 광대를 불러오너라.　　　　　　　　　(기사4 퇴장)

오스왈드 등장

오, 이보게, 이리 좀 오게. 내가 누군가?

---

* 막내~여위었습니다 : 이 섬세한 필치로 셰익스피어는 우리에게 코딜리아와 리어, 그리고 광대의 여린 성격을 엿볼 수 있게 한다.

오스왈드 제 마님의 아버지시죠.

리어 마님의 아버지라? 이런 쌍놈, 빌어먹을 개자식!
　천한 노예! 똥개 같은 놈!

오스왈드 실례지만 전하! 저는 그런 놈이 아닙니다.

리어 이 고얀 놈! 나랑 눈싸움이라도 하겠다는 거냐?

(오스왈드를 때린다)

오스왈드 매 맞는 건 사양하겠습니다, 전하!

켄트 딴죽 걸려 넘어지고 싶지는 않겠지, 이 축구나
　하는 천한 놈아!*　　　　(그의 다리를 걸어 넘어뜨린다)

리어 고맙다, 이 녀석아. 나를 섬기니 나도 널 아껴주마.

켄트 (오스왈드에게) 이봐, 당장 일어나 꺼져버려! 내 신분
　차이를 가르쳐줘야겠군. 가, 어서. 네 꼴사나운 몸통이 얼
　마나 긴지 다시 재보고 싶다면 그대로 있고, 아니라면 당
　장 꺼져. 어라, 정신은 있는 거야? 됐다.　　(그를 밀어낸다)

리어 친절한 녀석이구나. 고맙다. 이건 네 노고에 대한
　사례금이다.　　　　　　　　(켄트에게 돈을 조금 준다)

광대 등장

광대 나도 저놈을 좀 씁시다. 자, 내 수탉 모자를 써봐.

---

* 축구나~놈아 : 당시 축구는 하층민이 즐기는 운동이었다. 길거리
　에서 아이들이 공을 차는 바람에 시민들이 큰 불편을 겪었다.

（켄트에게 닭 깃털 모자를 건넨다）

리어　오, 이런, 귀염둥이 녀석아, 기분이 어떻냐?

광대　（켄트에게）이봐, 내 수탉 모자를 받들어 모셔.

켄트　이 녀석아, 왜?

광대　왜냐고? 눈 밖에 난 사람 편에 섰으니 그렇지. 바람 따라 흘러가지 않으면 넌 머잖아 찬밥 신세가 될 거야. 자, 수탉 모자를 받아라. 글쎄, 이 친구는 자기 딸 둘을 추방하고, 셋째 딸에게는 본의 아니게 축복을 주었다지 뭐야.[*] 그러니 이 양반을 따라다니려면 내 수탉 모자를 써야 할걸. （리어에게）어때, 아저씨! 그런데 내게도 수탉 모자 두 개랑 딸 둘이 있었으면 좋겠어.

리어　뭣 때문이냐, 꼬마야!

광대　재산은 딸들에게 다 줘도 수탉 모자만은 안 내놓을 거야. 이건 내 것이니 당신 딸에게 하나 얻어보시지.

리어　조심해, 너! 매 맞는 수가 있어.

광대　진리는 개 같으니까 개집으로 가야 해. 아줌마 암캐는 난롯가에서 냄새나 풍기는데, 진실은 채찍 맞고 쫓겨나야 하니 말이야.[**]

리어　고약한 쓸개 맛이군.

---

[*] 셋째~뭐야 : 코딜리아를 추방함으로써 프랑스 왕비로 만들어주었다는 의미.

[**] 진리는~말이야 : 진리를 말하면 개처럼 매를 맞고 집에서 쫓겨나지만 거짓말로 알랑거리는 암캐는 편안하게 지낸다는 의미.

광대 이봐, 내 한마디 가르쳐줄게.

리어 그래라!

광대 잘 들어봐, 아저씨.

> "가졌다고 다 보이지 말고
>
> 안다고 다 말하지 말고
>
> 가진 것보다 적게 빌려주고
>
> 걷는 것보다 말을 타고
>
> 들었다고 다 믿지 말고
>
> 단판에 승부 걸지 말고
>
> 술과 계집을 멀리하고
>
> 집 안에 들어앉으면
>
> 열의 두 배인 스물*보다
>
> 더 많은 돈을 챙길 수 있을 거야."

켄트 이런, 별 의미도 없는 얘기잖아, 광대야.

광대 그렇다면 무료로 변론하는 변호사의 숨소리로군.**
내 말에 아무 대가를 지급 안 했잖아. (리어에게) 아저씨,
아무것도 없는 걸 이용할 줄 알아?

---

* 열의 두 배인 스물 : 이 계산법은 고리대금업자의 재산 증식을 의
미하는 것으로 이해됐지만, 이 문장은 '당신이 기대한 것 이상'이
라는 말을 수수께끼처럼 표현했다.

** 무료로~숨소리로군 : 변호사는 보수가 없으면 변론하지 않는다
는 속담처럼, 보수나 사례가 없으면 의미 있는 말을 하지 않는다
는 의미이다.

리어   글쎄, 몰라. 아무것도 없으면 얻는 것도 없겠지.

광대   (켄트에게) 그에게 말 좀 전해줘. 자기 땅의 소작료가
그 지경이 됐다고. 저이는 바보* 말을 안 믿어.

리어   바보 말이 몹시 신랄하구나.

광대   신랄한 바보와 달콤한 바보를 구별할 수 있어?

리어   모른다. 가르쳐다오.

광대   당신 땅을 내주라고 조언한 그분을 불러
내 곁에 세워봐. 그 사람 역을 당신이 하면
신랄한 바보와 달콤한 바보가 바로 보일 거야.
얼룩 옷 입은 광대는 여기에서,
또 한 놈은 거기에서 발각되지.

리어   너, 나를 바보라고 부르는 거냐?

광대   다른 호칭은 다 줘버렸잖아.
그건 가지고 태어난 거니까.**

켄트   이 녀석이 전적으로 바보는 아닌데요, 전하.

광대   당연하지. 귀족이며 고관들이 나 혼자 바보 노릇하게
허락하지 않을 거야. 내가 독점권을 따내면 자기들도 한
몫 끼려 할걸. 마님들도 내가 혼자 바보짓을 하도록 내버
려두지 않을 거야. 낚아채려 하시겠지. 아저씨, 달걀 하나

---

* 바보 : 영어에서 fool은 광대라는 뜻과 바보라는 뜻을 동시에 갖
는다. 동음이의어를 이용한 말장난.

** 가지고 태어난 거니까 : 여기서 셰익스피어는 인간은 모두 어리
석게 태어난다는 사실을 강조하고 있다.

만 줘. 그럼 왕관 두 개를 줄게.

리어 왕관 두 개라니?

광대 음, 달걀을 갈라서 그 속을 빼먹으면 두 개의 계란 껍데기 왕관이 남잖아. 당신이 왕관 한가운데를 쪼개서 양쪽을 나눠 줘버렸으니, 당신이 당나귀를 등에 지고 진흙탕 길을 걸어가는 거야. 황금 왕관을 넘겨줬다는 건 당신의 그 대머리 속엔 지혜라고는 조금도 없었다는 거야. 내가 이 일을 나답게 말하는 걸 맨 먼저 눈치챈 사람은* 채찍이나 맞으라지.

　　(노래한다) "요즘처럼 광대가 인기 없었던 적이 없어.
　　　　　　똑똑한 자들은 멍해져서
　　　　　　어떻게 머리를 쓰는지도 몰라.
　　　　　　하는 짓이라곤 어리석은 흉내뿐이니."

리어 이봐, 넌 언제부터 그렇게 노래를 많이 불렀어?

광대 당신이 딸들을 어머니로 삼았던 때부터지. 그때부터 줄곧 연습했어. 당신이 그때 회초리를 딸들에게 내주고 바지를 내렸잖아.

　　(노래한다) "그들은 깜짝 놀라 기뻐서 울었고,
　　　　　　나는 슬픔의 노랠 불렀지.
　　　　　　그토록 훌륭한 왕께서 바보들과
　　　　　　섞여 술래잡기를 하게 됐으니."

---

* 맨 먼저 눈치챈 사람 : 그는 바로 리어다.

아저씨, 이 바보에게 거짓말하는 법을 가르칠 선생 좀 붙
여줘. 나 거짓말을 배우고 싶어.

리어 거짓말만 해봐라, 채찍질을 당할 테다.

광대 난 당신과 딸들의 촌수가 궁금해. 그들은 내가 진실
을 말하면 채찍질하려 들고, 당신은 내가 거짓말을 하면
채찍질하려 드니까. 게다가 가끔 난 말을 않는다고 채찍
을 맞아. 난 바보 말고 아무거나 다른 게 됐으면 좋겠어.
아저씨, 하지만 난 당신은 안 될래. 당신은 정신머리를 양
쪽으로 잘라내고, 아무것도 남겨놓지 않았으니까. 저기
잘라낸 것 하나가 오네.

고너릴 등장

리어 어찌 된 일이냐, 얘야? 무슨 골치 아픈 일이 있기에
오만상을 찌푸리고 있니? 요즘 부쩍 인상 쓰는 일이 잦아
졌구나.

광대 딸이 인상을 쓰든 말든 신경 쓸 필요가 없었을 때 당
신은 괜찮은 사람이었어. 지금은 값없는 숫자 영*의 신세
야. 그러니 내 처지가 아저씨보다는 나아. 난 바보지만 아
저씨는 아무것도 아니니까. (고너릴에게) 알았어. 아무 말

---

* 숫자 영 : 숫자 영이란 아무 가치가 없는 것, 아무것도 아님을 의
미한다.

안 해도 당신 얼굴이 입 다물라고 명령하는걸. 쉿, 쉿!

    (노래한다) "세상이 싫증난다고 빵 조각,

      빵 부스러기까지 다 줘버리면 배고픈 날이 올걸."

(리어를 가리키며) 저건 알맹이 없는 콩깍지야.

고너릴   전하, 직언이 허락된 이 광대는 물론이고,

    당신을 따르는 또 다른 일행들이 매시간

    트집을 잡고 소란을 피워대는 바람에 참기

    힘든 소동이 벌어집니다. 전하, 저는 이 일을

    당신께 똑똑히 알려드려 확실히 고칠까 했으나,

    최근 당신의 언동을 보노라면 이 모든 걸 허락한 건

    물론이고, 옹호하고 부추기기까지 하는 것 같아

    두렵습니다. 그렇게 나오시면 그 잘못은 견책을 면치

    못하고, 처벌 역시 잠만 자지는 않을 겁니다.

    공공복리를 고려한 교정의 과정에서 평소라면

    치욕이라 여겨질 만한 무례가 당신께 저질러진다

    해도 불가피할 상황 때문에 취해진 신중한

    처사라고 인정하세요.

광대   아저씨는 이 노래 아시잖아요.

    (노래한다) "바위종다리가 뻐꾸기 새끼 오래 키웠더니

      그 새끼에게 자기 머리통을 뜯어 먹혔네."

    그래서 촛불은 꺼지고, 우리는 어둠 속에 남았네.

리어   네가 짐의 딸이냐?

고너릴   당신 속에 잔뜩 지니고 계신

훌륭한 지혜는 활용해 주시고 최근

당신 참모습을 잊어가 버린 변덕일랑

이제 버려주세요.

광대 마차가 말을 끄는데, 그걸 모르는 바보가 있을까?

아이고 아줌마! 나 당신 좋아해.

리어 여기 날 아는 자가 있느냐? 이건 리어가 아냐.

리어가 이리 걷고 말하더냐? 그의 두 눈은 어디 있지?

그의 이해력이 떨어졌거나 분별력이 마비됐어.

하, 자는 거야? 깬 거야? 분명코 이건 아냐.

내가 누군지 말해 줄 사람 아무도 없느냐?

광대 리어의 그림자지.

리어 난 그걸 알고 싶어. 왕의 권위와 지식과 이성을 들먹

이는 소리를 들으니 마치 나에게도 딸들이 있었다는 거

짓된 설득을 당하는구나.

광대 딸들은 그 아버지를 고분고분하게 만들 거야.

리어 아름다운 귀부인, 성함은?

고너릴 전하, 이런 식의 존칭 사용은 새로운 장난의

하나군요. 간청컨대 제 의도를 올바로 이해해 주시기

바랍니다. 연세도 있으시니 현명하실 테죠.

당신이 거느리는 백 명의 기사며 시종은

너무 무질서한 데다 방탕하고 거만하여, 그들의

태도 탓에 짐의 궁궐이 난잡한 여인숙 같습니다.

탐식과 욕정이 넘쳐나 근엄한 궁궐이 아니라

술집에다 창녀촌이 되었어요.

이런 창피한 일은 당장 시정되어야 해요.

다른 경우라면 간청하여 일을 시정하겠으나

이번에는 제가 요구하는 대로 따르세요.

수행원 수를 조금 줄여주시고, 계속 당신께

의존해 남아 있을 자들은 당신의 연세에 어울리며,

당신의 처지를 아는 사람으로 뽑으세요.

리어   천하에 못된 것!

말에 안장을 얹고 시종들을 불러라.

타락한 천출년아! 널 귀찮게 하지 않겠다.

내게는 아직 딸 하나가 더 있으니까.

고너릴   당신은 제 식솔한테 손찌검하고, 당신의 버릇없는

종들은 상관을 하인 취급했어요.

올버니 등장

리어   때늦은 후회의 비애여!──오, 자네 왔는가?

이게 모두 자네의 뜻인가? 말하라.──내 말을 준비해라.

배은망덕한 것, 대리석 같은 심장을 가진 악마야,

그것이 친자식의 탈을 쓰고 나타날 때는

바다의 괴물보다* 더 끔찍하구나.

---

* 바다의 괴물 : 전통적으로 바다는 공포의 본산이었다.

올버니　참으십시오, 전하!

리어　(고너릴에게) 흉악한 솔개*야! 그건 농간이다.

　내 수행원들은 맡은 임무의 성격을 상세히 인지하는

　엄선한 인재들로, 자신의 명성에 따르는 품위를

　빈틈없이 지킨다. 오, 지극히 작은 허물을

　코딜리아가 범했을 땐 얼마나 흉했기에

　기계처럼 내 굳은 본성을 비틀어

　뽑아내고, 내 가슴의 사랑을 모조리 짜내어

　담즙과 섞어놓았나.　오! 리어, 리어여!

　(자신의 머리를 치며) 어리석음을 불러들이고,

　소중한 판단력을 내보낸 이 문을 내리쳐라.

　가라, 가, 내 시종들아!

(켄트, 기사들, 시종들 함께 퇴장)

올버니　전하, 저는 죄가 없습니다. 전하가

　무엇 때문에 화를 내는지 이유를 모르겠습니다.

리어　그럴지도 모르겠네, 공작.

　자연이여, 들으소서! 여신이여, 들어주소서!

　저 미물에게 혹시나 자식을 낳게 해줄 작정이면

　그 계획을 거두어주소서.

　저 여자의 자궁을 불임으로 인도하고,

　생식기관이 다 말라비틀어진 그 몸에서

---

* 솔개 : 썩은 고기를 먹는 혐오스러운 새.

어미를 영예롭게 할 아이는 절대 나오지 않게 하소서.
생산해야 할 팔자라면 앙심 품은 자식 만들어,
비뚤어지고 부도덕한 애물단지 되게 하소서!
하여, 어미의 이마에 깊은 주름 잡히고,
흐르는 눈물로 두 뺨에 고랑이 패게 하소서.
어미의 노고와 보람이 조롱과 경멸받게 만들어
은혜 모르는 자식을 두는 것은 독사의 이빨에 물리는
것보다 고통스럽다는 걸 알게 하소서!
떠나자, 떠나! (퇴장)

올버니 이런, 맙소사! 대체 어찌 된 일이오?

고너릴 괴롭게 더 알려 하지 말고
망령이 뻗는 대로 분풀이를 하도록 둬요.

리어, 뒤따르는 광대와 함께 등장

리어 뭐라, 내 수행원을 단칼에 오십 명이나 줄여?
그것도 보름도 안 돼?

올버니 무슨 일이십니까, 전하?

리어 내 말해 주지. (고너릴에게) 난 부끄러워 죽고 싶구나.
너의 권력이 남자의 체신을 이렇게 뒤흔들다니!
뜨거운 눈물이 걷잡을 수 없이 솟구쳐 널 격상시키다니,
수치스럽다. 광풍과 독기 찬 안개가 널 뒤덮을지어다.
아비의 저주라는 불치의 상처들이

네 모든 감각에 사무치게 되리라.——어리석고 늙은 눈아,

이런 일로 다시 울면 내 너를 뽑은 다음 쏟아지는

눈물 섞어 흙반죽을 하리라. 정말 이 지경이 된 거야?

하? 그래, 좋아. 내겐 또 하나의 딸이 있으니.

그 애는 틀림없이 친절하게 맞아줄 거야.

그 애는 네가 한 만행을 들으면 손톱으로

늑대 같은 네 상판대기를 할퀴어줄 거다. 봐라,

네가 완전히 잃었다고 확신했던 나의 위엄을

다시 찾을 것이니.   (퇴장)

고너릴   저 말 들었죠?

올버니   고너릴, 내 당신을 깊이 사랑하지만

내가 일방적으로 당신 편만 들 수는 없——

고너릴   제발, 가만히 계세요.

이봐, 오스왈드! (광대에게) 네놈은 바보라기보다

나쁜 놈 같으니, 네 주인을 따라가.

광대   아저씨, 리어 아저씨. 잠깐. 이 바보 데리고 가야지.

(노래한다) "사로잡은 여우나 저런 딸은

목을 매달아야 해요.

내 모자로 교수형 밧줄을 산다면——

그럼 이 바보도 따라가야지."   (퇴장)

고너릴   좋은 조언 잘 받았어.——기사가

백 명이라니! 그에게 무장한 기사 백 명을

거느리게 하는 건 빈틈없고 안전하기야 하겠죠.

맞아요. 그래서 악몽을 꾸시거나 뜬소문, 변덕, 불평,

불만이 있을 때 그들의 힘으로 망령기를 보호하고

우리의 목숨을 좌우할 셈이지. 오스왈드 없느냐?

올버니 글쎄, 당신은 지나치게 두려워해.

고너릴 과신하는 것보다는 낫죠.

해를 입을까 전전긍긍하는 것보다는

근심의 원흉을 제거하는 게 나아요. 그의 마음 알았어요.

그가 내뱉은 말을 동생에게 전했어요.

폐단을 지적해 줬는데도 걔가

그와 기사 백 명을 부양한다면—

오스왈드 등장

오스왈드 왔느냐?

그래, 동생에게 편지는 보냈느냐?

오스왈드 예, 마님.

고너릴 몇 사람 데리고 말을 타고 떠나거라.

나의 근심을 동생에게 상세히 일러주고

거기에 신빙성을 더해 줄 너 자신의

의견도 덧붙여 그럴듯하게 들려줘라. 어서 가.

그리고 서둘러 돌아오너라.   (오스왈드 퇴장)

아니, 아니에요, 여보.

온화한 당신 태도를 비난하고 싶진 않지만,

당신의 위험천만한 관용은 찬양받기보다

분별력이 없다고 비난받기 십상이에요.

올버니　당신 눈이 어디까지 꿰뚫어 보는지 모르지만

일을 잘하려다가 오히려 망치는 건 아닌지 모르겠소.

고너릴　아니, 그럼…….

올버니　자, 자, 어디 두고 봅시다.　　　　　　(모두 퇴장)

1막 5장
(올버니 공작의 저택 밖)

리어, 변장한 켄트, 기사, 광대 등장

리어　(켄트에게) 이 편지들을 가지고 나보다 앞서 글로

스터*에 가거라. 딸애가 편지를 읽은 뒤 묻는 것만 대답

하고, 네가 아는 것을 말해선 안 돼. 부지런히 가지 않으

면 내가 먼저 가게 될 거야.

켄트　편지를 전달할 때까지는 한잠도 자지 않겠습니다, 전하.

　　　　　　　　　　　　　　　　　　　　　(퇴장)

광대　사람 머리가 발뒤꿈치에 붙어 있다면 동상에 걸릴 위

험이 있지 않을까?

리어　물론이지, 이놈아.

---

* 글로스터 : 여기서 글로스터는 사람의 이름이 아니라 지명이다.

광대   그렇다면 기뻐해야겠네. 당신 머리는
  덧신이 필요 없을 테니.

리어   하, 하, 하!

광대   이번 딸은 당신에게 친절하게 대접하는지 봐야지. 이
  여자와 그 여자는 사과와 능금처럼 닮았어. 그래도 난 내
  가 하고픈 말은 다 해.

리어   이놈아, 무슨 말을 하고 싶은데?

광대   두 개의 능금 맛이 같은 것처럼 이 여자와 그 여자는
  같을 거야. 당신은 사람 코가 왜 얼굴 한가운데 붙었는지
  알아?

리어   몰라.

광대   그야 코 양쪽에 눈을 둬야 하니까. 그래야 냄새로 못
  맡는 것은 눈으로 볼 수 있잖아.

리어   내가 걔한테 정말 잘못했어.

광대   굴이 제 껍데기를 어떻게 만드는지 알아?

리어   몰라.

광대   나도 몰라. 하지만 달팽이에게 왜 집이 있는지는
  알아.

리어   왜?

광대   그야 자기 머리를 집어넣기 위해서지. 딸들에게 내줘
  버리면 제 뿔을 넣어둘 데가 없어지잖아.

리어   난 천륜을 잊을 거야. 그리도 인정 많은 아비를.——내
  말은 준비됐느냐?

광대 당신 졸개들이 준비하겠지. 북두칠성이 일곱 개인 이유는 그럴듯해.

리어 여덟 개가 아니니까.

광대 맞았어. 당신도 훌륭한 광대가 되겠는걸.

리어 그걸 강제로라도 되찾아야겠어. 배은망덕한 괴물!

광대 아저씨, 당신이 내 광대였다면 패줬을 거야. 때가 되기 전에 늙어버렸으니까.

리어 무슨 소리지?

광대 현명해지기 전에 늙으면 안 되니까.

리어 오, 하늘이여! 미치지 않게 해주소서!

노여움을 참게 해주소서. 나는 미치고 싶지 않나이다.

(기사에게) 어떻게 되었느냐. 말은 준비됐느냐?

기사 준비됐습니다, 전하!

리어 애야, 가자.   (리어와 기사 함께 퇴장)

광대 숫처녀랍시고 내가 떠난다고 웃는 처녀는 언제까지 숫처녀로 남아 있진 않을 거야. 물건이 잘리는 일이 없다면 말이지.   (퇴장)

2막 1장
(글로스터 백작의 저택)

에드먼드와 큐란, 양쪽에서 등장

에드먼드 잘 지냈어, 큐란?

큐란 도련님도요. 제가 막 주인어른을 뵙고, 콘월 공작님과 리건 마님께서 오늘 밤 이곳으로 오실 거라고 알려드렸습니다.

에드먼드 무슨 일로?

큐란 잘 모르겠습니다. 소문은 들으셨겠지요? 은밀한 풍문 말입니다. 아직은 귓전을 스치는 정도에 불과합니다만.

에드먼드 못 들었어. 그게 뭔지 말해 주겠소?

큐란 콘월 공작과 올버니 공작 사이에 곧 전쟁이 일어날 거란 얘기 말입니다.

에드먼드 한마디도 못 들었는걸.

큐란 그럼 조만간 듣게 될 겁니다. 안녕히 계십시오. (퇴장)

에드먼드　공작이 오늘 밤 여기로? 잘됐어. 좋았어.

그렇다면 내가 벌이려는 수작과 엮일 수밖에 없겠는걸.

아버지는 형님을 잡으려고 보초를 세워뒀고,

난 실행해야 할 까다로운 문제가 하나 남았는데,

행동으로 옮겨야지. 오라, 행운이여!

형님, 할 말이 있으니 내려오세요. 형님, 어서요.

에드거, 위에서 내려오면서 등장

아버지가 감시하고 있어요. 오, 형님, 어서 여길 떠나요.

형님이 숨어 계신 곳이 발각되긴 했지만,

마침 밤이라 몸을 숨기기 좋아요.

혹시 콘월 공작의 험담을 한 적 있으세요?——

그가 이리로 오고 있어요. 이런 밤중에, 급하게.

리건도 함께요. 그 양반 편에 서서 올버니 공작을

비난한 적은 없으세요? 생각해 보세요.

에드거　없었어. 정말이야.

에드먼드　아버지가 오는 소리가 들려요.——죄송하지만,

형님에게 칼을 뽑는 척하겠어요.　　　　　　　(칼을 뺀다)

뽑아요. 방어하는 척하세요. 자, 이젠 붙어요.

(크게) 자, 항복해! 아버지 앞으로 가자! 여봐라, 횃불!

여기다!

(에드거에게) 도망치세요, 형님! (크게) 횃불, 횃불!——

잘 가요.   (에드거 퇴장)

내가 피를 흘린다면

격렬한 싸움을 했다고 믿겠지.   (자기 팔을 벤다)

장난삼아 이보다 더 심한 짓을 하는

주정꾼도 봤어. 아버지, 아버지!

서라, 서! 누구 없느냐?

글로스터와 횃불을 든 하인들 등장

글로스터   에드먼드, 그 악당은 어딨느냐?

에드먼드   어둠 속에서 날 선 칼을 뽑아 들고 서 있었어요.

  달에게 사악한 주문을 중얼거리며 자신의

  수호 여신이 되어달라고 했어요.

글로스터   그놈이 어디 있냐니까?

에드먼드   보세요, 피가 나요.

글로스터   그 악당 어딨냐니까, 에드먼드?

에드먼드   저쪽으로 튀었어요. 해도 안 되니까—.

글로스터   여봐라! 쫓아가. 추격해!   (하인 몇 명 퇴장)

  해도 안 되다니, 무슨 소리냐?

에드먼드   아버지를 살해하자고 설득하려 했어요.

  그래서 제가 복수의 신들이 형님을

  부친 살해범으로 몰아 벼락을 내리칠 거라고 말하고,

  부자간의 유대가 얼마나 깊고 강한지에

대해서도 얘기했어요. 그러자 형님은
자신의 비정한 계획을 제가 얼마나
혐오하는지 알아차리고는 준비한 칼로
무방비 상태인 저에게 돌격해와 제 팔을
찔렀습니다. 그러나 이 싸움의 정당성에 대한
확신으로 기백이 살아난 제가 떳떳하게 맞서서인지
아니면, 제가 지른 고함에 놀라서인지
형은 황급히 줄행랑을 치더군요.

글로스터 멀리 도망가게 둬라.

이 땅에 있는 한 안 잡히고는 못 배길 테니.
발각되면——죽음이다. 나의 주군이자 최고의
후원자이신 공작님께서 오늘 밤 오신다.
그분의 권한으로 포고령을 내리겠다.
그 흉악한 놈을 발견해 끌고 오는 자에겐
사례하겠지만, 숨겨주면 사형을 내린다고.

에드먼드 제가 계획을 중지하라고 권했으나

형님의 결심이 워낙 확고해 제가 화가 나서
폭로하겠다고 위협하자 형님이 대답했어요.
"상속권도 없는 천출 놈아, 내가 네 말에 반박하면
네놈이 아무리 신의와 미덕과 자격을 갖추었다 한들
누가 믿어줄 것 같으냐? 어림도 없지.
이번 일도 내가 아니라고 부인하면 설사 네가
내 필적을 증거로 내놓는다 해도 안 통해. 나는

이 모든 음흉하고 추악한 책략을 네가 꾸민
것이라고 뒤집어씌울 거야. 그리고 나를 죽이려는
강력한 동기가 나를 죽임으로써 얻을 너의 이득임을
세상 사람들이 알아채지 못할 거로 알았다면
네가 사람들을 얕잡아본 거야."　　　　(안에서 나팔소리)

글로스터　오, 드물게 비정한 악당이다! 그놈이
제가 쓴 편지를 부인했다고 했어? 내 자식이 아니다.
쉿, 공작의 나팔소리다! 왜 왔는지 모르겠구나.
항구를 모두 막아라. 놈이 도망치지 못하게.
공작님도 그걸 승인하시겠지. 그 밖에도 그놈 초상화를
사방에 보내어 왕국 안의 백성 모두가 범인을 식별할 수
있게 하라. 이제 내 땅은 충직하고 효심 깊은 네가
물려받도록 조처하겠다.

콘월과 리건이 시종들과 등장

콘월　어찌 된 일이오, 백작? 이곳에 와서,
실은 지금 왔소만, 이상한 소식을 들었소.

리건　그게 사실이라면 그 죄인에게 어떤 복수로도
부족할 겁니다. 괜찮아요, 백작?

글로스터　오, 마님! 이 늙은이의 가슴이 갈라졌습니다.

리건　아버지의 대자代子가 당신 목숨을 노렸다고요?
아버지가 이름을 지어준 그 에드거가?

글로스터   오, 마님, 마님, 창피하니 숨기고 싶습니다.

리건   아버지를 시중드는 그 난잡한 기사들과

한패가 아닐까요?

글로스터   모르겠습니다, 마님. 돼먹지 못했어요.

에드먼드   예, 마님! 그들과 어울려 다녔습니다.

리건   그렇다면 나쁜 영향을 받았다고 놀랄 일이

아니군요. 늙은 아버지의 재산을 흥청망청

날리고 싶어 살인을 부추긴 거예요.

오늘 밤, 언니가 보낸 편지로 그들에 대한

자세한 걸 알게 됐어요. 그들이 우리 집에

묵을지도 모르니까, 저더러 집을

비우라고 주의를 주었어요.

콘월   나도 자리를 비우겠소, 리건!

에드먼드, 듣자 하니 부친께

자식 된 도리를 다했다지?

에드먼드   의무를 다했을 뿐입니다.

글로스터   저 애가 놈의 음모를 폭로하였고, 그놈을

잡으려다 이렇게 부상까지 입었습니다.

콘월   추격 중입니까?

글로스터   예, 공작님.

콘월   그자가 붙잡히면 다시는 해악을 끼치지 못하게

하겠소. 백작의 목적에 부합한다면 내 권한을

사용해도 좋소. 에드먼드, 이번에 보여준 그대의 미덕과

복종심만으로 천거되고도 남으니, 짐의 사람으로 삼겠네.

강력히 신뢰할 만한 부하가 필요했던 참이니[*]

짐이 자네를 선점하겠네.

에드먼드   섬기겠습니다. 다른 건 몰라도 진실되게.

글로스터   아들놈을 대신해 감사드립니다.

콘월   우리가 방문한 이유를 모르지요?

리건   이렇게 예고도 없이 어두운 밤 헤치고 온 것은,

글로스터 백작, 몹시 중대한 사태가 벌어져

백작의 조언이 필요했기 때문이오. 아버지께서

다툰 일로 편지를 보냈소——언니도 썼는데——

집을 떠나 답장하는 것이 좋을 듯했소.

두 곳으로 떠날 전령들이 지금 급파되길

기다리고 있소. 오랜 친구이신 백작, 이 일은

즉각적인 처리가 요구되니 기운을 차린 뒤

필요한 조언을 해주시기 바라오.

글로스터   분부대로 거행하겠습니다.

두 분을 진심으로 환영합니다.   (함께 퇴장)

---

[*] 강력히~참이니 : 머지않아 어려운 일이 닥칠 것이라는 암시이다.
그것이 리어와의 전쟁인지, 올버니와의 전쟁인지는 분명치 않다.

2막 2장
(글로스터 백작의 저택 앞)

변장한 켄트와 오스왈드, 양쪽에서 따로 등장

오스왈드 어이, 동이 트는구려. 이 집 사람이신가?

켄트 그렇다.

오스왈드 어디다 말을 매야 하나?

켄트 진창에다.

오스왈드 여보게, 인정을 베풀어 말해 주게.

켄트 난 인정을 베풀 만한 여유가 없어.

오스왈드 뭐야, 그럼 나도 똑같이 해주겠어.

켄트 내가 널 립스베리 외양간*에 처넣기만 해도 아마 날 좋아하게 될 텐데.

오스왈드 왜 이런 식으로 막대하는 거야? 난 널 모르는데.

켄트 이봐, 나는 너를 알고 있어.

오스왈드 나를 안다니, 뭘 아는데?

켄트 나쁜 놈, 불한당, 고기 찌꺼기나 처먹는 놈. 천하고 오만하고 얍삽하고, 거지 꼬락서니에 일 년에 옷을 단 세 벌밖에 못 얻어 입고, 연 수입은 백 파운드에 꾀죄죄한 털

---

* 립스베리 외양간 : 립스베리는 입술 타운을 연상시키는 말로, 이빨로 깨문다는 의미의 말장난이다.

양말이나 신는 악당이지. 간은 콩알만 해서 법이나 찾고,
사생아에, 거울이나 보며, 과잉 충성하고, 까탈이나 부리
는 불한당. 겨우 트렁크 하나 물려받은 종놈 주제에 주인
을 위한답시고 포주 노릇이나 하는 놈. 악당에 거지, 겁쟁
이, 뚜쟁이, 암똥개 기질을 버무려놓은 잡종에 지나지 않
는 놈. 이놈아, 내가 널 수식한 말 중에 하나라도 틀렸으
면 반박해 봐라. 시끄럽게 깨갱거리도록 패줄 테니.

오스왈드 아니, 이런 어이없는 놈을 봤나. 안면도 없고, 알
지도 못하는 사람에게 별의별 욕을 다 퍼붓다니!

켄트 이런 철면피한 놈을 봤나. 나를 모른다고 잡아떼? 전
하 앞에서 내가 네놈을 딴죽 걸어 넘어뜨리고 패준 게 겨
우 이틀 전 아니냐? 칼을 뽑아라, 이 악당아. 밤이지만 달
빛이 환하다. (칼을 빼면서) 네놈을 포육 떠서 달빛에 말릴
테다. 이 비열한 악당, 겉멋 든 종놈아, 칼을 뽑아.

오스왈드 저리 비켜. 난 너를 볼 일이 없어.

켄트 뽑아라, 이 불량배야! 넌 전하께 불리한 편지를 가져
왔고, 허영이란 이름의 꼭두각시 편을 들어 전하의 위엄
에 도전했어. 칼을 뽑아, 악당아! 안 그러면 네 정강이 살
로 산적을 만들 테다. 이 불량배 놈아, 덤벼!

오스왈드 사람 살려! 살인이야! 사람 살려!

켄트 덤벼, 이 종놈아! 서라, 이 악한아, 서. 겉멋 든 놈아,
덤벼!   (켄트가 그를 때린다)

오스왈드 사람 살려! 살인이다! 살인!

단검을 든 에드먼드, 콘월, 리건, 글로스터, 시종들 등장

에드먼드 아니, 이게 무슨 일이냐? 떨어져라!

켄트 (에드먼드에게) 젊은이, 자네가 대신 싸울 텐가? 자, 덤벼라, 뜨끈한 피맛을 보여줄 테니.

글로스터 무기를? 칼을? 대체 무슨 짓이냐?

콘월 목숨이 아깝거든 진정해라. 또다시 칼을 휘두르면 죽는다. 대체 무슨 일이냐?

리건 언니와 전하가 보낸 전령이군요.

콘월 무슨 일로 싸운 거냐? 말해 봐라.

오스왈드 숨이 넘어갈 것 같습니다, 공작님.

켄트 이 비겁한 악당이 용기를 냈으니
  그럴 만도 하지. 네놈은 조물주가
  만든 게 아니라 재봉사가 만들었어.

콘월 이상한 놈이군. 재봉사가 사람을 만들다니?

켄트 예, 재봉사요. 석공이든 화가든 두어 해만 일해도 저토록 허접한 놈을 만들어내지는 않을 겁니다.

콘월 (오스왈드에게) 말하라, 싸움이 번지게 된 경위를.

오스왈드 저 늙다리 깡패가, 공작님, 허연 수염이 불쌍해서 살려줬더니, —

켄트 이 천하에 쓸모없는 Z 같은[*] 자식아! 공작님, 허락만 해주신다면 제가 저 줏대 없는 악당을 갈아부수어 회반

죽으로 갠 뒤 뒷간 벽에다 칠해 버리겠습니다. 이 꼬랑지나 살랑대는 음탕한 놈아, 허연 수염 때문에 나를 살려줬다고?

콘월   여봐라, 좀 조용히 해!

이 짐승 같은 놈! 넌 아래위도 모르느냐?

켄트   알지요. 하지만 화났을 땐 특권이 부여됩니다.

콘월   왜 화가 났느냐?

켄트   정직이 뭔지도 모르는 종놈이 칼을 차고 다니니까요.

저렇게 실실거리는 악당이 감히 끊을 수 없도록 묶여 있는

신성한 인연을 쥐새끼처럼 갉아 동강내고, 주인의

본성에서 이성에 반하는 모든 정념을 추어올리고, 불탈 땐

아첨의 기름을, 차가울 땐 흰 눈을 대령하고, 바람 따라

부는 강풍에 맞춰 물총새 아가리를 놀리고,

마치 개처럼 주인을 따라다닐 뿐입니다.

(오스왈드에게) 간질병 환자 같은 상판아,

염병에나 걸려라!

나를 바보 취급하면서 웃고 있구나.

이 거위 같은 놈아, 들판에서 널 만났다면

꽥 소리 나게 패대기쳐 술안주로 만들었을 거다.

---

* Z 같은 : 알파벳 Z처럼 불필요하다는 뜻. Z가 불필요하다는 이유는 그 기능의 대부분을 S가 가져갔으며, 라틴어에서는 그것 없이도 문제가 없기 때문이다.

콘월 뭐라고, 이 늙은 것이 미쳤구나.

글로스터 어쩌다 싸우게 됐는지 이유를 말해.

켄트 어떤 반목보다 더 깊은 혐오감이
　　저와 이 악당 사이에 있습니다.

콘월 어째서 악당이라는 거야? 무슨 잘못을 했기에?

켄트 저놈 낯짝이 마음에 안 들어요.

콘월 아마 나나 백작, 공작부인의 얼굴도 그럴 테지.

켄트 공작님, 솔직한 게 제 성격이라 말씀드립니다.
　　제가 소싯적에 본 얼굴들이 지금 제 눈앞의
　　어깨들 위에 있는 얼굴보다 훨씬
　　훌륭했던 건 사실입니다.

콘월 이런 놈이 솔직하다고 칭찬받으면
　　그새 오만하고 거친 척 행동하며 직언을
　　왜곡하지. 그래, 아첨을 못 한다고,
　　정직하고 솔직한 사람이라서 진실만을
　　말하겠다 이거지. 받아주면 좋은 거고,
　　아니라면 솔직히 할 말은 하겠다 이거지.
　　이런 종류의 악당을 내 잘 아는데, 솔직함을 내세우지만
　　그 이면에는 술수와 불순한 의도를 감추고
　　있는데, 고분고분 묵묵히 소임을 다하는
　　스무 명의 시종보다 악질이지.

켄트 공작님, 진정으로, 진실을 담아 말씀드리는데,
　　위대한 용모의 공작님께서 허락하신다면 그 위광은

태양신 이마 위의 찬란한 불꽃 화관과 같아서——

콘월 왜 그러느냐?

켄트 제 말투를 달갑잖게 여기시니,

고쳐보려고 한 것입니다. 저는 저를 잘 압니다.

제가 아첨꾼이 아니란 걸. 솔직한 말투로 당신을 속인

자가 있었다면, 그놈은 명백한 악당이었을 텐데,

저는 그런 놈은 되지 않으렵니다. 비록 그런 놈을

원하는 공작님의 미움을 사더라도 말입니다.

콘월 (오스왈드에게) 저자에게 무얼 잘못했느냐?

오스왈드 아무 잘못도 하지 않았습니다.

그의 주인인 국왕께서 오해하시어 최근

저를 때리셨는데, 그때 저자도 그분의 역정에 영합하여

뒤에서 저를 딴죽을 걸어 넘어뜨렸지요. 저는

넘어지며 모욕당하고, 욕먹었는데, 저자는 큰일을

해낸 영웅이나 된 것처럼 우쭐거렸죠. 스스로 넘어진

저를 공격한 공로로 국왕의 칭찬까지 받았습니다.

그런 터무니없는 위업에 고무되었는지 이자는

여기서 다시 제게 칼을 뽑았습니다.

켄트 허허, 이따위 건달과 겁쟁이들이

맹장 아이아스를 바보로 만들지.

콘월 차꼬를 가져오너라.

난폭한 고집불통에 허풍쟁이 노인 양반!

우리가 네놈을 가르쳐야겠다.

켄트　배우기에는 너무 늦었습니다.

　　차꼬를 채우지 마십시오. 전하를 섬기는 저는

　　그분의 전갈을 전하려고 당신께 왔습니다.

　　전하의 전령에게 차꼬를 채운다는 것은 왕권과

　　옥체를 모독하고 악의를 불손하게

　　드러내는 행동입니다.

콘월　차꼬를 가져오너라.

　　내 목숨과 명예를 걸고 정오까지 차꼬를 채우겠다.

리건　정오까지요? 밤까지, 아니, 밤새도록 채워요.

켄트　아니, 마님, 부친의 개라도

　　이렇게 대우할 순 없지요.

리건　종이니까 그러는 거다.　　　　　　(차꼬가 나온다)

콘월　이자는 처형이 말한 자와 한 패거리요.

　　자, 차꼬를 이리 가져와.

글로스터　공작님께 간청하건대 제발 참으십시오.

　　그의 잘못이 크지만, 그자의 주인인 국왕께서

　　꾸중하실 겁니다. 공작님께서 내리신 처벌은

　　비천하고 경멸받아 마땅한 상것들을

　　벌줄 때나 쓰는 것입니다.

　　전하께서 자신의 전령이 이토록 하찮게 취급받은

　　것을 아시면 언짢아하실 것입니다.

콘월　그 책임은 내가 지겠소.

리건　언니는 자기네 집사가 자기 일 보느라

모욕당하고, 폭행당한 걸 알면 기분 나빠할 거예요.

다리를 집어넣어.   (켄트에게 차꼬를 채운다)

콘월   자, 백작, 갑시다.   (글로스터와 켄트만 남고 모두 퇴장)

글로스터   친구, 미안하네. 공작님의 분부니 어쩌겠나.

세상 사람이 다 알다시피 그분의 성정은 말리지도

막을 수도 없으니 말이네. 간청해 보겠네.

켄트   그러지 마십시오. 뜬눈으로 먼 길을 달려왔습니다.

한숨 자고 남는 시간은 휘파람이라도 불지요.

착한 사람의 발에도 옴 붙을 수 있습니다.

좋은 아침 맞으십시오.

글로스터   공작님이 잘못하는 거야. 예감이 좋지 않아.

                                          (퇴장)

켄트   왕이시여, '하늘의 축복을 마다하고,

뙤약볕에 나선다'는 속담*을 몸소 입증하시는군요.

솟아라, 그대 지상의 등대여,

그대 아득한 빛에 비추어 이 편지 판독할 수 있도록.

기적은 비참한 처지에 놓인 자만이 볼 수 있다지.

이건 코딜리아 공주님께서 보내신 거야.

운 좋게도 내 잠행을 보고받고. (편지를 읽는다.)

"이런 엄청난 상황을 맞았으니 상실을 치유할 방법을

모색하기 위한 시간을 내겠네."

---

* 속담 : 이 속담은 안락을 마다하고 구차해진다는 의미이다.

뜬눈으로 밤을 지새웠더니 너무 지쳤다. 무거운 눈이여,
덕분에 이 치욕스러운 잠자리를 보지 않아도 되겠구나.
운명아 안녕!
다시 한번 웃고, 운명의 바퀴를 돌려라.　　　　　(잠든다)

2막 3장
(글로스터의 집 밖)

에드거 등장

에드거　나를 수배한다는 포고령을 들었다만,
　마침 운 좋게도 나무에 난 구멍에 숨어
　추적을 피했다. 항구는 봉쇄되었고, 어디에나
　나를 체포하기 위해 삼엄한 경계를 펴고 있다.
　최대한 피해 나를 지키겠어. 이럴 땐
　가난이 인간을 경멸하여 동물급으로 전락시킨
　가장 천하고 가장 볼품없는 형상을
　취하는 거야. 얼굴에 오물 바르고 허리엔
　담요 두르고, 머리는 산발하고 맨살을 다 드러내
　바람과 하늘의 박해에 맞서 대항하는 거야.
　이 나라에는 미치광이 거지들*의 선례와 증거가 있다.
　소란스럽게 소리소리 지르는 그자들은 마비되어

감각 없는 팔뚝에 핀이나 나무꼬챙이, 못, 찔레 가시를
찔러대지. 그런 끔찍한 모습으로 허름한 농가나
가난한 촌 동네, 움막과 물방앗간에서 미친 듯이
저주를 퍼붓기도 하고, 때로는 기도로,
때로는 무리하게 동냥을 했다지.
'불쌍한 걸신, 불쌍한 톰!' 이게 그럴듯해.
이제 에드거는 없는 거야.   (퇴장)

2막 4장
(글로스터의 집 밖)

차꼬 찬 켄트. 리어, 광대, 기사 한 명 등장

리어   이상하다. 그들이 이렇게 집을 비우고
    내 전령을 돌려보내지 않는 것이.
기사   제가 들은 바로는 어젯밤만 해도 집을 떠날 계획이
    없었다고 합니다.
켄트   (잠에서 깨어) 문안드립니다, 고귀한 주인님!
리어   하, 이런 치욕을 오락거리로 삼느냐?

---

* 미치광이 거지들 : 자신들이 베들레헴 정신 병원에 수용되어 있
  었으며, 생계를 위한 구걸을 허락받았다고 주장하는 거지들.

켄트 아닙니다, 전하!

광대 하! 하! 이 사람 좀 봐. 가혹한 대님을 매고 있네. 말은
머리를, 개나 곰은 모가지를, 원숭이는 허리를, 그리고 인
간은 다리를 묶어야 하는 거야. 다리 힘 좋다고 너무 싸돌
아다니면 끝내 나무 양말 신세 못 면한다니까.

리어 네 신분을 몰라보고 너를 여기 앉힌 자가 누구냐?

켄트 그와 그녀. 전하의 사위와 딸이죠.

리어 아니다.

켄트 맞아요.

리어 아니라니까.

켄트 맞는다니까요.

리어 아니, 아냐. 그럴 리 없어.

켄트 아뇨. 그랬어요.

리어 주피트 신께 맹세코 아니야.

켄트 주노 신께 맹세코 맞아요.

리어 그들이 감히 그렇겐 못 해.

할 수도 없고, 해서도 안 돼. 살인보다 더 나빠.

국왕 얼굴도 있는데, 이런 폭력을 행사하다니.

해명해라. 서둘러 차근차근 말해 봐. 어떻게 짐이 보낸

네게 이런 처벌을 내리고, 넌 그걸 달게 받았는지.

켄트 전하, 공작 내외의 집에서

제가 전하의 친서를 올려드린 다음,

경의를 표하려고 무릎을 꿇은 자리에서

채 일어나기도 전에, 숨도 못 쉴 정도로 헐떡거리며
도착한 파발꾼이 저를 가로막은 채
온몸으로 김을 뿜어대며 여주인 고너릴의
안부 인사를 토하고는 편지를 전달했고,
그들은 곧장 편지를 읽었지요. 읽자마자 그들은
가솔들을 소집해 바로 말에 올라타고는
제게는 차가운 얼굴로 따라와서 천천히 대답을
기다리라고 하더군요. 그런데 여기서 그를 환대하느라
저를 냉대한다고 느꼈던 그 전령을 만났는데,
요전번에 전하께 오만불손하게 굴었던 바로
그놈이었지요. 워낙 분별력보다는 용기가 앞서는
저인지라 칼을 뽑았습니다. 그러자 그 겁쟁이는
큰 소리로 온 집안을 깨웠고, 전하의 따님과
사위는 제가 한 짓은 이러한 치욕을 받아
마땅하다고 보았습니다.

광대   야생 거위가 그쪽으로 날아가면 겨울이 아직 안
   끝난 거야.

            "넝마 걸친 아비들은
            자식들에게 외면받지만
            돈 자루 찬 아비들은
            자식들에게 대우받지.
         행운의 여신은 창녀 중의 창녀,
         가난뱅이들에게는 문을 닫으니."

하지만 그 모든 일에도 불구하고 당신은 딸들 때문에

일 년을 세어도 다 못 셀 슬픔을 맛볼 거야.

리어 오, 울화통이 가슴에서 치밀어 오른다.

울화통이여, 차오르는 슬픔이여, 내려가라.

네 자리는 저 아래다. 내 딸은 어디 있느냐?

켄트 백작과 저 안에 계십니다.

리어 너는 따라오지 말고 여기 있거라.   (퇴장)

기사 지금 말씀하신 것 외에 다른 죄는 안 범했소?

켄트 그렇소. 전하의 기사가 어찌 저리 적소?

광대 그따위 것을 묻다가 차꼬에 채워진 거라면 넌 그런

벌을 받아도 싸다.

켄트 왜, 바보야?

광대 우리는 널 개미한테 보내 겨울에는 일하지 않는다는

걸 가르쳐야겠구나. 코를 따라가는 자는 장님이 아닌 다

음에야 다 눈의 인도를 받지. 썩은 내가 진동하는데* 냄새

를 맡지 못하는 코는 스물 가운데 하나도 없을 거야. 큰

바퀴가 산에서 굴러떨어질 때는 손을 놓아야 해. 그러지

않고 따라가다가는 목이 부러지고 마니까. 하지만 큰 사

람이 위로 올라갈 때는 그가 널 끌고 가게 해야 해. 나보

다 더 나은 조언을 해주는 현자가 있거든 내가 해준 말은

---

* 썩은 내가 진동하는데 : 리어의 몰락에서 비롯한 악취를 맡을 수

있을 것이라는 뜻.

도로 돌려줘. 이건 바보가 해준 말이니까, 악당들이나 따
르게 해야지.

> "이익 보려고 섬기고
> 겉만 보고 따르는 자는
> 비 오면 짐을 싸들고
> 폭풍 속에 널 버려도
> 난 기다려. 이 바보는 남는다고.
> 똑똑한 놈은 달아나라고 해.
> 도망치는 악당은 바보가 되지만
> 바보는 절대 악당 안 돼."

켄트   어디서 그런 걸 배웠느냐, 광대야?

광대   차꼬 차고 배운 것은 아니다, 이 바보야.

리어와 글로스터 등장

리어   나와 대화 않겠다고? 아프고 지쳤다고?
   밤새 여행해서? 뻔한 핑계야. 맞아.
   아비를 거역해 벗어나려는 수작이야.
   좀 더 그럴싸한 대답을 가지고 와!

글로스터   전하!
   공작의 불같은 성미를 아시지 않습니까?
   한번 정한 일은 요지부동,
   고집불통이라는 거 알고 계시잖아요.

리어 복수다! 재앙이다, 죽음이다! 혼돈이다!

　불같다고? 성미가 어떻다고? 아니, 글로스터, 글로스터,

　콘월 공작 부부와 이야기하고 싶다.

글로스터 전하! 그렇게 아뢰었습니다.

리어 아뢰었다고? 이봐, 내 말뜻을 제대로 이해했나?

글로스터 예, 전하!

리어 국왕이 콘월과 할 이야기가 있다는 거야.

　사랑하는 아비가 딸과 이야기하고 싶고,

　봉사를 명하고 기다린다고 해라.

　그들에게 내 뜻을 전했느냐? 숨이 차고 피가 끓는구나.

　불같다고? 불같은 그 뜨거운 공작에게 전하라.

　하지만 아직은 아냐. 안 좋을 수도 있어.

　몸이 허약하면 건강할 때 지키던 당연한 의무도

　소홀히 하는 법이지. 심신이 억눌려

　고통받을 때는 우리도 평소와는 달라지잖아.

　내가 참겠어. 병들어 생긴 격분을 건강한 사람의 상황과

　같이 생각하다니! 나 자신의 분별없는 마음과 결별이다.

　(켄트를 보면서) 저건 내 왕권이 죽었다는 증거다.

　대체 왜 저 사람을 차꼬에 앉혔단 말이냐?

　이걸 보면 공작 내외가 나타나지 않는 건

　계책이 분명해. 내 하인을 차꼬에서 풀어놔.

　가서 공작 부부에게 내가 할 말이 있다고 전하라.

　지금 당장 이야기하고 싶다고 해.

안 그러면 침실 앞에서 시끄럽게 북을 쳐서
내외의 잠을 쫓아버리겠다.

글로스터 두 분 사이가 좋아지시길 기원합니다.   (퇴장)

리어 아, 내 심장아! 북받치는 심장아! 그러나 진정하자.

광대 심장에게 소리쳐, 아저씨. 팔푼이 아줌마가 뱀장어를
산 채로 국솥에 넣을 때처럼. 그녀는 막대기로 놈들의 대
가리를 두들기며 '내려가, 짓궂은 것들아, 내려가'라며 소
리쳤다지. 그 아줌마 오라비는 너무 순수해서 자기 애마
에게 주는 건초에다 버터를 발랐대.

콘월, 리건, 글로스터, 시종들과 함께 등장

리어 너희 둘은 잘 잤느냐?

콘월 어서 오시옵소서 전하.   (켄트가 풀려난다)

리건 전하를 뵙게 되어 기쁩니다.

리어 리건, 그럴 거로 생각했다. 그럴 만한 이유도
있단 걸 알고 있어. 만약 네가 기뻐하지 않는다면
네 어미는 간통한* 것이니, 나는 네 어미가 묻힌
무덤 근처에도 안 갈 것이다. (켄트에게) 오, 풀려났느냐?
그 일은 나중에 얘기하자. ──사랑하는 리건,

네 언니는 사악해. 오, 리건, 그 애는
불효라는 독수리 이빨을 (가슴에 손을 얹으며)
여기 박아놓았다.* 내 너에게 일일이 말하기가
힘들 지경이다. 얼마나 비열한 수작을 부렸는지
넌 믿지 못할 거다.―오, 리건!

리건   제발 진정하세요. 제가 판단한 바로는
언니의 장점을 제대로 알아보지 못한 것이
의무에 소홀한 것보다 더 문제입니다.

리어   뭐라고? 어째서 그러냐?

리건   저는 언니가 책무를 게을리했다고는
생각하지 않아요. 혹시라도 언니가
전하의 기사들이 벌이는 난동을 눌렀다면,
언니를 비난할 수 없는 이유가
있을 거로 생각합니다.

리어   그년에게 저주를!

리건   오, 아버지는 늙었어요.
자연이 준 생명력이 한계에 도달했다고요.
아버지보다 아버지 상태를 더 잘 이해하는
사려 깊은 사람의 다스림과 지도를 받아야 해요.

---

* 리건,~박아놓았다 : 프로메테우스가 받는 고통을 연상시키고자
한 듯하다. 그리스 신화에서 프로메테우스의 간(흔히 열정이 있는
곳으로 여겨진다)을 독수리가 계속해서 쪼아댄다.

그러니 청컨대 언니에게로 돌아가세요.

그리고 잘못했다고 말씀드리세요.

리어 그 애에게 용서를 빌라고? 잘 봐라.

그것이 가문에 어울리는 행동인지.

(무릎을 꿇는다) 따님이여, 이 몸이 늙었음을 고백합니다.

늙어서 쓸모없게 된 이 몸, 무릎 꿇고 간청하오니

제게 의복과 잠자리와 먹을 것을 베풀어 주시옵소서!

리건 아버님, 이런 꼴사나운 장난은 그만둬요.

언니에게 돌아가세요.

리어 (일어나면서) 난 안 간다, 리건.

그년은 내 기사를 절반으로 줄였고,

흉악한 눈으로 날 노려봤으며, 뱀 같은 혓바닥을 휘둘러

이 심장을 물어뜯었다. 저 하늘에 쌓인 복수란

복수는 모두 배은망덕한 그년의 머리 위로 떨어져라!

병 머금은 바람이여! 그년에게서 태어날 아기를

불구로 만들어라…….

리건 저런, 저런! 집어치워요.

리어 날쌘 번개여, 눈멀게 만드는 너의 빛으로

경멸에 찬 그년의 눈을 찔러다오! 강렬한 태양의 힘이

늪에서 빨아올린 독기여, 내려와 그년의 얼굴을

물집으로 뒤덮어 망가뜨려버려라.

리건 오, 하느님 맙소사! 감정이 격해지면

저에게도 저주를 퍼부으시겠군요.

리어   아니다, 리건! 내가 네게 저주 퍼부을

일은 없다. 천성이 유순한 넌 가혹한 짓을

하겠단 생각도 않을 테니. 그녀 눈은 사납지만,

네 눈은 위안을 주고 이글거리지 않잖아.

넌 내 뜻을 막고, 내 수행원을 자르고,

말대꾸를 일삼고, 내 용돈을 줄이고, 게다가 날

들어오지 못하게 빗장 거는 일은 하지 않을 거잖아.

너는 인간 본연의 의무와 자식 된 도리,

예의범절의 중요성과 감사함에 대해

그 애보다는 더 잘 알아. 내가 너에게 왕국의 절반을

준 걸 잊지 않았겠지?

리건   아버지, 요점이 뭡니까?   (안에서 나팔소리)

리어   내 사람에게 누가 차꼬를 채웠느냐?

오스왈드 등장

콘월   저 나팔소리는?

리건   언니가 맞아요. 곧 이곳에 도착한다는

소식이 왔거든요. (오스왈드에게) 마님이 오셨느냐?

리어   아니, 저놈은 변덕쟁이 여주인의

총애 믿고 거드름을 피운 종놈 아니냐.

내 앞에서 썩 꺼져라, 이 종놈아!

콘월   무슨 말씀인지요?

고너릴 등장

리어 누가 내 하인에게 차꼬를 채웠느냐?

리건, 넌 이 일을 모를 것으로 안다만.

이게 누구냐? 오, 신들이여,

당신들이 이 늙은이를 아끼고, 부드러운 권력으로

복종심을 얻고자 한다면, 그리고 당신들도 늙었다면,

그런 명분 걸고 강림하시어 제 편이 되소서!

(고너릴에게) 이 수염을 보고도 부끄럽지 않으냐?

오, 리건! 네가 저년과 손을 잡으려느냐?

고너릴 왜 손을 못 잡아요? 제가 뭘 잘못했는데요?

경솔하고 노망든 노인에게 무례하게 대한다고 해서

죄가 되는 건 아니에요.

리어 오, 억센 내 심장아!

아직도 버티는구나! 내 사람을 왜 차꼬에 채웠느냐?

콘월 제가 채웠습니다. 저자의 무례함은

더한 벌을 받아도 싸다고 생각합니다.

리어 뭐? 자네가?

리건 아버지, 연로하시니 약하게 보여도 됩니다.

달이 찰 때까지 수행원 절반을 줄여

언니네로 돌아가서 머물다 제게로 오세요.

저는 지금 집을 떠나 있어 아버님을 접대하는

데 필요한 물품을 조달할 수 없습니다.

리어　재한테로 돌아가라고?

오십 명을 내쫓으라고? 못한다. 차라리 지붕 밑을

포기하고 비바람과 싸우면서 한데서

늑대와 올빼미의 친구로 지내겠다.

가난에 꼬집히며 쓰라린 고통을 당하겠지.

저 애한테 돌아가라고?

허! 그러느니 지참금 없는 막내딸을 데려간

다혈질의 프랑스 왕한테 가서 무릎 꿇고

그의 종자 되어 연금을 구걸하는 편이 나아.

저 애한테 돌아가라고?

그럴 바에야 차라리 저 가증할 종놈의

마부가 되라고 해라.　　　　　　　(오스왈드를 가리키면서)

고너릴　좋으실 대로 하세요.

리어　딸아, 부디 날 미치게 좀 마라.

애야, 널 더는 괴롭히지 않으마. 잘 있어라.

우린 다시 만날 일도, 얼굴 볼 일도 없을 거다.

하지만 넌 내 살, 내 피, 내 딸이다—

아니, 내 살 속에 박힌 병균이라서 내 것이라

불러야겠지. 너는 종기고, 역병으로 생긴 부스럼이고,

오염된 피로 인해 부풀어 오른 염증이다.

허나 이제 너를 꾸짖진 않겠다.

내가 굳이 널 부르지 않아도 치욕이 찾아올 것이니,

네게 벼락이 내리치길 바라거나 하늘의 재판관인

조브신*께 고자질하지도 않겠어.

할 수 있을 때 고쳐보고, 여유 있을 때 향상시켜라.

난 참을 수 있다. 백 명의 기사들과 함께

리건 집에 묵을 수 있단다.

리건 그래선 안 돼요.

전 아버지께서 오실 걸 예상 못했기에

맞이할 준비도 못 했어요. 언니 말을 들으세요.

당신의 격정을 이성으로 지켜본 분들은

당신이 늙어 그런다고 생각할 것입니다.

하지만 언니는 대처를 잘해요.

리어 진심이냐?

리건 그렇고말고요. 수행원이 오십 명?

그 정도면 됐지, 뭐가 더 필요하다는 거죠?

아니, 그것도 많아요. 그만한 인원을 유지하려면

비용, 위험성 두 가지를 감당해야 해요. 한 지붕 아래

그 많은 사람이 어떻게 두 주인을 모시고 화목하게

지내겠어요? 어렵죠. 거의 불가능할 정도로요.

고너릴 전하, 동생에게 딸린 하인이나

우리 집 하인이 시중을 들어드리면 안 될까요?

리건 왜 안 됩니까, 전하? 그들이 소홀히 하면

우리가 가만두지 않을게요. 만약 아버님이 우리 집에

---

* 조브신 : 주피터의 다른 이름.

오신다면──위험해 보이니──간청컨대

스물에 다섯만 데려오세요. 그 이상은

내줄 방도 없고, 인정하지도 않겠어요.

리어 내 너희에게 모든 걸 다 주었다──

리건 적기에 주신 거죠.

리어 난 너희들을 내 후견인이자 위탁자로 명했기에

그만한 기사 수를 보장받았다. 그런데 뭐라고?

스물다섯 명만 데려오라고?

리건, 그렇게 말한 게 맞느냐?

리건 거듭 말씀드립니다만, 더는 곤란해요.

리어 사악한 짐승들이 차라리 어여뻐 보일 지경이구나.

더 사악한 것이 있으니까. 최악이 아니란 걸

다행으로 여겨야겠구나. (고너릴에게) 너와 함께 가겠다.

네가 말한 오십 명은 스물다섯 명의 두 배니까

사랑 또한 두 배겠지.

고너릴 제 말을 들어보세요, 전하!

스물다섯이 왜 필요한가요? 열이건 다섯이건

왜 기사가 필요하다는 거죠? 집에는 아버지의

시중을 들어줄 갑절이나 되는 시종이 있는걸요.

리건 한 명도 필요 없어요.

리어 오, 필요성을 따지지 마라. 가장 천하다는

거지들의 하찮은 물건조차도 여분은 있는 법!

본성이 요구하는 것만 채우려 한다면

인간의 삶이 짐승과 다를 게 무엇이겠느냐.

너는 귀부인이다. 단지 보온을 위해 옷을 입는다면

굳이 그렇게 화려할 필요가 있겠느냐.

그리 따뜻하지 않을 테니까. 진정 필요란——

하늘이여, 제게 인내심을 주소서. 인내가 필요합니다.

신들이여, 여기 있는 이 불쌍한 늙은이가 보이지요.

나이만큼 근심이 많고, 이 둘이 많아 비참합니다.

두 딸의 마음을 흔들어 아비를 배반하도록 한 것이

그대들이라면 저를 무기력하게 참는 바보가

되게 하지는 마소서! 고귀한 분노를 저에게 내려

여자들의 무기인 흐르는 눈물로 이 사내의 뺨을

더럽히지 않게 하소서! 그래, 이 사악한 마귀들아,

내 너희 둘에게 철저히 복수하여 온 세상이——

——난 기필코 할 테다——뭘 할진 아직

모른다만, 그것은 지상의 공포가 되리라.

너흰 내가 울 줄 알았지? 아니다.　　　　(폭풍우 소리)

난 절대 울지 않는다, 울 이유는 넘쳐나지만.

울기 전에 이 심장이 천 갈래, 만 갈래 찢어질 것이다.

오, 광대야, 미칠 것 같구나.

　　　　　　　　(리어, 글로스터, 켄트, 광대 및 시종 퇴장)

콘월　안으로 들어갑시다. 폭풍우가 몰려올 것 같소.

리건　이 집은 좁아서 노인과 시종들을

　머물게 할 수가 없어요.

고너릴 자업자득이야. 안락을 스스로 차버리셨으니까.

어리석은 행동이 어떤 결과를 초래하는지 겪어봐야 해.

리건 아버지 한 사람이면 모실 수 있지만,

추종자는 단 한 명도 못 받아요.

고너릴 나도 같은 생각이야.

글로스터 백작은 어디 있어요?

콘월 노인을 따라갔소. 이제 돌아오는군.

글로스터 등장

글로스터 전하께서 크게 진노하셨습니다.

콘월 어디로 가고 있소?

글로스터 말을 찾으셨지만,

어디로 가실지는 모르겠습니다.

콘월 가게 내버려두는 게 최선이오. 고집대로 하시게.

고너릴 (글로스터에게) 백작, 떠나시는 걸 절대 만류해선 안

돼요.

글로스터 이제 어두워지는 데다 폭풍이

사납게 불고 있어요. 근처 수 마일 안엔

숲조차 없습니다.

리건 백작, 고집불통에게는

스스로 불러온 재해가 좋은 스승이 될 거예요.

문 거세요. 그에겐 무자비한 시종들이 딸려 있어

귀 얇은 그에게 뭐라고 부추길지 모르니,

두려움을 갖는 게 현명한 일이에요.

콘월　문을 닫아거시오, 백작! 바람이 사납소.

리건의 충고대로 폭풍우를 피합시다.　　　　(모두 퇴장)

3막 1장
(황야)

계속되는 폭풍우. 켄트와 신사가 양쪽에서 등장

켄트 이리도 사나운 날씨에 거기 누구요?

신사 날씨처럼 마음이 불안정한 사람이오.

켄트 누군지 알겠군. 전하는 어디 계시오?

신사 성난 자연과 맞서 싸우고 계십니다.
　바람에게 대지를 바닷속으로 처넣든지,
　큰 파도로 대지를 덮어버리라고 명하십니다.
　만물이 사라지도록. 그러자 맹렬한 돌풍이
　맹목적인 분노로 그분 머리를 붙잡아 무엄하게
　흩뜨리고 있습니다. 밀고 밀리는 비바람과의
　한판 싸움에서 그분은 소우주의 폭풍으로
　이겨내려 하십니다. 이런 밤에는 새끼에게
　젖을 빨려 허기진 어미 곰도 굴속에 숨고,

사자와 굶주린 늑대도 털을 말릴 텐데, 맨머리 바람으로
뛰어다니며 '끝장'이라고 외치십니다.

켄트 같이 있는 사람은 누구요?

신사 광대 혼자서 전하의 통절한 고통을
익살로 지우려 애쓰고 있습니다.

켄트 내 그대를 잘 아오.
그래서 내가 관찰한 바를 보증삼아 그대에게
중대한 일을 의뢰하려 하오. 아직은 간교하게
숨겨져 있지만. 올버니와 콘월 사이에 내분이 있소.
그들이 둔 하인은 (옥좌에 오를 만큼 높이
뜬 큰 별치고 하인을 안 둔 사람은
없겠지만) 겉으로는 충복처럼 보여도, 그들이
프랑스 왕을 위한 첩자이자 정탐꾼으로 국내
정세를 낱낱이 보고하고 있소. 그들은
눈에 띄는 사건들, 즉 두 공작의 알력이나 음모뿐
아니라 그들이 인자하신 노왕을 박대한 일이며,
그보다 더 심각한 문제, 말하자면 그 일에
비하면 장식에 불과한 일까지 모두 보고한다오.
아무튼 프랑스 군대가 이 분열된 왕국에 상륙할
것이오. 이미 우리의 소홀함을 틈타 주요 항구 몇 곳에
발을 들여놓았으며, 공개적으로 깃발을 올릴 준비를
마쳤다 하오. 그러니 부탁이오. 당신이 날 믿고 도버
항구까지 급히 가준다면 당신에게 감사할 분이 계시오.

그분께 전하가 지금 무자비한 학대를 당해 정신이

　　　나갈 정도로 비탄에 빠져 계신다고 보고해 주시오.

　　　나는 혈통 있고, 교양을 갖춘 신사이며, 상당한

　　　지식과 확신을 갖고 이 임무를 제안하오.

신사　당신과 좀 더 이야기하고 싶소.

켄트　아니, 마십시오. 내가 겉보기보다

　　　제법 괜찮은 인물임을 증명하기 위해

　　　돈주머니를 드릴 테니 이 주머니를 열고 안에

　　　든 것을 가지시오. 만약 코딜리아 공주님을

　　　뵙거든, 못 뵈리라 걱정하진 않지만,

　　　이 반지를 보여드리시오. (반지를 건넨다)

　　　그러면 당신이 아직 모르는 이 사람이 누군지

　　　공주님께서 말해 주실 거요.

　　　지독한 폭풍우로다!

　　　나는 왕을 찾으러 가봐야겠소.

신사　우리 악수나 합시다.

　　　더 하실 말씀은 없습니까?

켄트　거의 다 했지만 어떤 말보다 중요한 것은 전하를

　　　발견하거든——당신은 저쪽으로, 나는 이쪽으로 가서

　　　찾읍시다——누구든 먼저 보는 사람이 소리치는 겁니다.

　　　　　　　　　　　　　　　　　　　　(두 사람 따로 퇴장)

3막 2장
(황야)

폭풍우 계속 몰아치는 중에 리어와 광대 등장

리어 바람아 불어라, 내 뺨이 찢기도록! 사납게 불어라!
하늘의 폭포수야, 바다의 태풍아, 첨탑을 삼키고
풍향계가 침수되도록 내뿜어라!
떡갈나무 두 쪽 내는 벼락의 선구자여!
상념처럼 빠른 유황빛 번개여! 나의 백발 태워버려라!
천지를 진동시키는 천둥이여,
둥글게 꽉 찬 이 지구를 내리쳐 납작하게 만들어라.
생명을 잉태하는 자연의 틀 깨부수어
배은망덕한 인간 빚는 씨란 씨는 모조리 없애버려라.

광대 오, 아저씨, 한데서 비 맞는 것보단
물기 마른 집 안의 알랑방귀 소리가 낫다니까.
착한 아저씨, 들어가서 딸들의 축복을 구해봐.
이런 밤엔 현자도 바보도 동정받지 못해.

리어 마음껏 으르렁거려라! 번갯불을 내뿜고,
비를 쏟아내라! 비, 바람, 천둥, 번개야!
난 너희를 불친절하다고 비난하진 않으마.
왕국을 준 적도, 자식이라고 부르지도 않았으니.
너희는 내게 복종할 의무가 없다. 그러니

우리를 두렵게 만드는 너희의 쾌락을 멋대로
쏟아도 좋다. 난 너희 노예가 되어 여기 서 있다.
헐벗은 나는 병약하고 경멸받는 노인이다.
하지만 난 너희를 비열한 것들의 앞잡이라고 부르겠다.
저 악독한 두 딸년과 한패가 되어 백발의 늙은이와
대항하려 천상의 군대를 몰고 진격해 오는구나.
오호! 이건 정말 비열하다!

광대　머리를 넣어둘 집이라도 지닌 이는
　　머리가 좋은 거야.
　　　　　"머리 보전할 집은 못 구하나
　　　　　　거시기 넣을 집 가진 자는
　　　　머리나 거시기에 이가 득실거릴 테지.
　　　　　거지들도 그렇게 장가를 든다네.
　　　　　　심장으로 삼아야 할 부분을
　　　　　　　발가락 삼는 이는
　　　　　아픈 티눈 때문에 슬피 울며
　　　　　뜬눈으로 밤을 지새우겠지."
　　왜냐하면 예쁜 여자치고 거울 앞에서
　　입 삐죽거리지 않는 이 없으니까.

켄트 등장

리어　아냐, 난 모든 인내의 모범이 될 테다.

아무 말 않을 거야.

켄트   거기 누구냐?

광대   어이쿠, 여기 왕과 거시기 가리개, 즉 현명한 자와 바
보가 있답니다.

켄트   오, 전하, 여기 계셨어요? 야행성 동물도
이런 밤은 싫어한답니다. 분노에 찬 하늘이
어둠 속을 방랑하는 짐승들을 겁주어
굴속에 머물게 합니다. 철든 이후로
이렇게 섬뜩한 천둥과 이렇게 포효하는
비바람의 신음은 처음입니다. 인간은 이런
고통과 공포를 감당하지 못합니다.

리어   아무것도 쓰지 않은 맨머리 위로 저토록
무시무시한 소동을 일으키는 위대한 신들에게
지금 당장 자신의 적을 찾게 하라!
벌벌 떨어라. 가슴속에 죄 숨기고,
아직 처벌받지 않은 이들이여, 어서 숨어라.
살인에, 위증에, 근친상간하고도
덕 있는 체 가장하는 이들이여!
사지가 떨어져 나갈 때까지 떨어라.
감춰진 죄를 낱낱이 불어라. 그들의
은밀한 은신처를 발기발기 찢어라.
이 무시무시한 신들께 자비를 베풀라고 빌어라.
나는 지은 죄보다 덮어쓴 죄가 크나니.

켄트 오, 맨머리시다!

전하, 가까이에 움막이 하나 있습니다.

거기라면 폭풍우를 잠시 피할 수 있을 겁니다.

거기서 쉬며 저는 이 인정머리 없는 집——그걸

지탱하는 돌보다 더 가혹하게 조금 전에도

전하를 찾은 저를 막은 —— 그곳으로 다시 가서

인색한 예의나마 차려보라고 권하겠습니다.

리어 내 머리가 돌기 시작한다.

(광대에게) 얘야, 이리 와. 넌 어떠냐, 추우냐?

나도 춥구나. (켄트에게) 여보게, 그 움막은 어디 있느냐?

가난이라는 게 참으로 신기한 재주가 있어서

비천한 것도 고귀하게 만드는구나. 가자, 그 움막으로.

(광대에게) 불쌍한 바보야, 마음 한구석에는

아직도 네 녀석이 가엾단 생각이 남아 있다.

광대   "지혜가 부족한 자들은

                  에이디야, 비바람 불어도

                  팔자대로 만족하며 살아야지.

                  날이면 날마다 비 내리더라도."

리어 맞다. 자, 우릴 그 움막으로 안내하라.

                                        (리어와 켄트 퇴장)

광대 오늘 밤은 기생의 끓는 마음 식히기에 좋은 밤이다.

떠나기 전에 예언 하나 해야겠다.

            "신부들이 행동보다 달변에 맛들릴 때,

양조업자가 누룩에 물 섞어 망칠 때,
　　귀족이 재봉사 가르치려 들 때,
이교도가 아니라 기둥서방이 화형당할 때
　　　그때는 이 알비온 왕국*에
　　　거대한 혼돈이 찾아오리라.
모든 소송 법 따라 정당하게 판결받고,
　빚에 찌든 기사도 종자도 없어지고,
　중상모략 더는 혀에 오르내리지 않고,
　군중 속에서 소매치기 더는 안 보이고,
　고리대금업자 공공연히 돈을 세고,
　　포주와 창녀들이 교회 세울 때
그때는 알비온 왕국에 크나큰 혼란이 일겠지.
　　　그때까지 살게 되면 알겠지.
　　　걷는 덴 두 다리가 사용된다는 걸.”
이 예언은 마술사 멀린**의 것.
나는 그보다 앞서 살고 있으니까.　　　　(퇴장)

---

* 알비온 왕국 : 영국의 다른 이름.
** 멀린 : 아서 왕의 전설에 등장하는 옛 브리튼 왕국의 유명한 마
　법사이자 예언가이다.

3막 3장
(글로스터 백작의 저택 밖)

글로스터와 횃불 든 에드먼드 등장

글로스터 아아, 슬프다, 에드먼드.

이렇게 자연에 어긋나는 처사가 견딜 수 없구나.

내 전하를 불쌍히 여겨 그분 돕겠다고 허락을 구했더니,

그들이 내 집을 사용할 권한을 빼앗았을

뿐만 아니라, 영원히 자신들의 노여움을

사고 싶지 않다면 그분에게 말을 걸지도 말고,

그분 위해 간청하지도 말고, 어떤 식으로도

그분을 보살펴드리지 말라고 명령했다.

에드먼드 참으로 야만적이고 몰인정하군요.

글로스터 맞아. 넌 아무 말 마라. 두 공작 사이에 불화가 있고, 그보다 더 나쁜 일도 있단다. 오늘 밤 편지 한 통을 받았는데, 그 내용을 발설하는 건 너무나 위험하여 벽장 속에 넣고 잠가두었다. 전하께서 지금 받으시는 수모에 대해서는 철저하게 갚아줄 것이다. 이미 군대가 일부 상륙했다. 우리는 전하의 편에 서야 한다. 난 전하를 은밀히 찾아가 도와드릴 거다. 넌 공작에게 가서 이야기를 나눠라. 행여 나의 자선 행위가 공작에게 발각되어서는 안 되니 말이다. 그가 날 찾거든 몸이 아파 자리에 누워 있다고

해라. 설사 이 일 때문에 죽는 한이 있어도, 사실 그에 못

지않게 위협당하고 있지만, 나의 옛 주인이신 전하를 꼭

구해야 한다. 에드먼드, 심상찮은 일이 벌어질

조짐이 보인다. 부디 조심해라.   (퇴장)

에드먼드   아버지가 금지된 호의를 베풀려 한다는 걸

곧장 공작께 알려야겠다. 그 편지와 함께.

이건 큰 상을 받을 만해. 아버지가 잃은 것을

내가 얻게 될 거야. 모조리 말이야.

노인이 쓰러지면 젊은이가 일어나는 법이지.   (퇴장)

3막 4장
(황야의 오두막 앞)

리어, 변장한 켄트, 광대 등장

켄트   전하, 여깁니다. 안으로 드시지요.

허허벌판에서 밤을 지새우는 것은

인간이 견디기에 너무 가혹합니다.

(계속 몰아치는 폭풍우)

리어   나를 내버려둬라.

켄트   전하, 이리로 드십시오.

리어   내 심장을 찢어놓으려느냐?

켄트 차라리 제 심장을 찢겠습니다. 전하, 들어가소서!

리어 기세 좋게 몰아치는 폭우가 우리 살갗을

침투하는 걸 너는 엄청나다고 생각하는구나.

네게는 그럴 테지. 하지만 중병이 자리 잡으면,

작은 병의 통증을 느끼지 못해. 곰을 피해 달아나다가

으르렁거리는 성난 바다와 맞닥뜨리면

곰과 정면 대결할 수밖에 없을 것이다.

마음이 편안해야 몸의 감각도 예민해지지!*

내 마음의 태풍은 모든 느낌 빼앗고

오직 쿵쿵거림만 남겨두었다. ── 자식의

배은망덕, 이건 입이 음식을 먹여주는

제 손을 물어뜯는 것과 같은 형국이다.

그러니 처절히 갚아줄 거야. 아냐, 난 더는

울고만 있진 않겠어. 이런 밤에 나를 밖으로 몰아내?

비야, 억수같이 쏟아져라, 난 끄떡없으니.

오늘 같은 이런 밤에? 오, 리건, 고너릴!

기꺼이 모든 걸 주었던 인자한 늙은 아비를!

오, 이러다간 미칠 것 같구나. 그것만은 말아야지.

더는 말을 말자.

켄트 전하, 이리로 드십시오.

---

* 마음이~예민해지지 : 사람의 마음이 산만하면 정신이 팔려 몸의
감각을 느끼지 못한다는 의미.

리어   제발 너나 들어가서 휴식을 취해라.

　이 태풍은 내가 받은 상처를 더는 숙고하게

　놔두지 않을 것 같다. 하지만 들어가겠다.

　(광대에게) 얘, 너 먼저 들어가라.

　집도 없는 가난이라니. 아냐, 들어가.

　나는 기도하고 잠을 청하겠다.　　　　　　　(광대 퇴장)

　(무릎을 꿇는다) 냉혹한 폭풍우의 팔매질을 견뎌야 하는

　헐벗고 불쌍한 자들아, 거기가 어디든 간에,

　머리 누일 집도 없이, 뱃가죽은 등짝에 들러붙고,

　구멍 숭숭 뚫린 넝마 걸치고 이런 험악한

　시절로부터 너희를 어찌 보전하느냐?

　오, 내가 이런 일에 너무 무심했다. 치료를 받아라,

　눈부신 이여. 가난에 널 노출시켜 가엾은 자의 설움

　느껴보아라. 그래서 넘치는 부 그들에게 나눠주어

　하늘이 공평하다는 것을 입증해 보여라.

　　　　　　　광대, 움막에서 등장

에드거   (안에서) 한 길 반, 한 길 반이다. 불쌍한 톰!

광대   여긴 들어오지 마. 아저씨, 귀신이야. 사람 살려, 사람

　살려!

켄트   내 손을 잡아라! 거기 누구냐?

광대   귀신이야, 귀신! 이름이 불쌍한 톰이래.

켄트 짚 덤불 속에서 중얼거리는 네놈은 누구냐?
이리로 나오너라!

불쌍한 톰으로 변장한 에드거 등장

에드거 저리 꺼져, 더러운 악마가 날 쫓아다닌다.
날카로운 가시나무 사이로 세찬 바람이 부는구나.
흠! 잠자리로 가서 넌 몸을 좀 녹여.

리어 너도 네 딸들에게 모든 걸 양도했느냐? 그래서 이 지
경이 된 거야?

에드거 불쌍한 톰에게 누가 뭘 줘? 더러운 악마가 그를 불
과 화염 속으로, 습지와 늪지대를 지나 여울과 소용돌이
속으로 몰고 다녔어. 그자는 베개 밑엔 칼을 숨기고, 의자
위엔 목매다는 줄을, 죽 그릇 옆에는 쥐약을 두었지. 교
만해진 톰은 한 뼘밖에 안 되는 다리 위를 밤색 조련마를
타고 건너서, 자기 그림자를 역적이라며 뒤쫓기도 했어.
다섯 가지 지력*을 간직하라! 오, 톰은 추워요. 오, 덜덜,
덜덜. 오, 회오리바람과 유성 폭발, 염병으로부터 신의 가
호가 있기를! 불쌍한 톰, 비열한 악마가 괴롭히는 톰에게
자선 좀 베풀어줘. 방금 여기서 놈을 붙잡을 수 있었는데.

---

* 다섯 가지 지력 : 상식, 창조력, 상상력, 계산력, 기억력을 가리
킨다.

그리고 여기, 다시 저쪽, 아니, 이쪽.

(폭풍우 계속 몰아친다)

리어 네 딸들이 널 이 지경으로 만들었느냐?

아무것도 안 남겼어? 그들에게 다 주고 싶었어?

광대 아뇨, 담요 한 장은 남겨놓았죠. 안 그랬다면 우리 모두 창피할 뻔했어.

리어 (에드거에게) 인간의 죄악 위에 운명처럼 떠도는 전염병이 이제 네 딸들에게 떨어질지어다.

켄트 저 사람에게는 딸이 없습니다, 전하.

리어 사형이다, 이 역적아! 불효하는 딸 때문이 아니라면

그 무엇도 인간을 저토록 비참하게 몰아갈 수는 없다!

버림받은 아비들의 몸뚱이가 저토록 푸대접받는 게

유행이란 말이냐? 사려 깊은 처벌이다!

제 부모 피를 빨아먹는 펠리컨 같은 딸을

낳은 것은 이 몸이다.

에드거 핏대 오른 수탉이 암탉 위에 올라탔다.

얼로우. 얼로우. 루. 루.

광대 이런 추운 밤은 우리 모두를 바보나 미치광이로 만들어버릴 거야.

에드거 비열한 악마를 조심하고, 부모에게 순종하고, 약속은 반드시 지키고, 함부로 맹세하지 말고, 남자와 혼약을 맺은 처녀와 간통하지 말고, 애인에겐 화려한 옷 입히지 마. 톰은 추워.

리어 너는 전에 무얼 했느냐?

에드거 잘난 척 뽐내는 하인이었지. 머리는 말아 올리고, 모자엔 장갑 달고, 마님의 마음속 욕정 채우느라 컴컴한 짓 좀 했어. 입에서 나오는 대로 맹세한 뒤 인자한 하늘 앞에서 그걸 깨버렸어. 잘 때는 욕정 채울 궁리나 하고, 깨어나선 실행에 옮겼어. 포도주를 굉장히 좋아했고, 도박에 빠졌으며, 여자는 터키 왕 뺨치게 많았어. 마음은 거짓되고, 귀는 여리고, 손에서는 피비린내가 났어. 게으른 돼지, 교활한 여우, 탐욕스러운 늑대, 미친 개, 약탈하는 사자 같았지. 딸딸거리며 신발 끄는 소리와 비단옷 살랑대는 소리 때문에 가엾은 네 마음을 여자에게 넘겨줘선 안 돼. 창녀 집에는 발걸음을 끊고, 치마 속에 손 넣지 말고, 고리대금업자 장부에 이름을 올려서도 안 돼. 가시나무 덤불 사이로 찬바람이 쉴 새 없이 불어. 쌩, 쌩, 휭, 휭! 이봐, 적토마야, 멈춰. 그 말 좀 지나가게 해다오.

(폭풍우 여전하다)

리어 알몸으로 칼바람과 맞서느니 넌 차라리 무덤에 누워 있는 게 낫겠어. 인간이 겨우 이것밖에 안 된단 말이냐? 저 사람을 잘 고찰해 봐. 넌 누에가 만든 비단도, 짐승의 가죽도, 양모도, 고양이한테 얻은 향수도 없구나. 하! 여기 세 사람은 겉치레라도 하고 있는데, 너는 사물 그대로구나. 문명의 편의에서 배제된 인간은 너처럼 불쌍한 알몸의 두발짐승에 지나지 않지. 벗자, 벗어. 빌린 것들을!

어서, 이 단추를 풀어다오!

(옷을 벗는 것을 광대가 제지한다)

광대 아저씨, 제발 진정해. 수영하기에는 너무 험악한 밤이
야. 저 거친 벌판에 보이는 작은 불빛이 마치 늙은 색골의
심장 같아. 몸이 차가운데도 깜박이는 조그만 불빛 말이
야. 저 봐. 불이 이쪽으로 걸어오고 있어.

글로스터가 횃불을 들고 등장

에드거 저기 비열한 악마 플리버티지벳이 오는군. 놈은 통
금 때 나와 첫닭이 울 때까지 쏘다니지. 백내장을 옮기고,
사팔뜨기와 언청이를 만들고, 다 익은 밀을 곰팡이 슬게
만들고, 땅 위의 가련한 생명을 해치는 놈이야.
　　　 "위솔드 성인이 들판을 세 바퀴 돌아,
　　　　　 잠귀신과 그녀 새끼 아홉을 만나
　　　　　 내려오라 명하시며 약속을 다짐받고
　　　　 '물러가, 마녀야, 물러가'라고 소리쳤어."

켄트 괜찮으십니까, 전하?

리어 저 사람은 누구냐?

켄트 (글로스터에게) 거기 누구요? 무얼 찾고 있소?

글로스터 거기 있는 사람들은 누구요? 이름은?

에드거 불쌍한 톰이야. 헤엄치는 개구리, 두꺼비, 올챙이,
도마뱀, 물도마뱀을 잡아먹어.──비열한 악마는 화가 나

면 광분해서 소똥을 샐러드처럼 먹고, 늙은 쥐나 도랑에
빠진 죽은 개도 먹고, 고인 웅덩이에 뜬 파란 이끼 찌꺼기
를 마시기도 해. 채찍 맞으며 이 마을 저 마을로 쫓겨 다
니고, 차꼬에 채워져 감옥에 갇히기도 해. 등에 걸칠 옷이
세 벌이고, 몸에 걸칠 셔츠는 여섯 벌이며,

말을 타고 칼도 차고 다녔지만,

칠 년이라는 기나긴 세월 동안 톰은

생쥐며 들쥐 같은 작은 짐승만 먹고 살았어.

나를 따라다니는 영물을 조심해요. 조용, 스멀킨!*

조용히 해! 이 악마 놈아!

글로스터　아니! 전하, 겨우 저런 자랑 동행하십니까?

에드거　어둠의 왕은 신사야. 이름은 '모도'라고도, '마후'라
고 불러.

글로스터　전하, 우리의 혈육이 너무나 악독해져서
자기를 낳아준 부모까지 미워합니다.

에드거　불쌍한 톰은 추워요.

글로스터　안으로 드시지요. 전하의 신하 된 도리로
저는 따님들의 비정한 명령을 따르지 않겠습니다.
그들은 저에게 문을 잠그고, 이 포학한 밤이
전하를 덮치게 내버려두라고 지시했지만,
저는 위험을 무릅쓰고 전하를 찾은 다음

---

* 스멀킨 : 영물, 혹은 악마의 이름.

불과 음식이 준비된 곳으로 모시려고 왔습니다.

리어   먼저 이 철학자와 얘기를 나누고 싶다.

(에드거에게) 천둥의 원인이 뭐요?

켄트   전하, 저분이 권유하시니 안으로 드시지요.

리어   나는 테베*의 현자와 얘기를 나누고 싶다.

(에드거에게) 무엇을 연구하시는가?

에드거   악마를 제압하고 벌레 잡는 법이지.

리어   내 은밀히 당신에게 묻고 싶다.

켄트   (글로스터에게) 나리, 다시 한번 가자고

권해 보십시오. 정신이 좀 불안해 보입니다.

글로스터   그게 전하 탓이오?   (폭풍우 몰아친다)

딸들이 목숨을 노린다고! 아, 어지신 켄트!

이렇게 될 거라 말했는데. 가엾게도 추방당했지.

자넨 전하가 미쳤다고 했는데, 이보게,

나도 미칠 지경이네. 지금은 의절했지만, 내 아들놈

하나가 최근, 아주 최근에 내 목숨을 노렸지 뭐요.

난 놈을 아꼈다오. 어떤 아비보다 끔찍이.

사실 난 비참해서 미칠 지경이오. 무슨 밤이 이럴까.

(리어에게) 전하, 간청하오니…….

리어   아, 죄송하오만.

(에드거에게) 고매한 철학자여, 함께 가시지요.

---

* 테베 : 고대 그리스의 도시.

에드거 톰은 추워.

글로스터 이봐, 저기, 저 움집으로 들어가 몸을 녹이자고!

리어 자, 모두 들어가자.

켄트 이쪽입니다, 전하!

리어 함께 가겠다. 나는 이 철학자랑 항상 함께 있겠다.

켄트 나리, 전하를 달래 저자를 데려가게 하십시오.

글로스터 당신이 그자를 데리고 오시오.

켄트 이봐, 가자. 우리와 함께 가자.

리어 자, 갑시다. 아테네에서 온 훌륭한 양반!

글로스터 말은 그만. 아무 말도. 쉿!

에드거 소년 기사 롤랑이 어두운 탑으로 갔네.

　　암호는 언제나 똑같은 피, 포, 펌.

　　브리튼 사람의 피 냄새다.　　　　　　　　　(함께 퇴장)

3막 5장
(글로스터 백작의 저택)

콘월과 에드먼드 등장

콘월 그의 집을 떠나기 전에 난 복수할 테다.

에드먼드 공작님, 제가 자식 된 도리를 저버리고 공작님께
　　충성을 바친 것이 알려지면 세상으로부터 어떤 비난을

받을지 생각만 해도 두렵습니다.

콘월 인제 보니 그를 죽이려 한 자네 형은 악질이 아니었
군. 자네 아버지가 지닌 사악한 성품이 자네 형을 자극한
것이었어.

에드먼드 제 운명도 얄궂지요. 옳은 일을 하고도 뉘우쳐야
하니. 이것이 아버지가 말씀하신 편지인데, 이걸 보면 아
버지가 프랑스의 국익을 위해 정보를 건넨 첩자였다는
것이 분명해집니다. 오, 하늘이시여! 이런 역모만 없었더
라면, 아니, 내가 그 사실을 간파하지 못했다면.

콘월 나와 같이 공작부인에게 가세.

에드먼드 만일 이 편지에 적힌 내용이 사실이라면, 공작님
은 큰일에 대비하셔야 합니다.

콘월 사실이든 아니든, 이번 일로 자네는 글로스터 백작이
되었네. 자네 부친의 행방을 찾아내게. 우리가 즉각 체포
하겠네.

에드먼드 (방백) 그가 전하를 도와주고 있는 것이 발각되
면 공작의 의심은 더욱 확고해질 것이다. (크게) 비록 혈
육과의 갈등이 심화되더라도, 변함없이 충성을 바치겠습
니다.

콘월 자네를 믿네. 자네는 내 총애를 받는 동안 친아버지
보다 더한 사랑을 느낄 것이네.   (모두 퇴장)

(글로스터 저택 부근의 농가)

변장한 켄트와 글로스터 등장

글로스터 들판보다는 나으니 고맙게 생각합시다.

내가 할 수 있는 건 뭐든 해서 이곳을 안온하게 만들어보
겠소. 곧 돌아오리다.

켄트 견딜 수 없는 분노로 그분은 분별력을 잃었습니다.
친절하신 나리께 신들의 가호가 있으시길!

(글로스터 퇴장)

리어, 불쌍한 톰으로 분장한 에드거, 광대 등장

에드거 악마 프라테레토가 나를 불러 말하기를, 네로 황제
는 어둠이 내린 호수에서 낚시질을 했대. 기도해. 순진한
녀석아. 못된 악마를 조심해야 해.

광대 아저씨, 미친 사람이 신사인지 자유농*인지 가르쳐줄
테야?

리어 왕이지, 왕!

---

* 자유농 : 자유농은 토지는 소유하고 있지만, 신사 계급은 아니며,
가문의 문장도 없다.

광대　아냐. 그는 신사 아들을 둔 자유농이야. 왜냐하면 자
기보다 아들을 먼저 신사로 만들었으니 자유농은 미친
사람이지.

리어　붉게 달군 쇠꼬챙이를 든 일천 명의 악마들아, 쉭쉭
소리 내며 그년들을 덮쳐라!*

에드거　더러운 악마가 내 등짝을 물어.

광대　늑대가 양순하게 길들기를, 말이 병에
안 걸리길, 사내아이 사랑 오래가길, 맹세한
창녀의 사랑 진심이길 믿는 건 미친 짓이야.

리어　그래야지. 그들을 곧장 심문하겠다.
(에드거에게) 자, 최고 재판관은 여기에 앉으시고,
(광대에게) 현자께선 여기에. 안 돼, 이 암여우들──

에드거　저기 서서 노려보는 저 여자 좀 봐! 재판에 방청객
이 필요하세요, 마님? (노래한다)
　　　"개울 건너 내게 오세요, 아가씨."

광대　(노래한다) "그녀 배는 물이 새지.
　　　그래서 말하면 안 되는 거야.
　　　왜 감히 그대에게 가지 못하는지."

에드거　더러운 악마가 나이팅게일 울음소리로 불쌍한 톰

---

* 일천~덮쳐라 : 에드거와 광대는 자신들의 논리가 이끄는 대로 말
하고 있지만, 리어는 딸인 고너릴과 리건만 생각하고 있다. 지옥
의 고통을 겪는 딸들이다.

을 괴롭혀. 악마 호피단스가 톰의 배 속에서 청어리 두 마리를 달라고 소리 지르네. 끄르륵거리지 마라, 검은 천사야. 너한테 줄 음식은 없단다.

켄트 어떠십니까, 전하?

망연자실하여 서 계시지 말고

폭신한 자리에 좀 누워 쉬시지요.

리어 먼저 재판을 해야겠다. 증인들을 불러와라.

(에드거에게) 법복 입은 재판관은 자리에 앉으시오.

(광대에게) 그리고 공평한 동료 판사인 그대는 그 옆에 앉으시오. (켄트에게) 그대도 재판권을 위임받았으니 함께 앉으시오.

에드거 공정하게 처리하자. (노래한다)

"자느냐 깨었느냐, 즐거운 목동아?

네 양떼가 옥수수밭으로 들어갔단다.

작은 네 입으로 크게 한 번 소리 지르면

네 양들에게 피해는 없을 거야."

야옹, 고양이는 회색이야.

리어 고너릴을 먼저 심문하라. 존경하는 여러분 앞에서 맹세컨대, 이 여자는 국왕인 가련한 아버지를 발로 차버렸소.

광대 이쪽으로 오시오, 부인. 이름이 고너릴이오?

리어 그걸 부인하진 못할걸.

광대 어이쿠 이런, 난 당신을 걸상인 줄 알았소.

리어   여기 있다. 찌푸린 면상만 봐도 인간 됨됨이가

  그대로 드러나는 또 한 년을 붙잡아라!

  무장하라, 칼을 뽑고 불을 켜라. 여기도 부패했구나.

  엉터리 재판관아, 저년이 왜 도망치게 내버려둔 거냐?

에드거   당신의 다섯 지력이 회복되기를!

켄트   아, 가엾은 전하, 그토록 자랑스러워하던

  인내심은 어디로 갔습니까?

에드거   (방백) 눈물이 넘쳐흘러

  내 변장을 망치는구나.

리어   강아지들까지도 모두, 봐라.

  트레이, 블랜치, 스위트하트가 날 보고 짖는다.

에드거   톰이 혼내줄 거다. 저리 가. 개새끼들!

          주둥이가 희건 검건,

        깨물면 이빨에 독이 있는 놈도,

    마스티프건 그레이하운드건 더러운 잡종개건

    사냥개건 애완견이건 암캐건 수캐건 꼬리가

        짧은 것이건 긴 것이건,

    이 톰이 너희들을 깨갱대며 울게 해주겠다.

        내가 이렇게 혼내주면 개들은

          쪽문 너머로 도망가니까.

  덜덜 덜덜, 정지!

  자, 철야 축제가 있는 장터로, 시장이 있는 마을로 가자.

  불쌍한 톰, 네 뿔잔이 비었구나.

리어 다음엔 리건을 해부해서 그년 심장 근처에 무엇이

자라나 보자. 자연은 어째서 이토록 냉혹한 심장을

만들어냈을까? (에드거에게) 이보시오, 난 자네를 내 백

명의 기사 중 하나로 끼워주겠네. 한데 차림새가

그게 뭐요? 그대는 그걸 페르시안 복장이라고

우겨대겠지만, 갈아입는 게 좋겠네.

켄트 전하, 여기에 누워서 잠시 쉬십시오.

리어 떠들지 마라, 떠들지 마. 휘장*을 쳐라.

그래, 그래. 저녁 식사는 아침에 들겠다.　　　　　(잠든다)

광대 그러면 나는 정오에 잠자리에 들어야지.

글로스터 등장

글로스터 이리로 오시게, 친구. 전하께선 어디 계시오?

켄트 여기요. 깨우지는 마시오. 온전한 정신이 아니니.

글로스터 이보게, 전하를 일으켜 팔에 안게나.

전하를 시해하려는 자들의 음모를 엿들었네.

탈것을 준비해 놓았으니 폐하를 누이고

도버로 향하시오. 그곳에 도착하면

환영받고 보호받을 것이네. 안아 올리게.

반시간만 지체해도 그분 목숨은 물론이고,

---

* 휘장 : 여기서 휘장은 상상 속의 물체다.

자네와 그분을 지키려는 여러 사람의 목숨까지
잃을 것이네. 어서, 어서 안아 올리게.
그리고 날 따라오게. 여장을 갖출 곳으로
서둘러 인도할 테니.

켄트 심신이 짓눌려서 주무시는군.
이번의 휴식으로 당신의 손상된 기력을 회복시켜
아물 수도 있지만 시기를 놓치면 치유하기가
무척이나 어렵겠지요. (광대에게) 자, 네 주인을
옮기는 걸 도와라. 뒤로 처지지 말고.

글로스터 자, 어서 가자!

(왕을 안은 켄트 및 글로스터, 광대 함께 퇴장)

에드거 높으신 분들이 고난을 겪는 걸 보노라면
우리가 겪는 비참함은 대단찮게 여겨진다.
홀로 고통 겪을 때는 여유롭고 복된 걸 놓쳤단
사실에 마음이 아프지만, 비통함이 짝을 얻고 인내심이
친구 두면 그 고통을 건너뛰지. 이제 보니 나의 고통
정도는 가볍고 견딜 만하다는 생각이 든다. 날 굽히게
만든 괴로움이 왕의 허리마저 굽히게 했으니.
내가 아버지에게 당했듯 그도 자식들에게
당했구나. 톰, 가자! 때가 되면 정체를
밝혀야지. 언젠가는 내 명예를 더럽힌 오해가
풀리고, 내 무고함이 밝혀져 부자간에 화해할
날이 오겠지. 오늘 밤은 무슨 일이 벌어지더라도

전하께서 무사히 피신하시길! 숨어서 때를 기다리자!

(퇴장)

3막 7장
(글로스터의 저택)

콘월, 리건, 고너릴, 에드먼드와 하인들 등장

콘월 (고너릴에게) 당신 남편 올버니 경에게 서둘러 사람을
보내 이 편지를 전달하세요. 프랑스 군대가 상륙했답니
다. (하인들에게) 반역자 글로스터를 찾아내라.

리건 즉각 교수형에 처해요!   (하인 몇 명 퇴장)

고너릴 눈을 뽑아버려요!

콘월 그자에 대한 처리는 나에게 맡기시오. 에드먼드,
자네는 처형을 모시고 가시오. 반역자인 그대 아버지를
응징하는 걸 보는 건 적절치 않으니까. 가거든 그곳에
계신 공작한테 급히 준비를 서두르라고 말씀드리시오.
이쪽에서도 전쟁 준비에 착수할 것이오. 전령이
우리 사이를 빠르게 왕래하면서 정보를 전달할
것이오. 잘 가시오, 처형. 잘 가게, 글로스터 백작.

오스왈드 등장

그래, 왕은 어디에 있느냐?

오스왈드   글로스터 백작이 모시고 갔습니다.

왕을 수행하는 기사 서른댓 명이 분주히

왕을 찾아다니다 대문에서 조우했습니다.

그자들에 따르면, 백작이 다른 하인들

몇 명과 함께 왕을 모시고 도버로

떠났다고 합니다. 거기엔 무장한

우군이 있다고 자랑했다고 합니다.

콘월   네 마님이 타고 갈 말을 준비해라.

(오스왈드 퇴장)

고너릴   공작님, 그리고 동생도 안녕히.

콘월   잘 가게, 에드먼드.   (고너릴, 에드먼드 퇴장)

(하인들에게) 어서 반역자 글로스터를 찾아

절도범처럼 팔을 꺾어 우리 앞에 대령하라.

(하인들 퇴장)

사법적 절차 없이 그자를 사형해서는 안 되나,

우리의 분노를 달래기 위해 권력을 사용하겠다.

사람들이 비난이야 하겠지만 어쩐진 못하지.

글로스터가 두세 명의 하인에게 끌려 등장

게 누구냐? 반역자냐?

리건   배은망덕한 여우, 그놈이네요!

콘월 저 말라비틀어진 팔을 단단히 결박하라.

글로스터 왜 이러시는 겁니까?

  친구분들, 두 분은 우리 집 손님이십니다.

  이런 터무니없는 짓을 멈추십시오.

콘월 이자를 결박하라. (하인들, 그를 묶는다)

리건 세게 결박해, 세게. 더러운 반역자니까!

글로스터 잔혹하십니다, 부인! 난 그렇지 않아.

콘월 의자에다 결박해. 이 악당아, 본때를 보여주겠다.

  (리건이 글로스터의 턱수염을 뽑는다)

글로스터 신들에게 맹세코, 내 수염을 뽑다니,

  참으로 야비한 짓이오.

리건 수염이 허연 놈이 반역을?

글로스터 사악한 부인이여,

  당신이 내 턱에서 강탈한 수염은

  다시 살아나 당신 죄를 추궁할 것이오.

  이 집 주인인 나를, 나의 호의를

  강도 같은 손길로 구겨버리다니요. 어쩔 참이오?

콘월 자, 최근 프랑스에서 무슨 편지를 받았느냐?

리건 솔직히 대답해. 다 알고 있으니까.

콘월 최근 왕국에 상륙한 반역자들과

  무슨 공모를 했느냐?

리건 그리고 그들에게 미치광이 왕을 보냈지? 실토하라!

글로스터 추측에 불과한 편지를 받았는데,

중립적 입장을 가진 사람한테서 온 것이지

적대자는 아니었소.

콘월 간사하다.

리건 거짓말까지.

콘월 국왕을 어디로 보냈나?

글로스터 도버로.

리건 왜 도버야? 거역하면 엄벌을……

콘월 왜 도버야? 대답하라.

글로스터 난 말뚝에 매인 몸이니 참아야 한다.

리건 무엇 때문에 도버야?

글로스터 당신의 잔인한 손톱이 가련한 노왕의 눈을

뽑고, 포악한 당신 언니가 멧돼지 같은 어금니로

성유 바른 옥체*를 물어뜯는 걸 차마 볼 수 없었소.

전하께서 지옥같이 캄캄한 밤에 맨머리로 험한 폭풍을

견디시는 모습 보고 바다마저 솟구쳐 별빛을 가릴

정도였고, 하늘에서 내리는 폭우는 그분 눈물을 보탰소.

그런 험한 시간에는 늑대가 문전에서 울부짖더라도

당신은 "문지기, 문을 열어줘"라고 해야 했고, 그 어떤

야수라도 같은 말을 했을 거요. 그러니 난

---

* 성유 바른 옥체 : 성유는 대관식에서 왕의 몸에 바르는 성스러운
기름을 가리킨다. 중세 시대의 왕은 하느님이 부어주는 성유 바른
자로 간주하였다. 따라서 왕을 해하는 것은 신성모독에 해당하는
죄다.

복수의 혼이 날아가 자식들을 공격하는 걸 보고 말 거요.

콘월 네놈은 절대 못 볼 거다. 이봐! 의자를 꽉 잡아.

네 눈알을 내가 발로 짓이겨주겠어.

글로스터 늙을 때까지 살기를 바란다면

나를 살려주시오. 오, 잔인하다! 오, 신이시여!

리건 한쪽이 다른 쪽을 비웃을 테니 저쪽도.

콘월 복수의 혼을 만나거든——

하인1 그 손을 멈추십시오.

제가 어릴 때부터 공작님을 모셔 왔지만,

지금 멈추시라는 말보다 더 충성된 말을

해드린 적이 없을 것입니다.

리건 뭐라고, 이 개자식이!

하인1 만약 당신 턱에도 수염이 났다면 제가 잡아 흔들어

싸움을 걸겠습니다. (콘월이 칼을 뽑는다)

왜 이러세요?

콘월 종놈 주제에! (하인에게 달려든다)

하인1 (칼을 뽑으며) 그렇다면 할 수 없죠. 덤비세요.

(콘월에게 상처를 입힌다)

리건 (다른 하인에게) 그 칼을 이리 내.

종놈이 감히 반항을? (칼을 받아 뒤에서 그를 찌른다)

하인1 오, 난 죽는구나. 나리, 한쪽 눈이 남았으니,

그에게 입힌 상처를 보십시오. 오! (죽는다)

콘월 더는 못 보게 해주마. 빠져라, 눈알아!

이제 네 밝은 광채는 어디로 갔느냐?

글로스터 온통 암흑천지요. 내 아들 에드먼드는 어딨지?

에드먼드, 남은 효성에 불길을 일으켜

이 끔찍한 만행에 복수하라.

리건 닥쳐, 이 반역자야!

자기를 미워하는 사람을 찾다니!

네 반역을 폭로한 건 바로 그다.

너 따위를 동정하기엔 그는 너무 훌륭해.

글로스터 아! 내가 어리석었다! 그럼 에드거가 당했어?

신이시여! 저를 용서하시고, 에드거가 번성케 하소서!

리건 (하인에게) 저자를 문밖으로 밀어내라. 도버까지

냄새를 맡으며 가게. 여보, 어때요? 괜찮아요?

콘월 상처를 입었소. 날 따라오시오, 부인.

(하인에게) 저 눈먼 악당을 쫓아내고, 이 종놈은

똥더미에 버려라. 리건, 피가 많이 나는구려.

　　　　　　　　　(시체 든 하인들과 글로스터 함께 퇴장)

때아니게 상처를 입었소. 나를 좀 부축해 주오.

　　　　　　　　　　　(콘월과 리건 함께 퇴장)

하인2 저따위 인간이 잘된다면 어떤

사악한 짓도 마음대로 저질러도 된다는 거잖아.

하인3 저런 여자가 장수하면, 그리하여 흔한 죽음을

맞이한다면 여자들은 모조리 괴물로 변할 거야.

하인2 우리도 늙은 백작님을 따라가세. 미치광이 거지가

우리를 그분에게 데려갈 걸세.

그는 미친 방랑자라서 무슨 일을 맡겨도 돼.

하인3　먼저 가. 난 아마포랑 계란 흰자를 구해와

피 흐르는 그분 눈에 붙여드릴 테니.

하늘이여, 그분을 도우소서.　　　　　　　　(함께 퇴장)

4막 1장
(글로스터 백작 저택에서 떨어진 곳)

에드거 등장

에드거 차라리 드러나게 멸시당하는 것이
뻔한 아첨과 멸시를 함께 겪는 것보단 나아.
운명의 여신조차 포기한 나락으로 떨어졌지만,
여전히 희망이 있기에 두려움 속에 살진 않아!
진정 애통해할 변화는 최상에서 멀어지는 것,
최악은 다시 웃을 수 있으니.* 그러니 불어라,
실체 없는 바람아. 널 기꺼이 받아들이마.
최악의 바닥으로 떠밀린 불쌍한 인간은
너의 강풍에 빚진 게 없단다.

---

* 최악은~있으니 : 최악의 상태에 있다면 어떤 변화가 생기더라도
더 좋은 변화가 생길 것이라는 의미.

노인이 이끄는 글로스터 등장

이리로 오는 이 누구지? 아버지가 초라하게 끌려오다니?
세상아, 세상아, 오, 세상아!
이토록 기이한 운명의 격변이 없었다면
우린 늙음을 받아들이지 못했을 거야.

노인 오, 주인 나리!
저는 팔십 평생을 나리와 나리 부친의 소작인이었습니다.

글로스터 가! 가던 길 가! 어서 가.
자네의 위로가 내겐 아무 도움이 안 되네.
자네를 해칠지도 몰라.

노인 원 저런, 길을 못 보시잖아요.

글로스터 갈 데도 없으니 눈이 있어 뭣하겠는가.
보일 때도 곧잘 넘어졌어. 흔히 봐 온 것처럼 우리는
있으면 자만해. 그러니 순전한 결핍은 참으로
쓸모가 있는 법이지. 오, 사랑하는 내 아들 에드거,
속임수에 빠져 노한 아비의 희생물이 되었구나.
살아생전 널 만질 수 있다면,
난 눈을 되찾았다고 할 텐데.

노인 어이, 거기 누구요?

에드거 (방백) 오, 맙소사! '지금이 최악이야'라고 말할 자
누군가? 이토록 비참한 적이 없었다.

노인 (글로스터에게) 미친 거지 톰입니다.

에드거 (방백) 여기서 더 나빠질 수도 있어. 최악이라고
말할 수 있는 한 최악은 아니니까.

노인 (에드거에게) 이봐, 어딜 가나?

글로스터 그 친구, 거지인가?

노인 미치광이에 거지입니다.

글로스터 정신은 조금 있겠지.
아니면, 구걸도 못 할 터이니.
지난밤 폭풍우 속에서 그런 놈을 만났는데,
인간이 벌레나 매한가지라 생각했지.
그때 아들놈이 떠올랐어. 하지만 아직 그놈에게 마음을
열지 못했어. 그 뒤로 많은 이야기를 들었어.
신들은 짓궂은 소년들이 파리를 잡듯 인간을
다룬다네. 그들은 장난삼아 우릴 죽여.

에드거 (방백) 어쩌다 이런 일이!
비참한 사람 앞에서 광대 노릇이라니,
할 짓이 못 돼. 자신도 상대도 화나게 하니까.
(글로스터에게) 조심하세요, 주인님!

글로스터 이자가 그 헐벗은 친군가?

노인 예, 나리.

글로스터 그럼 자넨 이만 돌아가게. 기어이 나를 위해
여기서 도버 쪽으로 몇 마일 안내해 줄 거라면
옛정으로 그렇게 해주고. 그리고

이 벌거벗은 영혼에게 옷 좀 주시게.

이 친구에게 길 인도를 부탁할 참이니.

노인 아이고 나리, 이자는 미친놈입니다.

글로스터 지금은 미치광이가 장님 길잡이

노릇을 하는 질병의 시대 아닌가.

자넨 내가 시키는 대로 하거나 알아서 하게.

어쨌든 어서 가게나.

노인 제가 가진 옷 중에 가장 좋은 걸 갖다 드리지요.

무슨 화를 당하더라도.   (퇴장)

글로스터 이보게, 벌거벗은 친구.

에드거 불쌍한 톰은 추워요. (방백) 더는 감출 수 없다. ──

글로스터 이리로 와보게.

에드거 (방백) 하지만 감춰야겠어. (글로스터에게) 눈 좀 어

떻게 해봐. 당신 두 눈에서 피가 나잖아.

글로스터 너 도버로 가는 길을 아느냐?

에드거 층계와 관문, 말 타고 가는 길도, 걸어가는 길도 다

알아요. 불쌍한 톰은 놀라서 넋이 나갔어요. 양반집 도련

님, 사악한 악마를 조심하세요. 다섯 악마가 한꺼번에 톰

의 몸 안에 들어왔어요. 욕정의 오비디컷, 멍청한 왕자 호

비디던스, 도둑질하는 마후, 살인하는 모도, 걸레질과 풀

베기를 하다가 시녀를 홀리는 플리버디지벳이 그들이야.

나리, 신의 축복 있으시길!

글로스터 여기 이 지갑 받아둬. 넌 하늘의 저주받고

세상 풍파 다 겪는구나. 내가 비참한 신세가 되니 네가

행복해 보인다. 하늘은 늘 이렇게 대처하시지!

과소유와 쾌락에 탐닉하는 인간은 하늘의 뜻 업신여겨

자신이 부족함 못 느끼니 없는 자 보려 않지.

하늘이여, 당신의 힘 느끼도록 해주소서.

그리하여 공평한 분배로 넘치는 것 나눠 가지면

누구나 부족함이 없을 테니. 너 도버를 아느냐?

에드거   예, 어르신.

글로스터   거기에는 절벽이 하나 있다.

구불구불한 길 끝자락에 아찔하게 솟은 머리로

깊은 바다를 무섭게 굽어보고 있지.

그 가장자리까지만 날 데려다주면,

내가 가진 귀중한 물건 네게 주어 널 궁핍에서

벗어나게 해주마. 거기서부터는 안내할 필요 없다.

에드거   팔을 이리 주세요.

불쌍한 톰이 안내할 테니까요.   (함께 퇴장)

4막 2장
(올버니 공작의 저택 앞)

고너릴, 에드먼드, 그 뒤로 오스왈드 등장

고너릴   어서 와요, 백작. 놀랐어요. 순둥이 우리 남편이
　　마중을 안 나와서! (오스왈드에게) 그래,
　　주인어른은 어디 계시니?

오스왈드   안에요, 마님. 한데 사람이 그렇게 돌변할 수가!
　　프랑스군이 상륙했다고 말씀드렸더니
　　미소 지으시고, 마님께서 오신다고 해도
　　'더 나쁜 일'이라고 답하셨어요. 글로스터의 모반과
　　그 아들의 충정을 말씀드렸더니, 절 '어리석다'고 하시며
　　사태를 반대로 안다고 말씀하셨어요.
　　싫어해야 할 일을 좋아하고,
　　좋아해야 할 일에 화를 내셨어요.

고너릴   (에드먼드에게) 그러면 더 가지 마세요.
　　그 비겁한 양반은 공포에 사로잡혀
　　자신이 응당 갚아줘야 할 모욕을 당해도
　　못 본 체해요. 오는 도중에 얘기했던 우리의 소망은
　　실현될 거예요. 에드먼드, 제부한테로 가세요.
　　그리고 병사를 소집해 군대를 지휘하세요.
　　나는 옷을 갈아입고 무기를 들고, 남편에게는
　　집안일을 시켜야겠어요. 이 믿음직한 하인이
　　우리의 연락책이 될 거예요.
　　만일 당신이 과감하게 행동할 용기가 생기면
　　머지않아 연인의 지시를 듣게 될 거예요.
　　이걸 차고 말은 아끼세요.　　　　　(목걸이를 걸어준다)

고개를 숙여봐요. 이 키스가 말을 할 수 있다면

당신의 정기를 하늘까지 치솟게 할 거예요.

명심하시고 잘 가요.

에드먼드   죽더라도 저는 당신 것입니다.

고너릴   내 소중한 글로스터!   (에드먼드 퇴장)

어쩜 같은 사내가 저리도 다를 수가!

내 모든 걸 다 바치고 싶은 사람은 당신인데,

우리 집 얼간이가 내 침대를 점령했으니.

오스왈드   마님, 공작님께서 오십니다.   (퇴장)

올버니 등장

고너릴   전에는 휘파람으로 저를 맞으시더니!

올버니   오, 고너릴, 당신은 무례하게 얼굴을 때리는

바람 속의 먼지만도 못하오. 난 당신의

그런 기질이 두렵소. 자기 근원을 모멸하는 성품은

제 본분 지키기도 어렵지. 양분을 공급한

가지에서 자기 몸을 잘라내는 여자는

결국 시들어서 땔감으로나 쓰일 것이오.

고너릴   어리석은 설교는 그만해요.

올버니   사악한 자에게는 지혜도 선함도 악으로 보이지.

추한 것은 추한 걸 탐내는 법. 무슨 짓을 한 거요?

딸이 아니라 호랑이들이야. 무슨 짓을 저지른 거요?

인자한 늙은 아버지를, 성난 곰조차 핥아드리려 할

노인을, 잔학하고 야만적 행패를 부려 미치게

만들다니! 점잖은 동서가 그냥 보고만 있었소?

인간으로서, 군주로서, 그토록 많은 은혜를 입은 사람이?

하늘이 눈에 보이지 않는 정령을 보내 이 사악한

죄상을 다스리지 않더라도, 때가 되면 끔찍한 일이

벌어질 거요. 바다의 심해 괴물들처럼 인간이

서로를 잡아먹을 수밖에 없을 때가.

고너릴 젖먹이처럼 간이 작아

덤비고 욕하면 뺨 내주고 모욕이나 당하는 얼간이!

이마에 눈이 있어도 명예와 치욕을 식별하지 못하고,

악행 저지르기 전에 미리 처벌받는 자를

동정하는 건 바보나 하는 짓이라는 걸 모르시네.

당신 북은 어딨어요?

조용한 우리 영토에 프랑스 왕이 깃발을 휘날리며

깃털 달린 투구 쓰고 위협하고 있는데.

어리석은 도덕군자 나리는 그저 앉아서

'그가 왜 그럴까?' 하고 징징거리기나 하는군요.

올버니 자신을 잘 보시오, 악마 같으니라고!

악마의 흉측함이 여자에게 나타나니

더더욱 끔찍해 보이는구나.

고너릴 오, 멍청한 바보 양반!

올버니 변형되어 본성을 감추다니, 부끄러운 줄 알아!

괴물의 실체를 보이지 마라. 이 팔을 격정에
사로잡혀 흔드는 상황이 오면 당신 몸뚱이를 찢고
뼈를 부러뜨리고 말 거야. 당신이 악마라 해도
여자의 모습을 했으니 살려두는 거야.

고너릴 어머, 사나이답기도 하지. 야옹!

전령 등장

올버니 무슨 소식 있느냐?

전령 아, 공작님, 콘월 공작님이 돌아가셨습니다.
글로스터 백작의 남은 눈을 마저 뽑으려다
하인의 칼에 맞아 돌아가셨습니다.

올버니 글로스터의 눈을?

전령 그가 키운 하인 하나가 양심의
가책을 못 이겨 그의 만행을 막으려고 칼끝을
주인에게 겨눴고, 이에 노한 공작님이
그자에게 달려들었습니다. 혼전 중
그자는 죽고 공작님도 치명상을 입어
하인의 뒤를 따르셨습니다.

올버니 그건 저 위에 계신
정의의 신이 지상의 죗값을 속전속결로
갚는다는 증거다. 헌데 아, 불쌍한 글로스터,
남은 눈도 잃었단 말이냐?

전령 두 눈, 둘 모두입니다, 나리.

(고너릴에게) 마님, 이 편지에 속히 답하셔야 합니다.

동생이 보낸 것입니다.

고너릴 (방백) 한편으론 잘된 일이야.

하지만 과부가 된 동생이 나의 글로스터 옆에 있어.

어쩌면 사랑의 공든 탑 무너져

내 삶을 혐오스럽게 만들 수 있다.

허나 달리 보면 그리 나쁜 소식이 아닐 수 있어.

(전령에게) 읽고 답장을 주겠다.   (퇴장)

올버니 글로스터의 눈이 뽑힐 때

그의 아들은 어디 있었느냐?

전령 마님과 함께 이리로 왔습니다.

올버니 여긴 없다.

전령 예, 공작님. 오는 길에 되돌아가는 그분을 보았습니다.

올버니 그가 그 만행을 알고 있었느냐?

전령 예, 공작님. 아버지를 밀고한 자가 그였습니다.

그런 뒤 일부러 집을 떠났습니다.

마음 놓고 자기 아버지를 처벌하게 하려고.

올버니 글로스터, 왕에게 보여준 그대의 충정에 감사하오.

눈에 대한 복수는 필히 하리라. 따라오너라.

알고 있는 것을 더 상세하게 말하라.   (모두 퇴장)

4막 3장
(도버 근처의 프랑스군 진영)

변장한 켄트와 신사 한 명 등장

켄트 프랑스 왕이 왜 서둘러

본국으로 돌아갔는지 이유를 아시오?

신사 본국에 마무리 못 짓고 남은 일이 있었는데,

이곳에 온 뒤에야 생각났고, 그 일은 왕국에 너무나

큰 공포와 위험을 예고하는지라 급히

귀국할 수밖에 없었답니다.

켄트 누굴 지휘관으로 남겨놓았소?

신사 프랑스 원수, 라 파 장군이십니다.

켄트 당신이 전한 편지를 보시고 왕비께선 슬픔의 표시를

했소?

신사 예, 편지를 제 앞에서 읽으셨습니다.

가끔 큰 눈물이 부드러운 뺨 위를

주르르 흘렸습니다. 슬픔이 대역적처럼 왕 노릇을

하려 했으나 왕비다운 위엄으로

누르는 것 같았습니다.

켄트 오, 마음이 움직이셨군.

신사 격노하진 않으셨고, 인내와 슬픔이

그분의 참됨을 대변하기 위해 경쟁하는 듯했습니다.*

비와 햇볕이 동시에 나타난 것처럼 미소와 눈물은
더없이 조화로웠습니다. 원숙한 입술 위에 어린
행복이 노니는 듯한 미소는 그분 눈을 찾은
손님이 누군지 모르는 듯했고, 눈물은 마치
다이아몬드에서 진주가 떨어지듯 흘러내렸습니다.
말하자면 슬픔이 모두에게 그리 잘 어울린다면
슬픔은 가장 사랑받는 보석이 될 것입니다.

켄트 왕비께서 질문은 없으셨소?

신사 실은 두어 번 아버지란 이름을
숨가쁘게내뱉으셨고, 마치 그 단어가 가슴을
짓누르는 듯 흐느꼈습니다.
"언니들, 언니들. 창피해요, 언니들! 켄트, 아버지,
언니들! 뭐라고요? 폭풍우 속을 한밤중에?
세상에 자비심이 없어졌단 말인가?"라고 하셨습니다.
바로 그때 천상의 눈에서 성수가 떨어졌고,
비탄을 홀로 견디시려는 듯 자리를 떠셨습니다.

켄트 저 별들, 하늘 위의 저 별들이
우리의 본성을 결정하지요. 아니라면 같은
부부가 그렇게 다른 자식을 낳았을 리 없어요.

---

* 인내와~듯했습니다 : 그녀의 격정과 그녀의 통제력이 경쟁하는
  것처럼 그녀의 얼굴과 심정에 드러났으며, 그것이 그녀를 더욱 사
  랑스럽게 만들었다.

말씀이 더는 없었소?

신사 없었어요.

켄트 그게 국왕이 귀국하기 전의 일이오?

신사 후입니다.

켄트 가련하게도 고통에 찬 리어 왕께서
마을에 와 계십니다. 이따금 상태가 좋아질 때는
우리가 무슨 일로 여기에 왔는지 기억하지만
따님은 절대로 만나지 않겠다고 하십니다.

신사 왜 그러시지요?

켄트 크나큰 수치심이 밀려와서죠. 축복도 안 내리고,
매정하게 낯선 나라로 내쫓아버린
막내따님의 권리를 들개 같은 심보를 지닌
딸들에게 넘긴 일이 마음을 찔러, 타오르는
수치심으로 그녀 가까이 못 가는 거지요.

신사 오, 가엾은 분!

켄트 올버니와 콘월의 군대 이야기는 못 들었소?

신사 들었지요. 그들이 출정했습니다.

켄트 자, 당신을 우리의 주군 리어께 안내해
보필하게 해주겠소. 난 중요한 이유로
한동안 나의 신분을 감춰야 합니다.
후일 내가 누군지 밝혀지면 나와 친분 맺은 것을
후회하진 않을 거요. 자, 그럼 우리 함께 갑시다.

(두 사람 함께 퇴장)

4막 4장
(도버 근처의 프랑스군 진영)

고수들과 기수들을 앞세우고 코딜리아,
의사, 장교 및 병사들 등장

코딜리아 아, 바로 그분이야. 지금 그분을 뵌 분이 전하길
성난 바다처럼 날뛰며 큰 소리로 노랠 했는데, 머리에는
왕관 대신 무성한 구름풀, 고랑 잡초, 우엉, 독당근,
쐐기풀, 황새냉이, 독보리, 그리고 곡식 사이에
자라는 온갖 잡초를 엮어 만든 화관을 쓰고
계셨다고 했어. (장교에게) 병사 백 명을 풀어
잡초가 무성한 들판을 샅샅이 뒤져 그분을 짐에게
모셔 와다오. (장교 퇴장하고, 의사에게) 인간의 지식을
다 짜내 소실된 그분의 감각 되찾을 수 있다면,
병을 고치는 이에게 내 재산을 모두 주리라.
의사 마님, 방법이 있습니다.
인간을 성장시키고 돌보는 것은 휴식인데,
그분께는 그것이 부족합니다. 그분에게 효과가
있는 약초가 많습니다. 약초들의 효험을
빌려 근심에 찬 눈을 잠재우겠습니다.
코딜리아 이 땅에 숨어 있는 신비로운 효능 지닌
대지의 미덕이여, 내 눈물 받아먹고 솟아나라.

그리하여 힘을 모아 선하신 그분의 고뇌를 치료해다오.
찾아라, 가서 그분을 찾아라. 걷잡을 수 없는
분노에 휘말려 목숨 끊는 일 없도록.

전령 등장

전령 마마, 영국군이

　이곳으로 진군한단 소식이 있습니다.

코딜리아 이미 알고 있는 일이다.

　우리 병사들이 그걸 예상하고 진을 치고 기다린다.

　오, 사랑하는 아버님, 제가 하려는 일은 아버님의

　일입니다. 그렇기에 위대한 프랑스 왕께선

　슬픔에 빠져 간청하는 제 눈물 보고 가엾게 여기셨지요.

　군대를 일으킨 건 허황된 야심에서가 아니라,

　오직 사랑, 소중한 사랑과 늙으신 아버님의 권리를

　찾기 위함입니다. 곧 뵐 수 있기를.　　　　　(모두 퇴장)

4막 5장
(글로스터의 저택)

리건과 오스왈드 등장

리건 한데 형부의 군대는 출발했어?

오스왈드 예, 마님!

리건 본인도 출전했느냐?

오스왈드 예, 마님. 소동 후에요.

　언니께선 공작님보다 더 훌륭한 군인이셨습니다.

리건 에드먼드 경이 네 주인과 말씀을 하지 않았느냐?

오스왈드 예, 마님.

리건 언니가 그에게 보낸 편지 내용이 뭘까?

오스왈드 저는 모릅니다, 마님.

리건 실은 그는 중대한 일로 여길 급히 떠나셨어.

　글로스터의 눈을 뽑고도 살려둔 건 큰 실수였어.

　그가 가는 곳마다 민심을 이반시키니까.

　내 생각에 에드먼드는 자기 아버지의 불행이 안타까워

　어두운 인생을 끝내주려고 간 걸 거야.

　상대 세력을 염탐도 할 겸해서.

오스왈드 그분 뒤를 쫓아 편지를 전해야 합니다, 마님.

리건 우리 군대도 내일 출발하니 여기 있어,

　길이 위험하니까.

오스왈드 그럴 순 없습니다. 주인마님께서

　제 임무를 명심하라고 하셨거든요.

리건 언니가 왜 에드먼드에게 편지를 썼을까?

　언니의 뜻을 말로는 못 전하느냐? 아마도,

　내가 모르는 뭔가가 있어. 내 너를 총애할 테니

그 편지 좀 뜯어보자.

오스왈드 마님, 차라리 저더러, ―

리건 나도 알아. 너희 마님은 남편을 사랑 안 해.
　　그건 확실해. 게다가 최근 여기 왔을 땐
　　에드먼드에게 야릇한 눈길로 추파를
　　던지던걸. 난 알아. 넌 언니의 심복이라는걸.

오스왈드 제가요, 마님?

리건 알고 하는 말이야. 네가 그렇다는 것 말이야.
　　그래서 충고하는데, 내 말 명심해. 내 남편은 죽었어.
　　에드먼드와 난 이야기를 이미 끝냈으니,
　　그분 손을 잡는 건 네 주인마님보다
　　내가 더 어울려. 그다음은 추론해 봐.
　　그분을 찾아내거든 이걸 꼭 전해드려.
　　너희 마님은 너에게 해준 내 이야기를 듣고
　　제발 정신 좀 차렸으면 좋겠구나.
　　그럼 잘 가.
　　네가 만약 그 눈먼 반역자의 소식을 듣거든
　　그자의 목을 베는 이가 출세한다는 걸 명심해.

오스왈드 만나기만 한다면 마님, 제가
　　어느 편인지 보여드리지요.

리건 잘 가.　　　　　　　　　　　　　　　　(함께 퇴장)

4막 6장
(도버 근처의 시골)

글로스터와 농부 차림의 에드거 등장

글로스터 언제쯤 그 언덕 꼭대기에 닿느냐?

에드거 올라가고 있으셔요. 힘들게 가고 있는걸요.

글로스터 평평한 것 같은데.

에드거 엄청나게 가팔라요.

　쉿, 파도 소리 들리죠?

글로스터 안 들려. 정말이야.

에드거 아니, 그럼 눈의 통증 때문에

　다른 감각도 둔해졌나 보군요.

글로스터 정말 그런가 봐.

　근데 네 목소리가 바뀌었고, 예전보다

　조리 있고 점잖게 말하는걸.

에드거 잘못 아신 거예요.

　전 아무것도 안 달라졌어요. 의복 빼고는.

글로스터 말투가 훨씬 나아진 것 같은데.

에드거 자, 어르신 여기예요. 가만히 서 계세요.

　저 아래를 내려다보니 현기증이 날 정도로 무서워요.

　절벽 중앙에 날고 있는 까마귀나 부리까마귀들은

　풍뎅이만 하고, 그 반쯤 아래에는 미나리 따는 사람이

매달려 있어요. 위험한 직업이에요.

사람 몸집이 머리만 해보여요.

해변을 걷는 어부들은 생쥐처럼 보이고요.

저기 닻을 내린 큰 배는 쪽배만 해 보이고,

쪽배는 부표 같아서 거의 눈에 띄지도 않아요.

무수한 조약돌과 부딪혀 생기는 파도의 중얼거림도

여긴 너무 높아서인지 들리지 않네요.

더는 보지 않을래요.

머리가 핑핑 돌고 눈앞이 아찔하니

거꾸로 처박히지 않으려면.

글로스터　네가 선 곳에 나를 세워라.

에드거　손을 주세요. 자, 이제 한 발짝만 더 나가면

낭떠러지 끝이에요. 온 세상을 다 준대도

전 뛰어내리지 않을 거예요.

글로스터　내 손을 놔라.

이보게, 이 지갑도 받아둬.

그 안에 가난한 한 사람 일으켜 세울 보석이 있어.

요정들과 신들이 널 잘살게 해주기를! 자, 물러나라.

작별 인사를 해라. 멀어져 가는 기척을 들어야겠다.

에드거　그러면 안녕히 가세요.

글로스터　진심으로 고맙네.

에드거　(방백) 아버지의 절망을 이렇게

가벼이 다루는 이유는 그걸 치료해드리기 위함이야.

글로스터 (무릎을 꿇고) 오, 위대한 신들이여!

이제 저는 이 세상을 하직하려 합니다. 당신들이

보는 앞에서 크나큰 고통을 조용히 떨쳐버리려 합니다.

제가 더 오래 참고 견디면서 당신들의 거역할 수 없는

위대한 의지에 순응한다고 하더라도, 제 인생의

혐오스러운 끝 토막은 그을린 양초처럼 저절로

타버릴 것입니다. 에드거가 살았다면, 오, 축복을!

그럼, 애야, 잘 가거라.   (넘어진다)

에드거 갑니다. 그럼 안녕히 가세요.

(방백) 한데 생명이 스스로 약탈에 응하면

상상만으로도 보배 같은 목숨을 잃을까 걱정된다.

아버지가 생각했던 그곳에 계셨다면*

지금쯤 그 생각도 과거가 됐겠지.

(글로스터에게) 살았소, 죽었소?

여보세요, 나리? 내 말 들려요? 말씀 좀 해보세요!

(방백) 정말로 돌아가셨으면 어쩌나.

하지만 살아나셨어. 나리는 누구요?

글로스터 저리 가! 죽게 내버려둬.

에드거 나리가 거미줄이나 깃털이나 공기라면 모를까,

천 길 낭떠러지로 곤두박질쳤으니

계란처럼 박살나야 당연한데,

---

* 그곳에 계셨다면 : 벼랑 끝에 계셨다면.

여전히 숨을 쉬고, 무거운 몸에선 피도 안 흘리고,
말까지 하며 온전하군요. 돛대 열 개를 이어도 나리가
수직으로 떨어진 높이에는 못 미칠 것입니다.
나리는 기적적으로 살았어요. 다시 말해 보세요.

글로스터 한데 내가 떨어지기나 한 거요?

에드거 회백색 절벽의 아찔한 정상에서 떨어졌어요.
저 위를 올려다보세요. 목청 좋은 종달새가 울어도
들리지도 않고 보이지도 않아요. 올려다보세요.

글로스터 애통하게도 나는 눈이 없소.
비참한 인간에겐 죽음으로 자신을 끝낼 혜택도 주어지지
않는단 말이오? 불행한 사람이 폭군의 분노를
자살로 비웃으며 그의 오만 꺾을 수 있음은
그나마 위안이 되었는데.

에드거 팔을 이리 주세요.
일어나세요. 좀 어떠세요? 다리는 괜찮으세요? 섰네요.

글로스터 너무 쉽다, 너무 쉬워.

에드거 기적 같은 일이에요.
저 절벽 꼭대기에서 나리와 헤어진 건 뭐였어요?

글로스터 가엾고 불행한 거지였소.

에드거 여기 아래에서 보았는데, 그자의
눈이 두 개의 보름달 같았어요. 코는 천 개나 되고,
뒤틀린 뿔들은 성난 바다처럼 굽이쳤답니다.
놈은 악마였어요.

그러니 운 좋은 아버님은 불가능한 일을 해내 인간의 존
경을 받아온 무결점의 신들이 지켜준 거라고요.

글로스터 이제야 기억난다. 앞으로는 견뎌보겠소.
고난이 "이젠, 됐어"라고 아우성치며
제풀에 꺾일 때까지. 난 당신이 얘기한
그놈을 사람이라고 생각했소.
하긴 그놈이 여러 번 "악마, 악마!"라고 말하며
날 거기로 인도했소.

에드거 무한한 인내심을 가지세요.

야생초로 치장한 미친 리어 등장

근데 저기 누가 오는 거지?
제정신이라면 저렇게 꾸밀 리는 없어.

리어 안 돼. 금화를 찍었다고 날 비난해서는 안 돼. 나는 왕
이니까.

에드거 오, 가슴이 찢어지는 광경이다.

리어 그 점에선 자연이 인공보다는 낫지. 자, 모병 자금 여
기 있다. 저자는 활을 다루는 게 마치 허수아비 같아. 활을
끝까지 당겨봐. 저 봐, 저 봐. 생쥐야. 쉬, 쉬, 이 구운 치즈
조각이면 될 거야. 내 도전을 받아라. 거인과 결투해서라
도 난 그걸 증명할 테다. 긴 갈색 창을 가져와라. 아, 독수
리가 잘도 나는구나. 명중이다, 명중! 휴우! 암호를 대라.

에드거 향기로운 박하!

리어 통과!

글로스터 귀에 익은 목소리다.

리어 (글로스터를 보고) 하! 흰 수염 난 고너릴이군! 그들은
　　나한테 개처럼 알랑거리면서 내 턱에 검은 털이 나기도
　　전에 흰 털이 났다고 했어. 내가 무슨 말을 하든 "예, 예"
　　라고만 대답하는 건 올바른 신학이 못 돼. 비가 내려 날
　　적시고, 바람이 날 덜덜 떨게 만들었을 때, 내 명령에 천
　　둥이 멈추지 않았을 때 난 그들을 파악봤지. 냄새를 맡았
　　다고. 그들 말은 믿을 것이 못 돼. 그들은 내가 전능하다
　　고 말했지만, 그건 거짓말이었어. 난 오한도 못 막는걸.

글로스터 내가 너무나 잘 아는 저 목소리. 저 억양.
　　전하가 아니십니까?

리어 암, 어느 모로 보나 왕이지.
　　내가 노려보니까 백성들이 떠는 것 좀 봐.
　　저자의 목숨을 살려주겠다. 저자의 죄목이 뭐냐?
　　간통이라고?
　　죽이지는 않겠어. 간통했다고 죽어? 아냐!
　　굴뚝새도 그 짓을 하고, 작은 쉬파리도
　　눈앞에서 그 짓을 하거든. 교미를 장려하라!
　　글로스터의 천출 아들도 적법하게 태어난
　　내 딸들보다 자기 아비에게 효성스러웠다.
　　욕정아, 난잡해져라. 난 군인이 필요하니까.

억지웃음 짓고 있는 여인네를 봐.

다리 사이로 보이는 그녀 얼굴이 눈 내릴 것을

예고하잖아. 정숙한 체 내숭 떨며 쾌락이란 말만

들어도 머리를 흔들어대지만.──

방탕한 색욕으로 그 짓 하는 데는 족제비도, 살 오른 말도

못 당할 거다. 그들은 허리 아래로는 짐승이고, 위로는 여

자의 몸을 하고 있어. 허리까지는 신들의 영역이지만 허

리 아래는 악마의 소유물이지. 거기엔 지옥이, 암흑이, 유

황불 구덩이가 있어. 타오르고, 데이고, 악취 나고 부패

했어. 퉤! 퉤! 퉤! 파, 파! 이봐, 약장수야, 사향 한 온스만

줘. 내 상상력을 향기롭게 해야 하니. 자, 돈 여기 있다.

글로스터 오, 그 손에 입맞추게 해주시오!

리어 우선 손을 닦아야겠어. 죽음의 냄새가 나니까.

글로스터 아, 부서진 대자연의 걸작*이여! 이 위대한

우주도 끝내 아무것도 아닌 것이 되는구나.

절 모르시겠습니까?

리어 네 눈동자를 기억하고 있지. 날 흘겨보는

거냐? 아니, 무슨 짓이든 해라. 눈먼 큐피드여,

나는 사랑 안 해. 내 도전장을 읽어봐라.

글씨체를 잘 보라고.

글로스터 글자들이 모두 태양처럼 빛난다 해도 한 자도 못

---

* 대자연의 걸작 : 리어 왕을 가리킴.

봅니다.

에드거 (방백) 소문으로 들었다면 못 믿었겠지.
하지만 사실이다. 이 광경을 보니 가슴이 미어진다.

리어 읽어봐!

글로스터 아니, 이 눈구멍으로요?

리어 어허! 그렇단 말이냐? 머리엔 눈이 없고, 지갑엔 돈이
없다고? 네 눈은 심각한 처지고, 네 지갑은 가벼운 처지
로구나. 하지만 너는 세상 돌아가는 형국을 알 테지?

글로스터 느낌으로 봅니다.

리어 뭐야, 미쳤구나! 눈이 없어도 세상 돌아가는 건 볼 수
있어. 귀로 보면 되니까. 저 재판관이 저 좀도둑에게 호통
을 치는 걸 봐. 네 귀로 잘 들어. 자리를 바꾸면, 짚어봐.
누가 재판관이고, 누가 도둑이더냐? 넌 농부의 개가 거지
에게 짖어대는 걸 본 적이 있느냐?

글로스터 있습니다.

리어 그렇다면 그 거지 녀석이 개를 피해 도망치는 것도?
── 넌 거기에서 권력의 위대한 형상을 볼 수 있었을
거야. 지위가 있는 개에겐 사람이 복종하니까.
이 돼먹지 못한 포졸 놈아! 그 피비린 손을 멈춰라.
왜 창녀에게 매질이냐?
네놈 등을 쳐야지. 그녀가 채찍질 당하는
것과 같은 본성으로 네놈 역시 그녀를
향해 욕정을 불태우지 않았느냐?

고리대금업자가 사기꾼의 목을 매단다.*

누더기 구멍 사이로는 작은 악덕 보이지만 법복이나

털외투는 모든 걸 감추지. 죄도 금으로 감싸면,

정의의 강한 창도 힘 한번 못 쓰고 부러져. 그러나 죄를

누더기로 감싸면 난쟁이 지푸라기**로도 꿰뚫지.

아무도 죄가 없어. 없다고, 없어. 내가 복권해 주겠어.

내 말을 들어, 이 친구야. 고소인 입 틀어막을 힘이

내겐 있으니까. 넌 유리눈이라도 해 박아라.

천박한 모사꾼처럼 보지 못하지만 보는 척해야 해.

자, 자, 자, 자, 내 장화를 벗겨다오. 좀 더 세게. 그렇지.

에드거   (방백) 오, 이치에 맞는 것과 안 맞는

것이 뒤섞이고, 광기 속에 분별력이 있구나.

리어   내 불행을 위해 울어줄 거면 내 눈을 가져가라.

나는 너를 잘 알아. 네 이름은 글로스터다.

참아야 해. 우린 울면서 여기까지 왔어.

알다시피 이 세상 공기 냄새 처음 맡을 땐 우린

앙앙대며 울었지. 내가 설교할 테니 잘 들어봐라.

글로스터   아, 아, 애통하다!

리어   우리가 태어날 때 그리도 울어대는 건

---

* 고리대금업자가~매단다 : 당시에는 고리대금업자들이 존경을 받
았고, 목사들과 시인들의 반대에도 불구하고 치안판사와 같은 공
직에 임명되었다.

** 난쟁이 지푸라기 : 강력한 창과 대비되는 약한 무기.

이 거대한 바보들의 무대에 등장한 게 슬퍼서야.

이거 괜찮은 모자구나. 이 천으로 말발굽을 싸준다면

기막힌 계략이 될 텐데. 시험 한번 해봐야겠어.

그래서 내 사위 놈들을 몰래 습격해 죽이는 거다.

죽여, 죽여, 죽여, 죽여, 죽여!

신사와 시종들 등장

신사   아, 여기 계시는군요. 이분을 붙들어라.

전하, 귀하신 따님께서.─

리어   구원병은? 뭐, 포로야? 나야말로

운명의 노리개로 태어났다. 나를 잘 대접해라.

몸값을 챙길 테니. 의사를 불러줘.

난 머리가 망가졌다.

신사   다 해드릴 겁니다.

리어   도와줄 사람은? 나 혼자뿐이란 거냐?

아니, 이건 사람을 소금 인간*으로 만들려는 거잖아.

내 눈을 정원의 물뿌리개로 사용해서 가을 먼지를

잠재우려는 거야.

신사   전하.

리어   난 말쑥한 새신랑처럼 용감하게 죽을 테야.

---

* 소금 인간 : 눈물을 흘리는 인간.

뭐라고? 난 당당해질 테야. 자, 자, 난 왕이다.

여러분, 그걸 아는가?

신사 당신은 군주시니, 저희는 복종합니다.

리어 그렇다면 아직 희망이 있구나.

자, 붙잡고 싶으면 뛰어야 잡을 거야.

사, 사, 사, 사.   (리어, 뛰면서 퇴장. 시종들, 뒤따른다)

신사 지극히 미천한 자라도 저리되면 딱한데

왕이 저런 처지가 되었으니 말해 무엇해! 하지만

따님 한 분이 두 딸이 불러온 세상의

저주를 거두어줄 겁니다.

에드거 여보시오, 신사 양반.

신사 당신에게 행운이 있기를! 그런데 용건은?

에드거 곧 있을 전쟁 소문 혹시 들으셨습니까?

신사 흔해빠진 상식이오.

목소리만 분간한다면 누구나 들었을 테니.

에드거 실례지만 저쪽 군대가 가까이 왔습니까?

신사 발이 빨라 거리가 좁혀지고 있으니

주력 부대를 보는 것은 시간문제요.

에드거 고맙습니다. 나리, 그거면 됐습니다.

신사 특별한 이유가 있어 왕비님께서는 여기 계시지만,

그녀의 군대는 이동했습니다.

에드거 고맙습니다.   (신사 퇴장)

글로스터 자비로운 신들이여! 이 목숨을 맡아주소서!

나쁜 생각 품어 당신들 뜻보다 먼저 이 목숨 끊지 못하
도록!

에드거 아버님, 기도가 좋군요.

글로스터 여보시오, 당신은 누구요?

에드거 운명의 풍파에 길든 사람으로,
뼈아픈 슬픔을 겪었기에 너그러이 자비를
베풀려는 사람입니다. 손을 이리 주세요.
계실 곳으로 안내해드리지요.

글로스터 진심으로 고맙소.
하늘의 포상과 축복이 그대에게
내리고 또 내리길.

오스왈드 등장

오스왈드 현상금 붙은 수배자다. 운수대통이다.
눈 빠진 네 머리는 애초에 내 출세를 위해
뭉쳐진 살덩어리다. 불행한 늙은 반역자야,
짧게 기도해. 너를 파멸시킬
칼은 이미 뽑았으니.

글로스터 그럼, 우정 어린 그 손에
힘을 꽉 주시오.   (에드거, 중간에 끼어든다)

오스왈드 무례한 촌놈아,
어째서 공포된 반역자 편을 드느냐? 저리 꺼져.

아니면 저자의 불운이 네놈한테 옮겨붙어

같은 처지가 될 테니. 그 팔 놔.

에드거   절대로 못 놓지, 이 양반아. 다른 이유 없이는.

오스왈드   놔, 이 새끼야. 안 놓으면 죽는다.

에드거   착한 신사 양반, 가던 길이나 가시고 촌놈들 지나가

게 해주셔. 기렇게 겁준다고 이 목숨 끝날 거라면 한 보름

전에 뒈졌을 거유. 아니, 이 노친네 가까이는 오지 마슈.

경고하는데, 저짝으로 떨어지셔. 안 그라믄 그쪽 대갈통

이 센지 이놈의 작대기가 센지 볼 거구먼. 여러 말 안 할

라요.

오스왈드   비켜라. 이 더러운 놈아!   (칼을 뽑고 둘이 싸운다)

에드거   이빨을 몽땅 뽑아놀 거여. 어서 찔러보시지.

(오스왈드, 쓰러진다)

오스왈드   이 쌍놈, 네놈이 날 죽이다니!

이놈아, 내 지갑을 받아둬라.

언젠가 살만해지면 내 시체나 묻어다오.

그리고 내 품에 있는 편지를 글로스터 백작

에드먼드에게 전해라. 영국군 진영에서

찾으면 된다. 아, 때 이른 죽음이여, 죽음이여!

(죽는다)

에드거   난 네놈을 잘 알지. 쓰임새 좋은 악당이지.

여주인의 악덕에 순종해 사악한 짓은 뭐든 하는.

글로스터   아니, 죽었소?

에드거 앉으세요, 아버지. 쉬세요.──

호주머니를 뒤져봐야지. 저놈이 말한 편지가

내게 도움이 될지도 모르니까. 죽었구나. 사형집행을

혼자 해서 아쉬울 뿐이다. 어디 보자. 봉인아, 실례하마.

예를 차리지 않는다고 비난하지 마라.

적의 마음을 알기 위해 그들의 심장도 찢는데,

편지 정도야 합법적인 일이지.

(편지를 읽는다)

"우리가 주고받은 맹세 잊지 마세요. 당신이 그를 해치울

기회는 얼마든지 있고, 의지만 확고하다면 시간과 장소

는 효율적으로 제공될 거예요. 그 사람이 승리를 거두고

개선하면 만사 헛수고예요. 당연히 나는 죄인이 되겠죠.

그리고 그의 침대는 감옥이 될 테니, 나를 그 역겨운 침상

의 온기에서 구해 주세요. 수고한 대가로 당신이 그 자리

를 차지하세요.

(당신의 아내라고 말하고 싶은) 사랑스러운 종 고너릴."

아, 끝을 모르는 여인의 욕정이로구나.

그 덕망 높은 남편을 죽이고, 남편 자리에 내 동생을

앉힐 계책을 꾸미다니! 이 모래밭에 살인 호색가들의

불경스러운 파발꾼인 네놈을 묻어놓고,

때가 무르익으면 무례한 이 편지로 살해의

표적이었던 공작의 눈을 번쩍 뜨이게 하리라.

네놈의 죽음과 그 음모를 공작에게 전하게 되어 다행

이다.   (시체를 끌고 퇴장)

글로스터   전하가 실성했는데, 내 몹쓸 감각은

얼마나 무디기에 선 채로 이 엄청난 슬픔을

견딘단 말인가? 차라리 미치는 게 낫겠어.

그러면 내 생각은 슬픔에서 떨어져 나가고,

망상으로 생겨난 비탄을 못 알아볼 테니.

          (멀리서 북소리가 울린다)

에드거 등장

에드거   손을 이리 주세요.

멀리서 북소리가 들리는 것 같습니다.

자, 제 친구와 머물게 해드리겠습니다.   (모두 퇴장)

4막 7장
(도버 근처의 프랑스군 진영)

코딜리아, 변장한 켄트, 의사 등장

코딜리아   오, 선하신 켄트 백작! 그대가 보인 선의에 보답

하려면 얼마만큼 노력하며 살아야 할까요? 그러기엔

내 삶은 너무 짧고, 노력은 못 미칠 테니까요.

켄트   마마, 알아주는 것만으로도 넘치게

　　보상받았습니다. 제가 드린 모든 보고는 거짓 없는

　　진실이며, 과장하거나 줄인 것도 없습니다.

코딜리아   옷을 갈아입으세요.[*]

　　그 옷은 불행했던 시절을 생각나게 하니

　　제발 벗어버리세요.

켄트   마마, 용서해 주십시오.

　　실체가 알려지면 제 계획에 차질이 있습니다.

　　적절한 때가 올 때까지 모른 체해

　　주시길 간청드립니다.

코딜리아   그러지요, 켄트 백작.

　　(의사에게) 국왕은 어떠세요?

의사   마마, 아직 주무시고 계십니다.

코딜리아   오, 자비로운 신들이여!

　　학대받아 큰 상처 입은 이분을 치유해 주소서.

　　아이처럼 변한 아버지의 뒤틀리고 풀린 감각의 현을

　　다시 조율해 주소서.

의사   마마, 원하신다면

　　전하를 깨워드리겠습니다. 오래 주무셨습니다.

코딜리아   당신의 지침에 따르겠으니

---

[*] 옷을 갈아입으세요 : 켄트는 아직도 카이어스로 변장한 채 입었
    던 하인 복장을 하고 있다.

알아서 하세요. 옷은 갖춰 입히셨나요?

의사   예, 곤히 잠들어 계실 때, 갈아입혀 드렸습니다.

신사가 앞장서고 하인들이 끄는 의자에 앉은 리어 등장

신사   마마, 전하를 깨울 때 옆에 계시기 바랍니다.

정상으로 돌아왔을 것입니다.

코딜리아   그러겠소.

(무대 밖에서 들려오는 음악 소리.)[*]

의사   좀 더 가까이 오십시오. 음악을 키워라.

코딜리아   오, 사랑하는 아버지! 제 입술에

회복의 약기운을 싣고 아버지께 입맞추니,

두 언니가 아버지의 위엄에 입힌 폭력의 상처가

치유되게 하소서!

켄트   자상하신 공주 마마!

코딜리아   자기네 아버지가 아니더라도 이런

백발은 동정심을 일으켰을 텐데,

이 얼굴로 그 사나운 비바람과 맞섰단 말인가요?

두려움 일으키는 무서운 천둥과 마주하고, 찢어지며

---

[*] 무대~소리 : 셰익스피어가 활약하던 시대에는 정신 치료의 일환
으로 음악을 사용했다. 또한 연극적인 맥락에서 자연의 신비한 힘
과 치유력을 표현하기 위해 음악을 사용하기도 했다.

날쌔게 내리치는 번개 속에서? 가련한 보초처럼

한잠도 못 자고 맨머리로 견디셨단 말인가요?

그런 밤엔 나를 문 원수네 집 개라도

난로 곁에 머물게 했을 텐데! 가련한 아버지,

당신은 돼지며 떠돌이 부랑자와 일행이 되어 오두막에서

곰팡내 나는 썩은 지푸라기를 덮고 지내셨다죠?

세상에, 세상에! 당신의 영육이 함께 끝장나지 않은 것이

놀라운 정도입니다. 깨셨어요. 말을 걸어보아라.

의사 마마, 직접 해보시지요. 그게 좋겠습니다.

코딜리아 전하, 어떠세요. 괜찮으신가요, 전하?

리어 무덤 속에서 나를 꺼낸 건 잘못이오.

당신은 축복받은 영혼이지만,

나는 불타는 수레*에 결박당해 있고, 내 눈물은

뜨거운 납물처럼 내 살을 태운다오.

코딜리아 저를 알아보시겠어요?

리어 당신은 혼령이오. 어디서 죽었소?

코딜리아 아직은, 아직은 한참 멀었어요.

의사 아직 덜 깨셨으니 잠시 홀로 계시게 두시지요.

리어 내가 그동안 어디에 있었지?

여기가 어디냐? 벌건 대낮이냐?

나는 아주 몹쓸 짓을 당했다.

---

* 불타는 수레 : 리어는 자신이 지옥에 있다고 생각한다.

그런 일 또 당하면 난 불쌍하게 죽을 거다.

무슨 말을 해야 하나.

이게 정말 내 손이라고 확신할 수가 없구나.

어디 보자, ── 찌르니까 아프구나.

내 상태가 어떤지 알고 싶다.

코딜리아 오, 저를 보세요, 전하!

손을 들어 축복해 주세요.

(리어가 무릎을 꿇자 말린다)

이러시면 안 됩니다.

리어 제발 나를 놀리지 마시오.

나는 몹시 어리석고 멍청한 늙은이오.

그야말로 꽉 찬 팔십이오.

그리고 솔직히 고백하자면,

정신이 온전치 않을까 봐 두렵소.

당신도, 여기 이 사람*도 알아봐야 하는데,

그게 의심스럽소. 여기가 어딘지

도무지 모르겠고, 머리를 아무리 굴려도

이런 옷은 기억에 없고, 어젯밤 묵은 곳도

모르겠소. 비웃지 마시오.

내가 남자라면 이 부인은

내 자식 코딜리아인 것 같소만.

---

* 이 사람 : 카이어스로 변장한 켄트.

코딜리아 예. 저예요, 저!

리어 눈물에 젖었느냐? 맞구나. 울지 마라.

네가 독약을 준다고 해도 난 기꺼이 마시마.

날 사랑하지 않는다는 거 안다.

네 언니들은 내 똑똑히 기억하는데, 잘못했어.

너야 그럴 만한 이유가 있지만,

걔들은 없는데 말이다.

코딜리아 없어요. 없어요.

리어 내가 프랑스에 있느냐?

코딜리아 전하의 왕국에 계십니다.

리어 나를 속일 셈이구나.

의사 걱정 마세요, 마마. 보시다시피

전하의 광증은 이젠 진정되었지만, 잃어버린

시간을 다 메우게 만드는 건 아직

위험합니다. 전하를 안으로 들게 하시고,

진정될 때까지 안정을 취하게 해야 합니다.

코딜리아 전하, 걸어보시겠어요?

리어 날 좀 붙잡아줘야 한다. 제발 잊어버리고 용서해라.

난 어리석은 늙은이야.   (켄트와 신사만 남고 모두 퇴장)

신사 콘월 공작이 살해당했다는데, 사실입니까?

켄트 사실입니다.

신사 공작의 병사들은 누가 지휘합니까?

켄트 소문대로 글로스터의 천출이라고 하더군요.

신사   들리는 말로는 그분의 추방된 아들 에드거가

　　켄트 백작과 함께 독일에 머문다고 합니다.

켄트   소문은 바뀔 수 있어요.

　　지금은 조심해야 할 때입니다.

　　왕국의 군대가 바짝 쫓아오고 있어요.

신사   이 결전은 피비린내 나는 싸움일 것 같군요.

　　안녕히 계십시오.　　　　　　　　　　　　　(퇴장)

켄트   내 목숨과 내 목표는 오늘의 전투가

　　승리냐 패배냐로 판명날 것이다.　　　　　　(퇴장)

5막 1장
(도버 근처의 영국군 진영)

고수와 기수를 선두로 에드먼드, 리건 및 신사들, 병사들 등장

에드먼드   (한 신사에게) 공작께 최근의 결심을 그대로
　유지할 것인지, 조언을 받아들여 방침을 바꿀지 알아보
　라. 그는 변덕이 심한 데다 자책감에 푹 빠져 계신다.
　결정된 사항을 알아 오너라.　　　　　　　(신사 퇴장)

리건   언니의 하인은 변을 당한 게 분명해요.

에드먼드   그런 것 같아 염려됩니다, 마님.

리건   자, 백작님, 내 당신께 선심을 베풀려는 건 아시죠?
　말해 줘요, 진실되게. 오직 진실만을.
　언니를 사랑하나요?

에드먼드   명예로운 방식입니다.

리건   한데 형부만 드나드는 금단의 구역에
　들어가신 적은 없나요?

에드먼드   욕된 생각입니다, 부인.

리건   당신이 언니와 가슴으로 합일하여

　　깡그리 그녀 것이 된 게 아닌지 두려워요.

에드먼드   명예를 걸고 말씀드립니다만, 아닙니다, 부인.

리건   언니를 가만두지 않을 거예요.

　　백작님, 그녀를 가까이하지 마세요.

에드먼드   걱정 마세요.──

　　그녀와 그녀 남편인 공작이 오고 있습니다.

　　고수와 기수를 앞세우고 올버니, 고너릴 및 병사들 등장

고너릴   (방백) 쟤가 나와 에드먼드 사이를 갈라놓는 걸

　　보느니 차라리 전투에서 지는 게 나아.

올버니   사랑하는 처제, 잘 만났소.

　　공, 소문에 국왕께서 막내딸한테 가셨다던데 들었소?

　　우리의 가혹한 정치를 원망하는 자들과 함께라던데.

　　나는 떳떳하지 못한 곳에서 용감한 적은 없소.

　　이번 일은 프랑스가 우리의 영토를 침범한

　　것이 문제지, 왕과 그 일행의 일과는 별개요.

　　물론 그들은 정당하고 중대한 사유가 있어

　　우리에게 대항하는 것이겠지만.

에드먼드   지당하신 말씀이오.

리건   그런 걸 따져서 뭐해요?

고너릴 적군에 대항하여 하나로 뭉칩시다.

　사사로운 집안 다툼은 지금 중요하지 않아요.

올버니 그렇다면 노련한 장수들과 함께

　작전 계획을 세워봅시다.

에드먼드 곧장 공작님의 막사로 가겠습니다.

리건 언니, 우리와 함께 갈 거죠?

고너릴 아니!

리건 그렇게 하는 게 좋아요. 함께 가요, 언니.

고너릴 (방백) 오호, 꿍꿍이속을 간파했어. (큰 소리로) 갈게.

　　　　　(에드먼드, 리건, 고너릴 및 양쪽 군대 함께 퇴장)

　　올버니가 나가려는데 농부로 변장한 에드거 등장

에드거 나 같은 비천한 사람과 얘기할 의향이 있다면

　한마디만 들어주십시오.

올버니 (장교들에게) 뒤따라가겠다. (에드거에게) 말하라.

에드거 전투를 시작하기 전에 이 편지를 보십시오.

　승리하면 이 편지를 가져온 사람을 부르는 나팔을

　부십시오. 제 몰골은 이렇지만, 편지가 주장하는

　내용을 입증할 만한 용사가 되어 보이겠습니다.

　만약 패한다면 공작님의 인생사도 끝이 나면서

　음모도 끝나겠지요. 무운을 빕니다.

올버니 다 읽을 때까지 기다려라.

에드거   금지된 일입니다.

　때맞춰 전령에게 명령을 내리시면

　제가 다시 나타나겠습니다.　　　　　　　　　(퇴장)

올버니   그럼 잘 가라. 편지는 읽어보마.

　　　　　　　　　에드먼드 등장

에드먼드   적이 보입니다. 병력을 모으십시오.

　(문서를 주면서) 적의 병력과 세력을 정찰한 내용이

　여기 있습니다. 하지만 서둘러야 합니다.

올버니   시의에 따르겠네.　　　　　　　　　(퇴장)

에드먼드   두 자매 모두에게 사랑을 맹세했고,

　그들은 독사한테 물린 자가 독사 보듯 서로를 경계해.

　누구를 택할까? 둘 다? 하나만? 다 버려? 둘과 같이

　살면 어느 쪽도 못 갖고 놀아. 과부를 택하면 언니가

　약 올라 미칠 테고, 남편이 살아 있는 언닐 택하자니

　내 소망을 이룰 수 없어. 그렇다면 그의 권위를 전투에만

　이용하고, 전쟁이 끝나면 없애고 싶어 안달하는

　그녀에게 남편을 신속히 제거할 수단을 찾게 하자.

　그는 리어와 코딜리아에게 자비를 베풀려 하지만,

　전쟁이 끝나 그들이 우리 손에 들어오면 사면까진

　절대 연결 안 돼. 내 지위는 내가 지켜야지,

　의논할 일이 아니다.　　　　　　　　　(퇴장)

5막 2장
(도버 근처)

(안에서 경종. 고수 및 기수들과 함께 리어와 코딜리아,
그리고 그들의 군대가 등장해 무대를 가로질러 퇴장)

농부 차림의 에드거와 글로스터 등장

에드거 자, 아버님, 이 나무 그늘에서 편히 쉬세요.
그리고 정의로운 자들이 흥하도록 기도해 주세요.
제가 만일 다시 돌아오게 되면,
위안이 되는 소식을 가지고 올게요.
글로스터 은총이 당신과 함께하길! (에드거 퇴장)

나팔소리와 퇴각하는 소리. 에드거 다시 등장

에드거 갑시다, 노인장. 손을 이리 주세요. 어서요.
리어 왕이 패해 딸과 함께 잡혔어요.
제 손을 잡으세요. 자, 어서요.
글로스터 안 가겠소. 여기서 썩는다 한들 그게 대수요?
에드거 아니, 또 나쁜 생각을 하시는 거예요?
사람은 떠날 때도 온 것처럼 인내해야 해요.
다 때가 있는 법이니까요. 자, 갑시다.

글로스터 그것도 맞는 말이군.　　　　　　　(두 사람 퇴장)

5막 3장
(도버 근처)

개선의 북소리. 깃발을 앞세우고 에드먼드 등장하고
포로가 된 리어와 코딜리아, 대장, 병사들이 등장

에드먼드 장교 몇은 저들을 데려가라. 잘 감시해.
　그들을 징벌할 높으신 분들의 의중이 결정날 때까지.
코딜리아 최선을 다했지만, 최악의
　사태를 맞은 건 우리가 처음은 아닐
　거예요. 학대당한 아버지, 제가
　낙담하는 건 당신 때문입니다.
　저 혼자라면 위선적인 운명의 여신이 찌푸리는
　인상 따위는 가볍게 넘길 수 있어요.
　딸들인 언니들을 한번 만나보시겠어요?
리어 아니, 아니, 아니, 아니. 자, 우리 감옥으로 가자.
　새장 속의 새들처럼 우리 둘이서만 노래하자.
　네가 나의 축복을 원한다면, 난 무릎을 꿇고
　네게 용서를 구하마. 우린 그렇게 살아가면서,
　기도하고 노래하고 옛이야기도 나누고,

금빛으로 도금한 나비 보며 웃고,

가련한 작자들에게서 궁중 소식을 듣자꾸나.

우리는 그들과 얘기를 하는 거야.──

누가 이기고 지는지, 누가 총애받고 못 받는지를.──

우린 마치 신이 보낸 첩자인 양

세상의 불가사의를 해명하고, 담벼락 친

감옥에서 달처럼 찼다가 기울며 부침 겪는

권력자 패거리보다 오래 살 것이다.

에드먼드　(군인들에게) 저들을 데려가라.

리어　코딜리아, 이런 희생은

신들도 향을 태워주며 기릴 거다.

내가 널 잡고 있는 게 맞지?　　　　　(그녀를 포옹한다)

우리를 떼어놓으려는 자는 하늘의 불막대로

여우를 몰 듯 몰아내야 해. 눈물을 닦아라.

그놈들이 우리를 울게 만들기 전에

염병이 그들을 통째로 집어삼킬 것이다.

그들이 먼저 굶어 죽는 꼴을 봐야지. 자, 가자.

(리어와 코딜리아, 호송되어 나간다)

에드먼드　대장, 이리 와서 잘 들어라.

이 문서를 가지고 감옥으로 그들을 따라가라.

이미 자네를 한 계급 올렸다. 만약 자네가

이 쪽지에 지시된 대로 이행한다면 크나큰 부귀를

얻을 것이다. 이걸 명심해라. 사람은 시류를 타야 한다.

연약한 마음은 칼잡이에겐 안 어울려.
자네에게 맡겨진 중대한 임무와 관련된 질문은
허용되지 않는다. 응하겠다고 대답하든지,
아니면 다른 출셋길을 찾아야 한다.

대장   응하겠습니다. 백작님.

에드먼드   이행하라. 일이 끝나면 행운을 잡는 거다.
주의할 건 당장 편지에 적힌 대로 이행하는 것이다.

대장   저는 마차를 끌거나 마른 곡물은 먹지 못합니다.
하지만 사나이의 일이라면 제가 하겠습니다.   (퇴장)

나팔소리와 함께 올버니, 고너릴, 리건,

장교들, 병사들과 함께 등장

올버니   오늘 공은 용맹한 가문 출신임을 증명해
보였고, 행운이 그대를 이끌었소. 공은 오늘의
싸움에서 적들을 포로로 잡았소. 그 둘을 내게
넘겨주시오. 두 포로의 가치와 우리의 안전을
공정하게 평가하여 대우할 것이오.

에드먼드   비참한 노왕을 적당한 곳에 유폐시켜
감시인을 붙이는 것이 적절하다는 생각이 듭니다.
고령과 왕권은 마술을 걸고, 민심 또한
그쪽으로 끌어당기니, 자칫 우리가 징집한 병사들의
창끝이 명령하는 우리를 향하게 만들 위험이

있습니다. 같은 이유로 프랑스 왕비도 감옥으로
보냈는데, 그들은 내일도 좋고 언제든 공께서 심문하실
장소에 출두시킬 준비를 갖췄습니다. 이번에 우리는
피와 땀을 흘렸고, 친구는 그의 친구를 잃었습니다.
최선의 전쟁도 그 열기가 자욱할 때는
아픔을 느끼는 자들의 저주를 받게 마련입니다.
코딜리아와 그 아비를 심문하기 위해서는 더
적절한 장소가 필요합니다.

올버니   공, 참기 어렵겠지만,

나는 이번 전쟁에서 당신을 부하라고 생각했지,

동료로는 여기지 않았소.

리건   그러면 내가 그에게 자격을 드리면 되지요.

공작은 그런 식으로 말하기 전에 짐의 뜻을

물어보셨어야지요. 그는 짐의 군대의 지휘를 맡았고,

짐의 지위와 권한을 위임받았어요.

그러니 동료라고 부르는 게 타당해요.

고너릴   그렇게 흥분하지 마라.

그는 네가 준 직함보다 스스로의

능력으로 공적을 드높였으니.

리건   내가 준 권리를 행사했기에

그이는 최고와 대등한 지위를 갖게 되었어요.

올버니   그가 처제의 남편이라면 정말 괜찮겠는데.

리건   농담이 종종 현실이 되곤 하죠.

고너릴   이봐, 이봐!

　그렇게 봤다면 그 눈은 분명 사팔뜨기다.

리건   언니, 내가 몸이 안 좋기에 망정이지,

　안 그랬다면 불같이 성을 냈을 거예요.

　(에드먼드에게) 장군, 내 병사와 포로들,

　내 전 재산을 가지세요.

　그것들과 나를 뜻대로 처분하세요.

　이 몸은 당신 것입니다. 이 세상을 증인으로

　이 자리에서 당신을 주인으로 삼겠어요.

고너릴   그를 갖고 놀겠다는 거냐?

올버니   그러거나 말거나 당신 뜻대로 못 하오

에드먼드   당신 뜻대로도 못 합니다, 공작님.

올버니   아니다, 이 천출 놈아.

리건   (에드먼드에게) 북을 울려서 나의 권리가

　당신에게 양도되었음을 알리세요.

올버니   아직 아니다. 이유를 말해 주지. 에드먼드,

　난 너를 대역죄로 체포하고, 　　　　　(고너릴을 가리키며)

　이 금칠한 독사도 함께 고발한다. 처제, 그대의 요청은

　내 아내와의 이해관계 때문에 못 들어주오.

　내 처는 벌써 이 귀족과 이차 계약 맺었소.

　정 결혼하고 싶다면 내게 구혼하시오.

　내 처는 이미 예약됐으니.

고너릴   이 무슨 촌극이람!

올버니　글로스터, 너는 무장했다. 나팔을 불게 하라.

　　네놈이 저지른 명백히 사악한 수많은 반역죄를

　　결투로 증명할 자가 안 나타나면 내가 도전하겠다.

　　(장갑을 던진다) 내가 공포한 너의 악행이

　　사실 그대로라는 것을 음식을 입에 대기 전에

　　네 가슴에 새겨주마.

리건　(고통스럽게) 어지럽다, 아, 어지러워!

고너릴　(방백) 증세가 없다면 독약을 절대 못 믿겠지.

에드먼드　내 대답은 이거다.　　　　　　　(장갑을 던진다)

　　나를 반역자라고 떠들어낸 자가 누군지

　　모르지만, 그건 비열한 거짓말이다.

　　나팔로 부르시오. 감히 여기에 나타나는 자는

　　당신이든 그 누구든 당당히 맞서

　　내 결백과 명예를 굳건히 지킬 것이니.

올버니　여봐라, 전령을 불러라!

전령 등장

　　(에드먼드에게) 네 힘으로 맞서야 한다.

　　너의 편인 군인들은 내 이름으로

　　징집됐고, 내 이름으로 해산했으니까.

리건　점점 고통이 심해진다.

올버니　처제가 힘들어한다. 내 막사로 모셔라.

(리건, 부축을 받으며 퇴장)

전령은 이쪽으로 오라. 나팔을 크게 불게 하고,

이걸 소리 높여 읽어라. (나팔소리 울려 퍼진다)

전령 (읽는다) 우리 부대에서 신분과 계급이 있는 사람 중
에 글로스터 백작이라 지칭하는 에드먼드가 다방면에 걸
처 대역 죄인이라는 사실을 주장하는 자는 세 번째 나팔
소리가 날 때 출두하라. 에드먼드는 대담하게 자신을 변
호할 준비가 되어 있다.

(첫 번째 나팔소리)

다시 불어라.

(두 번째 나팔소리)

다시 불어라.

(세 번째 나팔소리 들리고
안에서 응답하는 나팔소리)

무장한 에드거 등장

올버니 그에게 목적을 물어라.

왜 이 나팔소리에 모습을 드러냈는지를.

전령 당신은 누구인가?

이름과 신분을 밝히고, 무슨 이유로

이 소환에 응했는지 말하라.

에드거 나는 이름을 잃었소.

반역자의 이빨에 물어뜯기고, 벌레에게 파먹혔소.

하지만 난 내가 대적하려는 상대만큼이나

고귀한 신분이오.

올버니 네 상대가 누구냐?

에드거 글로스터 백작 에드먼드를 대변하는 자가 누구입

니까?

에드먼드 바로 나다. 용건이 뭐냐?

에드거 그 칼을 뽑아라.

내 말이 너의 고귀한 마음에 거슬렸다면 무기로

화를 풀도록 하라. 내 칼은 여기 있다.   (칼을 뽑는다)

봐라, 이것은 내 기사의 명예와 맹세, 선서에 따른

특권이다. 너의 용기, 젊음, 드높은 지위와 신분에도

불구하고 승리자의 무용과 갓 쟁취한 행운, 배짱과

상관없이 나는 너를 반역자임을 밝힌다. 신들과

형제와 부친을 속였고, 여기 계신 고명한 공작님의

목숨까지 노렸으며, 위로는 머리끝부터

아래로는 발바닥의 먼지까지 철저히 독두꺼비의

독을 품은 반역자다. 아니라고 말해 봐라. 이 칼, 이 팔,

내 기백이 네 심장을 찔러 그 사실을 입증해 보이겠다.

에드먼드 우선 너의 이름부터 물어야겠지만,

외양이 멋지고 늠름해 보이며,

말에서는 귀족 교육을 받은 티가 나니,

난 기사도의 법에 따라 안전하고 신중히 따져

결투를 지연시킬 수 있으나, 그러한 권리를 경멸하니
일축하고, 반역 죄인이라는 죄명을 도로 주겠다.
지옥만큼이나 가증스러운 너의 거짓말이
네 심장을 으깨도록. 그러나 그 죄목들은
거기 닿아 흠집조차 내지 못할 테니,
나는 이 칼로 심장을 직행하는 길을 뚫어,
영원히 거기에 자리 잡게 하겠다.
나팔을 불어라.

       (전투 나팔 울리고, 둘이 싸우다 에드먼드가 쓰러진다)

올버니   살려둬. 그를 살려.

고너릴   음모예요, 글로스터.
기사도의 예법에 따르면 이름을 안 밝힌 상대에게는
응할 필요가 없어요. 패배한 게 아니라,
기만당한 것이오.

올버니   입 닥쳐, 이 여자야.
그러지 않으면 이 편지로 입을 틀어막겠어.
(에드먼드에게) 자, 받아라.
참으로 나쁜 인간, 너의 악행을 읽어보시지.
(고너릴에게) 찢어서는 안 되오. 부인, 뭔지는 아는군.

고너릴   안다 해도 법은 내 편이지 당신 편이 아니오.
누가 나를 고발해요?

올버니   오! 참으로 극악무도하다. (에드먼드에게) 이 편지를
알겠지?

에드먼드　아는 걸 묻지 마시오.

올버니　(고너릴을 뒤따르는 장교에게) 뒤쫓아가라.

　자포자기 상태다. 진정시켜라.

(첫 번째 장교 퇴장)

에드먼드　당신이 고발한 일들을 내가 범했소.

　더 많아. 훨씬 더 많아. 때가 되면 밝혀질 것이오.

　모든 것은 과거의 일. 나처럼.

　(에드거에게) 허나 요행히 나를 이긴 당신은 누구요?

　당신이 귀족이라면 용서하리다.

에드거　우리 서로 자비를 베풀자.

　내 혈통은 너에 못지않다, 에드먼드.

　만약 더 좋다면 너의 죄는 그만큼 더 크다.

　내 이름은 에드거. 네 아버지의 아들이다.

　신들은 얼마나 공정하신지 우리가 즐기는 악덕으로

　우리를 징벌하는 도구로 삼으셨구나.

　너를 만든 어둡고 사악한 장소가

　아버지의 눈을 앗아갔다.

에드먼드　맞는 말씀. 사실이오.

　운명의 수레바퀴가 한 바퀴 돌아 내가

　다시 여기에 섰소.

올버니　(에드거에게) 자네의 거동에 왕족의 고귀함이

　서려 있다고 생각했네. 그대를 포옹하겠네.

　자네나 자네 부친을 미워한 적 있다면

슬픔으로 내 가슴이 찢어졌을 거요.

에드거 옳습니다, 존경하는 공작님.

올버니 어디 숨어 있었소?

자네 부친의 불행을 어떻게 알게 되었소?

에드거 그분을 돌봐드리면서요. 간단히 말씀드리지요.

다 말씀드리고 나면, 제 심장이 터져버릴지도 모릅니다.

제 뒤를 바짝 뒤쫓던 그 잔혹한 포고문을 피할 목적으로

―아, 생명은 달콤해서 우린 단번에 죽지 못하고

죽음의 고통을 매시간 맛보려 하지요!―

미치광이의 넝마로 갈아입고, 개들조차 멸시할 몰골을

했죠. 그렇게 변장한 뒤, 보석 같은 눈알 잃고

피투성이가 된 아버지를 만나, 그분의 길잡이가 되어

길을 인도하고 간청하며 절망에서 구해드렸지요.

약 반시간 전까지도 제 정체를 밝히지 않았는데,

오, 실수였어요. 무장을 해 희망적이기는 해도

이 일의 성공에 대해 확신할 수 없어서 그분께

축복을 구했지요. 그리고 지금까지 벌어진 일들의

자초지종을 말씀드렸습니다. 허나 아, 금 간

그분의 심장은, 가엾게도 기쁨과 슬픔이라는

두 극단적 감정의 충격을 견뎌내기에는 너무도

약했던지 미소를 지으며 터져버리고 말았습니다.

에드먼드 형님 말씀이 내 마음을 움직여

어쩌면 좋은 일을 할지도 몰라요. 어쨌든 계속

얘기하세요. 뭔가 할 얘기가 더 있는 것 같으니까.

올버니 더 있다면 더 비통한 이야기일 테니

속으로 감추게. 지금 들은 이야기만으로도

눈물이 쏟아질 것 같으니.

에드거 슬픔을 좋아하지 않는 사람에게

이 이야기는 마침표 같겠지요. 하지만 또 다른

슬픔이 부풀어올라 극단을 넘어설 것입니다. 제가 크게

울부짖고 있을 때, 누군가 왔는데, 그분은

비참한 몰골을 한 저를 보더니, 혐오감에 저를

피하려 했습니다. 그러나 이런 몰골로 살아온 사람이

누군지 알게 되자, 튼튼한 두 팔로 제 목을 단단히

잡고, 하늘을 찢을 듯 고함을 지르더니 부친 위에

몸을 던졌습니다. 그리고 어떤 귀도 못 들어본

리어 왕과 자신에 관한 슬픈 얘기를 들려주던

도중 비탄이 점점 커져 그의 생명줄들이

갈라지기 시작했죠. 바로 그때 저는 두 번째

나팔소리에 실신한 그를 두고 왔습니다.

올버니 그가 누구였나?

에드거 공작님, 켄트, 추방된 켄트였습니다.

변장한 채 적대자가 된 국왕 곁에 붙어다니며

노예도 차마 못 할 봉사를 했습니다.

신사 한 명, 피 묻은 칼을 들고 등장

신사　도와줘, 도와줘!

에드거　뭘 도와줘?

올버니　말을 하라!

에드거　그 피투성이 칼은 뭐냐?

신사　김이 나는 뜨거운 이건 방금 바로 그 심장
　　─오, 그녀가 죽었습니다.

올버니　누가 죽어? 말을 하라.

신사　공작님 부인이요, 부인. 동생분은
　　부인에게 독살당했습니다. 부인께서 자백했습니다.

에드먼드　그 두 자매와 난 약혼했소. 이제 셋이
　　곧 결합하게 되겠구려.

에드거　켄트가 오십니다.

켄트 등장

올버니　살았든 죽었든, 두 사람을 데려오라.
　　　　　　　　(고너릴과 리건의 시체가 들려 나온다)
　　하늘의 심판에 우린 전율을 느끼지만,
　　동정심은 일지 않는구나.
　　(켄트에게) 아, 저분이 누구신가?
　　격식에 따라 당연히 드려야 할 인사를
　　차릴 상황이 안 되는군요.

켄트　제 주군이신 전하께

영원한 저녁 인사를 여쭈러 왔는데,

여기 안 계십니까?

올버니　중대한 일을 잊었구나.

에드먼드, 왕께선 어디 계시냐? 코딜리아는?

(시체들을 가리키며) 저 광경이 보입니까, 켄트?

켄트　저런, 어찌 된 일입니까?

에드먼드　어쨌든 에드먼드는 사랑받았어.

한쪽이 나 때문에 다른 쪽을 독살한 뒤

자결했으니까.

올버니　그럴지도. 얼굴들을 덮어라.

에드먼드　숨이 가빠옵니다. 내 본성을 거슬러

착한 일 한 가지만 하고 싶소. 속히 ——지체 말고——

성으로 사람을 보내시오. 리어와 코딜리아를

죽이라는 칙령을 내렸소. 자, 늦기 전에

사람을 보내세요.

올버니　뛰어라, 뛰어! 뛰어가라고!

에드거　공작님, 누구에게 가야 합니까? 누가 임무를

맡았습니까? (에드먼드에게) 유예의 징표를 보내야지.

에드먼드　잘 생각했어요. 내 칼을 가져가서

대장에게 보이시오.

올버니　(신사에게) 있는 힘껏 뛰시오.　　　　　(신사 퇴장)

에드먼드　그는 당신 아내와 나의 명을 받아

감옥에서 코딜리아를 교수형에 처한 후,

그렇게 된 원인을 그녀의 절망으로 돌리게 했습니다.

올버니 신들이여, 그녀를 지키소서!

　저자를 잠시 옮겨라.　　　　　　　　(에드먼드, 들려 나간다)

　리어, 죽은 코딜리아를 안고 장교 몇 사람과 함께 등장

리어 통곡, 통곡, 통곡하라! 아, 돌 같은 인간들아!

　내가 너희의 혀와 눈을 가졌다면, 하늘의 천장이

　깨지도록 울 것이다. 애는 영영 가버렸다.

　죽은 사람과 산 사람을 난 구별해.

　애는 흙처럼 죽었어. 내게 거울을 다오.

　입김을 불어 거울에 김이나 얼룩이 생기면,

　암, 살았다는 증거지.

켄트 약속된 종말이 이건가?

에드거 아니면 그날의 공포를 보여주는 건가?

올버니 무너져서 끝장나라!

리어 깃털이 움직인다. 살았어. 그렇다면

　이건 내가 지금껏 겪은 온갖 설움을

　보상받을 기회야.

켄트 오, 저의 주군이시여!

리어 제발, 저리로 가!

에드거 친구분인 켄트 백작이십니다.

리어 염병에나 걸려라! 살인자에 역적들아!

애를 구할 수 있었는데, 이제는 영영 가버렸다.

코딜리아, 코딜리아, 잠시만 머물러다오. 하!

뭐라고 하는 거니? 얘 목소리는 항상 부드럽고

상냥하고 조용했어. 돋보이는 여자의 미덕이지.

널 목맨 그놈을 내가 죽였다.

장교2 사실입니다, 여러분!

리어 이봐, 내가 해치웠지?

나도 한땐 멋지고 날카로운 칼로 놈을 펄쩍 뛰게 한 적도

있었지. 그런데 이젠 늙었고, 온갖 시련 겪어 망가졌어.

(켄트를 보고) 너는 누구냐? 내 눈이 좋지 않다만,

곧 알아보도록 하겠다.

켄트 운명이 사랑하고 미워한 두 사람을 자랑한다면

그중 하나가 여기에 있습니다.

리어 눈이 침침하군. 켄트 아닌가!

켄트 그렇습니다. 당신의 종 켄트입니다.

시종 카이우스는 어딨습니까?

리어 좋은 놈이었어. 내 장담할 수 있지.

공격도 해. 그것도 날쌔게.

그놈도 죽어 썩었다.

켄트 아닙니다, 전하! 제가 바로 그 사람—

리어 내 곧 알아보마.

켄트 전하의 운명이 바뀌어 쇠락해진 초기부터

그 슬픈 발자국을 따라다닌—

리어 여길 잘 왔네.

켄트 바로 그입니다. 모든 게 어둡고

　　죽은 듯하군요. 전하의 큰딸 두 분은

　　스스로를 해쳤고, 절망 속에서 죽었습니다.

리어 음, 나도 그렇게 생각한다.

올버니 전하께서는 사람을 못 알아보십니다. 그러니 우리

　　가 누군지 밝혀도 소용없어요.

전령 등장

에드거 정말 아무 소용이 없습니다.

전령 에드먼드가 죽었습니다. 공작 각하!

올버니 여기서 그 일은 아무것도 아니다.

　　경들과 여러 친구들께 짐의 뜻을 밝히겠소.

　　이 쇠락한 대왕께 위안되는 일이라면

　　뭐든 제공하겠소. 노왕께서 살아 계시는 동안

　　저의 전권을 양도하겠소. (에드거와 켄트에게)

　　두 분께는 복권과 더불어 쌓은 공적에 합당한

　　영예를 드리고, 권한과 이득을 더하겠소.

　　우리의 모든 아군은 공로에 걸맞은

　　포상을 받을 것이며, 모든 적은

　　지은 죄에 걸맞은 처벌을 받을 것이오.

　　─아, 저것 보시오!

리어   불쌍한 내 바보[*]가 죽었다. 생명이 없다, 없어!

개나 말이나 쥐 같은 것도 생명이 있는데,

너는 어째서 입김조차 없느냐? 너는 다시는 못 돌아와.

절대로, 절대로, 절대로, 절대로, 절대로.

제발 이 단추 좀 풀어다오. 고맙네.

보이는가! 이 애를 보라고! 이 애 입술을. 보라고!

여길 봐. 여길 봐!   (리어 죽는다)

에드거   기절하셨어. 전하, 전하!

켄트   가슴아, 터져라. 제발 터져버려라.

에드거   눈을 떠보세요, 전하!

켄트   그분의 영혼을 괴롭히지 마세요. 보내드려요.

그분은 세상이라는 고문대에 더 오래 묶어두려는 사람을

원망하실 것입니다.

에드거   정말 돌아가셨습니다.

켄트   이렇게 오래 견디신 것이 신기할 뿐이오.

그분의 허울만 살아 계셨지요.

올버니   이분들을 모시고 가거라. 우리가 당면한 상황은

모두의 슬픔이다.

(켄트와 에드거에게) 내 영혼의 친구인 두 사람은

왕국을 다스리며 중상 입은 나라를 받쳐주시오.

---

* 내 바보 : 코딜리아의 애칭. 그러나 코딜리아와 광대를 동시에 가
리킬 가능성도 있다.

켄트   저는 곧 여정을 떠날 몸입니다.

　　주군께서 부르시니 거절해선 안 됩니다.

에드거   이 비통한 시국의 무게를 거역해선 안 됩니다.

　　해야 할 말은 두고, 느끼는 바를 말합시다.

　　최고의 연장자가 가장 큰 고통을 당하셨소.

　　젊은 우리는 절대 그만큼 겪지도 못하고

　　오래 살지도 못할 것입니다.

　　　　　　　　　　　　(장송곡이 울리는 가운데 모두 퇴장)

맥베스 MACBETH

꺼져라, 꺼져, 짧은 촛불이여!
인생은 그저 걸어 다니는 그림자!
(…) 그것은 백치가 들려주는 이야기,
떠들썩한 분노로 가득 차 있으나 아무런 의미가 없는 것.
-'맥베스' 중에서

등장인물

덩컨   스코틀랜드의 국왕
맬컴, 도널베인   덩컨 왕의 아들
맥베스, 뱅쿠오   덩컨 왕의 장군들
맥더프, 레녹스, 로스, 멘티스, 앵거스, 케스니스   스코틀랜드의 귀족들
플리언스   뱅쿠오의 아들
시워드   노섬벌랜드 백작이자 잉글랜드 군사령관
젊은 시워드   시워드의 아들
세이튼   맥베스의 수행 장교
소년   맥더프의 아들
잉글랜드 전의
스코틀랜드 전의
장교
문지기
노인

맥베스 부인
맥더프 부인
시녀   맥베스 부인의 시녀

헤카테
세 마녀
다른 세 마녀

귀족, 장교, 병사, 자객, 시종 및 전령들,
뱅쿠오의 유령과 다른 혼령들

장소

스코틀랜드 및 잉글랜드(4막 3장)

1막 1장

(황야)

천둥과 번개. 세 명의 마녀 등장

마녀1 우리 셋이 언제 다시 만날까?

  천둥 칠 때, 번개 칠 때, 아니면 비 올 때?

마녀2 한바탕 소동이 끝나고,

  승패가 판가름 났을 때.

마녀3 그럼 해 지기 전이겠군.

마녀1 장소는 어디야?

마녀2 황야야.

마녀3 거기서 맥베스를 만나자!

마녀1 간다니까, 고양이야![*]

---

* 고양이 : 마녀나 마법사들이 부리는 악귀, 혹은 마법을 시행하는
  정령. 이들 정령은 고양이나 두꺼비의 외양을 취하는 것으로 알려

마녀2 두꺼비가 부르네.

마녀3 곧 갈게!

모두 아름다운 건 추하고, 추한 건 아름다워.*

탁한 대기, 안개를 뚫고 날아가자.   (모두 퇴장)

1막 2장
(덩컨 왕의 진영)

안에서 경종. 덩컨 왕, 맬컴, 도널베인, 레녹스가

수행원들과 함께 등장하며 피를 흘리는 장교와 마주친다.

덩컨 저기 피 흘리는 자가 누구냐?

참상을 보아하니 반역자들의 최근

근황을 알려줄 것 같군.

맬컴 바로 이 장교가 저를 구하기 위해

충성스럽고 용감하게 싸웠습니다.

──잘 왔네, 용감한 전우여!

자네가 떠나올 때의 전투 상황을 폐하께 아뢰게.

────────

져 있다.

* 아름다운~아름다워 : 마녀들의 이 대사는 극 전체를 관통하는 것
  으로, 셰익스피어의 세계관과 맞물려 있다. 세상의 모든 현상은
  가변적이고 양면적이라는 의미가 담겨 있다.

장교　승패는 불분명했습니다.

마치 수영하던 두 사람이 기진맥진하여 서로

뒤엉긴 채 기량을 발휘하지 못하듯.

저 무자비한 맥도널드는 반역자란 이름에 걸맞게

악랄한 인간의 성정이 모조리 놈에게 들러붙어

증식하고 있는 듯했습니다.

놈은 서해 열도 곳곳에서 보병과 기병을 지원받은

데다가 운명의 여신마저 놈의 저주받을 싸움에

추파를 던져 역적의 창녀가 된 것 같았습니다.

허나 그 무엇도 맹장 맥베스 장군을 대적하기에는

역부족이었지요. 왜냐하면 맥베스가 명성을 반증하듯

운명 따위 코웃음치며 피비린 응징으로 김 서린

칼날을 휘두르며 용기의 화신답게 적진을 뚫고 돌진해

그 몹쓸 놈과 맞섰거든요. 그는 놈에게 악수도, 작별

인사도 없이 배꼽에서 턱주가리까지 단칼에 베어

그 모가지를 우리 성벽 위에 걸어놓았습니다.

덩컨　오, 용감한 내 사촌! 훌륭한 신하로다.

장교　태양이 비치기 시작하는 곳에서

선박을 박살 내는 폭풍우와 불길한 천둥이 내리치듯이

안도의 샘물 솟는 곳에서 불안이 터졌지요.

폐하, 잘 들어주소서!

용맹심으로 무장한 정의의 군대가 도주하는

패잔병을 물리치자마자 기회를 엿보던 노르웨이 국왕이

무기를 정비하고 신병을 보충해
새로이 공격하기 시작했습니다.

덩컨 우리의 장군 맥베스와 뱅쿠오가 당황했겠군.

장교 예, 독수리가 참새에게 겁먹을 수 있다면요.
사실을 아뢰자면, 두 분은 화약을 곱절로 장전한
대포와 같았습니다. 그렇게 그분들은 적에게 곱절로 거센
공격을 퍼부었지요. 상처에서 내뿜는 피로 목욕을
하려 했는지, 또 하나의 골고다*를 남기려 했는지
알 수가 없었지만.──하오나 어지러우니
베인 상처를 살펴야겠습니다.

덩컨 보고는 그대가 입은 상처가 보여주는 대로다.
둘 다 명예롭다. 자, 어서 의사를 불러주어라.

(장교, 부축을 받으며 퇴장)

로스와 앵거스 등장

저기 오는 자는 누구냐?

맬컴 로스 영주입니다.

레녹스 다급하게 서두르는 눈빛 아닌가!

---

* 골고다 : 예수가 십자가에 못 박혀 처형된 예루살렘 교외의 언덕으
로, 현재 그 위치는 분명하지 않다. 골고다는 히브리어로 〈해골〉을
뜻하는데, 이는 언덕의 지형이 두개골을 닮았기 때문이라고도 하
고, 그 장소가 예로부터 공개 처형 장소였기 때문이라고도 한다.

심상치 않은 소식을 전할 듯합니다.

로스 국왕 폐하 만세!

덩컨 어디서 왔는가, 로스 영주?

로스 파이프에서요.

그곳에는 노르웨이 깃발들이

하늘을 비웃기라도 하듯 나부끼며 우리

백성들을 겁주었습니다. 노르웨이 왕은

가증스러운 반역자 코도 영주의 협력을 얻어

몸소 대군을 이끌고 끔찍한 공세를

시작했으나, 전쟁의 여신 벨로나*의 서방님이

갑옷을 차려입고, 단신으로 맞서

칼에는 칼, 주먹에는 주먹으로 대적하여

오만한 적의 기세를 제압해 마침내

승리를 거머쥐었지요.

덩컨 참으로 경사로다.

로스 그래서 지금 노르웨이 왕 스웨노가

강화를 요청하고 있으나,

우리는 그가 세인트 코움스 인치**에서

1만 달러를 지불하기 전에는 전사자의

---

* 벨로나 : 전쟁의 여신이다. 로스가 그녀를 맥베스의 남편이라고
일컫는 것은 그만큼 맥베스가 잘 싸운다는 의미다.

** 세인트 코움스 인치 : 스코틀랜드 에든버러 해협에 있는 작은 섬.

매장을 허락지 않을 것입니다.

덩컨 코도 영주가 다시는 과인의 진심 어린 애정을
배반하지 못하게 할 것이다. 그자에게 즉시
사형을 선고하고 그의 작위로 맥베스를 맞아라.

로스 분부대로 거행하겠습니다.

덩컨 그자가 잃은 것을 맥베스가 차지했구나. (모두 퇴장)

1막 3장
(황야)

천둥소리. 세 마녀 등장

마녀1 어디 갔다 왔어, 동생?

마녀2 돼지 잡으러 갔었지!

마녀3 언니는?

마녀1 어느 뱃사람의 마누라가 무릎 위의 알밤을
오도독오도독 깨물기에 "나도 좀 줘!" 했지. 그랬더니,
그 엉덩이 큰 늙어빠진 년이, "물러가, 요 마녀야!"
하고 외치잖아. 그년의 서방은 '타이거 호' 선장인데,
알레포로 떠났어. 난 체를 타고 거기로 건너가서
꼬리 없는 쥐가 되어 혼내줄 거야. 그럴 거야.

마녀2 내가 바람을 일으켜 줄게.

마녀1   친절도 하지.

마녀3   나도 한번 불어줄게.

마녀1   나머지 바람은 모두 내가 가지고 있으니,

그 어떤 항구에서 부는 바람도 모두 내 거야.

그 바람들은 뱃놈의 지도에 나오는 지역을

모두 알고 있어.

난 그놈을 건초처럼 말릴 거야.

초가지붕 같은 눈꺼풀에 밤이고 낮이고

잠이 걸리지 못하게 할 테야.

놈은 저주받은 인간처럼

일곱 밤을 아홉의 아홉*으로 시달리며 살아

빼빼 말라 쪼그라들게 할 거야.

놈의 배를 침몰시키진 않겠지만,

폭풍우에 쉴 없이 뒤흔들 테야.

이것 좀 봐.

마녀2   어디 좀 보여줘 봐. 보여줘.

마녀1   이건 키잡이의 엄지손가락이야.

고향으로 가다가 파선했지.   (안에서 북소리)

마녀3   북소리다, 북소리!

맥베스가 온 거야.

---

* 아홉의 아홉 : 일곱 밤은 일주일을 가리키므로 아홉의 아홉은 팔십일 주를 가리킨다.

모두   바다와 육지의 발 빠른 파발마,

　우리 운명의 자매들은

　손에 손을 잡고 빙빙 돌아간다, 돌아가.

　너 세 번, 나 세 번,

　또 세 번, 아홉 번에

　쉿! 이제 마법이 걸렸다.

맥베스와 뱅쿠오 등장

맥베스   이처럼 궂고도 아름다운 날*은 처음이오.

뱅쿠오   포리스까진 얼마나 남았소? ──

　이것들은 뭐지? 말라비틀어진 데다가 괴상한

　옷차림을 한 걸로 보아 이 세상 사람들이 아닌 것

　같으면서도 땅 위에 서 있으니?

　살아 있는 것들인가? 아니,

　인간의 질문에 대답이 가능한 것이냐?

　내 말을 알아들은 듯하군. 말라붙은 입술에

　갈라 터진 손가락을 갖다 대는 걸 보니.

---

* 이처럼~날 : 이 대사는 1장의 대사 '아름다운 것은 추한 것, 추한
것은 아름다운 것'과 맥을 같이 한다. 맥베스의 이 대사는 아직 그
가 마녀들을 발견하기 전이지만, 마녀들의 주문이 이미 걸렸음을
알 수 있다. 악마는 마녀들 주변의 대기를 혼탁하게 하여 눈으로
식별하기 어렵게 만드는 능력이 있다고 한다.

여자가 분명한데 수염*이 달려서

꼭 그렇다고는 못하겠군.

맥베스 말하라──너희는 누구냐?

마녀1 맥베스를 환영하라! 글래미스 영주시다!

마녀2 맥베스를 환영하라! 코도 영주시다!

마녀3 맥베스를 환영하라! 왕이 되실 분이다.

뱅쿠오 장군, 이리도 좋은 말을 듣고

어째서 그리 놀라고 두려워하십니까?──진실로 묻건대

너희들은 환영이냐, 아니면 겉보기 그대로냐?

너희가 내 동료에게 현재의 작위와 예견된

고귀한 지위와 왕권에 대한 희망을 주며 맞이해

넋이 나간 것 같은데, 나에겐 말이 없구나.

만약 너희가 시간의 씨앗을 살펴보고

어떤 씨가 자랄지 안 자랄지 알 수 있다면,

내게도 말해다오. 나는 너희들의 호의를

구걸하지도 비방을 두려워하지도 않을 테다.

마녀1 환영하라!

마녀2 환영하라!

마녀3 환영하라!

마녀1 맥베스보단 못 하나 더 위대하신 분!

---

* 수염 : 이 극에서 마녀들은 유형이기도 하고 무형이기도 하며, 성
별도 애매모호한 존재이다.

마녀2 그분보다 운은 못 하나 훨씬 좋으시다!

마녀3 왕이 되지는 못 하지만 왕을 낳을 분!

　그러니 맥베스와 뱅쿠오를 환영하라!

마녀1 맥베스와 뱅쿠오 모두를 환영하라!

맥베스 거기 서라! 이걸로는 미흡하니,

　더 말해 봐라. 선친 파이널*께서 운명하셨으니 나는

　글래미스의 영주다. 하지만 코도 영주라니?

　코도의 영주는 멀쩡히 살아 잘나가지 않느냐?

　게다가 왕이 되는 것은 코도 영주가 되는 것보다

　더 믿기 어려운 일. 너희는 어디서 이런 해괴한 정보를

　얻었는지 말하라. 그리고 왜 이런 황량한 황야에서

　우리의 길을 막고 예언의 인사를 하는 거냐?

　──말하라, 명령이다.　　　　　　　(마녀들이 사라진다)

뱅쿠오 물에 거품이 일듯, 땅에도 거품이 있다면

　바로 이것들이군.──어디로 사라졌소?

맥베스 허공으로 사라졌소. 형체를 지닌 것처럼

　보이더니, 마치 입김처럼 바람 속으로 녹아들었소.

　좀 더 머물러 있었더라면!

뱅쿠오 우리가 말했던 것들이 진짜 여기 있었소,

　아니면 우리가 이성을 마비시켜 미치게 만드는

---

* 파이널 : 맥베스의 아버지 이름이다. '글래미스 영주'는 아버지의
　지위였으며, 지금은 맥베스가 물려받았다.

독초라도 먹은 거요?

맥베스 장군의 후손들이 왕이 된다고 했소.

뱅쿠오 장군이 왕이 된다고 했소.

맥베스 게다가 코도 영주도. 안 그렇소?

뱅쿠오 그렇고말고요.

한데 저 사람은?

로스와 앵거스 등장

로스 맥베스, 폐하께서는 장군의 승리 소식에

크게 기뻐하셨소. 장군이 반란군과 용맹하게

싸웠다는 보고서를 읽으시고는 경탄과 칭송의 두

마음이 앞을 다투는지 어쩔 줄 모르셨소. 곧이어

그날의 나머지 전과를 조용히 살펴보신 후, 장군이

저 견고한 노르웨이군 진영에서 일말의

두려움도 없이 몸소 기이한 죽음의 형상들을

만들었음을 아셨소. 곧 우박처럼 전령들이 속속

도착해 한목소리로 왕국을 지키기 위해 큰 공을

세운 장군의 위업을 폐하 앞에서 쏟아냈소.

앵거스 우리는 폐하가 드리는 감사의 뜻을 표하고,

장군을 어전으로 모셔 가려 왔을 뿐,

포상의 절차는 따로 준비될 것입니다.

로스 폐하께서 하사하실 더 큰 영예의 계약금으로

장군을 코도의 영주라고 칭하라 하셨소.

그 칭호로 환영하오. 그 칭호는 이제 당신의

것입니다, 코도 영주여!

뱅쿠오 뭐라! 악마가 진실을 말하다니!

맥베스 코도 영주는 살아 계시는데, 왜 내게 빌려온

옷을 입히려는 거요?

앵거스 코도 영주였던 자가 살아 있는 것은 사실이나

엄중한 벌을 받고 처형을 앞두고 있습니다.

그가 노르웨이군과 결탁했는지, 반란군에게

남몰래 도움을 주었는지, 아니면 이중으로 나라를

망치려고 했는지 저로서는 알 수 없으나

대역죄를 자백했고, 증거가 드러났으니 그자는

이제 파멸입니다.

맥베스 (방백) 글래미스, 그리고 코도 영주라,

가장 큰 것이 남았다.

(로스와 앵거스에게) 수고들 하셨소.

(뱅쿠오에게 방백) 그대 자손들이 왕이 될 희망을

품어도 되겠군. 나에게 코도 영주가 될 것이라고

예언했던 그것들이 그대에게 그렇게 약속하지 않았소?

뱅쿠오 그걸 곧이곧대로 믿다간 코도 영주뿐 아니라

왕관까지 탐하시겠소. 하지만 괴이하구려.

어둠의 앞잡이들은 사람을 해치려 할 때 가끔 진실을

말하는 법이오. 사소한 진실로 우리의 마음을

사로잡은 뒤 중대한 결말에 이르렀을 때
배반을 한단 말이지요. ─
두 분께 드릴 말씀이 있소이다.

맥베스 (방백) 두 가지는 진실임이 밝혀졌다.
마치 왕권을 주제로 한 웅대한 연극의
상서로운 서막처럼─고맙소이다, 귀공들. ─
(방백) 이 불가사의한 것들의 유혹은 좋을 수도,
나쁠 수도 있다. 만약 나쁜 것이라면 왜
내게 진실을 알려 성공의 확신을 주었을까?
나는 코도 영주다. 만약 좋은 것이라면 왜
그 생각을 떠올리는 것만으로도 무서워서
머리카락이 곤두서고, 평온하던 가슴이
자연의 순리를 거스르며 갈비뼈를 두드릴까?
눈앞의 공포보다 상상 속의 공포가 더 무서운 법.
시역은 아직 상상에 불과하건만, 그 생각이
미약한 나를 거세게 흔들어대니, 내 몸의
기능이 그 때문에 질식할 것 같구나.

뱅쿠오 보시오. 우리의 동료가 넋이 나갔소.

맥베스 (방백) 운이 닿아 왕이 될 운명이면
애쓰지 않아도 왕관을 씌워줄 것이다.

뱅쿠오 새로운 명예를 얻었으니 새 옷을
입어 버릇하지 않으면 어색한 법이오.

맥베스 (방백) 올 테면 오라지.

제아무리 날이 험난해도 시간은 흐른다.

뱅쿠오 장군, 우리가 기다리고 있소이다.

맥베스 미안하오. 잊었던 일이 떠올라
내 아둔한 머리가 넋이 나갔소. 두 분의 노고는
마음에 잘 새겨두고, 언제나 기억하리라.
━자, 폐하께 가십시다.━
(뱅쿠오에게) 오늘 있었던 일은 숙고하신 후에
틈이 나면 서로 흉금을 터놓고 이야기해 봅시다.

뱅쿠오 그러지요.

맥베스 그러면 오늘은 이만하고. ━자, 다들 갑시다.

(모두 퇴장)

1막 4장
(포리스. 왕궁의 한 방)

요란한 나팔소리. 덩컨, 맬컴, 도널베인,
레녹스 그리고 시종들 등장

덩컨 코도의 사형은 집행되었는가? 아니면 그 일을
맡은 집행관이 아직 돌아오지 않았는가?

맬컴 폐하, 아직 당도하지 않았나이다. 하오나
코도의 사형을 목격한 사람이 전하기를,

코도는 자신의 반역죄를 숨김없이 자백하고
폐하의 용서를 빌면서 깊이 참회했다고 합니다.
그자의 일생 중 생을 마감할 때만큼 그다웠던 적이
없었다고 합니다. 마치 자신이 죽는 장면을
외우며 연습한 것처럼, 자신이 지닌 가장 귀한 것을
하찮은 물건 버리듯 했다고 하옵니다.

덩컨   얼굴로 사람의 속내를 알아낼 방도는 없구나.
그자는 과인이 한 점 의심 없이 믿었던 신하였다.

맥베스, 뱅쿠오, 로스, 앵거스 등장

오, 참으로 훌륭한 나의 사촌! 배은망덕의 중죄가
바로 지금까지도 과인의 마음을 짓누르고 있었소.
헌데 그대의 무훈이 너무 앞서가, 나의 빠른 보상에
날개를 달아도 느려 무훈을 따를 수가 없구려.
무훈이 조금만 적었더라도 과인의 칭송과 보상이
균형을 이루었을 텐데! 그 어떤 보상으로도
그대의 몫을 갚을 길이 없단 말만 하겠소.

맥베스   소신들은 무훈과 충성을 바치는 것 자체가
기쁨이니, 폐하께서는 저희의 의무를 받으시면
되옵니다. 저희는 왕실의 자손이자 신하로서
폐하의 권좌와 왕국을 보호할 의무가 있으니
폐하의 안위를 위해 마땅히 해야 할 일을

하는 것뿐입니다.

덩컨 여긴 잘 왔소, 장군. 과인이 그대라는
　　　나무를 심었으니, 울창하게 자라도록
　　　애쓸 것이오. ── 뱅쿠오 장군, 장군의 공도
　　　적지 않으니, 부족하다고 알려져선 아니 되오.
　　　내 그대를 꼭 안아 가슴에 품게 해주오.

뱅쿠오 제가 폐하의 품에서 자란다면,
　　　그 열매는 폐하의 것입니다.

덩컨 크나큰 기쁨이 차올라 넘치며
　　　슬픔의 물방울 속으로 그 모습을
　　　감추려 하오. ──왕자, 친척들, 영주들,
　　　그리고 가까이 서 계신 여러분은 들으시오.
　　　과인은 장자 맬컴을 내 뒤를 이을 왕세자로 책봉하니
　　　지금부터 그를 컴벌랜드 왕자*라 부를 것이오.
　　　그 영예는 그에게만 주어지는 것이 아니라,
　　　명예의 표시가 여러 공신의 머리 위에서
　　　별처럼 빛나게 할 것이오.
　　　(맥베스에게) 자, 이제 장군의 성 인버네스**로 가서
　　　과인과 장군의 결속을 다집시다.

────────────

* 컴벌랜드 왕자 : 스코틀랜드의 왕위는 원래 세습제가 아니었다고
　한다. 그런데 덩컨 왕이 살아생전에 맬컴을 왕위 계승자로 지목하
　여 '컴벌랜드 왕자'라는 칭호를 부여한 것이다.
** 인버네스 : 맥베스의 성채가 있는 스코틀랜드의 마을 이름이다.

맥베스 폐하를 위해 쓰이지 않는 휴식은

노동이니, 저 자신이 선발대가 되어 폐하의 행차

소식을 전해 아내의 귀를 기쁘게 하겠나이다.

그럼 이만 물러가겠습니다.

덩컨 훌륭하다, 코도 영주여!

맥베스 (방백) 컴벌랜드 왕자라! ──내 길을 막았으니,

그것은 내가 걸려 넘어지든지, 아니면 뛰어넘어야 할

벽이다. 별들이여, 빛을 감추어라,

그 빛이 나의 검고 음흉한 야망을 봐서는 안 되니.

눈은 손을 못 본 척하겠지만, 끝내 해치워야 한다.

눈이 보기 두려워할 그 일을.   (퇴장)

덩컨 뱅쿠오 장군, 맥베스는 실로 용맹해서

그에 대한 칭찬을 듣는 것만으로도 내겐

배불리 먹으며 즐기는 향연이라네.

우리를 환영하기 위해 앞서간 장군을 따라갑시다.

그는 누구도 필적 못 할 친척이오.

(나팔소리. 모두 퇴장)

1막 5장
(인버네스. 맥베스 성의 한 방)

맥베스 부인, 편지를 읽으며 등장

맥베스 부인　"그들이 나타난 것은 승전한 날이었소. 난 그들
　　이 인간의 지식 너머의 것을 안다는 사실을 완벽한 예언
　　을 통해 알게 되었소. 내가 더 물어보고 싶은 욕망으로 불
　　타오를 때 그들은 공기가 되어 허공으로 사라져 버렸소.
　　내가 놀라 망연자실해 있을 때, 나를 '코도 영주'라는 작
　　위로 맞이하라는 왕의 전갈이 온 거요. 그 불가사의한 마
　　녀들이 내게 인사했던 그 작위 말이오. 그들은 '환영하라,
　　왕이 되실 분!'이라고도 했다오. 이 사실을 '나의 권세를
　　나누어 가질 소중한 당신'에게 알려 주어 당신의 앞날에
　　어떤 영광이 약속되어 있는지 몰라 마땅히 누려야 할 기
　　쁨을 잃지 않도록 하는 것이 좋겠다고 생각했소. 그 사실
　　을 명심하시오. 그럼 이만."
　　당신은 글래미스 영주이고 코도 영주이십니다.
　　또 다른 예언도 얻을 것입니다. 다만 걱정되는 것은
　　당신의 성품입니다. 가장 빠른 지름길을
　　택하기엔 당신은 너무 인정이 많거든요.
　　당신은 위대해지고 싶어하고 야망도 없지 않지만,
　　그것에 따라야 할 무자비함이 없어요.
　　높은 지위에 오르기를 원하지만
　　고매하게 취하려 드십니다.
　　속임수를 싫어하지만, 부정하게 얻고 싶어하죠.
　　위대하신 글래미스 영주님, 당신은
　　그걸 가지려면 "그렇게 해야만 돼"라고 외치는

것을 갖고 싶어해요. 실행에 옮기기는 두렵지만,
없었기를 바라지 않는 그 일을 하고 싶어해요. 어서
돌아오세요. 당신 귀에 기백을 불어넣고, 운명과
초자연이 당신에게 씌우려는 황금관에 당신의 접근을
방해하는 것을 제 혀끝으로 혼내주겠어요.

전령 등장

그래, 무슨 소식인가?

전령 폐하께서 오늘 저녁 이곳으로 행차하십니다.

맥베스 부인 무슨 정신 나간 소리냐?

주인께선 폐하와 함께 계시지 않느냐?

그렇다면 준비하라고 미리 알렸을 텐데.

전령 황송하오나 사실이며, 영주님께서 오고 계십니다.

제 동료 한 사람이 영주님을 앞질러 와 숨이 끊어질 듯

헐떡이며 겨우 그 소식을 전했습니다.

맥베스 부인 저자를 잘 대접하라,

대단한 소식을 가져왔으니.   (전령 퇴장)

까마귀도 내 성채로 들어올 덩컨의

운명을 울부짖듯 쉰 목소리로 알리는구나.

자, 시역의 음모를 시중드는 악령들아,

이리 와서 나의 여성성을 없애고 정수리부터

발끝까지 무시무시한 잔혹함으로 채워라.

내 피를 탁하게 해 연민으로 이르는 통로를
막아라. 그래서 본성인 측은지심이 날 찾아와
내 잔인한 목표가 흔들리지 않도록 하고,
그 시도와 결과 사이에 평안이 깃들지 못하게
하라. 내 가슴에는 젖 대신 담즙을
채워다오. 살인을 도모하는 살귀들아,
너희는 보이지 않는 형체로 어디에서나
자연의 악행을 거드는구나!
어두운 밤이여, 어서 와서 칠흑 같은 지옥의 연기로
네 몸을 휘감아라. 내 날카로운 칼이 낸 상처를
보지 못하게. 밤의 장막 사이로 내려다본
하늘이 '멈춰!'라고 외치지 않도록!

맥베스 등장

위대하신 글래미스! 코도 영주여!
앞으로는 이 둘보다 더 크게 되어 환영받으실 분!
당신의 편지가 무지한 현재 너머로 날 데려가,
난 지금 이 순간 미래를 느껴요.
맥베스   오, 여보, 덩컨이
오늘 밤 이곳으로 납시오.
맥베스 부인   그럼 언제 떠나나요?
맥베스   내일이오. 예정대로라면.

맥베스 부인   오, 결코 그는

내일의 태양을 보지 못할 것입니다.[*]

영주님, 당신의 얼굴은 책과 같아서 사람들은

거기서 낯선 것들을 읽습니다. 세상 사람들을

속이려면 그들과 같은 표정을 지어야 해요.

당신의 눈과 손과 혀로 환대를 표하세요.

순수한 꽃처럼 보이시되 그 아래는 뱀이 되어야 해요.

손님 맞을 준비를 해야겠어요. 오늘 밤의

거사는 저에게 맡기세요.[**] 이 일은 다가올 날들에

절대적이고 중요한 영향력을 부여해 줄 거예요.

맥베스   나중에 다시 이야기합시다.

맥베스 부인   그저 밝은 표정을 지으세요.

안색이 바뀐다는 것은 두려움의 표시입니다.

나머지는 모두 저에게 맡기세요.   (모두 퇴장)

1막 6장
(맥베스의 성 앞)

---

[*] 내일의~것입니다 : 죽음이 기다린다는 의미임.

[**] 거사는~맡기세요 : 맥베스 부인이 살인을 감행하겠다는 것이 아
니라, 이 일을 적극적으로 추진하겠다는 의미이다.

오보에 소리와 횃불. 덩컨, 맬컴, 도널베인, 뱅쿠오,
레녹스, 맥더프, 로스, 앵거스 및 시종들 등장

덩컨 이 성은 좋은 곳에 자리 잡았군.
  신선하고 향기로운 공기가
  과인의 감각에 젖어드는구려.
뱅쿠오 사원을 즐겨 찾는 여름의 길손인
  제비들이 구애하듯 사랑의 둥지를 튼 걸 보면
  이곳 공기가 신선하다는 걸 입증합니다.
  추녀 끝, 기둥머리, 버팀벽, 모서리 등 전망
  좋은 곳엔 어디에나 그들의 둥지와 새끼 칠
  요람을 매달아 놓았는데, 제가 관찰한 바로는
  새의 번식처는 공기가 맑았습니다.

맥베스 부인 등장

덩컨 보시오! 우리의 안주인을.──
  과인을 따르는 호의가 때로는 성가시지만,
  과인은 그걸 사랑이라 여기기에 고마워합니다.
  부인의 노고를 신께 감사드리니, 부인께
  수고를 끼치는 것을 감사히 여겨주오.
맥베스 부인 폐하께 드리는 신들의 봉사를
  모든 점에서 곱절에 또 곱절을 더한다 한들

폐하께서 저희 가문에 내려주신

깊고도 넓은 영광에 비하면 초라하고

하찮을 뿐입니다. 옛 작위에 더해

금번에 내려주신 영예에 보답하고자 저희는

폐하 위해 은둔 기도를 드립니다.

덩컨 코도 영주는 어디 있는가?

과인은 그를 바짝 뒤쫓아 앞지를 생각이었는데

그가 워낙 승마에 능한 데다

충정이 박차를 가해 서둘러 달리니

과인보다 앞서 당도했구려.

아름답고 고귀한 부인,

오늘 밤 신세 좀 져야겠소.

맥베스 부인 폐하의 종인 저희는 하인과

저희 자신, 그리고 저희의 전 재산을 폐하로부터

위탁받아 소유할 뿐이오니, 폐하가 원하시면 언제라도

결산해서 돌려드리겠습니다.

덩컨 손을 이리 주시고,

나를 성주에게 안내해 주오. 과인이 크게 아끼는 그는

앞으로도 변함없는 총애를 받을 것이오.

그럼 부인, 실례하오.*   (모두 퇴장)

---

* 실례하오 : 성안으로 들어가기 전 덩컨 왕이 맥베스 부인의 손을
잡으며 뺨에 입맞춤하며 하는 말이다.

1막 7장
(같은 곳. 성안의 한 방)

오보에 소리와 횃불. 시종장 및 여러 하인들이 등장하여
무대를 가로질러 간 다음, 맥베스 등장

맥베스 이 일을 해치우는 것으로 모든 게
끝난다면 빠른 편이 좋다. 만약
왕의 암살로 그 결과를 거두어들이고, 그의
죽음으로 성공을 틀어쥘 수 있다면, 그래서
단번의 일격이 전부요, 전체라면──그렇다면
여기, 이쪽, 시간이 여울지는 강변에서 내세야
어떻든 결행해 보리. ── 그러나 이런 일은
여기 이승의 심판을 피할 수 없는 법.
유혈을 가르치면, 그걸 배운 자가 되돌아와
교사한 자를 괴롭히고, 공평한 정의의 법관은
우리가 탄 독배를 스스로 마시라고 종용한다.
왕은 나를 이중으로 신뢰하기에 여기에 머문다.
우선 나는 그의 친척이자 신하이니 그런 행위를
결사반대해야 옳고, 다음으로는 손님을 맞은
집주인으로서 암살자에게 빗장을 걸어야 마땅한 내가
칼을 쥘 순 없다. 더구나 덩컨 왕은 자비롭고
청렴하게 왕권을 행사해 한 점 오점도 남기지 않았기에,

그의 덕행은 크게 저주받을 암살에 맞서
천사의 나팔처럼 그를 변론할 것이다.
또한 동정의 목소리는 벌거벗은 갓난아기의 모습으로
돌풍 타고, 아니면 보이지 않는 대기의 준마를 탄
하늘의 천사처럼, 이 끔찍한 만행을 모든 이의
눈에 띄게 하여 눈물로 바람을 잠재우리라. ─
내 음모에 박차를 가할 거라곤
끓어오르는 야심뿐인데, 자칫 혼자 날뛰다
반대편으로 나가떨어질 수 있다.

맥베스 부인 등장

아니, 무슨 일이라도 있소?
맥베스 부인 그의 저녁 식사가 끝나갑니다.
왜 방에서 나가셨어요?
맥베스 그가 나를 찾으셨소?
맥베스 부인 그러리란 걸 몰랐어요?
맥베스 그 일은 더는 추진하지 맙시다.
그는 최근 내게 은혜를 베푸셨고,
나는 여러 사람의 금빛 찬사를 받았소.
이제 막 새로운 명성을 얻어 빛을 발하니,
그 빛을 빨리 벗고 싶지 않소.
맥베스 부인 당신이 입었던 그 희망은 술에 취했나요?

그래서 잠들었나요?

잠에서 깨어나 보니 아까는 그리도 쉽게 보이던

것이 이제는 두렵게 보인단 말입니까?

이제부터 당신의 사랑도 그런 줄 알겠어요.

당신은 욕망하는 만큼 행동력과

용기를 갖기가 두려운 거죠?

인생의 멋진 장신구를 갖고 싶어 하면서도

스스로를 겁쟁이라 평가하며 속담 속의

가련한 고양이*처럼 "갖고 싶어" 하면서도

"감히 그걸 어떻게"라고 대꾸하며 평생

비겁하게 사시겠다는 겁니까?

맥베스   제발 그만하시오.

남자다운 일이라면 무엇이든 감행하겠지만,

선을 넘는 것은 인간이 할 짓이 못 되오.

맥베스 부인   그렇다면

그 계획을 나에게 털어놨을 때**는 짐승이었나요?

그 일을 감행코자 할 때 당신은 남자였고,

전보다 더 과감해져 훨씬 더 큰 남자가

되려 했어요. 그때는 시간과 장소가 적절치

---

* 속담~고양이 : 물고기를 먹고 싶어하나 앞발을 물에 적시기 싫어
  한다는 내용.

** 나에게 털어놨을 때 : 맥베스 부부가 이전에 이미 왕의 시해를 모
  의했음을 입증한다.

않았는데도 당신이 맞추려 했는데, 이제 그 두 가지가

마련되자 이 절호의 기회가 당신의 기를 꺾는군요.

나는 젖을 빨려봐서 내 젖을 빠는 아이가 얼마나

애틋한지 알아요. 만일 제가 당신처럼 그 일을 두고

맹세했다면, 그 아이가 제 얼굴을 보며 웃고

있을지라도 아이의 이 없는 말랑한 잇몸에서

제 젖꼭지를 확 뽑고 내던져 머리를 박살 냈을 거예요.

맥베스 우리가 실패한다면?

맥베스 부인 실패하다니요? 당신이 용기를 낸다면

실패하지 않아요. 덩컨이 잠들면 (종일 힘든 여행을

했으니 곤하게 잠들 겁니다) 그의 침실 시종

두 명에게 포도주를 폭음케 해 곯아떨어지게

만들겠어요. 그러면 두뇌의 파수꾼인 기억력은

증발되고, 이성을 담은 저장고는 증류기가 되겠죠.

술에 곯아떨어진 그들이 돼지 잠에 빠져 죽은 듯

누워 있으면, 당신과 내가 무방비인 덩컨에게

못할 일이 뭐겠어요? 술에 만취한 시종들에게

시역 죄를 덮어씌우는 건 어때요?

맥베스 사내아이만 낳으시오!

당신의 두려움 모르는 그 기질은 사내만을

빚어낼 테니. 왕의 침실을 지키며 조는

두 시종에게 피칠갑을 해두고, 그들의

칼을 사용한다면 그들의 소행으로

생각하지 않겠소?

맥베스 부인 누가 감히 아니라고 생각하겠어요?

우리가 왕의 죽음을 요란하게 비탄하며

아우성칠 텐데?

맥베스 이제 결심했소.

온 힘을 다해 이 무시무시한 일을 해내겠소.

자, 고운 모습으로 세상 사람들을 현혹하고

고약한 속내는 가면으로 가립시다.

(모두 퇴장)

2막 1장
(같은 곳. 성안의 뜰)

뱅쿠오와 횃불을 든 플리언스 등장

뱅쿠오 애야, 밤이 얼마나 깊었느냐?

플리언스 달은 졌고, 종소리는 듣지 못했습니다.

뱅쿠오 달은 자정에 진다.

플리언스 자정은 지난 것 같아요.

뱅쿠오 자, 이 검을 받아라.──하늘도 절약하는구나.
　그들의 촛불이 다 꺼진 걸 보니. 이것도 받아라.
　졸음이 무거운 납덩이처럼 날 눌러도
　자고 싶지 않다. 자비로운 신이시여,
　잠이 들면 못 막는 저주받을 망상들을
　억눌러주소서!──내 검을 다오.

맥베스와 횃불을 든 하인 등장

누구냐?

맥베스 친구요!

뱅쿠오 아니, 장군! 아직 안 잤소? 폐하께서는
침소에 드셨소. 폐하께선 유난히 기뻐하시며
장군의 종복들에게 푸짐한 선물을 내리시고,
부인께도 극진한 대접을 받았다며 감사의 표시로
다이아몬드를 하사하셨고, 더없이
만족해하며 하루를 끝내셨소.

맥베스 준비가 미흡해서 많이 아쉬웠소.
여유가 있었다면 더 잘 대접했을 텐데.

뱅쿠오 모든 것이 좋았소.
간밤에 운명의 세 마녀의 꿈을 꾸었는데,
그들이 장군에 대해 말한 예언 일부는 적중했지요.

맥베스 난 그들 생각을 못 했지만,
내가 시간을 내달라고 간청할 때 장군이 시간을
내준다면 같이 그 문제를 논의하고 싶소.

뱅쿠오 편하실 때 언제든 좋습니다.

맥베스 때가 되어 장군이 나와 의기투합해 준다면
영예를 얻을 것이오.

뱅쿠오 영예를 더하려다 오히려 먹칠하는 일이 아니라면,
마음은 더없이 자유롭고, 결백하게 충성심을
지킬 수 있다면, 그것에 따르겠소.

맥베스 그럼 편히 쉬시오!

뱅쿠오 고맙소. 장군도 편히 쉬시오.

(뱅쿠오와 플리언스 퇴장)

맥베스 마님께 전하라. 술이 준비되면

종을 쳐 알리라고. 넌 가서 자거라.　　　　　(하인 퇴장)

눈앞에 어른거리는 것이 단검이냐,

자루가 나를 향한 이것이? 어디 잡아보자.──

손에 잡히지는 않지만, 여전히 눈앞에 보인다.

불길한 환영이여, 너는 눈에는 보이나

만질 수는 없단 말이냐? 아니면 너는 단지

열에 들뜬 뇌가 만든 허상일 뿐이냐?

아직도 보이는구나. 내가 뽑아 든

이 단검처럼 만져볼 수 있는 형태로.

넌 내가 가려던 방향으로 날 인도하는구나.

내가 쓰려던 흉기도 바로 이런 것이었지.

──내 눈이 다른 감각의 놀림감이 된 것인가,

아니면 다른 감각보다 영리해진

것인가?* 아직도 보인다. 검의 날과

손잡이에 묻은 핏방울까지. 조금 전에는 없었는데.

── 이런 게 있을 리 없어. 이건 내가 세운 피비린

---

*내 눈이~것인가 : 다른 감각들은 느끼지 못하는데, 눈만 헛것을 보
고 있거나 다른 감각들의 능력을 총동원해야만 지금 눈으로 보는
것을 감지할 수 있을 것이라는 의미이다.

계획이 만든 환상이야. 세상의 절반은 잠든 듯하고,
악몽은 장막 친 잠을 능욕하는구나. 마법은 창백한
헤카테*의 종자들을 섬기고, 초췌한 살인마는
자신의 보호자이자 파수꾼인 늑대의 울부짖는
신호에 깨어나 루크레티아를 능욕하러 가던 때의
타르퀸**의 발걸음으로 제물을 향하여
유령처럼 움직인다.──그대 요지부동한 대지여!
내 발길이 어디로 향하건 발소리를 듣지 마라.
행여 자갈들이 내가 향할 곳 지껄여
이 시각에 어울리는 눈앞의 공포를 앗아갈까
두려우니. ── 그는 내가 입으로 위협하면
산 목숨으로 남는다. 말은 실행의 열기를
식히려고 차가운 입김을 불어댄다.*** (종소리가 들린다)
내가 가면 일은 끝난다. 종소리가 날 부른다.
덩컨 왕이여, 저 소리를 듣지 마라. 이 종소리는
그대를 천국, 아니면 지옥으로 인도하는 조종이니. (퇴장)

---

* 헤카테 : 그리스 신화 속의 마법과 주술의 여신이다.
** 타르퀸 : 로마의 마지막 왕이었던 타르퀸은 귀족의 아내인 루
크레티아를 겁탈했고, 이 일은 로마의 왕정이 끝나는 계기가 되
었다.
*** 말은~불어댄다 : 말과 행동 사이의 괴리는 『햄릿』의 주요 주제
다. 이 주제가 『맥베스』에서는 다른 형태로 재현된다.

2막 2장
(같은 곳)

맥베스 부인 등장

맥베스 부인   저자들을 취하게 한 술이 날 대담하게 하고,
  저들을 잠재운 것이 내게 불을 지폈다.──쉿! 조용히!
  올빼미 소리다. 이 죽음의 야경꾼은 가혹한 작별을 한다지.[*]
  그이는 일냈어. 문은 열려 있고, 만취한 시종들은
  코를 골며 자신들의 임무를 비웃고 있다.
  저들의 술에 약을 탔으니, 삶의 신과 죽음의 신이
  그들을 살릴지 죽일지 다투고 있겠지.
맥베스   (안에서) 누구냐?──여봐라!
맥베스 부인   이런, 그들이 깨어나 일을 그르치는
  게 아닌지 걱정이다.──시도만 하고 완수하지 못하면
  우리는 파멸이다.──가만!──그들 칼을 놔뒀으니,
  못 볼 리 없어.──잠든 왕이 내 아버지를
  닮지만 않았어도 내가 해치웠으련만.──여보!

맥베스 등장

---

[*] 이 죽음의~한다지? : 사형수가 죽기 전날 밤에 올빼미가 운다고
한다. 그래서 올빼미의 밤인사를 두려워하는 것이다.

맥베스   일은 해치웠소. 아무 소리 못 들었소?

맥베스 부인   올빼미의 비명과 귀뚜라미 소리가 들렸어요.

　당신이 무슨 말 하지 않았어요?

맥베스   언제?

맥베스 부인   방금요.

맥베스   내려올 때?

맥베스 부인   네.

맥베스   쉿!　　　　　　　　　　　　　　(둘이 귀를 기울인다)

　두 번째 방에는 누가 자지?

맥베스 부인   도널베인이요.

맥베스   이 무슨 비참한 꼴인가!

맥베스 부인   비참하다는 건 바보 같은 말이에요.

맥베스   한쪽은 잠결에 낄낄대며 웃었고, 한쪽은

　"살인이다!"라고 소릴 쳤소. 그래서 둘은 깼지.

　난 서서 둘의 말을 들었는데, 그들은 기도를 하고는

　다시 잠이 들었소.

맥베스 부인   둘은 함께 자고 있어요.

맥베스   한쪽이 "자비를 베푸소서!" 하자, 다른 쪽이

　"아멘!"이라고 응답했소. 망나니의 손*을

　보기라도 한 듯이. 그들의 공포를 보며 난 '자비를

---

* 망나니의 손 : 덩컨을 살해하여 피 묻은 손.

베푸소서!'를 듣고 '아멘!'이라고 할 수 없었소.*

맥베스 부인　너무 깊이 생각 마세요.

맥베스　한데 난 왜 '아멘!'이라고 하지 못했을까?
신의 자비가 간절히 필요할 때 '아멘!'이
목구멍에 걸려 나오질 않더군.

맥베스 부인　이 일을 그런 식으로 생각해선
안 돼요. 그러면 우린 미쳐요.

맥베스　이런 외침을 들은 것 같소. '이제 잠은 없어.
맥베스가 잠을 죽였다'는. ——순수한 잠,
뒤얽힌 근심의 실타래를 풀어주는 잠,
매일의 삶을 마감하는 멈춤이자 고된 노고를 씻는 목욕,
상처 입은 마음의 진정제요, 대자연이 베푸는 정찬,
인생이란 향연의 자양분인.——

맥베스 부인　무슨 말씀이세요?

맥베스　여전히 온 집안에 울리오. '이젠
잠은 없어'라고. '글래미스가 잠을
죽였으니 코도는 다시는 잠들지 못하며,
맥베스도 더는 잠들지 못하리.'

맥베스 부인　그렇게 외치는 게 누구예요? 보세요, 영주님,
그런 이상한 생각을 하는 데 고귀한 기력을 쏟다니요.

---

* 아멘이라고 할 수 없었소 : 맥베스는 자신의 잔혹한 행위가 신의
자비와 용서를 받지 못할 것을 알았음을 암시한다.

자, 약간의 물로 더러운 증거를 씻어버리세요.

그 단검은 왜 가져오신 거예요?

그것들은 거기 있어야 해요. 자, 가져가서 잠자는

시종들에게 피 칠을 해놓으세요.

맥베스 더는 못 가겠소.

내가 저지른 일을 생각하면 두렵고,

감히 그걸 다시 볼 자신도 없소.

맥베스 부인 의지가 그리 나약해서야!

그 단검을 이리 주세요. 잠든 자와 죽은 자는

그림에 불과해요. 그림 속의 악마는

아이들 눈에나 무서워요. 그가 아직 피를

흘리면 시종들의 얼굴에 발라줄 거예요.

그자들이 한 짓으로 보여야 하니까요.

(퇴장. 안에서 문 두드리는 소리)

맥베스 누가 저렇게 문을 두드리는 걸까?

소리만 들어도 오싹해지니 내가 왜 이럴까?

이 손은 뭐람? 하! 손이 눈을 뽑는구나.

넵튠이 다스리는 모든 대양의 물로

내 손의 피를 씻어낼 수 있을까? 아냐.

오히려 내 손이 무한한 바닷물을 핏빛으로 물들여

푸른 바다를 붉게 바꿔놓을 거야.

맥베스 부인 다시 등장

맥베스 부인 제 손도 당신과 같은 색깔이지만

심장은 창피하게 하얗게 질리지 않았어요.   (노크)

남쪽 문을 두드리고 있어요.— 자러 가요.

약간의 물이면 우리의 혐의를 깨끗이 지울 수 있어요.

얼마나 간단해요. 당신의 단호한 의지가

당신을 버려둔 채 떠나버렸군요.

(노크) 쉿! 또 두드리는군요.

잠옷을 걸쳐요. 누가 불렀을 때

깨어 있는 게 알려져선 안 되니까요.

   — 궁상맞게 생각에 빠져 계시면 안 돼요.

맥베스 저지른 짓을 아느니, 차라리 날 잊고 싶소.

(노크) 그 소리로 덩컨을 깨워라.

아, 그러면 얼마나 좋을까.   (모두 퇴장)

2막 3장
(같은 장소)

문지기 등장

(안에서 노크)

문지기 정말 시끄럽게 두드려대는군. 지옥문의 문지기라
도 옛날에 열어줬을 거야. (노크) 두드려, 쾅! 쾅! 바알세

불*의 이름으로 묻겠다. 누구냐?── 풍년이 올 것 같아 목매단 농부께서 오셨군. 들어오시게, 시간의 추종자, 자살한 대가로 진땀깨나 흘려야 하니까 손수건이나 충분히 챙겨두시지. (노크) 두드려, 쾅! 쾅! 다른 악마의 이름으로 묻노니, 거기 누구냐? 옳지, 저울의 양쪽 눈금에 거짓 맹세하며 사람을 속인 궤변가**께서 오셨군. 신의 이름 팔아 대역죄를 범했지만, 하늘을 상대로 사기 치진 못했구나. 오, 들어오시게, 궤변가 양반! (노크) 두드려, 쾅! 쾅! 이번엔 누구냐?──옳지, 프랑스식 바지 만들며 옷감깨나 뒤로 빼돌린 잉글랜드 재단사로군. 어서 들어오시지, 재단사 양반. 여기는 당신 다리미 달구기에 딱이니까. (노크) 두드려, 쾅! 쾅! 잠시도 조용할 틈이 없군. 넌 대체 누구냐? 하지만 여긴 지옥치고는 너무 춥단 말이야. 지옥의 문지기 노릇은 더는 못해 먹겠다. 환락의 꽃길 헤매다가 영원한 지옥불로 들어가는 사람들을 모든 업종에서 몇 명씩 추리려고 했는데, (노크) 간다, 가. 금방 가! 제발 이 문지기를 잊지 마시길. (문을 연다)

---

* 바알세블 : 악마들의 괴수.
** 궤변가 : 예수회 신부들을 가리키며, 구체적으로 예수회 대교구장이었던 헨리 가넷을 지칭한다. 1605년에 폭약음모 사건에 연루되어 재판을 받았던 그는 무죄를 고수하기 위해 애매한 대답을 할 권리를 주장했다.

맥더프와 레녹스 등장

맥더프 이보게, 이렇게까지 늦잠을 자는 걸 보니,
어젯밤에 꽤 늦게 잠자리에 들었나 보군.

문지기 그랬습죠, 나리. 두 번째 닭이 울 때*까지 퍼마셨습
죠. 근데 술이라는 놈은 크게 세 가지를 자극합죠.

맥더프 술이 자극한다는 세 가지가 뭔가?

문지기 예, 나리, 딸기코에 졸음, 오줌입죠. 술은 장군님, 색
욕을 불끈 솟구치게도 하고 가라앉히게도 하지요. 욕망
을 일으키나 실행할 능력을 빼앗아버립죠. 그런고로 과
음은 색욕에 있어서는 궤변 떠는 놈이라 할 수 있는데, 녀
석에게 성냈다가 풀 죽게 하고, 부추겨놓았나 싶으면 낙
담시키고, 설득했다가 실망하게 하고, 세웠다가 주저앉
게 만듭니다. 결론적으로 술꾼을 궤변으로 속여 잠 속으
로 자빠뜨린 다음에야 떠나버립니다.

맥더프 간밤에 마신 술이 자넬 자빠뜨렸군.

문지기 그렇습죠, 나리! 바로 제 목을 눌렀습죠만, 놈의 거
짓말에 소인이 앙갚음을 해줬습죠. 말인즉슨 놈이 때론
제 다리를 잡았지만, 소인이 힘이 더 센지라 결국 놈을 메
다꽂았단 말씀입죠.

맥더프 주인께서는 일어나셨나?

---

* 두 번째 닭이 울 때 : 새벽 세 시를 가리킨다.

맥베스 등장

　문 두드리는 소리에 깨신 모양이군. 이리로 오신다.

레녹스　안녕하십니까!

맥베스　두 분도 잘 주무셨소?

맥더프　폐하께서는 기침하셨습니까? .

맥베스　아직 아니오.

맥더프　시간 맞춰 깨우라 하셨는데,

　하마터면 늦을 뻔했군요.

맥베스　폐하께 안내하지요.

맥더프　장군께는 이 일이 즐거운 수고겠지만,

　고생은 고생이지요.

맥베스　즐기며 하는 일은 힘들지 않는 법이지요.

　이쪽 문이오.

맥더프　무엄하지만 들어가 보겠소.

　제게 시키신 일인지라.　　　　　　　　　　(퇴장)

레녹스　폐하께선 오늘 떠나십니까?

맥베스　그러시기로 되어 있소.

레녹스　지난밤은 날씨 한번 사납더군요.

　우리 숙소의 굴뚝이 바람에 무너졌습니다.

　사람들 말로는 허공에서 곡소리와 기괴한 단말마,

　비통한 시기에 새롭게 발생할 혼란스러운 사건을

　예고하듯 올빼미가 밤새 울었다고 합니다.

또한 대지가 열병이라도 걸린 것처럼

떨었다고도 하고요.

맥베스 난폭한 밤이었소.

레녹스 아직 젊은 제 기억으로는

그것과 견줄 만한 밤은 없었습니다.

맥더프 다시 등장

맥더프 오, 무섭다, 무서워!

생각으로도 말로도 못 밝힐 일이다!

맥베스·레녹스 어찌 된 일이오?

맥더프 혼란이 끔찍한 재앙을 불러왔소.

신성모독적 살인마가 신의 기름 부음을 받은

신전*을 파괴하고, 생명을 약탈해 갔습니다.

맥베스 생명이라 하셨소?

레녹스 폐하 말씀입니까?

맥더프 침소로 들어가서 새로 태어난 고르곤**을 보시면

---

* 기름 부음을~ 신전 : 여기서는 덩컨 왕의 육신을 은유적으로 비유
한 말이다. 성경에 나오는 '주님께서 기름 부은 자'와 '그대들은 살
아 있는 하느님의 신전'이니라를 합쳐서 만든 대사다.

** 고르곤 : 그리스 신화에 등장하는 흉측한 모습의 세 자매로, 머리
카락은 뱀이며, 멧돼지의 어금니를 지녔다. 눈을 마주치면 누구
든 온몸이 굳어져 돌로 변하게 하는 능력을 지녔다고 전해진다.

두 분 눈이 멀고 말 거요.——내게 말하라 말고

가서 보고 나서 말하시오.——　　　　(맥베스와 레녹스 퇴장)

깨어나시오, 깨어나!

경종을 울려라.——살인이다, 반역이다!

뱅쿠오, 도널베인! 맬컴은 일어나시오.

죽음의 모조품인 솜털 잠을 떨쳐내고

죽음의 실체를 보시오.——자, 일어나서 보시오.

대심판의 참상을!——맬컴! 뱅쿠오!

무덤에서 일어나듯 일어나 유령처럼 걸어와

이 끔찍한 참상을 보시오.　　　　　　　(경종이 울린다)

맥베스 부인 등장

맥베스 부인　무슨 일이 일어났기에 소름 끼치는

종을 울려 잠자는 사람들을 불러내는

건가요? 말을 좀 해보세요.

맥더프　오, 부인!

부인은 제 말을 들으시면 안 됩니다.

여자의 귀에 이 말을 되풀이하면

생명을 앗아갈 수 있으니까요.

뱅쿠오 등장

오, 뱅쿠오! 뱅쿠오!

우리의 주군께서 살해당하셨소.

맥베스 부인 아니, 이럴 수가!

아니, 우리 집에서?

뱅쿠오 그곳이 어디건 잔혹한 일이오.

맥더프 장군, 부탁이니 그대가 한 말을

아니라고 부인해 주오.

맥베스, 레녹스 다시 등장

맥베스 이 참사가 일어나기 한 시간 전에만

죽었어도 나는 축복받았다고 했으련만.

지금 이 순간부터 내 삶에 중요한 건

아무것도 없고, 만사가 하찮고, 명예와

미덕은 죽어 사라졌소. 생명의 포도주가

다 빠져나간 저장고에는

자랑거리라곤 찌꺼기뿐이오.

맬컴과 도널베인 등장

도널베인 무엇이 잘못됐소?

맥베스 두 분과 관련된 일인데,

모르시다니요. 왕자님들의 피의 샘, 생명의 근원인

수원이 끊겼소. 그 근원이 끊겼소.

맥더프 부친인 국왕께서 살해됐습니다.

맬컴 네? 대체 누구에게?

레녹스 폐하의 침소를 지키던 자들의 소행 같습니다.
　놈들의 손과 얼굴은 온통 피투성이고,
　단검은 닦지도 않은 채 베개 위에 있었는데
　놈들은 그걸 멍하니 바라보고 있었지요.
　사람 목숨을 맡길 만한 위인이 못 되는데.

맥베스 아, 격분해서 놈들을 베어버린 게
　후회막급이오.

맥더프 왜 그러셨소?

맥베스 누가 혼돈 중에 현명할 수 있고,
　부드러운 격분으로 충성의 중립을 지킬 수
　있겠소? 없지요. 폐하 향한 내 뜨거운 충정이
　이성을 신속히 앞질렀소.── 여기 누워 계신 덩컨
　왕의 은빛 피부는 황금색 선혈로 수놓여
　있고, 옥체에 깊이 베인 칼자국들은
　파괴적 파멸이 들어가려고 뚫은 생명 벽의
　구멍 같았소. 저편에는 자객들이 자기네
　직업색*에 걸맞은 핏빛으로 물들어 있고, 놈들의

---

* 직업 색 : 자객들은 살인 청부업에 속하므로 그 업종을 가장 잘 나타내 보여 주는 것이 핏빛이다.

단검은 무례하게 피 바지[*]를 입고 있었소.

마음에 충정이 있고, 그걸 알리고 싶은 용기를

가졌다면 그 누가 참았겠소?

맥베스 부인 아, 절 좀 데려가 주세요.

맥더프 부인을 돌보시오.

맬컴 (도널베인에게 방백) 우린 왜 입을 다물고 있지.

우리에게 이 사태를 논할 권리가 있는데?

도널베인 (맬컴에게 방백) 여기서 무슨 말을 하겠어요.

운명이 송곳 구멍에 숨었다 튀어나와

우리를 채갈지도 모르는데? 떠나요,

눈물을 흘릴 때가 아니니.

맬컴 (도널베인에게 방백) 너무 큰 슬픔에

눈물도 안 나오는구나.

뱅쿠오 부인을 돌봐드리시오.

(맥베스 부인, 부축을 받으며 나간다)

제대로 갖춰 입지 못해 떨고 있는 우리의 알몸을

수습한 뒤에 다시 만나 극악무도한

시해의 진상을 조사해 밝힙시다.

공포와 혼란에 몸서리가 쳐집니다만,

나는 신의 편에 서서 아직 드러나지 않은

역적의 음모에 대항해 싸우겠소.

---

* 피 바지 : 피 범벅이 된 칼집을 말한다.

맥더프 나도 그러겠소.

모두 우리 모두 그럽시다.

맥베스 그럼 복장을 갖춰 입은 다음

홀에서 만납시다.

모두 그럽시다.　　　　　(맬컴과 도널베인만 남고 모두 퇴장)

맬컴 넌 어쩔 거냐? 저들과 어울려선 안 돼.

위선자들은 거짓 슬픔을 잘도 꾸며 대니까.

난 잉글랜드로 가겠어.

도널베인 저는 아일랜드로 가겠어요.

헤어지는 것이 더 안전합니다. 이곳의

미소 속에는 칼날이 숨어 있어요.

가까운 핏줄이 더 잔인하죠.

맬컴 살기 품은 화살이 아직 날아가는 중이니,

표적물이 되어서는 안 돼. 그러니 말에 올라

작별 인사를 한답시고 격식 차릴 것 없이 그냥

빠져나가라. 자비심이 없는 곳에서는

몰래 도망치는 것도 죄가 아니니.　　　　　(모두 퇴장)

2막 4장
(성 밖)

로스와 노인 등장

노인 칠십 평생의 일을 난 또렷이 기억하고
　　　 있소. 세월이란 책에서 끔찍한 시절과
　　　 괴이한 일들도 겪었지만, 섬뜩했던 지난밤은
　　　 과거의 경험들을 하찮게 만들더군요.

로스 오, 노인장,
　　　 하늘도 인간의 소행이 괘씸한지
　　　 이 유혈의 무대를 위협하고 있군요.
　　　 시각이 낮인데 밤의 장막이 운행 중인 태양의
　　　 목을 조르오. 태양이 생기 품은 대지에
　　　 입 맞추어야 할 때 암흑이 지표면을
　　　 매장한 것은 밤이 승리했기 때문일까요,
　　　 낮이 악행 보길 수치스러웠기 때문일까요?

노인 해괴한 일이오.
　　　 이미 저질러진 그 일처럼. 지난 화요일엔
　　　 나선형으로 한껏 치솟은 매를
　　　 쥐나 잡아먹는 올빼미가 덮쳐서 죽이더군요.

로스 참으로 괴이한 일이 또 있소.
　　　 훌륭하고 재빨라 무리 중에 최고로 총애받던
　　　 덩컨 왕의 말들이 (괴이하나 사실이오)
　　　 성정이 사나워져서 마구간을 쳐부수고
　　　 인간과 전쟁이라도 벌이려는 듯
　　　 복종을 거부하며 뛰쳐나갔다고 합니다.

노인 서로를 물어뜯었다고 하던데요.

로스 그랬습니다. 내 눈으로 직접 목격하고
경악했지요.

맥더프 등장

저기 맥더프 영주께서 오시는군요.
세상이 어찌 돌아가는 겁니까?

맥더프 왜, 안 보이십니까?

로스 이런 잔악한 짓을 저지른 자가 밝혀졌소?

맥더프 맥베스가 죽인 자들의 짓이라오.

로스 이런, 설마!
무얼 바라고 그랬답니까?

맥더프 매수당한 거요.
국왕의 두 아들 맬컴과 도널베인이 도피했으니,
그들에게 이 일의 혐의를 둘 수밖에 없지요.

로스 천인공노할 일이오. 절제 없는 야심이
자기 생명의 근원을 집어삼켰군요.
그렇다면 왕권은 맥베스에게로 돌아가겠군요.

맥더프 그는 이미 추대되어 대관식을 거행하러
스쿤*으로 떠났소.

로스 덩컨 왕의 유해는?

_____

* 스쿤 : 스코틀랜드 왕들의 대관식이 거행되었던 곳이다.

맥더프 콤킬*로 운구되었소.

　선왕들의 유해가 안치된 신성한 묘소지요.

로스 스쿤으로 가십니까?

맥더프 아니오. 파이프**로 갈 거요.

로스 그럼, 저는 스쿤으로 가겠습니다.

맥더프 그곳에서 모든 일이 순조롭길 빌겠소. 안녕히!

　부디 우리의 낡은 예복이 새 의복보다 입기에 편안하지

　않길 바랄 뿐이오.

로스 잘 가시오, 노인장!

노인 신의 축복이 당신과 함께하기를. 악을 선으로, 원수를

　친구로 만드는 사람에게도 축복이 함께하길!

　　　　　　　　　　　　　　　　　　　　　　(모두 퇴장)

---

* 콤킬 : 해브리디스 제도에 있는 '아이오나'라고 불리는 섬이다.

** 파이프 : 맥더프는 파이프의 영주다.

3막 1장
(포리스. 궁정의 어느 방)

뱅쿠오 등장

뱅쿠오　이제 당신은 마녀들이 약속한 대로
왕위와 코도, 글래미스를 모두 차지했구나.
운명의 여인들이 약속했던 대로. 내 생각엔
그것들을 손에 넣으려 부정한 반칙을 범한
것 같단 말이야. 허나 당신의 후손이 아니라,
내가 수많은 왕의 시조가 될 것이란 말을
했었지. 그들의 말이 사실이라면 (맥메스에게
했던 그 말이 빛나듯이) 내게 했던 말 또한
그리되게 하여 희망을 주지 않겠는가?
하지만 쉿! 그만하자.

팡파르 소리와 함께 왕이 된 맥베스, 왕비가 된
맥베스 부인, 레녹스, 로스, 귀족들과 시종들 등장

맥베스   우리의 주빈이 여기 계셨군.

맥베스 부인   이분을 잊는다면

우리의 성대한 잔치에 큰 흠이 생겨

격이 떨어질 거예요.

맥베스   뱅쿠오 장군, 오늘 밤 과인이 향연을

베풀고자 하니 참석해 주기 바라오.

뱅쿠오   폐하께서 내리는 명령은

제 의무에 절대 풀리지 않는 매듭으로

영원히 묶일 것이옵니다.

맥베스   오후에 말을 타시오?

뱅쿠오   예, 폐하!

맥베스   안 그러면 오늘 회의에서

장군의 신중하고 유익한 고견을 들어볼까 했소.

그럼 내일 듣도록 합시다. 멀리 가오?

뱅쿠오   폐하, 지금 출발하면 향연

때까지 꼬박 걸릴 정도의 거리입니다.

말이 잘 달려주지 않으면 어두운 밤을

한두 시간 빌려야 하겠지요.

맥베스   향연에 꼭 참석하시오.

뱅쿠오   폐하, 그러겠나이다.

맥베스   듣자 하니 과인의 잔악한 사촌들이

잉글랜드와 아일랜드에 머무르며

잔인한 존속살해의 죄는 덮고,

괴이한 낭설*을 퍼뜨린다고 하더이다.

허나 그 일은 우리 둘이 다른

국정 현안과 더불어 처리하도록 하오.

자, 어서 말에 오르시오.

돌아올 때까지 몸조심하시오.

플리언스도 함께 가오?

뱅쿠오 예, 폐하! 이제 떠날 때가 됐습니다.

맥베스 장군의 튼튼한 말이 날쌨으면 하오.

그럼 말 등에 그대들을 맡기겠소.

잘 다녀오시오. (뱅쿠오 퇴장)

자, 모두들 저녁 일곱 시까지는

자유로운 시간을 가지시오.

만찬의 밤을 유쾌한 자리로 만들기 위해

과인도 저녁때까지는 홀로 있겠소.

그럼 그때 봅시다. (맥베스와 시종만 남고 모두 퇴장)

여봐라, 네게 할 말이 있다.

그자들이 기다리고 있느냐?

시종 예, 폐하! 궁궐 밖에서요.

맥베스 그자들을 들라 하라. (시종 퇴장)

안전이 보장되지 못한다면 모든 건 헛수고야.

뱅쿠오에 대한 두려움이 내게 깊이 박혀 있으며,

----

* 낭설 : 덩컨 왕을 시해한 범인으로 맥베스를 지목한다는 소문.

제왕 같은 그의 성품은 두려움에 떨게 한다.

그는 실로 대담한데, 그의 불굴의 기질과 용맹성은

계획한 바를 안전하게 실천할 지혜를 갖게 한다.

내가 두려워하는 존재는 오직 그 하나다.

마르쿠스 안토니의 수호신이 시저*에게 당했듯

나의 수호신도 그 앞에서는 꼼짝을 못 한다.

그는 마녀들이 처음 내게 왕이라는 호칭을 썼을 때,

그들을 꾸짖으며 자신에게도 말하라 명령했다.

그러자 그들은 예언처럼 왕들의 시조로 환영했지.

그들은 내 머리에는 결실 없는 왕관을 씌우고,

내 손에는 불모의 홀을 주어 혈통 밖의 자손에게

왕위를 빼앗기게 만들었다. 내 자손이 계승하지

못하게. 그렇다면 나는 뱅쿠오의 자손 위해

인자한 덩컨 왕을 살해해 내 마음을 더럽혔고,

그들을 위해 내 평온한 마음의 술잔에 쓰디쓴 원한을

풀어 넣었다. 그자의 자손을 왕으로 만들기 위해

공공의 적인 악마에게 내 불멸의 영혼을 내주었다.

그들을, 뱅쿠오의 씨앗을 왕으로 만들기 위해!

그럴 바엔 자, 운명아, 결전의 장에 들어와

나와 끝까지 겨뤄보자. ──누구냐?──

---

* 시저 : 줄리어스 시저가 아닌 안토니와 함께 제2차 삼두정치를 한
세 집정관 중 한 명이었던 옥타비우스 시저를 말한다.

시종이 자객 둘을 데리고 다시 등장

너는 다시 부를 때까지 문밖에서 대기하라. (시종 퇴장)

우리가 얘기를 나눈 것이 어제였던가?

자객1 그러하옵니다, 폐하!

맥베스 그렇다면 내 말을 숙고해 보았느냐?

지난날 너희들을 큰 불행에 빠뜨린 자가

이 죄 없는 과인이 아니라, 바로 그였음을?

지난번 만남에서 그 점을 밝혀줬고, 증거를

같이 살펴보았다. 그자가 너희를 어떻게 억압하고

기만했는지, 앞잡이와 조종자들,

그 밖의 모든 것을 일일이 입증해

보여주었으니 반편이나 실성한 자라도

'뱅쿠오 짓이군!'이라고 말할 것이다.

자객1 그렇게 알려주셨지요.

맥베스 그랬다. 바로 그것 때문에 우리가

두 번째로 만나는 것이다. 너희들은 인내심이

얼마나 강하기에 이 일을 그냥 지나친단 말이냐?

너희는 그 가혹한 손이 너희의 목줄을 누르고,

너희 가족을 굶주리게 했는데도 그자와

그자의 후손을 위해 기도할 만큼

순종적이란 말이냐?

자객1 저희도 사내입니다, 폐하.

맥베스 그렇다. 명목상으로는 너희도 사내 축에 들지.
사냥개, 그레이하운드, 잡종 개, 스패니얼, 똥개, 털개,
물개, 늑대 피가 섞인 들개도 모두 개라는 명칭으로
불리듯 말이다. 그러나 품질 감정서에는 빠른 놈,
느린 놈, 영리한 놈, 집 지키는 개, 사냥개 등 아낌없이
베푸는 대자연이 부여한 재능에 따라 구별되어
적혀 있다. 그래서 모두를 싸잡아 적어두는 명단과는
다른 호칭을 부여받는 거지. 사내도 마찬가지다.
자, 자네들도 문서에는 사내의 한 자리를 차지하고
있지만, 서열의 밑바닥이 아니라면 그렇다고 말해
보아라. 이제 내가 너희 가슴에 일거리를 안겨주려
한다. 일이 성취되면 원수를 없애는 것은 물론이고,
과인의 신임과 총애도 움켜쥘 것이다. 그자가 살아
있는 한 과인은 질병에서 헤어 나오지 못한다. 허나
그자가 죽는다면 온전해질 것이다.

자객2 폐하, 저는 살아오면서 몸서리가 쳐지는 농락을
견디느라 분통이 끓어올라 세상에 분풀이하는
일이라면 무엇이든 가리지 않습니다.

자객1 저 역시 극한의 재난에 지치고
거듭되는 불운에 시달린 터라 이젠 목숨을 운에 맡기고,
운명을 바꾸든 죽음을 택하든 하겠습니다.

맥베스 너희는 알겠지, 뱅쿠오가 너희 원수라는 것을.

자객들 예, 폐하!

맥베스 나 역시 똑같다. 살아 있는 매 순간 그는
내 급소를 찌를 수 있을 만큼 가까이 서 있다.
물론 내가 권력을 이용해 보란 듯이 그를
내 눈앞에서 쓸어버리고, 내 뜻을 정당화할
수도 있지만 그럴 수가 없다. 친구 몇 명이
그와 나 양쪽에 걸쳐져 있는데, 내가 이들의 호의를
버릴 수 없으니, 내 손으로 때려눕힌 그
죽음을 비통해해야 한다. 이러한 이유로
너희에게 도움을 청하는 거다.
몇 가지 중요한 이유가 있으니, 그 일은
은밀히 처리해야 한다.

자객2 폐하의 명령을 거행하겠습니다.

자객1 목숨을 바쳐서라도……

맥베스 결의가 빛나는구나. 늦어도 한 시간 내에
너희가 잠복할 곳과 거사를 결행할 정확한
시각을 통보하겠다. 이 일은 오늘 밤, 궁궐
밖에서 결행해야 한다. 잊지 마라. 나는 깔끔한
일 처리를 원한다는걸. 그와 함께 이 일의 후환을
남겨선 안 되기에 동행하는 아들 플리언스도
암흑의 운명을 맞아야 한다. 그를 없애는 것도
그 아비를 없애는 것 못지않게 중요하다.
물러가서 마음을 다잡도록 하라.
곧 사람을 보내겠다.

자객들 결심을 굳혔습니다, 폐하!

맥베스 곧 부를 테니 안에서 기다려라.── (자객들 퇴장)

　다 끝났다, 뱅쿠오. 그대의 영혼이 날아올라

　천국을 찾으려면, 그건 오늘 밤이어야 해. (퇴장)

3막 2장
(같은 장소, 다른 방)

맥베스 부인과 시종 한 명 등장

맥베스 부인 뱅쿠오 장군이 궁전을 떠났느냐?

시종 예, 마마! 하지만 오늘 밤에 다시 돌아올 것입니다.

맥베스 부인 폐하께 말씀드려라.

　틈날 때 드릴 말씀이 있다고.

시종 예, 마마! (퇴장)

맥베스 부인 얻은 것도 없이 기진맥진하다.

　만족을 모르는 욕심을 채우려 하기 때문이다.

　살인을 저지르고 불안한 기쁨을 누리느니

　차라리 살해당하는 편이 나았겠어.[*]

---

[*] 차라리~나았겠어 : 맥베스 부인 역시 남편처럼 덩컨 왕 시해 후 불안에 시달리고 있다.

맥베스 등장

아니, 폐하! 어찌 홀로 계십니까?
암울한 환상을 친구 삼으시고,
망자와 함께 죽었어야 할 생각을 좇으시나요?
해결책이 없는 일은 놓아버리세요.
저질러진 일은 끝난 것이니까요.

맥베스　우린 뱀에게 상처만 입혔을 뿐,
죽이지는 못했소. 그놈이 원상태로 회복되면
어설픈 우리의 악행이 옛 독니에 물릴 위험이 있소.
두려움에 떨며 식사하고, 밤마다 무시무시한
악몽의 고통에 시달리느니 차라리 만물의 틀 산산이
해체되고, 천지가 무너져 내리는 게 낫겠소.
고문당하는 마음으로 불안하게 누워 있느니 평화를
얻기 위해 침묵시킨 그자와 함께하는 게 낫겠소.
무덤 속에 있는 덩컨 왕은 삶이란 변덕스러운
열병을 앓고 나서 편히 잠들었소.
최악의 반역을 겪었으니 칼도, 독약도, 내란도,
외침도 더는 그를 괴롭히지 못하오.

맥베스 부인　됐어요, 자애로운 폐하!
험상궂은 표정 매끈히 펴시고
오늘 밤 초대한 손님들에게 밝게 보여야지요.

맥베스   그렇게 하겠소, 부인. 당신도 그러시오.

뱅쿠오 장군에게 각별히 신경 써서

눈빛으로나 말로나 극진히 대우해 주시오.

한동안 안심할 수 없으니, 국왕이라는

명예 따위는 아첨이라는 물결에 담그고

얼굴을 가면 삼아 본심을 감춰야겠소.

맥베스 부인   그만하세요.

맥베스   오, 내 마음은 전갈들로 우글거리오.

알다시피 아직 뱅쿠오와 플리언스가 살아 있소.

맥베스 부인   그렇지만, 그들의 생명도

영원하지 않아요.

맥베스   그 점이 위안이 되오. 공격할 수 있으니. 그러니

기뻐하시오. 수도원의 박쥐가 은신처로 날아오르기

전에, 분뇨 먹은 풍뎅이가 사악한 헤카테의 부름을

받고 졸음에 겨운 날갯짓하며 밤의 소리를 내기

전에 무시무시한 일이 벌어질 것이오.

맥베스 부인   무슨 일이 벌어지는데요?

맥베스   귀여운 햇병아리, 모른 척 있다가

일이 성사되면 찬사나 보내시오.

오라, 밤이여! 자비로운 낮의 눈 가리고,

피 묻은 그대의 보이지 않는 손으로,

나를 질리게 하는 생명의 증서를 파기해

갈가리 찢어버려라. ─빛은 엷어지고

까마귀는 시커먼 숲속으로 날아든다.

대낮의 선한 것들은 눈을 내리깔며 졸기 시작하고,

밤의 사악한 무리들은 먹잇감을 찾아 일어난다.

내 말에 놀랐구려. 허나 진정하시오.

악으로 시작된 일은 악으로 인해 견고해지는 법.

그러니 자, 나와 함께 갑시다.   (모두 퇴장)

3막 3장
(궁궐 근처의 수렵장)

세 명의 자객 등장

자객1 헌데 누가 우리 일에 함께하라고 했소?

자객3 맥베스요.

자객2 의심할 여지가 없군. 이자가

　　　　우리의 임무를 정확히 알려주는 걸 보니.

자객1 그럼 함께하는 거요.

　　　　서쪽엔 아직 석양빛이 남았으니, 길을 재촉하는

　　　　나그네는 여인숙에 들기 위해 서둘러 박차를 가하고,

　　　　우리의 표적도 가까이 오고 있으렷다!

자객3 쉿! 말발굽 소리요.

뱅쿠오 (멀리서) 여봐라, 횃불을 가져오너라.

자객2 바로 그자요.

초대 명단에 올라 있는 다른 사람들은

모두 궁에 들어왔으니까.

자객1 말들이 돌아가는군.

자객3 1마일 정도요. 이자는, 다른 이들도 그렇지만,

평소엔 여기서부터 궁궐 문까지 걸어가곤 하지.

뱅쿠오와 횃불을 든 플리언스 등장

자객2 횃불이다, 횃불!

자객3 그자요!

자객1 기다려라.

뱅쿠오 오늘 밤엔 비가 올 것 같군.

자객1 쏟아지라고 해.

(자객1이 횃불을 쳐서 끄자 나머지 둘이 뱅쿠오를 습격한다)

뱅쿠오 오, 배신이다! 도망쳐라, 플리언스, 도망쳐!

원수를 갚아다오. 아, 비열한 놈!

(뱅쿠오는 죽고, 플리언스는 도망친다)

자객3 누가 불을 끈 거요?

자객1 그러기로 한 것 아니오?

자객3 한 놈만 처리하고, 아들놈은 도망쳤소.

자객2 우리 일의 중요한 절반을 놓쳤소.

자객1 자, 가서 처리한 일을 보고하세. (모두 퇴장)

3막 4장
(궁전 안의 귀빈실)

연회가 준비되어 있다. 맥베스, 맥베스 부인,
로스, 레녹스, 귀족들과 시종들 등장

맥베스 서열을 알 테니 그에 따라 앉으시오.

위로나 아래로나 모두 충심으로 환영하오.

귀족들 황공하옵니다, 폐하.

(맥베스가 부인을 단상으로 인도한다. 귀족들은 긴 식탁의
양편으로 앉으며 식탁 머리에 좌석을 하나 남겨둔다)

맥베스 과인도 경들과 같이 어울리며

미흡하지만 주인 노릇을 할까 하오.

(맥베스 부인 앉는다)

안주인이 옥좌를 지키는데, 적당한 때 여러분께

환영사를 표하도록 과인이 요청해 볼까 하오.

맥베스 부인 폐하, 저를 대신해 모든 분께 환영 인사를

해주시옵소서. 진심으로 환영한다고 말입니다.

첫 번째 자객, 문간에 등장

맥베스 보시오. 모두 당신에게 진심으로 감사를 표하오.

양쪽의 수가 같으니 나는 중앙에 앉겠소.

마음껏 즐기시오. 자, 큰 술잔을 좌중에 돌려가며

축배를 들도록 합시다.

(문 쪽의 자객1에게 다가간다) 네 얼굴에 피가 묻었구나.

자객1 뱅쿠오의 피입니다.

맥베스 그 피는 그자의 몸에 있는 것보다

네 얼굴에 있는 게 낫구나.

해치웠느냐?

자객1 예, 그자의 목을 베었습니다, 폐하.

제가 했습니다.

맥베스 넌 최고의 망나니로다.

허나 플리언스를 처치한 사람도 훌륭해!

그걸 네가 했다면 너는 천하제일이다.

자객1 폐하, 플리언스는 놓쳤습니다.

맥베스 그렇다면 발작이 도지겠구나.

놈을 해치웠다면 나는 완벽할 텐데.

대리석처럼 티 없고, 바위처럼 굳건하고,

우리를 감싼 공기처럼 거침없고 자유로울 텐데.

하지만 난 다시 오만한 의심과 두려움에

붙들려 감금되었다. ── 뱅쿠오는 확실하지?

자객1 예, 폐하! 개골창에 처박혔습니다.

머리에 큰 상처를 스무 군데나 입었습니다.

가장 작은 상처조차 치명적이었습니다.

맥베스 그 점은 고맙구나.──

큰 독사는 죽었다. 도망친 새끼 독사는

자라면서 독을 품게 되겠지만,

당장은 독니가 없다.──가라.

내일 다시 이야기하자.　　　　　　　　　(자객 1 퇴장)

맥베스 부인　폐하, 환대의 표시를 하지 않으셨어요.

향연에서 환대하여 반기지 않으면

사 먹는 거나 다름없습니다.

허기 채우는 거야 집이 제일이지요.

외부의 식사에서 음식 맛을 내는 최고의 양념은

격식이니, 그게 없는 향연은 무의미합니다.

맥베스　때맞춰 상기시켜주었구려.

자, 마음껏 드시고, 왕성한 소화력으로

여러분 모두 건강하시길!

레녹스　폐하, 앉으시지요.

맥베스　자애로운 뱅쿠오 장군이 참석했다면

고관대작이 모두 한자리에 모이는 건데.

뱅쿠오의 유령이 등장하여 맥베스 자리에 앉는다.

나는 그의 불참을 동정하기보다

매정함을 꾸짖고 싶소.

로스　폐하, 그가 약속하고도

참석 안 함은 비난받아 마땅합니다. 폐하께서

저희와 함께하는 영광 베풀어주십시오.

맥베스 자리가 다 찼군.

레녹스 여기 좌석이 마련되어 있습니다.

맥베스 어디요?

레녹스 여깁니다, 폐하! 어인 일로 그리 놀라십니까?

맥베스 누가 이런 짓*을 했소?

귀족들 무슨 말씀인지요!

맥베스 내가 했다고는 말 못 할 것이다.

피투성이 머리채를 내게 흔들지 마라.

로스 여러분, 일어납시다. 폐하께서 몸이 불편하신가 봅니다.

맥베스 부인 여러분, 앉아 계세요.

폐하께서는 종종 이러십니다. 소싯적부터요.

그러니 앉아 계십시오. 발작은 일시적이니 이내

가라앉습니다. 여러분이 지켜보면 심기가 불편해

발작이 길어집니다. 그러니 개의치 마시고 드세요.

──당신도 대장부입니까?

맥베스 그렇소. 용감무쌍한 대장부요. 악마가 봐도

소름 돋을 광경도 난 노려봐.

맥베스 부인 정말 못 봐주겠어요.

이건 당신의 공포심이 그려낸 허상일 뿐이에요.

---

* 이런 짓 : 뱅쿠오의 유령을 보고 하는 대사이다.

당신을 덩컨 왕에게 인도한 그 단검과 같은 거라고요.

오! 사실인 양 우리를 공포로 몰아넣어

놀라게 하는 것은, 실은 겨울철 불가에서

할머니들이 풀어놓는 이야기로, 여자들이나

좋아하는 거지요. 부끄러운 줄 아세요.

왜 그런 얼굴을 하세요.

다 끝난 일인데 당신은 빈 의자만 바라보시는군요.

맥베스   제발 저길 좀 보시오.

보라고! 보란 말이오! 자, 어떻소?

내가 왜 걱정하지? 끄덕이니, 말해 보아라.——

납골당과 무덤이 우리가 묻은 것들을

돌려보낸다면, 솔개의 밥통을

무덤으로 삼아야겠다.*   (유령 퇴장)

맥베스 부인   뭐예요, 기가 꺾여 망발을?

맥베스   틀림없이 그자를 봤소!

맥베스 부인   이런, 창피하게!

맥베스   사람은 전에도 피를 흘렸다. 먼 옛날,

인도적 법률이 사회를 정화해 평화롭기 전부터.

그렇다, 그 후에도 듣는 것이 몸서리가 쳐지는

살육이 행해졌다. 지난 시절엔

---

* 솔개의~삼아야겠다 : 솔개가 시체를 다 먹어 치우게 해야만 무덤
에서 시체가 나오는 일이 생기지 않을 것이라는 뜻.

뇌수가 터지면 사람은 죽고, 그것으로 끝이었다.

그런데 지금은 머리에 치명상을

스무 군데나 입고도 다시 살아나

산 사람을 의자에서 밀어내는구나.

이건 어떤 살인보다 기괴하다.

맥베스 부인   존귀하신 폐하, 손님들이 기다리고 계십니다.

맥베스   깜박했구려.

놀라워 마오. 소중한 분들,

내겐 괴이한 질병이 있다오. 과인을 아는 사람들에겐

별일 아니지만. 자, 우리의 우정과 건강을 위해!

그럼, 과인도 앉으리다. ── 내게도 술을 한 잔 따라라.

가득! ── 여기 계신 분들과 없어서 서운한

과인의 친구 뱅쿠오 장군을 위하여!

그가 참석했다면 얼마나 좋겠소!

유령, 다시 등장

경들과 그를 위해,

그리고 서로를 위해 건배합시다.

귀족들   폐하를 위하여!

맥베스   물러가라. 내 눈앞에서 썩 꺼져! 땅속으로 사라져!

네 뼈는 골수가 빠졌고, 피는 싸늘하게 식었다.

나를 노려보는 그 눈은 사물을 보는 능력이 없다.

맥베스 부인 여러분, 이런 일은

습관에 지나지 않습니다. 별일 아닙니다.

단지 만찬의 흥을 깬 것뿐입니다.

맥베스 남자가 해야 할 일은 뭐든 해.

그대가 털북숭이 러시아 곰처럼, 무장한

코뿔소처럼, 혹은 히르카니아* 범처럼

돌진해 와도 좋아. 이런 모습만 아니라면 내

탄탄한 힘줄은 절대 떨지 않을 것이다.

아니면 다시 살아나 검을 들고 황야에서 내게 덤벼라.

그때도 내가 무서워 떤다면, 날 계집이라고 선언해라.

꺼져라, 공포의 그림자야!

거짓 환영아, 꺼져라! ─   (유령, 사라진다)

그래. ─ 네놈이 가고 나니

난 다시 남자다워졌다. ─ 여러분, 앉으시오.

맥베스 부인 객쩍은 행동으로 좌중의 흥을 깨는 바람에

훌륭한 연회를 망치고 말았군요.

맥베스 여름날의 구름처럼 갑자기

나를 덮치는데 어찌 놀라지 않겠소?

난 당신 때문에 내가 가진 기질이 낯설게

느껴지오. 생각해 보니 내 뺨은 겁에 질려

---

* 히르카니아 : 이란 북부 카스피해의 남안을 차지하는 지역의 옛
지명.

새하얀데 그런 광경을 보고도 뺨이 본래의

홍조를 유지하고 있으니 말이오.

로스   어떤 광경 말씀이십니까, 폐하?

맥베스 부인   제발 아무 말 마십시오. 점점 나빠지십니다.

질문하면 더 격노하십니다. 일단 돌아가시지요.

순서를 기다리지 마시고 함께 나가주세요.

레녹스   안녕히 주무시고,

폐하의 쾌유를 빕니다.

맥베스 부인   여러분 모두 편히 주무세요!

(귀족들과 시종들 퇴장)

맥베스   피는 피를 부를 거요.

피는 피를 부르는 법이니. 돌이 움직이고

나무가 말을 한다지 않소. 까치와 갈까마귀,

당까마귀들을 통해 점술과 예언으로 깊이 숨은

살인자를 밝혀냈다고 했소. 밤이 얼마나 깊었소?

맥베스 부인   밤이 아침과 다투는 중이라 분간이 안 됩니다.

맥베스   어떻게 생각하시오. 과인의 부름을 받고도

맥더프가 참석하지 않은 것을?

맥베스 부인   그자에게 사람을 보냈어요?

맥베스   우연히 들었소. 하지만 사람을 보낼 거요.

매수한 하인을 심어 두지 않은 집이 없소.

난 내일 (아침 일찍이) 마녀들을 찾아가

좀 더 말하게 하겠소. 최악의 수단을 써서,

최악의 것을 얻더라도 알아내겠소. 나의 안위를

위해서라면 만사가 다 뒷전이오.

나는 핏속으로 너무 깊이 빠져들어, 더 나아가는 것은

둘째치고, 되돌아가는 것도 나아가는 것만큼이나

어려워졌소. 내 머릿속에 드는 기이한

생각들을 즉각 손으로 넘겨 숙고할 것 없이

실행하고 말겠소.

맥베스 부인　당신은 만물을 보존하는 잠이 부족합니다.

맥베스　자, 침소에 듭시다. 내가 본 괴이한 망상은

풋내기들이나 느낄 공포니 수련이 필요하오.

우린 아직 이런 일이 미숙한가 보오.　　　(모두 퇴장)

3막 5장
(황야)

천둥과 함께 등장한 세 마녀, 헤카테를 만난다.

마녀1　무슨 일이오, 헤카테. 화나신 것 같군요.

헤카테　그럼 화가 안 나겠어? 뻔뻔하고 건방진

할망구들 같으니라고. 감히 너희들이 죽음과

관련된 수수께끼로 맥베스와 거래하려 들다니?

마법의 주인이자 모든 해악의 은밀한 고안자인

나를 배제하고 거래해? 게다가 뛰어난 내 재주를
보여줄 기회조차 뺏다니 말이야.
더욱 나쁜 건 너희가 저지른 짓이 심술궂은
옹고집을 위해서라는 거야.
다른 놈들처럼 그자도 너희를 위해서가 아니라
자신의 목적만 위하는 인간이야.
그러니 이제 잘못을 바로잡아야 해.
가라, 아침에 지옥의 아케론 동굴에서 만나자.
그가 자신의 운명을 알아내려고 그리로 올 테니.
너희는 마법에 필요한 주문과 도구들을
갖춰놓아라. 나는 하늘을 날아갈 거야.
오늘 밤은 음침하고 치명적인 운명을
준비할 거야. 큰일은 정오 전에 성사시켜야 해.
저기 달님의 한쪽 귀퉁이에 신기한 증기
방울이 매달려 있구나. 그게 땅에 떨어지기
전에 받아둬야겠다. 그걸 마술로 증류시키면
인공 유령을 만들 수 있는데, 그것의 속임수를 빌려
그자를 파멸로 이끌 거야. 놈은 운명을
콧방귀 뀌고, 죽음을 비웃고, 자신의 소망을
지혜와 은총, 두려움보다 위에 둘 거야.
너희도 알다시피 과신은 인간의 가장 큰 적이야.

(안에서 음악 소리 들린다)

쉿, 나를 부르는 소리다. 나의 꼬마 정령이

안개 자욱한 구름 위에 앉아 날 기다리고 있다.   (퇴장)

마녀1 자, 서두르자. 그녀가 곧 돌아올 테니까. (모두 퇴장)

3막 6장
(스코틀랜드의 어느 곳)

레녹스와 한 귀족 등장

레녹스 제 말은 경의 생각과 일치하는 것은 물론이고,
더 넓은 해석도 가능한데, 사태가 묘하다는
사실을 알려드리지요. 자비로운 덩컨 왕이 죽음을
당하고, 맥베스의 애도를 받았지요. ── 허나
돌아가셨으니까. ── 용맹한 뱅쿠오 장군은 너무 늦은
밤에 돌아다녔습니다. (우리끼리지만) 플리언스가
죽였다고 할 수 있지요. 도망쳤으니까.
늦은 시간에 다니면 안 됩니다. 맬컴과
도널베인이 인자하신 부왕을 살해한 일을 두고
소름 끼치는 일이라고 여기지 않을 자 누구겠습니까?
천벌받을 짓이지요! 맥베스는 충성스런 격분을 주체
못해 술의 노예이자 잠의 포로인 두 종놈을
난도질했지요. 그건 고귀한 행동이지요? 그래요.
현명한 일이지요. 놈들이 자기 죄를 부인하는 소리를

들었다면 용기 있는 사람이라면 격분했을 테니까요.

그러니 그는 만사를 잘 처리한 셈입니다.

그리고 내 생각에 덩컨 왕의 두 아들이 그의 손에

들어오면 (하늘이여, 절대 그렇게 되지 않기를)

아버지를 살해한 대가가 어떤 건지 똑똑히

깨닫게 되겠지요. 플리언스도 마찬가지고요.

하지만 쉿! 할 말을 당당히 하고, 폭군의 향연에

불참한 맥더프가 왕의 눈 밖에 난 것 같습니다.

그가 어디에 몸을 숨겼는지 아십니까?*

귀족 타고난 권리를 폭군에게 빼앗긴 덩컨 왕의

아드님은 잉글랜드 궁에 계시는데, 경건한 에드먼드

폐하로부터 융숭한 환대를 받는다고 하니

아무리 사나운 운수도 그분의 존엄을 훼손하진

못하는군요. 맥더프는 그리로 가서 그 신성한 왕께

도움을 청했고, 그분의 조력으로 노섬벌랜드 백작과

용맹한 시워드 장군을 일깨우러 갔답니다. 이 일을

승인하신 하느님과 그분들의 도움으로 우리는

예전처럼 다시 식탁에 고기를 올리고, 밤에는

단잠을 자며, 향연의 잔치에선 피비린

칼을 거두고, 헌신적 충성과 참 명예를

---

* 제 말은~아십니까 : 레녹스는 이 대사를 통해 역설적인 어조로 맥
베스를 비난하고 있다.

얻을 수 있을 것이오.

이 소식을 접한 왕은 격분해서

전쟁 준비를 하고 있습니다.

레녹스 그가 맥더프에게 사람을 보냈습니까?

귀족 보냈지만, 맥더프는 단호하게 "안 가겠소"라고

거절했답니다. 결국 사신은 얼굴을 찌푸리며 "이따위

대답으로 나를 궁지에 몰아넣은 걸 후회할 것"이라고

투덜거렸다 하오.

레녹스 그런 대답을 했다면,

그분에게 조심하라고 일러주고 지혜롭게

몸을 피하라고 알려드려야겠습니다.

잉글랜드 궁으로 성스러운 천사가 날아가

맥더프가 닿기 전에 그의 전언 알려주고,

저주받은 손 아래 신음하는 이 나라에

속히 은총을 내려주소서!

귀족 나의 기도도 실어 보내겠소.

(모두 퇴장)

4막 1장
(포리스에 있는 집. 중앙에 끓는 가마솥)

천둥소리. 세 마녀 차례로 한 명씩 등장

마녀1 얼룩고양이가 세 번 울었어.

마녀2 고슴도치는 세 번하고 한 번 더 울었어.

마녀3 하피어*가 울었어. ──때가 왔다, 때가!

마녀1 가마솥 주위를 돌아라.

　　독기 묻은 내장을 넣어라.

　　차가운 바위 아래에서 삼십 일하고도

　　하루 더 독기 품고 잠자다 잡힌 두꺼비야,

　　네놈 먼저 끓어라, 마법의 가마솥에서.

모두 고생도 두 배로, 고통도 두 배로.

　　불꽃아 타올라라, 가마솥아 끓어라.

────────────

* 하피어 : 세 번째 마녀의 영물이다.

마녀2   늪지대에 사는 뱀의 살점아,

가마솥 안에서 익어라.

도롱뇽의 눈알, 개구리의 발,

박쥐의 깃털, 개의 혓바닥,

독사의 갈라진 혀, 눈먼 뱀의 독침,

도마뱀 다리와 부엉이 날개도

무서운 재앙 몰고 올 마약을 만들게

지옥의 죽처럼 끓고 끓어라.

모두   고생도 두 배로, 고통도 두 배로.

불꽃아 타올라라, 가마솥아 끓어라.

마녀3   용의 비늘, 늑대의 이빨,

마녀의 미라, 포식한 상어 밥통과

아가리 뒤섞고, 한밤중에 캐낸 독당근 뿌리,

불경스러운 유대 놈의 간,

산양의 쓸개즙, 월식 때 베어낸

무덤가의 주목* 잔가지,

튀르키예 놈의 코와 타타르 놈**의 입술,

창녀가 개천에 내지른 뒤 목 졸라 죽인 아기 손가락,

---

* 주목 : 예로부터 무덤가에 무성하게 자라는 주목에는 사람의 정신을 흐리게 하는 독성이 있다고 여겨졌다.

** 유대인, 튀르키예인, 타타르인의 신체 : 이들 종족을 잔인하게 비하하는 것은 셰익스피어 생존 당시 만연했던 인종 차별주의를 엿볼 수 있는 대목이다.

호랑이 내장도 넣어 걸쭉하게 끓여라.

모두 고생도 두 배, 고통도 두 배로.

불꽃아, 타올라라. 가마솥아, 끓어라.

마녀2 개코원숭이 피로 끓인 죽을 식혀라.

그러면 마력의 효험이 더욱 강해질 테니.

헤카테, 다른 세 명의 마녀를 데리고 등장

헤카테 오, 잘했어. 수고 많았다.

여기서 얻은 이득은 골고루 나눠 갖자.

자, 이제 요정이나 선녀처럼 원을 그리며

집어넣은 모든 것에 마술을 걸어

가마솥 주위에서 노래하라.

(음악이 흐르며 '검은 정령'이라는 노래가 들린다.

헤카테와 다른 세 마녀 모두 퇴장)

마녀2 엄지손가락이 쑤시는 걸 보니

사악한 것이 이리로 오는 모양이야.

(노크) 자물쇠여, 열려라. 누가 문을 두드리든.

맥베스 등장

맥베스 어두운 한밤중에 은밀히 음모를 꾸미는 마녀들아!

무슨 짓을 하느냐?

모두　이름 붙일 수 없는 일이오.

맥베스　너희의 마술에 걸고 엄숙하게 묻노니,
　어떤 수단을 써서 알아내든 내 말에 답하라.
　너희들이 바람을 풀어 교회와 맞서든,
　거품 이는 파도로 선박을 파선시켜 삼켜버리든,
　익은 곡식 쓰러지고 나무가 쓰러지든,
　성곽이 파수병들 머리 위로 무너지든,
　궁궐과 피라미드가 땅을 향해 고개를 숙이든,
　대자연의 보배인 씨앗들이 뒤섞여
　파멸하고 병든다 해도 너희들은
　내 질문에 대답하라.

마녀1　말씀하시오.

마녀2　물어보세요.

마녀3　대답하리라.

마녀1　말하시오. 우리에게 들으시겠소, 아니면
　우리 상전들한테 들으시겠소?

맥베스　그들을 불러라. 만나보겠다.

마녀1　갓난 제 새끼 아홉 마리를
　먹어 치운 암퇘지의 핏물을 부어라.
　땀처럼 교수대에 흘러내린 살인자의
　기름도 저 불 속에 던져 넣어라.

모두　지위가 높건 낮건 나와서
　자신의 임무를 잽싸게 밝혀라.

천둥. 무장한 첫 번째 환영 등장

맥베스 말하라, 신통력을 지닌 자여—

마녀1 당신 마음 알고 계시니,

　아무 말 말고 듣기만 하시오.

환영1 맥베스, 맥베스, 맥베스! 맥더프를 조심하라.

　파이프의 영주를 조심하라.

　이것으로 충분하니 가겠어.　　　　　　(환영1 사라진다)

맥베스 네 정체가 무어든 그 경고 고맙다.

　내가 두려워하는 바를 정확히 짚었다. 한마디만 더.

마녀1 명령은 듣지 않아요. 여기 또 왔어요.

　첫 번째보다 더 신통하지요.

천둥. 피투성이 어린이 모습의 두 번째 환영 등장

환영2 맥베스, 맥베스, 맥베스!—

맥베스 내 귀가 셋이라도 그대의 말을 들어주마.

환영2 잔인하고 대담하고 꿋꿋해야 한다.

　인간의 능력 따윈 우습게 생각하라.

　여자에게서 태어난 자는 그 누구도 맥베스를

　해치지 못하리니.　　　　　　　　　　(내려간다)

맥베스 그렇다면 살아 있어라, 맥더프.

　내가 너를 왜 두려워하겠어?

하지만 확신에 확신을 거듭받기 위해
넌 살지 못한다는 운명의 보증을 받겠다.
창백한 내 심장에게 거짓말 말라고 호통치고
천둥이 쳐도 잠들 수 있도록. ──

　　　　천둥. 왕관을 쓰고 나뭇가지를
　　　　손에 든 세 번째 아이 환영 등장

이건 뭐냐?
왕위 계승자의 모습을 한
어린아이의 이마에 지존의 왕관이 씌어져
떠오른 것은?

모두　듣기만 하고 말은 마시오.

환영3　사자처럼 당당해져라. 짜증을 내건
안달하건, 반역하는 무리들은 신경 쓰지 마라.
거대한 버남 숲이 던시네인 언덕을 향해
맥베스를 공격하기 전에는
절대 정복되지 않을 테니.　　　　　　　　　(내려간다)

맥베스　그런 일은 결단코 없을 것이다.
그 누가 숲을 징발하고, 나무더러 땅에 내린
제 뿌리를 뽑으라고 명령한단 말이냐? 달콤한
예언이로다. 좋아! 죽은 너 역적아, 버남 숲이 깨어나기
전에는 절대 깨어나선 안 된다. 왕좌에 높이 앉은

맥베스는 대자연이 허락한 천수를 누리다가
시간의 숙명 따라 숨을 거둘 것이니라. 허나
내 가슴이 한 가지 더 알고 싶어 요동치는구나.
말해 다오. (네 마술로 그게 가능하다면) 뱅쿠오의
후손이 이 나라를 통치하는 날이 오는가?

모두 더는 알려 들지 마오.

맥베스 알아야겠다. 답변을 거절하면
영원한 저주가 내릴 것이다! 알려다오.──
저 가마솥은 왜 내려가느냐?
이건 무슨 소리냐? (오보에 소리)

마녀1 보여줘라!

마녀2 보여줘라!

마녀3 보여줘라!

모두 보여줘서 그의 마음을 비탄에 빠지게 하라.
그림자처럼 왔다가 그림자처럼 떠나가라.

여덟 명의 왕이 등장.
마지막 왕의 손에 거울이 들려 있고,
뱅쿠오의 유령이 뒤따른다

맥베스 너는 뱅쿠오의 유령과 너무나 닮았다. 꺼져라!
그 왕관이 내 눈알을 태울 것 같다..──황금관을 쓴
너의 머리칼은 첫째와 닮았고,

셋째도 먼저 것과 비슷하구나. ── 역겨운 마녀들아!

왜 이런 걸 보여주느냐? ── 네 번째도? ── 눈알이

빠져나오겠군. 뭐냐! 이 혈통이 최후의 심판 날까지

간단 말인가? 또 나타났느냐? 일곱 번째냐?

더는 보지 않겠다. ── 여덟 번째가 거울*을

들고 나타나 더 많은 왕을 보여주는구나.

두 겹의 보주와 세 겹의 왕홀**을 쥔 이도 있구나.

끔찍한 모습이다. ── 이제 사실임을 알았다.

피투성이 뱅쿠오가 내게 자기 자손을

가리키며 웃는 걸 보니. ── 아니! 그래?

마녀1 그래요. 모두가 사실이에요. ──

헌데 맥베스는 어째서 기겁해 있지?──

자, 얘들아, 저분 기분을 풀어주고,

최고로 기뻐할 만한 것을 보여드리자.

나는 공기에 주문을 걸어 음악을 뽑을 테니

너희는 환상적인 윤무를 추어라.

---

* 거울 : 사물을 비추는 거울이 아니라 마법의 거울이다.

** 두 겹의 보주와 세 겹의 왕홀 : 잉글랜드의 제임스 1세는 스코틀
랜드의 스쿤과 잉글랜드의 웨스트민스터에서 두 번의 대관식을
거행했다. 따라서 왕권을 표상하는 보주가 두 겹이며, 잉글랜드
왕의 대관식에는 두 겹의 왕홀을, 스코틀랜드 왕의 대관식에는
홑겹을 사용했는데, 그 둘을 합쳐 세 겹이 되었다. 세 겹은 영국,
프랑스, 아일랜드 왕이라는 칭호를 가리킬 수도 있다.

우리에게 좋은 대답 받았노라고

이 위대한 왕께서 말할 수 있도록.

(음악. 마녀들이 춤추다 사라진다)

맥베스   어디 있지? 사라졌어? 이 사악한

시간을 저주하는 기록을 영원히 달력에 남기리! ──

밖에 누구 없느냐!

레녹스 등장

레녹스   어인 일이십니까, 폐하!

맥베스   이상한 노파들을 못 보았소?

레녹스   못 보았습니다, 폐하!

맥베스   경 옆을 지나가지 않았소?

레녹스   아닙니다, 폐하!

맥베스   바람 타고 가다가 염병에나 걸려라!

그들을 믿는 자는 모두 저주를 받아라! ──분명히

말발굽 소리를 들었는데, 누가 왔소?

레녹스   폐하, 맥더프가 영국으로 도주했다는

소식을 전하러 전령 두세 명이 왔습니다.

맥베스   영국으로 도망쳤다고?

레녹스   예, 폐하!

맥베스   (방백) 시간이 내 잔학한 계획을 알고 미리 막았구

나. 급히 세운 계획은 행동이 안 따르면 절대

이루어질 수 없지. 지금 이 순간부터 내 마음에

떠오르는 것은 바로 손에게 행하게 하리.

그러니 지금 당장 내 생각에게 행동이라는

왕관을 씌우기 위해 생각을 실천하자.

맥더프의 성을 습격해 파이프를 강탈하고,

그의 처자식과 대를 이어갈 불운한 영혼들을

모조리 칼날에 바치리라. 바보처럼 떠벌리는 대신

결심이 식기 전에 이 일을 끝낼 테다.

환영 따윈 더는 필요 없다.──그들은 어디 있소?

자, 나를 그들이 있는 곳으로 안내하오.　　　(모두 퇴장)

4막 2장
(파이프에 있는 맥더프의 성)

맥더프 부인과 아들, 그리고 로스 등장

맥더프 부인　무슨 짓을 했기에 도망쳤단 말입니까?

로스　부인, 참으셔야 합니다.

맥더프 부인　참아야 했던 건 그였어요.

　도망치다니, 미친 짓이에요. 행동하지 않아도

　공포심이 역적으로 몰아가는 판국에.

로스　도주한 게 지혜로운 판단에서였는지,

두려움 때문이었는지 모르는 일이지요.

맥더프 부인 지혜라고요? 처자식을 다 버리고,
집도 재산도 다 버려두고, 혼자 달아났잖아요?
우리를 사랑하지 않은 거예요. 인정머리가
없다고요. 새들 중 가장 연약한 굴뚝새조차
둥지 안의 새끼를 위해 올빼미와 싸우는데,
그에겐 사랑은 없고 두려움만 있었던 거예요.
인간의 도리를 외면하고 도망쳤는데, 지혜라니요?

로스 친애하는 부인, 진정하세요. 부군께서는 고귀하고,
현명하며, 사리 분별이 분명하니, 발작하는
현 시국을 누구보다 정확히 꿰고 계실 겁니다.
더는 말씀드리지 못하지만 잔인한 세상입니다.
저도 모르게 역적이 되고, 두려워서 소문을 믿지만,
무엇을 경계해야 하는지도 모른 채 거칠고 사나운
바다 위를 이리저리 떠다니는 형국입니다.——
가봐야겠습니다. 머잖아 다시 찾아뵙겠습니다.
사태가 최악에 이르면, 멈추거나 원 상태로
돌아가겠지요. 귀여운 조카야, 신의 은총을 빈다.

맥더프 부인 저 아이는 아비가 있지만,
아비 없는 자식이 되었군요.

로스 저는 어리석은 위인이라 더 지체했다가는
눈물이 쏟아져 부인께 폐를 끼칠 것 같군요.
이만 가봐야겠습니다.   (퇴장)

맥더프 부인　애야, 네 아빠는 죽었다.

　이제 어떡할래? 어떻게 살 거니?

아들　새처럼 살면 되죠, 엄마.

맥더프 부인　그럼 벌레와 파리를 잡아먹고 살겠다고?

아들　뭐든 먹고 살아야겠죠. 새들처럼요.

맥더프 부인　가련한 아기새! 넌 그물도, 끈끈이도,

　덫도, 올가미도 두려워하지 않는구나.

아들　왜 두려워해요?

　가련한 새를 잡으려고 그런 걸 치진 않아요.

　아빠는 안 죽었어요. 그렇다고 하시지만.

맥더프 부인　아냐, 돌아가셨어. 아빠 없이 어떡할래?

아들　그럼, 엄마는 남편 없이 어떡할 건데요?

맥더프 부인　그야 시장에 가면 스무 명은 살 수 있단다.

아들　그럼 샀다 되팔면 되겠군요.

맥더프 부인　기지 넘치게 말도 잘하는구나.

　어린아이가 영특하기도 하지.

아들　아빠가 역적이에요, 엄마?

맥더프 부인　응, 그렇단다.

아들　역적이 뭐예요?

맥더프 부인　음, 맹세하고도 거짓말하는 사람이지.

아들　그런 사람은 모두 역적인가요?

맥더프 부인　그런 사람은 모두 역적이니 목을 매야지.

아들　맹세하고도 거짓말하는 사람은 모두 목을 매달아야

하나요?

맥더프 부인   모두 다.

아들   누가 목을 매지요?

맥더프 부인   그야 정직한 사람들이지.

아들   그럼 거짓말쟁이와 맹세하는 사람들은 바보야. 세상
에는 그런 사람들이 훨씬 더 많으니, 그들이 정직한 사람
들을 때려눕히고 목을 매달면 되겠네요.

맥더프 부인   하느님 맙소사! 가엾은 원숭이 같으니라고! 그
런데 넌 아빠 없이 어떻게 사니?

아들   아빠가 돌아가셨다면 엄마는 울겠죠. 엄마가 울지 않
는 걸 보니 곧 새아빠를 맞게 될 좋은 징조 같은데요.

맥더프 부인   가엾은 수다쟁이, 말하는 것 좀 봐!

전령 등장

전령   신의 은총을 빕니다! 처음 뵙습니다만,
마님의 신분이 높으시다는 건 잘 알고 있습니다.
신변에 위험이 닥쳤습니다. 그러니 이 미천한
사람의 충고를 받아들이시어 여길 떠나십시오.
애들이랑 함께요. 마님을 이렇게 놀라게 하다니
잔인한 일인 줄 압니다만, 그보다 더 잔인한
일이 닥쳤습니다.
마님께 하느님의 가호가 있으시길!

저는 더 지체할 수 없습니다.　　　　　　　　(전령 퇴장)

맥더프 부인　어디로 피해야 해?

나는 아무 해도 끼치지 않았어. 그러나 생각하니
난 속세에 몸담고 있고, 여기서는 나쁜 짓을 하는
것이 칭송받고, 선행을 베푸는 일이
위험한 바보짓으로 여겨진다. 아, 그렇다면
해 입힌 적이 없다고 여자답게 변명을
해본들 무엇하랴? 저들은 누구냐?

자객들 등장

자객1　네 남편은 어디 있느냐?

맥더프 부인　네놈들이 찾을 수 있는
불경스러운 곳에는 계시지 않길 바란다.

자객1　그자는 반역자다.

아들　거짓말. 이 털북숭이 악당아!

자객1　뭐냐! 이 햇병아리는?　　　　　　(칼로 찌른다)
반역자의 새끼가!

아들　이놈이 날 죽여요, 엄마.
도망치세요, 제발.　　　　　　　　　　　　(죽는다)
　　　　　(맥더프 부인이 '살인이야'라고 외치면서 도망치고,
　　　　　　　　　　　　　　자객들이 그 뒤를 따른다)

4막 3장
(잉글랜드 왕궁의 한 방)

맬컴과 맥더프 등장

맬컴 우리 어디 인적 없는 그늘로 가서
실컷 울며 슬픔을 털어버립시다.

맥더프 차라리 필살의 검을 단단히 움켜쥐고
남자답게 쓰러진 조국을 위해 싸웁시다. 아침이 오면
새로운 과부들이 통곡하고, 새 고아들이 울부짖으며
하늘을 치니, 하늘은 스코틀랜드에
공감하듯 비통한 울음소리를 토해내고 있습니다.

맬컴 나도 믿을 수 있다면 통탄하고,
아는 바 있다면 믿겠으며, 시정할 수
있는 건 때가 되면 바로잡을 것이오. 당신이
한 말은 아마 사실일 것이오. 이름만 불러도
혀가 부르트는 저 폭군도 한때는 정직했지요.
당신도 그를 꽤 존경하지 않았소?
그가 아직 당신을 해치지는 않았소. 내 비록
어리나 날 이용하시어 그자에게 보상받고,
어린 양을 제물로 바쳐 분노한 신을
달래는 것도 현명한 일이지요.

맥더프 저는 배신은 안 합니다.

맬컴   허나 맥베스는 했소.

아무리 훌륭하고 덕 있는 사람도 왕명에는

움츠리기 마련이오. 그러나 용서해 주시오.

그대가 그러리라고는 생각하지 않소.

대천사가 타락한다 해도 여전히 빛을 발하고,

온갖 추악한 것이 외양을 더럽힌다 해도

참된 미덕은 제 모습을 잃지 않는 법이니.

맥더프   저는 희망을 잃었습니다.

맬컴   그것 때문에 내 의심을 샀는지 모르오. 당신은 왜

처자식을 무방비 상태로 두고 떠나왔소?

삶의 가장 소중한 원동력이자 사랑의 강력한 매듭인

처자식에게 작별 인사도 없이.── 그 일에 의혹을

품는 것은 그대를 모욕하려는 것이 아니라 내

안전을 지키기 위한 수단이라는 것을 알아주오.

내가 뭐라 하건 그대는 진정 의로운 사람일 거요.

맥더프   가련한 조국이여, 피 흘려라!

지독한 폭정이여, 네 기반을 굳건히 다져라.

정의가 널 제어 못하게 마음껏 악행을

저질러라. 너의 권리는 보증되었다. ──

안녕히 계십시오. 저는 저하가 생각하는 그런

악당이 되진 않으렵니다. 그 폭군의 손아귀에 있는

모든 땅과 풍요로운 동방을 다 얻는다 해도.

맬컴   노여워 마시오.

내가 경을 전적으로 불신해서 하는 말은 아니오.

나도 조국이 압제의 멍에에 짓눌려

울고, 피 흘리며 날마다 새로운 상처를 더하고 있다고

생각하오. 허나 나를 지지하는 도움의 손길도 있소.

이곳 잉글랜드의 인자하신 왕께서 수천 명의 병사를

지원한다고 하셨소. 그러나 그럼에도 불구하고,

내가 만약 저 폭군의 머리를 짓밟고, 그걸 내 검에

꿰게 되면 가련한 내 조국은 왕위를 이어받을

후계자로 인해 전보다 더 많은 악덕을 경험하고,

그 어느 때보다 다양한 방식으로 고통받을 거요.

맥더프   누가 그런 후계자가 된단 말입니까?

맬컴   바로 나요. 내가 아는 내 속에는

온갖 종류의 악덕이 조목조목 다양하게 접목되어

있어, 그것들이 싹을 틔우는 날엔 시커먼 맥베스조차도

눈처럼 희게 보일 거요. 백성들은 맥베스를 나의

끝 모를 악행과 비교하며 그를 희생양이라 여길 거요.

맥더프   저 끔찍한 지옥의 무리 가운데서도

사악하기로는 맥베스를 능가할

자를 찾지 못할 텐데요.

맬컴   나도 그자가 잔인하고,

음탕하고 탐욕스럽고 위선자에 기만하며,

성급하고 사악하며, 온갖 죄악의 기운이 가득하다고

생각하오. 그러나 나의 색정에는 바닥이

없소. 당신의 아내며 딸, 기혼녀며 미혼녀 다 불러도
내 욕정을 채울 수 없다오. 내 욕망은 내 의지에
반하는 모든 억제 요인을 뛰어넘을 정도라오.
그런 자가 통치하느니 맥베스가 훨씬 낫지요.

맥더프 한없이 무절제한 방탕은
폭정임이 틀림없습니다. 그로 인해 많은 왕이
때 이르게 행운의 옥좌를 비우고 몰락했지요.
하지만 폐하 소유의 것을 갖는 걸 두려워하지
마십시오. 실컷 향락을 누리시고 모른 체하셔도
됩니다. ──세상 눈은 그렇게 가릴 수 있습니다.
기꺼이 저하를 모시겠다는 여인은 넘칩니다. 허나
저하가 아무리 탐욕스럽다 해도 그 많은 여인을 다
삼키고도 부족함을 느낄 괴물은 당신 안에 없습니다.

맬컴 그와 함께 나에겐 만족을 모르는 고약한 성정이
자리잡고 있소. 내가 왕이 되면 영지를 뺏으려고
귀족들을 죽이고, 이자의 보석과 저자의 저택을
욕심낼 것이오. 가질수록 기갈 든 탐욕은 날 더욱
허기지게 만들어 충신들에게 부당한 시비를
걸어 재산을 빼앗고, 파멸시킬 것이오.

맥더프 그런 탐욕은 여름 한철뿐인
욕정보다 더 뿌리가 깊어 치명적입니다.
그것은 우리의 많은 왕을 몰락하게 했지요.
허나 두려워 마십시오. 스코틀랜드의 왕실

재산은 저하의 탐욕을 충분히 채울
수 있을 정도입니다. 또한 저하가 지닌 남다른
미덕은 그 모든 탐욕을 상쇄시키고도 남습니다.

맬컴 그러나 내게는 그런 미덕이 전혀 없소.
왕에게 어울리는 정의, 진실, 절제, 안정,
관대, 끈기, 자비, 겸손, 헌신, 인내, 용기,
불굴의 기상이 없소. 대신 내게는
갖가지 죄악이 세분되어 다양한 방식으로 죄를
범하고 있소. 그러니 내가 권좌에 오르면 달콤한
조화의 꿀물을 지옥에 쏟아부어 조국의 평화는
소용돌이치며 파괴될 것이오.

맥더프 오, 스코틀랜드여!

맬컴 이런 자가 통치할 자격이 있다면 말씀하시오.
나는 지금 말한 그대로의 인간이오.

맥더프 통치할 자격이 있냐고요?
살아 있을 자격도 없습니다.──오, 비참한
조국이여! 권리도 없는 폭군이 피 묻은 왕홀을
잡았으니 언제쯤 온전한 날을 맞이할 것인가. 게다가
왕좌의 진정한 후계자는 스스로 금치산 선고를 내리며
자신의 혈통을 능멸하고 있으니. 부왕은 최고의
성군이셨고, 저하를 낳으신 왕비 마마는 서 계실
때보다 무릎 꿇고 기도할 때가 더 많을 정도로
죽은 듯이 사셨습니다. 안녕히 계십시오. 저하께서

되풀이한 그 악덕들 때문에 저는
스코틀랜드를 버렸습니다. ── 오, 가슴아,
내 희망은 여기서 끝났다!

맬컴 맥더프, 당신의 진심에서 우러나온 고결한 격정이
내 마음의 검은 의혹을 말끔히 씻어내
당신의 진심과 명예를 믿게 되었소.
악마 같은 맥베스가 온갖 계책으로 나를
자신의 손아귀에 넣으려 했으나
참된 지혜로 과신과 성급함을 멀리했소.
그러나 천상의 신께서 우리 둘을 묶어 주었으니
이제 나는 그대의 인도에 몸을 맡기겠소.
또 내게 쏟았던 험담은 취소하겠소.
더불어 이 자리에서 나에게 부여했던
오명과 결함은 모두 낯선 것임을 맹세하오.
나는 아직 여자를 모르고, 위증한 적도
없으며, 내 것조차 탐해본 적이 없고,
신의를 저버린 적이 없으며, 마왕이라
할지라도 악마에게 팔아넘기지 않을 것이며,
생명만큼이나 진실을 기뻐하오. 내 생애 처음으로
한 거짓말은 나 자신을 두고 한 말이었소.
고하건대 나는 그대와 가련한 조국의 명에 따르겠소.
사실은 장군이 이리로 오기 전에 노 시워드 백작께서
일만 명의 용사를 이끌고 그리로 출발했소.

이제 우리 함께합시다. 이 싸움에 걸맞은

명분이 있으니 성공할 가능성도 크오.

왜 아무 말 없으시오?

맥더프 이처럼 좋은 일과 나쁜 일이 한꺼번에

닥치니 조화가 안 되어서입니다.

전의 등장

맬컴 음, 그러면 잠시 후에──

폐하께서 행차하십니까?

전의 예, 저하. 한 무리의 가련한 영혼들이

폐하의 치료를 기다리고 있습니다.

그들의 질병은 명의의 의술로는 무력하나

하늘은 놀라운 신성을 폐하께 내리셨기에,

폐하의 손길이 닿는 즉시 치료가 됩니다.

맬컴 고맙소, 전의.   (전의 퇴장)

맥더프 무슨 병을 말하는 것입니까?

맬컴 연주창*이라고 부르는 병이오.

이곳 잉글랜드 땅에 머무는 동안 훌륭하신

---

* 연주창 : 목에 많은 멍울이 나서 곪아터지는 병으로, 이 병을 왕의
괴질이라고 부르는 것은 11세기 프랑스의 왕 로베르 2세가 환부
에 손을 댐으로써 병이 나았다는 전설에서 온 것이다.

폐하께서 행하는 기적을 자주 보았지요.

그분은 하늘에 탄원하는 법을 아시어, 괴질에 걸려

손을 못 쓸 정도로 퉁퉁 부어오른 종기투성이의

환자들을 치유한답니다. 폐하는 그들의 목에

금화 한 닢을 걸어주며 성스러운 기도를 올리지요.

들리는 바로는 그 치유의 축복을 왕위 계승자에게

물려준다고 하오. 왕에게는 이러한 신통력 외에도

하늘이 내린 예언의 능력도 있으십니다.

왕좌 주변에 축복이 둘러싸고 있는 것으로 보아

그분은 신의 은총을 받았음을 알 수 있습니다.

로스 등장

맥더프 저기 누가 오고 있군요.

맬컴 우리나라 사람 같긴 하나 누군지 모르겠군요.

맥더프 고매하신 사촌, 어서 오시오.

맬컴 이제야 알아보겠소. 선하신 하느님!

우리를 낯설게 만드는 장애물을 늦기 전에

제거해 주소서!

로스 동감이옵니다!

맥더프 스코틀랜드는 어떠오?

로스 아, 가련한 조국!

나라의 형편을 아는 게 두렵습니다. 모국이 아니라

무덤이라고 해야 할 그곳은 바보가 아니면 누구도
웃지 않고, 탄식과 신음과 대기를 찢는 듯한 비명을
토해내도 누구도 관심이 없으며, 격렬한 슬픔은
흔한 감정이 됐소. 조종이 울려도 누가 죽었는지
묻지 않고, 선한 사람의 목숨이 그들의 모자에 꽂은
꽃보다 먼저 시들어, 병들기도 전에 죽습니다.

맥더프   아, 그 말은 어김없는 사실입니다.

맬컴   가장 최근에 겪은 슬픔은 무엇이오?

로스   한 시간이 지난 얘길 하면 조롱을 받습니다.
  매 순간 새로운 참사가 일어나니까요.

맥더프   내 아내는 어떻소?

로스   뭐, 잘 지내십니다.

맥더프   내 어린 것들은?

로스   역시 잘 지냅니다.

맥더프   그 폭군이 그들의 평화를 깨지는 않았소?

로스   아뇨. 제가 떠나올 때는 평화로웠습니다.

맥더프   말씀을 아끼지 마시오. 무슨 일 있소?

로스   무거운 소식을 전하러 이리로 올 때,
  듣기로는 많은 지사가 들고일어났다고 했소.
  그 사실에 믿음이 커지는 이유는
  폭군의 군대가 출동하는 걸 보았기 때문이오.
  이제 도움이 필요할 때입니다.──저하께서 스코틀랜드에
  모습을 보이는 것만으로 군대가 모일 것이고,

절망에서 벗어나기 위해 여자들까지도
힘을 합쳐 싸울 것이오.

맬컴   우리가 갈 테니
백성들에게 안심하라 이르시오. 자비로우신 잉글랜드
왕께서 시워드 장군과 1만의 군사를 내주셨소. 그는
기독교 국가에서 가장 노련한 장군으로 알려졌지요.

로스   이런 위안에 상응하는 소식으로 화답할 수 있다면
좋으련만, 제 소식은 아무도 듣지 않는 사막의
허공을 향해 외쳐야 마땅한 것입니다.

맥더프   어떤 소식이오?
공적인 것이오, 아니면 한 사람의
가슴을 아프게 할 개인적 슬픔이오?

로스   정직한 사람이라면 나눠 가질 슬픔이지만,
그 주된 부분은 당신에게만 해당되오.

맥더프   그게 내 이야기라면
숨기지 말고 즉각 알려주시오.

로스   당신 귀가 제 혀를 영원히 원망하지 마시길!
지금까지 들은 어떤 소식보다 슬픈 소식을
듣게 될 것입니다.

맥더프   음, 짐작이 가오.

로스   당신 성이 습격당해 부인과 아이들이
무참하게 살육당했습니다. 이를 자세히
설명하면 살해당한 죄 없는 희생양들 위에

장군의 죽음을 더하게 될 것입니다.

맬컴　오, 하늘이시여!

이런, 장군! 모자로 얼굴을 가리려 마시오.

슬픔을 토해내시오. 말로 쏟아내지 않고

담아두면 가슴이 찢어질 것입니다.

맥더프　어린 것들까지?

로스　부인과 아이들, 하인들도,

보이는 대로 모조리.

맥더프　그런데도 나는 그곳을

떠나야 했으니! 아내도 살해됐소?

로스　말씀드린 대로입니다.

맬컴　진정하시오.

우리의 준엄한 복수로 명약 지어

치명적인 비탄을 치료합시다.

맥더프　그에겐 자식이 없소.──귀여운 것들이 모두?

전부라고 했소?──오, 지옥의 솔개 같으니!──모조리?

내 예쁜 병아리와 어미닭을 한꺼번에 채갔단 말이오?

맬컴　남자답게 이겨내시오.

맥더프　그리할 것이오.

그러나 대장부로서 그걸 마음에 새기겠소.

그들이 내게 얼마나 소중한 존재였는지

잊을 수 없을 것이오. 하늘이 보고도

끼어들지 않았단 말입니까? 죄 많은 맥더프여,

너 때문에 그들이 당했다. 나는 사악하다.

가족들은 자신들의 죄가 아닌 나의 업보로

참변을 당했다. 이제 편히 잠드소서.

맬컴　이 일을 우리의 검을 가는 숫돌로

삼아, 비탄을 분노로 바꾸고, 마음이

무뎌지지 않게 분격의 불길을 댕깁시다.

맥더프　오, 여자처럼 눈물 흘리며 소리 내어

울부짖을 수 있다면 좋으련만. 자비로운 신이여,

한시도 지체 말고 스코틀랜드의 악마와 저를

정면 대결하게 해주옵소서. 이 검이 미치는 곳에

그를 세워 주시되, 만일 그가 제 칼을 피한다면,

하늘이 용서한 것이겠지요.

맬컴　사나이다운 말씀이오.

자, 잉글랜드 왕께 가십시다. 군대는 준비가 끝났고,

출정식만 남았소. 맥베스는 흔들면 떨어질 만큼

무르익었고, 하늘의 천사들도 우리를 위해

무장을 갖추었소. 자, 기운 냅시다.

아침이 오지 않는 밤만이 긴 법이오.　　　　(모두 퇴장)

5막 1장
(던시네인. 성안의 한 방)

전의와 시녀 등장

전의　이틀 동안 함께 지켜보았지만, 당신의 보고를 믿어야
할지 알 수가 없었소. 왕비 마마가 마지막으로 배회하신
게 언제입니까?

시녀　폐하께서 출정한 뒤입니다. 침상에서 일어나 잠옷을
걸치고 장롱을 연 다음 종이를 꺼내 접으시더니 거기에
무언가를 쓰시고, 읽은 다음 봉하고는 다시 침상으로 돌
아가셨어요. 그러시는 내내 곤히 잠들어 계셨어요.

전의　심신에 큰 장애가 생긴 듯하오. 수면의 혜택을 누리
면서 동시에 깨어 활동하시다니! 몽유 중에 걷거나 다른
신체 활동을 하는 것 외에 말씀하시는 걸 들은 적이 있습
니까?

시녀　들은 대로 말씀드릴 수가 없습니다.

전의 나에게는 해도 됩니다. 당연히 그렇게 해야 합니다.

시녀 제 말을 확인해 줄 증인 없이는 전의가 아니라 그 누구에게도 말씀드릴 수 없습니다.

맥베스 부인, 촛불을 들고 등장

보세요. 이리로 오십니다. 바로 저런 모습입니다. 분명 곤히 잠든 상태입니다. 잘 살펴보세요, 몸을 숨기고.

전의 저 촛불은 어떻게 들고 온 겁니까?

시녀 그야 곁에 두시니 그렇지요. 언제나 촛불을 곁에 두십니다. 마마의 분부이십니다.

전의 저걸 봐요. 눈을 뜨고 계시오.

시녀 예, 하지만 시야는 닫혀 있어요.

전의 지금 무얼 하십니까? 봐요, 두 손을 저렇게 비비는 모습을.

시녀 습관적으로 저렇게 손 씻는 시늉을 하세요. 십오 분정도 계속하시는 걸 본 적도 있어요.

맥베스 부인 아직도 여기 자국이 남았어.

전의 조용히! 말씀을 하시네. 무슨 말씀을 하는지 적어둬야겠소. 내 기억력을 보다 정확히 입증하기 위해서요.

맥베스 부인 사라져라, 이 저주받을 자국들아! 제발 사라지라니까.──하나, 둘, 아니, 이제 그 일을 결행할 시간이야.──지옥은 어둡구나. 세상에, 폐하, 저런, 병사 따위가

두려워요?──누가 알건 겁날 게 뭐 있어요? 누구도 우리
의 권위에 도전하지 못하는데? 한데 그 노인네 몸에 그렇
게 많은 피가 있으리라고 누가 생각했겠어요?

전의 저 말 들었소?

맥베스 부인 파이프의 영주*에게 아내가 있었는데, 지금은
어디 있죠──이런, 이 손은 영원히 깨끗해질 수 없단 말
인가? 이제 그만. 폐하, 더는 안 돼요. 이렇게 깜짝깜짝 놀
라시면 모든 걸 망쳐버리고 말아요.

전의 저런, 저런! 알아서는 안 될 것을 알아버렸소.

시녀 해선 안 될 말씀을 하신 건 분명해요. 왕비께서 알고
계시는 건 하늘만이 아십니다.

맥베스 부인 여긴 아직도 피 냄새가 나는군. 아라비아 향수
를 다 쓴다 해도 이 작은 손을 향기롭게 하진 못하겠지?
오! 오! 오!

전의 지독한 한숨을 내쉬는군. 마음이 몹시 짓눌려 계시는
거야.

시녀 아무리 높은 지위를 준다고 해도 제 가슴에 저런 마
음을 품고 싶진 않아요.

전의 그럼요, 그렇고말고요.

시녀 부디 병이 낫게 해주세요.

전의 이 병은 내 의술로는 못 고칩니다. 하지만 잠을 자며

---

* 파이프의 영주 : 맥더프를 말한다.

걸어 다니던 사람이 침대에서 평온하게 세상을 떠나는
걸 본 적은 있어요.

맥베스 부인 손을 씻고 잠옷을 입으세요. 그렇게 창백한 얼
굴로 응시하지 마세요. 다시 말하지만 뱅쿠오는 땅에 묻
었으니 무덤에서 나올 수가 없다고요.

전의 그랬다고?

맥베스 부인 자러 가요, 자러 가. 누가 문을 두드리는 소리가
들리는군. 자, 자, 자, 자, 손을 이리 주세요. 이미 저지른
일은 돌이킬 수가 없어요. 침실로, 침실로.

(맥베스 부인 퇴장)

전의 이제 잠자리로 가십니까?

시녀 곧장 주무십니다.

전의 흉흉한 소문이 나돌고 있어요.
천륜을 거스른 행위는 문제를 일으키는데,
그걸 본 자들은 귀먹은 베개에라도 비밀을
털어놓는 법이오. 마마께는 의사보다는 성직자가
필요합니다. 하느님, 저희 죄를 사해 주소서.
마마를 돌보시오. 자해할 만한 수단을 치우고,
언제나 지켜보시오. ── 그럼 안녕히.
내 마음은 산란해지고, 내 눈은 혼란에 빠졌소.
짚이는 건 있지만 말할 순 없소.

시녀 안녕히 주무세요.

(모두 퇴장)

5막 2장
(던시네인 부근의 촌락)

고수 및 기수와 함께 멘티스, 케스니스,
앵거스, 레녹스, 병사들 등장

멘티스 맬컴 저하와 그의 숙부 시워드 백작, 그리고
맥더프가 이끄는 잉글랜드군이 가까이 와 있습니다.
그들은 복수심에 불타고 있으며, 그들의 사무친 원한은
죽은 사람도 일으켜 피 흘리는 혈전 속으로 뛰어들게
만들 정도입니다.

앵거스 버남 숲 근처에서 꼭 만나게 될 겁니다. 그리로 오
고 계시오.

케스니스 도널베인이 형과 합류했는지 아시오?

레녹스 분명히 아닙니다. 귀족들의
명단을 내가 가지고 있소. 거기에는 시워드 장군의
아들과 이제 막 성년임을 선포한
젊은이들이 많습니다.

멘티스 폭군은 무얼 하고 있소?

케스니스 던시네인 언덕을 엄중히 방어하고 있습니다.
어떤 이는 미치광이라고 하고, 미움이 덜한 이는
그것을 만용으로 인한 격분이라고 부르지요.
하지만 확실한 건 불만에 찬 이 나라를

자제력이라는 허리띠로 묶을 순 없다는 것입니다.

앵거스 이제 그자도 자신의 은밀한 죄악이 손에
들러붙어 있다고 느낄 겁니다. 매 순간 번져가는
봉기가 그의 배신을 신랄하게 꾸짖고, 그의
하수인들은 그저 명령에 따라 움직일 뿐 충성심은
없습니다. 지금쯤 자신의 왕권이 난쟁이가 훔쳐
걸친 거인의 옷처럼 엉성하다는 걸 느낄 겁니다.

멘티스 그러니 그의 감각이 고통으로 움츠러들고
놀라는 건 당연하지요. 그자 몸 안의 모든 것이
스스로를 책망할 테니.

케스니스 자, 계속 진군합시다.
진정 우리가 충성해야 할 분에게 충성을 바칩시다.
병든 조국을 치유해줄 치료제*를 만나서 그분과 함께
나라를 정화하는 데 우리의 피를 바칩시다.

레녹스 아니면 군주의 꽃엔 이슬 내리고,
잡초는 피로 익사시킵시다.
버남 숲을 향해 진군합시다.　　　　　(행군하며 모두 퇴장)

---

* 치료제 : 맬컴을 말한다.

5막 3장

(던시네인. 성안의 한 방)

맥베스, 전의 및 시종들 등장

맥베스   더는 보고하지 마라. 모두 도망치라고 해.

난 버남 숲이 던시네인 언덕으로 오기 전에는

겁먹지 않는다. 맬컴 같은 애송이가 뭐란 말이냐?

여자에게서 태어나지 않았는가? 인간의

생사를 꿰뚫는 정령이 내게 공언했다.

"맥베스, 두려워 마라! 여자가 낳은 자는 절대 너를

해치지 못하리니"라고. 배신자 영주 놈들은 도망가라.

가서 쾌락이나 좇는 잉글랜드 놈들과 어울려라.

내가 지배하는 정신과 심장은 절대 의혹으로

움츠러들거나 두려움에 떨지 않으리니.

하인 등장

그 허연 낯짝은 악마의 저주받아 시꺼멓게 태워져라.

왜 그런 거위 같은 얼굴을 하고 있느냐?

하인   저기에 일만 명의 ──

맥베스   거위라고?

하인   군사들이 오고 있습니다.

맥베스 가서 바늘로라도 찔러

네 상판대기를 붉게 물들여라.

이 겁쟁이 녀석아! 군사라니, 이 광대 놈아!

혼이 빠진 네 영혼, 허연 네 낯짝 보고 외려 사람들이

겁먹겠구나. 무슨 병사 말이냐. 허연 상판대기야?

하인 잉글랜드 군입니다.

맥베스 네놈 낯짝을 치우지 못할까!　　　　　　(하인 퇴장)

──세이튼!──

저 꼴을 보니 속이 메스껍다.──이봐, 세이튼!──

이번 공세는 내 힘을 북돋워 주거나

아니면 나를 권좌에서 쓰러뜨리겠지. 나는

살 만큼 살았다. 내 인생은 시들어 누런 낙엽으로

변해 가고 있다. 노년에 따라야 할 명예,

사랑, 복종, 한 무리의 친구들을 기대할 수

없구나. 대신 낮지만 뿌리 깊은 저주와 입에

발린 아첨을 듣게 되니, 가련한 내 마음은

그걸 기꺼이 거부하고 싶지만,

감히 그러지 못해. 세이튼!──

세이튼 등장

세이튼 무슨 일입니까, 폐하?

맥베스 새로운 소식은 있느냐?

세이튼 보고드린 것이 모두 사실로 확인되었습니다.

맥베스 싸우리라. 내 뼈에서 살점이 다 뜯겨 나갈 때까지.

　갑옷을 다오.

세이튼 아직은 그럴 필요 없습니다.

맥베스 입어야겠다.

　기마병을 더 내보내 방방곡곡을 순찰하게 해라.

　공포를 조장하는 놈들은 목을 베어라. 갑옷을 다오.

　환자는 어떻소, 전의?

전의 몸이 편찮다기보다는

　우르르 밀려오는 환영에 시달리느라

　휴식을 못 취하십니다.

맥베스 그걸 치료해 주시오.

　병든 마음을 다스려 기억 속에

　깊이 뿌리박힌 슬픔을 뽑아내고,

　뇌수 속에 새겨진 괴로움은 지우고,

　감미로운 망각의 해독제를 써서

　왕비의 심장을 무겁게 짓누르는 위험한 것들을

　가슴에서 씻어내 주시오.

전의 그 일은 환자 스스로 해야 합니다.

맥베스 의술은 개한테나 던져줘라. 나는 필요 없으니 ―

　자, 갑옷을 입혀다오. 내 창을 이리 주고. ―

　세이튼, 내보내. ―전의, 영주들이 도망친다. ―

　자, 서둘러. ―전의! 그대는 이 땅의 모든 물을 써서라도

왕비의 병을 몰아내고 원상태로
치료해 주오. 그러면 그대 칭송받아
마땅하다고 높이 칭찬하겠소.
—— 벗기라니까. —— 대황즙, 센나 또는 설사약으로
잉글랜드 놈들을 이곳에서 몰아낼 수 없단 말이오?
—— 소문은 들었소?

전의 예, 폐하. 폐하께서 전투 준비를 하신다는 소문은
저희도 들어 알고 있습니다.

맥베스 그건 이따가 가져오너라.
버남 숲이 던시네인 언덕으로 오기 전에는
죽음 따윈 두렵지 않다.

전의 (방백) 던시네인 언덕을 떠날 수만 있다면 어떤 이득
이 있다 해도 여기로 오지는 않겠다.　　(모두 퇴장)

5막 4장
(던시네인 근처의 시골)

고수 및 기수를 거느리고 맬컴, 노장 시워드, 그의 아들,
맥더프, 멘티스, 케스니스, 앵거스, 레녹스, 로스,
그리고 병사들이 행군하며 등장

맬컴 여러분, 우리의 잠자리가 안전해질 그날이

멀지 않았소.

멘티스 믿어 의심치 않습니다.

시워드 앞에 보이는 저건 무슨 숲이오?

멘티스 버남 숲입니다.

맬컴 병사들에게 나뭇가지를 잘라서
앞으로 받쳐 들게 하라. 그리하면
우리 편 군대의 규모를 모르니 정찰대가
잘못된 보고를 할 것이다.

병사 분부대로 하겠습니다.

시워드 보아하니 저 자신만만한 폭군이
던시네인 언덕을 지키며 우리의 공격을
방어할 심산인가 보오.

맬컴 그건 그의 희망일 뿐이오.
왜냐하면 기회만 있으면 위아래 모두가
앞다투어 반기를 들며 달아나고 있고,
남은 자들은 의무감으로 그를 도울 뿐
마음은 떠나 있으니 말이오.

맥더프 그 판단이 정확한지는
결과에 맡기고 우리는 군인의
직분을 다합시다.

시워드 때가 오고 있소.
곧 내려질 판결이 우리가 얻은 것과 잃은 것을
알려줄 것이오. 추측은 불확실한 희망을 안겨줄 뿐,

싸움만이 확실한 결과를 알려줄 뿐이니

결과를 위해 전쟁을 계속합시다.　(행진하면서 모두 퇴장)

5막 5장
(던시네인에 있는 맥베스의 성안)

고수와 기수를 거느리고 맥베스, 세이튼 및 병사들 등장

맥베스　성벽 바깥에 아군 기를 내걸어라.

아직도 "적이 온다"는 고함이 들리는구나.

이 성은 난공불락인데 가소롭게 포위하겠다고!

놈들에게 진을 치게 두어라. 기근과 오한이 놈들을

집어삼킬 테니. 우리 쪽에 있어야 할 자들이

그놈들과 합세하지 않았다면, 수염 대 수염으로 싸워

제 나라로 내쫓을 텐데. 저건 무슨 소리냐?

　　　　　　　　　　　　　　　(안에서 여자들의 비명)

세이튼　여자들의 통곡 소리입니다, 폐하.　　(급히 퇴장)

맥베스　나는 공포의 맛을 잊었다.

한때는 한밤에 비명소리를 들으면 간담이

서늘해지고, 음산한 이야기에 머리카락이 곤두서

생명이라도 있는 양 꿈틀댔었지.

그러나 공포를 맛볼 만큼 맛보고 나니,

살기 품은 내 생각은 흔히 있는 전율에도
놀라지 않는구나.

세이튼 다시 등장

웬 울음소리냐?

세이튼 폐하, 왕비께서 돌아가셨습니다.

맥베스 조금 더 머물다 죽었어야 했다.
그런 말에 어울리는 때가 있으니까.
내일과 또 내일, 또 그다음 날도,
하루, 하루 기록된 시간의 마지막 순간까지
더딘 걸음으로 기어가는 거지.
우리의 모든 지난날은 바보들에게
죽음을 향한 길을 밝혀주었다.
꺼져라 꺼져, 짧은 촛불이여,
인생은 걸어 다니는 그림자,
배우처럼 무대 위에서 잠시 활개치고 안달하다
얼마 못 가 잊히고 마는 것,
그것은 백치가 지껄이는 이야기,
떠들썩한 분노로 가득 차 있으나
아무런 의미도 없는 것.

혓바닥을 놀리려 왔을 테니 빨리 말하라.

전령 자비로우신 폐하,

제가 목격한 것을 보고해야 하오나

어떻게 해야 할지 모르겠나이다.

맥베스 말해 봐라.

전령 언덕 위에서 망을 보다가

버남 숲 쪽을 바라보았습니다. 헌데 갑자기

그 숲이 움직이는 것처럼 보였습니다.

맥베스 이런 거짓말쟁이 종놈을 봤나.

전령 사실이 아니라면 폐하의 노여움을 견디겠습니다.

삼 마일 안에서도 오는 것이 보입니다.

정말 움직이는 숲입니다.

맥베스 만약 네놈 말이 거짓이면,

나무에 산 채로 매달아 굶어 죽게 할 테다.

네 말이 참이라면 네놈이 나를 그렇게 해도 좋다.

의지력은 약해지고, 거짓을 진실인 양

모호하게 말했던 마귀의 궤변이 의심되기

시작한다. "두려워 마라. 버남 숲이

던시네인으로 옮겨오기 전에는."

그런데 지금 숲이 던시네인을 향해 다가오고

있다질 않은가. 무장, 무장하고 출전하라!

저놈이 단언한 대로라면 도망치거나
여기에 머물러 있을 수도 없으리라.
이제 태양을 보는 것이 지겨워진다.
온 세상이 끝장나 버렸으면 좋겠구나.—
경종을 울려라!—바람아, 파멸아, 오너라!
과인은 적어도 무장은 하고 죽으리라.   (모두 퇴장)

5막 6장
(같은 곳. 성 앞의 벌판)

고수, 기수와 함께 맬컴, 노장 시워드,
맥더프가 나뭇가지를 든 병사들과 등장

맬컴 자, 이제 충분히 접근했다.
다들 나뭇가지 가리개를 버리고 모습을 드러내라.
—— 숙부께선 고결한 아드님과 함께
선봉을 이끌어 주세요. 맥더프와 저는
나머지 임무를 순서에 따라 처리하겠습니다.
시워드 무사하길 빕니다.——
오늘 밤 폭군의 군대를 찾아내면
목숨을 걸고 맞서 싸우겠습니다.
맥더프 나팔을 불어라, 힘차게 불어라.

피와 죽음을 예고하는 떠들썩한 나팔을 불어라.

(모두 퇴장. 경종이 계속 울린다)

5막 7장
(전장의 다른 장소)

맥베스 등장

맥베스 놈들이 나를 말뚝에 묶어놨구나.
　이제 도망칠 수가 없으니
　곰처럼 힘들게 싸워야겠구나.[*]
　── 여자에게서 태어나지 않은 자 누구냐?
　그런 자만 아니면 누구도 두렵지 않다.

젊은 시워드 등장

젊은 시워드 네놈 이름이 뭐냐?
맥베스 들으면 기겁할 거다.

---

[*] 곰처럼~싸워야겠구나 : 영국에서 행해졌던 경기였는데, 광장 중
　앙에 설치된 말뚝에 곰을 묶어놓고 굶주린 사냥개를 풀어 곰을 공
　격하는 방식이었다.

젊은 시워드 절대. 설사 네가 지옥의 누구보다

더 섬뜩한 이름을 가졌다 해도.

맥베스 내 이름은 맥베스다.

젊은 시워드 어떤 악마도 내 귀에 이보다 더

증오스러운 이름을 대지는 못할 것이다.

맥베스 그래, 더 무서운 이름은 없지.

젊은 시워드 허튼소리 마라. 이 가증스러운 폭군아,

이 칼로 네놈 말이 거짓임을 증명하겠다.

                              (둘이 싸우다 젊은 시워드 살해당한다)

맥베스 네놈은 여자가 낳았구나.

난 어떤 것도, 어떤 무기도 두렵지 않다.

여자의 몸에서 태어난 자가 휘두르는 것이면.   (퇴장)

나팔소리. 맥더프 등장

맥더프 저쪽이 소란스럽다.──폭군아, 모습을 보여라.

네놈이 내 칼이 아닌 다른 이의 칼에 살해된다면,

내 아내와 아이들의 유령이 영원히 날 뒤쫓을 것이다.

난 돈 때문에 창을 잡은 가련한 용병들을 죽일 수는 없다.

맥베스, 날 선 내 칼은 네놈이 아니면 아무 일 않고

칼집에 도로 들어갈 것이다. 저기에 있구나.

시끄러운 소리가 들리는 걸 보니

거물급이 출현한 모양이다.

운명아, 내 그를 찾게 해다오,
더는 애원하지 않을 테니.　　　　　(퇴장. 경종이 울린다)

　　　　　　　　맬컴과 노장 시워드 등장

시워드　이쪽입니다. 성은 순순히 내놓았습니다.
　폭군의 부하들은 두 패로 갈라져 싸우고,
　영주들도 용감하게 싸웠습니다.
　승리는 세자 저하의 것이 확실해지니
　할 일이 이젠 없습니다.
맬컴　우리 편이 되어 싸우는
　적병을 만나기도 했소.
시워드　성안으로 들어가시지요.　(모두 퇴장. 경종이 울린다)

5막 8장
(전장의 다른 곳)

　　　　　　　　맥베스 등장

맥베스　내가 왜 바보들처럼 로마인 행세를
　하면서 내 칼로 죽어야 해?[*] 살아 있는 놈이
　눈에 띄면 멋지게 해치우자.

맥더프 다시 등장

맥더프 돌아서라. 지옥의 사냥개야!

맥베스 그 누구보다 네놈만은 피해왔다.

돌아가라. 내 영혼은 이미 네 가족이

흘린 피로 꽉 찼다.

맥더프 말을 하진 않겠다.

내 말은 이 칼 속에 있으니. 형언할 수 없이

잔혹한 악당 같으니. (둘이 싸운다)

맥베스 그래 봤자 헛수고일 뿐이다.

네놈의 예리한 칼은 허공에 자국을 내는 것이

내 몸의 피를 보기보다 더 쉬울 테니.

그 칼로 깰 수 있는 투구나 내리쳐라.

내 목숨은 마법이 걸려 있어 여자에게서

태어난 자에게는 절대 굴복하지 않는다.

맥더프 그따위 마법은 포기해라.

네놈이 섬겨온 그 악령에게 말하라.

맥더프는 시간이 되기 전에 어머니의

자궁을 가르고 나왔다고.

---

* 내가~죽어야 해? : 로마의 장수들인 카토, 브루투스, 안토니우스
는 전쟁에 패해 자결함으로써 명예를 지켰다.

맥베스　　그 말을 내뱉은 혓바닥에 저주 있으라.

그 말에 내 기백이 꺾이는구나.

이중의 의미로 모호하게 우리를 기만하는

악마들을 더는 믿지 않겠다. 그들은 우리 귀에

약속의 말들을 속삭이다가 희망에 차오르면

깨버리는구나. 나는 네놈과 싸우지 않겠다.

맥더프　　그럼 항복해라, 비겁한 놈아.

살아남아 세상 사람들의 구경거리가 되어라.

우리는 네놈을 장대에 꿰어 진기한 괴물로

만들어 그 밑에 "폭군이 여기 있다"고

쓸 테다.

맥베스　　항복은 하지 않겠다.

애송이 맬컴의 발아래서 대지에 입맞추고

사방에서 퍼붓는 세상 잡놈들의 욕을 듣지는 않겠다.

비록 버남 숲이 던시네인으로 오고

네놈이 여자의 몸에서 태어나지 않았다 해도

난 끝까지 싸울 테다.

내 몸을 가린 이 전사의 방패를 버리겠다.

덤벼라, 맥더프. '멈춰!'라고 외치는 자는

지옥의 저주를 받을 것이다.

> (싸우며 모두 퇴장. 경종.
>
> 싸우며 다시 등장한 뒤 맥베스, 살해당한다)

5막 9장
(던시네인 성안)

퇴각. 요란한 나팔소리. 기수 및 고수와 함께 맬컴,
노장 시워드, 로스, 영주들, 병사들 등장

맬컴 여기 없는 아군들이 무사하다면 좋으련만!

시워드 희생은 불가피해 보이나 상황을 보아하니
적은 희생으로 큰 승리를 거둔 듯합니다.

맬컴 맥더프와 숙부님의 아들이 보이지 않는군요.

로스 아드님은 군인으로서 의무를
다했습니다. 이제 막 성인이 된 그는
한 치도 물러섬 없이 용감하게 싸우다가
남자답게 죽음을 맞았습니다.

시워드 그렇다면 죽었단 말이오?

로스 예. 후송되었습니다.
장군의 슬픔을 아드님의 가치로 가늠해서는
안 됩니다. 그러자면 끝이 없을 테니까요.

시워드 상처는 앞에 입었던가?

로스 예, 이마에.

시워드 그렇다면 신의 용사로다.
아들이 머리카락 수만큼 많다고 해도

그보다 고귀한 죽음을 바라지는 못하오.

이것으로 애도를 마칩시다.

맬컴 그는 더 많은 애도를 받아야 하니

내가 그를 위해 애도하겠소.

시워드 그것으로 충분합니다.

그는 거룩한 죽음을 맞았고, 의무를 다했으니

신의 가호가 있기를! ─

저기 위안을 줄 소식이 오는군요.

맥더프, 맥베스의 머리를 들고 등장

맥더프 국왕 만세! 이제 국왕이 되셨습니다.

보십시오. 왕위 찬탈자의 머리가 꽂힌 것을.

이제 해방을 맞았고, 폐하께선 왕국의 진주인

귀족들에게 둘러싸여 계십니다. 모두 한 마음으로

폐하를 환영합니다. 크게 외쳐봅시다.

스코틀랜드의 국왕 만세!

일동 스코틀랜드 국왕 만세!   (나팔소리)

맬컴 짐은 시간을 지체하지 않고,

경들의 공덕을 헤아려 빚 청산을 할 것이오.

친척 영주 여러분을 백작으로 봉하오.

스코틀랜드에서 최초로 내리는 영광이오.

앞으로도 시대에 맞게 계속 진행될 것이며,

또 새롭게 시작해야 할 일들과——
이를테면 감시를 피해 국외로
망명한 동지들을 고국으로 부르고,
이 죽은 백정과 난폭한 손으로 목숨을
끊었다는 마귀 같은 왕비의 무자비한
앞잡이를 색출하는 일 등——
그 외에 과인에게 요구되는 여러 일들을
하느님의 은총으로 때와 장소와 방법에
맞게 처리하겠소. 그리고 여러분
모두 두루두루 감사하오.
스쿤에서 거행할 대관식에 참석해 주기 바라오.

(요란하게 나팔을 울리며 모두 퇴장)

작가의 생애와 작품 세계

작가의 생애   윌리엄 셰익스피어는 르네상스가 만개했던 엘리자베스 1세 통치기인 1564년 4월, 영국의 소도시 스트랫퍼드온에이번에서 태어났다. 위로 두 명의 누나가 있었으나 모두 어린 나이에 세상을 떠났고, 밑으로는 세 명의 남동생과 두 명의 여동생을 두었다.

아버지 존 셰익스피어는 농산물과 모직물 중개업으로 성공해 신분 상승을 이룬 인물이었고, 어머니 메리 아든은 워릭셔의 명문가에서 태어난 귀족이었다. 결혼을 통해 사회적 지위를 굳건히 다진 아버지는 1568년 스트랫퍼드온에이번의 시장으로 선출되었다.

네 살 때부터 아버지를 따라 연극 구경을 다닌 그는 열한 살때 입학한 그래머스쿨이 학력의 전부다. 그는 이곳에서 라틴어, 그리스어를 비롯해 문법, 논리학, 수사학, 문학 등을 익혔으며, 오비디우스의 『변신 이야기』, 『플루타르크 영웅전』을 비롯해, 영국 역사에 대해서도 배웠다. 특히 『성서』와 오비디우스의 『변신 이야기』에 매료됐는데, 이 텍스트들이 셰익스피어의 무한한 상상력의 원천이 됐다.

그러나 이후 아버지의 계속되는 사업 실패로 가세가 기울면서 학업을 이어갈 수 없었다. 18세 때인 1582년에 여덟 살 연상인 유복한 농가의 딸이었던 앤 해서웨이와 결혼해 1남 2녀를 두었다.

그런 그가 가족과 고향을 떠나 청운의 꿈을 품고 런던으로 옮겨간 연대는 분명치 않다. 다만 1580년대 말경부터 배우로 생활한 듯 보이며, 1592년에는 연극계의 신예로 좋은 평을 얻었다는 기록이 전해진다.

1596년, 셰익스피어는 아들을 잃는 아픔을 겪었고, 이듬해 고향에 호화주택을 구입해 그곳에서 아내와 딸들과 함께 만년을 보내다가 숨을 거두었다.

**천재 작가를
탄생시킨
영국의 르네상스**

엘리자베스 여왕이 즉위한 지 5년째 되던 해 (1564년)에 태어난 셰익스피어는 엘리자베스 1세 시대를 살았다. 그러나 그의 가장 중요한 작품들은 여왕의 뒤를 이어 즉위한 제임스 1세 시대에 주로 쓰였다. 『맥베스』는 스코틀랜드 출신인 제임스 1세를 위해 스코틀랜드 역사의 한 장면을 가공해 쓴 작품이다.

셰익스피어는 르네상스의 세례를 톡톡히 받은 인물이다. 르네상스는 '부활Rebirth'을 뜻하는 프랑스어 '르네상스Renaissance'에서 유래했다. 처음 유럽의 르네상스를 주도한 나라는 이탈리아였다. 이탈리아가 미술과 건축, 패션 등 시각적인 분야에서 두각을 나타냈다면 영국은 문학에서 다른 유럽 국가들의 추종을 불허하는 유산을 남겼다.

영국은 섬나라인 까닭에 르네상스 운동이 대륙에 비해 늦게 시작되었다. 하지만 영국인들은 바깥세상인 유럽의 이웃 국가들에 대해 알고 싶은 지적 열망이 대단했다. 셰익스피어는 이들의 열망을 채워주기 위해 대륙의 다른 나라 이야기와 이국적인 배경을 자신의 희곡에 가져다 씀으로써 관객들의 세계화에 대한 열망을 충족시켜주었다.

셰익스피어의 전체 작품 가운데 이탈리아를 배경으로 한 작품은 3분의 1이 넘는다.『로미오와 줄리엣』,『말괄량이 길들이기』,『베로나의 두 신사』,『베니스의 상인』,『헛소동』,『줄리어스 시저』,『오셀로』,『티투스 안드로니쿠스』,『겨울 이야기』가 모두 르네상스의 발원지였던 이탈리아가 그 무대다. 그리고『한여름 밤의 꿈』,『아테네의 타이먼』은 고대 그리스 문명을 이상적 유토피아로 생각했던 영국인들의 내면의 열망을 충족시켜주고 있다. 또한『햄릿』은 덴마크,『맥베스』는 스코틀랜드,『안토니와 클레오파트라』는 이집트가 배경이다. 그 외에도 튀르키예, 유고슬라비아, 스페인, 오스트리아 등 셰익스피어의 희곡은 보통의 영국인들이 쉽게 가볼 수 없는 외국을 배경으로 펼쳐진다. 극장은 관객들의 욕망이 투영된 공간이라는 사실을 19세기 후반 영화가 등장하기 전부터 셰익스피어는 이미 간파하고 있었던 것이다.

셰익스피어가 활동하던 당시의 영국은 유흥을 즐길 만한 것이 많지 않아 연극은 매우 인기 있는 유흥의 하나였지만, 런던시에서는 연극이 공연되는 극장을 곱지 않게 바라보았다. 걸인이나 불량배들이 꼬이는 극장은 치안이 취약하고 불법과 무질서가 난무하는 장소였으며, 페스트와 같은 전염병을 확산시킬 위험이 컸기 때문이다. 따라서 당시에 활약했던 배우들의 신분은 매우 불안정했다. 대부분의 배우는 왕을 비롯한 고위 공직자의 도움을 얻어 생활하거나 그들의 하인 신분으로 공연 활동을 했다. 배우들의 처우와 관련된 내용은『햄릿』의 2막에서 언급되어 있다. 이러한 분위기는 엘리자베스 여왕 시대를 지나 제임스 1세가 왕위에 오르면서 끝이 났다. 셰익스피어가 소속된 체임벌린 극단은 제임스 1세 재임 시절에 '왕실극단The King's Men'으로 개명되면서 지위가 승격되었고, 배우들이 제대로 대우받기 시작했다.

셰익스피어 극의 시기별 특성

셰익스피어의 작품 37편은 집필된 시기별로 다른 경향을 보인다. 그의 작품 세계는 일반적으로 제1기부터 제4기로 분류한다. 시기별로 집중된 장르가 달라지기도 하고 같은 희극이라 하더라도 제2기에 쓰인 것과 제3기에 쓰인 극의 성격이 아주 다르다. 셰익스피어의 4대 비극은 모두 제3기에 쓰였으며, 제4기에는 로맨스라는 독특한 장르를 개척했다. 이처럼 시기별로 작품의 수준이나 분위기 등이 크게 달라지는 까닭에, 해당 작품이 어느 시기에 쓰였는지를 파악하는 것은 작품을 이해하는 데 큰 도움이 된다. 셰익스피어 극의 시기별 분류는 학자마다 다소 의견이 다르기는 하지만 가장 보편적으로 여겨지는 네 시기를 분류해보았다.

제1기(1590년~1594년) : 습작기

흔히 습작기라고 부르는 제1기의 극들은 후기 작품들에 비해 작품의 토대가 된 원전을 기계적으로 따르는 경향이 강하다. 그래서 플롯이 치밀한 극적 구조 속에 통합되기보다 주제와 관련된 여러 사건이 나열되어 있다. 대사도 사건의 진행과 직접적인 관련이 없는 경구, 말장난, 미사여구, 장황한 수사를 불필요하게 남발하고 있으며, 등장인물의 심리도 잘 살리지 못하고 있다.

제1기의 작품으로는 『실수 연발』, 『말괄량이 길들이기』, 『베로나의 두 신사』 등이 있다. 각기 라틴 희극 및 이탈리아 르네상스 희극에서 내용과 수법을 차용한 것으로, 젊은 극작가의 습작 과정을 고스란히 엿볼 수 있다. 그러나 이러한 작품에서도 작가는 자신이 배워야 할 것과 새로 첨가해야 할 것을 명확하게 해두어 이후 발표하는 희극세계를 구축하는 발판으로 삼았음을 알 수 있다. 제1기의 사극은 영국 역사를 다룬 작품들로, 『헨리 6세 1, 2부』, 『리처드 3세』 등이 있다. 제1기의 유일한 비극은 『타이터스 앤드러니커스』다.

제2기(1595년~1600년) : 사극과 희극의 완성기

셰익스피어는 제2기에 접어들면서 사극과 낭만 희극을 거의 완벽한 형태로 발전시키고 있다. 그리고 이때부터 다양한 사건을 하나의 플롯 속에 수용하여 기존의 이야기를 재구성하고, 이를 다채롭고 생동감 있는 극으로 완성하는 데 천재적 자질을 드러내기 시작했다.

이 시기는 긍정적 사고가 지배했으며, 이때 쓴 비극은 『로미오와 줄리엣』 한 편뿐이다. 제2기에 쓰인 사극 『리처드 2세』, 『헨리 4세 1, 2부』, 『헨리 5세』는 서로 이어지는 역사적 사실을 다룬 작품이다. 그 밖에도 줄리어스 시저의 암살을 둘러싼 사건을 다룬 로마 사극 『줄리어스 시저』가 있다.

그 외에 젊은 남녀의 사랑을 그린 낭만 희극을 여럿 썼는데, 대표적 작품으로는 『사랑의 헛수고』, 『한여름 밤의 꿈』, 『베니스의 상인』, 『헛소동』, 『좋으실 대로』, 『십이야』 등이 있다.

낭만 희극이라 불리는 이들 작품은 젊은 남녀 사이의 사랑이 갖가지 우여곡절 끝에 행복한 결말(결혼)에 이르는 과정을 기본으로 하여 사랑의 희열과 고뇌, 사랑의 온도 변화, 위트, 그리고 그것이 주는 파괴적 힘에 이르기까지 실로 다양한 모습을 보여주고 있다. 이러한 주제는 중세에서 르네상스에 이르기까지 유럽 문화의 전통을 따르면서도 인간성에 대한 따뜻한 이해와 공감을 일깨우고 있다.

제3기(1601년~1608년) : 암울한 비극의 시기

엘리자베스 1세 말년부터 셰익스피어의 극세계는 비극적 색채를 띤다. 산양의 노래라는 어원을 가진 비극tragedy은 그리스의 종교적 제의식에서 유래했다. 아리스토텔레스는 비극적 주인공은 높은 지위에 있는 고귀한 인물이지만 사소한 결함으로 인해 바닥으로 추락하는 운명을 맞이하는 것이 특징이라고 말하고 있다.

셰익스피어가 비극을 쓰기 전부터 르네상스 시기의 영국에는 세네카의 비극을 토대로 한 복수극이 유행하고 있었다. 셰익스피어 비극의 중요한 특징인 5막 구조, 복수와 잔인한 폭력을 수반하는 플롯, 사색적이고 철학적 독백, 유령과 마녀들의 등장, 자살 등은 모두 세네카의 비극적 전통을 이어받아 변형하고 발전시킨 것이다.

『셰익스피어 4대 비극』은 셰익스피어 개인에게 일어난 비극과도 맞물려 있다. 1599년 봄, 아일랜드에서 일어난 타이론의 반란을 진압하기 위해 출정했던 에식스 경의 원정군에는 셰익스피어의 절친한 친구이자 후원자였던 사우샘프턴 백작도 있었다. 그러나 원정이 실패로 돌아가면서 영국 왕실의 분노를 사게 되자, 에식스와 사우샘프턴은 공격의 목표를 아일랜드의 반란군에서 영국 왕실로 바꿔 회군했다. 그러나 여론의 지지를 얻지 못한 그들은 결국 체포되어 재판에 회부되었다. 에식스는 반역 죄인으로 몰려 런던탑에서 참수되었으며, 사우샘프턴은 종신형을 언도받고 런던탑에 갇히게 되었다.

이 불행한 사태는 셰익스피어에게도 커다란 충격을 안겨주었다. 그 영향으로 1600년 이후, 그의 작품 세계는 확연하게 달라지면서 비극 시대가 개막되었다.

셰익스피어는 이 시기에 저 유명한 4대 비극인 『햄릿』, 『오셀로』, 『리어 왕』, 『맥베스』를 발표하면서 천재 작가로서의 면모를 갖추게 된다. 이 시기에 딸과 아내를 잃었다가 다시 상봉하는 내용의 낭만극 『페리클레스』를 제외한 모든 작품은 인간의 비극적인 면을 그리고 있다. 『끝이 좋으면 다 좋아』, 『자에는 자로』, 『트로일러스와 크레시다』 같은 희극조차도 내용이 비극적이고 심각해 '문제 희극'이라고 불린다.

제4기(1609년~1613년) : 낭만극(희비극)의 시기

셰익스피어는 그의 마지막 활동 시기인 제4기에 세 편의 희극과 한 편의 사극을 썼다. 존 플레처와 함께 쓴 것으로 추정되는 사극 『헨리 8세』는 헨리 8세가 로마 가톨릭교회에 대항하여 영국 국교회를 설립하는 과정을 다루고 있다.

로맨스극인 『심벌린』, 『겨울 이야기』는 모두 남편이 정숙한 아내를 의심하여 비극적인 일이 생기지만, 결국 그 의혹이 해소되면서 부부가 행복하게 재결합한다는 내용이다. 이 시기의 마지막 희극 『태풍』은 동생에게 부당하게 쫓겨난 프로스페로가 한 섬에서 마법을 익히며 딸과 함께 살다가 동생 일행에게 복수할 기회를 얻게 되나 그를 용서한다는 내용이다. 이렇게 갑자기 작품의 성격이 바뀌게 된 것은 셰익스피어가 말년에 인생을 바라보는 시각이 바뀐 탓도 있고, 그 무렵 셰익스피어 극단이 임대한 사설 극장 블랙프라이어즈의 고급 관객들의 취향에 부응하려 했을 것으로도 보인다.

한 천재를 만들어낸 원동력 셰익스피어가 동시대의 희곡작가인 크리스토퍼 말로나 벤 존슨과 달랐던 점은 그가 극장의 밑바닥에서부터 차근차근 올라간 입지전적 인물이었다는 사실이다. 스물한 살의 나이로 런던에 도착한 뒤 여전히 수수께끼로 남아 있는 7년간의 공백을 제외하면 흔히 말하는 밑바닥 생활, 즉 극장을 청소하고 무대 뒤에서 의상과 소품을 챙기는 일을 했던 것으로 보인다. 극장에 온 귀족들의 말 관리를 했다는 설, 학교 교사로 학생들을 가르쳤을 거라는 설 등이 있는 것으로 미루어보아 그는 다양한 계층의 사람들과 교류하며 갖가지 경험을 했을 것으로 추측된다. 덕분에 그는 대학 교육을 받은 극작가들이 결코 해낼 수 없는 일, 즉 모든 계층의 관객이 즐길 수 있는 희극을 쓸 수 있었던 것이다.

셰익스피어의 작품은 다양한 직업만큼이나 다채로운 인간 군상을 보여주는 것으로도 유명하다. 아버지를 독살하고 어머니와 결혼한 숙부에게 복수를 다짐하는 『햄릿』, 르네상스판 소시오패스에게 굴복당하는 『오셀로』, 딸들의 사랑을 시험해보겠다는 욕심 때문에 결국 모든 걸 잃고 마는 『리어 왕』, 어둠의 세력에 굴복해 인간성을 점차 상실해가는 『맥베스』 등 여러 유형의 다양한 인물들을 등장시킨다. 그의 작품이 21세기에도 여전히 매력을 잃지 않는 이유는 인간의 근원적 욕망과 딜레마에 관한 갈등을 극화했기 때문이다.

그는 이야기의 구조를 엮어내는 플롯의 귀재이기도 해서 대부분의 작품에 두 가지 이상의 이야기가 씨실과 날실로 엮여 있다. 『햄릿』에서 햄릿 집안 이야기와 더불어 폴로니어스의 집안 이야기가 교차되어 등장함으로써 햄릿의 성격과 갈등을 상대적으로 더 부각시킨다. 『리어 왕』에서는 리어와 세 딸 간의 이야기와 동시에 글로스터 백작과 그의 두 아들에 관한 이야기가 교차되어 등장한다. 자칫 단조로울 수 있는 이야기의 속도를 조절하며 부모와 자식 간의 갈등 요소를 증폭시켜 보여주고 있다.

그러나 뭐니 뭐니 해도 셰익스피어의 가장 큰 위력은 그의 언어에 있다. 그는 무수히 많은 신조어를 만들어냄으로써 오늘날 영어 사용자들이 일상적으로 사용하는 수많은 단어와 표현을 남겼다. 작가에게 가장 큰 연장은 결국 언어이고, 그 언어가 대사를 이루고, 대사가 성격을 이루어 이야기가 만들어진다는 극작 원리를 정확히 파악하고 있었던 것이다.

셰익스피어는 이미 알려진 고전이나 다른 나라의 민담, 설화, 역사를 편집하고 차용했음에도 작가로서의 명성에 오점을 남기지 않은 것은 그의 언어 능력과 표현력 때문이다. 예컨대, 단어들 앞에 'un'이라는 접두사를 붙여 순식간에 발랄한 느낌의 단어들로 조립하는가 하면, countless나 lonely 같은 귀여운 조어들도 거침없이 만들어냈다. 라틴어에 밀려 천시당하던 영어가 저만의 생기와 뉘앙스를 부여받게 된 것은 순전히 셰익스피어 덕분이라

해도 과언이 아니다.

낯선 언어, 무수한 빛의 뉘앙스로 반짝이는 언어, 시시각각 변화하는 세계를 미세하게 포착하는 언어들……. 그가 보고 들은 모든 것이 작품 속의 인물로 되살아났고, 그가 수집하고 조립한 모든 언어가 인물들을 통해 발화되었다. 셰익스피어를 통해 언어는 그렇게 또 하나의 새로운 용법을 지니게 된 것이다.

지금도 여전히 건재하며, 셰익스피어 당시의 무대를 보여주는 런던의 글로브극장! 3천 명을 수용했던 이 극장은 이름처럼 바깥세상을 그대로 반영하는 공간이었다. 6페니 정도를 낸 중산층 관객은 지정된 좌석에서 편안하게 앉아 연극을 관람할 수 있었지만 돈 없는 가난한 사람들은 1페니를 내고 무대 주변의 마당에 서서 연극을 보았다.

글로브 극장 지붕에는 아틀라스가 지구를 짊어지고 있는 모습 위에 '이 세상 모두가 연극 무대'라는 뜻의 라틴어가 쓰여 있는 휘장이 내걸려 있었다. 셰익스피어는 자신의 여러 작품의 대사를 통해 '온 세상은 무대요, 우리 인간은 잠시 등장했다 퇴장하는 배우일 뿐'이라고 말하고 있다.

작가 연보

1564. 4. 23.	영국 스트랫퍼드어폰에이번에서 아버지 존 셰익스피어와 어머니 메리 아든의 장남으로 출생.
1965 (1세)	아버지 존, 스트랫퍼드의 부읍장 중 한 명이 됨.
1582 (18세)	8세 연상인 앤 해서웨이와 결혼하고 결혼 허가장이 11월 27일 발급됨.
1583 (19세)	장녀 수잔나 출생.
1585 (21세)	쌍둥이인 아들 햄닛과 딸 주디스 출생.
1588~1589 (24~25세)	런던에서 최초의 극작품이 공연됨.
1589~1592 (25~28세)	고향을 방문한 극단을 따라 런던으로 진출하여 배우와 극작가 생활을 시작한 것으로 추정됨.
1590~1592 (26~28세)	『실수 희극』, 3부작 『헨리 6세』.
1593 (29세)	『비너스와 아도니스』, 『루크리스의 강간』 출판. 이 두 편의 시를 사우샘프턴 백작에게 헌정. 로드 체임벌린 멘 극단의 주주가 됨. 『말괄량이 길들이기』, 『베로나의 두 신사』, 『리처드 3세』, 『티투스 안드로니쿠스』.
1595~1597 (31~33세)	『로미오와 줄리엣』, 『리처드 2세』, 『존 왕』, 『한여름 밤의 꿈』, 『사랑의 헛수고』.
1596 (32세)	아들 햄닛 사망. 아버지의 문장 사용이 허가됨.
1597 (33세)	『베니스의 상인』, 『헨리 1세 1부』. 스트랫퍼드에서 뉴 플레이스 저택 구입. 『헨리 4세 1부』.
1598~1600 (34~36세)	『헨리 4세 2부』, 『좋으실 대로』, 『십이야』, 『대단한 헛소동』, 『헨리 5세』, 『줄리어스 시저』. 셰익스피어 극단이 새로운 글로브 극장으로 옮겨감.
1601 (37세)	『햄릿』, 『트로일러스와 크레시다』. 아버지 사망.

1603 (39세)	엘리자베스 여왕 사망. 스코틀랜드의 제임스 6세가 영국의 제임스 1세가 된다. 셰익스피어의 극단이 킹스 맨이 된다.
1603~1604 (39~40세)	『끝이 좋으면 다 좋아』, 『자에는 자로』, 『오셀로』.
1605~1606 (41~42세)	『리어 왕』, 『맥베스』.
1607 (43세)	딸 수잔나 결혼.
1607~08 (43~44세)	『아테네의 타이몬』, 『안토니와 클레오파트라』, 『페리클레스』, 『크리올레이너스』.
1608 (44세)	어머니 사망.
1609 (45세)	『심벌린』, 『소네트』 출판. 셰익스피어 극단이 블랙파이어즈 극장을 사들임.
1610~11 (46~47세)	『겨울 이야기』, 『템페스트』. 셰익스피어 스트랫퍼드로 은퇴.
1616 (52세)	스트랫퍼드에서 4월 23일 사망.
1623	글로브 극장 시절의 동료 배우 존 헤밍과 헨리 콘델이 편집한 셰익스피어 극작품들이 이절판으로 출판. 부인 앤 해서웨이 사망.

※ 셰익스피어의 모든 작품은 정확한 집필 연대를 알 수 없다. 기술된 집필 연대는 공연에 대한 당대인들의 언급이나 극단 회계장부, 기록 보관소의 출납 기록 등에 의거하여 많은 학자들이 추정해낸 연대이므로, 학자에 따라 다를 수 있다.

편역 뉴트랜스레이션

뉴트랜스레이션은 세계적 명성을 자랑하는 고전을 현대인이 읽기 쉽게 편역하고 있습니다.
원작의 특색은 충실히 따르되 아름다운 우리말의 운율과 품격에 어울리는 문장이 되도록
최선을 다해 노력하고 있습니다.

셰익스피어 4대 비극

초판 1쇄 인쇄 ǀ 2016년 11월 12일
개정판 3쇄 ǀ 2023년 4월 30일

지은이 ǀ 윌리엄 셰익스피어
편　역 ǀ 뉴트랜스레이션
발행인 ǀ 강민자
펴낸곳 ǀ 다상출판사
등　록 ǀ 2006년 2월 7일
주　소 ǀ 서울시 성북구 북악산로 3길 38-7
전　화 ǀ 02-365-1507
팩　스 ǀ 0303-0942-1507
이메일 ǀ dasangbooks@hanmail.net

ISBN 979-11-968811-7-7(04800)
ISBN 979-11-957642-3-5 (세트)